中华优秀传统文化名家讲座

莫砺锋讲杜甫诗

莫砺锋 著

广西师范大学出版社
GUANGXI NORMAL UNIVERSITY PRESS

·桂林·

莫砺锋讲杜甫诗
MOLIFENG JIANG DUFUSHI

图书在版编目（CIP）数据

莫砺锋讲杜甫诗 / 莫砺锋著. —桂林：广西师范大学
出版社，2019.5
（中华优秀传统文化名家讲座. 第二辑）
ISBN 978-7-5598-1732-7

Ⅰ．①莫… Ⅱ．①莫… Ⅲ．①杜诗－诗歌研究 Ⅳ.
①I207.227.423

中国版本图书馆 CIP 数据核字（2019）第 068327 号

广西师范大学出版社出版发行

（广西桂林市五里店路 9 号　邮政编码：541004）
网址：http://www.bbtpress.com
出版人：张艺兵
全国新华书店经销
广西民族印刷包装集团有限公司印刷
（南宁市高新区高新三路 1 号　邮政编码：530007）
开本：700 mm × 970 mm　1/16
印张：21　　字数：300 千字
2019 年 5 月第 1 版　　2019 年 5 月第 1 次印刷
印数：0 001~5 000 册　定价：68.00 元

如发现印装质量问题，影响阅读，请与出版社发行部门联系调换。

目　录

引　言

同学们好,现在开始上课。

这门课程在课程表上的名称是"唐宋文学专题",但是我只准备讲杜诗,不讲其他内容,事实上它可以称为"杜诗研究"。回想起 27 年前,我到南京大学跟程千帆先生读研究生的时候,还无所谓硕士、博士,就叫研究生,那时候《学位法》还没有颁布,程先生给我们开过两门课,是他老人家亲自在课堂上讲的,一门是校雠学,另一门就是杜诗。他说:"给你们开这两门课,校雠学教会你们怎样搜集材料,整理材料。杜诗课则通过古代文学中的一个专题,教会你们怎样分析材料,研究材料。"他又说:"通过这两门课,我的本事都教给你们了,接下来你们自己读书就行了。"除此之外,程先生就没有给研究生开设过其他课了。现在回想起来,当时通过这两门课,我确实是把做古代文学研究的一些基本功学到手了。我们南京大学中文系有一个传统,就是一向非常重视校雠学这一门课。所以我们历来都强调,假如硕士阶段不是在南京大学读的,而是从外校考来的,而你在原来的学校又没有系统地学习过校雠学,那么最好是补一下这门课。这门课我们每学年都给硕士生开,但也欢迎没有听过这门课的博士生再去旁听一下。这是大有益处的。

"杜诗"这门课也相当重要,因为杜甫是中国古典诗歌的集大成者,如果把中国古典诗歌比作一条源远流长的大河的话,杜甫就像位于江河中游的巨大水闸,上游的所有涓滴都到那里汇合,而下游的所有波澜都从那里泻出。杜甫在诗歌题材方面的开拓达到了"地负海涵,千汇万状"的广度,他在诗歌艺术上的造诣更达到了千锤百炼、炉火纯青的高度。此外,历代对杜甫的研究论著已经出现了"千家注杜"的繁盛局面,为我们的学术研究提供了多种多样的具有示范意义的成果。这样,如果我们想选择一位古代诗人作为学术研究的范例,如果我们想通过研读一部专书来提高同学们解读文本和分析文本的技能,杜诗显然是最合适的对象。我本学期就给大家讲讲杜诗。当然,这门课的性质不是作品选读,我不会带着大家读许多杜诗名篇,我只选择若干专题来介绍杜诗研究的有关问题。这门课的主要目的不是传授知识,而是训练技能,希望大家从中学到一些具体的操作手段。

在开始讲课以前,先讲宋代的一个小故事。大家知道,宋朝人是非常喜欢议论的,后人讽刺他们说:"议论未定,而兵已渡河。"当辽人南下、金兵南下的时候,宋人却议论纷纷,议论还没有定下来,人家军队已经打过来了。宋人太喜欢议论。喜欢议论对治国用兵当然不是一件好事情,但对学术确实是一件非常好的事情。学术的一切问题,思想的一切问题,都可以在反复的议论中得到进一步的追究,然后得到进一步的证明。所以宋人好议论对他们的治学当然是件大好事,在整个的杜诗学中,宋人同样体现出他们喜欢议论的特点。

下面讲一个小故事。请大家看讲义。叶梦得,南北宋之际的一位著名词人,他有一本书叫《避暑录话》,记载了北宋绍圣年间的一件事情。绍圣是宋哲宗的年号,就是元祐以后那个时期。那么是绍圣年间一件什么事情呢?记载说,当时有一个政府的办事机构,一个办公的地方,叫待漏院。漏是古代的一种计时工具,让里面的水一滴一滴地漏出来计时,古代还没有钟表嘛。待漏院是这样一种机构,大家可能都读过李商隐的一首七言绝句《为有》:"为有云屏无限娇,凤城寒尽怕春宵。无端嫁得金龟婿,辜负香衾事早朝。"就是说,如果你嫁给了一个做大官的,即使是在春宵一刻值千金的时候,"金龟婿",也就是这个丈夫,一早上就必须出门了。为什么呢?他要上朝啊。古代上朝,皇帝天一亮就来,大臣必须很早就等在那里。待漏院就是为上朝的朝官们准备的一个地方。唐代李肇《国史补》记载,在中唐元和年间以前是没有待漏院的。元和以前上朝的朝官怎么办呢?朝官也不敢迟到,天不亮也得出门,等在皇宫外面。刮风下雨时也等在那里,非常辛苦。后来皇帝才开始设一个待漏院,让早朝的官员先等在那里。这个制度被北宋继承下来。北宋的古文名家王禹偁有一篇很有名的文章,叫《待漏院记》,选在《古文观止》里,记载待漏院这个地方的职能是什么,到这里的官员应该做什么。我现在不讲这些,我讲北宋绍圣年间发生在待漏院的关于杜诗的一个小故事。

当时朝廷里有这样两个官员——请大家看讲义——一个叫吴居厚,吴居厚当时的职务是户部尚书。尚书相当于我们现在的部长,当然尚书比现在的部长的地位高多了。因为古代没那么多部,只有六个部,我们现在有好几十个部,古代的部少。吴尚书就是这个户部尚书吴居厚。还有一个人物叫叶涛,他当时的官职是中书舍人。中书舍人是专门帮皇帝起草诏书的,是比较重要的官职。他们两个当然一早上就要去上朝,到待漏院等待皇帝的召见,等待上朝的仪式。这个吴居厚呢非常喜欢讨论杜诗,一见到人,如果不谈公务,就是谈论杜诗,某一篇怎么样,某一句怎么样,然后跟你争论,说这一句好,这一个字用得好,喋喋不休。每次大家到了待漏院,天还没亮,都等在那里。吴居厚一看到有人来,就赶快拉着来人,跟他谈杜诗。久而久之,那个叶涛就非常害怕,因为吴居厚一看见他就跟他讨论杜诗,跟他争辩,议论蜂起,叶涛就害怕。叶涛为什么害怕呢?叶涛出门的时候还没睡够,他到待漏院看天色还早,就想打个盹,靠着墙再睡一会,但吴居厚不让他睡,不停地跟他讨论杜诗。所以他害怕。以后他就拿把椅子,坐到外面去,坐在走廊上,这样吴居厚在里面他在外面,就没有办法再骚扰他。

古代的走廊不像我们现在的走廊,我们这个走廊两边都是墙壁,古代是一排房子,一边是走廊,而外面是空的,只有一个栏杆。一天叶涛拿着一把椅子又坐在外面等,结果呢,大雨飘洒,斜风吹着雨点,从栏杆上飘过来,飘到他身上。旁边的人就问了:"叶大人啊,这个雨都飘到你身上了,为什么不到里边去啊?你怕什么呢?"他说:"我怕老杜诗。"他怕一进去,吴居厚又要跟他讨论杜诗了。所以他情愿衣服淋湿,也不愿进去。

为什么要讲这个故事呢？因为这个学期我都要跟大家讨论杜诗，呵呵，我希望大家不要听到后来都害怕了，逃到走廊上去了，我们还是呆在教室里来讨论杜诗吧。

第一讲

杜诗的流传和注释

我们现在开始讲杜诗。清朝末年流传一句话,现在也是我们的口头语,叫作:一部二十四史,从何说起?为什么说从何说起呢?就是说对这么巨大的一个对象,它有这么繁复的内容,我们要谈它的话,从什么地方开始说才好呢?这句话再往前推一点,它的原型是:"一部十七史,从何说起?"后来才有二十四史嘛,最早是十七史。那么从何说起呢?我们看被后人称为清代三大史学家之一的王鸣盛的一句话。王鸣盛在《十七史商榷》这本书里说过这么一句话:"目录之学,学中第一要事,必从此问途,方能得其门而入。"他认为你要做学问,治古代的文学也好,史学也好,经学也好,第一步就要学目录学,要从目录学开始,把它看成一个入门的途径,然后你才能找到一个门口,进入学术的殿堂。王鸣盛虽然是说史学,但对我们古代文学来说也一样适用,甚至可以说对于一切的文史研究,这句话都是适用的。因为学术往往积累了很长时间,它已经拥有的文献可谓汗牛充栋。那么多的书,我们应该读哪一些,应该先读哪一些?假如不是有目录学的书来作指导的话,我们往往茫然无措,不知道该读什么,先读什么。所以我们确定一个研究方向以后,确定一个研究领域以后,首先要看一看,能否在这方面得到目录学著作的指导。那么正好,我们的杜诗学是有目录书的指导的。1986 年,出版了两部关于杜诗的目录学著作,这对我们研究杜诗的人非常有用。

第一部是山东大学郑庆笃教授写的,叫《杜集书目提要》,是齐鲁书社

1986 年出版的。第二本书是杭州大学已故的周采泉教授写的，叫《杜集书录》，是上海古籍出版社 1986 年出版的。很巧，两部书都是 1986 年出版的。这其实也不巧，有一种必然性，就是我们这个古代文学的学术啊，大概是从 1980 年开始恢复元气，那个时候大家开始找题目来做，差不多都要写上几年，到这个时候写完，所以就重了，两部书就同时出来了。我手头只有后一部，前一部呢，我跟郑庆笃先生认识，我以为他会送我，结果他没有送我。我比他年轻哦，当时他可能觉得我太年轻了，就不送给我。（笑）后一部是我自己买的。当然有一部也就够了。

现在我把这两部书的数字摘录在这里，介绍给大家，看看我们现在已经拥有多少关于杜诗的著作，主要是注本与选本。郑庆笃的是分成这三类。他说清前知见书，就是清代以前的，一共有 215 种。所谓"知见书"，这是目录学的一个名词，就是这个书确确实实存在过，而且我亲眼看到过的，这一类有 215 种。他又说近代知见书 140 种，是清以后的书。还有就是存目书 221 种。存目书就是这个书肯定曾经存在过，但是现在下落不明，我没有亲眼看到，它现在到底有没有亡佚也说不清楚，这叫"存目"。加起来，就是郑庆笃说的关于杜诗的书一共是 576 种。

再看看周采泉的书。周采泉的书中知见书没有分清前和近代，他放在一起了，一共是 448 种。存目书 220 种，比郑书少一种。加起来是 668 种。这里需要说明一下的是，这两个数字都不包括杜甫的年谱、杜甫的传记以及单篇的论文，仅仅是指杜甫的集子、杜诗的注释本，当然有一些是选本。可见，我们现在拥有的杜甫的集子以及与杜甫作品有关的书已经有将近 700 种之多。另外大家要注意到，这两部书都是 1986 年出版的，它所收录的书最晚也是 1985 年出版的。而 1985 年以后才是我们学术发展得比较快的时候，在那以后又出现了比较多的书。所以我们现在拥有的书，关于杜甫的书，应该说数量是相当多的。当然，杜甫是一位伟大的诗人，有这么一些关于他的书实际上不算多，真的不算多。我听朋友说过，他在英国看到过一个图书馆，是莎士比亚图书馆。为什么叫莎士比亚图书馆呢？因为这个图书馆里所收的书都是跟莎士比亚有关的，都是研究莎士比亚的、注释莎士比亚的。凡是跟莎士比亚有关的书放在一起就形成了一个图书馆。那这样一比,我们杜甫的书还太少,我们的学术没有他们那么发达,没有那么多书。

关于杜诗研究、杜诗学的著作,至少在中国古代文学家的研究中,它的数量是首屈一指的,李白诗的注本远远没这么多。这个话早在南宋时期就传出来了。南宋有两句话,关于古代诗文注本的,一句叫"千家注杜",就是有一千个人为杜诗作注释;还有一句叫"五百家注韩",就是有五百个人为韩愈的文章作注释。当然这两句话都是夸张的,实际上没那么多。我们可以追究一下这句话的来源。请大家再看讲义。"千家注杜"最早来自黄希、黄鹤父子。父子两人一辈子研究杜甫,父亲注杜没有完成,由儿子接着注,两代人完成了一部书,叫《黄氏补千家集注杜工部诗史》。这是父子两人合作完成的一部杜甫的诗注。这个所谓的"千家注",是属于书商的一种广告用语,他说很多,有一千家,实际上,我数过,151人,这本书里收进去的、发表过意见的杜诗学者一共是 151 人。当然也是比较多的了,超过 100 位。从那时起,"千家注杜"这个说法就流传开来了。应该说,到了今天,到了 2006年,我们现在拥有的关于杜甫的研究性著作,不算单篇论文,肯定超过 1000家,包括注本,包括研究著作,肯定超过 1000 种。

1000 种,这么多书,假如我们不是专门研究杜诗学史的话,不是研究杜诗的流传、演变,不是研究这个课题的话,我们不可能去通读,你没那么多时间,你读到什么时候?十年也读不完,很多都是大部头的。所以我们必须通过目录学著作的帮助,从中选择一些必要的书。我们应该读哪几种?或者先读哪一种,后读哪几种?这个应该通过目录学的书的介绍来确定。当然我们现在不可能为大家来挑选书目,因为大家的研究兴趣各不相同,假如你不研究杜甫的话,我想先读一种就够了,在这些注本中间选一种,比如说读清代杨伦的《杜诗镜铨》,它是最简洁的全注本,读这一种就够了,这个我暂时不细讲。但是假如说我们现在要回顾一下杜诗学的话,我们把范围缩小到杜诗的注本,不是选本,是杜诗全集的注本,我们就有必要梳理这样一些问题:它到底有哪几种是最重要的?每一种的特点是什么?每一种的优点是什么?缺点是什么?不同的注本之间是一个什么关系?换一句话说,这个杜诗学是怎么一路走过来的,怎么发展起来的?这样,我们当然要简要地了解一下杜诗注本的来龙去脉。

给大家介绍这样三篇文献。讲义上有。第一是《杜诗引得》的序。"引得"就是英语 index，把它翻译成"引得"的，是解放前燕京大学的哈佛燕京学社的学者。这个机构现在搬到哈佛大学去了，以前是在北京的燕京大学。哈佛燕京学社的学者编著了一些中国古籍方面的索引之类的书，就叫"引得"。《杜诗引得》就是把杜诗中出现的每一个字，都给你编索引，这个字出现在哪一句、哪一篇，都给你编出来了，非常好用。现在有了电脑，这个功能说不定已经被电脑取代了，但在没有电脑索引的时候，这是非常好的书，你只要查一下，很快就查到了。《杜诗引得》的前面有洪业先生写的一篇序言，一篇非常长的序言，我没有作过统计，估计有四五万字。这个序言实际上就是把几种最重要的杜诗注本作了细致的介绍，这个注本怎么样，那个注本怎么样，一路介绍过来。它是我所知道的近代学界最早的关于杜诗注本的一个详细的介绍。这是洪业的序，大概是 20 世纪 40 年代写的。

第二篇文献是万曼的《杜集叙录》。万曼的《杜集叙录》比洪业的序介绍的注本更多，但是介绍的内容没有那么详细，也没有深入的研究。这个文献是 20 世纪 50 年代的。

第三篇就是现在复旦大学的陈尚君教授写的《杜诗早期流传考》。这是 20 世纪 80 年代发表的一篇论文，专门关注在宋代编杜甫全集以前杜甫作品的流传情况。陈尚君的文献研究是做得最好的，他从文献学的角度切入，追究杜诗一开始是怎么流传的。

我觉得现在我们要想了解一下杜诗版本的演变情况，比较方便的是读这三篇，读这三篇大致上就有一个轮廓。

下面我们具体来回顾一下这个过程。对任何作品的解读，当然是从作者的生前开始，作者发表作品，他完成这个作品，也就开始有读者，开始有评论了。所以对杜诗学的情况，我们也要追溯到杜甫那个时代。可惜的是，杜甫那个时代还基本上没有杜诗学，因为杜甫的作品在他生前并没有受到足够的重视。在 769 年，也就是杜甫去世的前一年，他 57 岁，他在湖南漂泊，写过一首诗《南征》。请看讲义。在《南征》中，杜甫说："百年歌自苦，不见有知音。"意思是说，我这一辈子啊，非常辛苦地写诗——因为他是"语不惊人死不休"么，把一生的精力、全部的生命都花在诗歌写作上——但是不见有知音。也就是说,并没有多少人赏识他的诗,理解他的诗,他的诗没有得到足够的重视。有人说在 769 年这个时候,杜甫的朋友大多去世了,李白、岑参、高适、王维这些人都去世了,所以他也许是说因他的朋友去世而没有知音。但是我觉得这句话更可能包含的意思是,杜甫叹息他的诗歌没有得到足够的重视。像杜甫这样的诗人,这样高水准的文学家,他对自己的作品在整个文学史上应该占有的地位是心知肚明的。他曾经说过:"文章千古事,得失寸心知。"就是文章的得和失、自己在整个文学史上的地位,他都是清清楚楚的。杜甫叹息他自己的文学创作没有得到人们足够的重视,这就告诉我们,杜诗在他生前所受到的重视是远远不够的。

那么,在他身后的一段时间又怎么样呢?依然如此。鲁迅先生曾经说过一个观点,他说我们要考察某一个时代文学的状态,某一个时代文学的风气,最重要的材料并不是那个时代的评论,而是那个时代的选本。你只要看那个时代的选本选了什么,选了哪些人、哪些作品,就可以看清楚那个时代的文学风尚、文学趋向,他们的价值判断如何。这句话说得非常到位,非常内行。我们现在看杜诗,也可从这个角度来看。这是一个什么角度呢?就是所谓的唐人选唐诗,就是唐朝人所编的唐诗选本。

我们来看看唐朝人在选本朝的诗歌的时候,他们对杜甫的态度如何,他们的取舍如何。现存的唐人选唐诗,20 世纪 80 年代以后有两种版本:第一种是 1980 年以前出的《唐人选唐诗》,一共收集了 11 种;第二种是后来经过增补的,变成了 13 种。11 种也好,13 种也好,现存的"唐人选唐诗"中,只有一种选了杜甫的诗,就是其中最后的一种,晚唐韦庄选的《又玄集》。我把这个数字抄在讲义上,韦庄的《又玄集》一共选了 143 位诗人,300 首诗,其中有杜甫,选了 7 首杜诗,只有这一种。其他的 10 种或 12 种中都没有杜甫,而韦庄选《又玄集》其实已经到了五代了,韦庄是从晚唐进入五代的人,这已经很晚很晚了。在韦庄以前我们现在还能看到的十几种"唐人选唐诗"中,都没有选杜甫的诗。

那么,我们是不是可以根据现在看到的"唐人选唐诗"下一个断语,说韦庄以前的唐代选家都没有注意过杜甫呢?这当然也不对。因为我们必须考虑还有一些已经亡佚的书,就是有的书当时有,但没传下来,我们现在看不到。我手边正好有一个例子，有这样一篇文献，大家可以看一看，因为这可以帮助我们考虑问题更加全面，你不要轻易地得出一个全称判断来，你必须考虑得全面一些。中唐有一个叫顾陶的人，他编了一本《唐诗类选》，其中选了杜甫的诗。可惜这个选本没有传下来，宋代还有的，到明代就没有了，明人没提到，宋人提到过。这个选本现在已经看不到了，但根据宋人的某些评论、宋代诗话的某些转引，我们可以复原或部分地复原这个选本，从而知道它大致上是什么情况。

这里向大家介绍一篇论文，就是我们系已经退休的卞孝萱先生的一篇论文，我把这个题目抄在这里：《〈唐诗类选〉是第一部尊杜选本》。这就是说，《唐诗类选》是文学史上最早出现的推崇杜甫的一部诗选。根据卞先生的研究，这部《唐诗类选》一共选了大约 200 位唐代诗人，1200 首作品，其中杜诗至少有 27 首。还有没有更多的我们不知道，因为这 27 首都是宋人的诗话、笔记提到过的。宋人某种诗话说：《唐诗类选》选了杜甫这首诗，它有什么异文，或者有什么其他情况，总之是提到过这个题目。卞先生把这些标题都考证出来了，就是这一部诗选中至少选了 27 首杜诗。我们可以看一看，它一共选了 1200 首诗，杜诗占的比例还是比较大的。顾陶是中唐人，与白居易、元稹、韩愈同时。这也说明当时的一种风气，到了中唐，杜甫的影响已经慢慢扩大了，杜诗的地位已经被人承认了。可惜这个选本没有流传下来。没有流传下来也就说明这个选本在唐代不是最著名的，要是最著名、最重要的话，就会流传下来。

我们再看一看《唐诗类选》的序，这本书的序还在。选本没有了，但序保存在《文苑英华》中，《文苑英华》第 714 卷。后来还被清朝人编入了《全唐文》卷七六五。两个集子中间都有。最值得注意的是，这篇序言对李白与杜甫不像一般那样称"李杜"，而是称为"杜李"，大家看讲义啊，这个序言中间的一句话，这不是我打错了，它就是"杜李"，不是"李杜"。我们一般都说"李杜"，只有顾陶在《唐诗类选》中说唐代最好的诗人有两个，就是"杜李"，把杜甫放在李白前面，可见中唐已经有一种尊杜的倾向，这可能是受了白居易或者韩愈他们的影响，可惜我们现在说不清楚了。

顾陶编《唐诗类选》已经是中唐了，我们还需要回顾一下杜甫生前以及他刚去世时诗坛对他的评价。正好有这样三种重要的"唐人选唐诗"可以作为材料,进行分析。请大家看讲义。第一个集子是芮挺章的《国秀集》,《国秀集》收诗的下限是天宝三载,就是744年,这以后就不收了。这书一共收了90位诗人,220首诗,每个人的平均数目很少,不足3首。这本书里没有收杜甫,杜甫的名字都没有提到。天宝三载这一年杜甫33岁,我们也许可以这样解释,说杜甫这个时候的诗名还不够大,杜甫还没进长安嘛。所以芮挺章选《国秀集》的时候没有选他,情有可原。

我们再看下面一种,是殷璠的《河岳英灵集》。《河岳英灵集》选诗的下限是天宝十二载,也就是753年,这一年杜甫42岁。杜甫天宝三载进长安,这个时候已经在长安城呆了九年了,跟长安城里一些有名的诗人王维啊、岑参啊也都有过交往,跟高适等人也有唱和。但《河岳英灵集》里依然没有杜甫,它选了岑参,选了高适,没有选杜甫。

再往下是高仲武的《中兴间气集》。《中兴间气集》所收的诗人是唐肃宗、唐代宗两朝的,它的下限是大历十四年,也就是779年。我刚才说过,杜甫是770年去世的。也就是说,在杜甫去世九年以后,高仲武的《中兴间气集》编好了。但这部书里依然没有杜甫。

通过对这三本最有名的唐诗选本的分析,我们就可以断定杜甫生前以及身后的一段时期内,他的诗名是不大的,他没有受到诗坛足够的重视,他不算一流诗人,所以选家不选他,把他忽略不计。

再往下发展,就到了中唐,就到了顾陶选《唐诗类选》的时候。这个时候杜诗才受到诗界的注意,可惜到了这个时候,杜甫的作品因为没有很好地保存,已经散落的很多,传下来的已经不完整了。大家首先会注意到的是韩愈的两句话,韩愈在《调张籍》这首诗中曾经叹息说:"流落人间者,泰山一毫芒。"哎呀,李白和杜甫这么两位伟大的诗人,当时的名声那么大,他们原先的作品就像泰山那么多,现在流传下来的作品就像一根毫毛那么少。当然这是诗人的夸张之言,意思是说,亡佚的很多,留下来的不多了。

杜甫原来写了多少诗?到底亡佚了多少?我们现在已经没有办法统计,但我们可以测算。杜甫在他39岁那一年,向朝廷献了一篇赋,叫《雕赋》,赋前面要附一篇表,表示要把它献给皇帝,献给朝廷。他在进《雕赋》的表里面说:我啊,从 7 岁就开始写诗,到现在已经超过 1000 首了。可是杜甫 39 岁以前所写的诗,保存到今天的,就是我们今天还可以看到的,我数了一下,不到 40 首。可见,他的作品亡佚非常多。这个情况我们暂且不管,他一路写一路亡,这是没办法追究了。那么我们看看他最后保存了多少,到他生命结束的时候,编成集子的有多少首。

我们说读书、治学要时时利用目录学的帮助,我们现在再来用一下目录学,查一下《新唐书》和《旧唐书》的记载。请大家再看讲义。《旧唐书》的本传中介绍杜甫说:"有集六十卷。"就是说他有一个诗集,一共有 60 卷,但只说了卷数,而没有说多少首,作品数量没有。《新唐书·艺文志》也这样说,说杜甫是"集六十卷",另外又加了一个"小集六卷"。这个 60 卷的杜甫诗集,原貌我们一点都不知道,我们现在没有任何材料。假如考古学家现在在什么地方突然发现这个东西,那肯定是国宝了,但是现在找不到,我们没法知道它是什么样子。

关于《新唐书·艺文志》说的这个"小集六卷"呢,我们还知道一点内容,因为这个"小集六卷"首先我们知道它是谁编的,而且这个编者还写了一篇序。"小集六卷"是一个叫樊晃的人编的。樊晃当时是润州刺史,润州就是镇江,邻近南京。他在润州做刺史,为杜甫编了一个小集。这个小集呢,樊晃在他的序中说得很清楚,是补这个"集六十卷"的。他说杜甫已经有诗集 60 卷,这 60 卷当然他是看到的,还有一些作品没有收进去,就对此进行补编,编了一个小集,一共 6 卷。6 卷有多少诗呢?也很清楚。因为他在序中说了,一共 290 首。290 首这个数字很明确。那么我们再来推测一下,杜甫集 60 卷大概有多少诗。

古代诗人编集分卷时,往往不是把哪一年写的作品编成一卷,或者是把某一种体裁编成一卷,而是根据数量,就是多少首诗,它们的篇幅有多少,它们写在卷子上有多长,就编成一卷。古代这个卷子是卷起来的,不像我们现在的书是一页一页的,所以一卷的数量、一卷的长度在同样的时代是差不多的。

唐朝人的诗集,我们现在知道得最清楚的,唐朝的诗人生前自己编好的,后来又基本没有亡佚的,完整流传到今天的,就是白居易的诗集《白氏长庆集》。《白氏长庆集》一共有 75 卷,3800 首。白居易大概是唐代作家中为保存自己的作品而用心思最多的一个人,他最下功夫保存自己的作品,使它流传下去,所以他生前编好自己的诗集以后就抄了五本。那时候还没有印刷,印刷术已经发明,但不用来印一般的书,只用来印佛经之类的。他自己抄了五本以后,两本给他的后人,一本给外孙,一本给侄儿,另外三本分别存放在三个寺庙,是三个不同地方的寺庙,其中庐山东林寺有一本。他这样做的用意是什么呢? 就是把自己的作品抄成五本,分在五个地方收藏,即使一个地方有战乱或者失火烧掉了,其他地方的还可以留下来传下去。他这样周密的安排果然发生了作用,他的《白氏长庆集》比较完整地流传下来,基本没有亡佚,我们今天能够看见它的全貌。

我们根据这个数字来测算一下,就是 75 卷,3800 首。用计算器算一下每卷的数量,推算杜甫的集子,60 卷杜诗的数目大概是 3040 首,如果再加上樊晃编的小集 290 首,我们大致上可以知道,杜甫去世的时候他的作品已经编好集子的应该有 3330 首左右。也就是说,那个时候的人应该看到那么多杜诗,可惜流传到后代的连一半都不到,到今天,一半以上的已经亡佚了,我们再也看不到它们了。樊晃的《杜工部小集序》我已经引用在讲义上,大家看一看,我就不讲了。

樊晃的小集我们也看不到了,我们只看到它的一个序言,知道一些大致情况,所以我们现在要回溯杜诗流传情况,真正能说得很确定的内容,只能从宋代讲起。也就是说,杜诗在唐代的流传情况,他的全集的流传,他的小集的流传,我们都不清楚,只能做一些侧面的推测;确实的情况,只能从宋代的注本开始讲起。

首先我要引用一位日本学者的话。日本有一位叫吉川幸次郎的汉学家,是日本的杜甫研究专家,他说过一句非常内行的话。大概在 20 世纪 80 年代初,吉川到北京大学访问,做了一个讲座,演讲的全文当时没有登出来,但是当时报上发了一个消息。吉川说:“我们研究杜诗,除了重视清代人的注本以外,还必须特别重视宋朝人的注本。”他讲的这句话报上登出来了,程千帆先生看到这个报道后说:“吉川是个内行。”吉川是个内行,就是说吉川的这句话说得非常内行。我个人对日本人向无好感,这甚至影响了我对日本汉学家的看法，但吉川可能是一个例外，因为他一辈子研究杜甫，他非常崇敬杜甫。我听河南的朋友说，吉川在去世以前不久专程来到中国，到河南的巩县朝拜杜甫的故居。那里有一个窑洞，在一个笔架山下面，我后来去看过，据说杜甫就生在那个窑洞里。吉川在日本用白布做了一件长的礼服，他认为唐代的礼服应该是那样的。他带着礼服来到中国，准备到杜甫的出生地穿上这件礼服行礼。可是那个时候我们国家县城以下的地方是不许外国人去的，吉川走到郑州，要求到巩县去，当地政府就不同意了，只能到郑州，不能到巩县去，所以吉川就非常失望地回去了，他的这个心愿也没有完成。他一辈子研究杜甫，确实是孜孜不倦。我们现在回到他这句话上来，他说要特别重视宋朝人的注本，说得非常对，因为我们现在所能看到的杜甫诗集的一切版本，都是从宋本而来，都跟宋本有千丝万缕的关系，或者说最早保存杜诗、整理杜诗的就是宋代的学者，所以我们必须回顾宋本。

现存的杜诗版本，虽然有 668 种之多，但它的真正的源头只有一种，就是宋代的《杜工部集》20 卷。请大家看讲义，上面写"王洙本"，是王洙编的。王洙，字原叔，所以也叫"王原叔本"。我们看他的生卒年，是 997 年到 1057 年。这个人是一个学者，一个目录学家，曾经参加编写《崇文总目》——北宋皇家藏书的一个编目。王洙参加过这个编纂工作，他看到的书很多，因此他就把杜甫的诗收集起来，合在一起，编成了一本《杜工部集》，共 20 卷。当然，这个时候所谓的"全集六十卷"都没有了，都亡佚了，王洙把散落的杜诗都收拢来，才编成了《杜工部集》。这个本子是后代一切杜诗版本的源头，是祖本，是最早的一个本子。

这个本子在王洙生前没有刻。王洙宝元二年也就是 1039 年编成这个本子，到了 1069 年，就是编好 30 年以后，才由一个叫王琪的人把它刻出来。王琪当时是苏州太守，他在苏州把这个书刻出来了。据《吴郡志》记载说，第一版就印了一万本，"士人争买之"，很畅销，很快就卖完了，后来又印了第二次。因为大家一直没有看到过杜甫的全集嘛，所以一印出来就非常畅销。古代印一万本是非常了不起的，现在的学术著作就印个两千本嘛，《杜工部集》一下子印一万本，而且那时候人口又少。从此，杜甫的全集就流传开来。这个"王洙本"里面所收的杜诗已经有 1405 首，相对于我们刚才测算的结果，就是杜甫去世时他的作品有3000多首，还不到一半，但是已经收得非常完整、相当完备。直到今天，很多学者还在到处收集杜诗，大家想一想，如果大家在一本什么书里发现了一首杜甫的佚诗，就是一个了不起的成果，你可以马上写一篇学术论文，到《文学遗产》上去发表。你们看，现在研究新文学的人，发现了一张鲁迅写的账单也算一个成果，也可以发表在《新文学史料》上，你找到一首杜甫的佚诗那还了得，所以大家都在用力气搜罗。但是一直到清代——我把清注的数字写在讲义上了——收诗最多的一种就是浦起龙注，总共也只有1458首。复旦大学陈尚君所编的《全唐诗补编》，应该说补得最全了，也就补了一首杜诗，而且真伪莫定。我看是假的，不是真的。应该说，这1458首中也有十几首诗是有争议的，到底是不是都是杜诗，学界看法不一样。可见王洙搜罗的1405首是相当完整了，杜甫的重要作品都在里面。所以他的功劳非常大，他是杜诗学的开山之祖，是全面整理杜诗的第一人。

顺便提一下，这个"王洙本"的宋本的原貌我们现在能看到，1957年商务印书馆影印的"续古逸丛书本"，叫《宋本杜工部集》。这个本子实际上不是王琪在北宋末年的刻本，它是南宋初年的刻本，就是第二版或者第三版甚至第四版了，但是刻的内容是一样的，跟"王洙本"的原貌完全一样。这个是宋本，里头有17卷完全是宋本，也就是宋代流传下来的，其他几卷是明代汲古阁的影钞本，所以，这是一个非常珍贵的本子。当然，"续古逸丛书本"我们南京大学图书馆是有的，大家如果对古代的木刻书感兴趣的话，可以借出来瞻仰一下，但你不用去读它，因为它没有注解，白文，而且这些杜诗后来的注本中都有，你读杜诗没有必要去用它，你可以去看一下宋本到底什么样。大家知道，宋代刻的本子字大、墨精，非常漂亮，都是文物，价值很高，但它的文本在后来的版本里都有。

说到"王洙本"，就牵涉另外一个名词，请大家看讲义上关于"伪王注"的问题。所谓"伪王注"，就是假托王洙之名为杜诗做的注解。因为王洙编的这个本子本来是白文本——就是只有原文而没有注释的，但是到了南宋，就出现了假托王洙之名的注文，这个注文是假的，这在程千帆先生写的那篇《杜诗伪书考》里已经把它说清楚了。"伪王注"的情况不是很严重。第一，它不多,数量很少;第二呢,它的注还是老老实实地注的,就是杜诗有什么典故、有什么成语,都注出来了,尽管不是王洙做的,是其他学者假冒他的名义做的,但这个注本身还是真的。在宋代的杜诗研究中,最需要警惕的、影响最坏的一种注本不是"伪王注",而是"伪苏注",就是假托苏东坡的名义做的一个杜诗的注解,这个注本可以说是影响极坏,一直到今天,其流毒还没有完全肃清。

我们为什么说这个"王注"是假的呢?因为王洙编好《杜工部集》以后写了一篇后记,这个后记中说得明明白白,他根本没有做注,仅仅是把杜诗搜集来,校对了异文,把它编在一起。后来在《杜工部集》刻印的时候,王琪,就是刻印这本书的人,也写了一篇后记。这篇后记里又重复了这个意思,说王洙根本没有做注解。所以后来出现的所谓"王原叔注"就是假的。

我们现在来考察一个很有趣的文学史现象,就是杜诗学中所谓的"伪苏注"的问题。"伪苏注"之所以比"伪王注"的影响更大,危害也更大,其原因在于:第一,"伪苏注"所假托的这个人比王洙更有名,他不是别人,是苏东坡。请大家想一想,不但是杜诗,还是苏东坡给它做的注,这个注本的价值当然是太高了,所以它的影响就非常大。第二,这个"伪苏注"的数量非常多。"伪王注"我没有统计过,我的印象中好像只有寥寥几十条,而"伪苏注"现在有 3000 多条,3000 多条注解都说是苏东坡做的,这个影响就非常大。这 3000 多条一直流传到现在,我们现在都还看得到,所以这个问题值得探究一番。

"伪苏注"大家早就知道是伪的,那么我为什么还要讲它呢? 一是可以帮助我们了解当时的杜诗学中的一些风尚,一些风气;二是可以通过这个例子给大家讲一下我们怎么来考察这一类问题。当我们要研究一个文学史问题的时候,我们从何入手? 顺着什么思路来展开思考? 下面讲的内容实际上都见于我的一篇文章,这篇文章就叫《杜诗"伪苏注"研究》,发表在《文学遗产》1999 年第 1 期。这个文章早就发出来了,是一篇很长的文章。我当时写它是为了参加北京大学一百周年校庆。当时北京大学开了一个会,国际汉学讨论会,因为有老外来参加,而国外的汉学家的论文都是写得非常长的,台湾地区的学者也动不动就是三万字、四万字,我们国内学者一般写个八九千字就差不多了,所以我那篇文章写得很长,材料很多。下面我就把我那篇文章的主要思路、切入问题的角度给大家介绍一下,看看这到底是怎么一回事。

首先,我们要考察一个现象,比如说考察一种文本,这个"伪苏注"也是一个文本,先要弄清楚它是什么时候出现的。弄清一个文本出现的年代非常重要,梁启超在《中国历史研究法》这本书中提出,中国人喜欢作伪,喜欢造假古董,造了很多部伪书。他说,怎么判断这个书是假的呢?他提出了14种方法,其中第一种就是看它出现的年代,这个文本是什么时候出现的。大家知道,我们学术界前几年争论得很厉害的一个问题,就是晚唐司空图的《二十四诗品》的真伪问题,就是《二十四诗品》到底是司空图写的,还是别人写的。最早提出这个问题的是复旦大学的陈尚君。陈尚君怎么会想到这一问题的呢?他怎么会凭空想到司空图的《二十四诗品》是假的呢?要知道,我们以前读书,读的每一部中国文学批评史、中国文学理论史、中国文学思想史,乃至关于唐代诗学、唐代美学的所有著作,都说《二十四诗品》是司空图写的,而且要把它作为一章,很重要的一章;谈到晚唐诗学思想,也总是要说《二十四诗品》和司空图如何如何。陈尚君怎么怀疑这是假的呢?这么多人都没有怀疑。我曾经当面向他请教,我说你怎么会怀疑是假的,他就说了他当时的思路。他当时跟朱东润先生读书(他是朱东润的研究生),朱东润给他指定的书中,有一本是《二十四诗品集解》。所谓"集解"就是把后人所有的解释都搜集在一起。这本书是谁做的呢?是郭绍虞先生做的。大家知道郭绍虞先生作批评史研究的一个长处就是材料非常详尽,他把所有的材料都收在里头,这本《二十四诗品集解》也是这样,关于《二十四诗品》的历代所有的评论、注解他全部收集在里面,几乎没有遗漏。陈尚君就读这本书,他读啊读啊就怀疑起来。他这一点很了不起,写一篇好的论文,最初的一步就是怀疑,像胡适之说的"大胆的怀疑"。他从什么地方开始怀疑?他读《二十四诗品集解》时发现,虽然材料收得很全,但是其中所有的材料,年代最早的是明代,是明代中叶以后。司空图不是无名之辈,是有名的诗人;《二十四诗品》是这么重要的一个诗学理论著作,而且本身的文字写得非常优美。《二十四诗品》大家都读过的,是用韵文写的,四言韵文,非常美。于是他就开始怀疑了,他想:这么有名的诗人,这么重要的作品,怎么会在整个晚唐、整个五代、整个宋代、整个元代甚至大半个明代都没有人提起呢?没有人发表过评论,没有人做过注解,没有人提到过这个文本,到晚明才有人提起?他就怀疑,这个文本可能是假的,出现在晚明,晚明以前没有人看到过它。他就开始追查,后来就追出这样一篇重要的论文,提出了这样一个观点。虽然学界现在还有争论,但是多数人相信,至少我相信,这不是司空图写的,《二十四诗品》最早可能是元代人写的,或者是明代人写的,但不是司空图写的,这样一个重要的观点就提出来了。所以,我们对于可疑的文本要追究它的年代,它是什么时候出现的。

对于"伪苏注",我们也从这个思路来看一下它是什么时候出现的。首先可以明确知道的是,它不可能早于1097年,也就是北宋绍圣四年。为什么呢?因为"伪苏注"有一个序言,说这些注释是苏东坡做的,说是苏东坡贬到海南岛去之后,所谓"东坡先生亦谪昌化"时做的。海南岛一个地方叫昌化军。苏东坡是绍圣四年(1097)四月被朝廷贬到海南岛去的,他六月渡过琼州海峡,七月二日到达贬所,也就是这个昌化军。这是我们很明确的,苏东坡的生平非常清楚。既然这个序里说到了这件事,那么做注肯定是在这以后。这在逻辑上是很清楚的,不可能在这以前,做"伪苏注"的人怎么可能未卜先知地知道苏东坡要贬到昌化呢?这在逻辑上是不通的,是不可能的。"伪苏注"的文本中也曾经提到过苏东坡,并模仿苏东坡的口吻说了这样一些话。大家请看讲义,这些话在《分门集注杜工部诗》这部书的卷三。我们后面会介绍这本书,它也是宋代的一个杜诗注本,是保存"伪苏注"最全的一本书,我研究"伪苏注"是以它为主要文本。这本书的卷三有一首诗叫《立春》,它下面的注解就是以苏东坡的口气说的。"余寓惠州",就是他在惠州,还没被贬到海南岛的时候;"适值春日",正好是春天;"书示翟夫子",就是把关于杜诗的这一条意见写下来,给这个翟夫子看。所谓翟夫子,倒是确有其人,是当时住在惠州的一个不第书生,一个没考上进士的穷书生,他的名字叫翟逢亨。为什么知道是他呢?因为他是苏东坡的邻居。他本来默默无闻,但和苏东坡做过邻居,就有名了。(笑)所以现在的房地产商人也会利用名人效应来做广告。东坡诗里写到过这位翟夫子,请看讲义,苏东坡有一首诗叫《白鹤峰新居欲成夜过西邻翟秀才》。苏东坡在白鹤峰的一所房子快要造好了,他晚上路过西边的邻居翟秀才家,翟秀才就是这个翟逢亨。诗里说:"林行婆家初闭户,翟夫子舍尚留关。"林行婆也是苏东坡的一个邻居,一个老太太。"行婆"指在家念佛的人,老太太姓林,信佛但没出家。所以"伪苏注"就以苏东坡的口气为杜诗做了这一条注解,说:我正好在春天到了惠州,就为杜诗写了这一条注解,给邻居翟夫子看。可见,这个伪造者是读过苏东坡这首诗的,也知道苏东坡被贬到海南岛去的事情。所以这个"伪苏注"肯定出现在 1097 年以后,这是它的上限。

上限确定了,但要确定它究竟是什么时候出现的,我们还得往下推。这是我当时推理的思路。首先我们可以找旁证材料,因为大家可以从逻辑上这样考虑这个问题:假如真的有苏东坡为杜诗做的注解,那么这样的作品一出现,肯定会受到大家的关注。我刚才说了两点原因:第一,作品的作者是杜甫;第二,注释的作者是苏东坡。这两个人凑在一起,文坛、诗坛肯定是要关注的,不可能不关注。我们先来看《王直方诗话》。王直方是 1109 年去世的,他的诗话是后人编的,其时间和苏东坡贬海南的时间相去不远。《王直方诗话》中说到过"伪王注",说王洙没有注过杜诗,但没有一个字牵扯到"伪苏注"。王直方认识苏东坡,他是苏东坡的后辈。他肯定没有看到过所谓的"伪苏注",如果他看到的话,不管他承认还是不承认,肯定要发表一些意见,不可能置之不理。所以,1109 年的时候,"伪苏注"还没有出现。

再往下推,一个叫洪刍的人也写了一本诗话,叫《洪驹父诗话》。他也提到了"伪王注",而没有提到"伪苏注"。他说:有一首杜诗(就是讲义上写的,杜甫有一首诗《巳上人茅斋》),里面有一句叫"天棘蔓青丝","天棘"这个词一向是杜诗注解中的一个难题,不晓得它到底是什么。什么叫"天棘"?"伪苏注"里有一个解释,它说天棘就是印度话中的柳树,梵语中的柳树就叫"天棘",因为"蔓青丝"嘛,绿色的长丝就叫青丝,"蔓"就是延伸,它是描写柳条的。可是这条注在洪刍的《洪驹父诗话》中没有提到,因为《洪驹父诗话》中说杜甫这句诗不可理解,不知道"天棘"是什么。假如他看到过"伪苏注",他肯定要引了,他会说,哦,苏东坡说过,"天棘"就是梵语的柳;或者说,这不对,不是柳,这是胡说的。他总要发表一下意见。但是他说不知道,所以他没有看到。而洪驹父是死在 1127 年到 1130 年之间,所以我们这个上限又要往下推,"伪苏注"这个文本到这个时候还没有出现。

下面请看讲义。再往下推,推到王观国。王观国是南宋一位有名的学者,他的《学林》是一个很好的笔记。在《学林》中,他多次说到"伪王注",而且指出"伪王注"是错误的,不是王洙注的,但他没有一个字提到"伪苏注"。这本《学林》是 1142 年写好的,可见到这个时候"伪苏注"还没有出现,因为王观国还没有看见。

再往下推,我们引赵次公的注,赵次公为杜诗做了一个注解,我们简称为"赵注"。"赵注"成书于 1134 年到 1147 年,我们不能确定到底是哪一年,肯定是这一段时间。这 13 年间成书的这个"赵注"已经说到"伪苏注"了,他说"伪苏注"是假的。请看讲义。他说:"《东坡事实》乃轻薄子所撰。"说是一个轻薄的人、没有学问的人伪造的。所谓《东坡事实》,是"伪苏注"的一个书名,这本书有很多书名,其中一个叫《东坡事实》。既然赵次公说这本书是伪造的,可见在 1134 年到 1147 年这一段时间,赵次公已经看到了这个文本。这样一来,它的下限可能是 1147 年,上限刚才推了几个,大致上在这一段时期。

这里我要再举一个材料。大家知道,我们从事这种工作的时候,要注意材料的精确性。这个材料就是胡仔的《苕溪渔隐丛话》。《苕溪渔隐丛话》可能是南北宋之交最重要的诗话类著作,有前集和后集,对唐代和宋代的重要诗人都有很多评论,而且搜集了别人的很多评论。这部书的前集卷十一中,胡仔驳斥"伪苏注",他说:"《注诗史》(也是"伪苏注"的一个书名)必好事者伪撰以诳世。"就是说,好事的人假托苏东坡的名义来骗人。《苕溪渔隐丛话》前集前面有一个序,写于绍兴十八年,也就是 1148 年,大家注意这个数字哦,1148 年跟赵次公的"赵注"可能完成时间的下限 1147 年非常接近。刚才我说,因为"赵注"已经提到"伪苏注"了,所以"伪苏注"最晚在 1147 年已经出现,我们现在看到胡仔的《苕溪渔隐丛话》写于 1148 年,而他在书里已经驳斥"伪苏注"了,所以我们马上就会想到,这是一个很好的旁证材料。也就是说,在 1148 年的时候,胡仔已经知道"伪苏注"是假的,已经说它是假的,这跟 1147 年可以相互证明。

表面上看是这样,我们在论述这一问题的时候,可以运用胡仔的这个序,它后面署的时间很清楚,就是1148年。可惜这条材料是不能用的。这里我要介绍一个情况,就是《苕溪渔隐丛话》的序虽然是1148年写的,而他这部书是先写序后写书,他写序的时候书还没有写好呢,所以这部书真正的成书时间要晚很多,已经晚到绍兴三十一年或者三十二年,也就是1161年或1162年。这个研究成果是淮阴师范学院已故的周本淳教授做的。周本淳有一本书,叫《读常见书札记》,这是一本非常不起眼的小书,很薄,封面也很朴素,可能一般人都不大注意,可这本书里有很好的见解。这个老先生做学问非常踏实,他一条一条地研究,他说这个《苕溪渔隐丛话》写序在前,成书在后,我觉得这个结论完全可以成立,所以这条材料实际上是不能用的。这就告诉我们,当我们做考证文章的时候,表面上看来这条材料很好,可以支撑我的论点,但是你要仔细考察它到底坚实不坚实,可靠不可靠,要仔细,不要轻易地一看,哦,这个序写于1148年,正好跟"赵注"的1147年只差一年,很好的一个材料,马上就用。你如果这样用了,你就太轻率了,你就犯了一个错误,因为这个时候他的书还没写,这个时候"伪苏注"完全可能还没出现。

刚才我做的工作是什么呢?就是从旁证材料来推测一下"伪苏注"到底是什么时候出现的。我们现在基本上有这样一个年代,就是最早不会早于1142年,因为王观国的《学林》中还没有提到,最晚不会晚于1147年。虽然我们不能确定哪一年,大致可以确定为1142年到1147年之间,或者也就在这前后不久的一段时间。当然,考证文章最好做到非常确定,就是具体到哪一年,但是材料不够,没有文献,我们只能得出这样一个稍微有点模糊的结论,就是在南宋初的绍兴年间,"伪苏注"已经出现了。把它出现的年代搞清楚了之后,我们就可以知道"伪苏注"很不可靠,因为这个时候苏东坡已经去世很多年了,苏东坡1101年去世,到这个时候已40多年了。做"伪苏注"的人说他跟着苏东坡到海南岛去,一直陪着苏东坡,向苏东坡请教,苏东坡说的一些杜诗的事情他都把它记下来,最后编成了这本书。这个"伪苏注"的所谓记录者,他当初跟着苏东坡到海南岛去,记下了苏东坡的3000多条说法,过了40年才把这些材料公之于世,太不符合逻辑了吧。而且这么有名的一个文献，既然被记录下来了，40年中间怎么会没有人提到过呢？就像陈尚君考察那个《二十四诗品》一样，很长时间没有人提到过，所以就很不可信。

当然更可疑的是"伪苏注"的内容。下面稍微介绍一下，请大家看讲义。"伪苏注"有这么多的名称，宋人的笔记中提到的这些名称都是"伪苏注"的书名：《东坡事实》《杜陵句解》《注诗史》《老杜诗史》《东坡杜甫诗史》，还有一种叫《东坡杜诗故事》。流传过程中有各种各样的书名，实际上都是同一个文本，都是假托苏东坡的名义为杜诗做的注解。假托苏东坡的名义为杜诗做注解，假如这个注本身有学术价值的话，假如它对杜诗解释得很准确的话，那么我们还应该重视它，不应因人废言，即使它不是苏东坡说的，也很有价值。可惜的是，这个"伪苏注"绝大部分没有什么价值，因为它是胡编乱造的。治学最忌的就是胡编乱造，根本没有根据，瞎说一气，而"伪苏注"的最大问题恰恰就在这里。下面我们来看一看具体的情况，看它到底是个什么样子。

首先要指出的一点是，现在保存下来的这个"伪苏注"，我这里指的是一种叫《分门集注杜工部诗》的宋注本中的，这是南宋出现的一种杜诗注本，里面保存"伪苏注"最多，3000多条都在这本书里。这个编者最没有眼光，他看到"伪苏注"，不知道是伪的，就全收进去。这个注本上没有编者的署名，当时的书商可能是找了一些文化水准不高的人在那里胡乱编的，也许编的人自己心虚，不敢署名，所以没有名字。还有一种是韩国的，叫《纂注分类杜诗》，是流传在韩国的一个杜诗注本。这个注本几乎把"伪苏注"都保存下来了。这个本子大概出现在相当于我国明代的时候，15世纪的时候。我以前有一个韩国留学生，他送我一部韩国的杜诗注本，我一开始觉得很宝贵，打开一看，里面全是"伪苏注"。当然书是很漂亮的，精装的，现在还放在我的书架上，哪个同学想看"伪苏注"可以去看，里面有很多。

这两本书中的"伪苏注"，其注文前面有所谓"坡曰"或者"苏曰"，一共有3000多条。我还下了点功夫，仔细地核对了，核出其中至少有14条是真的，的确是苏东坡说过的，不过是从苏东坡的文章里抄来的。我这里举一条。举一条有什么用呢？以后当我们讲到"九家注"的时候要用。南宋有一种注本叫"九家注",是郭知达编的。"九家注"本的卷五——请大家看讲义——有杜甫的《后出塞》五首。杜甫写了《前出塞》九首、《后出塞》五首。《后出塞》五首后面有"坡曰"(就是东坡说):"详味此诗,盖禄山反时,其将有脱身归国,禄山尽杀其妻子者。不出姓名,亦可恨也。"意思是说,仔细地体会这首诗,大概是在安禄山要造反的时候,安禄山的将领中有一个人从部队里逃出来,归顺了大唐政府。他逃走以后,安禄山就把他的妻儿老小都杀掉了。可惜这个人的姓名都没有记下来,不知道是谁,所以觉得很可惜。

这一条当然是对杜甫《后出塞》诗的一种理解,因为《后出塞》就是写一个人年轻时到燕云之地从军,在安禄山那里立了很多战功,后来逐渐提升,做到地位比较高的将领了。当他发现安禄山正招兵买马,准备造反时,他不愿意造反,就一个人逃走了。这个人后来怎么样呢?杜甫这组诗的最后一首写他的下落。"中夜间道归,故里但空村",说是半夜,一个人从小路上匆匆地逃回来,回到家乡一看,都没有什么人了;"恶名幸脱免,穷老无儿孙",回家以后,虽然坏名声脱免了,没有跟安禄山去造反,没有变成叛军,但是一个人又穷又老,又没有子孙。这条注可能就是对杜诗所描写的这种情况的一种理解,认为杜甫描写的确有其人,可惜他的名字没有记下来。当然,按我的理解,杜诗所描写的不一定是某个确定的人,他是在写一类状态的人,当时有一类这样的人。不管怎样,这一条注文和杜诗的情况是比较吻合的,是对杜诗的一种评述。这一条材料,我们可以断定它不是"伪苏注",不是假的,它确实是苏东坡说的。

我这里有两条证据:第一,胡仔在《苕溪渔隐丛话》前集卷十二引了这一条,说"东坡云",内容跟上面说的完全一样,就是"详味此诗,盖禄山反时"等;另外,这一段文字也见于苏轼的文集,《苏轼文集》卷六十七有一个题跋,叫《杂书子美诗》,就是他随便写了好几首杜诗,后面加了一些跋语。大家还记得吧,胡仔已经在书里驳斥"伪苏注"了,说"伪苏注"是假的,但他这里又引"东坡云",可见他认为这一条不是"伪苏注",他确实在东坡的文集中看到过,因此这一条材料是真的。那么类似这样一种情况的,我经过检查,在"伪苏注"3000多条中发现了14条,我在文章中都写了。当然,也许我有所遗漏,因为我读东坡集子读得不是那么熟,有的也许不记得了,有的漏掉了。

但至少有 14 条是真的。大家看一看, 14 条作为分子, 3000 多条作为分母,这个比例太小了,因此我们可以说,"伪苏注"基本上是胡编出来的,即使有真的,也是这非常少的例外,做"伪苏注"的人偶然在东坡集子中找到了一句,就抄来了,其他没有的他就伪造,所以说绝大部分都是假的。

南宋时,人们已经知道"伪苏注"是假的。下面举两个文本说明。第一个是朱熹的,请看讲义,是朱熹的一个题跋《跋章国华所集注杜诗》。朱熹虽然是个理学家,但是他非常关注文学,在文学上很敏锐,许多见解都很高明,所以我写了一本《朱熹文学研究》。朱熹指出"伪苏注"是假的,他批评"伪苏注""所引事皆无根据",就是说"伪苏注"引的典故都是没有根据的。"伪苏注"是怎么做出来的呢? 就是"反用老杜诗见句,增减为文,而傅以前人名字"。意思是说,依据杜诗中有一句现成的句子(所谓"见句"就是现成的句子)加几个字,或减几个字,再附会到前人身上,伪称这句话是前人说过的,有出处,是个典故。实际上,这个典故是不存在的。

第二个是陈振孙的《直斋书录解题》,简称"陈录"。南宋出现了两种重要的目录学著作,一种是晁公武的《郡斋读书志》,还有一种就是陈振孙的《直斋书录解题》,这可能是我们目录学上最重要的两部书。因为以前目录学的书,它所著录的都是皇家图书馆的藏书,不是作者自己家里有的书,所以有的著录是出于传闻,像《新唐书·艺文志》里面的书,《新唐书》的作者并没有全部亲眼看到过,他听说有某部书,就写下来。比如《新唐书》记载的杜甫集 60 卷,其实欧阳修和宋祁都没见过。而晁公武、陈振孙的这两部书是根据自己的藏书来写的,他们家里确实有这些书,再来做一个解题,说这本书怎么样,内容对不对、好不好,这就非常可靠。陈振孙《直斋书录解题》的卷十九专门批评了"伪苏注",说它"随事造文,一一牵合,而不言其所自出"。也就是说,"伪苏注"是随便伪造一些典故,然后跟杜诗拼凑在一起,都不说明出处。因为是伪造的,当然没有出处了,当然不能说出自哪本书了。

我们说朱熹这样批评"伪苏注",陈振孙那样批评"伪苏注",大家听了还觉得有点抽象。我们来看具体的例子。《分门集注杜工部集》卷二有一首《立秋后题》,其中有一句叫"日月不相饶","饶"是饶恕的意思,就是这个时间啊很残酷,无情地流逝了,不饶恕我,我一天天地变老了。这是古代诗人经常会有的一种感觉,时间过得太快。它下面就注了,"坡曰":"王献之览镜见发,顾儿童曰:日月不相饶,村野之人二毛俱催矣。"王献之照镜子,看见自己花白的头发,回过头去对儿辈说:时间不饶人啊,我的头发越来越短、越来越稀少了。"二毛"就是黑白夹杂的头发,像我这样的头发就是"二毛";(笑)"二毛俱催",就是有了花白头发,而且头发越来越短、越来越稀少。表面上看注得很好,你看这句杜诗"日月不相饶",不是杜甫自己创造出来的,是用典,是王献之说过的。问题是王献之这句话见于何处?出处在哪里?它没有。"伪苏注"不交代出处,就说王献之这样说了。那么你一个南北宋之交的人,怎么知道王献之说过什么呢?你见于什么典籍呢?"伪苏注"所以会被人看穿,很大一个原因就是因为它出现得比较早。假如"伪苏注"是出现在明代,是对明代人的诗做注,我们就很难发现它的错误。为什么?因为唐以前的书,其数量是有限的。以前有很多老先生说:"唐以前的书我全部读过了。"这是完全可能的,包括唐,都可以完全读过,你只要下功夫。但是没有人敢说"宋以前的书我完全读过了",或者"明以前的书我全都读过了",读不完,一辈子活两百岁也读不完。所以伪造的年代越早,越容易露马脚。关于王献之的文献太少了,就那么几部书,什么《世说新语》啊、《晋书》啊,其他没有了。你伪造一条王献之的材料,大家马上追问见于何处,见于什么书,根本没有嘛。而且我们仔细看这个文本,也发现里面有问题。王献之是什么人啊?是王羲之的儿子,南朝的王谢高门,最高的贵族,他怎么会自称是"村野之人"呢?要知道王谢这些人一天到晚以自己的贵族身份而自豪,他才不会谦虚说自己是"村野之人",他从来不说的,所以这样的口气完全不像。你说一个隐士,像陶渊明,他自称"村野之人"还差不多,王献之不会说这样的话,所以这个话只能是伪造的,何况它毫无根据,没有来历。

我们再看同卷的另一条,也是《分门集注杜工部集》的卷二,杜甫的《春望》大家都很熟的:"国破山河在,城春草木深。"最后两句:"白头搔更短,浑欲不胜簪。"杜甫说我越来越老了,白头发越来越短,连簪子都挂不住了。因为古人要把头发梳成一个髻,用一个簪子插在上面,头发太稀少了,簪子就插不住了,要掉下来,所以说"浑欲不胜簪"。这句话大家都不知道有什么出处,因为杜甫写的是他当时的生活情景。"伪苏注"说这句是有出处的:"坡曰:张茂先谓子曰:利名系锁,未遂山林之兴。短发搔白,浑不胜簪矣。"张茂先就是张华,晋代的张华,很有名的,当时的文坛领袖。说张华对儿子说:名啊利啊就像枷锁一样,我被它们锁住了,不能隐居;我的头发越来越白、越来越少了,连簪子都插不住了。"伪苏注"假托苏东坡记载了张华说的话,然后又问:"史臣不载,何也?"他问张华这两句话为什么史臣不把它记载下来呢?哈哈,这可就怪了,他还要反问为什么张华的话不见记载。我把张华的生卒年写在讲义上了,是 232 年到 300 年。即使是到"伪苏注"成书的上限,最早的时候,我们就说 1142 年吧,也已经 800 年过去了。800 年过去了,历史学家又没有记载,你怎么知道的?你苏东坡或者说这个假托苏东坡的人,怎么知道张华说过这句话?没有出处,没有记载,没有来历。所以这个假造的人做贼心虚,怕人家追问他"出处在哪里",而他回答不上,就说"史臣不载"。为什么呢?史臣怎么不记载这句话呢?实际上是没有这句话的。

"伪苏注"中绝大部分都是这一类性质的,都是根据杜诗来伪造古代一个什么人说过一句什么话,然后说这是一个典故,杜诗就是用这个典故。实际上这是个伪典故。那么这个伪典故出现以后它有什么危害?应该说南宋的朱熹已经指出来它是伪的,陈振孙、胡仔、赵次公也都说它是伪的,可惜,尽管有人说它伪,它依然流传开来,依然被很多后代的杜诗注本辗转地抄录进去。为什么呢?因为它实在很"可贵"。这都是很难注的东西,人家注不出来,他注出来了。有的人不加分辨,一看"坡曰",哦,苏东坡说的,大家对苏东坡说的敬若神明,马上把它记载下来,觉得很可贵,所以这个"伪苏注"就一直流传到现在。

我下面举两个例子,说明它的流毒一直到现在都还没有肃清。大家不要轻视,不要以为它在南宋就已经被揭穿了,就可以放过它了。不,它还存在,它还继续有影响。

刚才举的《春望》里的"白头搔更短,浑欲不胜簪","伪苏注"伪造了一个张华的典故。台湾文史哲出版社 1997 年出版了一本书,是一篇博士论文,题目叫《唐诗宋诗之争研究》(这个题目倒蛮好的),请大家看讲义,作者叫戴文和。我说台湾的博士论文有时也写得比较粗糙。这本书里就提到这首诗,而且提到这个典故了,说"张梦机师则指出此典故之所出",是说杜甫《春望》里"白头搔更短,浑欲不胜簪"所用张茂先话的典故谁都不知道,只有台湾"中央大学"的张梦机教授指出来了。张梦机是戴文和的导师,他给指出来了,我讲义上打的省略号就是张梦机的话,事实上就是引的伪苏注。戴文和然后说:"可知此一典故,连博学之注家也未注意到,更遑论一般读者了。"就是说那么多的杜诗注家、历代的杜诗学者都没有注意到,都没有指出来,一般读者更不知道了。戴文和是想推崇他的导师,说张先生学问很好,人家都不知道这是张华说的,只有张梦机先生知道。这个张梦机先生年辈比较高,现在可能有七八十岁了吧,身体也不太好,我几次到台湾去都没有见到他。我到台湾"中央大学"去过两次嘛。我知道他是研究杜诗的,本来想去拜访他,向他请教请教,但因为他身体不好,都没有见到。我觉得这条材料很明显就是"伪苏注",前面实际上有"坡曰",就是《分门集注杜工部诗》里的。大家都知道这是一部粗制滥造的书,都不去读它,我是为了研究"伪苏注"才去读的,就读到这条材料,前面有"坡曰"。这个张先生怎么就能对他的学生说这个典故出自张华呢?这是"坡曰"啊,是苏东坡说的呀,进一步说这是"伪苏注"啊。即使你没有看出来它是伪的,你也要说苏东坡已经指出来这是张华说的,你怎么能说是自己看出来的,人家都不知道呢?弄得这个学生非常推崇他,还在书里把他的话记录下来,当作张梦机先生学问很渊博的一个证据。实际上掌握一条"伪苏注"有什么稀奇的呢?只能让大家说他没有眼光,连"伪苏注"都要引用。戴文和的这篇论文是1990年写的,所以我说"伪苏注"现在在学界还是有一定的影响,并不是说大家都知道其底细,就不再去理会它了。

　　台湾如此,那么大陆是不是一点都没有影响呢?我们两岸要注意交流,大陆也有的。下面举一个例子来看看"伪苏注"在大陆的影响。《分门集注杜工部诗》卷十三,有一首诗叫《空囊》,就是说空空的行囊,口袋里没有钱。杜诗是这样写的:"囊空恐羞涩,留得一钱看。"因为太穷,没有钱,但让口袋完全空着又很难为情,所以留着一个铜钱让它看守口袋。这是杜诗的诙谐之处。大家也许还记得胡适之在《白话文学史》中对杜诗有一个评价,他说杜甫很诙谐,杜甫写的诗是诙谐的诗。20世纪50年代批判胡适的时候,胡适被骂得狗血喷头,说他污蔑我们的诗圣,怎么能说杜甫是诙谐的呢?他是沉郁顿挫的呀！实际上应该承认杜诗有它诙谐的一面。这首诗就是一个例子。这本来是没有什么出处的，没有典故的，因为历史上的诗人没有一个像杜甫那样穷过，他最穷了，他的穷是原创性的，怎么可能有典故呢？（笑）但是，"伪苏注"就给他造了一个典故出来："坡曰：晋阮孚山野自放，嗜酒，日持一皂囊，游会稽。客问囊中何物。但一钱看囊，庶免其羞涩。"阮孚这个人自己在山野中逍遥，不做官；又喜欢喝酒；每天拿着一个黑布口袋，在绍兴那一带游玩。有客人问他说：你这个口袋里装的什么东西啊？阮孚说：我口袋里还有一个钱看着，我就不难为情了，我还是有钱的嘛，不是完全没有钱，不是赤贫。表面上看这个典故用得多好啊，就是阮孚说的嘛，阮孚说了这个话，然后杜甫用阮孚的话来写自己贫穷的状态。表面上注得非常准确，可惜这是"伪苏注"，这是伪造出来的。阮孚实有其人，可是根本没这个事，我们可以马上查一下《晋书·阮孚传》，阮孚是晋代的名人，他是阮籍的孙子，阮浑的儿子，他的祖父阮籍赫赫有名。晋室南渡以后，阮孚一直在朝廷做官，官还做得很大，而且他平生豪爽，因为做大官，家里也很有钱嘛。他留下来一个成语叫"金貂换酒"，说他到酒店里去喝酒，不带钱，就取下一个金貂来换酒。这么阔的一个人，怎么可能拿着一个黑布口袋，里面只放着一个钱？怎么可能有这样的事情？而且说"阮孚山野自放"，阮孚一辈子都在朝廷做官，什么时候有"山野自放"的事情？所以这完全是伪造的。

可惜的是，"伪苏注"伪造出来的这个典故现在依然留在我们的文本中。有两个文本：一是《汉语大词典》。《汉语大词典》是 1990 年出版的，它的第 11 册的第 913 页——我把它的页码都记下来了——专门有一个词条叫"阮囊羞涩"。什么叫"阮囊羞涩"呢？就是引的"坡曰"这段话：阮孚怎么怎么样，口袋里放着一个钱。二是山东大学中文系编的《杜甫诗选》，我指的是人民文学出版社 1980 年版的，编选者中包括萧涤非先生这样著名的杜诗专家，他们这个诗选中选了《空囊》这首诗，里面的注解也是引了这个假典故，引了阮孚的故事：空囊里放了一个钱。他们都忽略了这实际上是"伪苏注"，根本没有这个事。他们当然知道"伪苏注"是不可靠的，所以他们要注明出处，说明引的是什么书。他们引元代阴时夫的《韵府群玉》。元人阴时夫编了一本《韵府群玉》，这是一本韵书，就是指导人们怎么用韵，每个韵部有些什么字,有过哪些句子,什么典故。但元朝人怎么会知道晋朝人的事情,他有什么根据? 实际上他的根据就是"伪苏注",阴时夫就是从"伪苏注"里抄来的。后人再根据阴时夫这本书去注杜诗,说杜诗是根据阮孚这个典故写的。这真是以讹传讹了。

可以说,"伪苏注"在海峡两岸的学界都还在发生影响,大家还不时地受它的蒙蔽。因此,我们要继续声讨它,告诉大家"伪苏注"是假的,是胡乱编出来的,是古代文学注释中的一种恶劣风气:伪造典故来替文本作注解,使大家真伪莫辨。我对"伪苏注"的追究大体上就是这些内容,当然,仅仅谈这些还是不够的。我们仅仅是把文学史上的现象大致地谈了一下,曾经有过这个现象,它到底是怎么回事。那么这个现象的根源是什么? 为什么会在南宋出现这样一种现象? 它产生以后为什么又会流传开来? 这也是我们思考这个现象时应该关注的一个问题。这些内容下一次我们再接着讲。

第二讲

宋人关于杜诗的讨论

上一讲我们介绍了宋代出现的杜诗"伪苏注"的情况,我们举了几个具体的例子,说了这个"伪苏注"是怎么作伪的,为什么称它为伪注。这个"伪"字有两重含义。第一,它假托注者的名字,本来不是苏东坡做的,是无名氏做的,但是它假托东坡的名字。这是一重作伪。第二,就是它所注的所谓出处,这个典故,本身是伪造出来的,原来历史上并没有这样的成语。这是第二重作伪。"伪苏注"一出现,当时就有一些比较有见识的人看出它是假的,因为这个作伪者的水平不是很高明。换句话说,如果这个作伪者高明一些的话,就不那么容易被识破了。

我们来看看最初它是怎么被识破的,请大家看讲义上的例子。我以南宋严羽的《沧浪诗话》为证。《沧浪诗话》已经批评"伪苏注"是伪的,其中举了这样一个例子,说有一句杜诗叫"楚岫千峰翠"("岫"就是山峰了,"岫"实际上应该是有洞穴的山,但是后来大家都把它当作山峰来用),楚地有很多的山峰,一片碧绿,所以说"楚岫千峰翠"。那么"伪苏注"是怎么注的呢?"伪苏注"说这句杜诗的出处是景差的诗。大家知道景差是谁吗?景差是先秦的辞赋家,跟着屈原、宋玉写赋的一位辞赋作家。"伪苏注"说景差有一首诗叫《兰台春望》,里面有这样两句:"千峰楚岫翠,万木郢城阴。"大家看,所谓景差这句"千峰楚岫翠",到了杜诗中间变成了"楚岫千峰翠",是把前面四个字倒了一下顺序,"伪苏注"就认为这是杜诗袭用前人的句子,再加一些改造。严羽讥笑"伪苏注"的作者，说他这就露出了马脚，有漏洞。他说五言诗到东汉才开始有，怎么景差就写了五言诗呢？实际上严羽还没有指出来，这两句所谓景差的五言诗，假如我们分析一下它的平仄格律的话，它的上句是平平仄仄仄，下句是仄仄仄平平，除了上句第三字外，两句诗的平仄完全合律，就是五言律诗的写法。我们知道五言律诗起源于南朝，最终成熟于唐代的沈、宋时期，先秦的景差怎么可能就写了两句平仄完全合律的五言律诗来，这是违背文学史常识的，是不可能的事。所以严羽就说，幸亏有这样的漏洞，我们一眼就看穿了，知道它是伪造的，是一个没有常识的人伪造的。这里再稍微补充一下，严羽没有指出来，这句"楚岫千峰翠"实际上也不是杜甫的诗，而是附录在杜甫诗集中的一位跟杜甫唱和的诗人的诗句，这个人就是韦迢。韦迢是杜甫晚年流落湖南时与杜甫有唱和关系的一位诗人，杜甫写了一首诗给他，他又写了一首诗回答杜甫，两个人唱和。因为是唱和，所以这首诗就一直附在杜甫的诗集中。同样的情况还有严武的诗，严武的诗都是依靠附在杜甫集中才流传到后代的。因为韦迢的诗附在杜甫的诗集中流传下来，做"伪苏注"的人也没有注意，所以也把它注了一下，并伪造了一个出处，而这个出处正好给严沧浪抓住了。"伪苏注"的大致情况就是这样。

假如我们对"伪苏注"的思考到此为止的话，那么，我们的思考并不十分全面。对于一种文学史现象，对于诗歌史上的一个现象，我们研究它、论述它，并不是说把它的面目搞清楚就算完事了。当然一篇论文可以这样写，你说"伪苏注"是什么，怎么作伪的，也可以。但是作为一个问题的探讨，它并没有结束。我们还要追问一下：为什么是这样？"伪苏注"为什么在宋代出现？而它为什么又附在杜甫身上？它不是注李白，不是注王维，而是注杜甫，这是为什么？现在我们从另一个角度来思考一个问题，这个问题就是"伪苏注"的文学史意义是什么，它说明了什么。我们稍微再展开一下。

首先，"伪苏注"的出现是跟宋代人对杜诗的认识分不开的，虽然它本身是一个伪的东西，是学术史上一个弄虚作假的恶作剧，但它的产生是与宋代对杜诗的一个普遍的看法分不开的。这个看法是什么呢？宋人认为，杜甫的学识非常广博，杜甫自己说过："读书破万卷，下笔如有神。"他读了很多书，读得非常熟，所以他进行诗歌创作的时候，他所掌握的那些前代典籍、前代文化的知识都体现在他的作品中。这一点本来是不错的,杜诗确实是有这个特点,但是宋朝人把这方面的认识推向了极端。推向极端以后,就出现了下面这样的论点。

请大家看讲义,我们先看一条北宋孙觉的话。孙觉这个人不太有名,但他有一个很有名的女婿,叫黄庭坚。孙觉是黄庭坚的第一位岳父,黄庭坚娶过两个妻子,第一个妻子死后,又娶了一个。孙觉有一句很著名的话,他说:"杜子美诗,无两字无来处。"他认为,杜诗中间只要把连在一起的两个字单独拿出来,当然一般能组成一个词或者是一个动宾结构,只要你把这样一个语言单位取出来,那么它一定是有出处的,这两个字一定能够在前代典籍中找到它的来源,而不是杜甫杜撰出来的。这是孙觉的话。孙觉本人没有著作留下来,我把这句话的出处打在讲义上了,同学们感兴趣可以去找一找。它是出自林希逸的《竹溪鬳斋十一稿续集》,这本书记录了孙觉的话。

孙觉的这句话后来不断有人复述,比较有名的就是南宋的王楙,他在其《野客丛书》中重复了这个观点,认为杜诗中每两个字都是有出处的。孙觉提出这个观点以后,他的女婿黄庭坚"百尺竿头,更进一步",进而提出杜诗每一个字都有出处,不一定非要两个字连在一起。黄庭坚在写给他的外甥洪驹父的书信中说:"自作语最难,老杜作诗,退之作文,无一字无来处。"就是自己要创造一种说法、一个句子是非常难的,杜甫写诗,韩愈作文,"无一字无来处",他们诗文中的每一个字,都可以在前代的典籍中找到出处,都是有来历的,不是自己杜撰的。为什么我们现在看不出来呢? 黄庭坚后面又解释说:"盖后人读书少,故谓韩、杜自作此语耳。"我们现在看来,好像杜诗中有的字并没有来历,黄庭坚说这不是没有来历,而是我们读书太少了,看不出它的来历。实际上它是有来历的,你继续找,孜孜不倦地找下去,迟早能够找出来,只是现在还没有找到罢了。这下好了,杜诗不是"无两字无来处",而是"无一字无来处"了。

孙觉在当时的影响不是太大,可黄庭坚是当时诗坛上鼎鼎大名的人物。他提出这个观点,当时的影响非常大,马上就影响到杜诗的注释者,那些为杜诗做注的注家,都接受了这个观点。于是人们就认为,当你为杜诗做解的时候,你一定要为每个字找到它的来历,没找到的话,你就注得不够全面。

我们看看李复的话,李复在一封书信中说:"杜读书多,不曾尽见其所读之书,则不能尽注。"杜甫读了很多很多书,假如你没有读过杜甫那么多书的话,你就没有办法完整地为杜诗做注解,因为有些句子的来历你不知道。我想,这样一种观念,对杜诗的这样一种看法,会极大地影响宋人为杜诗做的注解。

为杜诗做注解的学者就态度而言可以分成这么两类。一类是认真的,是诚实的,他们在为杜诗做注解的时候,发现没有来历,就承认"我读书太少了,现在还没有找到"。还有一类,不那么诚实,在注杜诗时看到有的没有来历,他想一定有来历,但是一时找不到,怎么办呢?干脆伪造一个。用伪造出处的办法证明杜诗每一字都有来历,或是每两字都有来历。这是产生"伪苏注"的一种学术气氛。当然做"伪苏注"的这个人品质不好,他在杜诗学、在学术史中给我们制造了很多麻烦,他在那里捣乱,但是"伪苏注"的产生是有原因的,原因之一就在于整个学术界对杜诗有这样一种看法,认为杜诗每一字都是有出处的,有来历的,你一定要找出来。

还有第二方面的原因,这也与黄庭坚有关系。我们先介绍一下黄庭坚的一个观点,黄庭坚在他的诗歌理论中提出了"夺胎换骨,点铁成金"八个字。关于这八个字,我在《黄庭坚"夺胎换骨"辨》的文章中作了比较全面的分析。它的来龙去脉如何,它的真实含义是什么,它的影响如何,它在山谷本人的写作中有什么体现等,我都作过分析。我要稍微说一下这篇文章。这篇文章发表在1983年第5期的《中国社会科学》上。我一直记得这篇文章的发表时间,为什么呢?因为这是我发表的第一篇文章。我以前从来没有发表过任何文字,这是第一篇。有人说:"你起点很高啊,第一篇就发表在《中国社会科学》上面。"事实不是这样的。我把这个经过给同学们说一下,因为在座的恐怕大多是博士生,博士生都有一个发表论文的问题,都为要发表论文而烦恼。我1982年开始读博士,跟程千帆先生,因为我的硕士老师也是他,所以程先生就说:"你的硕士论文中关于黄庭坚的诗歌理论那一部分还有一点新意,你把它抽出来,改成一篇单篇论文,试着投投稿。"那时候还没有博士生一定要发表论文的规定,不发表论文也可以。我把那部分抽出来,改成一篇论文,先投到南京的《江海学刊》。过了几个月,编辑答复了,说"可以考虑用，但太长了，你这篇文章一万四千字，我们最多只能用七千字，你把它砍掉一半"。我倒不是舍不得我自己的文章，我的文章又不是字字珠玑，可以砍。但问题是这篇文章是以大量的材料来说话的，砍掉七千字，理由就不充分了，证据就不够了，观点就说不清楚了。虽然是第一次发表文章，对我有诱惑力，但我考虑来考虑去，还是舍不得砍掉那一半，所以我说我情愿不发表了。我把文章抽回来了，程先生说那再换一家吧。第二家换到山东大学的《文史哲》，文章在《文史哲》也躺了几个月，编辑回信了，说你这篇文章没什么新意，我们不能采用。本来我也就算了，因为那时还没到发表文章的程度，自己也觉得基础还没有打好，怎么就要发表呢？不像现在大家急于发表，那时候学校也没有规定嘛。结果程先生不乐意了，程先生说："我觉得写得蛮好的，怎么他们说没有新意呢？"他让我干脆投一家好的刊物。我把它投到《中国社会科学》去，结果三个月就发表了。我讲这个例子就是要告诉大家，当大家投稿的时候，稿子发表了，你不要太高兴，稿子被退回来了，你也不要沮丧，没什么大不了的。你要对自己有信心，不要把编辑部的意见看作最高标准，发了就是好文章，不发就是不好的文章。刊物的档次也没什么道理。我这篇文章《江海学刊》发不出来，《文史哲》发不出来，《中国社会科学》发出来了。按照现在的分类，什么一流刊物，什么核心期刊，分了好几个等级，有什么道理？没有。所以大家投稿的时候，自己对自己的学术研究保持信心就行了，不要太在乎其他人的意见。

现在我们回过来说黄庭坚的这个观点，这个观点跟"伪苏注"之间有什么关系呢？关系就在于：黄庭坚提出这个理论，也是以韩愈、杜甫为根据的，他认为杜、韩这样的人写诗写文是有来历的，而杜、韩对于他们的前人的作品，那些好的句子，好的构思，拿过来为我所用，经过一定的改造之后为我所用，这是一种推陈出新的做法，这种做法是值得肯定的。于是，黄庭坚给他们的做法起了一个名字，凡是在具体的字句方面学习前人的，比如一个词、一个句子，这种做法叫"点铁成金"；凡是在整首诗的构思、结构、立意上模仿前人而加以变化的，这叫"夺胎换骨"。

宋人经常把这两句话合起来使用，因为两句话说的都是怎样对前人的好作品进行改造，吸收前人的经验，为我所用。黄庭坚提出这样一种理论，在当时产生了很大的影响，尤其是年轻人，非常相信这一点，因为这是一个入门的好办法，即模仿前人。当然，黄庭坚进一步要求自成一家，"夺胎换骨"只是初步的。宋代诗人开始写诗的时候，唐诗已经存在了，唐诗是他们面临的文学遗产。一方面，唐诗为宋人提供了许多好的经验，可以参考，可以模仿。另一方面，唐诗对宋人造成了极大的压力，唐诗写得太好了，所有的题材都开拓了，所有的风格也都创造出来了，不管在哪个方面，只要联想到唐诗，总会找到这方面的名篇。这叫宋人还怎么写诗？宋朝的社会生活形态与唐朝区别不大，并没有出现新的东西，没有出现汽车、火车，还是原来的生活状态，基本的喜怒哀乐是一样的，整个的文化背景也差不多，那宋人还怎么写？鲁迅先生曾经说过："我以为一切好诗，到唐已被做完，此后倘非能翻出如来掌心之'齐天大圣'，大可不必动手。"唐以后的人不要再写诗了。当然他说的是五、七言的诗歌了，你写新诗、白话诗当然可以，唐朝人没写过，但是五、七言诗唐朝人写完了，你没法写。所以黄庭坚这个理论对宋人来说是很有用的，他们正一筹莫展，不知道怎么写，写来写去都绕不开唐诗，黄庭坚就教他们：你就对唐诗进行有效的利用，对它进行"点铁成金"，对它进行"夺胎换骨"。黄庭坚还给他们打气：不要以为只有我们这样做，古人也这样做，杜甫这样做，韩愈也这样做。黄庭坚提出这个理论以后，宋代的学者、诗论家果然举出很多前人的例子，探讨杜甫是怎么做的，韩愈是怎么做的，他们对前代的那些文献怎么进行"点铁成金，夺胎换骨"的。可以说，这种思考深入人心。所以体现在杜诗的注解中，这些注家也就带着这种观念来思考：一句杜诗写得很好，它有没有来源？它是独创的，还是对前代人的诗进行"夺胎换骨"或"点铁成金"？

下面我们来看一个例子。请往下看讲义，《分门集注杜工部诗》卷四有一组《秦州杂诗》，这是杜甫在秦州写的一组五言律诗，共20首，其中有一句是"归山独鸟迟"，就是有一只鸟，很晚才飞回到山里面，而其他鸟早就回去了，这只鸟落到最后了。讲义上斜线后面就是"伪苏注"的说法，"伪苏注"是这样为杜诗做注的，说杜甫以前的诗就有这样的句子，一句叫"夕鸟背山迟"，一句叫"归林孤鸟迟"。这两句到底是谁的诗，我们现在也查不到，多半是这个"伪苏注"的作者自己胡编出来的，说古代就有这样的句子了，这个句子跟杜诗差不多的,意思也比较接近。下面终于举出一个人的名字了,这个人叫何敬祖。"伪苏注"说何敬祖还有一句诗"倦鸟山林迟",接着就表扬杜甫,说"工部或得换骨法"。你看杜甫以前就有三句这样的写法了,都是写傍晚时候一只鸟回到山里面,一句是"夕鸟背山迟",一句是"归林孤鸟迟",何敬祖又有"倦鸟山林迟",显然杜甫是对这三句古诗加以"夺胎换骨",加以"点铁成金",从而造出"归山独鸟迟"一句。

何敬祖有名有姓,就是西晋诗人何劭。在现在的总集中,我查了一下,《晋诗》卷四中一共有他四首诗,还有两句是残句,不成章的,但都没有这一句。当然从逻辑上讲,可能是亡佚了,但是我们反过来想,可能根本就没有,所谓"倦鸟山林迟",句法都不太通顺,造得很拙劣。清代仇兆鳌的杜诗注《杜诗详注》,是注得最详细的,仇兆鳌又找出一句何逊的诗,叫"独鸟赴行槎",这一句是有的,现在保存在何逊的集子中。因为仇兆鳌是从不造假的,他要有根据才说。但是我们看这一句,它跟杜诗差得比较多,只有"独鸟"两个字是相同的,它跟山毫无关系,不是回到山里去。所以"伪苏注"说的这三个句子,何敬祖的也好,两位无名氏的也好,到底是怎么回事呢?凭什么说杜甫是根据这三个句子进行"夺胎换骨",造出一句"归山独鸟迟"呢?我想,我们现在比较合乎逻辑的判断是:实际上这三个句子都是"伪苏注"的作者根据这句杜诗伪造出来的。他先是看到了这句杜诗"归山独鸟迟",然后给它改几个字,变成了这三句,然后倒过来栽赃给杜甫,说杜甫是根据它们来改写的。这是一种逆向的"点铁成金",因为他的手段不很高明嘛,所以他这个"点铁成金"事实上变成了"点金成铁",把一句很好的杜诗改得反而不好了。

这一类的例子在现存的"伪苏注"中比较多,当然数量远远比不上第一类"伪造典故"那么多。所以当我把3000条"伪苏注"全部排查一遍之后,我就很有信心地下了一个断语:"伪苏注"就是这样作伪的,它基本的作伪手法就是这样的,它确实是整个杜诗学史上一个非常特殊的例子,学术中包含着伪学术,它不是学术水平高低的问题,它是一个作伪的问题,是一个伪造的文本。所以我想这是很有典型意义的,它同时体现了宋代杜诗学界的一些风尚。确实有这样的风气,有这样的普遍认识,然后才推向极端,产生了这样一个比较古怪的伪文本。"伪苏注"我们就谈到这里,同学们对其中的细节感兴趣的话,可以去看我那篇文章,那篇文章比较长,里面有非常多的材料,大家可以自己去看。

我们把"伪苏注"排除以后,下面回到一般意义上的宋注上来。上次我引了一句吉川幸次郎的话,吉川说我们读杜诗的时候,不但要读清人的注本,还必须非常重视宋注本。这句话确实对,但还不够全面。我们今天想全面地了解一下杜诗学史,想全面地评价一下宋朝人在杜诗学中所作出的杰出贡献,还不能仅仅看那些流传下来的杜诗注本。这不是说要注意那些已经亡佚了的宋代的杜诗注本,亡佚了的我们现在也看不到了,而是说我们还应该注意注本以外的那些诗话、那些笔记,乃至一般的文章,如书信、序跋等。因为在那些材料中也包含着关于杜诗的大量的议论,其中有一些实际上就是对杜诗文本的校勘和对字义的注释。而那些成果、那些意见没有被吸收到杜诗的注本中来,大量的散佚在注本之外。这对我们了解宋代的杜诗学史是有帮助的。下面我们举几个例子来看一看,宋人是怎样做的,他们做得怎么样。

先看一个王洙的例子。请大家看讲义,有一首杜诗叫作《草阁》,《草阁》里面有一句叫作"草阁临无地"。有一本书叫《王氏谈录》,《王氏谈录》是专门记载王洙的言行的一本书,作者是王洙的儿子,名叫王钦臣。《王氏谈录》记载王洙校杜诗的时候说:"校书之例,他本有语异而意通者,俱当存之。……"就是当我们进行校勘的时候,如果有不同的版本,不同的版本的文本又不同,文字有差别,但是文意都能讲通,这个时候你应该保存异文,你不能说我认为这个版本的句子好,那个版本的异文不好,我就把它舍掉了,不记录下来。不行,你不能轻易地这样做,你一定要把异文都保存下来。下面就是杜诗的例子了,说"公自校杜甫诗,有'草阁临无地'之句,他本又为'荒芜'之'芜'"。就是"无"这个字,其他一个本子变成了有草字头的,"荒芜"的"芜",王洙就"两存之",把这两个文本都保留下来,一个作为正文,一个作为异文,保留在校记中间。我们做校勘的时候,应该把你认为最重要的一个放在正文中,次重要的一个作为异文放在校记中,王洙把两种都保留下来。过了几天,有人"谓'无地'字以为无义",也就是有人对王洙说:这个"无地"的"无"，没有草字头的"无"是没有意义的，不通顺。王洙就笑了："《文选》云：'飞阁下临于无地'，岂为无义乎？"就是《文选》中间有这样的例子，"飞阁下临于无地"，"无地"两个字古人就有这样的搭配，怎么能说是没有意义的呢？它是有来历的，可以这样用。

我看到这一类材料的时候，觉得好像面前就出现了一个王洙。王洙也是一个"读书破万卷"的人，他博闻强记，范仲淹称他"文词精赡，学术博通，国朝典故，无不练达"。他曾修《崇文总目》《国朝会要》《集韵》《祖宗故事》等书，现存最早的杜集《杜工部诗集》二十卷就是他编纂的。所以在讨论杜诗的时候，有人说这个"无地"无义，他就笑，笑你这个人没有学问，《文选》读得不熟，《文选》里面明明有这样的句子"飞阁下临于无地"，你怎么说"无地"是不对的呢？有来历的，肯定是对的。我们现在去查一下《文选》，实际上仇兆鳌已经查出来了，不是我查出来的，《杜诗详注》卷十七注就引了《文选》中这篇很有名的文章《头陀寺碑》。《头陀寺碑》是一篇很难读的很有名的文章，《头陀寺碑》描写寺庙里有一个非常高的建筑，说："飞阁逶迤，下临无地。"他这个"无地"就是说这个阁建得非常高，高悬在半空中，下面连地都看不到，这就是'无地'。当然我们不妨补一条材料。下面我补的，王勃《滕王阁序》，这个大家更熟悉一些，《滕王阁序》中间也是这样写的："飞阁流丹，下临无地。"王勃也在杜甫以前，当然我们做注应该引更早一点的。《头陀寺碑》是南朝人写的，时代更早，事实上王勃也是沿袭《头陀寺碑》的。因此王洙认为"无地"这两个字是可以的。这个例子告诉我们什么呢？就是说王洙在校勘杜诗的时候是非常小心的，他对于不同的异文，不是根据一己之见轻易地把异文舍弃掉了，抛弃了，不是这样，他是很仔细地把它记录下来，而且尽量追究它的出处，看它原来有没有根据。正是由于王洙的这种态度，"无地"就保存下来了，如果按照那个客人的意见，恐怕就把"无地"去掉了，只留下带草字头的"芜地"，实际上这反而降低了杜诗的艺术水准，因为没有草字头的那个"无地"更好。这是第一个例子。

请大家往下看，第二个例子是《乾元中寓居同谷县作歌七首》，这是杜诗中非常有名的一组诗，是他从秦州流浪到成都，路过同谷时写的。同谷是现在甘肃省的成县，在宝成铁路上，这个地方我曾路过，但是火车不停，站太小,仅仅从车窗里张望了一下,这是个非常荒凉的地方。杜甫在乾元二年(759)冬天赴成都途中在那里呆了一个月,他到同谷去本是因为同谷的一个地方官答应会帮助他,但是到同谷之后,他并没有得到帮助,所以就陷入困境了,全家老小没有饭吃。这一组诗中写到了这样一个细节:"黄独无苗山雪盛,短衣数挽不掩胫。"这两句的前面两句是:"长镵长镵白木柄,我生托子以为命。"拿着一把长柄的铁铲子,到山里去挖野生植物的块茎以充饥,没想到雪下得很厚,挖不到。于是"此时与子空归来,男呻女吟四壁静"。什么也没挖到,空着双手回来了,一家老小倚在墙壁上呻吟,没有食物吃,很饿。"黄独无苗山雪盛,短衣数挽不掩胫"是这首诗的第二联,是说黄独没有苗,雪又下得很大,根本挖不到;因为雪很深,我只得把短短的袍子挽起来,连腿也挡不住,言下之意是非常寒冷。我们来解释一下"黄独"。黄独是一种野生植物,它有块茎,块茎的皮是黄颜色的,同时一株只长一个块茎,所以叫"黄独"。古人取名还是很精确的:它是黄颜色的,又不像山芋那样长了很多块茎,它只有一个块茎。《本草》记载说,这种植物一到冬天,枝叶都枯萎了,地面上不留下任何东西,无影无踪,你很难找到它。杜甫写得非常准确,"黄独无苗",再加上"山雪盛",雪又下得很大,所以诗人漫山遍野地找也找不到。黄独本来是穷人冬天用来充饥的,它有块茎嘛,可以吃的,所以杜甫当时本来想挖黄独来充饥,可惜没有挖到。

这里就产生了一个杜诗注释学上的问题,因为黄独这个东西,为杜诗做注的那些学者都没有吃过,宋代士大夫的生活过得比较优裕,不需要挖这个野生植物的块茎去充饥,他们都没吃过,甚至没听说过,看到"黄独"两字就不知道这是一个什么东西。他们比较熟悉的是另外一种植物黄精。黄精是药草,据说吃了以后可以长生的,所以宋代士大夫对黄精比较熟悉。因此宋代杜诗注家看到"黄独"时就怀疑了,说这是不是写错了,本来是"黄精",错写成"黄独"了。请大家往下看讲义。为什么有的杜诗版本是"黄精无苗山雪盛"呢?黄山谷说:"往时儒者不解黄独义。"以前的人不晓得黄独是什么,就把它"改为黄精,学者承之"。这样反复地传下来就成了黄精了。黄山谷的意思就是杜甫本来写的就是黄独,黄独能充饥,黄精也有一个小的块茎,它是入药的,但它的淀粉含量很少,不能充饥。李时珍的《本草纲目》中专门有记黄精的，认为它可以治百病，还有长生的功效。但有人不同意黄山谷的说法，并提出跟黄山谷相反的说法。

宋人非常喜欢讨论杜诗，对于杜诗一句话怎么理解，写得好不好，经常互相争论，争得很厉害，我们今天看到的宋人笔记中就有很多这样的记载。上次说过一个"怕老杜诗"的例子，我再补充一个例子。南宋时的都城是临安，有一次，两个士大夫在一个酒店里讨论杜诗。讨论到热闹之处，我想可能是他们觉得杜诗写得太好了，讨论到精妙之处，就说这个句子怎么写得这么好，这一个字怎么下得这么精确，杜甫写得这么好让我们还怎么写诗。有一个人突然拍桌子说："杜少陵可杀！"应该把杜甫杀掉，太可恶了，因为他写得太好了，怎么这么好的诗都给他一个人写光了。这话被旁边另外一个人听到了，就跑去告诉别人，说不得了了，那两个人，而且都是有名有姓的官员呢，他们大白天的在那里商量杀人。旁人问他们要杀谁呀，这人说要杀杜少陵。（笑）也就是说，宋人讨论杜诗时非常热烈，很多人反复地讨论，对杜诗中的一个名物典故都反复地争论。学术本来就是在争论中得到推进的，越是争论，越可以把我们的理解推进一层。

对于这个黄独的讨论，我这里举几种典型的观点，其实还有别的。在黄庭坚以后，王得臣在他的《麈史》中说："《药录》云：'黄精止饥。'"他说他看到的一本药书上说黄精也可以充饥，但"杜以穷冬采此，无所获"。杜甫在冬天去找，但是没有找到，"必迁就黄独耶"？这个文本完全可以作"黄精"，黄精也可以充饥的，为什么一定要是黄独呢？黄庭坚认为应是"黄独"，王得臣认为应是"黄精"，两个文本都有人拥护，这两个人就在那里争。我下面举了几个附和他们的有名的人，张耒、惠洪是听从黄庭坚的；严有翼说是"黄精"，他是赞成王得臣的。还有一些没有名气的人也在那里争，他们的意见不是甲就是乙，都在争。

争到后来，王观国就出来说话了。王观国在他的《学林》中提出一个总结性的意见，他首先举杜甫的两首诗。第一首是杜甫的《太平寺泉眼》，他说这首诗里有两个句子："三春湿黄精，一食生毛羽。"这里明显是写一个仙人，一个追求长生之道的仙人，这个仙人一直是吃黄精的。仙人吃了黄精以后，身上长出羽毛，就会飞了——道家都这样说的。第二首是杜甫的《丈人山》，

《丈人山》里有两句:"扫除白发黄精在,君看他时冰雪容。"吃了黄精以后能够返老还童,本来老了以后头发都变白了。"冰雪容"就是他的颜面就像冰雪一样的白皙细腻,一副超凡脱俗的样子。可惜这不是真的,否则大家现在不用染发了,吃黄精就行了,黄精现在也有的嘛。王观国举的两首杜诗都用的是"黄精",他下面就分析了,说:"此子美所用黄精字也。"就是说,杜甫真正用"黄精"的是这两首诗。为什么呢?因为这两首诗写的都不是为了充饥,这个东西不是为了充饥,而是为了修仙,为了求长生。杜甫写黄精是着眼于黄精的药物作用,而不是它的充饥的作用,所以他说:"后之浅见者遂改黄独为黄精。"王观国认为:在《乾元中寓居同谷县作歌七首》中,"黄独无苗山雪盛"这一句中应该是"黄独",仅仅是因为杜甫在其他诗中写到过黄精,这些注家又不知道黄独是什么东西,所以就把它改成"黄精"了。

应该说,经过王得臣、黄庭坚、王观国以及附和于他们的张耒、惠洪、严有翼等人的反复讨论,杜甫这一首诗中写的到底是"黄独"还是"黄精",基本上有一个明确的答案了,这首诗中写的应该是"黄独",杜甫在同谷的时候,冒着漫天大雪拿着铲子到田野去挖的东西不是黄精,而是用来充饥的黄独。这个文本就可以确定下来,所以这个研究成果就被后人尤其是清代的杜诗注家采用了。

下面我引了仇兆鳌《杜诗详注》中的话。"公诗有别用黄精者",杜甫在其他诗里有写到黄精的地方;"皆托为引年而发",杜甫写到黄精都是写长生,延长自己的生命;"若此歌则专为救饥而言",这首《乾元中寓居同谷县作歌七首》专门是写它的充饥功能的;"当主黄独为是",这里应该是黄独而不是黄精。我想用这个例子来说明,虽然仅仅是一个字的异文,这首诗里到底是"黄独"还是"黄精",但要想得到一个比较准确的答案,比较接近杜诗原貌的一个答案,也是很不容易的。幸亏有宋人在那里进行了反复的探讨,反复的争论,才使我们对这个问题有了一个比较清楚的认识。要是我们没有这样的基础就来做注解的话,是很难在这些地方把它注解得很准确的。这是宋人的一个功劳。

上面说的也许是从事实而来的,那么我们再看一个例子,是从文义之优劣来的,就是这一种文本跟那一种文本,在艺术方面到底哪一种更好。请大家往下看《阆水歌》。阆水在现在四川的阆中，就是嘉陵江流过的地方，这个地方三面临江（嘉陵江），所以叫阆中。杜甫曾在那里避乱，他到成都的时候，成都地方军阀叛乱，他就逃到阆州去，呆了一年，在那里写了好几首诗。其中的《阆水歌》有这样两句："嘉陵江水何所似，石黛碧玉相因依。"现在我们看到的多数杜诗版本的文字都是这样子，但是宋人曾经讨论过这一问题，讲义上引了南宋楼钥的一个材料，这个材料保存在楼钥的文集中。楼钥在一封书信中指出，四川有一个人叫黄裳，黄裳认为这句杜诗"一本作山水者是"，很明显，这个"山水"就是指第一句的"江水"而言。第一句我们现在看到的是"嘉陵江水何所似"，可黄裳指出来另外一个版本作"嘉陵山水何所似"，不是"江水"而是"山水"。他下面就解释其理由是什么："盖嘉陵江至阆州西北，折而趋南"，嘉陵江流到阆州的西北面，拐了一个弯往南边流；"横流而东，复折而北"，往南边流过一段之后又折过来向东流，然后又折回来向北流，流了一个曲尺形的东西，阆州城就在这个曲尺形的中间；所以"州城三面皆水"，阆州城的三面都是水。那么杜诗到底写的是什么呢？黄裳认为写的是山水，他又解释说："山如石黛"，"石黛"就是一种深青色，古代妇女用来画眉毛的，深青色才能画眉毛，如果是浅色的话，画的效果就不好，所以用深青色；"水如碧玉"，水像翡翠，碧绿的。嘉陵江流经这里，景色非常美，岸边的山是深青色的，水是碧绿色的。所以杜诗就说"嘉陵山水何所似，石黛碧玉相因依"。第二句中的"石黛"是指山，"碧玉"是指水，黄裳认为"真绝唱也"。

楼钥的这篇文章被清代仇兆鳌注意到了，仇兆鳌在《杜诗详注》中引了楼钥的话，但是仇注的正文仍然作"嘉陵江色何所似"，它不是问"嘉陵江水何所似"，而是问嘉陵江的颜色像什么。他把"嘉陵山水"当作异文了。仇兆鳌解释说：水有两种颜色，一种是黛色，一种是碧色，就是说水又深青又碧绿，很可爱。问题是一条河在流的时候，假如它没有经过一条支流或一个湖泊，不像长江流过鄱阳湖那个湖口，那个地方我看到过的，长江在鄱阳湖湖口流过的地方，半边清，半边浑，大概流了几十里江水还是两种颜色，那么这条河不可能有两种颜色。嘉陵江在阆州就是一条江在流，并没有湖泊，也没有支流，它不可能有两种颜色。假如按仇兆鳌这样解，那么这句杜诗中写的嘉陵江的水到底是什么颜色？而且最后三个字"相因依"又是什么意思？"相因依"是互相依托，互相依靠，一条江水它就是一种颜色，它跟谁"相因依"？所以，只有说这两句诗是既写嘉陵江又写嘉陵江两岸的山，山是深青色，水是碧绿色，然后颜色很美的山与水互相依托，山靠着水，水靠着山，才叫"石黛碧玉相因依"。像宋人提出的这样一个意见，虽然在事实方面我们不太清楚——我没有去过阆州，我想即使去实地考察，现在也许有变化了，嘉陵江也许变浑浊了，我们就没法说了——但按逻辑猜想的话，嘉陵江水的颜色不应该是深青色，不应该像石黛，石黛是青得发黑嘛，江水怎么会青得发黑呢？那时候江边上又没有化工厂，没有污染，它应该是绿色的，应该是像碧玉的。所以按事实推理，这句诗应该作"嘉陵山水"比较好。再说，抛开这个事实不论，我们仅仅看它的艺术水准，把它解作"嘉陵山水何所似，石黛碧玉相因依"，山色和水色相互依托，这种文本在艺术上要比其他的文本好得多，所以，我们说宋人的讨论经常为我们在艺术上评析杜诗提供了很好的文本，而且提供了细读文本的经验。

我们刚才举了三个例子，分别说了宋人在注本以外的关于杜诗的一些讨论意见。它们分别涉及杜诗中的一些异文、一些名物训诂以及对杜诗文句的理解。下面再补充一点，请大家再往下看，关于杜诗中的某一些韵脚，就是他一句诗中最后押韵的那个字的一些意见。我们来看这样两个例子。第一个是《百忧集行》。《百忧集行》这首诗是杜甫 50 岁的那年写的，如果说杜甫诗中有的作品编年有点问题的话，那么这首诗绝对没有问题，因为他的诗歌正文中就说他今年 50 岁了。这首诗是一首七言古诗，一共三段。它开始说"忆年十五心尚孩"，说 15 岁的时候心还像一个孩子一样；"健如黄犊走复来"，好像一头小黄牛一样，非常健壮，奔来跑去；"庭前八月梨枣熟，一日上树能千回"，庭前的枣树梨树到了秋天果实成熟以后，我一天要爬一千次树，爬到树上去摘果子吃。可见杜甫青少年时代并不是一个书呆子似的人，一天爬树一千次嘛。（笑）接下来他写"即今倏忽已五十"，突然我已经 50 岁了，回忆 15 岁的时候，一下子 35 年过去了。我读杜诗，40 岁那年读的一首感慨最深，是"四十明朝过"。杜甫在 40 岁那年的除夕写道：过了明天我就 41 岁了。另外，最有感慨的就是这一首，我 50 岁那年读它，哎呀，感慨万千。接下来就没有了，因为杜甫没有活到 60 岁，我到 60 岁就读不到类似的杜诗了。这首诗最后一段是写他家人的生活，说"入门依旧四壁空，老妻睹我颜色同"，回到家里，依然是四壁空空，什么都没有，家徒四壁；妻子跟我互相看看，脸色都差不多，都是面黄肌瘦。最后两句写他的孩子："痴儿不知父子礼，叫怒索饭啼门东。"我的这个不懂事的孩子啊，根本不知道父子之间的礼节，到了吃饭的时候没有饭吃就大发雷霆，还在那里高声呼叫：我要吃饭，要吃饭！儿女们如果知道父子之礼的话，最多只会说：父亲大人啊，我们是不是该开饭了？（笑）但这个男孩不这样说，他就在那里大怒而且叫喊，讨饭吃，所以是"痴儿"。这个痴儿到底是宗文还是宗武，我们没办法考出来，反正是杜甫的儿子。

这首诗的意思很明白，当然没有其他问题了，问题就在这个韵脚，最后这个字，"叫怒索饭啼门东"的"东"字是什么意思？有人会问：为什么不是门西，不是门南，不是门北，偏偏是门东？这小孩饿了为什么跑到东边去叫，而不到西边去叫呢？这是为什么？我刚才说了，这首诗共三段，转了三次韵，最后一段是押"东韵"的，就是平声韵的第一部，"一东"的韵。"东韵"里面当然有"东"字了，就是东方的"东"。难道杜甫是为了凑韵脚才用这个"东"字的吗？因为南、西、北都不在这个韵部里边，只有一个"东"字，所以诗人就把门外边说成是"门东"。是不是这样子的呢？

我们把这个问题放一放，先看下面一首。下面一首是《义鹘行》，是写一种叫"鹘"的猛禽。这是一首五言古风，比较长，大致是写：杜甫在水边听一位老樵夫讲故事：有一对老鹰，在树上做了一个巢，在里面生了几个小鹰，突然一条大蛇爬到树上去了，非常凶的一条白蛇，爬到树顶上，把这对老鹰的几只小鸟全都吃掉了。小鹰的母亲很愤怒，但是打不过白蛇，没有办法。小鹰的父亲回来后就到远处去请救兵，过一会儿回来了，跟着一起飞来的是一只鹘，是另外一种猛禽，非常大，非常矫健。这只鹘从半空中像雷电一样地扑过来，一下子就把那条白蛇给击毙了，哈哈，一掌就把白蛇的肚子打裂了，帮这个老鹰报了仇。

这首诗写的是这样一个故事，所以杜甫称它为"义鹘"，很讲义气的，像侠客一样的一只猛禽。杜甫的这首童话诗的最后两句我引在这里："聊为

《义鹘行》,用激壮士肝。"我姑且就写一首《义鹘行》来表彰这只鸟,用来激励人间的壮士。激励壮士为什么要说"肝"?我们说激励人是激励人心,当然心肝经常连用,但这里为什么单用"肝"字呢?现在我们说愤怒,一般都讲"义愤填膺",义愤充满胸膛。这里为什么偏偏是"用激壮士肝"?我们查一下这首诗的韵部。这首诗是五言古诗,五言古诗有的韵可以通押。这首诗押了哪两个韵呢?一个是上平十四寒的"寒韵",还有一个是下平一先的"先韵"。这两个韵的韵脚现在读起来比较接近,古代写近体诗一定要分开用的,但是写古体诗可以合用,杜甫这首诗就是合用的。"肝"字就在这个"寒韵"中间。那么问题就来了,杜甫这里也是为了凑韵吗?他说"用激壮士肝",这个"肝"字也是为了凑韵吗?因为我现在用的是"寒韵","寒韵"中能用来指人体内脏的只有一个"肝",所以就用"肝"吗?难道杜甫是这样写诗的吗?韵脚是凑的吗?

对上面两个杜诗押韵的例子,宋人有所解释,他们说杜甫没有凑韵。请看讲义。南宋人无名氏在《漫叟诗话》中对这两首诗作出了解释。他说:"说者谓庖厨之门在东。"不是无名氏自己说的,是另一个无名氏说的,说为什么杜甫的这个孩子要吃饭就在门东边哭呢,因为古代的厨房门是向东开的。古人讲阴阳五行,建房子的时候很重视方位,比如厨房里的灶一定要在西南角。古人有这个讲究,所以古人的厨房门是朝东开的。要饭吃嘛,当然要到厨房里去了,在卧室里哪来的饭吃?他到厨房里去要,所以他在门东边哭。这个"东"不是凑韵,是有道理的,是指厨房的门。对"用激壮士肝"的这个"肝"字,他又说:"肝主怒。"按照中医的理论,五脏六腑分别跟各种情绪有关系,肝这个器官呢,专门跟"怒"联系在一起,伤了肝就特别容易发怒,我们现在也说"肝火旺盛"。你这个人为什么容易生气呢?中医讲你肝火太旺。所以,杜甫说"用激壮士肝",写了这个诗来激励人间的壮士,让他们见义勇为,拔刀相助。

这样一来,无名氏就得出结论说:"非偶就韵也。"不是为了凑韵,不是因为第一首诗要押"东韵"所以用"东"字,第二首诗要押"寒韵"所以用"肝"字,不是的,它是有意义的,必须要用这两个字。因此,这两句诗的韵脚本来是难以理解的,通过这个无名氏的说法,就得到了一个比较妥当的解释。对于这个解释,仇兆鳌在《杜诗详注》中引了两次,分别在卷六和卷十,因为确实只有这种解释,想不出其他合理的解释。可见,宋人的这个意见已被清代的注家完全吸收了。可惜这个《漫叟诗话》不知道是谁写的,它里面说的这个"说者"也不知道是谁,但肯定是宋人。

这个例子说明,对于杜诗中一些非常细节性的东西,一些韵脚的问题,宋人也进行了非常深入的讨论。所以我的意见是,当我们关注吉川幸次郎的那句话,当我们重视杜诗的宋注本的时候,千万不要忘了,还有一大批遗漏在注本之外的资料。如果你要比较全面地考察一下杜诗学史,考察一下宋人在杜诗的校勘、注释上所做的贡献的话,千万不能忽视注本以外的材料。这些材料非常多,而且很多都是有比较高的学术水准的。可惜的是,这些材料有的没有被后代的注本吸收,被忽视了。

第三讲

杜诗的宋代注本

现在，我们开始逐一地介绍我们还能看到的几种宋代的杜诗注本。上次我们说了最早出现的杜诗版本是王洙本。王洙本是没有注的，现在所谓的王洙注是"伪王注"。它本来是没有注释的，所以王洙本不算是注本。那么注本呢，就是从赵次公的《杜诗赵次公先后解辑校》开始。请大家看讲义。我们现在知道的宋代最早给杜诗做注解的不是赵次公，但现在还保存下来的，还能看到原貌的最早的注本是赵次公的注，所以我们只能从它开始介绍。这个赵次公的注我们简称它为"赵注"。这个"赵注"的原书已经没有了，现在我们看到的是上海古籍出版社 1994 年出版的，这是经过林继中的辑校才得以成型的。林继中把散见于各种书中的材料搜集起来，经过考定、整理，然后才有这一本书。宋本原书确实是没有了，连后来翻刻的都看不到了。

顺便介绍一下林继中这本书。林继中现在在福建的漳州师范学院任教，他原来是山东大学的博士生。他的《杜诗赵次公先后解辑校》这本书有个前言，大概有四万字，主要谈"赵注"的版本源流。这本书是他在山东大学的博士论文，是已故的杜诗专家萧涤非先生指导的一篇博士论文。他的这本书在出版以前我就看到了，因为萧先生寄来请程先生评阅，程先生也给我看了一下。后来书出版了，我还给他写了一个书评，我认为这个工作做得非常好，做得非常仔细、非常踏实，一条一条在那里校，是下了死功夫的一个工作。我写了书评对这本书的优点进行表扬。我一般不给其他人写书评，林继中是我的朋友，他认识我，我情愿给他写。但其他朋友请我写，我都不写，因为我写书评一般都是批评的，所以你们不要请我写，请我写我就说你有什么缺点，请我写书评没意思。（笑）这是我写的唯一一篇以表扬为主的书评，因为林继中确实把这个工作做得非常好。

根据林继中的研究和考证，我们大体上可以知道赵次公这个人的简单生平以及"赵注"的成书年代——上次实际上我们已经简单地提到过了。"赵注"大概成书于1134年到1147年之间，就是南宋绍兴四年到绍兴十七年这样一个阶段，但不能考证出到底是哪一年。根据这个年代，"赵注"确实是现存的杜诗注本中最早的，没有哪个现存的杜诗注本比它更早了。赵次公的杜诗注在南宋就受到高度评价。我们来看刘克庄是怎么评价它的。刘克庄说："杜氏左传"，就是杜预的《左传》注，西晋的杜预跟杜甫有关系，是杜甫的十三代祖，他做了一个《春秋左传》的注；"李氏文选"，指李善为《昭明文选》做注；"颜氏班史"，颜师古为班固的《汉书》做注；然后，"赵氏杜诗"。刘克庄把这四种注本放在一起，相提并论，说"几于无可恨矣"，就是没有遗憾了，这四种注本都非常好。我们知道《左传》的杜预注、《文选》的李善注和《汉书》的颜师古注，都是古代注释学上的经典之作，刘克庄把赵次公的杜诗注跟这三种宋代已经公认为经典的注本相提并论，说明他对"赵注"有极高的评价。这是在学术史上可以流传不朽的一种注本。那我们来看一看，赵次公的注到底注得怎么样？它的特点是什么？我觉得赵次公注的特点在于深入、准确，有独到见解。口说无凭，我们举几个例子来看一看。

先看乙帙卷四，这个帙前面的标号是明代刻书的人搞乱的，我们不管它。看乙帙卷四《北征》，这是杜诗的名篇。《北征》中有这样两句话："阴风西北来，惨淡随回纥。"这是指"安史之乱"中，唐军单独抵抗"安史"叛军感到力不从心，所以向西域的少数民族借兵，叫他们出兵来支援唐军。结果回纥就派了一支军队，据杜诗说是五千人、一万匹马，因为回纥的骑兵是一个人两匹马，一匹马骑，一匹马备用，一匹马累了换另一匹马，连续作战。回纥本来是游牧民族嘛，能征善战，战斗力很强，帮了唐军的大忙。"阴风西北来，惨淡随回纥"这两句，是说回纥的部队都是白衣白甲，他们信摩尼教，摩尼教尚白色,所以他们的衣服、盔甲都是白色的,旗子也是白的。那么这里的问题是什么呢?问题就是"回纥"这个名字,回纥基本上就是现在的维吾尔族,唐代叫回纥。这句诗有异文,回纥的"纥"字,一本作"鹘",就是一种鸟,一种猛禽。杜诗版本有异文,有的杜诗版本作"回纥",有的杜诗版本作"回鹘"。回纥就是回鹘,是一个民族的两种称呼,赵次公给注出来了。一般来说,只要注到"一作鹘"也就可以了,因为我们知道,古代这个民族有一个阶段称"回纥",有一个阶段称"回鹘",有时候这两个名称还是混用的。但赵次公又说:"当以回纥为正。"就是说,在杜诗中不能作"回鹘",正式的文本应该是"回纥"而不是"回鹘"。为什么呢?他说明其理由是:"盖当杜公时,未有回鹘之称。"就是在杜甫生前,"回鹘"这个名称还没有。这是一种翻译嘛,用汉字来记录少数民族名称,根据他们的读音翻译过来,音译的嘛。在杜甫写《北征》的时候,只有"回纥"的音译,没有"回鹘"的音译。"至宪宗朝而后,来请易回鹘,言捷鸷犹鹘然。"这指的是一个历史事实,到了唐宪宗的时候,也就是到了中唐的时候,回纥自己派人来,说他们要改称,不要叫"回纥",而要叫"回鹘"。为什么呢?"鹘"这个字更好,鹘是一种猛禽。他们本来是游牧民族,喜欢打仗、骑马,像猛禽一样,又快又猛,所以他们要叫这个名字,好听。改名是在唐宪宗的时候,唐宪宗朝杜甫当然早就去世了,杜甫死于唐代宗朝,所以赵次公就认为,在杜诗中是不可能写到"回鹘"的,肯定写的是"回纥"。这个注解非常准确,这是历史事实,不可动摇的。"赵注"就这样把杜诗的这一处异文彻底地搞清楚了,应该作"回纥"。

除了准确、有独到的见解以外,我还想指出,赵次公并不帮杜诗回避问题。他认为杜诗不是尽善尽美的,如果杜诗中确实有一些文义欠妥的地方,他并不是一一护短,说杜诗都是对的。下面我们再看一个例子。下面这首诗的标题很长,《大历三年春白帝城放船出瞿塘峡久居夔府将适江陵漂泊有诗凡四十韵》,这是一首长诗。这首诗里有两句话"五云高太甲,六月旷抟扶",一向被认为是杜诗中非常难注的,尤其是第一句。到今天为止,虽然已经有很多注家试图为它做注,但是都没有确解,都没有说清楚到底是怎么回事。我在前年写了一篇文章,谈杜诗注释学中的十大难题,现在还没有解决的,其中有一个就是这句话"五云高太甲"。因为我找来找去,找不到哪个人已经解决这个问题了,大家都没有解决。但我们现在谈的不是这一句,而是下面一句"六月旷抟扶"。

"六月旷抟扶",表面上看非常容易注,因为这明显是出自《庄子·逍遥游》,我们谁没读过《逍遥游》?你即使没读过全部《庄子》的话,《逍遥游》总读过的吧。一看这句诗,字面上也没有其他出处,肯定就是这个。赵次公也是这样注的,但是他不仅注出这个出处,他还加以讨论。讨论什么?讨论杜诗这个修辞手法准确不准确。我们看他怎么说的。他说:"庄子曰鹏之徙于南溟也,水击三千里,抟扶摇而上者九万里,去以六月息者也。"这是《庄子》的原话,下面是赵次公的按语,赵次公说:"所谓抟者,抟聚其风也。""抟"是什么意思呢?"抟"就是把这个风,把这个空气卷作一团,把它裹起来,聚作一团,是这个意思。"扶摇"是什么意思呢?"扶摇"是风名,是大风的名称。也就是说,"扶摇"是一个专有名词,这两个字是连起来组成一个词的,不能拆开来用。"今云抟扶则无义",因为"抟扶"应该作"抟扶摇","扶摇"是"抟"的宾语。"抟"是一个动词,"扶摇"是个名词,你不能把"扶摇"这两个字拆开来说"抟扶","抟扶"没有意思,这是语义破碎,有语病,所以赵次公认为不对。

但赵次公又指出,这个用法不是从杜甫开始的,杜甫以前的沈佺期就这样写了。他举了沈佺期的一首诗《移禁司刑》,诗中有这样两句:"散材仍葺厦,弱羽遽抟扶。"沈佺期升官了,当了一个职位更重要的官,写这首诗表示谦虚,说自己是"散材"。"散材"一语也出于《庄子》,是说一种树长得弯弯曲曲的,不成材,没法用。但这个"散材"也用来盖房子,就是说自己是勉为其难,我这个人没有才能,勉为其难做这个官。"弱羽遽抟扶",意思是说本来是一只弱小的鸟,但是被吹到大风里去了,跟着大风飞到了天上。沈佺期有这个用法,所以赵次公说:"不知沈何故如此剪截经语。"他指出这种手法的毛病是"剪截经语",就是把经典中的字句割裂开来,"剪截"就是割裂。"扶摇"本来是一个专有名词,"扶摇"不是"扶"啊,你不能用"扶"代替"扶摇",所以"抟扶"是不对的。所以赵次公不明白:"而公又何取也。"不知道杜甫为什么要照着写。我猜想,赵次公指出沈佺期这样写,再联想到杜甫这样写,是很合理的,因为沈佺期是跟杜甫的祖父杜审言同时且齐名的诗人。杜甫对他的祖父杜审言是非常尊敬的,他对沈佺期、宋之问的诗的评价也是很高的,所以沈佺期的诗他肯定读得非常熟,他从中接受文学修养,并使之成其学养基础。他看到沈佺期这样写过"抟扶",所以也就跟着用了。但是赵次公认为这实际上是错误的。

在这种地方我们看到,一是赵次公注得细,追根究底,寻找杜诗的来源,它最初的来源是《庄子》,错误用法的来源是沈佺期。第二呢,他不护短,并不是说杜甫写的一定是对的,杜甫这样写就可以了。不是的,他还是说这是不对的,这是割裂文义。赵次公的这种态度,在后代的杜诗注本中是很少看到的,因为到了后代,杜诗被经典化了,杜甫被神圣化了。我们现在很少敢说杜诗这句写得不对,杜甫这里用得不好,大家都不敢这样说,总是觉得他是对的。而赵次公不是这样,他有一种实事求是的态度。这是赵注的一大优点。

我刚才说,我写了一篇书评表扬林继中。林继中这个辑本辑得非常完整,从浩如烟海的文献中把散佚的赵注都搜罗来凑在一起,又加以校对,确实是一个功夫很深的工作。我们古代文学的研究实际上是一个笨人做的事情,我们这个行当不需要聪明人,太聪明的人可以去做其他学科。我们这里要做什么呢?就是要下笨功夫,要坐得住冷板凳,孜孜不倦地下功夫来做。这一类的工作,我们把它看作最值得尊重的一种成果,是下功夫做出来的。林继中尽管在这本书上下了很大功夫,收得也很全,但是他还有遗漏,遗漏的正好是一个非常重要的例子。

下面我举这样一个例子。请大家看讲义。杜甫有一首诗《从人觅小胡孙许寄》,大概也是写在秦州时期,编年不是非常确定。他那时快要到成都去,对南方的东西比较感兴趣,就想跟人家讨一只小猴子,他听说南方有很小很小的猴子。讨小猴子干什么呢?给他的小孩玩,大概他没有足够的食物给孩子吃,就给他只猴子玩玩,(笑)让他不要"叫怒索饭啼门东"。

我们看看这首诗是怎么写的。在现在所有的杜诗注本中,这首诗的语序都是这样的,我们简单地看一下,这个诗很好读。请看讲义上的《从人觅小胡孙许寄》,"胡孙"(猢狲)就是猴子,"许寄"就是对方已经答应了给他寄送一只小猴子。"人说南州路,山猿树树悬",人们都说,南方到处都是猴子,山上的每棵树上都挂着猴子，很容易找，不是很难得的东西。"举家闻若骇"，我们全家都听说了，这只猴子会这样叫。这个"骇"字很多的文本作"咳"，"咳"这个文本稍微好一些，是说猴子叫唤的时候，它的声音很像人们咳嗽的声音。"为寄小如拳"，寄一只猴子来，据说这只猴子像一个拳头那么大。这猴子很可爱，这么大一点点，给小孩玩，很好。"预哂愁胡面"，我们还没看到这只猴子，还没得到猴子呢，大家就笑了。笑它什么呢？笑它的面貌像"愁胡"。"愁胡"是什么东西呢？"愁胡"是古人描写老鹰的话，杜甫在他的一首《画鹰》中也说老鹰像"愁胡"。南朝一个叫魏彦深的人，写了一篇《鹰赋》，说"望似愁胡"，魏彦深说这个老鹰望过去像愁胡一样。"胡"就是胡人，是中国古人对西北少数民族，尤其是对西域的少数民族的称呼。那么，老鹰的眼睛为什么像胡人呢？为什么像一个在那里发愁的胡人呢？有两重意思：第一，古人认为胡人的眼眶比较凹，眼睛是陷下去的，这就像老鹰的眼睛；第二，古人认为胡人的眼睛是绿颜色的（现在我们知道是蓝颜色的），绿颜色的眼睛比较像老鹰的眼睛，不像人的眼睛。所以杜甫描写这只小猴子，说他的外貌像一个愁胡。"初调见马鞭"，这一句不太好解释，大概的意思是说，刚来的时候这只猴子还不服管教，野性未泯。这个"见"可能应该读"现"，就是显示一下，把马鞭给它看，但不是抽打这只小猴子，拳头一样的小猴子一鞭就打死了，把马鞭给它看一看，吓唬它一下子，叫它不要调皮，好好地跟我的小孩玩。这是想象这只猴子来了怎么办。最后说"许求聪慧者"，对方允许我索求一只聪明、伶俐的猴子。"童稚捧应癫"，这只猴子来了以后，我家的儿童捧着这只猴子玩，肯定高兴得要发狂。"癫"就是癫狂。

这首诗表面上看没有问题，诗里面也没有用什么典故，注解也没有什么难度，但赵次公对这首诗进行了更加深入的思考。赵次公的思考在林继中做的这个赵注辑校中没有收。这条思考见于宋朝刘昌诗的一本书《芦蒲笔记》，《芦蒲笔记》传下来了，其卷十说："赵叟谓：合移断章'童稚捧应癫'作第四句。""赵叟"就是赵次公，赵次公学问大，人家都尊称他为赵公。"赵叟"是对年纪长的男性的称呼。赵次公说的是什么意思呢？就是说最后一句"童稚捧应癫"应该移到前面去，把它变为第四句。"却于'许求聪慧者'下云'为寄小如拳'"，而原来的第四句"为寄小如拳"应该要移到最后去，移到这个第七句"许求聪慧者"以后，作为最后一句。他认为第四句跟第八句互换一下，那样更加合理。其理由是：第一，"意义浑全"，就是意思更加完整；第二呢，"亦成对偶"，因为这是一首五言律诗，五言律诗中间两联应该对仗，互换后对仗也更加工整。

我们来分析一下，看是不是这样。从字面上看，现在的这个文本也是可通的。第二联"举家闻若骇，为寄小如拳"，"若"对"如"，当然对得蛮好，句法粗看好像也是对的。但仔细追究，这一联对得不工，对得不好，或者说不怎么对得上。为什么呢？"举家"对"为寄"，这完全不对，"举家"是一个形容词修饰一个名词，而"为寄"是一个副词跟一个动词。"闻若骇"对"小如拳"虽然"若"对"如"是可以的，但是"闻"是动词，"小"是形容词，"骇"是动词（或者"咳"也是动词），而"拳"又是名词。所以说，现在的这个文本，这个第二联对仗是不工整的。相反，假如把第四句跟第八句置换一下，把"举家闻若骇"对"童稚捧应癫"，那就对得比较好。"举家"，我们全家人，"童稚"，家里的小孩。全家人的态度是注意它的形态，听说这个猴子会发出这样的叫声，而下一句则预想猴子来了，小孩捧着会高兴得发狂。不仅是把人的态度对人的态度，而且字面上也是对得相当工整。我们再看第四句移到最后会怎么样。杜甫写诗的时候猴子还没有到，而仅仅是向对方提出请求，说你送给我一只猴子吧，人家也答应了，但这个时候他还没看到猴子。所以第四句移到第八句，其语气确实是悬想，"为寄小如拳"，你给我寄一只像拳头一样大的猴子来，这是一种请求。这一句放在最后用来收尾，表示向对方求一只猴子，而对方也答应了这个事，语气应该说是非常妥当的。所以无论从对仗来看，还是从全诗的意脉来看，如果把第四句和第八句对换一下，这样的一种文本结构比我们现在看到的这种文本结构更加合理。这就是我们在校勘古籍时经常会遇到的一种现象，叫"错简"。古代是两个竹简搞错了，后代虽然已经不写在竹简上了，但是句子的顺序错了，段落次序搞错了，这也叫"错简"。所以这是一个"错简"的例子。

当然，这没有版本根据，赵次公也没有说他看到过另外一个版本是这样的，他仅仅是从文义分析出来的。我个人觉得赵次公的这个意见是值得参考的，我觉得这样很好，这样对换一下，就更加合理了。即使没有版本依据，这也是一种值得参考的意见。可惜的是,这一条材料在今本赵注,就是我们现在看到的林继中辑的这个赵次公注中没有,而且后代所有的杜诗注本中也全都忽略了。我看到的任何杜诗注本都没有提到过这一条材料,赵次公的这条对于杜诗校勘很有见解的意见被忽略了。大家都不注意,它埋没在刘昌诗的《芦蒲笔记》卷十中。这就告诉我们,对于杜诗学和宋人的杜诗学的研究,还有很多文章可做。只要我们仔细地读宋人的著作,还会发现很多好的材料。这是其中的一个例子。当然,这也可以说明赵次公注的质量,他确实经过了深入的思考,有一些独到的见解。

第二种注本是郭知达的注本,或者称为郭注本,但是比较多的人喜欢称它为"九家注"本,因为它的书名就叫《九家集注杜诗》,一共收了九个人关于杜诗的注解。郭知达不像黄鹤叫"千家集注",他叫"九家集注",实事求是。这本书的刊刻年代是可考的,我们明确知道它是1181年刻的,比赵注本晚,在时间顺序上,它是我们现在所能看到的第二种杜诗宋注本。

我们简单介绍一下"九家注"本。"九家注"首先值得注意的是它所收的九家,我把这九家都印在讲义上,就是王安石、宋祁等。这九家中前面的四家实际上并没有注过杜诗。王洙我们知道他是没有做过注的,王注本是伪的,而王安石、宋祁等实际上并没有为杜诗全集做注解,仅仅是在他们的言论中或文章书信中偶然提到某一首杜诗怎么样,郭知达把这些零星的意见收集起来了,不是王安石他们真的做过注。后面这五个人是确实做过注的,就是从薛苍舒、杜田、鲍彪、师尹到赵彦材。赵彦材就是赵次公,赵次公的名字叫彦材;薛苍舒就是薛梦符,薛苍舒的名字叫梦符,字苍舒;杜田字时可;鲍彪字文虎;师尹字民瞻。我把他们做的杜诗注的书名都印在讲义上,但是要告诉大家,这四种书现在都亡佚了,我们都看不到了。郭知达做集注的时候看到了,把它们都收集在一起,但从此以后它们都没有传下来,我们现在仅仅知道它的名称而已。

关于郭知达的"九家注"本没有其他可介绍的,但要说明一个问题,下面我们来看看是什么问题。

郭知达的"九家注"本比较大的功劳是他在收集注本的时候,把这些注本中曾经有过的"伪苏注"删掉了。他收集的注本,如薛苍舒本,或杜田本,或鲍彪本等,其中本来可能混有"伪苏注",我们不清楚到底是哪一种,因为现在看不见原书了,但原书中是混有"伪苏注"的。而郭知达在做集注的时候把"伪苏注"都删掉了。我上次介绍有关杜诗版本的文献,有一种是洪业的《杜诗引得》的序,大家还记得吧。洪业在序中高度评价了"九家注"本的功劳,就是"九家注"本把"伪苏注"去掉了,"伪苏注"是假的嘛,假学术嘛,郭知达很有眼光,把它去掉了。但是洪业说还有一点遗憾——讲义上我印了他的一段话——"尚有刊落未尽者,呜呼葛龚之未去也"。他叹息说,郭知达做"九家注"的时候,把"伪苏注"去掉了,但是没有去干净,还有一点遗漏,像"葛龚"没有去掉一样。葛龚是汉代一个善于写赋的人,当时有人抄袭他的赋,但这个抄的人比较粗心,把这篇赋的署名"葛龚"也一起抄进去了。所以当时有一句话:"作赋虽工,忘去葛龚。"说你这篇赋是写得很好,但是忘记把"葛龚"这个名字去掉了,这实际上是葛龚写的而不是你写的。"葛龚未去"就是还有痕迹,删除"伪苏注"还没有删干净。

洪业在这篇序言中举了两个例子,我之所以要讲讲这个问题,是为了说明学术研究永远是后来居上的,就是后人肯定可以修正前人的结论。洪业举的这两个例子,我们都可以修正它,我仔细检查了一下,发现两个例子都不对。

洪业认为在九家集注中还有两条"伪苏注"没有删掉,我仔细检查以后,发现这两条都是"真苏注",确实是苏东坡的意见,不应该删掉。有一条就是我们上次已经谈到过的,杜甫写的《后出塞》五首中的那一条,我已经说明它确实是苏东坡的意见,东坡的文集中有,胡仔的《苕溪渔隐丛话》中也有。下面再说另一条,请看讲义。这一条在这本书的卷十九,这首诗中有一句叫"愁日愁随一线长",说在至日那天(至日是冬至,冬至以后白天越来越长),杜甫写道"愁日愁随一线长",意思是说:我很发愁,以后白天越来越长了,我的愁也跟着这个日子在增长。问题是"一线长"是什么意思,"九家注"中引了苏东坡的话说:"坡云:《唐杂录》谓宫中以女工揆日之长短。"《唐杂录》记载,皇宫中让宫女做女红,用女红的多少来测日子的长短,就是白天做工,晚上休息,从天亮一直做到天黑。"冬至后日晷渐长",冬至后白天越来越长了;"此当日增一线之功",每过一天,就可以多绣一根丝线,每一天长出来的时间幅度,都可以比前一天多绣一根丝线。用这种方式来测量日子的长短,东坡说杜甫就是用这个意思。下面又说:"黄鲁直云:此说为是。"黄山谷认为东坡说得对。

洪业说这是"伪苏注",郭知达忘记把它删掉了。我说这不是"伪苏注"。首先,《苕溪渔隐丛话》前集卷十也引了这一条,不过他说这是黄山谷说的,没说是苏东坡说的。我们可以从"九家注"引文中看出,这实际上是黄山谷和苏东坡在讨论杜诗时说的。苏轼说了一句话,黄庭坚马上说对,《苕溪渔隐丛话》的记载就干脆说成是黄山谷说的了。不管是谁说的,总之是苏、黄说的,他两个在讨论时说的。这是第一个根据。第二个根据是王观国的《学林》,《学林》卷八中说这一句诗有"伪王注",注得不对,但下面又说"文士多用一线为绣工之线",说文士也同意这种说法,所谓"一线之工"就是每天多绣一根丝线。那么他说的文士是谁呢?他没有说是苏或者是黄,但是因为我们知道王观国是没有看到"伪苏注"的,我们上次说到,王观国的《学林》中批判过"伪王注",没有涉及"伪苏注",他那个时代"伪苏注"还没有出现,所以,他这里说的文士不可能是"伪苏注"中所指的东坡,而应该是真正的东坡。根据这两条材料,我们基本上可以断定,洪业所说的九家集注中对"伪苏注"没有删干净的结论是不对的,事实上已经删干净了,他举出来的两个例子都不能成立。洪业当然是权威学者了,从对杜诗早期版本的研究来说,他那篇长达四五万字的序言是一个非常重要的文献,但是我们也不要迷信他,并不是他的每一个判断都是对的。我们可以继续讨论这个问题,学术本来就是这样不断前进的。

第三种宋注本叫蔡梦弼注本,做注的人叫蔡梦弼,书名叫《杜工部草堂诗笺》,杜诗学界一般简称为"草堂本"。这个注本的初刻年代是 1204 年,就是南宋的嘉泰四年,如果大家现在想看看宋本的遗貌,可以看那个"古逸丛书"本,就是商务印书馆影印的"古逸丛书"本,它是根据宋本影印的。蔡梦弼这个本子的特点是什么呢?它的特点是一个笺本,而且是会笺本。请大家看讲义。所谓笺,它跟注有一点不一样,就是除了传统意义上的注以外,它还有解释文义的部分,这个本子的特点就在这里。此外,值得一提的是,有一种较早出现的杜甫的年谱,就是鲁訔(这个字念 yín)的《杜工部年谱》,

原书已经没有了，它存在于蔡梦弼的注本中，我们大概可以知道鲁訔的年谱是什么样子。

我们读其他的宋注本觉得注释比较烦琐，而蔡梦弼本的好处就在于，蔡梦弼在引前人注的时候，不是说某人曰，基本上是把它们贯通在一起，删繁就简，文气很通畅。我们读一段笺注，文字自成段落，所以比较好读。这有助于我们理解杜诗。但是蔡梦弼本的缺点也在这里，蔡梦弼引某人的注，比如引"赵注"，他往往不是直引原文，而是根据自己的理解来改写，把其他人的注解的意思吸收了以后，进行改写，所以字句上不完全一样。我们不能根据蔡注本说"赵注"是怎么样怎么样，它往往不是原貌，有一些差距。

这个本子还有一点需要注意，在杜诗编年以及杜甫生平的叙述上，它是根据鲁訔来的，其中也有一些不太符合的地方。这里举一个例子，这个例子可以说明我们古代文学研究者在研究作家生平时的一些情况。

请看讲义上的这首《奉赠韦左丞丈二十二韵》，这是杜甫在长安时写的一首非常重要的诗，他在这首诗里首次表达了他对整个人生、整个世界的看法。我们来看一看这首诗的编年，今人都肯定它是杜甫在长安时期写的，原来鲁訔的编年也是编在长安时期。但是很奇怪，蔡梦弼的注本虽然是根据鲁訔编次的，但他的注又说它是杜甫被贬到华州以后写的，贬到华州，然后在回长安途中写了"三吏""三别"。他把这首诗的写作年代往后推了若干年，这是一个疏漏。既然他的编年是根据鲁訔的，当然他可以有一些调整，偏偏又调整错了。

关于这首诗的编年，还有一点有必要向大家介绍一下。《文学遗产》1992年第4期发表过社科院文学研究所陈铁民研究员的文章。陈铁民是以研究王维诗而著称的，著有《王维集校注》，但是他写了一篇关于杜甫的文章，标题我也打印在讲义上了，叫《由新发现的韦济墓志看杜甫天宝中的行止》。这篇文章是什么内容呢？我觉得值得向大家介绍一下。原来杜诗的注家，尤其是现有的各种清注本，都把这首《奉赠韦左丞丈二十二韵》编在天宝七载，天宝七载就是748年，都编在这一年，没有什么异议。这是根据什么呢？根据《旧唐书·韦济传》。韦济原来在河南做河南尹，然后调到长安去做左丞。调任的年代，《旧唐书·韦济传》中说在天宝七载。既然杜甫诗的标题中已经说到"韦左丞丈",那么大家都认为这首诗是这一年写的。韦济后来的官职又调动了。以前大家认为有《旧唐书》为证,觉得这个很可靠,实际上我们应该知道,即使是二十四史,正史,其中所叙的年月也不一定完全准确。陈铁民这篇文章有什么证据呢?他就是根据当时新出土的韦济墓志。韦济墓志写得很清楚,韦济调任左丞是在天宝九载。天宝七载他还在洛阳做河南尹,还没有到长安。因此,既然杜甫这首诗已经称他为韦左丞了,这首诗就应该是在天宝九载写的,这首诗的编年就往后移了两年。当然,大家也许会说这是一个小问题,一个很小的问题。但我们在研究古代诗歌的时候,尤其是在研究像杜诗这样重要的作品,论及它的编年就需要这样,要非常可靠,非常准确。

这个例子告诉我们,你在正史中,比如在《资治通鉴》中找到的材料不一定就绝对准确。它可能是对的,但也可能是错的。假如有新发现的材料,像新出土的韦济墓志,可以纠正正史之不足。这个例子是顺便提一下,大家以后可以注意。

蔡本还有一个特点,就是这本书的后面附有两卷诗话,叫《草堂诗话》,它搜罗了当时宋人关于杜诗的一些评论,汇编在一起。这对以前的人是很有用处的,因为这些材料散落在各处,不容易找;但今天对我们已经不大有用了,今天已经有更新的更完整的关于杜诗的材料汇编,所以大家不需要看这个诗话了。这里面的资料我核对过,今人的资料里全都把它收进去了,比它还多。草堂本我们就介绍到这里。

下面介绍第四种。这一种我们称为黄鹤本,它是由黄希、黄鹤父子两代人完成的一个杜诗的注本,这个书名比较长,叫《黄氏补千家集注杜工部诗史》。这本书由黄希开始做,他生前没有做完,后由他的儿子黄鹤完成。这个本子编定的时间是1216年,现在残存的比较早的本子是1226年的刻本。这个本子我们以前已经提到过它,就是所谓的"千家注杜"。"千家"是从这本书的标题中来的,因为它就叫"千家集注"。当然这是一个夸张的说法,我们数一下它收的注家,一共151家,已经是比较多了。所收的资料也相当详尽,特别是北宋的一些诗人,一些文人,关于杜甫的只言片语它都收进去了,其中收得最多的就是王洙、赵次公、师尹、鲁訔。当然,我们知道所谓的王洙注是一个伪注。

黄鹤本的最大优点就是它的编年,注明某一首杜诗作于什么年月,虽然其他注本也有编年,但黄鹤本是最详尽的,也是宋本中最准确的。我没有作过统计,但我读的时候感觉现在我们有五分之四的杜诗编年是从黄鹤本来的,是以黄鹤本为根据的。

我们来看一看有关杜诗的编年过程。杜诗的编年,我们现在知道的,最早是从北宋的黄伯思开始的,从黄伯思到南宋的鲁訔再到黄鹤,这是三个阶段,前面是基础,后面根据这个基础进一步完善。到了黄鹤本,可以说宋代学者对于杜诗编年的一些意见都总结到这本书里去了。黄鹤进行了归纳,并加上他自己的分析。所以后人的注本,尤其是清注本,他们在说到杜诗编年的时候,如果要表达自己独特的看法,就说前人认为这首诗是哪一年写的,我认为不对,是另外一年写的,百分之八九十都是反驳黄鹤的。表面上看大家都来反驳黄鹤,黄鹤错得很多,实际上恰恰是因为黄鹤的意见是权威性意见。非权威的你驳它做什么?没有意义,大家要驳就驳黄鹤的,说我不同意黄鹤的意见,其他的我遵从黄鹤的,他说的是对的。所以从清人的注本中驳黄鹤这一点来看,黄鹤本的编年是最好的。这个工作是很不容易的,是非常艰巨的,1400多首诗要一首一首地编年。而黄鹤做得相当好,所以我们今天回顾黄鹤本,往往是要看它的编年。

第五种是《分门集注杜工部诗》,这个本子我们简称为"分门集注本"。所谓"分门"就是分类。这个本子是书商拼凑起来的一个本子,没有经过著名学者的手,所以它的学术水准是不高的。但有两点内容我还是要介绍一下。

第一,"分门集注本"既然没有编者,我们不知道编者是谁,那么我们没有可能根据编者的生平来推测它的编纂过程。这个本子上也没有说明它到底是哪一年刻的,没有准确的刊刻年月。那么我们怎么来断定这个本子出现的年代呢?我们怎么判断它是南宋的早期还是南宋的后期出现的呢?我向大家介绍一种叫作避讳的方法,就是追溯它里面出现的避讳的情况。避讳是古人的一种习惯,就是对于尊者,对于地位比你高的人,比如说父亲啊、当时的皇帝啊,你是不能叫他的名字的,他的名字中的那几个字是不能说出来的。《红楼梦》里林黛玉幼年时有个家庭教师叫贾雨村，贾雨村说林黛玉每次念到"敏"字都念成"密"，大家还记得吗？林黛玉为什么要把"敏"念成"密"呢？因为林黛玉的妈妈叫贾敏，母亲的名字她是不能说出来的，要改一个音来读。假如写的话要缺笔，最后一笔不写，这也叫避讳。当时最需要避讳的自然是皇帝的讳，皇帝叫什么名字你是不能直说的。所以我们可以根据它避讳的那些字看它究竟是什么时候出现的。这方面的具体情况，大家可以看历史学家陈垣的一本书《史讳举例》，这本书具体地教你怎么用这个方法，某朝某一个皇帝名字中有哪些字是需要避讳的，不光是他名字中的字，跟他的名字同音的字、偏旁相同的字都要避。

根据这个原则，我们来考察一下"分门集注本"是什么时候出现的。它当然是要避宋朝皇帝讳了，它肯定是南宋的。我们把宋朝皇帝排一下队，从宋太祖、宋太宗开始，太、太、真、仁……一路排下来，排到南宋就是高、孝、光、宁、理、度，什么宗、什么宗一路排下来，我们检查一下，发现它避了宋宁宗的讳，但是它没有避宁宗以后的宋理宗的讳，没有避是因为它还没有到宋理宗的时代，当然不可能避。宋代皇帝的讳至少要避三代，朝前推三代，四代以前的可以不避。我在讲义上打印了，宋宁宗的名字叫扩，"扩大"的"扩"。当时朝廷一共规定了十七个跟它同音的和形近的字要避，其中有一个是"轮廓"的"廓"，因为读音相同，也要避。在"分门集注本"的杜诗中我们找到一首《雨》，其中有一句叫"水深云光廓"，最后这个字的最后一笔，就是那一竖，是没有的。大家去看"分门集注本"，它没有这一笔，这就说明这本书是避宁宗的讳的。那么再往下看理宗的讳如何呢？理宗的名字叫昀，就是清代纪昀的"昀"。这个"昀"一共有七个字跟它读音一样或部首一样，要避。在"分门集注本"的杜诗中我们也找到一个例子，请大家看讲义上打印的《丽人行》，《丽人行》正好有一个"匀"字，叫"肌理细腻骨肉匀"，这个"匀"字是理宗名字这个"昀"字的半边，一定要避的，它正好在这七个避讳的字中。但是我们看这个"分门集注本"，它就没有避，"肌理细腻骨肉匀"中的这个"匀"还是原样，没有缺笔。这告诉我们什么呢？就是这个《分门集注杜工部诗》刊刻的年代还不需要避理宗的讳，也就是还没有到理宗统治年间。如果理宗已经登基，那就一定要避这个字，因为新皇帝一登基，朝廷就公布了。

当时是由礼部规定哪些字要避讳,科举考试时是不能写的,你要是写了这个字,随你文章写得怎么好,一概落榜,因为你没有避皇帝的讳嘛。因此我们根据这两首诗,这两个证据,就可以得出一个判断:这本书一定是在宋宁宗时代刊刻的,还没有到宋理宗年间。宋宁宗的统治时间比较长,从1195年到1224年,宋宁宗是南宋统治时间仅次于高宗的皇帝。所以,我们就可以断定,这本"分门集注本"就是在这个阶段刊行的。当然,准确的哪一年我们没法知道。根据避讳的方法来判定一本书是什么时候刊刻的,这是我们古代文学在考证时经常要用到的一个方法,当然它首先是一个历史学的方法。正好讲到这里,顺便给大家介绍一下,大家碰到类似的情况,可以通过这条线索来追究。这是这本《分门集注杜工部诗》值得注意的第一个地方。

第二,当然是这本书的问题了,这是一种分类编排的体例。所谓"分门",就是把杜诗按照它的题材、内容分成不同的类别。这种分类法我们在《昭明文选》中就看到了,《文选》在某一种文体下面再分卷,都是按照题材来分的。这本杜诗集注的分类也是这样的。杜诗的内容非常广阔,题材很多、很丰富,这就给分类提供了可能性。假如某个诗人诗歌的题材很单一、很纯粹,就是某一个方面,那你要分类也分不出来。只有题材内容极广的诗人才可以分,杜甫可以分,苏东坡可以分。那么,这本"分门集注本"把杜诗分成了多少门呢?分成七十二门。因为七十二门太多了,太琐碎了,我在讲义上只打了主要的几门,大家看看,月、星河、雨雪……最后是虫、鱼、竹、木,分得很细。分得很细当然就会产生一些问题,一是琐碎,二是会有交叉,不同的类别之间会有交叉。它的七十二门中有六门(就是六大类作品)特别多,每一门内又分上下卷,这六门是居室、纪行、述怀、时事、简寄、送别。

这本书在体例上最大的特点就是这一点。这一点有没有什么好处呢?当然有好处,因为它把同类题材的都排在一起,假如你想从内容、从题材、从主题这个角度来了解杜诗的话,那么这本书会给你一个很鲜明的印象,它把描写雨的都放在一起,描写雪的都放在一起,已经帮你归纳好了。它的缺点呢,我刚才说了,一是琐碎,二是有交叉。交叉当然意味着分类不科学。下面我举一个例子,是杜甫的一首《奉送崔都水翁下峡》。"都水"是官名,就是水利部的官员,"都"是管理的意思。崔都水是杜甫的一个远房妻舅。这首诗我们不用看它的正文,仅从标题上就可以看出来,它在题材、内容上是跨两类的,首先它是一首送别诗,"奉送"嘛,这个人要出峡,离开四川,杜甫就写诗送他,当然是一首送别诗,应该入"送别门"。杜甫送的这个人是他的亲戚,他的妻舅,所以又应该分到"外族"门。而这本《分门集注杜工部诗》竟然也就犯了这个错误,这两门中都有这首诗。照理说一首诗只应该分入一类,大概编者觉得这首诗有点麻烦,又是这类又是那类,他也没有仔细地推敲,结果这首诗既见于"外族门",又见于"送别门"。所以大家要根据"分门集注本"统计杜诗总数的话,要注意这首诗两处都出现了,你不要前边把它统计进去了,后边又重复一次。我没有检查有没有其他的,至少我看到这一首是两个门类里都有。

这本书还有一个特点,或者应该说是缺点吧,就是它保存了很多的"伪苏注"。这一点我们在介绍"伪苏注"的时候已经说过了。我当时研究"伪苏注",主要是根据这本书,因为它保存得最多,3000多条全在里头。因为做注的人没有眼光嘛,是一伙书商做的嘛,没有请学者,所以对"伪苏注"他搞不清楚真假,一起收进去了,很杂乱。

下面讲第六种,就是刘辰翁的《批点杜诗》。刘辰翁这本书的书名有不同的叫法,最常见的一种叫《集千家注批点杜工部集》。这本书刻出来时已经到了元代,但刘辰翁是宋朝的遗民,宋亡以后他保持民族气节了,所以我不愿意把它说成是元代注本,觉得这个注者还是宋人,就把它当成宋本来处理。刘辰翁跟上面所讲的那几个本子的注者不一样,他的主要身份不是一个注家,而是一个文学家,他本人是一个很杰出的词人,诗文也写得相当好,他的词在宋代文学史上是占有一席之地的。所以他首先是一个好的作家,其次呢,才是评点文学或者说文学评点这一方法的开创者。对文学作批点或评点后来是蔚为大观了,清代的金圣叹就是以文学评点而著称的。刘辰翁是这种批评形式的开创者,这本杜诗注就是他对杜诗所作的一个批点。

我们先介绍一下这本书的成书经过。首先,刘辰翁本人批点了杜诗,他只做批点,没有做注。他当初编成了一个单行的集子,讲义上写得很清楚,叫《兴观集》。"兴观",大家马上可以想到儒家的诗教说,孔子说了:"诗可以兴,可以观。"刘辰翁认为杜诗有符合儒家诗教的这两种功用,认为他的批点是阐发杜诗的意义的,所以叫《兴观集》。之后,他的儿子刘将孙以及刘将孙的门人高崇兰等,在刘辰翁身后,把刘辰翁的批点跟某一些杜诗的注本——不是某一种注本哦,是好几种注本——拼在一起,也就是加入了注,对旧注进行了一些删节,然后把刘辰翁的批点加进去,就成了这样一本书,最早叫《须溪批点杜工部集》。到了元代的 1303 年、1308 年,这本书进行了刊刻。我这里讲的是 1308 年的刻本,但是最早的刻本是大德七年(1303)的刻本。

另有一种刘辰翁的批点本,是由他的另外一个学生彭镜溪整理的,那个本子不好,做得很轻率,做的态度也不认真。后来高崇兰做得比较认真,所以后代流传下来的主要是由高崇兰整理的这个注本。这个本子 1303 年初刻,1308 年第二次刻。刘辰翁批点的杜诗的后代版本非常多,前年毕业的我的一个博士生做的博士论文是研究刘辰翁文学批评的,她就在这方面下了很大的功夫,结果这个论文得了南京大学的优秀论文奖。为什么呢?这种题目你只要下死功夫就可以做好,哪怕你原来基础稍微差一点也不要紧,你多下功夫就可以弥补不足。它的版本太多,源流复杂,哪个本子从哪个本子来,怎么分怎么合,明代翻刻了二三十次,只要你不怕烦,多跑图书馆,多调查版本,就能把它做好。刘辰翁批点本在后来非常流行,其原因在于刘辰翁是大家,他本人是很好的诗人、词人,他对杜诗的评点有非常好的见解,这些批点为后人所重视。批点是后人在阅读经典作品时非常需要的一种形式,它可以帮助后人理解文本。所以,这本书是极其流行的,可以说在所有的杜诗宋注本中,后代翻刻最多的就是这一种。

我们现在看一看刘辰翁这个批点本到底有什么长处。我这里举几个例子作个说明。比如,杜甫有一组诗叫《戏为六绝句》,我们在讲到杜甫的诗学思想的时候还会具体地分析这一组文本,今天先看一看这一组诗的二、三两首。请大家看讲义上打印的文本:"杨王卢骆当时体,轻薄为文哂未休。尔曹身与名俱灭,不废江河万古流。"这首诗表明了杜甫对"初唐四杰"的一种态度。但问题是论诗绝句这种文体非常简略,一首诗就 28 个字,28 个字要表达一种文学观点,表达一种文学史的批评,必须写得非常简洁。一简洁,中间应该有的过渡的词句都省掉了。一省掉就给后人的解读留下了问题,很多地方你需要填补,比如杜甫到底是什么意思,语气是怎么转的,等等。所以对这首诗,历来就有不同的理解。第三句"尔曹身与名俱灭",这个"尔曹"是说"初唐四杰"呢,还是说其他人呢?在刘辰翁批点以前,比如赵次公注,就把这个"尔曹"理解为"初唐四杰",那么这首诗就被理解为杜甫看不起"初唐四杰",杜甫说"初唐四杰""轻薄为文",初唐四杰"身与名俱灭",在文学史上留不下记录,而整个文学史将"不废江河万古流"。但刘辰翁认为不是这样的,他认为"注谓王杨卢骆为尔曹,是全失前后语意"。这个"注"就是赵次公注等,刘辰翁认为这些注完全不符合杜诗的原意。

今天,我们多数读者都认为,杜甫的这首诗实际上是表达了对"初唐四杰"的推崇,他说的"尔曹身与名俱灭",是指当时轻率地批评"初唐四杰"的那些人,那些轻率地批评前辈的后辈,那些人才是"尔曹身与名俱灭"。而"初唐四杰"的成就则像"不废江河万古流"。这一种解读最早是从刘辰翁开始的,还是比较准确的。作为参考的就是《戏为六绝句》的第三首,因为里面也出现了"初唐四杰",也出现了"尔曹"。我们现在不细讲,以后还会讲。刘辰翁是词人,又是诗人,他对杜诗的一些艺术构思理解得比较深透。

下面我们再看两首诗。这两首诗都是杜甫在"安史之乱"爆发以后,被"安史"叛军俘虏到长安,又从长安逃出来,逃到凤翔(当时唐朝的流亡政府所在地)时写的。第一首叫《喜达行在所》。所谓"行在所",是皇帝所在的地方,往往指皇帝离开京城,住在京城以外的地方。这时候的行在所就是凤翔县。杜甫千辛万苦地到了凤翔以后,写了三首诗,其中的第一首有这样两句:"雾树行相引,连山望忽开。"他在逃亡途中,看到雾气蒙蒙中有很多的树,就靠着这片树林走;一路上都是连绵不绝的高山,走到一个山谷,突然就有路可通了。杜甫为什么要靠着树林走,沿着山路走,而不走大道呢?因为大道是战场,那时候唐朝的军队正跟"安史"叛军在长安附近的地方对峙,开阔的地带都是战场,军队驻扎在那里,所以他要绕开战场,沿着不好走的小路走。我在讲义上引了刘辰翁的批点,刘辰翁说:"荒村歧路之间,望树而往。"怎么走呢?看看前面有片树林,就朝着树林走,以免被人发现。"并山曲折",就是沿着山势走,山势怎样曲折,他也就曲折地走。"非亲历颠沛不知其言之工也",只有在兵荒马乱的时候,逃难的时候,人才会这样走路,平时我们当然沿着大路走。所以,你如果没有亲身经历这种生活,你就不了解这两句诗的好处在哪里。古人说的"工",用我们今天的话来说就是艺术水准高,也就是写得好。这种注释法,这种批点法,是以前的注释中没有的,因为注释往往是注典故、注成语、注出处,不会有艺术分析,不会对作者的某种经历、作者的某种心理状态进行分析,传统的注释中是没有这些分析的,这是批点中才有的。

第二首是《述怀》。《述怀》是杜甫到凤翔见过皇帝之后写的一首诗,诗中回顾了他逃到凤翔谒见皇帝的全过程。"麻鞋见天子,衣袖露两肘",杜甫在长安被拘禁了大半年,然后冒着危险逃出来,千辛万苦,等逃到凤翔朝见唐肃宗的时候,脚穿草鞋("麻鞋"就是草鞋),衣服破烂,胳膊肘都露出来了,非常狼狈。下面有几句说安定下来以后,他开始怀念他的家人。"自寄一封书,今已十月后",他的家人这时在陕北的羌村,杜甫说,我给他们捎去过一封信,但到现在已经十个月过去了,音信全无。杜甫在长安时不是写过《春望》那首诗嘛,"家书抵万金"呀,此时他最盼望有一封报平安的家书,但是没有,十个月完全没有消息,不知道家人是存是亡。诗人此时的心态怎样呢?"反畏消息来,寸心亦何有",一方面非常希望得到家人的消息,另一方面非常害怕听到家里来的消息,怕从陕北传来什么消息,因为这个消息很可能是不幸的消息,很可能说你的家人已经怎么样怎么样了,或者家破人亡了,所以说"寸心亦何有",这个时候方寸都乱了,还能怎么样呢?

对这首诗,刘辰翁是这样评的,他说《述怀》这一首诗"极一时忧伤之怀",就是说杜甫把当时忧虑、伤感的情怀,非常全面、准确、深刻地表达出来了。这还不算什么,这一句评论还是比较一般性的。下面一句是:"赖自能赋,故毫发不失。"杜甫这样的诗的最得力之处在哪里?它成功的奥秘在哪里?为什么他能把遭受兵荒马乱的乱离之人的那种心态、那种遭遇写得"毫发不失",跟真实的完全一样,而且非常准确?"赖自能赋",奥秘就在于杜甫是用赋的手法来写的。

我们知道,在杜甫以前,在李白、陈子昂那里,唐代诗坛上最推崇的是比兴传统,大家都认为好的诗歌应该用比兴,在诗歌中有寄托,有兴寄,而对于赋,大家一向是不强调的。这也是整个中国古典诗歌比较弱的一环。中国古典诗歌主要是抒情的,它的主要功能不是叙事,而是抒情。但刘辰翁认为杜甫发展了在《诗经》中早已有之的赋的手法。赋有两个意义,它可以是铺陈排比的描写,也可以是叙事。这里说的是叙事。为什么杜甫的诗是"诗史"?为什么"安史之乱"前后只有杜甫的诗才为我们记录了那种广阔的动乱的画面,留下了生动的历史画卷?在于他能赋。他不是完全用比兴的手法来写诗的,不像王维、李白那样,他用直接的描写、叙事来凸显这个时代。这个地方虽然刘辰翁只说了一句话,但其中的意义却很值得后人推敲,而这些地方就是刘辰翁评点的颇见功力之处。他评得好,在他以前,所有谈杜诗的人从没有说过这几句杜诗或者整个杜诗的长处是"赖自能赋",这一点是刘辰翁首先谈到的。

刘辰翁的批点本我们现在研究得还很不够,现在我们很多人写杜诗的文章,说杜诗如何如何,但对刘辰翁的这个批点本还没有很深入的研究,所以大家以后还可以继续就这个题目做文章。

第四讲

杜诗的清代注本

　　前面所介绍的几种注本都是宋注本,这是我们整个杜诗学史的第一个高潮时期。我们的杜诗学史一千多年,前后有两个高潮时期,一个宋代,一个清代。而夹在两个高潮之间的当然是低谷,我们现在把低谷时代也稍微说一下,主要是元代跟明代。

　　元明时代有这样几种名声比较大的注本,给大家介绍一下。请看讲义。元代出现了一种,叫《杜律虞注》。这本书很有名,后代翻刻的也很多。为什么呢?因为它假托是虞集做的。大家知道,虞集是元代的诗文大家,所谓"元四家"之一。元代的大家要放在唐代、宋代的话,就变成二流、三流的了,但他在元代,山中无老虎嘛,他就称大王了,是大家。虞集亲自做一个杜注,所以流传得很广。但实际上它是假的,是一本伪书,它不是虞集做的,它真正的作者是张性。张性做的一部书叫《杜律演义》,就是专门注杜甫七言律诗的,其他的都不注。后来可能是书商要扩大销售,为了好卖,而人家不知道张性是谁,不来买这个书,就说这是虞集做的,假虞集之名刻出来了,这本书也就畅销了。这本书后来在流传过程中多题作《杜律虞注》,前辈中研究杜诗学的,比如说我的老师程千帆先生,还有做《杜集书目》的周采泉先生,他们对这两部书作过仔细的对比,完全一样,所谓"虞注"就是张性的书。元朝的杜诗注本现在值得一提的,大概就这一种。它的特点就是只注了杜甫的七言律诗,如果你特别想研究杜甫的七律的话,这本书可以参考。

下面看一种明代的。明代首先有一个大名鼎鼎的杨升庵,杨慎,他编有《杜诗选》六卷。杨升庵的名声很大,状元出身,又是才子,平生著述极多,他的著作超过一百种。我想一个人一辈子怎么能写一百多种书呢?非常多,学问做得很大。但是这个人有一个特点:粗疏。整个明代的学术都是粗疏的,清代人整个看不起明代的学术,说"明人空疏","明人不学",至少从我们的杜诗学史来看,这话并不过分。其他我不敢讲,明代的杜诗学确实是这样的,很粗疏。这个大名鼎鼎的杨升庵,他的《杜诗选》选得如何?注得如何?我没有见过此书,不能乱说,但是我知道他的其他书里有一些乱说一气的东西。

　　下面举一个例子,有关杜甫的《丽人行》。《丽人行》是写上巳节那天(就是三月三日)风和日丽、鸟语花香,正是游春、赏景的好时机。杜甫来到曲江头,正好看到杨氏姐妹(也就是杨贵妃跟虢国夫人等)出游。杜甫当然是远远地看着了,看着这些美女穿着豪华的服装,排场很大。诗中有几句是描写这些美女的装饰的,"头上何所有?翠微匋叶垂鬓唇",这些美女头上的妆饰是怎么样的呢?是"翠微匋叶垂鬓唇",戴着各种各样美丽的首饰。"背后何所见?珠压腰衱稳称身",杜甫不能走近去看啊,走近去看人家要生气的,而且仪仗队也很多,卫兵也很多,他只能远远地从背后望过去,看见镶满了珍珠的腰带很妥帖地围在她的腰里。"腰衱"就是腰带,"稳称身"就是很合体,很妥帖。

　　本来《丽人行》中描写美女就到此为止了,下面就转入议论,转入对她们的行为的评论。但是杨升庵说:不,传世的杜诗的本子掉了两句,他说他看到过一个古本,这个古本在"珠压腰衱稳称身"后面还有两句——我把它打印在讲义上了——"足下何所著?红蕖罗袜穿镫银"。脚上穿的是什么呢?穿着一种绣着红颜色的荷花的丝袜子,又穿着"镫银",也就是镶着银丝的靴子。非常美丽的丝袜、靴子。其实,即使杜甫靠近去看,丝袜恐怕也是看不见的,唐代妇女穿长裙子,怎么可能把丝袜露出来呢?但是杨升庵认为杜甫看见了,有这两句。问题是:杨升庵所谓的古本杜诗指的是什么古本?清代的钱谦益虽然时代比杨升庵晚,但钱谦益家里藏的杜诗版本是最多的,不但是当时最多的,而且可能是历史上最多的,他藏了非常多的杜诗版本,后来失传的一些宋代版本他都看到过。当然,后来付之一炬,都烧掉了,因为钱谦益家里失火了。钱谦益的藏书楼叫绛云楼,绛云楼藏的书是最好的,它的藏书质量绝对不输于跟这个藏书楼只有十几里之隔的一个铁琴铜剑楼。这两个藏书楼都在江苏常熟。铁琴铜剑楼我去参观过,我当插队知青时就去看过的。绛云楼后来失火烧掉了,也是命该如此,藏书楼怎么能叫绛云楼呢?绛云是什么意思?火红色的云,好像是描写火灾似的。(大笑)宁波最著名的藏书楼叫天一阁,天一生水,有水就可以救火。藏书楼在古代都是木结构的,最怕失火,书又好烧,钱谦益偏偏叫它绛云楼,所以说非烧不可。

我们回到讲义上来。钱谦益家里藏了那么多的古本杜诗,宋本他都有,他就批评杨升庵说,杜诗中根本没这两句,杨慎是瞎说。他说,杨升庵哪里看到过这样一个古本,《丽人行》中还有下面这两句?所以我们有足够的理由猜想,当然我们不能断定,杨升庵所谓的古本是捏造出来的,杜诗本来没这两句,而是杨升庵自己想添上去的。我想杨升庵的思路可能是这样的,他想,杜甫远远地看着这些美女,当然难得一见的嘛,一定会非常关注地细细观看,看她们的首饰是什么样子,然后眼光往下移,移到腰里,看到美丽的腰带上镶嵌着珍珠。怎么不往下看呢?自然就看到脚上去了。(大笑)实际上杜甫并没写,是杨升庵自己加上去的。在我们的学术研究中,在杜诗的版本研究中,这种作风当然是不可取的,你怎么好随便改杜诗,帮他添两句进去呢?由此可见,明本是不可靠的,明代人刻的本子往往会乱改古书。

明代出现的杜诗注本,最有名的就是杨升庵的这一种。另外还有两种比较有名,我把书名打印在讲义上了,大家感兴趣可以看一下。一个是张綖的《杜诗通》,一个是卢世㴶的《杜诗胥抄》。卢世㴶这个人是由明入清的,所以后来也有人把《杜诗胥抄》称为清注本。

还有一种也顺便讲一讲,比较有趣,就是杨德周的《注杜水中盐》,一名《杜注水中盐》。这个书名比较有趣,它为什么叫"水中盐"呢?大家知道,古人认为用典故用得最好,就是所谓如"水中着盐"这样一种境界。盐融化在水里,你喝起来有咸味,但要找盐在哪里,找不着,它已经融化进去了。古人认为这是用典的最高的境界。这个书名的意思一方面是说杜诗用典像水中盐,另一方面又说他的这个注本非常厉害,杜诗用典像水中盐一样融化进去了,我能把这个盐再从水中还原出来,所以叫"杜注水中盐"。这个书名有一点广告色彩在里头。这本书我没有读过,我觉得这个书名很有意思。历史上确实有一些书名是有广告色彩的,最早的大概是蒯通的,蒯通是秦汉之际的人,楚汉相争的时候,他先在项羽那里做谋士,项羽不听他。他有一本书很有意思,书名叫《隽永》。"隽永"我们现在已经把它看作一个词了,意思是意味深长,特别有味道。因为这个书被著录在《汉书》中,颜师古做《汉书》注的时候把这个书名做了一下注解,他说"隽"是一种特别肥美的鸟肉——当然后来也指一般的肥肉,最早是指鸟肉,特别好吃,大概像盐水鸭之类的东西;(大笑)"永"就是"味深永",有回味。蒯通竟然叫自己的书是《隽永》,说我这个书特别有味道,大家要好好来读。这大概是我看到的最早的有广告意义的书名。到了唐代,有一个以写《游仙窟》而闻名的张鷟,他有一本书也很有意思,叫《龙筋凤髓判》,"判"是一种文体,唐代的一种公文,判词。张把自己的判文收集起来,叫《龙筋凤髓判》,全是精华,好得不得了。

杜诗学史上具有广告色彩的书名大概就是这本《杜注水中盐》。假如说这个广告是名副其实的,那也就算了,因为确实做得很好嘛。但是它又未必如此,我们举一个例子吧,是清代的四库馆臣指出来的。请看《早秋苦热堆案相仍》,这是杜甫在华州做司功参军时写的一首诗。诗写这一年的秋天特别热,杜甫很怕热,而公务又很繁忙,很多的文件堆在桌子上要处理。诗中有一句叫"束带发狂欲大叫",这一句我印象特别深,因为当年我读郭沫若的《李白与杜甫》的时候,注意到这是郭沫若拿出来作重点批判的诗,说杜甫这首诗就表明他不愿意好好地办公,(笑)自以为是个大诗人,不耐烦做这种小事情。那么"束带发狂欲大叫"这个句子,《杜注水中盐》是怎么注的呢?注引了一句韩愈的文章,说"抑而行之,必发狂疾"。

这个注才叫不高明呢。你们看这句话,"束带发狂欲大叫","发狂"是一个很常见的词语,可以说不需要注的,如果一定要注也不要引韩愈"抑而行之,必发狂疾",我们随便一想就想到《老子》里面有"令人心发狂"。"发狂"这个词老早就有了,先秦就有了,你怎么要引韩愈?而这句话中最应该注的是"束带"两个字,什么叫"束带"?就是把衣带系起来。这似乎说不通,天热就应该把带子解开,为什么要束起来?这就写了小公务员、低级官吏在官府里的一种状态,官府里有上司,你要见上司,就一定得把衣服穿戴整齐,把带子束好,像我们现在连风纪扣都要扣起来,要这样子才能去见上司。这当然是用的《宋书·陶渊明传》了,陶渊明之所以不愿做官,弃五斗米而去,他就是不愿为五斗米而向乡里小儿折腰。因为有一次上司来了,同僚告诉他应该去拜见。怎么拜见呢?必须把带子系好,穿得整整齐齐地去参见。陶渊明不耐烦了,不高兴做官了。所以这两句话里最应该注的是"束带"这两个字。要说"水中盐",这才是"水中盐"。而杨德周呢偏偏不注"束带",专注"发狂";又不引《老子》,而引韩愈。所以我们说这本书仅仅是书名有广告色彩而已,书本身的价值是不足道的。

我们上面简单介绍了元明两代的杜诗注,当然元明两代还是出现了一些注本、评点本,但总体质量不是很高,如果我们不是专门研究版本渊源,仅仅是从杜诗自身来考虑,几乎可以忽略不计,可以不看它们。

再往下就进入了杜诗学上的第二个高潮时期,那就是清代,所以我们下面重点介绍几种重要的清注本。

第一种是《杜臆》,注者是王嗣奭。王嗣奭的《杜臆》现在我们能看到的是中华书局 1963 年的版本,后来又重印过,现在我们很容易看到。但这本书在历史上曾经是一本很难看到的书,王嗣奭当时写了,却没有刻出来,因而整个清代的以至民国的人研究《杜臆》,都是从仇兆鳌的《杜诗详注》中去了解。仇兆鳌在《杜诗详注》中引了很多《杜臆》的意见,当然是不完整的,有的引,有的不引。这本书的原稿是解放后浙江省作图书调查的时候调查出来的,在一个百姓家里收藏着,后来才印出来。我们现在很方便看到它的全貌。

这本书特别值得讲一讲。注者王嗣奭是明代的遗民,是由明入清的,而且入清以后坚持民族气节,不做清朝的官。这本书成书非常快,我把年代写在讲义上了。王嗣奭生于明世宗嘉靖四十五年(1566),卒于清顺治五年(1648),入清以后一共才活了四五年,就去世了。他这本书呢,是从明代崇祯十七年(1644)开始做的,崇祯十七年是明代的倒数第二年,崇祯一共就十七年嘛,从这以后还有南明,但是江南一带在第二年就被清兵占领了。所以王嗣奭是在明代将亡的时候开始为杜诗作注,到清顺治二年(1645)的时候就已经做好了，一共只用了七个月的时间。也就是说，《杜臆》写得非常快，七个月就完工了。但这绝对不是一本粗制滥造的书，不是说写得很快就态度草率，不是的，这是一本非常严肃认真的书。他之所以成书这么快，是因为他在写书以前已经对杜诗有了长期的研究，有了长期的阅读、涵泳，有了长时间的积累，到最后写定，这个过程就非常快，不像其他的杜诗注本做得很慢。《杜臆》实际上不是一个注本，它实际上是以串讲、评点为主，有时在关键的地方也注一下，但主要的用力不在注释上面，而在评点、串讲上面。

王嗣奭注杜的态度也值得注意。我在讲义上引了清代历史学家全祖望的一段话，因为他们两个是浙江鄞县的同乡，全祖望知道王嗣奭的一些事情。全祖望说，王嗣奭之所以在明清易代之际写这个《杜臆》，是有一种民族感情寄托在里面，他把对杜诗的讲解看作他坚持民族气节的一种表现，所以他说："吾以此为薇，不畏饿也。"这个"此"指的是杜诗，整句话的意思是说虽然明代亡国了，但我坚决不做清朝的官，不跟清统治者合作，我有杜诗做我的精神食粮，有了杜诗就不怕饿，就像伯夷、叔齐在首阳山采薇不食周粟一样。可以说，这是一本由明末的义士、遗民所作的书，它里面当然有情感的渗透，而且情感相当强烈。所以它对杜诗的政治感情、对杜甫对于国家人民的关切等方面是非常注意发掘的。

这本书之所以叫《杜臆》，王嗣奭自己有一个交代。请大家看讲义，王嗣奭在其序《杜臆原始》中讲了这本书的来龙去脉。他说："臆者，意也。"臆，就是臆断，就是完全是我自己的理解。他下面接着说："以意逆志，孟子读诗法也。诵其诗，论其世，而逆以意。"就是用这种方法来阅读杜诗、理解杜诗、解释杜诗。"向来积疑，多所披豁。"以前有疑惑的地方，都豁然开朗了。"前人谬述，多所驳正。"前人对于杜诗的错误的理解，我都进行了驳斥，都把它纠正过来了。为什么呢？因为他是用了孟子的这种读诗法。他所引的孟子的读诗法见于两处，我把原文也都打印出来了，一处是《孟子·万章上》，一处是《孟子·万章下》。《孟子·万章上》说："故说诗者，不以文害辞，不以辞害志，以意逆志，是为得之。"就是说解释诗歌——孟子说的当然是指《诗经》——的人，不能以文害辞，文就是字，辞是词句，不能因为文字妨碍你对词句的理解；又"不以辞害志"，志是作者的思想，是作品的中心思想，不能因为词句妨碍对作品的中心思想和作者的写作动机的理解。所以要"以意逆志"。"以意逆志"就是要跨越逐字逐句解释诗歌的这个阶段,从而理解隐藏在文本中的志。这是孟子主张的一种读诗的方法,就是要单刀直入地去理解作者的本意。

孟子在《万章下》又说了另一种读诗的方法,就是"诵其诗,读其书,不知其人,可乎"。这个读诗的方法,我们后人把它概括为"知人论世"。你要理解一部作品,特别是要理解一部前代产生的作品,那么首先要知道这个作者,对作者有所了解,然后还要知道作者所处的那个时代。一句话,我们对于创造这个作品的人以及文本发生的背景要有深入的了解,然后才可能准确地了解文本。这种态度正好跟西方所谓的新批评法截然相反。因为新批评认为,作者我们可以不管,作品产生的背景我们也可以不管,一个作品是自足的,作品的意义就在作品里,所以你理解作品就直接从作品入手,作者是谁、什么时代都不用管。新批评的方法当然有重视文本的优点,主要的精力都集中在文本上,但是用来阅读中国的古典诗歌,用来阅读中国古代以个人抒情为本质的这样的文本,肯定是不行的,我们还是要用孟子的"知人论世"的方法。对于杜诗,我们首先要知道杜甫是谁,而且要知道杜甫处于什么时代,然后我们才能深刻理解他的许多诗篇。如果我们不管他是谁,也不管杜甫是不是遭遇了"安史之乱",全都不管,就直接就文本来论文本,那么很多意义就得不到准确的认识。孟子读诗法的这两个方面,王嗣奭在其《杜臆》中都有效地加以利用了,他是遵循这两个原则来解读杜诗的,所以他对杜诗的理解在很多方面都有独到之处,或者说达到了一个特别的深度。

下面我们举几个例子来看一看。首先看《醉时歌》。《醉时歌》是杜甫在长安潦倒沦落的十年中写的一首直接表示他的政治思想、人生态度的诗。这是一首七言古诗,写得非常好。这首诗里有这样两句:"儒术于我何有哉,孔丘盗跖俱尘埃。""儒术"就是儒家的思想,儒家的学术。他说儒学对我有什么关系呢,跟我没关系,孔丘也好,盗跖也好,一个是古代的圣贤,一个被认为是古代最恶的人——他食人肝嘛,天天把人的肝挖出来炒着吃,是个江洋大盗;一个是极好的人,一个是极坏的人。现在都变成一堆尘埃了,都没有了,都过去了,有什么意义呢?没有什么意义。也就是说,我们不要追求道德的完善,不要追求正义、真理,一切都随它去,都跟我没什么关系。大部分读者看了这两句话,都会把它看作反话,看作牢骚之辞,发牢骚而已。他极端地贫困嘛,他虽然坚持儒学,一生服膺儒学,但是一点都不为人所认识,在长安十年,一筹莫展,走投无路,所以心里有牢骚。可是到了现代,或者说到了近代,这两句话也经常被人拿出来作为杜甫已经抛弃儒家思想的一个证据,说他已经怀疑儒家思想,已经抛弃儒家思想。大家不信的话,可以去看一看20世纪60年代作家出版社出版的那个《杜甫研究论文集》,其中有一篇署名"西北大学杜甫研究小组"的文章,就是这个说法,拿这两句作为证据,说杜甫早就怀疑儒家思想了。

我们回过来看看王嗣奭是怎么说的。讲义上引了《杜臆》的话,《杜臆》说:"总是不平之鸣,无可奈何之词。"首先从整体上认为《醉时歌》是不平之鸣,是一些牢骚话。下面说:"非真谓垂名无用,非真薄儒术,非真齐孔跖,亦非真以酒为乐也。"说这首诗中说的都是反话,都是牢骚话。这首诗里还有一句是"名垂万古知何用",说名垂青史又有什么用呢,还不如生前喝喝酒算了。王嗣奭认为杜甫不是真的说垂名无用,不是真的鄙薄儒家的学说,也不是真的把孔子和盗跖看作一样的。"齐孔跖"就是《庄子·齐物论》中间的"齐",把什么东西都看作没有差别的,一样的,孔丘也好,盗跖也好,都是一样的,都是要死的。"亦非真以酒为乐也",也不是真的认为人生的最大乐趣就是饮酒,一生要沉湎于酒中,它完全是牢骚话。我觉得王嗣奭这句话,在几百年以前就已经把西北大学杜甫研究小组以及郭沫若在《李白与杜甫》中的那些胡言乱语全驳倒了。你只要看到这几句话,后面的那些议论都不必要了,它已经给你分析得非常清楚,非常准确。这得益于《杜臆》对杜诗的一种"知人论世""以意逆志"的理解。

《杜臆》对于杜诗文本中的一些艺术手法的分析不一定是最准确的,但有它独到的地方,有独特的见解。下面我们举一个例子,是杜甫的一首诗,题目叫《中宵》。顺便说一下,在我读过的中国古代的诗人中,我觉得最善于写夜的是杜甫,一般人写的题材都是在白天的,杜甫最善于写夜,比如夜景、夜里的情思、夜里的活动,他是写得最好的,作品数量也多。杜甫好像经常失眠,经常睡不着,半夜三更总是在外面看景,或者躺在床上尖起耳朵听外面的动静,经常描写夜里的一些声响、一些景物。《中宵》就是写他夜里在一个水阁上看夜景,其中有一句是"飞星过水白",天幕上有一道流星闪过,流星在水面上划出一道倒影。我们来看一看,后人怎样评价这一句诗。先看明朝的钟惺,就是竟陵派的钟惺。钟惺有一本书叫《唐诗归》,这本书也是以评点著名的。钟惺《唐诗归》中评到这首诗,说"飞星过水白"这句诗中有两个字用得好,一个是"过"字,另一个是"白"字。《杜臆》表示了不同的意见,《杜臆》针对钟惺的这句话说:"二字有何妙?"就是说这两个字很普通,不妙,妙的不是这两个字。《杜臆》认为"只水字妙",就是"飞星过水白"这句话中"水"字用得妙。大家都知道,中国古代的诗歌批评非常重视一句话中最精警的那一个字或两个字,一句诗很好,其中有一个字或者两个字特别精彩,画龙点睛,古人就称之为"句眼",句中之眼,有了眼才活嘛,眼是灵气所钟的地方。古人所评的句中之眼,句子中用得最好的字,一般都指的是动词,其次是形容词,你们去看其他的例子,往往说哪一个动词用得最好,哪一个形容词用得最好,很少说名词是句眼的。《杜臆》的看法就比较独特。你看钟惺的话,他说"过"字好,"白"字好,一个是动词,一个是形容词。《杜臆》说不,这句话中"水"字好,这个名词才是句眼。王嗣奭是怎么理解的呢?他说:"星飞于天,而夜从阁上视,忽见白影一道从水过,转盼即失之矣。"一颗流星在天上飞过,诗人站在一个阁楼上看,他看见的是什么呢?他突然看见水面上有一道白光闪过去,但转瞬即逝,所以这句诗才叫"飞星过水白"。诗人的目光不是对着天空,而是对着水面,他是低着头在那里看。杜甫看景经常是低着头,他心里忧愁嘛,精神状态不好,低着头看水面,看见流星划过的一道白光在水面上飞过去,所以他才写"飞星过水白"而不是"过空白"。

王嗣奭认为这句话中的句眼,最得力的地方是一个"水"字而不是"过"字或"白"字。我们可以不同意他的意见,也可以赞同钟惺的意见,觉得钟惺那个意见有道理。但至少,《杜臆》这个说法是自成一家的,有独到之处。人家都不这么看,因为按照传统,我们不会从名词上找句眼的,但王嗣奭偏偏从一个名词上去找句眼,这就是他的独到之处。

《杜臆》中有很多这一类的例子,很多地方都表现出一种独立的思考,跟一般人不一样,即使是对一些名词的解释,也是如此。下面我们看一首《曲江》。《曲江》是"安史之乱"后唐军收复了长安,杜甫也回到长安以后写的一组诗。《曲江》本来有两首,这里举的是第一首。它的最后两句是:"细推物理须行乐,何用浮名绊此身。"杜甫走到江边,看到鸟语花香,一派欣欣向荣,也看到古人的坟墓等荒凉的景物。诗人就从这些景物中"细推物理",这不是现代意义上的物理,是万物的道理,是客观规律,觉得人生还是要及时行乐,不要去追求什么名利,不要让浮名束缚了自己的一生。这个"浮名"我们一般容易把它理解为虚假的名声、浮夸的名声,然而《杜臆》说:"非也。"我们看讲义。王嗣奭说:"浮名非名誉之名,乃名器之名,故用绊字有味。""浮名"中的这个"名"不是名誉的"名",不是"名声"的"名",是"名器"之"名",名器是指功名利禄。所以说,我不要这个名器来束缚我。王嗣奭后面又说"不如弃官而去",说这个小小的官职我不要了,这个功名利禄我不要了,我抛弃它。杜甫不久以后就辞官不做了,他去了秦州,后来又到了四川。他这个时候已经有了这种想法,他厌倦了,当然最根本的原因是他在朝廷里郁郁不得志,他不为朝廷所理解,已经被肃宗疏远了,他受到了打击了,所以想离开朝廷。"何用浮名绊此身"就是杜甫想弃官而去。

让我们看看王嗣奭说得对不对。我在讲义上引了一些材料,《左传·成公二年》说:"唯器与名,不可以假人。"这是"名器"这个词的最早出处,先秦的人说,器和名不可以随便给人家的,"不可以假人"就是不可以随便给人家。杜预在注《左传》的时候解释说,这个"器"与"名"是什么意思呢?他说"器"是车服,就是做官以后你享受的交通工具的待遇,就像我们现在的干部,到几级之上可以坐红旗车,再就是可以穿什么服装。"名"是爵号,封什么爵,封什么官位,所以"名器"连起来就是功名利禄,也就是指官位。《杜臆》认为这里的"何用浮名绊此身"不是说杜甫不要什么名声了,而是说他不想要这个官职了,不想做左拾遗了,要弃之而去。我觉得即使不说这是唯一正确的解释,至少也是一种很有新意的解释。我个人是赞同这种解释的,这要比"名誉"的解释更好,这种解释使我们对诗意与杜甫当时的心态体会得更加准确。这是解释典章名物的。

下面再看《杜臆》的另一个优点,就是所谓的"以杜证杜"。这是我们在杜诗学研究中经常要提倡的一种方法,用杜诗来证明杜诗。杜诗是一个整体,1400多首杜诗是一个整体。鲁迅先生好像说过类似的话,看一个人,看一个作家,要看他的整体,不要光看他的部分,根据他的部分来评价他,实际上是一个侧面的、局部的评价。对杜诗的研究、解读也是这样。有的时候我们把某一首杜诗单独拿出来进行解读,得不到一个确切的理解,有不同的解释。这时候最好的办法就是拿其他的杜诗作为旁证,他写到同样的对象,使用了同样的写法,写了同样的意思,这个时候其他的杜诗就是解读这一首杜诗文本的旁证,而且可以互相参照,用那首杜诗的理解来证明这首杜诗的理解,这样往往容易说到点子上,说得更准确。这种手法通常被称作"以杜证杜"。当然我们也可以说研究李白要"以李证李",研究韩愈要"以韩证韩",但最突出的运用是"以杜证杜",而《杜臆》这本书在这方面可以说是有首创之功的,做得相当好,很突出。

我们下面举两个例子,先看这首《赠花卿》:"锦城丝管日纷纷,半入江风半入云。此曲只应天上有,人间能得几回闻?"这是一首七言绝句,28个字。这首诗的写作年代比较清楚,肯定是杜甫在成都时写的,"锦城"嘛。杜甫他在锦城参加了一个宴会,宴会上演奏了音乐,很热闹。这个音乐也很好,质量很高,一方面是很嘹亮,"半入江风半入云",传得很远;一方面是很美妙,杜甫甚至说"此曲只应天上有,人间能得几回闻",人间听不到,是天上的乐曲,是仙乐。杜甫听了以后心有所感,就写了这首诗。人们对这首诗有不同的理解,这一点我们现在不讲,关键是这个标题中间的"花卿"是谁?"赠花卿",花卿可能是一位姓花的人,或者至少是他的姓名中间有一个"花"字。古人称对方,比较尊敬的称呼叫"卿",对男对女都可以,称男子可以称"卿",称女子也可以称"卿"。那么这里的"花卿"是谁呢?主要有两种说法。一种说法是指当时成都的一个歌女,或者是演奏音乐的一个女乐工,当然也可能是指一个男的乐工,一个男歌手。杜甫写这首诗是赠给他的,说你这个音乐演奏得真漂亮,真美,"此曲只应天上有"。第二种说法是指当时成都的一个将领,叫花敬定。讲义上引了《升庵诗话》,《升庵诗话》上说花卿是一个将领。

到底是指谁呢?议论纷纷,在以前的宋注本中没有一个准确的说法。《杜臆》的过人之处就在于它引了一首杜诗《戏作花卿歌》,用《戏作花卿歌》

来证明这首诗,因为《戏作花卿歌》里写着"成都猛将有花卿"。这两首诗的写作年代相差不是太远,所以说这首《赠花卿》里的"花卿"也应该是指花敬定。从逻辑上讲,这并不是滴水不漏的,但这是一种比较可靠、比较合理的推测。有了这样一种推测,我们就可以对《赠花卿》这首诗得到一个比较准确的理解。因为假如说这个花卿是指一位乐工的话,或指一位歌手的话,那么这首诗只能有一种解释,就是说好,表扬演奏的这个音乐真美。但如果指的是花敬定这个猛将,那么这首诗一方面可以像刚才那样理解,说你这个宴会场面真大,音乐这么好,是很难得听见的;另一方面还有一种理解,就是有一种讽刺的意思、一种规劝的意思在里面。《升庵诗话》说:"花敬定僭用天子礼乐。"花敬定这个人是一员猛将,因为在四川平定了梓州段子璋的叛乱,立了大功,回到成都设庆功宴。杜甫也参加了这个庆功宴。但花敬定居功自傲,因为是战乱时期嘛(平时谅他不敢),他又立了大功,所以他为自己庆功的场面非常大,以至演奏起天子才用的礼乐来。中国古人是讲究名分的,孔子就说:"八佾舞于庭,是可忍也,孰不可忍也。"这样的事情如果能够忍受,还有什么不可忍受的呢?一个地方将领居然演奏起天子的礼乐来,这是不能容忍的。杜甫也是这样一种思想,所以他认为花敬定竟然僭用天子的礼乐,奏朝廷里的礼乐,他觉得这不可忍。但这个场面确实很大,音乐也很美。所以他这首诗表面上是形容音乐很美,实际上含有一些讽刺的意思。"此曲只应天上有",这个曲子本来只有朝廷才能演奏,"人间能得几回闻",怎么能在成都的普普通通的宴会上来演奏呢?

我刚才说过,尽管这不是唯一的理解,不是唯一准确的解读,但至少是一种很有新意也很深刻的解读。那么这种解读是从哪里来的?这是《杜臆》的作者"以杜证杜"的结果,他是把另外一首《戏作花卿歌》跟这首《赠花卿》比较得出的结果。这是"以杜证杜"的实际运用。

下面还有一个例子也简单地说一说,因为这涉及大家经常会谈到的一个问题,就是李白与杜甫的关系问题。杜甫对李白到底是什么态度?我们看这首《与李十二白同寻范十隐居》。杜甫早期与李白有一段交往的过程,这首诗写于天宝三载或四载,诗里写到李白有这样两句:"李侯有佳句,往往似阴铿。"我上次说过,宋朝人最喜欢讨论杜诗,有很多的宋朝人就对这两句议论纷纷,议论什么呢? 说杜甫对李白也不是很看重,杜甫认为李白有很好的诗句,与阴铿一样。阴铿在南朝诗坛上是优秀的诗人,但不是第一流的诗人。所以说李白"似阴铿",是对李白的一种贬低。王嗣奭认为不是这样的,他运用"以杜证杜"的方法来说明,他引了杜甫的另一首诗《解闷十二首》。《解闷十二首》是杜甫在成都时期写的,诗中有这样两句:"孰知二谢将能事,颇学阴何苦用心。"这是杜甫说自己的,说自己的创作态度,他认为自己与"二谢"是不能比的,所以想学"阴何","阴何"即阴铿和何逊,是南朝的两位诗人,他们在诗句的雕琢锤炼方面特别下功夫。杜甫说"颇学阴何苦用心"嘛,王嗣奭认为以这首杜诗为旁证,再回过来看他评价李白的"往往似阴铿",可见他对李白肯定是一种赞扬的态度。因为杜甫自己表示他要"学阴何",他还没达到阴铿、何逊的水平呢,而李白已经像阴铿了,所以杜甫对李白没有贬低的意思。这种地方王嗣奭所以能够得到一种比较好的理解,就在于"以杜证杜"。他把整个杜诗作为一个整体来看,而不是着眼于一枝一叶。你要看整个树林,不能只看到一枝一叶。

总的来说,《杜臆》是学术水准很高的、包含着许多真知灼见的一个杜诗清注本,为清代的杜诗学开了一个好的源头。

下面讲第二种清注本,就是钱谦益的注本。本来想把钱谦益的"钱注"跟朱鹤龄的"朱注"放在一起来讲的,因为"钱注"跟"朱注"两者是搅在一起的,不但你中有我,我中有你,而且后来两个人因为注杜诗产生了矛盾,交恶了。一开始是朋友,合作注杜,后来合作的结果不好,两个人反目成仇,再后来互相攻击,弄得势不两立,以致钱谦益临终之前念念不忘的就是这件事情,他注杜诗没压倒朱鹤龄。所以他这本书一直到他身后才刻出来,生前一直不刻。但就时代而言,毕竟是"钱注"在前,钱谦益的年龄远比朱鹤龄大,"钱注"的刊行也早于"朱注"。我们还是依年代先后,先看一看"钱注"的大致情况。

钱谦益的注本原来的书名叫《杜工部集笺注》,但后来人们简称为《钱注杜诗》,所以现在大家看到的上海古籍出版社出版的《钱注杜诗》,指的就是这一部,就是这个本子。这本书是钱谦益身后才印出来的。

我们稍微回顾一下钱谦益注杜的过程,详细的以后再讲。钱谦益在明代将亡的时候,已经开始关注杜诗了。他研究杜诗的成果是两篇文章,一篇是《杜诗小笺》,另外一篇是《杜诗二笺》,这两篇文章在《初学集》中已经有了。《初学集》编于明代崇祯十六年,崇祯一共十七年嘛,第十七年崇祯皇帝在北京自杀了,明代实际上就灭亡了。钱谦益一开始没有想注杜诗,他这样的大学者,这样的大文人,是不耐烦一字一句地给杜诗作注解的,他仅仅是把对杜诗中某些重要的篇章的特殊看法写下来,像写论文一样地把它写下来,就是这个"小笺"和"二笺"。那后来为什么变成了一个注本呢?这完全是因为朱鹤龄。这个"小笺"和"二笺"的内容,大部分都吸收进现在的《钱注杜诗》中了,但我比较过,有不一样的地方,这我们就不细讲了。现在我们读到的一般都是《钱注杜诗》,如果你要追溯钱谦益最早的看法,就要追溯到这个"小笺"和"二笺"。

现存的《钱注杜诗》大致上是这样的,它不是每一首都有注。我统计了个数字,写在讲义上了,548 首没有注,只有杜诗的白文。大家看一看这个数字,差不多是现存杜诗的三分之一,也就是说,钱谦益认为有三分之一的杜诗是不需要注的,一读就懂,他认为应该注的地方他才注。因为他学问大嘛,地位也高,所以他的态度应该说是比较傲慢的,他看不起前人的注。他在杜诗注的凡例——他叫"略例"——中说:"杜诗昔号千家注,今虽不可尽见,亦略具于诸本中。"杜诗以前号称有"千家注杜",现在虽然不可能完全见到,但大致上还存于各种注本中。你看他下面对宋注的评价:"大抵芜秽舛陋,如出一辙。"他一句话就把整个的杜诗宋注全都批倒了,说宋注整个地都是缺点,都是错误,没有什么好的地方。应该说这种态度不是很实事求是的,我下次把它跟朱注作对比的时候,还会详细地讲这个问题。实际上,钱谦益注杜沿袭宋人的地方是相当多的,但他非要说宋注都不行,只有我才高明,我从一个最新的水平上面来超越前人,来为杜诗做注。

那么,钱谦益自己认为"钱注"的特点、长处到底在哪里呢?他认为最大的长处在于对杜诗中的重要篇目所蕴含的那种深层意义——不是表面上的意义,而是深层含义——看得最准确、最清楚。这是他自己说的话,请大家看讲义上的《草堂诗笺元本序》,这个序是他自己写的,他虽然没有自己颂扬自己,但是他引了钱遵王的话,钱遵王是他的族曾孙,就是钱曾,一个很有名的版本目录学家,大家上校雠课时必定会碰到这个人。钱遵王颂扬钱谦益的杜诗注,有这样几句话:"凿开鸿蒙,手洗日月,当大书特书,昭揭万世。"原来是鸿蒙一片,天地还没有开辟呢,一片混沌,钱谦益像盘古开天地一样凿开混沌,杜诗的面貌才清楚。杜诗原来蒙着一片迷雾,面目不清;杜诗虽然像日月,但上面蒙满了灰尘,是钱谦益把日月都洗干净了,让杜诗的光辉都照射出来了。钱谦益的这些看法、见解应该大书特书,要把它写出来,让它流传万世,千秋万代都起作用。这个评价简直高到无以复加的程度,这虽然不是钱谦益自己的话,是他族曾孙对他的歌颂,但是他听着很受用,就照单全收了。

钱曾说钱注杜诗"凿开鸿蒙,手洗日月,当大书特书,昭揭万世",所指的当然不是钱谦益所有的笺语,而是钱谦益自己也很得意的对杜甫的一些重要作品的理解。那么是哪些作品呢?就是《诸将五首》《秋兴八首》《洗兵马》这些诗,这些有关唐代政治、历史的重大题材的作品。现在我们就从钱曾的这一段话入手,来看一看《钱注杜诗》的优点到底在什么地方,因为这是钱谦益本人最看重的,也最引以为自豪的一些地方。

先看《诸将五首》。《诸将五首》这一组诗作于766年,是杜甫在夔州时写的系列组诗之一。杜甫在夔州写有《咏怀古迹五首》《秋兴八首》《诸将五首》,都是七言律诗的组诗。杜甫写的这些组诗中,《秋兴八首》和《咏怀古迹五首》内容非常丰富,意义非常深刻,后人对它们的理解基本上是一致的,并没有太多不同的地方。但对《诸将五首》的理解是不一样的,杜甫为什么要写这一组诗?杜甫的写作目的和诗歌的中心思想是什么?后人的理解是不一样的。我们来看看钱谦益是如何理解的。这里我举了《诸将五首》的第五首,因为这一首是最容易引起歧解的。《诸将五首》之五:"锦江春色逐人来,巫峡清秋万壑哀。"杜甫回忆他从成都来到夔州的这一段过程。当然,从字面上看,这里也许说的是时令的变迁,回忆以前在成都的时候是春季,到了夔州的时候就变成秋天了。这首诗就写于秋天。但实际上杜甫说的是他的心境、心情。他回忆在成都曾经有一段时间心情很好,所以很欣赏锦江春色;而到了夔州,他的心情很不好,所以就注目于黄叶纷飞的秋天。

那么这两句为什么能跟"诸将"联系起来?这完全是因为严武,杜甫是在回忆严武。杜甫在成都的时候曾经受到严武比较好的照顾。严武是他的上司,又是他的好朋友,两人相处得不错。但当杜甫来到夔州时,严武早已去世,无怪乎杜甫对着萧瑟的秋景,心中充满了悲哀。所以,诗的三、四两句就开始写严武:"正忆往时严仆射,共迎中使望乡台。"说我正在回忆当年的严武,回忆当年在成都跟随严武一起到望乡台——成都城北的一个建筑——去迎接中使。严武生前没有做过仆射,他死后朝廷追赠他为尚书左仆射,所以这里说"仆射"就表明严武已经死了,他是在怀念生前的严武。"中使"在唐代是一个有固定含义的称呼,特指皇帝派到地方的使节,一般是由宦官担任的。这是说严武虽然身在成都,可是他尊重朝廷,尊重朝廷派来的使节。那个时候很多将领都拥兵自重,不把朝廷放在眼里。

　　下面又回想严武的生平。"主恩前后三持节",严武曾经三次奉皇帝的命令镇守四川,两次做节度使,一次做太守。"军令分明数举杯",回忆当年在严武的幕府里多次参加严武举办的宴会。为什么说"军令分明"? 因为严武是一个节度使,是一员大将。古代凡是在军中举行宴会,气氛是非常严肃的,不能随意喧哗,乱叫猜拳是不行的,有执法官守在那里,谁在酒席上违反军令要当场杀头的,所以大家喝酒时战战兢兢。这一句在表面上是写严武治军严格,号令严明,大家都不敢随意喧哗,实际上是说严武这个人很有军事才能。中国古人歌颂某个将领在军事上特别有才能,常常会说他"运筹帷幄之中,决胜千里之外",他不必自己亲临前线,而是像诸葛亮一样靠兵法取胜。这句话在古文中经常有另外一种说法,叫"折冲于樽俎之间",就是在杯酒之间把千里之外的胜负安排好了,"折冲"就是把敌人打败了。所以"军令分明数举杯"这句话有深层含义在里面,表面上仅仅是说宴会上军令严明,暗中是在颂扬严武的军事才能。

　　前面两句很显然是颂扬严武,最后的意思就转了:"西蜀地形天下险,安危须仗出群材。"西蜀这个地方地形非常的险恶,这个地方的将领需要特别有才能,才能系一方之安危,才能把它治理好。在古代的军事条件下,四川这个地方是最容易割据的,它北边是蜀道,东边是三峡,不管从哪个方向攻进去都非常困难,而镇守这里的将领要想拥兵自重、要想割据是最容易的,所以四川往往是"天下未乱蜀先乱"。杜甫指出,在这种地方一定要有像严武这样的将才来镇守,才可能安定。

我们从字面上串讲下来,表面上看,这首诗好像都是歌颂,是对严武的歌颂之辞,但钱谦益认为不是这样的。钱谦益是怎么说的呢?"此言蜀中将帅也",这说的不是严武一个人,说的是整个四川一带的将帅。"如武者,真出群之材,可以当安危之寄",像严武这样的人,确实是很了不起的军事人才,国家的安危可以寄托在他的身上。"而今之非其人,居可知也。"现在的将领不是这样的人才,现在没有严武这样的人才,这是一清二楚的。"居"是明白的意思,明白无误叫"居"。在钱谦益看来,杜甫这首诗的主要目的不是为了歌颂严武,而是通过歌颂严武来指责现在蜀中的将领没有严武那样的才能,所以国家动荡,地方得不到安定。对《诸将五首》的第五首这样理解之后,钱谦益就得出对这一组诗的整体上的理解。请看讲义,下面这些人都是在严武同时或者前后驻守蜀地的一些将领:崔旰,本人造反,后来被杀掉了;柏茂琳,飞扬跋扈,虽然没有造反,但拥兵自重,不忠于朝廷;杜鸿渐,他倒是听朝廷号令,忠于朝廷的,但他没有才能,他治蜀的时候,这里造反那里造反,连下面的部将都镇压不了。这些人都是严武的反面例子,这些人在蜀的时候,都不能为朝廷解忧,朝廷的安危不能寄托在他们身上,只有严武是个例外。讲义上还引了钱谦益的话:"其有愧于前镇多矣。"这些将领都是远远比不上严武的。

把《诸将五首》作为一个整体,那么这一组诗的主题是什么呢?钱谦益认为是写"将不能安边弭乱",即写当时的将领不能安定边疆,消除内乱。军队、军队中的将领,无非两个职能嘛,一个是对外,一个是对内,对外是抵御外侮,抵抗外族的侵略,对内是镇压叛乱,让国家安定。但是这两个责任,现在的将领都没有做到。我们看了钱谦益的这个笺语,再回过去读《诸将五首》的前面几首,问题就迎刃而解了,就会觉得这五首诗确实是一个整体,绝不是其中有几首是讽刺,有几首是歌颂。它整体上都是讥讽,都是批判。

我把前面第一、第二首稍微举了几句写在讲义上,对照着来看,就非常明显了。第一首说:"汉朝陵墓对南山,胡虏千秋尚入关。"皇帝的陵墓就在关中一带,居然不断地有少数民族的军队侵入进来,可见这个将领根本没有起到抵抗外侮的作用。"多少材官守泾渭?将军且莫破愁颜。"泾水也好,渭水也好,都在长安附近,国家的重兵竟然驻守在这个地方,可见敌人已经打到国都附近来了,将领根本没有起到保家卫国的作用。第二首中间有"岂谓尽烦回纥马,翻然远救朔方兵"两句,"朔方兵"是朔方方镇的兵,本来是当时唐帝国最精锐的军队,是李光弼、郭子仪他们率领的,但就连这样的军队还要依靠少数民族的救兵来救他们,还打不过"安史"叛军。可见这时候的将领都不能完成保卫国家的任务,都不是安危可仗之才。

我们通过钱谦益的笺语,对《诸将五首》这一组诗的主题就有了一个比较明确的解释,这个解释应该说是符合杜甫的写作原意的。像杜甫这样的诗人,写这样一组诗,他是作为一个整体来思考的。他不可能在《诸将》这组诗内第一首写这个主题,第二首写那个主题,各首的主题完全游离,甚至互相矛盾,他不会这样做。而在钱谦益以前,大家都对这组诗有疑惑,第五首好像是歌颂,跟前面的批判不一样。钱谦益读出来了,实际上第五首是借歌颂严武之名来讽刺、批判当时的将帅,这样主题就统一了。像这种注解确实是钱谦益的过人之处,原因有两点:第一,钱谦益对唐代的历史、唐代的地理非常熟悉,知识丰富,所以对整个的写作背景了解得非常清楚;第二,钱谦益不但是一个好的学者,还是一位大诗人,这种身份使他能够从构思、立意方面更好地体会古代诗人的作品。因此,钱谦益对《诸将五首》《秋兴八首》这些作品的阐释,应该说是超越前人的,确实比宋注更进一步。这是"钱注"的最大的优点。我们现在还重视"钱注",应该说最主要的是在这个方面。

但是"成也萧何,败也萧何","钱注"的最大的缺点也在这方面。我刚才说了,钱曾的"凿开鸿蒙,手洗日月"说的是《诸将五首》《秋兴八首》,还有《洗兵马》,那下面我们就来看一看《洗兵马》的笺注,也是钱谦益非常自豪的一个笺注。《洗兵马》诗比较长,讲义上只打印了几句,就是钱谦益特别提到的这几句。这首诗作于758年,它的编年有异说,赵次公注把它系在乾元元年,也就是758年,后来黄鹤他们把它系在乾元二年,也就是759年。钱谦益赞成"赵注",认为这首诗是758年写的。当代学者一般也认为是758年。那么758年是怎样的一个写作背景呢?至德二载(757)九月,唐政府才收复长安,年底,唐玄宗从成都回到长安,这时候的身份已经是太上皇了,因为肃宗已经登基了。这首《洗兵马》是乾元元年(758)三月写的,大家注意这个写作时间,就是杜甫写《洗兵马》的时间,距唐玄宗回到长安只有三个月,是第二年的春天写的,因为诗中写到春耕了嘛。我们来看一看,对《洗兵马》的主题应该怎么认识,钱谦益的笺注不是着眼于一字一句来做的,他是着眼于一首诗的主题来理解的。"钱注"说:"《洗兵马》,刺肃宗也。"《洗兵马》这首诗就是讽刺唐肃宗的。讽刺他什么呢?"刺其不能尽子道,且不能信任父之贤臣,以致太平也。"这几句是说唐肃宗不能孝顺唐玄宗,又不能信任唐玄宗留下来的大臣,所以呢,唐朝就不能安享太平,形势依然要乱下去。也就是说,钱谦益认为《洗兵马》这首诗的主要倾向就是讽刺,是讽刺唐肃宗的。他下面又说:"盖至是而太平之望益邈矣。"到了这个时候,唐朝的太平、中兴的希望更加渺茫了,唐帝国更加没有希望了。"邈"就是远的意思。那我们来看看,钱谦益自认为对于《洗兵马》这首诗"凿开鸿蒙,手洗日月"的笺到底说得对不对。

首先应该指出,钱谦益的这个理解跟大多数杜诗注家的理解不一样,其他的注家都不同意这个看法,都认为《洗兵马》不是讽刺,或主要不是讽刺。当然我们也许可以说真理掌握在少数人手中,也许其他人都错了,就钱谦益一家对了。但是它到底是不是这样?我们就从钱谦益最擅长的一点出发,看看杜甫写这首诗时真实的背景如何,杜甫在此时此刻有没有可能讽刺唐肃宗。刚才我说了,在前一年的十二月,唐玄宗回到长安。再往前面回忆一下的话,我们可以回忆到"安史之乱"以后的"马嵬坡事变"。"马嵬坡事变"之后,唐肃宗没有得到玄宗的同意,自行宣布登基,玄宗那个时候正在逃往蜀中的途中。玄宗到了成都以后才听说了这个事情,木已成舟,就派大臣回来册立他,把皇位传给他,自己成为太上皇。这个交接过程不是自愿的,不是唐玄宗自愿传位给唐肃宗的,是唐肃宗自己宣布登基了,当然是利用了"马嵬坡事变"这个突发事件。那么在此以后,父子之间当然就有矛盾了。皇宫里的父子、兄弟、夫妻关系都是非常复杂的,跟我们民间的不同,其中往往是仇敌,是冤家,充满着阴谋、篡夺,甚至是残杀,玄、肃之间确实也有这样一种倾向在里面。

我们看一看历史,757年年底,唐玄宗回到长安。过了两年,也就是760年,玄宗和肃宗之间的矛盾公开化。从表面上来看,我们从《资治通鉴》《新唐书》《旧唐书》的记载来看,这不是肃宗的问题,是肃宗的皇后张皇后的问题,是太监李辅国的事情,张皇后和李辅国勾结在一起,挑拨他们父子的关系,然后把已经是太上皇的唐玄宗软禁在一个叫太极宫的地方。这段历史的过程非常清楚,没有什么疑问的地方。唐玄宗刚从成都回到长安的时候,住在兴庆宫,过了两年,李辅国他们强迫他迁到了太极宫。太极宫、兴庆宫,就是白居易在《长恨歌》里所说的"西宫南内多秋草"的西宫、南内,太极宫是西宫,兴庆宫是南内,他先住在南内,后来迁到西宫。为什么白居易说"西宫南内多秋草",而不说"南内西宫多秋草",把这个顺序颠倒过来呢?这很可能是出于平仄。《长恨歌》虽然是七言歌行,但它基本上是平仄和谐的,大部分是律句,倒过来平仄就不和谐了。可能是这样,我猜想。这段历史事实很清楚,因为《资治通鉴》连哪一天都记得很清楚的。这一年迁到太极宫以后,唐玄宗身边的太监高力士、一个叫玉真公主的女儿都被撵走了,唐玄宗身边没有亲近的人了,很凄凉。再过了两年,也就是762年,这一年的四月,唐玄宗就死了。唐玄宗死后过了14天,唐肃宗也死了。父子两人同年同月死,只差14天。凡是这种死亡,情况都比较离奇。我们看清代慈禧太后和光绪皇帝两个人是同一天死的,那么其中必然有一个人是非正常死亡,慈禧跟光绪之间肯定有一个人,我想是光绪,是非正常死亡。我还认为光绪的死肯定与慈禧、李莲英有关。但是没有任何记载,历史学家也搞不清楚,我们只能这样猜测,那些秘密永远埋藏在阴森森的深宫里了。那么玄宗和肃宗只差14天死,这里面是不是有非正常死亡呢?会不会是唐肃宗病重了,李辅国就乘机下手把唐玄宗害死了呢?唐肃宗一死,李辅国马上就把张皇后杀了,可见他是个心狠手辣的家伙嘛。但是对不起,历史上一个字都没有记载,我们没法知道。我只能说这是很可疑的。总之,玄、肃父子之间确实是有矛盾的,有不和谐的地方。

钱谦益很可能是对这一段历史太熟悉了,或者说这一段历史,尤其是后来发生的那些事情,给他的印象太深刻了,所以他认为,玄、肃之间的关系在杜甫写《洗兵马》的时候就已经很糟糕了,杜甫写这一首诗完全是讽刺唐肃宗的,讽刺他不孝顺唐玄宗,甚至迫害唐玄宗等。问题是,我们还是要看史实。758年的时候有没有发生这些事情?完全没有发生,758年春天还没有发生。因为这个时候离唐玄宗回长安的时间只有三个月,离唐肃宗收复长安也不到半年,整个朝廷还处于喜气洋洋的时候,这时候还没有发生这样的事情。所以说,杜甫在写《洗兵马》的时候,作为一个从八品上的左拾遗,即使他对玄宗、肃宗之间的关系不太和谐有一点风闻,也不可能已经未卜先知地对后来发生的那些事情了解得一清二楚,从而对唐肃宗进行讽刺,这从逻辑上是讲不通的,是不大可能的。

当然,最可靠的材料是文本,我们解读文本的时候,边缘材料、背景材料都只能作为辅助,最主要的是直接进入文本。我们来读《洗兵马》,《洗兵马》太长,我没有全部打印在讲义上,也没有那么多时间来讲。我先来介绍一下这首诗。这首诗一共 48 句,分 4 段,每一段都是 12 句。转韵 4 次,用了 4 个韵。第一段用平声韵,第二段用仄声韵,第三段又用平声韵,第四段又用仄声韵。这首诗形式上非常整齐、典雅,凡是这种特别整齐、特别典雅的诗体,一般来说都是颂体,歌颂的体。讽刺诗很少这样写,颂体才这样写。杜甫对于诗体是非常讲究的,所以从形式上看,这首诗确实比较像一首歌颂的诗。而且这首诗的语言非常典重、华丽,典重、华丽的语言一般也是用来歌颂的,歌颂朝廷的诗必须要这样写。

再看诗中的内容。讲义上打印了这样几句,首先是开头:"中兴诸将收山东,捷书夜报清昼同。"说这个时候唐帝国已经中兴了,唐政府的军队收复长安以后继续往东打,往北打,把"安史"叛军打到"山东"去了,打到函谷关、华山以东去了,唐军快要打到"安史"叛军的老巢去了。前方捷报频传,日夜不断。这是写唐帝国当时的军事形势。

下面我从诗中选出来的两句写到玄宗和肃宗的关系了。我们看这两句话,钱谦益对它的解读确实是有过人之处的,当然钱谦益没有细讲,是我自己猜的。这两句写的是什么呢?写的是唐肃宗每天早上到唐玄宗居住的地方去请安,这是古代的一个礼节,叫"晨昏定省"。民间也是这样,古代的子女每天早晚都要到父母的房间里问一下是不是安宁。这里描写唐肃宗晚上就把车马准备好了,天一亮就跑到唐玄宗住的地方去问候,当然唐玄宗住的地方肯定指的是兴庆宫,因为这个时候玄宗住在兴庆宫嘛。我们来仔细读这两句,第一句"鹤驾通宵凤辇备",整个晚上都在准备车马,早早地就把车马准备好了。"通宵"就是整夜,"鹤驾"特指太子的车。传说周代有一个太子叫王子晋,王子晋后来成仙了,骑仙鹤而去,所以后来美化太子所坐的车叫"鹤驾",上面雕刻着仙鹤。"凤辇"是指皇帝的车,上面装饰着凤凰的图案。为什么一句话中既说"鹤驾",又说"凤辇"?是重复吗?是凑字吗?不是的,杜甫不会这样做的。杜甫在这里既写"鹤驾",又写"凤辇",实际上他是暗示唐肃宗的双重身份。他是皇帝,他已经登基了,所以当然是"凤辇";但实际上他的真实身份还是个太子,因为他做皇帝是自己宣布的,玄宗并没有主动宣诏传位给他,当然玄宗后来被迫宣布传位给他了,但不是自愿的。所以,我们有理由猜想杜甫这里非要点出一个太子的车骑"鹤驾"来,把它跟"凤辇"并列写在一个句子里,可能是暗示肃宗有着双重身份,他本应该以太子的身份去问候唐玄宗的。但是现在呢,他却是以皇帝的身份去问候太上皇了。当然这种意思只能意会而不可言传,你不能把它说得很确切,我们只能猜测杜甫可能有这个意思,从字面看好像有这个意思。下面一句"鸡鸣问寝龙楼晓",鸡刚叫,天刚亮,肃宗就跑到唐玄宗那里去问安。这句话里面有没有讽刺呢?我说即使有,也是微乎其微的,非常隐约地有一点。因为在这个时候,玄、肃之间的矛盾还没有公开化,还没有闹到后来那个程度,肃宗还没有什么公开的举动来限制玄宗,一点都没有。所以我想,在此时此刻,在758年3月的时候,杜甫只能写到这个程度,有一点讽刺而已。当然也可以这样解释,杜甫已经察觉到玄、肃之间有一点不和谐,但他希望他们父子和好,这句诗中含有希望的意思。

再下面有两句"攀龙附凤势莫当,天下尽化为侯王"。这肯定是讽刺了,但这不是直接讽刺唐肃宗,这是讽刺当时整个朝廷,讽刺李辅国这些人。因为唐军胜利了,收复长安了,好像是中兴了,一些毫无功劳的太监啊什么的,纷纷趁机为自己争得了很多封赏。当时是滥赏,封了很多王,很多侯,所以杜甫说"天下尽化为侯王",大家都变成侯与王了。这里有讽刺,讽刺滥封滥赏,讽刺朝政有很多不当的地方。读到这里,我们要承认,钱谦益在这首诗中看出来有讽刺的成分是对的。但问题是,他不应该把整首诗的主题,把这首诗的主要倾向都说成是讽刺,因为都说成是讽刺了,所以他对诗中的有些句子就要歪曲了。

我们看最后两句。《洗兵马》的最后两句诗表达了杜甫的希望："安得壮士挽天河,尽洗甲兵常不用。"哪里有这样的壮士呢?把天上银河之水都给挽下来,把天下的武器都冲洗干净,从此刀枪入库,天下太平,从此唐帝国走向安定,走向太平,再也没有战争。钱谦益怎么理解?他说:"盖至是而太平之望益邈矣。"到了这个时候啊,太平更加没有希望了,天下更加动乱了。这难道是杜甫的意思吗?我们从"安得壮士挽天河,尽洗甲兵常不用"这两句诗中难道能读出这一层意思来吗?难道这两句话不正是杜甫对国家命运的一种真诚的希望吗?也正因为如此,所以这一首诗的标题就叫《洗兵马》,这个标题就说明诗的主题是最后两句诗所表达的。这个时候唐帝国已经开始有转机了,安史叛军已经被打败了,长安也收复了,虽然还有种种不如意的事情,还有"天下尽化为侯王"等事情,但国家的形势总体上在朝好的方向发展,所以杜甫希望从此不要再打仗了。这两句前面写的是田间农民,普通老百姓的希望:"田家望望惜雨干,布谷处处催春种。"农民希望天不要旱,赶快下雨;布谷鸟到处在叫,催着农民下种;天下从此太平,大家安居乐业。这才是杜甫对国家、对人民命运的一种希望,怎么可以认为他写《洗兵马》主要是讽刺唐肃宗呢?他为什么把诗题叫《洗兵马》?他为什么要写一首《洗兵马》来表明太平更加没有希望,表明对国家的失望呢?从对整首诗的理解来说,钱谦益把这首诗理解为讽刺,我认为是大谬不然。当然,这不是我自己的看法,这是前人的看法。下面我们看看其他注家的看法。

先请看《杜臆》。我很佩服《杜臆》,《杜臆》经常说得很中肯,《杜臆》评这首诗说:"喜跃之象,浮动笔墨间。"王嗣奭读了《洗兵马》后,觉得这首诗通篇有一种喜气在里头,杜甫对国家的形势感到高兴。

杨伦的《杜诗镜铨》说:"语亦以颂寓规。"说前面引的这些话,包括"鹤驾通宵凤辇备"等,在颂扬中寓有规劝。"盖移仗事虽在后,而是时张、李用事,已有先见其端者。"所谓"移仗"就是唐玄宗移动住处,他的仪仗队要搬地方了,从兴庆宫搬到太极宫,他受到了限制,这个事情发生在两年以后,但这时已经有一些苗头了。张就是张皇后,李就是李辅国,他们两个在那里弄权,挑拨离间,这种事情当时也已经有一些端倪。杜甫有所觉察,但是他不可能在全首诗中都是讽刺,所以杨伦还说这是"以颂寓规"。就是说整首诗的主题是颂扬,其中有一点讽刺意味。

《杜诗详注》引潘耒的话也说得非常好,潘耒这一段话是直接针对钱谦益说的。潘耒是朱鹤龄的朋友,他在一封信中直接批评钱谦益对《洗兵马》主题的歪曲,他说:"乃初闻恢复之报,不胜欣喜而作,宁有暗含讥刺之理?上皇初归,肃宗未失子道,岂得预探后事以实之。"杜甫刚刚听到前线的捷报,唐军节节胜利,很高兴,就写了这首诗,怎么会暗含讽刺呢?这时候唐玄宗回来才三个月,唐肃宗还没有特别不当的举动表现出来,所以杜甫不可能对后面发生的事情未卜先知,事先来讽刺肃宗。

《杜臆》也好,《杜诗镜铨》也好,潘耒的话也好,我觉得都是比较通情达理的。在这些地方,钱谦益的错误在于求之过深,他太想与众不同了,太想在其他人看不出来的地方进行深层解读了。深层解读往往会导致过度阐释,过度阐释就导致歪曲诗意。所以,尽管钱谦益跟他的族曾孙都认为这首《洗兵马》是"钱注"的得意之笔,是他"手洗日月"、值得"大书特书"的地方,但我恰恰觉得这是《钱注杜诗》的一大败笔,缺点就在于求之过深。

"钱注"中当然还有一些其他的例子,我们现在仅仅是对钱谦益自己举出来的例子分析了一下。尽管如此,我们仍然要承认,《钱注杜诗》是一部很了不起的学术著作,一直到现在,它还有很高的学术价值。大家如果想全面地了解杜诗的话,《钱注杜诗》是非读不可的,一定要读一遍。

下面介绍第三种清注本,朱鹤龄的"朱注"本。他这部书全名叫《杜工部集辑注》,大陆到现在还没有重印过,我们还只能看到木刻本。所以我以前,包括我在写《杜甫评传》的时候,都没有能够好好地读这本书。南京大学图书馆有,但是线装书不能借出来带回家去读,所以我读得不细。我 2001 年到台湾,在清华园里呆了半年,那里可以借出来带回宿舍,我就好好地读了一遍。读了一遍之后,我有很多看法,特别是对朱鹤龄与钱谦益两个人在注杜过程中发生的一些争端,有了一些新的理解——原来都是听别人说的,这时有自己的看法。这些看法我已写成了一篇文章,就是《朱鹤龄杜诗辑注平议》,这篇文章发表在《文史》2002 年第 4 期。这篇文章比较长,材料比较多,有两万多字,现在当然不可能细讲这篇文章,我只把我的一些思考介绍给大家,因为这对大家考察古代文学中一些有争端的问题可能会有一些帮助。

朱鹤龄和钱谦益两人不是同辈人,朱鹤龄比钱谦益晚一辈。朱鹤龄比钱谦益小24岁,死的时间比钱谦益晚19年,他们是两辈人。但是两个人因为注杜诗发生了争端,吵得不可开交,以至钱谦益临终之前最放不下的事情不是柳如是,而是注杜诗。(笑)柳如是不管了,一心想着注杜诗,所以这是他们人生中的一件大事,后人也很关注。那么我们现在应该怎么评价它?我在讲义上引了洪业的一句话,这话说得很好。洪业说:"呜呼,昔人云后生可畏,后死乃尤可畏也。"他说前人都说后生可畏,他说后生不可畏,后死才可畏。因为两个人在争、在吵,一个人先死了,一个人还活着,活着的人还可以继续攻击你,骂你,而死的人没法开口了,所以他说后死才可畏。(大笑)洪业这句话说得很俏皮,但是这句话对不对?我说不对,实际情况不是这样子。我们先把钱、朱两人注杜诗的过程回顾一下。我把主要的一些事件打印在讲义上了,请大家看一下,有这样一个时间表。

早在明代,两个人就开始注杜诗了。崇祯十七年,也就是1644年,钱谦益已经63岁了,而朱鹤龄只有39岁。这一年朱鹤龄开始注杜诗。朱鹤龄开始注杜诗的时候,钱谦益的关于杜诗的两种重要著作,就是我上次说到的《杜诗小笺》和《杜诗二笺》,都已于崇祯十六年刊刻出来了,已经成书了,所以朱鹤龄是可以看到这个材料的。到了清顺治七年,也就是1650年,钱谦益69岁,朱鹤龄45岁。这一年钱谦益家里的藏书楼绛云楼失火了,把好多书都烧掉了,钱谦益也心灰意懒地皈依佛门,"托心空门"嘛,就不注杜诗了。又过了几年,到了清顺治十一年,也就是1654年,钱谦益73岁,朱鹤龄49岁,两个人初次见面——以前两个人没有见过面。见面以后,朱鹤龄就把他自己注杜诗的一个初稿给钱谦益看,向他请教,因为钱谦益是前辈嘛,又是大名人、大文豪,而朱鹤龄是后辈,默默无闻。这个时候就发生了这样一件事情,1655年,就是顺治十二年,钱谦益把朱鹤龄请到他家里去当家庭教师,教他家族里的孩子。钱谦益家里有个私塾,他是常熟的富豪,家族里有许多孩子。朱鹤龄是个穷书生,无以为生,他是吴江人,离常熟也不远,就到钱家来当家庭教师了。朱鹤龄从此就住在钱家,两个人经常见面,经常讨论杜诗。钱谦益还把自己的注杜草稿交给朱鹤龄,让他整理成书。过了两年,到了清顺治十四年，也就是 1657 年，朱鹤龄回到吴江，继续注杜。在 1657 年以后到康熙元年也就是 1662 年以前的这一段时间内，具体的年代我不能确定，朱鹤龄来信请钱谦益帮他写一篇序。于是钱谦益为实际上是钱、朱合作的杜诗注写了一篇序，这篇序直到现在还在朱注杜诗的卷首，刻在书的最前面。到了 1662 年，朱鹤龄把全书都写完了，他就拿来给钱谦益看。钱谦益看了很不满意，两个人就吵起来了，吵得很厉害，钱谦益甚至要收回这篇序，说不给你写了，你的书写得不好。朱鹤龄不肯，因为钱谦益是名人啊，他舍不得放弃这样一篇序，他还是刻进自己的书了。两个人吵什么呢？照理说你的书写得不好，也不关我什么事，为什么一定要跟你吵呢？关键是这里有一个合作的问题，就是我刚才说的，钱谦益在绛云楼失火以后，他本人不想再注杜诗了。但他原来有一个初稿在手里，当然是很简略的。当他得知朱鹤龄正在注杜诗，他就有一个想法，希望两个人合作，他把这些初稿都给朱鹤龄，朱鹤龄在这个基础上再来注。朱鹤龄当然很愿意了，他愿意跟钱谦益这样的前辈名人合作，就接受了这个任务。没想到后来朱鹤龄的书稿出来了，拿给钱谦益看，钱谦益看了以后发现完全不是他原来设想的那种注解方式，他就很不满意了。

两人的分歧主要在哪里？我们来看钱谦益后来成书的《钱注杜诗》，我上次说过了，他有三分之一的诗是没有注，548 首诗没有注。钱谦益认为只要注重要的，一般的不用注。而朱鹤龄认为每一首都要注，每一个典故都要注。朱鹤龄学问小，境界低，钱谦益学问大，境界高，两个人的期望、要求不一样。所以，钱谦益看了以后很不满意，两个人就争吵起来了，反复争吵，一直吵到钱谦益去世。钱谦益自从跟朱鹤龄闹翻以后，就决定把稿子抽回来，自己来做一本书，不跟他合作了。然而朱鹤龄已经把他的材料都抄去了，他想抽回来也抽不回来了。所以后来朱鹤龄的杜诗注中到处都是引钱谦益的话，"钱笺曰"，"钱笺曰"。

我想请大家看一段很有趣的文字，就是季振宜的《钱注杜诗序》。季振宜就是季沧苇，清代著名的藏书家，他在《钱注杜诗序》中引了钱曾的一段话，说钱谦益在临死的时候还念念不忘这部杜诗注本。"得疾着床，我朝夕守之，中少间，则转喉作声曰：杜诗某章某句，尚有疑义。……成书而后，又千百条。临属纩,目张,老泪犹湿。"这段文字是什么意思呢?钱谦益生病了躺在床上,他这个族曾孙呢每天都守在他身边。有时候他在喉咙里勉强发出声音来说话,说杜诗中某一章某一句还有疑义,还要继续探讨。后来好不容易全稿都完成了,又不停地在那里修改,改正了千百条。钱谦益在将死而未死的时候,他眼睛又睁开了,满眼泪水。"属纩"就是临终,"纩"是丝绵。我们现在判断一个人有没有死,医生会说脑死亡,这个人脑死亡了就算是死了。古人是看有没有气,断气就算是死了。怎么看他断没断气呢?古人有一个规定,《礼记》中叫"属纩",就是拿一缕丝绵(丝绵很轻)放在病人的鼻孔边看它动不动。因为你有气息的话这个丝绵会飘动,丝绵不动,就说明这个人已经死亡。就像林肯遇刺以后,他身边的副总统就宣布:Now he belongs to the history(现在他属于历史了,他死亡了)。

下面的文字我没引,还有一段很长的文章。钱曾说他已经说不出话来了,眼睛里还有泪水,就是还有放不下的事情。他放不下的事情竟然不是柳如是,而是杜诗注。钱曾就问他:你是不是放心不下杜诗注?他点头说是的。钱曾说:你放心,你在,我们再讨论;你不在,我会把这本书做完的,继续把它修改完。钱谦益这才闭眼。我对钱谦益这个人一向没有好感,因为他当年在我们的秦淮河跳水时嫌水冷又逃上来了,没有殉国,他降清后又苟活了那么多年。但是他临终时念念不忘杜诗注,把我们的杜诗研究看作毕生的事业,这一点确实使我很感动。

我们继续讲钱、朱之争的问题。我刚才介绍了钱谦益的一些情况,我们再看洪业的一段话,洪业这段话也说得非常好。他先是简单地描述了一下钱谦益和朱鹤龄合作后来又分手的这样一个过程,然后说:"虽然,注杜之争乃钱、朱二人之不幸,而杜集之幸也。"说这件事情对钱也好,对朱也好,两败俱伤,两个人都是不幸的,两个人吵得一塌糊涂,说了很多不该说的话,尤其是钱谦益以文坛前辈的身份对朱鹤龄说了一些很难听的话,对他自己也是一个损害。但是洪业又说这是"杜集之幸",为什么呢?他说:"考证之学,事以辩而愈明,理以争而愈准。"考证的学问,事情越辩越明朗,道理越争越准确。如果没有学术争论,人们往往把问题看得比较肤浅。正因为争论,互相辩驳,你要驳倒我,我要驳倒你,双方都在寻找新的材料,逻辑上要弄得更严密,就把考证的学问推向深处。

确实是这样,一个学术上的问题,假如曾经在学界引起很大的争论,大家反复争,我们对这个问题的理解就深入一层。《兰亭帖》的真伪,《胡笳十八拍》的真伪,经过 20 世纪五六十年代的反复争论,我们现在对它们的理解就比较深刻了。假如没有当初那样的争论,很多问题也许是说不清楚的。

钱谦益跟朱鹤龄在注杜诗的时候产生了争端,确实对杜诗注是一个很好的促进,对他们各自的书也是一个很好的促进。两个人争论才有意思,争论以后就分道扬镳了,各做各的。开始时两个人都赶进度,拼命地赶,想把自己的书先做出来。但在做的过程中又调整了,都不肯先做完,要慢,因为怕先做出来之后被对方挑出错误,于是反复修改,要先把错误消灭掉。所以钱谦益一直到死,他的书还没有完成,他死后三年《钱注杜诗》才刻出来。他临死还不放心,还怕里面有什么错误被朱鹤龄发现了用来驳斥他,那样会很丢面子,所以他拼命地修改。朱鹤龄的书是在钱谦益的书印出来三年之后才印的,钱谦益的书印出来之后,朱鹤龄又在“钱注”的基础上再斟酌,再修改。在这一点上,洪业说他“后死为幸”是不错的。但我们现在在判断“钱注”“朱注”的优劣的时候,必须跳出这个圈子。实际上,这里面的情况很复杂,并不是说谁在后面谁就讨便宜。下面我还要用一些具体的材料来说明这个问题。

2001 年,我在台湾读到一部著作,是简恩定的《清初杜诗学研究》。书是 1986 年出版的,但是我到 2001 年才读到,因为台湾的书不大容易看到。这部书最主要的内容就是研究“朱注”和“钱注”,而且花了很大的力气在那里讨论钱、朱两个人的是非问题。我觉得这本书给了我们一些可供思考的教训,不是经验,是教训,他犯了一些错误,这些错误恰恰是我们在研究古代文学的时候要注意的。是哪些教训呢?首先是这样一些问题,从表面上看,“钱注”与“朱注”是关于杜诗的两部著作,两个注本。两个注本产生的时间是“钱注”在先,“朱注”在后。若是论注杜工作的开始,当然是钱谦益开始得早,他年纪大,他比朱鹤龄年长 24 岁。书的出版也是钱谦益早,“朱注”后出。要是作简单的逻辑推理的话,假如我们把两本书进行对比,发现后面的这本书,就是朱鹤龄的注,有跟“钱注”一样的地方,我们就会归结为朱抄袭钱，"朱注"是剽窃"钱注"的。我们很容易得出这样一个简单的判断。但是我刚才说过，他们两个人注杜有一个非常复杂的过程，曾经合作过，后来又分手了，所以我们不能对这个问题作简单的判断。还有，当我们对这个问题进行判断的时候，不能一看到他两个人有相同的地方，就来判断是谁抄袭谁，谁剽窃谁，我们还要跳出这两本书的圈子。因为整个杜诗学史，不是从钱、朱开始的，在他们以前早就有很多人做了很多工作，所以我们在判断是非的时候，要注意学术的大背景。如果不注意大背景的话，我们又会犯一个简单判断的错误。我觉得简恩定的错误就在这里。

简恩定的态度是批评朱鹤龄，赞成钱谦益。他的判断很简单，钱谦益注在前面，朱鹤龄注在后面，两人在合作的时候钱谦益把他的初稿都给朱鹤龄看了，朱鹤龄当然吸收了钱谦益的成果。他把"钱注"和"朱注"仔细对比以后，发现有很多地方"朱注"跟"钱注"一模一样，但是朱鹤龄又没有说这是引钱谦益的话。我们看朱鹤龄的注本，很多地方他都标明"钱笺"，说这是引用钱谦益的话。这当然是可以的，因为作注释是可以引用别人的，只要标明出处即可。但是也有很多地方朱鹤龄没有标明"钱笺"，就直接开始注了。简恩定仔细对比以后，发现这段文字跟钱谦益的是一样的，所以他就作一个判断，说这是朱鹤龄剽窃钱谦益。他甚至进一步得出结论，说钱、朱两个人之所以闹翻，钱谦益之所以愤怒，是因为朱鹤龄剽窃他的注解又不作说明。就像我们现在学界经常发生的笔墨官司一样，你剽窃我的，你又不注明。简恩定认为是这样的。我说恰恰在这个地方，简是大错特错了。口说无凭，我们要凭材料说话。我仔细检查了简恩定举出来的 25 个例子，他用了很多篇幅，不厌其烦地举出例子来，说某一首诗或某一句"钱注"是怎么说的，"朱注"是怎么说的，两者一模一样，但朱鹤龄又不标明"钱笺"，所以是朱鹤龄抄钱谦益的。我说这个结论不对。那到底是怎么回事呢？

请大家先看杜诗《游龙门奉先寺》，这是杜甫的早期作品，写洛阳龙门的奉先寺。奉先寺有很有名的石刻，卢舍那的像就在那个地方。这首诗里有一句"更宿招提境"，是说杜甫在那里过夜，住在招提的范围内。"招提"是什么？我们看"钱注"，钱笺引《僧辉记》说："招提者，梵言拓斗提奢。"我把"拓斗提奢"的梵文打印在下面了，我不会梵文，我查了字典，这是拉丁转写，就是 Caturdeśá，后面的 á 上面有一斜撇，是个重音号，是这样一个梵文。那么这个梵文是什么意思呢？它实际上是"唐言四方僧物"，就是四面八方的和尚们都居住在这里，也就是佛教的寺庙的称呼。这个话始于北魏太武帝的时候，就是南北朝的时候，我们知道北魏是非常推崇佛教的，所以大同、洛阳的石刻都从北魏开始。那个时候已经有了"招提"这个名字，本来是把梵文根据读音转写过来的，转写成"拓斗提奢"，渐渐地以"拓"为"招"，把这个"拓"写成"招"了，又省去了"斗""奢"两个字，变成了"招提"。"招提"就是寺庙，"十方住持寺院"。钱谦益根据《僧辉记》把"招提"这个词说得很清楚了，它的来源是梵文，它的意思是寺庙。朱注本在这个地方完全一样，也是引《僧辉记》，也是这一段话。所以从表面上看，简恩定的判断是对的。不管怎么说，钱谦益的注本肯定在朱的前面，朱鹤龄又看到过钱的原稿，钱谦益的原稿让朱鹤龄带回家去了，让他在此基础上加工的，朱完全看到了；而且钱谦益其人是精通佛学的，朱鹤龄我们没有听说他精通佛学。这里是注佛教的名词，又是钱谦益在前面，那么钱谦益当然拥有原创权。朱鹤龄注解在钱谦益后面，又跟他完全一样，所以简恩定判断是朱鹤龄抄钱谦益的，而且不标明钱谦益的名字。

问题是刚才我说过，杜诗学史并不开始于"钱注"，我们的杜诗学史至少从宋代就开始了，前人早就注解过了，所以我们应该跳出这两本书的范围，往前面再推一下，看看"更宿招提境"这一句诗前人有没有注过，看看在钱谦益和朱鹤龄两个人之前，其他人是怎么处理这个问题的。很简单，我翻一翻南宋的郭知达本，《九家集注杜诗》卷一，这一句话下面的注解一模一样，也是引《僧辉记》，也是这一段文字。所以我的结论很简单：钱谦益也好，朱鹤龄也好，都是根据宋注的。实际上南宋人早就注出来了，钱、朱二人是采用了南宋人的注解。古人在做注解的时候，后来的人对前人注解中一般性的材料不一定要标明的，不一定要说"九家注"什么样的，他们一般不标。所以，"钱注"也好，"朱注"也好，在这些地方都没标，他们实际上都是吸收了宋人的注解。所以，你怎么能够根据这一条材料判断是朱鹤龄剽窃钱谦益呢？又怎么能说钱谦益和朱鹤龄两个人关系破裂是因为这个原因呢？实际上根本不是这么回事。我仔细核对了简恩定这本书举出来的 25 个例子，全都如此。简恩定的这个工作做得很辛苦,文本比勘得很细致,对两本书进行了仔细的核对。但结论大谬不然,完全不对。所以,我们不要把眼光仅仅放在这一块,要把视野放得稍微开阔一些,在考察"钱注""朱注"的时候,要把眼光至少扩展到整个杜诗学史,因为知道宋人就开始注杜诗了,这样就可以避免这个错误的结论。

实事求是地讲,简恩定的判断是完全不符合事实的,他说朱鹤龄剽窃钱谦益又不作说明,所以钱谦益愤怒。根本没这个事,两个人交恶以后,钱谦益在很多地方骂朱鹤龄,这是有文字为据的,他写了很多信,给这个人写信,给那个人写信,在信里驳斥朱鹤龄,痛骂朱鹤龄,到处说他怎么怎么不好,但从来没说过他剽窃。假如朱鹤龄真的剽窃了,钱谦益不会客气的。他既然已经骂他了,口出恶言,很多难听的话都说出来了,朱鹤龄真的剽窃了的话,他怎么会不说呢?肯定是朱鹤龄没有剽窃。在这些地方,钱谦益自己也认为朱鹤龄不是剽窃他的,否则他不会不指出来。所以,我说简恩定的这个大判断完全错了。这个情况给我们的经验教训是什么呢?就是当我们考察一个问题的时候,考察某一个专题的时候,你千万不要把你的思路、你的眼光局限于这个问题本身,你最好是稍微扩大一些,往前、往后或往左、往右稍微推展一些,这样你才可能得出一个比较好的结论来。否则的话是会有问题的。

其实,在一般的情况下,我们对某一个问题的思考也是这样。比如,我们常常看到有的论文孤立地判断某位小说家、某位诗人,说他如何如何,这个判断有没有跟他的前后左右对比呢?有没有把他放在一个历史长河中,放在整个文学史过程中予以考察呢?如果没有的话,又从何得出这个评价呢?应该说这个评价是没有意义的,因为孤立地看一个问题的话,就说不上是好是坏。

我刚才在课间跟强化班的一位同学谈话,我说假如唐代仅有杜甫一个人的诗歌传下来,其他人的诗歌都没有传下来,让你来评价杜甫,你说杜甫是伟大还是不伟大?无所谓,就一个诗人谈得上什么好坏?你到商场里去买东西,只有一样商品,就是一个价钱,其他一概没有,你说它贵还是便宜?说不清楚,一定要比较以后才有评价。所有的判断、所有的评价都是通过比较才得出的,所以我们在思考任何一个文学史现象的时候,一定要开拓思路,把眼光放宽一些。简恩定考察"钱注""朱注"的时候犯了一个大错误,就是他没有把视野往前推,光看"钱注""朱注",在两本书之间来推断是非。如果跳出这个小圈子的话,就不是这样了。"钱注"与"朱注"的具体关系我不打算在这里细谈了,大家有兴趣的话,可以去看看我那篇文章。我相信到目前为止,我那篇文章是关于钱、朱关系谈得最细致的一篇。

我们现在回到"朱注"上,看"朱注"本身。"钱注"既然是很好的一个注本,朱鹤龄和钱谦益两个人交恶的过程也并不是说责任完全在朱鹤龄,那么"朱注"本身怎么样呢?如果"朱注"本身没有水平,没有学术价值,那么即使朱鹤龄在这个过程中没有什么责任,我们也犯不上再来思考"朱注"了。但事情恰恰相反,"朱注"是有它的学术价值的,而且有比较高的价值,所以它值得我们介绍一下。

首先要说明的是,朱鹤龄的注确实引用了钱谦益的很多成果,这一点朱鹤龄并不否认。请看讲义,朱鹤龄在这本书的扉页上大书"钱牧斋先生鉴定",这可以说是忍辱负重。(笑)他跟钱谦益吵得很厉害,钱谦益把他骂得狗血喷头,现在钱谦益死了,书也刻出来了,但他还是得在扉页上写上这几个字。他在钱谦益死去六年以后印自己的书,他在扉页上还写着这本书是经过钱牧斋先生鉴定的,事实也是这样,他把原稿都给钱谦益看过的,虽然钱谦益不满意,他仍然把钱谦益为他写的序言附在前面。朱鹤龄没办法,他地位低,他是一个没有多少名气的小文人;而钱谦益是大学者、大文豪,又比他长一辈,所以他不能不依托钱谦益的名声,以此增加自己书的分量。所以他忍辱负重地指出,这本书是经过钱先生鉴定的。

"朱注"中凡是引"钱注"的地方都标明了,我仔细查对过,凡是引"钱注"的地方朱鹤龄都标明"钱笺曰"。应该说有的地方他是引得比较好的,我这里举两个例子。

杜甫有一首诗叫《舟前小鹅儿》,写舟前的一个小鹅在水上游的情景,其中有"鹅儿黄似酒,对酒爱新鹅"两句。那么这里"鹅儿"跟"酒"的关系到底是什么呢?鹅长大了是白颜色的,小的时候是黄颜色的,同学们如果到过农村,会看到小鹅、小鸭都是乳黄色的,黄得很可爱。杜甫好酒,这个鹅的黄色让杜甫想到了酒,那个酒的颜色也是黄的,所以说"对酒爱新鹅"。关于这两句话,赵次公的注(我们现在能看到的时代比较早的一个注解)说:"鹅儿黄似酒,盖自公始为之譬也。"也就是说,在杜甫以前从来没有人用过这个比喻,从来没有人说鹅毛的颜色像酒这么黄,所以这句话是杜甫自我作古,也就是这句诗没有典故,没有出处。正因为如此,所以赵次公也没有注。但是钱谦益就注出来了,"钱注"里引《方舆胜览》,说鹅黄是一种酒:"鹅黄乃汉州名酒,蜀中无能及者。"说汉州这个地方有一种酒叫鹅黄酒,它的颜色可能跟小鹅的黄色一样,这种酒是蜀地最好的酒。朱鹤龄呢就照抄,把钱笺都搬过来,当然是标明"钱笺曰"的。应该说像这种地方对于朱鹤龄来说并不是很难注。请大家注意,《方舆胜览》这本书是南宋人写的,赵次公当然看不到了,赵次公是北宋和南宋之交的人,而《方舆胜览》的作者祝穆是朱熹的弟子,是南宋后期的人。在《方舆胜览》这本书里,祝穆说汉州有一种名酒叫鹅黄酒,钱谦益就引用这个来注杜诗。朱鹤龄学问的长处正是熟悉类书,钱谦益也承认,钱原先看不起朱,说这个人就是靠类书吃饭的,类书就是抄撮而成的,你到处翻,总有解决问题的一天,不需要才气。像《方舆胜览》这一类书,朱鹤龄肯定也看到了,他也能够找到出处。他之所以还引钱谦益注,就因为钱谦益已经注了,他觉得必须引。对这个例子,我本人还有点怀疑:南宋人祝穆的一本书记载汉州有一种名酒叫鹅黄酒,这种酒在以前从来没有记载,这是最早的记载。那么到底是不是杜甫的时候就有鹅黄酒?很可疑。我想是不是反过来,因为杜甫写过这首诗,当地的酒厂才把这种酒叫鹅黄酒,用这个做品牌,汉州的酒厂很有品牌意识。(笑)这个我们不管它了,我们只管"朱注"和"钱注"的关系问题,朱鹤龄对"钱注"还是实事求是地引用了,也标明出处了。

当然朱鹤龄还是很有眼光的,他引用的"钱注"有很多都是质量非常高的。比如《寄李十二白二十韵》这首诗,其中谈到李白与杜甫的交往过程。李白与杜甫有过一段交游,他们曾经在山东、河北一带,就是齐赵那些地方,一起游玩,一起喝酒,一起写诗。他说:"醉舞梁园夜,行歌泗水春。"这是杜甫回忆的。那么这件事情是什么时候发生的?也就是说,李白与杜甫在一起游玩是在什么年代?在以前的注本中,鲁訔也好,黄鹤也好,都说是在开元二十五年，也就是 737 年，那一年杜甫才 26 岁。钱谦益说："余考之，非也。"钱谦益说他考证过了，不是这样子。他经过了仔细的考证，结论是天宝三载，也就是 744 年。这个时候杜甫到东都去看望他的父亲，他父亲正在那里做官，杜甫就呆在齐州，与李白、高适等人有了交游。无论鲁訔还是黄鹤（黄鹤是清以前杜诗编年做得最好的人），都认为这个事情发生在开元二十五年，而钱谦益考证出来，不是开元二十五年，应该往后推七年，是天宝三载。这个结论可以说已被后人广泛接受了，我们现在也都接受。没有新材料是不能推翻旧结论的，"钱注"的这一段文字非常详细，一共有 827 字，我数过的。朱鹤龄全都引用了，这就说明朱鹤龄很佩服"钱注"的精确。所以朱鹤龄对"钱注"的引用是有眼光的，他并不是随便引用，"钱注"的精华他大多吸收进自己的本子了。

　　既然这样，朱鹤龄本人有没有功劳呢？"朱注"本身有没有它独立的价值呢？还是有的。这体现在两方面：第一，它对"钱注"有补充，而这个补充非常重要。我们来看下面这个例子《八哀诗》，这是杜甫很有名的一首诗，写的是杜甫回忆他一生所敬仰的八个人物。他觉得这八个人很了不起，都是国家的栋梁之材，可惜这八个人都去世了，所以叫"八哀"。《八哀诗》里有一个人是李光弼，李光弼是抵抗"安史"叛军的著名将领。当时有一句流传很广的话，说是郭子仪率领的军队，换了李光弼去指挥，全军的气势马上就不一样了，顿时面目一新。李光弼很了不起，在平定"安史之乱"中立了大功，所以杜甫对他很敬爱。这首诗里有这样两句："雅望与英姿，侧怆槐里接。"后面一句诗是写李光弼死后埋葬的事情，"槐里"显然是用典故，是个古地名嘛，钱谦益把它注出来了，朱鹤龄也引用了，钱笺说："光弼葬在冯翊，犹卫霍之接近槐里。"李光弼葬在冯翊这个地方，就好像是汉代的名将卫青与霍去病接近槐里一样。钱谦益注了这样一句话，就不再注了，他认为已经把问题说清楚了。可是我想对于一般的读者来说，恐怕还是不清楚的，假如我们只读了钱谦益这句话，请问同学们，你们清楚了吗？我是不清楚。我读了以后就想，这到底是什么意思呢？葬在冯翊有什么特别的意义呢？为什么他葬在冯翊，就好像是卫青跟霍去病接近槐里呢？还是不太清楚。

　　朱鹤龄在引用了"钱注"以后，又加了按语："高祖献陵在三原，中宗定陵在富平，故以槐里比之。"唐高祖的陵墓献陵在三原这个地方，唐中宗的陵墓定陵在富平，所以用槐里来类比。下面接着说："冯翊近三原、富平。"李光弼葬的这个地方离三原和富平都非常近，而三原、富平有唐代两个皇帝的陵墓，意思就是说李光弼死后葬的地方离皇帝的陵墓非常近。这个意义就好像汉代的名将卫青和霍去病的陵墓离槐里非常近一样。槐里是汉武帝的茂陵所在地。有了朱鹤龄的这一段按语之后，我们对这一段"钱注"，进而对这首杜诗，就理解得比较清楚了。杜甫是什么意思呢？杜甫是说李光弼生前曾受到朝廷的疏远，而死后葬得离皇帝很近。无论生死，李光弼始终向着朝廷，始终忠于朝廷，就好像汉代的卫青跟霍去病一样，生前报国，死后葬在汉武帝的茂陵附近。在这种地方，也许在钱谦益看来后面的文字都是多余的，因为钱谦益水平高嘛，他觉得自己已经说得很清楚，就不必要再啰嗦了。但对一般的读者来说，朱鹤龄增加的那些注释还是必要的，这对一般读者理解杜诗是很有帮助的。事实上，注释都是针对一般的读者的，所以，尽管朱鹤龄的注和"钱注"相比可能显得琐碎一些，但有它的必要性。

　　更加可贵的是，朱鹤龄在有的地方注出了钱谦益没有注出来的，当然钱谦益没有注出来的不一定是钱谦益不知道的，也许他认为太普通了，不需要注。但对我们普通读者来说，这些地方非注不可，不注就读不懂了。下面看一个例子，是杜甫早期的诗《夜听许十一诵诗爱而有作》，诗中有一句叫"业白出石壁"。我想，大部分的读者都是不懂的，这"业白"二字是什么意思？什么叫"业白出石壁"？钱谦益就没有注，这里一个字都没有注。朱鹤龄注了，先引《宝积经》（是佛教的一个经典）："若纯黑业得纯黑报，若纯白业得纯白报。"又引《翻译名义集》："五戒十善，四禅四定，此属于善，名为白业。"这样我们才明白，原来"白业"是一个佛教名词。佛教认为人的一切活动，语言的，行动的，还有心里想的，都叫业；又认为业有善恶两种，一种是善的业，一种是恶的业，善的业就是白业，恶的业就是黑业。佛教是有因果报应之说的，你如果有白的业，就会得到白的报应，你如果有黑的业，就会得到黑的报应。所以"业白"或者反过来叫"白业"，是指人的善良的、好的举动。有了朱鹤龄的这个注之后，我们对这首诗就理解得很清楚，原来这是杜甫对主人公的一种良好品德的肯定，否则的话，我们就不知道这是什么意思了。而钱谦益恰恰是在这些地方没有注,付之阙如了。

更重要的是,朱鹤龄注补钱谦益注的缺漏,纠正了钱谦益的错误。下面一个例子比较有意思,正好是钱、朱争论过的。《奉同郭给事汤东灵湫作》也是杜甫早期的诗,是在长安时候写的,讲义上引了其中两句:"阆风入辙迹,旷原延冥搜。"第一句中的"阆风"没有问题,我们一看就知道,它肯定是一个专有名词,肯定是一个地名。大家也许马上就会想到,当然看了注解也会知道,"阆风"这个词最早见于古代的一篇小说《十洲记》,说它是昆仑山的一个山脚,昆仑山有几个山脚延伸出去,其中一个名叫"阆风"。实际上,屈原的《离骚》中已经提到这个地名了,《离骚》中有一句"登阆风而绁马"。不管是《离骚》中出现的"阆风"也好,还是《十洲记》中的这个"阆风"也好,它本身是神话中的一个地名,是古人想象中的在西方、在昆仑山一带的一个地名,它在很遥远的地方。这个词没有问题,你注也好,不注也好,反正就是这样一个地名,钱、朱都没有争论。问题在下面一句"旷原延冥搜"。"冥搜"就是上天入地似的搜索;"旷原"从字面上看不是一个固有名词,而是一个一般的名词,顾名思义,就是一片空旷的原野。对这个词钱谦益也没有注,朱鹤龄就注了。朱鹤龄指出这个地名见于《穆天子传》,我把这段文字打印在讲义上面,大家看一看。朱鹤龄说《穆天子传》里有"六师之人毕至于旷原",又有"自西王母之邦,北至于旷原之野,飞鸟之所解羽,千九百里"。说这个地方非常大,非常空旷、辽阔,有一千九百里,所以连鸟都飞不过去,鸟飞得太疲劳了,羽毛都掉了。

这条材料很有意思,现在回到我刚才说的简恩定那本书,当我们要判断"钱注"跟"朱注"这两本书的关系,又要判断钱谦益跟朱鹤龄这两个人在注杜过程中的是是非非,不能简单地说"钱注"在前,"朱注"在后,就从此入手进行推断,这不行的。我们现在看到的钱注杜诗,这里也是有注的,也引了《穆天子传》说"旷原"如何如何。但实际上这是朱鹤龄先注出来的。表面上看,"钱注"有,"朱注"也有,简恩定就认为"钱注"在前,"朱注"在后,注文又一样,一定是朱鹤龄抄钱谦益的。但在这个问题上要倒过来,恰恰是钱谦益抄朱鹤龄的,所以每一个问题我们都要仔细地辨析。

我为什么要这样说呢?为什么说是钱谦益抄朱鹤龄的呢?因为关于

"旷原"这个词的注解，钱谦益曾经在一封信里说起过。请看《与遵王书》，就是钱谦益写给他族曾孙钱曾的信。他说：有一年——那个时候他与朱鹤龄的关系已经不太好了，我到松江去（松江是朱鹤龄的家乡），正好碰到朱鹤龄，就谈起杜诗注来了。钱谦益当时的态度确实不太好，因为地位高嘛，看不起年轻人，看不起后辈，看不起朱鹤龄，就说你这个注啊，我看了初稿，注得不好，你不要再往下注了，你这个书没有意思，没必要写完。你实在要注呢，就把你书稿中你认为最有价值的抄几十条给我，放在我的书里就行了，你自己这本书就不要写了。（笑）朱鹤龄不同意，他不肯接受：我辛辛苦苦写了，怎么整本书就不要了呢？难道我这本书就不能写了吗？两个人发生了争吵。这个争吵是钱谦益记下的，大家注意，不是朱鹤龄记的，是钱谦益给钱遵王的信里记的，他说朱鹤龄"愤然作色曰"。"愤然作色"是指朱鹤龄，说朱鹤龄很生气，愤怒地说："如'旷原'二字，出《穆天子传》，《笺注》不曾开出，岂亦门生之误耶？"《笺注》就是钱谦益的《笺注》。朱鹤龄对钱谦益说：你说我注得不好，你注得好，那么"旷原"两个字出于《穆天子传》，你没注出来，我注出来了，难道这也是学生我的不对吗？朱鹤龄自称门生，因为他年轻嘛，比钱谦益小 24 岁。既然钱谦益本人在这封信中说朱鹤龄指责他没注出"旷原"两个字的出处，那么钱谦益的初稿中肯定是没有注的。可是我们现在看到的后来刻出来的《钱注杜诗》中又注了，也引了《穆天子传》，唯一的可能就是钱谦益看到朱鹤龄的稿本以后，或是听到朱鹤龄说过以后，把这个出处补进去了。

这个地方实际上是钱谦益抄朱鹤龄的，但是"钱注"中一个字也没有提，在钱谦益的书中朱鹤龄的名字没出现过。所以我要反过来责备钱谦益：你抄朱鹤龄的，又不老实承认，这个"旷原"本来是朱鹤龄先注出来的嘛。尽管这是一个小事情，可是明明是朱鹤龄先发现的，你怎么能把他的成果窃为己有呢？即使你是他的老师，就像我们现在的研究生导师对待学生，你也不能这样，学生的成果你怎么能剽窃据为己有？这是钱谦益不对，曲在钱谦益。

事情还不止于此，钱谦益在注了"旷原"出自《穆天子传》以后，还不肯罢休，还不甘心仅仅照抄朱鹤龄而把这个出处注出来，他还要加一点新的材料进去，说明自己还是比朱鹤龄高明。没想这一加就加出问题来了。请看讲义，"钱注"引《穆天子传》以后，又引吴若本旧注说："昆仑东北脚名也。"说这个"旷原"啊，是昆仑山东北一个山脚的名字。这句话被朱鹤龄抓住了，当然是在钱谦益身后了。朱鹤龄抓住这句话，在一封信中批评钱谦益，说这是没有根据的。他的原话是："此出何典乎？"这是从哪里来的呢？出于什么典籍？你要有根据才行。

这里稍微解释一下什么是吴若本。吴若本是南宋的一个杜诗版本，吴若是南宋人，曾经整理过杜诗，可能也做过注，钱谦益说他的绛云楼藏书中有这个本子，但这个本子其他人都没看见过，绛云楼失火以后，此本的真伪就死无对证了。所以钱谦益以后，有的杜诗专家就怀疑到底有没有吴若本，这个本子到底有没有流传下来。钱谦益说他看到过，别人却有怀疑。当然，我相信钱谦益不会杜撰一个本子出来，它还是有的，不过后来没有了。但这里钱谦益引吴若本的旧注说"旷原"是昆仑山东北脚名，这条材料没有其他出处，只有宋代吴若本的旧注有这个说法，吴若本又烧掉了，整个世间都没有了，这个来历就很可疑。所以，朱鹤龄就在一封信里批评钱谦益，说他没有根据。

我们也许是过分地猜疑钱谦益了，也许可以这样推测：是不是钱谦益在"旷原"这个问题上觉得自己理亏了，朱鹤龄注出来了，他没有注出来，两个人公开争论时朱鹤龄又把这个问题拈出来了，说"你没注出来，我注出来了，难道也是我错了吗"，于是钱谦益就担心，朱鹤龄这个注本刻出来之后，人家一看，两个注本完全一样，一定会说钱谦益是抄朱鹤龄的。钱谦益觉得在这一点上好像比不过朱鹤龄，钱谦益好胜，为了要超过对方，就说关于"旷原"还有一条材料，朱鹤龄不知道，就是吴若本的旧注中说过"旷原"是"昆仑东北脚名"。

事实上，照《穆天子传》的说法，"旷原"不可能是"昆仑东北脚名"，它指的是一千九百里那么广阔的一片原野、一片土地，不是一个山脚，所以不可能有"昆仑东北脚名"叫"旷原"这个说法，吴若本的那句话的来历很可疑。当然我没有证据，我不能说就是钱谦益胡编出来的，但确实存在这种可能性。在这种地方我们至少可以下一个断语：朱鹤龄曾经受过钱谦益的指导，他曾经跟钱谦益合作过，也从"钱注"本中吸收了很多材料，他这本书在当时之所以比较有名，比较受人重视，也确实与钱谦益曾经帮他题签、写序很有关系，钱谦益是曾经帮助过他的。朱鹤龄也不否认这一点，尽管两个人吵得很厉害，他还是写明"钱牧斋先生鉴定"嘛。但尽管如此，朱鹤龄的杜诗注还是有它独立的学术价值的，它与"钱注"是你中有我，我中有你，你参考过我，我也参考过你。因为两个人要比嘛，两个人的关系搞糟了，谁也不服谁，一心要压倒对方，结果两本书都有相当高的学术价值。

经过这一番分析以后，我们可以对洪业先生的那个判断得出一个结论来。确实，钱、朱两人的争论，对他们来说都不是好事情，两人争得都动肝火了，可能会影响健康的。这个吵架对双方都是一个伤害，而且这是一个文化上的、学术上的吵架，一直吵到临死的时候钱谦益还不甘心，眼睛不闭，就想着这个事情。朱鹤龄当然更是被影响了一辈子。但他们两个人的一番争论，对注杜诗，对杜诗学研究，对我们怎样更深入地理解杜诗的一些文句、更准确地理解其中的一些典故，有很大的推进作用。假如不是两个人这样争论，有很多方面也许还达不到这样的程度。所以在清代的杜诗注本中，"钱注"也好，"朱注"也好，都是值得我们重视的。

第四种重要的清注本是仇注，也就是仇兆鳌的《杜诗详注》，这是迄今为止对杜甫诗集所做的最详尽的注释，字数最多，全书有130万字，所以它是名副其实的"详注"。这部书是在康熙年间刻出来的，康熙四十三年，也就是1704年，仇兆鳌已经67岁了。这本书给仇兆鳌带来了不少的好处，他把书献给朝廷以后，因此而升官了，先是升为翰林院检讨，后来又升为翰林学士，这是明清时代文臣最希望得到的一个清要官，就是名声很好、地位又很高的一个官职。可以说，《杜诗详注》是一项给仇兆鳌带来实际好处的成果。

《杜诗详注》确实是一部重要的杜诗注解，我们来看看它主要好在什么地方。它是关于此前杜诗注释和评论方面的一个集大成性质的著作，所以它是集注、集评。在它以前关于杜诗的意见，仇兆鳌认为是有价值的那些注释和评论，全都收到这本书里面去了，所以称之为"详"。对于我们一般的读者来说，仇兆鳌把康熙以前的、我们现在难得看到的关于杜诗的注本和评论都收集进去，的确是很有贡献的。讲义上举了几个例子，比如明代单复的《读杜愚得》、张綖的《杜律本义》，这些书都很难见到，现在的图书馆很少有收藏的。还有像清代吴见思的《杜诗论文》、卢元昌的《杜诗阐》这样的书，也是非常罕见的。最值得一提的就是我们已经介绍过的王嗣奭的《杜臆》，《杜臆》这本书因为清初仅有稿本存在，后来稿本不见了，所以在仇兆鳌注杜引用《杜臆》以前，大家都没有看到过；仇兆鳌以后一直到新中国成立，所有的读者了解《杜臆》都是通过《杜诗详注》，因为这个单行本一直没有出现过。像这样珍贵的材料我们都是通过"仇注"才看到的。仇兆鳌自己对这本书也比较自负，他自己的感觉也很好，他在序言中说，他这本《杜诗详注》有两个方面的特点，或者说是他自己所认可的优点，就是八个字："内注解意，外注引古。"所谓"内注解意"，就是对作品内在的一些注解，实际上就是评和解，对作品内在的中心思想、情感、本事等作出解释。所谓"外注引古"就是注明典故成语的出处，说明杜甫的作品跟前代的作品之间有什么关系，也就是我们一般所说的注出处。仇兆鳌认为他在这两方面都做得比较好，我们举一些例子来看看他到底做得怎么样。

先来看第一个例子，是关于"内注解意"的。《羌村三首》其一写杜甫经过九死一生的颠沛流离以后，终于回到了陕北的羌村，见到了他的妻儿。其中有这样两句："夜阑更秉烛，相对如梦寐。"关于这两句话，仇兆鳌注解说："此记悲欢交集之状。"说这两句是记载经过九死一生以后，家人重逢时悲喜交集的情状。又说："死方幸免……生恐未真。"杜甫好不容易脱离了死亡的威胁，九死一生回到家里，居然活着跟他的家人见面了，他自己都害怕那不是真的，很怀疑那是梦中相见，是一种假象。下面又说："司空曙诗：'乍见翻疑梦，相悲各问年。'似用杜句。"仇兆鳌认为司空曙的这两句诗是用了杜甫的诗，是模仿杜诗写出来的。而"陈后山诗'了知不是梦，忽忽心未稳'，是翻杜语"，陈师道是反用杜甫的诗，从反面来模仿，这也是一种借鉴，是黄庭坚所主张的"夺胎换骨"的用法。我把司空曙与陈师道诗的标题打印在讲义上面。司空曙的诗是《云阳馆与韩绅宿别》，这首诗选在《唐诗三百首》里，是一首很有名的诗。司空曙与韩绅在动乱以后好多年不相见，突然在异乡相遇，好像在梦中一样。见了面，悲叹一番以后才相互问道：你今年多少岁了？因为好多年不见面了嘛。描写久别重逢，又是在离乱的背景之下，这显然跟杜甫诗的写作背景是一样的，也确实是学习杜甫的。陈师道的诗是《示三子》，是写给他的三个孩子的,这是我心目中陈师道写得最好的一首诗。陈师道家里很贫困,他养不活他的妻儿,就让他的妻子带着三个孩子一起跟着他的岳丈到四川去谋生,分别时他写了一首《别三子》。过了好几年,孩子们回来了,走的时候孩子还很小,回来以后呢,他们长大了,面目都不大认得出来了,陈师道就写了这首《示三子》。诗的最后两句就是:"了知不是梦,忽忽心未稳。"说我明明知道这不是梦,孩子确实是回到我眼前了,但是我的心还是不能安定下来,害怕这是一个梦。这显然是从反面来用杜诗的。杜诗是说像梦,跟妻子、儿女相对以后觉得像梦;而陈师道是已经知道这不是梦,但心还安定不下来。这也是一种借鉴。

仇兆鳌在杜诗注中引司空曙的诗,又引陈师道的诗,这不是一般的注解必须有的内容,因为我们一般只要求注解以前的,注解在杜甫以前的诗人有没有相同的写法,而杜甫以后的可以不注。但仇兆鳌还是把它注出来了。这个注有什么好处呢?就是帮助我们体会杜诗,帮助我们理解杜诗,至少是帮助我们理解杜诗这种写法的优点在什么地方,它对后代的影响如何。这个注是做得很有水平的。

当然,对于我们今天的读者来说,我们读到这里的时候,也许更容易联想到晏几道的词《鹧鸪天》:"今宵剩把银釭照,犹恐相逢是梦中。"这当然是写一对男女恋人久别重逢,两人在灯下四目相对,但还担心是在梦中相见。这可能更是直接地学习杜甫的。那么仇兆鳌为什么没有引晏几道的词呢?这里引这个例子不是更好吗?是不是仇兆鳌不知道这首词呢?不是的,他不会不知道这首词,他是有意不引的,在仇兆鳌那个时代的学人看来,词是不登大雅之堂的东西,词是小道,词不能够出现在杜诗注本这样严肃的文本中,所以他有意地忽略了。

更好的例子当然是仇兆鳌对于杜诗一些长篇的讲解,比如说《北征》。《北征》这首诗非常长,是杜诗中的第一长诗,仇兆鳌把它分成八段,八段的意思是怎么连贯而下的,他也作了注解。我们本学期会专门安排时间来读《北征》,到时再详细阐述。

我们再来看"外注引古"的例子。"外注引古"的一般标准是这样的,你要注典故的出处,注成语的出处,这个出处应该以第一出处为最好,不能注次要的。如果把最主要的、最早的注出来，大家就认为你注得好。让我们来看看仇兆鳌是怎样注的。杜甫《望岳》中有一句"决眦入归鸟"，其中"决眦"这个词应该注的。"决眦"不是常见的词，它是有出处的，"眦"就是眼眶，"决"就是裂开，"决眦"就是眼眶裂开来。这个词仇兆鳌是怎么注的呢？仇兆鳌注引曹子建的《孟冬篇》："张目决眦。"如果查一下文献，我们就会发现"决眦"这个词最早不是出现在曹植笔下，至少在《史记》中的《上林赋》——《上林赋》当然是司马相如的作品，但是它记载在《史记》中——就有了，也就是说，在汉武帝时代已经有这个词了。我把相关的句子打印在讲义上："弓不虚发，中必决眦。"打猎的时候每一箭都射中鸟兽的眼睛，把猎物的眼眶射得裂开了，射得非常准。"决眦"应该是《史记》上的这个出处最早，但是仇兆鳌没有引《史记》，没有引《上林赋》，他引的是曹植，曹植要比汉武帝时代晚很多。这是为什么？我们能不能说仇兆鳌注得不好呢？不是的，他是追求准确。虽然这两个文本里都出现了"决眦"一词，但意义有差别，后一例中的"决眦"是一种被动的状态，眼眶是被一箭射中后才裂开的；而前面这一例中的"决眦"是一种主动的状态，努力地把眼睛睁大，为了把远处的景物看得更清楚一些，眼睛睁到眼眶裂开了。杜诗这里写"决眦入归鸟"，当然是写暮色苍茫，归鸟向山林中飞去，越来越远，渐渐地变为一个小黑点，最后消失了。诗人在望岳，在眺望这个景象，为了看得更加清楚，他的目光随着飞鸟而远去，眼睛就越睁越大，越睁越大，直到睁得快要裂开来这个程度。所以说前面这个出处更准确，虽然从时间先后来说是《上林赋》在前。我们相信仇兆鳌不会没读过《史记》，不会不知道《上林赋》，但是他舍弃了后者，采用前者，这是有道理的。

《望岳》中还有一个例子，就是最后一句"一览众山小"。我们一般人恐怕不需要对古典文化有很深厚的根底，一看到这句诗马上就会想到有关孔子的一句话，或者说是《孟子》中记载的孔子的一个举动，就是所谓"登泰山而小天下"，这个是最早的出处。孔子登上泰山觉得天下都变小了，因为视野广阔，看得远了。但是仇注没有引《孟子》，仇注引的是汉代扬雄的《法言》。请看讲义，这是仇注引的。《法言》说："登东岳者，然后知众山之嵽嵲也。""嵽嵲"就是逶迤的意思，一座座小山连在一起的样子。扬雄当然比孟子要晚很多，而且《孟子》是大家都熟悉的文本，但是仇兆鳌不引孟子而引扬雄，就在于后者跟这一句杜诗的关系更加紧密。扬雄明确地说他是登上东岳，东岳就是泰山，登上泰山以后觉得其他的山都变得很小，山一座座地连在一起，虽然没出现这个"小"字，但是出现了"众山"两个字。所以在仇兆鳌看来，这个出处跟杜诗的关系更加紧密，是杜甫写这首诗时可能联想到的文本。当然，杜甫也可能联想到《孟子》中的文本，但是这个更确切。这些地方的注解确实体现了仇兆鳌自己所说的"外注引古"方面的一些成就。他不是简单地找到出处就算了，他在不同的文本中是有所选择的，选出一个最准确的、最好的文本为杜诗做注解。

　　除此以外，《杜诗详注》还有一个对我们一般读者有用的方面，就是它有比较详细的附录材料，它附录了关于杜甫的一些传记、年谱、历代注本的序跋，以及后人创作的吟咏杜甫的诗歌和后人论杜甫的一些文字。这个材料不全面，但是非常丰富，我们一卷在手，可以看到很多的东西。这也是仇注的优点。我一直认为，作为古代文学专业的博士生，对杜甫应该要下一番功夫的，假如我们不想专门研究杜甫，仅仅是要比较全面地了解一下杜甫，要读一部杜诗的话，选什么本子呢？最好是选《杜诗详注》。《杜诗详注》读过了，你不想再深入的话，其他的注本可以不读了，因为这里面就包含着其他书。

　　当然，我们经常说"成也萧何，败也萧何"，一本书或一位学者，他的长处往往也是他的短处，仇兆鳌的《杜诗详注》的缺点也在一个"详"字。"详"在什么地方体现为他的缺点呢？就是有的地方太琐碎，不需要注的也注了。我们说钱谦益的《钱注杜诗》中有五百多首诗是白文，没有做注，当然过分了一些，但是仇兆鳌每一首都注，这又太过分了，走向另外一个极端了。下面我们看一个例子，看看是不是注得太琐碎了一些。《又呈吴郎》是杜甫在夔州时写的一首诗，可以说是一首白话诗。胡适之在《白话文学史》中就标榜杜甫是会写白话诗的。杜诗中也确实有一些接近口语的诗，这首《又呈吴郎》就是其中的一首。诗中有这样一句："无食无儿一妇人。"这句诗很清楚，很简单，一个老妇人很穷，没有饭吃，又没有孩子。但仇兆鳌认为应该注，他怎么注的呢？他先注"无食"："贾谊《新书》：'民无食也。'"意思是说"无食"

两个字在贾谊的《新书》里面就有,这是一个词组,已经搭配在一起了。下面又注"无儿",引《晋书·邓攸传》:"皇天无知,邓伯道无儿。"邓攸,字伯道。元稹的《遣悲怀三首》之三说:"邓攸无子寻知命。"邓攸就是邓伯道。邓攸这样的人没有儿子是天道无知,为什么呢?邓攸在西晋灭亡以后避乱江南,逃难时带着两个小孩,一个是他的儿子,一个是他的侄儿。逃到一半,情况恶化了,一个人带着两个孩子逃不掉,都要死在路上,只能带一个,而必须舍弃一个,他就舍弃了自己的儿子。他说:我哥哥已经去世了,他只有这么一个骨肉;我呢,年纪还不大,过了江以后还可以再生一个。所以他把自己的孩子抛弃了,带着他的侄儿渡江了。后来,邓攸一直都没有再生儿子。当时的人都说有什么天理报应啊,没有!这么好的一个人,为了保全哥哥的骨肉,舍弃自己的儿子,后来竟然无儿,真是"天道无知"。这是古代关于没有儿子的一个很著名的典故。仇兆鳌引在这里注"无儿",当然可以。下面他又注"妇人",引宋玉《神女赋》:"见一妇人。""妇人"这两个字为什么要注呢?好像不需要注,而且假如要追究一下出处的话,"妇人"这个词肯定早就有了,我想最早可能是《周易》,易卦中就有"妇人去,夫子凶"。但假如你拿这一条去告诉仇兆鳌:你为什么引《神女赋》?我知道《周易》中就有"妇人"这个词了。他保证不服,因为他这里不是注"妇人"的出处,他注的是"一妇人",(笑)是《神女赋》中的"一妇人",连这个"一"都连在一起,是一个词组,所以他注得更准确。虽然说注家在这种地方花了很多心血,也有功力在里面,但确实是有点无谓,因为这部分注如果省去也无伤大雅,问题不大。我以为这是"仇注"最大的缺点,它本来可以更精简一些的。

讲到"仇注",我顺便向大家介绍一本书,就是施鸿保的《读杜诗说》。这本书是专门针对"仇注"的,专门驳斥"仇注"、补充"仇注"的,作者施鸿保是晚清人。大家如果想读"仇注"读得深入一些,可以参考施鸿保的这本书,它纠正了"仇注"的一些失误,当然也有改错了的。

第五种是浦起龙的《读杜心解》,简称"浦注"。"浦注"成书于雍正二年(1724)。这本书正像它的标题所说的,是"心解",是出于注者内心的对杜诗的理解,而不是注,所以用力之处在于解。我在讲义上引了它的序言,原书上叫"发凡",发凡起例,这一段话我就不念了,大家看一看。这一段话基本上是说浦起龙是用"以意逆志"的方法来读杜诗的,他不是依靠对典章名物的解释,也不是依靠前人对杜诗的注解,而是直接用自己的心跟杜甫的心相碰撞,相求证,然后"以意逆志",对杜诗作出自己的理解。所以这本书在注解方面,在注典故、名物、词语上,没有太大的特点,基本上是取"钱注""朱注""仇注",吸收他们的长处,而且变得很简单。它的优点完全在于解。

讲义上我引了一段他解《同诸公登慈恩寺塔》的话,我念一下:"乱源已兆,忧患填胸,触境即动。只一凭眺间,觉河山无恙,尘昏满目。"这一段话具体是什么意思,我们下次讲到"登塔诗"的时候再讲。我觉得这句话说得真好,对杜甫此时此刻的写作心态、登上慈恩寺塔时的那种心理状态以及当时的时代背景分析得非常好、非常生动、非常准确。这体现了"浦注"最主要的优点。

"浦注"在分析段意上也有它的特点,比如说《自京赴奉先县咏怀五百字》,"朱注""仇注"都分了很多段落,"浦注"认为就是三大段。浦起龙从大处着眼,这也是超过前人的。

"浦注"也有缺点。第一,它的编排体例非常紊乱。先是分体,按照五言古诗、七言古诗等分开编排,然后再编年。用两重标准进行编排,就搞得很乱。第二,他的讲解有一些过分拘泥于封建道德,尤其是过分强调杜甫的忠君爱国思想,并对杜诗有一些曲解。下面我引一个例子,杜甫《北征》中有四句诗:"桓桓陈将军,仗钺奋忠烈。微尔人尽非,于今国犹活。"这是歌颂陈玄礼发动"马嵬事变"的功绩的,但浦起龙竟然认为陈玄礼"无人臣礼",进而想删去这四句杜诗。这个大家一看就知道了,我也不多讲了。从"钱注"到"仇注",再到"浦注",如果我们仔细体会其中有关封建道德的阐释,再仔细分析,就可以看出清朝对思想统治越来越严酷的一个过程。

下面介绍第六种,杨伦的《杜诗镜铨》。《杜诗镜铨》成书于乾隆五十六年,也就是1791年。这本书最主要的优点是文字简洁,字数也少。它对于前代的注主要取三家,就是"朱注""仇注"和"浦注"。我分别用八个字对杨伦与前人注本的关系进行评论:他对"朱注"的态度是"取其考证,补其漏略",他对"仇注"的态度是"取其注释,删其繁冗",他对"浦注"的态度是"取其解意,弃其穿凿"。总之,杨伦对前代的书是取长补短。这本书的优点和缺点都在这里，优点是它把前代注本的长处吸收进来了，缺点在于少有自己的看法，基本上都取旧注，然后用简洁的方式把它表达出来。

我们读杨伦的注本的时候要注意一点，就是他完全没有提到过"钱注"，钱谦益的注他一个字也没有提到。这跟成书年代有关，到乾隆五十六年的时候，钱谦益已经被清朝宣布成为"贰臣"，是一个被否定的人物，他的书已经成为禁书，不能再用，所以杨伦没有引"钱注"。杨伦的《杜诗镜铨》是我们现在所能看到的，或者说是整个杜诗学史上的最后一部关于杜诗全集的注解。这是很令人遗憾的事情。它成书的年代是 1791 年，到今天 200 多年过去了，之后再也没有出现一种新的杜诗全集的注本。当然现在有一种书正在编纂过程中，就是以前由山东大学承担的《杜甫全集校注》。我一直在关注这本书，从 20 世纪 80 年代中期开始就等这个书，我跟山东大学的老师联系，问这个书做得怎么样了，因为我等着要看这本书。20 多年过去了，我还没有等到。据说初稿有 500 万字，是非常庞大的一部书，现在初稿还躺在北京某位老先生家里，还没整理完呢。所以我不知道有生之年还能不能读到，同学们是肯定可以读到的。

因为现在还没有一部杜诗全集的新的注解出来，没有一部体现我们现代学术思想的、吸收了杨伦以后的学者研究成果的新的注本出来，解放后只出过一些选集，所以我虽然只介绍了宋注本与清注本，但实际上就是所有的重要的杜诗注本了。

关于注本的介绍就到此为止，那么，我为什么要用这么多的时间来讲杜诗版本呢？这几次讲的内容，实际上就是强调一点，我们从事古代文学研究要非常重视目录学，在开始研究之前，开始读书之前，先要搞清楚有哪些书，最好先读什么书、后读什么书，把读书的范围、次序搞清楚，然后再读，这样会事半功倍。千万不要茫无头绪地随便拿起一本书来乱读一气，也许读的是不重要的，是后出的。读书应该讲究循序渐进。

第五讲

《饮中八仙歌》新解

今天我们一起来读一首杜诗,就是《饮中八仙歌》。《饮中八仙歌》是一首很有名的诗,在所有的杜诗选本或一般的唐诗选本中都会选到,大家都已经读过了。这也是一首非常有特点的诗,值得讲一讲。

这首诗引起我们注意的首先是它的诗歌形式,它的形式很有独特性。这主要表现在两点。

第一,这首诗是由八个段落组成的,写了八个人,从第一段到第八段,其间没有一个时间上向前推进的线索。八个段落表现的八幅画面是并列的,是同时推出来的。虽然这八个人活动的时间有先有后,但是诗中出现的顺序并不是时间上的真实顺序。这就让我们想起一个问题,德国的莱辛,一个文艺理论家,在一部很著名的著作《拉奥孔》中,提出了一个非常有名的观点,他说诗歌和绘画是两种不同的艺术。在这一点上我很佩服德国人,德国人什么问题都能把它往哲学上靠,都能说得很抽象。那么莱辛说诗歌和绘画的主要区别在什么地方呢?他说诗歌是时间的艺术,而绘画是空间的艺术,也就是说,绘画展现的是空间,而诗歌展现的是时间。诗歌里所描写的细节在时间上有一个前后推进演变的过程;而绘画不行,它在时间上是静止的,是一个瞬间,但是绘画能同时展示空间的各个部分,这在诗歌中又是不行的。《拉奥孔》中所说的这个理论对于欧洲的诗歌和绘画是不是完全准确,我不知道,但至少它对中国的诗歌和绘画并不完全准确。这首《饮中八仙歌》就是一个例外。这首诗当然不是绘画,但它完全是一种"空间艺术"。它里面的八幅画在时间上没有前后关系,并不在时间上展现出由早到晚地向前推进的这样一层关系,它着重的是展现八个空间。这是它的第一个特点。

第二,大家一读就知道,这首诗每一句都是押韵的,也就是所谓的"柏梁体"。这是诗体上的特点。"柏梁体"传说是汉武帝和大臣们在柏梁台上联句的体例,要求每人写一句诗,每一句都是押韵的。后来有人说这是汉朝最早的七言诗。所谓汉武帝和他的臣子在柏梁台的联句,经清代顾炎武考证,已经被判断为伪作,这基本上是定案了。但这种诗歌形式,就是七言古诗每一句都押韵的形式,一直被称为"柏梁体"。至少从曹丕的《燕歌行》开始,我们就看到这样成熟的"柏梁体"了。大家看曹丕的《燕歌行》是不重韵的,它从头到尾,任何韵脚都不重复出现,一个韵脚只押一次,前面押过了,后面就不再出现。这也是诗人写七言古诗时经常遵循的规则。

我们看一个反例,讲义上打印了,是苏东坡的《送江公著》。苏东坡的这首七言古诗有两句都押"耳"字:一句是"忽忆钓台归洗耳",另一句是"亦念人生行乐耳"。苏东坡自己加了一个注解,他说:"二'耳'义不同,故得重用。"确实是不同,前面一句"洗耳"的"耳"是名词,后面"行乐耳"的"耳"是语气助词。苏东坡认为虽然有两个"耳"字,但它们的意思不同,可以把它们当成两个字,所以可以两次押"耳"字。那么苏东坡这条自注说明了什么呢?说明苏东坡也有思想负担,他怕一首诗中重复押了两次"耳"字,人家会批评他:你怎么搞的,前面有一个"耳"了,后面又来一个"耳"? 他就先说明一下,这两个"耳"字不一样,你们不要批评我了,我已经注意到了。

这个例子从反面说明一首诗中不应该出现相同的韵脚。可杜甫的这首《饮中八仙歌》是一个绝对的例外,其中多次重复出现相同的韵脚,我们来数一数:"睡眠"的"眠"出现两次,"天空"的"天"出现三次,"前方"的"前"出现三次。讲义上还漏了一个,就是"船",第一句说"知章骑马似乘船",后来又说李白"天子呼来不上船"。它重复出现的韵脚至少有四个字,有一个韵脚甚至出现了三次。这显然不是杜甫疏忽了,偶尔不小心押了重韵了,不是的,在一首诗中这么频繁地出现相同的韵脚,这说明杜甫在写这首诗的时候,他有一种特殊的思考,他认为这八个段落及其所描绘的这八个人都是独立的存在。写完一个人就换一个人,完全是独立的,彼此之间没有什么联系,所以杜甫认为,既然是独立的,这个韵脚就可以重复出现。请大家看这首诗的第十一句和第十二句,第十一句是"皎如玉树临风前",押"前"字,紧跟着的第十二句就是"苏晋长斋绣佛前",两句连在一起,居然都押"前"字。杜甫可能就是这样考虑的,这两句虽然连在一起,但它们分属于两段,是写两个人的,可以把它们分开来看待。所以,这种重韵的反复出现也就佐证了我们刚才的一个判断,就是在杜甫心目中,这八幅画面是同时推出来的,时间上没有关系。这八幅画面之间具有相当大的独立性,诗中所写的每一个人都是独立的。当然,这又是一首诗,而不是八首诗。

那么,这八幅独立的画面怎么串通起来的呢?就是喝酒。诗人用"饮酒"这个共同的特点把这八幅画面串通起来。虽然写的是八个独立的人,但是他们有一个共同的身份,就是酒徒,是八个酒徒的"同一首歌"。(笑)所以这首诗在形式上是非常特殊的。

请看讲义,我引了《杜臆》的一句话:"此创格,前无所因。""格"就是体裁、体制。这种形式是杜甫独创的,以前从来没出现过。说它前无古人,这肯定是不错的,杜甫以前肯定没出现过。那么是不是后无来者呢?倒也不是,我们看一个例子,是吉川幸次郎指出来的,吉川幸次郎在他的《杜甫诗注》中提出这种形式有一个后来者,就是清初的吴梅村。吴梅村写了一首诗《画中九友歌》,写清初的九个画家。吴梅村写九个画家也是一段写一个人,形式上完全仿照杜甫。好像诗歌史上还没有发现第二个例子是学《饮中八仙歌》的写法的,吴梅村的《画中九友歌》堪称独一无二。我的老师程千帆先生曾经有过一个判断,他说吴梅村写《画中九友歌》模仿杜甫,这是狗尾续貂。(笑)他学得不好,不应该学,这种特殊形式的作品只能出现一次,它太特殊了,所以很难模仿。

关于这首诗的形式我们就讲这一些,下面我们要重点分析一下这首诗所体现的情感倾向,进而试图为这首诗做出一个比较准确的编年。也就是说,我们要看一看这首诗是什么时候写的,它体现了杜甫怎样的一种情怀。

我们先从编年说起。杜诗的编年,现在比较麻烦的、编得不太清楚的就是他在长安十年的那些诗。他天宝五载(746)进长安,一直到天宝十五载(756)"安史之乱"爆发,有整整十年在长安。在这十年中,他个人的生活状态没有非常明显的阶段性的标志,就是落拓潦倒,求官不成功,很穷困。因此,他在长安十年写的诗有一部分像《兵车行》这样写到历史事实的,我们可以编年,可以探讨他针对的是哪一次战争,这次战争爆发在哪一年;写到某一历史人物的,我们也可以编年,他写到杨国忠了,说到杨国忠做什么官、在哪一年。但除此以外,没有这些内容的诗,我们就比较难编年,这首《饮中八仙歌》就是其中一首,编年有一些问题。

我们先看一看前人的编年,我在讲义上列了一个表。最早出现的杜甫年谱就是"九家注"中引的蔡兴宗谱,认为这首诗是天宝五载写的,也就是746年,杜甫到长安的第一年,那一年杜甫35岁。编得最晚的是梁权道谱,见于黄鹤本,也就是黄鹤的编年,他认为是天宝十五载,也就是756年,那一年杜甫45岁。浦起龙呢是编在中间,他认为是在天宝五载到天宝十三载这一段时期内写的,不能确定是哪一年。现代的学者有两种编年:一种是四川省文史馆编的杜甫年谱,该年谱认为是天宝三载,比较早,744年就写了;一种是已故的杜诗专家萧涤非先生的看法,萧涤非先生说是到长安的头一二年,大概是天宝五载或天宝六载,也就是杜甫进入长安的前两年。前面历史上的三种说法我们不管它,我们看后面这两种。萧涤非的说法现在已经为大多数的杜甫研究者以及杜诗注家所采用,大多数人都认为萧涤非的编年是对的,就是杜甫到长安的头一两年。四川省文史馆的编年是绝对错误的,我们可以把它排除掉。我们来看一看是怎样把它排除掉的。

《饮中八仙歌》写了八个人物,但是杜甫所写的这些人物的大部分行为都是事后的一种追述。追述你很难说是哪一年追述的,过一年可以追述,过两年也可以追述,所以要从中找出写作年代比较困难。但是有一些细节,有一些明确的历史事实,如果诗中写到了,那么我们可以由此确定这是写作的上限。就是说,这个事件杜甫已经写到了,他必然是在这个事件发生以后写的,最早不能超过这个时间。根据这个原则,我们先否定四川省文史馆的编年,就是说天宝三载是绝对错误的。为什么?请大家看讲义。《饮中八仙歌》中写到的第三个人物就是左相:"左相日兴费万钱,饮如长鲸吸百川,衔杯乐圣称避贤。""左相"是李适之,李适之官居左丞相。李适之这个人是天宝五载,也就是杜甫进长安这一年去世的。他也是在这一年被罢相的,他受到了李林甫的排挤,被李林甫陷害,然后被罢相。这个年份是非常准确的,史书上有记载,李适之就是这一年的四月被罢相,同年七月被贬到宜春做太守,到任以后就自杀了,所谓"仰药死",就是喝毒药死了,是被迫的,是被李林甫陷害致死的。

杜诗中写李适之的第三句是"衔杯乐圣称避贤",这句话与李适之本人的一首诗有关,李诗讲义上有,就是李适之的《罢相》,这是他被免去左丞相的职务以后写的一首诗。这首诗就四句话:"避贤初罢相,乐圣且衔杯。为问门前客,今朝几个来?"他当宰相的时候当然门庭若市,一旦罢相就门可罗雀,没有人来了,所以很感慨,很失落,就写了这样一首诗。李适之诗的第二句中的"乐圣"就是喜欢喝酒。这里面有一个典故。三国时的人把清的酒称为"圣人",浊的酒称为"贤人"。有一阵子曹操下令禁酒,不准喝酒,偏偏有一天徐邈喝得酩酊大醉,曹操派人去问他话,他说"中圣人"。这是很有名的一个典故,李白说"醉月频中圣",用的也是这个典故。徐邈说"中圣人",就是我喝清酒喝醉了,古人喝酒喝醉了叫"中酒"。所以这里说的"乐圣且衔杯"就是说很喜欢喝酒,反正罢相了嘛。"乐圣"跟"避贤"相对仗。我避贤,避哪个贤呢? 就是李林甫这个口蜜腹剑的家伙,我躲避他,我就被罢相了,被排挤掉了,我就在家里喝喝酒吧。"乐圣",就是喜欢清酒,因为古人认为清酒是美酒,浊酒是不美的酒,圣比贤的地位高嘛,所以清的酒叫"圣人",浊的酒只好让它当"贤人",这是他们开玩笑的一种说法。这句"乐圣且衔杯"是李适之罢相后自己的一种表述,而杜诗"衔杯乐圣称避贤",是说李适之端着酒杯,自称喜欢喝清酒,之所以罢相是为了避贤。这一句杜诗的七个字中倒有六个字是出于李适之的诗,大家把杜甫诗的这一句跟李适之诗的前面两句对照一下,就发现"衔杯""乐圣""避贤"都出于李适之的诗。这绝对不是巧合,杜甫肯定是读到了李适之的《罢相》以后才写这首诗的。因此《饮中八仙歌》的写作年代最早不会早于天宝五载,四川省文史馆把它编在天宝三载是根本不可能的,这与史实有矛盾,所以我们把这种编年排除掉。

这里实际上是给大家介绍一种方法,就是我们要对一个作品进行编年,最可靠的方法就是从作品中找一件跟历史记载有关的事实出来,即使在内容上没有跟历史记载直接有关的,也要想办法找到间接的线索。普通人喝一次酒,写一首诗,也许不能成为编年的理由,但李适之是宰相,他被罢相了,然后又自杀了,这在史书上是有明确记载的。他在罢相之后、自杀之前这短短的三四个月中写了这首诗,这个时间是绝对可靠的。杜甫诗中既然写到了李适之的诗,它的写作上限肯定在这以后,所以它就不可能编在天宝三载,因此我们说四川省文史馆的这种编年是错误的,是一种疏漏太甚的编法。

那么萧涤非先生把它编在天宝五载到六载,也就是杜甫刚到长安的头一两年,到底有没有问题呢?我们对这首《饮中八仙歌》来作一个比较仔细的文本解读,用西方人的话说就是 close reading(细读)。文本分析一定要细读,读得粗的话读不出名堂来。

《饮中八仙歌》写的是八个人,杜甫给他们起了一个共名叫"饮中八仙"。这里首先要介绍一下这个名字。什么叫"饮中八仙"?就是以喝酒为主要特征的八个仙人,所谓"仙"当然是一种传说。"八仙"这个名称早就有了,这里介绍大家看一篇文章,是浦江清写的《八仙考》。顺便说一下,浦江清这个人以前是清华大学的,后来到北大去了,是古代文学研究界老一辈的著名学者。浦江清一生所写的论文后来编为《浦江清文录》,一共只有 11 篇,一辈子就 11 篇论文,我数了一下它的字数,不到 20 万字。他是治学非常严谨的学者,跟现在年纪轻轻的就声称已经发表了几百万字,甚至一千万字,其实全部是文字垃圾的所谓学者,正好是两个极端。《浦江清文录》中的那些论文说一篇就是一篇,每一篇有每一篇的价值,每一篇都是能成为学术史上的记录的那种论文。大家感兴趣的话可以借《浦江清文录》来看一看,看看前辈学者是怎样认真治学的,什么是真正的学术态度。这里要提一下他的《八仙考》,《八仙考》具体考证了"八仙"这个名词的来龙去脉。他指出,在汉代,在六朝,早就有了"八仙"这个名词,并不是杜甫的《饮中八仙歌》才创立的。他在文章中提到,汉代牟融的《理惑论》里说到了八仙,都是传说中的人物,比如王乔、赤松子等。后来到了陈代,有《淮南八仙之图》等。也就是说,历史上本来就有很潇洒的、红尘之外的这八个人物,叫"八仙",这是一个集体性的名词。

那么杜甫笔下的"饮中八仙"都是指谁呢？是指以李白为代表的、盛唐时期的八个诗人，或者说八个士大夫。关于"饮中八仙"，文献中确实是有一些材料的，比如李阳冰《草堂集序》说李白"又与贺知章、崔宗之等自为八仙之游"。这个材料非常可靠，因为李阳冰是李白的族叔，他们是同族人。李白是死在李阳冰家里的，李白临终之前把他的文稿都交给李阳冰来编辑，李阳冰是在李白生命的最后阶段见到他并听到他自述生平的一个人，因此这个材料非常可靠。但是李阳冰的材料里面没有开列"八仙"的名单，只是说李白"又与贺知章、崔宗之等自为八仙之游"，没有说其他五个人是谁。还有一个材料是范传正的《李公新墓碑》，范传正为李白建了一座新墓，这是在李白身后好久了。当时，范到安徽当涂去，见到了李白的两个孙女，她们说李白死后没有好好安葬，范就把他重新安葬了一下，写了这个墓碑。它里面又有另外一种说法，说李白是跟"贺监"（就是贺知章）以及"汝阳王、崔宗之、裴周南等八人为酒中八仙"。

大家注意，这里出现了一个裴周南，他是杜甫《饮中八仙歌》中没有写到的人物。也就是说，传说中的"饮中八仙"的名单是有出入的，至少有两种以上不同的文本。《新唐书·文艺传》中说得很明确，说李白"与知章、李适之、汝阳王琏、崔宗之、苏晋、张旭、焦遂为酒中八仙人"。这好像很明确，正好是八个人，与杜甫说的也是一样。但是钱谦益认为："此因杜诗附会耳。"说这是因为有了杜诗，《新唐书》的作者才这样附会，实际上不符合事实。钱谦益指出："既云天宝初供奉，又云与苏晋同游，何自相矛盾也。"《新唐书·文艺传》中写李白天宝初年到长安，然后跟贺知章这些人一起交游，所以称"酒中八仙"。但又说与苏晋交游，这不是自相矛盾吗？为什么是自相矛盾呢？因为苏晋这个人早就死了，苏晋在开元二十二年，也就是734年就死了。当时李白还没到长安去，还没有结识贺知章，而苏晋已经死了，李白怎么可能跟他交游？因此比较合乎常理的推测是：所谓的"饮中八仙"，并不是互相都认识的、在一起交游的一个群体，仅仅是有共同特点的一批人。杜甫着眼于他们都喜欢喝酒，都很潇洒、放旷的共同特点，就把他们都写在一首诗里，并不是说这八个人生前曾经结成一个团体，在一起交游。台湾大学的曾永义教授老想成立一个"酒党",并自称党魁,李白他们并没有这样的念头。因为他们生活的时代不一样,进入长安、在长安生活的时间也不一样,有的人可能根本就没有见过面。所以刚才说的这些史料,我们要仔细地看,《新唐书》是正史,我们往往以为正史肯定是对的,实际上正史中的材料也往往是不可靠的,还要加以仔细研究。

其实,在杜甫写诗的时候,八仙中已经有人去世了。第一个是苏晋,开元二十二年就死了。第二是贺知章,天宝三载(744)就死了。还有李适之。左相虽然死在天宝五载,这一年杜甫已经进长安了,并已经知道了他的《罢相》这首诗,而李适之写《罢相》这首诗到他去世一共也没有几个月,时间很短,所以杜甫写诗时李适之多半也已经去世了。总之,杜甫写这首诗的时候,八个人中有的还活着,有的已经不在了,他完全是用追忆式的一种写法,并不是对当时实际情形的实录。了解了这些以后,我们再来读一下这首诗,看一下这八个人,看杜甫写了他们的什么状态。

前面两句写贺知章:"知章骑马似乘船,眼花落井水底眠。"贺知章是浙江绍兴人,古人说"南人乘舟,北人骑马",所以"知章骑马似乘船",暗示他的南方人的身份。怎么会"骑马似乘船"呢?因为乘着船是摇摇晃晃的。他骑在马上为什么还摇摇晃晃呢?他在长安这么多年了还不会骑马吗?他喝醉酒了,这是一种醉态。这句诗既暗示他南方人的身份,也写他的醉态。第二句很费解,"眼花落井水底眠",眼花了,一下子从马上摔下来,掉到一个井里去了。掉到井里以后竟然在水底睡着了。关于这句话,后代的注家众说纷纭,我们就不管它了。我觉得"仇注"说"落井水眠,当是贺监实事",恐怕不可能。贺知章水性再好,很会潜水,也不可能在水底睡着了,这样要憋死的。还是钱谦益的说法比较合理:"极状其醉态之妙。"他喝得酩酊大醉,在哪里跌倒就在哪里睡着了,也许是跌在井里,被人家捞起来还没有醒,或者是跌在井边睡着了,反正是到处睡觉,是一种烂醉如泥的状态。

我们光看这两句诗,还看不出杜甫的情感倾向,看不出杜甫是赞叹贺知章的醉态呢,还是有其他的态度。我们还要看一看写作背景,我们读诗的时候一定要注意它的写作背景,这与西方的所谓"细读"是不同的。西方的"细读"只读文本,其他一概不管,甚至有意排斥写作背景。我们认为不应排斥,阅读要与写作背景联系起来，这就是孟子说的"知人论世"，我们要论论他的"世"。

贺知章这个人，《旧唐书》的本传说他"言论倜傥，风流之士"，首先肯定这个人是非常潇洒风流的一个人。又说他"晚年尤加纵诞，无复规检"，到了晚年更加潇洒，行动更加放荡，更加不符合礼教。这很奇怪，一般来讲，一个人不会到了晚年更加放荡，青年时候狂，中年时候狂，到了晚年就不狂了，晚年就慢慢地循规蹈矩了。贺知章为什么越到晚年越加"纵诞"，跟一般人相反，这到底是为什么？我们看到，贺知章死后被追赠为礼部尚书的诏书中有这样两句话："常静默以养闲，因谈谐而讽谏。"后面一句说贺知章这个人在朝时的特点是经常用一种开玩笑的方法，用一种幽默的言论对皇帝进行讽谏，也就是说，他政治上是有看法的，有见解的，也敢于说话。但他采用一种保护自己的方法，故意做出一种狂态，说一些诙谐的幽默的话。

我们再来看贺知章自己的表述。贺知章晚年告老还乡，唐玄宗对他大加褒奖，专门把他家乡镜湖的一角赏给他居住，这块地方很大，他可以在那里隐居，所以他是荣华富贵地回乡去的。他回去写了《回乡偶书》，其中第一首选到《唐诗三百首》里面了，很有名的，就是"少小离家老大回"，大家都非常熟悉。我们这里读一下其中的第二首："离别家乡岁月多，近来人事半消磨。唯有门前镜湖水，春风不改旧时波。"从字面上看，这仿佛说的是他离乡已经很久了，到了晚年才回来。他回家大概不到一年就死了嘛，很晚才回乡的。回家后发现人事消磨，许多熟人、亲人都不在了，少年人变老了，老年人去世了，人事变迁很多。但仅仅是如此吗？"近来人事半消磨"仅仅是说他的亲友，说他的老乡吗？如果我们把当时唐王朝中的一些人事变迁对照起来的话，就会觉得不是这样子，它里面还有更深层的含义。

下面我们来对读一首元稹的《连昌宫词》，这当然是中唐诗人对天宝年间的事情的一种追忆。元稹在《连昌宫词》中回顾说："姚崇宋璟作相公，劝谏上皇言语切。燮理阴阳禾黍丰，调和中外无兵戎。"唐玄宗统治的前期，即开元年间，有两个贤相，一个姚崇，一个宋璟，那时候国家管理得非常好，井井有条，所以称为"开元盛世"。但"开元之末姚宋死，朝廷渐渐由妃子"，开元末年姚崇、宋璟都死了，杨贵妃入宫了，朝廷里的大权渐渐地落到杨贵妃和杨氏家族手里去了。"禄山宫里养作儿,虢国门前闹如市",安禄山已经做了杨贵妃的养子,秽乱宫廷,闹得乌烟瘴气;杨贵妃的姐妹,如秦国夫人、虢国夫人,她们门前热闹得像市场一样,大家都去走她们的门路,去奔竞,去干谒。"弄权宰相不记名,依稀记得杨与李","李"就是李林甫,"杨"就是杨国忠,这时候唐玄宗朝廷的政治已经弄得一塌糊涂、漆黑一团了。

元稹作为后代的诗人,对开元末、天宝初朝廷的人事变迁是这样追述的。那么贺知章亲身经历了这样一个过程,他本人就在朝廷里做官,他对这种情况当然不会毫无感觉。他为什么到了那个时候还一定要回乡?他为什么在朝廷里始终以诙谐的方式来进谏,而不是很严肃地进谏?因为他已经看透了朝廷的政治。贺知章是一个绝顶聪明之人,这样的聪明人他不会对朝廷上的种种政治变化看不出来。他看出来了,所以他才会在这首《回乡偶书》里说"近来人事半消磨",说朝廷里贤能的人死的死、被排斥的被排斥了,现在升上来的都是李林甫之流,大权都到了恶人的手里,他觉得朝廷的大事已不可为,政治已经慢慢地出现危机了。所以,我们说贺知章喝酒喝到这个状态,"眼花落井水底眠",很有可能是对政治的一种厌恶,对政治的一种疲倦。这是我们读这两句诗时应该有的一些体会。

下面来看第二个人:"汝阳三斗始朝天,道逢麹车口流涎,恨不移封向酒泉。"这是写汝阳王李琎。汝阳王李琎这个人,我稍微讲一讲他的身份,他的身份很特殊。杜甫晚年写《八哀诗》,写他一生非常敬重的八个人,其中有一个就是汝阳王李琎,诗中说他是"汝阳让帝子",是"让皇帝"的儿子。为什么叫"让皇帝"呢?因为这个人把皇位让给别人了。让给谁了呢?让给李隆基,就是唐玄宗。李琎的父亲李宪是唐玄宗的大哥。唐玄宗起兵平定了韦后之乱,此时本来应该由唐玄宗的父亲来即位的,但玄宗的父亲觉得儿子立了大功,要传给儿子。唐玄宗的大哥李宪还在啊,按正常的传位方式应该是传给李宪,但李宪坚决不答应,因为他本来就没有功劳,而且觉得他管不了这个三弟,所以他一定要让李隆基做皇帝。李宪死后,李隆基就封他为"让皇帝",说这个皇帝本来应该是你的,你让给我了,所以我就封你为"让皇帝"。这当然是一个空的名号。这个汝阳王李琎就是"让皇帝"的儿子,也就是唐玄宗的侄儿。我们首先应该知道有这样一重关系,他的父亲本来应该是做皇帝的,但他父亲没做,让给他的叔叔做了。叔叔做了皇帝以后当然对他会有一些猜忌之心,因为按正常的继承法他应该要继承皇位的。所以,当时李琏的处境是很尴尬的。

第二件令李琏很尴尬的事情是,李琏的相貌出奇得好,有一副帝王之相。中国古人非常重视相貌,认为出奇的人都有出奇的相貌,所以史书里描写古代的圣贤都是长得奇奇怪怪的,都是非同寻常的。唐朝人更加重视相貌,我们看唐朝的组织路线,唐朝人选拔干部要考察"身、言、书、判"。我们现在选拔干部不知道有几条标准,唐朝是四条标准。后面的几条我不讲了,言、书、判到底是什么我们不管。第一条是"身",就是先看看你这人的相貌长得怎么样,獐头鼠目的人不能做官,相貌堂堂的才可以做官。有一篇小说叫《虬髯客传》,写隋末天下大乱,群雄并起,有一个人叫虬髯客,本来雄心勃勃想争天下,但是后来有人介绍他去见李世民——李世民这时候才18岁,是一个年轻人——他一见李世民,发现他"貌与常异",李世民的相貌跟常人都不一样,虬髯客"见之心死",虬髯客做天子的雄心就死掉了。在虬髯客看来,李世民的相貌太特别了,肯定要当天子,自己争不过他。所以虬髯客就向海外发展,打到琉球去了,不在中原与李世民争天下了。唐朝人都有这样的想法,认为帝王一定要有非常特殊的相貌。而李琏呢正好长着这样一副相貌,他的相貌非常像唐太宗,因为唐太宗有画像传下来,他们都见过的。李琏长得很像唐太宗,有帝王之相,这就糟了,他在血缘上是"让皇帝"的儿子,又长了一副帝王之相,当然合乎逻辑地会引起唐玄宗的猜忌:这个人可能要做皇帝的,必须防他一手。正因为如此,李琏一辈子战战兢兢,一辈子谦虚退让,表示自己没有野心。

李琏的父亲也是这样。《羯鼓录》记载了一个很有意思的故事:有一次在宴会上,唐玄宗称赞李琏相貌长得好,像太宗,有帝王之相。宁王宪,就是"让皇帝",就呵斥李琏:你这个小畜生怎么长得像太宗?(笑)这当然不能怪他啊,是遗传使他长得那样子的嘛。(笑)宁王到底怎么呵斥的,我并不知道,这话是我给他编出来的。父亲为什么要呵斥儿子呢?他害怕啊,他怕唐玄宗会猜忌他的儿子:怎么能长得像太宗皇帝的相貌!呵斥以后,唐玄宗就说:"大哥不必过虑,阿瞒自是相师。夫帝王之相,且须有英特越逸之气,不然,有深沉包育之度。若花奴但端秀过人,悉无此相,固无猜也。"大哥你不必要害怕,我就是相师,我会看相貌的,帝王之相一定要有一股英气,除了相貌端正以外还要有英气。花奴这个人虽然长得很端庄,但是没有英气,所以他做不了皇帝的。你放心,我不会猜忌他。"阿瞒"就是说玄宗自己,唐玄宗的小名叫"阿瞒";"花奴"是李琎的小名。尽管如此,李琎还是一辈子都非常小心,所以杜甫在《八哀诗》里说:"爱其谨洁极,倍此骨肉亲。"这话的主语是唐玄宗,唐玄宗非常喜欢李琎,不猜忌他,为什么呢?因为李琎非常小心谨慎,一言一行都小心翼翼。在这个前提下,汝阳王李琎一天到晚喝得醉醺醺的,这是为什么?不言而喻,他是借酒浇愁,他是装醉,或者说是一种逃避。他怕唐玄宗猜忌他有什么雄心壮志,他要表示他没有任何政治野心。他一天到晚只是喝酒,"恨不移封向酒泉",最好封我做酒泉郡王,让我到产酒的地方去天天喝酒。所以说,汝阳王拼命喝酒是为了掩饰自己。

再下来就写到李适之了:"左相日兴费万钱,饮如长鲸吸百川,衔杯乐圣称避贤。"李适之生活非常豪奢,每天吃饭要花一万个钱。这里用了一个典故。西晋有一个人叫何曾,苏东坡有一句诗说"何曾与我同一饱",何曾每一顿饭都要花一万个钱,不足一万个钱他就不吃,他要吃很贵重的菜。苏东坡就讽刺他,说我跟何曾其实是一样的,我只吃很普通的饭菜,何曾吃一饱,我也吃一饱,饭菜再昂贵也没有意思。这里"日兴费万钱"就是很豪奢,每天都在摆宴会,喝起酒来像鲸鱼吸海水一样,喝得很多。至于"衔杯乐圣称避贤",我们刚才已经读了李适之罢相以后写的《罢相》诗,现在再看一个材料,看看《资治通鉴》卷二一五的记载。李适之受到李林甫的排挤并被罢相,从四月罢相到七月贬宜春太守,一共三个月,他还在长安。这个时候他曾由他的儿子出面请客,在家里摆了盛宴——他原来做左丞相时家里天天摆宴会,一向是宾客盈门的。但是这个时候他的儿子虽然摆了很好的酒席,宴会摆了整整一天,所请的客人却因为害怕李林甫,一个都没有来。客人不敢来李适之家赴宴,怕引起李林甫的猜疑。这是《资治通鉴》里记载的史实。在这种状态之下,在"避贤初罢相,乐圣且衔杯"的状态之下,李适之的饮酒肯定是非同寻常的举动,不会是寻欢作乐,而是借酒浇愁,自己安慰一下自己,发发牢骚罢了。李适之当初做宰相的时候,门庭若市,一旦罢相,门可罗雀,一个人都不敢来了,而且时时感到李林甫的压力,怕李林甫进一步迫害自己(后来果真被迫害死了)。杜甫清楚地认识到李适之饮酒时的心态,那绝不是一种很乐观、很潇洒的状态。

再往下就写到崔宗之:"宗之潇洒美少年,举觞白眼望青天,皎如玉树临风前。"这里先介绍一下崔宗之。崔宗之的父亲是崔日用,崔日用是封齐国公的,政治地位非常高。崔宗之是一个名副其实的高干子弟,他本人"好学,宽博有风检",可以说是品学兼优,但他无所作为。

下面分析一下字句。第三句"皎如玉树临风前","仇注"注"玉树"这个词引的是《世说新语》的《容止》篇:"魏明帝使后弟毛曾与夏侯玄共坐,时人谓蒹葭倚玉树。"毛曾和夏侯玄都是晋朝人,晋朝的门第观念很重,门第高的人跟门第低的人是不能坐在一起的。毛曾的姐姐做了皇后,但是他本身门第低,所以他希望能够跟夏侯玄坐在一起,夏侯玄是门第很高的人。一开始他还不敢,皇帝就鼓励他,后来他鼓起勇气去和夏侯玄坐在一起了。坐倒是坐在一起了,当时人就说:夏侯玄是一棵玉树,旁边这个毛曾是一棵芦苇,芦苇怎么能与玉树靠在一起!仇兆鳌引《世说》这一条,是强调崔宗之的贵族地位,这当然是不错的,"蒹葭倚玉树"嘛,这个"玉树"就是贵族。我觉得也可以改引另外一条,《世说新语》的《言语》篇。谢家的人在一起谈话,谢安问:我们的子弟跟我们有什么关系呢?为什么都希望自己的子弟有出息呢?谢玄就说:"比如芝兰玉树,欲使其生于庭阶耳。"我们这样门第很高的人家,院子里要长芝兰玉树,总不能长芦苇、灌木吧。同样,优秀的子弟应该出身我们这样的门第。这里也有个"玉树",这个"玉树"更加强调高贵的家庭出身。不管引哪一条,反正"玉树"是指那种出身高贵的、优秀的年轻人,这是毫无疑义的。杜甫也是在强调崔宗之的这种身份。

问题是,一个出身高贵且本人才德优秀的青年崔宗之,这样一个"潇洒美少年",他的举止是怎样的呢?他"举觞白眼望青天",拿着一个酒杯,翻着白眼,看着青天。"白眼"这个典故当然是跟阮籍联系在一起的,白眼是阮籍发明的嘛,其他人也不会,我也不会,白眼怎么翻呢?(笑)程千帆先生曾经说过,眼睛要翻到什么程度才算"白眼"呢?眼睛一翻,让眼珠彻底隐没不见,眼眶里全是眼白,这才叫白眼,我们都不会。你们翻翻看吧,(笑)不会翻的。但是阮籍会,阮籍看到他不喜欢的人,看到他不喜欢的事情,就翻一个大白眼。当年嵇康的哥哥嵇喜很仰慕阮籍,去拜访他,阮籍一开门看见嵇喜,是他看不上眼的人,马上翻他一个白眼。然后嵇喜就回去了,很没趣嘛。后来是嵇康去了,嵇康抱着一张琴,来到阮籍家。阮籍一见嵇康就高兴,就"见青眼",黑眼珠都露出来了。青眼我们都会,白眼我们不会。白眼是表示一种愤世嫉俗、格格不入或非常厌恶的态度。这是有特殊含义的,一般我们不用"白眼"这个词。那么,作为"潇洒美少年"的崔宗之,门第这么高,才德这么好,他为什么要"举觞白眼望青天"?这说明他对当时的政治、社会很不满,心中有牢骚,看不惯世俗。当然,这绝不是一种欢乐的精神状态。

再下面一个是苏晋:"苏晋长斋绣佛前,醉中往往爱逃禅。"苏晋是一个佛教徒,吃长斋,家里挂着一个丝绣的佛像,喝醉了酒就"逃禅"。"逃禅"的"逃"就是《孟子·尽心下》里所说的"逃墨必归于杨,逃杨必归于儒"的这个"逃",用英语说就是 escape。我不知道大家英语学得怎样,"escape"这个词在考试的时候经常有同学要错的,它后面跟一个宾语,中间夹一条横线,让你填介词,你填还是不填?这里是不能填介词的,你不能填个 from,你不能说 escape from something,那样就错了。它是直接跟宾语的,escape something,这才对。这个"逃"字也是这样。这个"逃"字到了现代汉语里就不能自由地组合一个宾语,你不能说我逃什么,它有固定的搭配,比如"逃课""逃票",如果你说"我逃某某同学",这是不行的,这时候要用"逃避"。但在古文中可以,孟子就说"逃墨必归于杨,逃杨必归于儒"。杜甫写的"醉中往往爱逃禅"就是逃避禅,要从禅的境界逃出去。这就怪了,这个苏晋本来是个佛教徒,他本来就是吃斋念佛的,怎么又要从禅中逃出去呢?人家修佛信佛就是为了求得禅、得到禅、靠拢禅、进入禅,他反而要从禅中逃出去,逃到醉乡中去,这体现了一种什么心态?苏晋那个年代,我们刚才说了,苏晋卒于开元二十二年,也就是 734 年,在长安一带还没有南宗禅。六祖惠能的南宗禅这时候在南方开始传播了,北方还没有,北方要到后来慧能的弟子神会北上宣扬南禅的教义,到"安史之乱"以后才渐渐地开始传播开来。所以,这个时候北方的士大夫修禅都还是一种渐修,还没有南宗禅的"顿悟"方式,他们靠修炼、靠吃斋念佛这些外在行为的辅助才能取得禅,有一个艰苦的慢慢修炼的过程。苏晋也是这样做的,"长斋绣佛前"。按照南宗禅,你吃肉喝酒都是可以的,无所谓,南宗禅没有什么外在行为的规定,只要心地光明就行了,直接"顿悟"就行了。但苏晋追求的这个禅,是靠一种苦修的方式进入禅的境界,他却常常喝得酩酊大醉,进入醉乡,从而逃避这个禅的境界。这显然是对现实不满、对人生不满的精神状态。他心境不好,他满腹牢骚。

再往下读是李白:"李白一斗诗百篇,长安市上酒家眠,天子呼来不上船,自称臣是酒中仙。"李白的情况大家比较熟悉,具体的事迹我就不说了,我们说一说李白此时的心态如何。杜甫这首《饮中八仙歌》不管是在天宝五载还是稍晚一些时候写的,反正他写这首诗时已经与李白有过交游。李白天宝三载离开长安,他是被高力士啊、李林甫啊、杨贵妃啊这些人排挤出朝廷的,是怀着一种失落感离开长安的,从此远离了朝廷,远离了政治,回归自然,回归社会。他在这个时候碰到了杜甫,两个人有了相当多的交游,杜甫对李白也有了相当的理解。杜甫此时赠给李白的诗说:"痛饮狂歌空度日,飞扬跋扈为谁雄?"真是满纸不可人意,活画出了李白牢骚满腹的状态。所以,杜甫进入长安后再来写诗描写李白的醉态,对李白的失落感和愤世嫉俗的感情应该有所理解。

我们再看其他的材料。李阳冰在《草堂集序》中说,李白为什么要喝酒呢?是"浪迹纵酒,以自昏秽"。李白是故意隐在酒中,故意把自己的名声弄得很糟糕,装成一个醉醺醺的酒徒。这是一种反常的状态,是愤世嫉俗,是一种特殊形态的与社会的抗争。他对社会不满,甚至失望,这才喝酒。又说他"咏歌之际,屡称东山",东晋的谢安曾隐居在东山,"东山"成为隐居的典故;"又与贺、崔等为八仙之游",贺知章、崔宗之与李白很合得来,很投缘,他们在一起交游,贺知章还称李白为"谪仙人"。下面一句话非常值得重视:"朝列赋谪仙之歌凡数百首。"就是李白在长安时,朝廷里的官员以"谪仙"为题材来写诗,有几百首之多。这些诗的主题是什么呢?"多言公之不得意。"都是说李白这个人不得意,怀才不遇,所以才借酒浇愁。大家想一想,既然李阳冰在《草堂集序》中对李白的精神状态有这样一种判断,而他是在李白生病将死的时候与李白深入交谈过的人,是接受李白临终嘱咐、替李白编文集的人,既然李白在长安的时候有许多朝官都写关于李白的诗,那些诗有数百首（可能有些夸张，但至少是很多吧），他们都理解李白，知道李白喝酒是一种不得意的状态，是一种牢骚满腹的状态，那么我们就可以确定，杜甫在《饮中八仙歌》中描写的李白的醉态也是一种牢骚满腹的状态，是一种借酒浇愁、借酒抗争的举动，而不是带着欢乐的心态在饮酒。不管杜甫所说的"天子呼来不上船"到底是什么细节，到底是怎么回事，这个已经说不清楚了，但大概离事实不远吧。唐人笔记中说，唐玄宗正在花园里游玩，在一个湖面上下诏让李白登船随行，李白因酒醉而不奉诏，等等。甚至还有人说，这个"船"是四川人说的衣领，李白衣冠不整，领子都没有弄好就去了，等等。反正这几句诗肯定是写李白的醉态，而杜甫肯定对李白的心态有准确的理解，这是没有疑问的。所以这几句诗写的也不是李白非常潇洒、非常欢乐的一种心态。

再往下就是张旭："张旭三杯草圣传，脱帽露顶王公前，挥毫落纸如云烟。"张旭是书法家，以草书闻名，称"草圣"。张旭不拘礼节，你看他在王公大人面前把帽子脱掉，把头顶露出来，这在古人看来是非常不礼貌、非常没有规矩的一种行为，但他居然这样做了。而他的草书是在喝醉酒以后，以非常狂放的一种状态来书写的。凡是草书写得好的，写到入神境界的，往往是内心强烈情感的抒发，所以往往是在喝醉了酒、非常激动的时候才能写好草书。作为对比，我们来读一首陆游的《草书歌》："此时驱尽胸中愁，槌床大叫狂堕帧。吴笺蜀素不快人，付与高堂三丈壁。"这个时候纸上写不下，纸太小了，所以要有一个三丈高的墙壁，在上面挥洒自如地写。张旭也是这样写的，张旭有时候甚至不用毛笔，用头发，古人留长发嘛，张旭披散着头发，把头发染着墨，甩动着头发来写字。这种状态怎么可能是一种欢乐的状态呢？这是一种激愤的状态，是满腹牢骚的状态。

最后一个是焦遂："焦遂五斗方卓然，高谈雄辩惊四筵。"这个人的生平我们不清楚，我没有太多的要讲，要讲一下的是这个"方"字，"五斗方卓然"，这个"方"字到底是什么意思？"方"在古代至少有两个意思，我打印在讲义上。第一个意思见于《诗经·大雅·行苇》："方苞方体。"这个"方"是"刚"的意思，就是时间上刚过去，才发生一件事情。第二个意思见于《庄子》："方生方死。"这个"方"是"正"的意思，正在，与之同时。"方生方死"就是又是生又是死的一种状态。杜诗中的这个"方"字,两种意义都可以解,但是一般读者都取第一义。所以,这两句是说焦遂平时不太爱说话,要到喝醉了酒,喝到五斗的时候才开始高谈雄辩。有记载甚至说焦遂是个结巴,说话不连贯,面对客人说不出话来,等到喝醉了酒以后,话就像泉涌一样,口才非常好。但钱谦益指出这个典故是伪造出来的,是子虚乌有的。我想伪造典故的人肯定对这句杜诗里的"方"字作了第一种理解。如果作第二义理解,这两句就是说焦遂一边喝酒,一边高谈阔论,喝到五斗依然如此。不管是第一种理解还是第二种理解,都是说焦遂喝醉以后高谈雄辩,无所顾忌。酒后吐真言,喝醉以后把满腹牢骚毫无顾忌地倾吐出来,这当然也不是什么愉快的心态。

以上我们分析了这首诗描写的八个醉汉的状态,假如把这八个人的醉态归结在一起,那他们有什么共同的规律呢?这八个人都是当时的优秀人才,是当时士大夫中的优秀人物,无论人品还是才能,都是优秀的。但这八个人都处于无所作为,才华得不到很好发挥,也不为社会所用的这样一种状态。所以八个人都逃到醉乡中去了。他们沉湎于酒,分明是借酒浇愁,是一种逃避,也是一种抗争。

显然,我们这样理解这八个人的状态与人们通常对这首诗的理解是不一样的。我们以前是怎样理解的呢?请大家看看讲义。首先看《杜臆》,《杜臆》说《饮中八仙歌》是"描写八公都带仙气",写这八个人飘飘欲仙,很潇洒。浦起龙说"写来俱有仙意",与《杜臆》的说法差不多。王嗣奭也好,浦起龙也好,他们认为这首诗是写这八个醉汉非常潇洒,有一种不为红尘所纠缠的气概,有一种浪漫乐观的精神状态。这也正是现代大部分的杜诗研究者的共同见解,无论萧涤非先生的《杜甫研究》、萧涤非先生主编的《杜甫诗选》,还是北大陈贻焮教授的《杜甫评传》,都是这样一种解读,都说《饮中八仙歌》写的是盛唐知识分子浪漫、豪放、乐观、积极向上的精神状态。

只有一个读者不是这种看法,这个读者就是程千帆先生。程千帆先生就这首诗写了一篇读书札记,也是一篇论文,它的标题非常特别,叫作《一个醒的和八个醉的》。程先生的观点是:这首诗写了八个优秀人物,八个本来应该有所作为的优秀人物,但实际上无所作为,也不可能有所作为,然后八个人都逃到醉乡里面去了。这首诗描写八个优秀人物借酒浇愁的状态,恰恰表达了在唐代社会从强盛转向衰弱、唐王朝的政治开始腐败的这样一个过程中,知识分子群体的一种表现。他特别指出,尽管这八个醉汉当时喝得醉醺醺的,尽管他们心中有忧愁,有愤懑,有牢骚,但是他们并没有非常清楚地认识到社会的变迁,也没有像杜甫这样非常清醒地观察社会。而杜甫与他们不同,杜甫进入长安以后就开始清醒地观察社会,他以这种心态、这种眼光来看待李白等人,来分析他们,所以这八个人的醉醺醺的状态是在一个清醒的诗人的眼光中反映出来的。因此,程先生把诗人和这首诗中写的八个人物之间的关系归结为"一个醒的和八个醉的"。

假如这种解读准确的话,程先生又认为,这首诗的写作年代应该往后推一些,它不可能是杜甫刚到长安时写的。杜甫刚到长安时还有雄心壮志,还没有遭受生活的折磨,经济上也还没有捉襟见肘,他还不会有这样的认识。这首诗一定是杜甫在长安过了几年以后写的,因为在长安生活了几年以后,杜甫的生活越来越困顿,个人前途已经无望,他也逐渐观察到大唐王朝的各种社会弊端,觉得社会一步一步地走向黑暗了,盛世快要过去,动乱快要来了。在这个时候,杜甫才可能写出这样的一首诗来。所以程先生认为,尽管这首诗不能准确地编年,但应该把它的写作时间往后推一推,它不应该是杜甫刚入长安的头一二年写的,而是比较后的时间。到底是哪一年,我们不能准确地确定,但是比较靠后,比较接近于他写《奉赠韦左丞丈二十二韵》、写《兵车行》、写《丽人行》的时候,因为到了这个时候杜甫就完全清醒了。

我认为,经过程千帆先生的解读,我们基本上可以把这首诗看作杜甫诗歌写作过程中的一个比较关键的轨迹点,这个时候杜甫的写作已经开始体现出一种新的气象。当他的同辈人,比他稍微年长的李白、贺知章这些人,还作为盛唐诗人群体,还处于以浪漫主义为外表特征的这样的精神状态之中,虽然他们心中已经有愤懑、有牢骚了,但由于惯性的作用,他们还处于盛唐的浪漫主义的整体氛围之中,杜甫已经渐渐地从那个群体中游离出来,开始退到一边,以一种清醒的眼光来观察这个群体。他觉得这个群体不对头、不正常,事情本来不应该是这样的,他开始追问为什么。这是杜甫与同时代诗人最大的不同。李白等人还在醉醺醺地延续着浪漫幻想时,杜甫却开始转向了,他从盛唐诗歌的浪漫氛围转向了中唐诗歌的写实,他开辟了中唐以后诗歌向写实方向转变的大趋势。

　　以上讲的内容大部分都是从程先生那篇论文《一个醒的和八个醉的》中归纳出来的，我所以要讲一讲这个，是想告诉同学们，当我们阅读古人的作品的时候，应该有怎样的阅读态度和怎样的阅读方法。《饮中八仙歌》自古以来都是一种解读，大家都那样解读，就是《杜臆》与浦起龙说的，八人都有仙意，都有仙气，都是浪漫的、欢乐的。但程千帆先生指出了另外一种读法。我个人觉得这种新的读法更合理。也就是说，面对一个非常熟悉的文本，又有了一种约定俗成的看法时，我们应该怎样进行新的解读，怎样突破习惯思维的框框，程先生的解读可以在方法论上为我们提供某种借鉴。尽管你们不一定要同意程先生的观点，但你们应该从中得到方法论的启迪。

第六讲

一组同题共作的登塔诗

今天我们来读杜甫的《同诸公登慈恩寺塔》。我在讲义上打印了三首诗，一首是杜甫的，一首是岑参的，还有一首是高适的。大家看一下，三首诗的标题基本上是一样的，稍微有出入，主题都是登慈恩寺塔。有人把塔叫作浮屠，浮屠也就是塔。这一组诗本来还有一首，是储光羲的，但储光羲那首诗我觉得写得比较差，比这三首诗低一个层次，就没有打印在这里。现在我们面对的就是这样一组文本，一共四首诗，题目是一样的，写作时间也是一样的，是四个人同时写的同题目的一组作品。我们通过读这组作品来分析一下杜诗的特点。

几个诗人在同时同地就同一个题目来写诗，这在古代叫"同题共作"。中国古代社会诗歌非常盛行，全社会，尤其是有文化的知识分子，都会写诗，都喜欢写诗，所以同题共作的情况比较多。那么"同题共作"现象对我们今天的文学史研究有什么意义呢？它的意义就在于为我们分析古代作家、作品提供了一种特殊的视角。因为他们的写作背景肯定是一样的，是同时写的嘛；写作题目和题材也是一样的；同时写作的诗人之间彼此有交往。他们在一起写同样的题目，这就有点像我们今天的作文大奖赛，必然在艺术上争奇斗艳。所以通过这样一组作品的分析，很可能看清楚这些作家的不同，认识他们共性中的个性以及他们的个性是如何表现的。这组作品因而成为一个很好的文本。

同题共作,从现在流传下来的文本来看,当然不是从杜甫、高适、岑参他们开始的,在这以前早就有了。这种风气可以说从汉以后,具体地说,在魏晋南北朝时期就比较盛行了。"建安七子"就经常用同一个题目来写诗作赋,我们现在来读"建安七子"的作品或建安作家的作品,诗也好,赋也好,很多标题都是一样的,很多作品就是在同一个场景之下写的。发展到南朝,随着诗歌技术的普及,这种风气就更加繁盛了。诗歌研究中经常讲到险韵,所谓险韵,就是这个韵部里收的字比较少,所押的韵脚又不是常用的字,押起来比较艰难。我们说押险韵有两个典型的历史文本,有两个代名词。一个叫作"尖叉韵"。"尖叉韵"是苏东坡在山东密州做官时咏雪时用的,他看到下雪了,就写了两首七言律诗来咏雪,所押的韵脚一个是"尖"韵,一个是"叉"韵。这显然是比较难押的,这两个字不是常用字。第二个叫"竞病诗",用的韵脚是"竞"和"病"。显然,这两个字作为韵脚用在一个句子的末尾也是有相当难度的。

　　第二个例子恰恰就是"同题共作"时出现的一种情况。这个诗的作者不是有名的文人,他叫曹景宗。曹景宗是南朝梁代的一员大将,梁武帝时代的将军,他不是一个读书人,不是士大夫,不是文官,而是个喜爱骑马打猎,当上大官后坐在轿子里觉得气闷欲绝的大老粗。当时朝廷里一有机会,比如举行宴会啊、庆祝会啊之类的,都要写诗。曹景宗有一次也参加了这样一个宴会,这个宴会就是为他庆祝胜利的,因为他带领梁朝的军队跟北朝的军队打仗,正好打了一次胜仗,而南朝跟北朝作战是败仗居多,他打了一次胜仗就很了不起了。得胜回朝,梁武帝很高兴,朝廷为他庆功,大摆宴席,并且叫文官都来写诗庆祝。当时文官的首领叫沈约,大家知道,就是提倡"四声八病"的那个人。那么这种场景下的诗怎么写呢?大家写同样的题材,都写曹景宗打胜仗,歌颂胜利,又要在艺术上争奇斗巧,这不是很为难吗?争奇斗巧的一个表现就是分韵,就是规定韵部,今天大家写诗都押同一个韵部,然后把这个韵部里所有的字分给大家,每人分几个字,分到哪几个字你就押这几个字。沈约就给大家分了,当然是分给文官了,每人分两个字,两个字就是写四句诗,因为是隔行押韵,两行押一个韵。

　　这本来没有曹景宗什么事,因为写诗是文官的事,曹景宗本来可以不参加的,他本人是这次庆功的主角,打了胜仗,只管喝酒就行了。但曹景宗打了胜仗,梁武帝又表扬他,他很高兴,一兴奋起来就多喝了几杯,多喝了几杯举动就不寻常了,就说他也要写诗。梁武帝就劝他,说你不要写了,这是他们文官的事情,"士有百能",你会打仗,何必跟沈约他们去比写诗呢?让他们去写吧。若是在寻常情况下曹景宗也就算了,问题是这位老兄喝醉了——我们说中国古代的诗歌很多是被酒催出来的——酒精发生作用了,他非要写诗:我也要写,我也要写!于是梁武帝就说你去写吧,叫沈约再分两个韵给他。沈约这次分韵是让大家认领的,你认这两个字,他认那两个字。这时候大家把好押的字都分掉了,只剩两个字,哪两个字呢?"竞"字和"病"字。曹景宗一看给他一个"竞"字,还有一个"病"字,他就写诗了,写了四句。这首诗见于《南史·曹景宗传》,我把它打印在讲义上了,四句诗是:"去时儿女悲,归来笳鼓竞。借问行路人,何如霍去病?"他是以一个大将的身份写的:我率领军队出发的时候,很多士兵的亲人都来送行,因为打仗总是凶多吉少嘛,所以都哭哭啼啼的。打了胜仗归来的时候,一路上敲锣打鼓的,非常热闹。我作为主将骑在马上,问路旁的行人:我跟汉代的大将霍去病相比如何?"竞"就是各种乐器都在那里演奏,比哪个的分贝更高。大家看一看,这里"竞""病"两个字应该说押得相当好。所以当时一写出来,沈约这些人都呆了:这个老粗写得这么好!比我们写的还好!(大笑)这种写诗的方式就是"同题共作",在同样的场景下,大家就同一个题目当场写诗。

如果说曹景宗写"竞病诗"还带有偶然性的话,那么这种"同题共作"的风气到了唐代就进一步发展为经常性的活动了,尤其是在武则天时代。武则天时代有几个著名诗人,像宋之问、沈佺期等,经常参加这种活动,甚至在皇帝面前比赛写诗。唐代的笔记中有很多这样的记载,有一次,武则天在宫里举行写诗比赛,她高高在上,坐在一个高台上面。当时诗的好坏不是由武则天决定的,而是由她的一个女官上官婉儿帮她判断的,上官婉儿当评委会主任。大家每人写一首诗交上去了,过了一会儿,纸片像雪片一样地飘落下来,写得不好的诗全扔下来了。百官就纷纷上前去认领。一看是张三的,张三就收起来,因为落选了;李四的也收起来了。最后只有两个人的还没扔下来,一个是沈佺期的,一个是宋之问的,大家都在下面等,看他们两个决赛,用今天的话说就是PK,像超女一样PK。(大笑)又过了一会,一张纸片飘下来了,大家一看是沈佺期的。这样宋之问就是第一名了,宋之问夺魁了。上官婉儿还要解释一番:沈佺期与宋之问的诗前面都写得差不多,势均力敌,但是尾句是宋之问写得好,宋之问的结尾余意不绝。

又有一次,武则天在洛阳龙门举行诗歌大奖赛。一个叫东方虬的人首先交稿,交得早,而且写得也好,武则天看了很喜欢,就赐他一袭锦袍。东方虬当着众人的面把这个锦袍穿在身上,非常荣耀。但是又过了一会儿,武则天、上官婉儿她们看到宋之问的诗了,说宋之问的诗写得更好,武则天就下令把东方虬身上的锦袍剥下来,穿在宋之问身上。在这种场合下,唐代的诗人为什么要努力写诗?要玩命地写诗?因为写诗能给他们带来极大的荣耀。

尽管这一类的"同题共作"在历史上有很多的例子,却不是我刚才所说的进行研究的好的文本。为什么呢?因为这些人在帝王面前写诗,由帝王或达官贵人出一个题目来写诗,往往不能真实地抒情述志,这时候写的诗往往以歌颂为主,他们写不出最好的诗来,不能施展出真正的诗歌才能。因此,那样的文本分析起来意义不大。请再看讲义,看一句谢灵运的话。谢灵运集中有一组诗,叫作《拟魏太子邺中集诗》,这是一个拟古的作品,不是建安时代的诗人写的,而是晋宋之际的谢灵运模仿建安诗人来写的一组诗,假设大家是在魏太子曹丕的面前来写诗。这组诗的序言说得很清楚:凡是在帝王面前进行同题共作,"雄猜多忌,岂获晤言之适"。就是帝王都是"雄猜多忌"的,你在帝王的面前写诗,是不敢充分表达自己真实的情感、真实的想法,你会担心,万一说得不好就得罪皇帝了。所以这个时候诗人不能真实地发挥才能,也就是说,这些诗不是真正意义上的抒情诗,也就不可能是最好的作品。谢灵运把这一点说得非常清楚。

当然,假如你在一个嫉贤妒能的帝王面前写诗,这个帝王本人也是有才华的,他又喜欢跟臣子比试,你要写出好诗的话,那你就完蛋了,你的脑袋都保不住。南朝梁武帝时代有很多这种情况。有一次,沈约跟梁武帝比赛典故,比谁记的典故多。比什么典故呢?比栗子的典故,因为正好有人进贡了很大的栗子,这个栗子直径达到一寸,梁武帝看到这个栗子很好,就说我们来比栗子的典故,看谁记得多。大家你说几个,我说几个,比到最后大家都没有了,梁武帝还有两条,大家都说梁武帝学问好,不得了。比赛结束以后,沈约对别人说:我是让这个老头子的,我还有三条没说出来,怕他恼羞成怒。(大笑)后来梁武帝还是知道了,果然大怒,差点把沈约杀了。隋炀帝也是个小有才华又嫉贤妒能的皇帝,诗人薛道衡被杀以后,隋炀帝幸灾乐祸地说:这下你还能写"空梁落燕泥"吗?可见他早就对薛道衡的诗才妒火中烧了。因此在帝王面前比赛写诗,诗人不能充分发挥自己的才能,所以写出来的文本不是我们今天作文本分析的最好的对象。

今天我们想要分析什么文本呢?我刚才说了,就是杜甫、高适、岑参他们登慈恩寺塔所写的一组诗。这一组文本没有刚才说的那种写作背景,不是帝王命题的。这几位诗人在这一年秋天一起登上长安的慈恩寺塔,眺望景色,抒发情感,从而写出了这样一组诗。所以这是一种自由状态下的"同题共作",是可以自由抒发他们的真实情感的,也是可以充分表现他们的艺术才华的。这才有文本分析的价值。

首先我们来看这组诗的写作背景。这组诗的描写对象,也就是诗人们登览的对象,是长安的慈恩寺塔。这个塔现在还在,现在叫大雁塔,当然后代重修过。塔高七层,在长安市,也就是现在西安市的南郊。我记得我第一次到西安,大概下午一点到达旅馆,两点钟的时候我已经登上了慈恩寺塔(大雁塔)。我一到西安,首先想的就是去登这个塔,登上去以后很激动:这是杜甫登过的塔啊!杜甫当年就是在这里写下《同诸公登慈恩寺塔》这首诗的!

那么这是一个怎样的塔呢?请大家看讲义,根据《长安志》的记载,慈恩寺本来就是一个寺庙,是隋代无漏寺的故地。到了唐代,唐高宗做太子的时候,为纪念母亲的恩德建了一座庙,他的母亲就是长孙皇后,后来称文德皇后,所以这座庙叫慈恩寺,父严母慈嘛。那时候庙里还没有塔。慈恩寺建于贞观二十一年,也就是 647 年。到了永徽三年,也就是 652 年,唐玄奘(唐僧)从印度取了很多经书回来,在这里翻译佛经,这才造了一座塔。因为是建在慈恩寺中,所以叫慈恩寺塔。这座塔在唐代曾经过几次重建,所以大家看唐人写慈恩寺塔的诗,有时候会发现矛盾,有人说它是五层,有人说它是七层,还有人说它是十层。其实都是同一座塔,因为它重建过,本来是五层,长安年间改为七层,到大历年间又改为十层,后来又毁坏了,变成七层,所以它是变来变去的。杜甫他们登临的时候是七层。

这个慈恩寺塔有皇家建筑的意义在里面,因为这是唐高宗建的。除了这个意义以外,它对于唐代的士大夫来说还有一个特殊的意义。唐代的科举制度有一个习俗——这不是国家的正式规定,是一个习俗——凡是去考进士的人,都要在慈恩寺塔下面题名,把自己的名字题在那里,说"进士某某某题名"。大家要注意哦,假如你看唐代的材料,你看到"进士某某某题名",不要以为他已经考上进士了,唐代考生自称进士,我来参加进士考试我就自称进士,这时还没考上呢。真正考上以后呢,再在那个题名前加一个"前"字,成为"前进士",就是我以前是考生,现在考上了,不再是考生了。我们在现存的慈恩寺塔的题名中还可以找到李商隐的题名。这是我亲眼看到的,李商隐的题名还刻在那里,我看见的时候好激动哦!(笑)考进士经常要在那里题名,所以慈恩寺塔是唐代士大夫非常关注的一个塔,大家都要到那里去的。当然这也是一个游览胜地,因为它是当时长安城里最高的建筑,站在上面可以远眺四面的风景。当然塔里有很多珍贵的文物,比如有两个碑,这两个碑现在还在,可能是复制品了,是太宗亲撰的《三藏圣教序》、高宗亲撰的《述圣记》,都是当时的大书法家褚遂良亲笔写的,褚遂良写了以后刻石的。慈恩寺塔就是这么一个有名的游览胜地。

天宝十一载的秋天,也就是 752 年的秋天,一批诗人到这里来登塔。这一批诗人中,杜甫、岑参、高适我想都不用介绍了,大家都知道,他们是整个唐诗史、整个文学史上的著名诗人。还有两位,一个是储光羲,一个是薛据,这两位在后代文学史上的名声也许不是太大,但在当时也是非常有名的诗人。请大家看讲义,我们在刚开学的时候讲过《河岳英灵集》,《河岳英灵集》是一部诗选,一共选了 24 个人,选了 230 多首诗,其中储光羲、薛据都入选了,储光羲入选了 12 首,薛据入选了 10 首,倒是杜甫的诗没有入选。这就说明储光羲、薛据那时的诗名非常大,甚至比杜甫还要有名,是著名诗人。

752 年的秋天,五位著名的诗人一起登上慈恩寺塔,一起写诗咏登塔的经过,这确实是文学史上的一件大事。假如登塔的是一群平庸的诗人,即使他们写了很多诗,即使文本还在,意义也不大。作为反例,我们来看一下东晋永和九年(353)浙江兰亭的那次文人集会,也就是王羲之写《兰亭集序》的那次集会,那一次有很多人写诗,我们查一下现在的文献,发现还有5个人的诗完整地保存下来了,21个人的诗不完整地保存下来了,可是我们不愿拿那一组文本来分析,那一组文本的水平差不多,都比较平庸,分析不出什么有意义的结论来。所以反过来说,登慈恩寺塔的这一组诗是非常有意义的一组文本分析对象。也正因为如此,一千年以后,到了清代王渔洋的时候,他想起这个情景就非常仰慕。我把王渔洋的话写在讲义上了。王渔洋在《池北偶谈》中说:"每思高、岑、杜辈同登慈恩塔,高、李、杜辈同登吹台,一时大敌,旗鼓相当,恨不厕身其间,为执鞭弭之役。"他说每次想到历史上曾经发生过的这样的事情,那些大诗人在一起就同样的题目写诗、比赛,旗鼓相当,他就只恨不能参加那样一个场面,哪怕帮他们递递东西也好,或者做他们的仆人也好。当然王渔洋这个话是故作谦虚了,他实际的意思是说:我也想去参加比赛,也去写一首诗才好。"吹台"也叫"繁台",这个"繁"字念pó,在河南开封,那是李白、杜甫、高适三个人同时登过的,也写了诗的。这样的机会是千载难逢的,几位著名诗人在一起同题共作,所以这组文本是比较有分析价值的。

下面我们就来分析这一组诗。这一组诗当然不是今天才进入人们的研究视野的,因为王渔洋已经说到过这组诗了。这么杰出的几位诗人同时同地就同一题材来写诗,很多人都曾注意过。所以后人也有一些言论,把这几首诗进行比较。这五位诗人的诗,其中薛据的诗早就亡佚了,编《全唐诗》的时候就已经没有了,所以我们看不到了。其他四首诗都完整地流传下来,后人能够对它们进行比较。

我们首先注意到沈德潜,沈德潜在他的《唐诗别裁集》中说:"(岑参)登慈恩塔诗,少陵下应推此作。"这句话的意思就是:这一组诗中,杜甫第一,岑参第二。"高达夫、储太祝皆不及也。"高达夫就是高适,储太祝就是储光羲,说他们两个不及杜、岑。沈德潜把这四首诗分成两个层次:第一个层次是岑参与杜甫,杜甫第一,岑参第二;第二个层次是高适与储光羲。

到了近代,清末民初,高步瀛在他的《唐宋诗举要》中说:岑参的诗"气象阔大，几与少陵一篇并列千古"。就是说岑参这首诗非常好，"气象阔大"，很雄壮，比较接近杜诗的水平了。

我们再看《杜诗镜铨》引的李因笃的话，《杜诗镜铨》引作李子德，李因笃字子德，清代人。他把岑参的诗跟杜甫的诗作了比较，说"岑作高，公作大"，这个"公"就是杜甫，因为是做杜诗的注解，所以称杜甫就省掉名字了。又说"岑作秀，公作奇"，就是岑参的诗秀，杜甫的诗奇。"岑作如浩然洞庭"，岑诗像孟浩然咏洞庭湖的诗。孟浩然在岳阳楼上写过咏洞庭湖的诗，非常有名，其中有"气蒸云梦泽，波撼岳阳城"的名句。但是"终以公诗'吴楚东南坼，乾坤日夜浮'为大"，就是杜诗的境界更大，更壮阔。李因笃也认为岑参的诗很好，但还是比杜诗稍微差一点。这是我比较认同的一种看法，就是这四首诗中杜诗第一，岑诗第二。

当然也有不同的议论。明代胡震亨在《唐音癸签》中提出了一个观点，他不是专门评这一组诗，他是在谈另外一个观点时顺便谈到了，他说："诗家拈教乘中题，当即用教乘中语义。""教乘"就是佛教，佛教有大乘、小乘之分嘛，诗人把佛教的事物作为题材来写诗的话，就应该用佛教的词语，应该用佛教的意义。又说："唐诸家教乘中诗，合作者多，独老杜殊出入，不可为法。"就是唐代诸家写有关佛教的诗，符合这个规律的作品很多，写得好的也很多。只有杜甫写佛教的诗不专用佛教的词语，也不大写佛教的意义，这是不符合法则的。下面胡震亨就说到我们今天要分析的文本了，他说："如慈恩塔一诗，高、岑终篇皆彼教语。"高适、岑参的慈恩寺塔诗，整篇都是用佛教中的意思，用佛教中的词句。"彼教"就是那个宗教，古代即使相信佛教的人也认为佛教是外来的宗教，儒教才是我们本土的宗教，所以称佛教为彼教。又说："杜则杂以望陵寝、叹稻粱等事，与法门事全不涉。"只有杜甫的《登慈恩寺塔诗》，里面夹杂着"望陵寝"（眺望唐太宗的昭陵）、"叹稻粱"（叹息个人生计、个人遭遇）等事情，与佛教一点关系都没有。言下之意是说杜甫这首诗写得不成功，因为这首诗本来应该写佛教的，怎么偏离了佛教的主题，写起自己的身世来了，写起自己对国家大事的看法来了？这是不对的。所以胡震亨认为杜甫这首诗写得不好。我不同意胡震亨的这个看法。下面我们来看一看，这一组诗到底是什么情况，我们今天应该怎样比较这一组诗。

首先我们应该注意一下这一组诗写作的时代背景。这组诗作于天宝十一载秋天,这是没有疑义的。但是这个编年是怎么编出来的呢?是谁编出来的呢?是闻一多先生。闻一多先生在《少陵先生年谱会笺》中为这组诗进行了编年。他用的是排除法,这五个人同时登塔作诗必须有一个先决条件,就是这个时候五个人都在长安,如果那一年秋天其中有一个人不在长安,就不可能发生在这一年。排除下来的结果,只可能是天宝十一载。这个具体的过程大家可以去看闻一多先生的书,做得很细致的。所以,做古代文学研究,即使像闻一多这样的才子,才气纵横,还是要非常仔细,坐得住冷板凳,要靠材料说话,不能天马行空,天马行空就没有根据。我建议大家去看一看闻一多的书。

　　虽然写作年代已经确定为天宝十一载的秋天,也就是752年的秋天,但是它的时代背景不能说就是这个秋天,我们不妨稍微扩大一些,看看那一段历史时期、那前后的几年间是个什么情况。我们现在把目光稍微往前推几年,推到天宝五载,就是杜甫进入长安的那一年,从那时候开始看起。请看讲义,我把这段时期发生的跟这首诗有关的历史大事写在上面。大家要想知道跟唐代文学有关的历史事件,最简便的方法就是看周勋初先生主编的《唐诗大辞典》,后面附录有一个大事年表,那是我做的表,我把唐代的历史事件与诗人们的事迹对应排列成一个年代表。我们现在来看看讲义上的这个简表。

　　天宝五载(746),张九龄、李适之罢相,李适之上一次我们已经谈过了,张九龄也是这一年罢相的,这是两个比较贤能的宰相,都受李林甫排挤而被罢相。李林甫这个人不学无术,文化水平很低,据《新唐书》《旧唐书》记载,他经常认白字,写白字,这种记载有好几条。但这个不学无术的人偏偏创造了一个成语。我们知道要创造一个成语是很难的,不相信的话大家创造一个成语出来看看。(笑)我们说韩愈了不起,他一篇《进学解》就创造了十几个成语,非常了不起。创造一个成语谈何容易,但李林甫文化水准低,却创造了一个成语,当然他不是用笔墨写下来的,他是身体写作,(大笑)这个成语叫"口蜜腹剑"。口蜜腹剑是李林甫的表现。

　　这样一个口蜜腹剑的人当了宰相以后,就拼命地排斥贤能,把朝廷里贤能的人排挤出去,把还没有进入政界而又有可能进入政界的贤能的人挡在外面。所以,天宝六载就发生了两件事情。一件是所谓的"野无遗贤"。那一年举行制科考试,李林甫怕考生中又有人才进入政府,所以他在暗中做手脚,使所有考生全部落榜,一个都不录取。那一年落榜的人中有谁呢?一个就是我们的杜甫,还有一个也是我们认识的,就是元结元次山,唐代著名诗人、著名古文家,也是一个著名的政治家。考生全部落榜之后,李林甫就向皇帝上贺表,祝贺皇帝说:"野无遗贤。"朝廷外面已经没有贤能了,所有的贤能我们都已经网罗来了。你看全部考生没有一个考上的,已经没有有才能的人了。另一件事情是李邕和裴敦复被朝廷"杖死",就是判处死刑以后用乱棒打死。李邕和裴敦复是什么人呢?是当时知识分子中两个领袖式的人物,士林领袖,最有声望的两个读书人,当然也做了大官的。这件事情把知识分子的士气从整体上摧残了。我们看一下这件事在当时的影响。这件事发生后不久,李白就在诗歌中作出了反应,请看讲义上打印的李白《答王十二寒夜独酌有怀》:"君不见李北海,英风豪气今何在?君不见裴尚书,土坟三尺蒿棘居。""李北海"就是李邕,"裴尚书"就是裴敦复,这两个士林领袖被朝廷打死以后,整个知识分子的士气受到摧残,所以李白就在这首诗里表示他要远离政治了,政治已不可为了。

到了天宝七载(748),高力士(唐玄宗身边的一个太监头子)当上了骠骑大将军,掌兵权,介入军队了。也就是在这一年,朝廷赐给安禄山一份铁券。所谓铁券,就是你犯了罪可以赦免,犯了死罪也免你一死,保证你的安全。有了铁券以后,安禄山就放心地准备造反了。所以,后来安禄山造反攻陷长安,唐玄宗逃走,发生"马嵬坡事变",杨贵妃被缢死,这一系列的事情都是唐玄宗咎由自取。安禄山在招兵买马、准备造反的时候,不停地有人来向朝廷告发,玄宗一概不信。到后来只要有人来告发安禄山要造反,唐玄宗就把这个人捆起来送到渔阳去让安禄山处置。当然人一送到渔阳,安禄山就把他们舌头割了,心肝挖了,久而久之就没人敢去告发了,安禄山就可以从容造反了。也就是在748这一年,杨国忠(杨贵妃的堂兄)"岁中领五十余使",一年兼任的职务有50多个,一个人同时任50多个官职。与此同时,唐玄宗、杨贵妃这些人穷奢极欲、骄奢淫逸。同学们感兴趣的话可以去看《资治通鉴》215卷、216卷,讲义上只摘了几条。"织绣之工专供贵妃院者七百人",有七百个女工专门为杨贵妃这些人刺绣。"以进食相尚,一盘费中人十家之产",这些王公大臣纷纷向唐玄宗献精美的食品,所献每一盘食品就要花费十个中产阶级家庭的财产。"中人"就是我们今天所说的中产阶级,十户中产阶级的财产只够一盘菜。"一堂之费,动逾千万",建一所房子要花费千万,建成以后看到别人建得更好,马上把它拆掉重建,要比别人建得更好。当时攀比之风兴盛,京城里谓之"木妖",就是土木之妖,不停地大兴土木,房地产业畸形发展。(笑)

从天宝八载(749)开始,唐玄宗轻信边将,轻启边衅,连连发动以开拓疆土为目的的开边战争,而且屡战屡败,祸国殃民,给人民的和平生活造成极大的危害。尤其是天宝十载(751)讨伐南诏的战争,一连几次都几乎全军覆没。但杨国忠仍不肯罢休,兵力不足,就派人乱拉壮丁,抓来的壮丁用枷锁连成一串送入军队,再次南征。壮丁的家人前往送行,哭声震天,以至杜甫专门写了《兵车行》来对这种行径进行愤怒的谴责。

天宝十一载,当五位诗人登上慈恩寺塔写诗的时候,他们所面临的唐帝国的朝廷和社会基本上就是这样一幅图景。在这种情况下,诗人登上慈恩寺塔远眺风景,抒写情怀,假如他还有一点忧国忧民之心的话,他就不应该像胡震亨所说的那样:我写的诗只跟佛教有关,跟社会、政治毫无关系。除非他一点良心都没有,一点感觉都没有。俄国的别林斯基说过:"诗人是社会的晴雨表。"社会的变化,任何细微的变化,应该在诗人笔下得到反映。你既然是一个好的诗人,就必然是非常敏锐的;如果感觉很迟钝的话,你做不了好诗人。

也许有人会说,大背景是相同的,大家都处于同一个时代、同样的社会,但个人的小背景,如个人遭遇、个人生活状况,也许不一样。那么,我们看看这五个人的个人小背景如何。

先看杜甫。杜甫当然不用详细说了,我们上一次在谈《饮中八仙歌》的时候已经说到了一些。我们只往前推一年,也就是天宝十载的时候,杜甫是怎样的情况呢?杜甫这一年向朝廷献了三大礼赋。他在《进三大礼赋表》中说自己生活非常困顿,用了八个字:"卖药都市,寄食友朋。"在都市里卖一点药草，收入还不够，就住在朋友家里，在朋友家混几顿饭吃，寄人篱下。讲义上还引了两句诗，他说："饥卧动即向一旬，敝衣何啻联百结。"意思是说他很饿，饿了就躺在床上，经常是十天都吃不饱饭。当然不是十天一点饭都没吃，那就饿死了，就没有我们的诗圣了。衣服也很破烂，布条子一根一根联结起来。

这个时候的杜甫，宋朝诗人陆游在诗中给他画了一张像，我觉得写得很生动，就把它打印在讲义上。请看陆游的《题少陵画像》："长安落叶纷可扫，九陌北风吹马倒。"长安到了秋天，落叶纷纷，风很大，把马都吹倒了。"杜公四十不成名，袖里空余三赋草。"杜甫到了四十岁还没有成名，袖子里白白藏着向朝廷献三赋的草稿——正文抄好后已经送给朝廷了嘛。"车声马声喧客枕，三百青铜市楼饮。"偶然得到三百个青铜钱，就跑到小酒馆里去喝一点酒。"杯残胾冷正悲辛，仗内斗鸡催赐锦。"日子艰难，吃的是残羹冷炙，而此时唐玄宗最喜欢看斗鸡，宫里正盛行斗鸡。杜甫自己在《奉赠韦左丞丈二十二韵》中说自己是"朝扣富儿门，暮随肥马尘。残杯与冷炙，到处潜悲辛"，到处混一点饭吃，生活过得很辛酸。大家也许看过陈鸿的《东城老父传》，有一个孩子叫神鸡童，养斗鸡养得很好，受到朝廷很丰厚的赏赐。这在李白的诗中也有反映。"仗内斗鸡催赐锦"，就是唐玄宗在宫内正催着给这些斗鸡的人赐锦，真正的人才却在社会上流落着。

我们再来看一段杜甫自己的话，看下面这首《杜位宅守岁》。杜位是杜甫的一个远房侄儿，杜甫这一年在他家里过年，所以诗中有一句"四十明朝过"。这一年杜甫 40 岁，明天大年初一，他就要变成 41 岁了，他万分感慨。这句话表面上非常平淡，实际上非常沉痛。我们看仇兆鳌的注，"仇注"引《礼记·曲礼》："四十曰强，而仕。"40 岁是壮年了，应该出来做官了，所以仇兆鳌认为"四十明朝过"是说杜甫到了 40 岁还没有做官，在那里感慨呢。我觉得"仇注"引《礼记·曲礼》当然也可以，但不是太好，不如引《论语》，引《论语》中孔子的话："四十、五十而无闻焉，斯亦不足畏也已。"就是一个人到了 40 岁、50 岁还没有闻达，那么这个人也就没什么可怕的了。"闻达"就是在社会上有名声，也就是说这个人有所贡献，有所成就。我想在座的同学都不到 40 岁，大家赶快努力，到了"四十、五十而无闻焉"，像我这样的，五十几岁，就"斯亦不足畏也已"。（大笑）这首诗写于天宝十载（751），杜甫这一年40岁，那么第二年是哪一年呢？就是登塔的752年。杜甫这个时期的心境就是如此，我想没有必要再仔细分析了。

我们往下看。高适这一年53岁，他比杜甫年纪大。高适在天宝八载（749）考中了"有道科"，大家注意，唐代的科举除了进士科——进士科是常科，还有一类叫制举或制科。制举就是非常科，进士是每年都考（到了宋代是三年一考），而制举是临时设置的，朝廷临时说今年要加一个什么科，就加一个科。高适在天宝八载考中的是"有道科"，这个"有道科"的考试有点荒唐，它怎么考呢？"道"就是品德、道德，"有道科"就是通过考试来检验一个人的道德品质。我想，怎么能够通过考试来测验一个人是不是"有道"呢？但唐代的制举就是这样，有许多今天看来比较荒唐的科目。我看到一个笔记里说，有一个人看到另一个人骑着马飞奔，要往长安去，好不容易停下来休息一下，立刻又要上马。路边的人问他：你这么急到长安去干什么？他说我去应制举。应什么制举呀？他说："怀才抱器不求闻达科。"（笑）不求闻达怎么还要去应考呢？不求闻达嘛，好好呆在农村，呆在家里就可以了。所以唐代的制举形形色色，有的很荒唐。高适这一年考上的是"有道科"，考上后朝廷就给他一个官做，这个官叫封丘尉，封丘的县尉。关于这事，高适留下了一首诗，就是《封丘县》。他被派到封丘县去做县尉，到了那里以后，做了很短的时间就不愿意做了，为什么呢？他说他弃官的原因是"拜迎官长心欲碎，鞭挞黎庶令人悲"。这是一个基层的小官，一方面要拜迎官长，上级一会儿来检查，一会儿来视察，高适就像陶渊明一样要束带向乡里小儿，他不能忍受；另一方面，基层的官史要直接向老百姓收税，催他们缴租，所以要鞭挞老百姓，高适觉得于心不忍，所以他很快就放弃了这个官职。天宝十一载的秋天，高适无所事事——虽然他已经中过制举，但是他已经罢官了——正在长安闲居，他要到明年才进入哥舒翰的幕府。这就是高适的情况。

下面再看岑参。岑参比较年轻，这一年36岁。岑参中进士比较早，他在天宝三载就及第了，28岁就中了进士，到了天宝八载，也就是749年，岑参进了大将高仙芝的幕府，跟着高仙芝出征西域，所以岑参有很多写西域风光的诗，写当地的大雪啊，写当地的热海啊、冰河啊。但到了天宝十载，就是登塔的前一年,高仙芝兵败回到长安,岑参也跟着回来了。此时的岑参心境不好,因为他跟随的主将打了败仗,他本人当然也无功劳可言。所以在天宝十载的时候,他写了一首诗,里面有这样的句子:"白发悲明镜,青春换敝裘。"实际上他当时才35岁,却觉得自己已经垂暮了,白发都长出来了。这说明他这时候的心境不好。

我们对薛据与储光羲的情况不是非常清楚,但当时储光羲也正沉沦下僚,再说他俩既然跟杜甫他们这些落拓文人一起交游,一起登塔,估计这二人的心境也好不到哪里去。所以说,五个诗人登塔时的小背景也是相差不大的。

经过刚才的分析,我们可以看到天宝十一载的大背景是这样一种情况,就是明显地可以看出所谓的"开元盛世"已经快要消失了,社会正一步步走向动荡不安,越来越黑暗。这是盛世慢慢地要向乱世、向衰世转变的一个关头。而五位诗人个人的景况、个人的际遇也都不是很好,因为在李林甫、杨国忠、高力士这些人执掌朝政的时候,有才能的、品德高尚的人不可能在朝廷里得意,他们必然受到排斥。就是在这种情况下,五位诗人登上了慈恩寺塔。

胡震亨说,杜甫的登慈恩寺塔诗既然是写一个佛教的寺庙,就应该用佛教的语言来写佛教的教义,写佛教所引起的宗教情感。我们在考察这个结论对不对的时候,必须联系这种特殊的写作背景,特殊的大环境,特殊的小环境。我觉得胡震亨那一番话至少在分析这首杜诗的时候是不足为据的,我们不应该强调慈恩寺塔是佛教的建筑这一点。那应该怎么样呢?我们应该把这首诗看作抒情诗。杜甫到这个庙里来并不是为了礼佛,杜甫不是一个真正的佛教徒,他到这里来主要是为了要凭眺,眺望风景。有了这样一个认识,我们再来读这首杜诗,看看杜甫是怎么写的。

上次在谈到浦起龙的《读杜心解》的时候,我曾经说过,浦起龙的《读杜心解》最好的是他的解,他对杜甫的写作心态、对杜诗所表达的情感倾向做了非常生动的解读。浦起龙对这首杜诗是怎么说的呢?讲义上有,浦起龙说:"乱源已兆,忧患填胸,触境即动。"说这个时候啊,动乱的征兆已经表现出来了,像杜甫这样的诗人正忧心忡忡,一看到什么景象,一碰到什么外在的遭遇,心中的忧患就被触动了,触动以后就要表露出来。下面又说:"一凭眺间,觉河山无恙,尘昏满目。"当他们登高眺远的时候,杜甫就会觉得虽然自然风光是不变的,但在人们心目中它已"尘昏满目",一切都蒙上了一层灰暗的色彩,不再那么明媚,那么赏心悦目。这是浦起龙对杜甫写这首诗时的心态的一个解读,我觉得这几句话说得非常好。

当然我们也承认,这五个诗人游览的地方确实是一个佛教寺庙,是慈恩寺。诗人们也注意到了这一点,尤其是杜甫以外的其他几个人,高适也好,岑参也好,储光羲也好,都比较强调这是一个佛教的建筑,是一个寺庙里的建筑。在岑参的诗里,他用比较突出的语句和篇幅说明了这一点。请看岑参诗的第五到第八句:"突兀压神州,峥嵘如鬼工。四角碍白日,七层摩苍穹。"这个塔非常高大,巍巍耸立,高入云天。岑参又写到登上塔顶后的时空感,就是下面这几句:"秋色从西来,苍然满关中。五陵北原上,万古青蒙蒙。"空间非常广阔,时间非常悠远。在这样的一个时空背景中,岑参就领悟到:"净理了可悟,胜因夙所宗。"对佛教的清净为本的道理我有了透彻的了解,我决心要皈依佛教。"净理""胜因"都是佛教中语,用胡震亨的话说就是"彼教"中语。下面又表示自己的态度:"誓将挂冠去,觉道资无穷。"我既然有了这种觉悟,我就要辞官不做了,因为佛教是一个非常深厚的领域,我的身家性命全部皈依到佛教里面去了。"觉道"就是大觉之道,这个词出自《维摩经注》。很显然,当岑参登上慈恩寺塔远眺的时候,他主要感受到的是佛法的广大。既然登上的是佛教的建筑,他感受到的当然是佛法的强大、广大,所以他要皈依佛教。岑参表达的是这样一种宗教情感。当然,这仅仅是他登上慈恩寺塔的一时兴到之言,他以后并没有皈依佛教,他还是好好做他的官,做他的诗人,皈依佛教仅仅是在此时此刻的感受罢了。

高适的诗稍微有点不同。高适是一个用世之心比较强烈的诗人,他很希望在政治上有所作为,而后来他也是唐代真正的诗人中政治地位最高的,被封为渤海县侯。南宋的晁公武说:"唐世工诗而宦达者唯高适。"所以高适的这首诗虽然也借歌咏宝塔来歌颂佛法之广大,但诗的最后说:"盛时惭阮步,末宦知周防。"在这样一个盛世,我却像阮籍一样走投无路;做这样一个小官,就像东汉的周防一样。这里用的是晋人阮籍的典故和东汉周防的典故。大家知道,阮籍因为政治上没有出路,人生没有出路,就随意地到处乱走,走到无路可走了就痛哭一场。"阮步"就是阮籍途穷。周防是东汉南阳地方的一个小官,由于精通经术,受到皇帝的欣赏,后来就做了比较大的官。高适的意思是说我现在做了一个很小的官,封丘尉嘛,就像当初的周防。"输效独无因,斯焉可游放。"我要效忠国家,但是报国无门,所以就暂时到这里来游览一番,逍遥一下。"输效"就是效忠。这首诗里有一些与时代发生关系的地方,但不是很明显,所表露的感情也不是很强烈。

杜诗就不一样了,杜诗跟刚才讲的两首诗都不一样,我们来作一些具体的分析。杜诗的第二句就推出"烈风无时休",这当然可能是登塔时实际所见的景色,因为塔很高嘛,高处风很大,又是秋天,所以烈风刮个不停。但这首诗一开始就说"烈风无时休",如果我们把它解读成是诗人对当时唐朝局势的一种感受,对社会将要动荡不安、风雨飘摇的形势的感受,我觉得也是完全可以的。因为杜甫心里本来就充满着忧患,所以他一登上塔,就感到烈风吹个不停。不知道同学们有没有登上过特别高的建筑,你如果登上特别高的建筑,而风又很大,你确实会有一种摇晃不定的感觉。我曾经登过"9·11"中被撞毁的美国纽约的世界贸易大厦,那是 1987 年。这幢大厦是个不锈钢的建筑,非常坚固,但是你登上第 110 层的时候,就会觉得摇摇晃晃,因为太高了,风又很大。所以,我觉得杜甫在这首诗中写"烈风无时休",虽然可能是他在塔上看到的实景,但他确实有一种暗示,他内心情感的一种暗示,他确切地感受到社会的动荡不安了。

再往下看:"自非旷士怀,登兹翻百忧。"我没有旷达之士的那种胸怀,所以我登上这个高塔后,胸中充满了忧愁。第一句是反话,杜甫实际上是以此自豪的。但他表面上是谦虚:我比不上那些旷达之士,他们看得破,一切都不在意,很潇洒,对于将要动荡的时势没有任何忧虑;而我不能这样,我登上宝塔以后非常忧愁。忧国忧民从来都是杜甫认定的儒者应有的情怀。

再往下一段是写景的,我们暂且不管。我们看"秦川忽破碎,泾渭不可求。俯视但一气,焉能辨皇州"。登高望远,眼前的景物是一片灰蒙蒙的,这当然是杜甫可能看到的真实的景象。但这会不会是一个心里非常忧愁的诗人戴上有色眼镜以后,再来观景所产生的一种特殊的感受呢?也就是说,是不是景物已经蒙上了一层愁云惨雾呢？是不是诗人心中的忧愁投射到客观景物上了呢？我想我们完全有理由这样解读。

我们再往下看："回首叫虞舜，苍梧云正愁。"这两句从正面表达杜甫心中的忧愁。"虞舜"在这里肯定是指唐太宗的昭陵，因为从慈恩寺塔向西望可以看到昭陵。虽然李世民是唐朝的第二个皇帝，并不是开国皇帝，他的父亲李渊才是开国皇帝，但是唐朝的真正建立者是李世民，天下是李世民打的，因此李世民实际上是唐朝真正的开国之君。唐代有一个习俗，就是李世民以后，"贞观之治"以后，臣民们觉得有冤屈，觉得受到了不公正的待遇，对朝廷有意见要提，但又没有办法告到皇帝那儿去，臣民们可以"哭昭陵"。你只要到昭陵那里去哭，就表示你对朝廷的意见没法提，你有冤屈，你受到不公平的待遇了。昭陵是唐朝人公认的一个在政治上诉求公正的地方，李世民是他们公认的最贤明的君主。所以，当杜甫在塔上向西眺望昭陵——也许望不到，但他在朝昭陵的方向眺望——他就说"回首叫虞舜，苍梧云正愁"。我本来想向西眺望昭陵，心中有许多的话要向太宗诉说，可惜一片愁云惨雾，我根本看不清楚。为什么"叫虞舜"？尧舜禹是古代禅让的君主，尧舜禹三人之间的关系不是通过父子传位，也不是通过革命、通过暴力来夺取政权，他们是通过禅让。尧赏识舜，就主动把皇位传给舜，然后舜又传给禹。而李世民登上皇位也是他父亲主动禅让给他的，他父亲还没有退位，当然事实上是"玄武门事变"以后，唐高祖无可奈何之下才禅让的。所以唐朝人经常把太宗比喻为虞舜，这是唐朝人一个习惯的表达法，虞舜是禅让体系中的第二个君主嘛。苍梧是虞舜埋葬的地方，是九嶷山所在之地，传说虞舜南巡到那里，死在那里，葬在"苍梧之野"。所以，这两句的真正意思是杜甫要向太宗表达政治上的诉求，可是未能实现。

再往下读："惜哉瑶池饮，日晏昆仑丘。"这当然指的是骊山华清宫。"瑶池饮""昆仑丘"都是《穆天子传》中的传说：周穆王见到西王母，在昆仑山瑶池那个地方宴会，一连几天几夜，非常奢华。那个时候，唐玄宗经常带着杨贵妃到骊山华清宫去。当然在杜甫他们登塔的时候，在天宝十一载的秋天，唐玄宗并不在骊山。这一点陈寅恪先生研究得非常清楚，《资治通鉴》里也记载得非常清楚，唐玄宗与杨贵妃总是在一年中最寒冷的冬天才到骊山去避寒,因为那里有温泉,在天气还不是很寒冷的季节是不会去的。同样,我们在读白居易的《长恨歌》时,也应知道"七月七日长生殿,夜半无人私语时"肯定是不符合历史事实的,长生殿就在骊山,在华清宫里面,七月七日唐玄宗与杨贵妃不可能到那里去,他们到冬天才去。但是诗人完全可以进行想象,尽管此时此刻玄宗并不在骊山,但是他们经常到骊山去寻欢作乐,杜甫对此早有耳闻。诗人向东眺望,看到了骊山,就想起玄宗、贵妃不分日夜、没有休止地在那里享乐,不理朝政。"日宴昆仑丘",天都晚了,太阳都下山了,他们还在那里举行宴会呢!

最后四句是:"黄鹄去不息,哀鸣何所投?君看随阳雁,各有稻粱谋。"这里肯定有比喻的意义在里头。黄鹄是飞得非常高的鸟,现在的动物学家告诉我们,它可以飞一万米高,属于天鹅一类。这种鸟志向远大,但它哀叫着,没有归宿,这显然是说有才能的人在政治上没有出路。而有如"随阳雁"的一班趋炎附势的小人纷纷占据了高位,反而各自得到了一份俸禄。

杜甫的这首诗,它是不是跟佛教一点关系都没有呢?也不是的。第五、第六句"方知象教力,足可追冥搜"就顺便歌颂了一下佛教。"象教"就是佛教,因为佛教的传教方式是"施象立教",它有塑像、画像等,借形象来传教,所以称为"象教"。杜甫承认佛教的法力非常深厚,非常广大,这样一个非常高的塔"足可追冥搜"。"冥搜"就是进入非常幽远的境界。杜甫对这一层意思,就是所登临的是佛教的建筑这一层意思,点到为止,诗的主要篇幅都用来抒发内心的真实感受,包括他对社会、对政治以及对个人遭遇的感受。我觉得这才是真正的抒情诗,因为这样的感受才是最真实的,才具有最激动人心的力量。而高适也好,岑参也好,尤其是岑参诗中那种想要皈依佛教的感受,尽管也可能是真诚的,但缺乏感动人心的力量,因为我们读诗时并不想接受一种宗教的宣扬。所以,这几首诗从思想内容的角度来说是有差别的,杜诗是写得最好的。

在分析这首诗的时候,我们也应该注意到这一组诗毕竟是写景诗,古人叫"登眺诗"或"登览诗",就是登高眺景嘛。我们阅读、评价这样的诗,必须注意诗的写景的成分。诗里主要的内容是写景,我们必须评价一下它在写景方面做得怎么样。首先应该承认,这四首诗,还有我没有打印在讲义上的储光羲的那首诗,在写景方面都写得很好,都是一流的。当然相比较而言,好里面还有最好、次好、较好这样的差别。为了说明这一点,我们可以把后人的同样题材的诗跟它们作一个对比。

请大家看看讲义上的这一首诗,它的作者是中唐的一位诗人章八元,章八元当时也很有名,他也写了一首《登慈恩寺塔》,是一首七言律诗。章八元的《登慈恩寺塔》是这样写的:"十层突兀在虚空,四十门开面面风。"大家注意哦,到了这个时候塔已经变成十层了,原来七层,又加三层上去了。开头这一联写得很平庸,写实是写实,但写得非常老实,太平庸了。大雁塔我去过了,它是个四面塔,四个面,每面都有一个门,共有十层,他算得很精确,一共四十个门,当然是"四十门开面面风"。次联描写塔之高,他用夸张的手法来写:"却怪鸟飞平地上,自惊人语半天中。"这儿虽然运用了比喻,但也很平庸,很一般化。他说塔很高,看上去鸟不在天上飞,而是在平地上飞,我跟鸟一样高了。然后自己都觉得惊讶:我们怎么在半空中说话?再下面一联写得更加糟糕:"回梯暗踏如穿洞,绝顶初攀似出笼。"就是说他一层层地爬上去,就像在黑洞里穿来穿去。"绝顶初攀",就是最后爬到顶层了:哦,我好像是一下子从笼子里爬出来了。这两句写的也许是一个真实的过程,他爬上塔去的时候确实是这个样子。但这首诗既然要描写一座非常高大的塔,要抒发一种登高望远的情怀,怎么可以这样写?我们读了这一联诗,闭目一想,这个诗中的主人公形象是不是有几分猥琐?他描写的仿佛不是一位诗人在登塔,倒好像有一只老鼠爬上塔去了。(大笑)你看,"穿洞""出笼",在洞穴里面,在笼子里面,穿来穿去,这个形象太猥琐了。最后一联:"落日凤城佳气合,满城春树雨蒙蒙。"这一联写景很细腻。但诗中形容这个塔很高,说是"鸟飞平地上","人语半天中",而这最后两句又好像在平地上写景一样,把长安城里的景物看得清清楚楚,这不与前面自相矛盾吗?因此说,不论从哪个角度看,章八元的诗都不是一首好诗,拿这一首诗来跟我们刚才读的那一组诗,包括我没有打印出来的那首储光羲的诗,作一个对比,用金圣叹的话说,简直就是"金屎之别"。

很奇怪的是,唐代有人记载说,元稹和白居易对章八元的这首诗喜欢得不得了,说元、白看到这首诗后"吟咏尽日不厌,悉令除去诸家牌,唯留章诗",把刻在慈恩寺塔的其他的诗都除掉,专门把章八元的留在那里。这元稹跟白居易的眼光也太浅薄了一点,怎么喜欢这样的诗?所以后人都不以为然。宋朝的张戒在《岁寒堂诗话》中评价章八元的诗说:"此乞儿口中语也。"这是叫花子写的诗,猥琐,寒酸,一点气魄都没有。清代王渔洋说它是"小儿号嘎耳",是小孩子在那里胡说一通,哇哇乱叫。王渔洋还追问:"不知元白何以心折如此?"所以我很怀疑《唐诗纪事》中关于元白特别喜欢章八元这首诗的记载的真实性。我觉得元白虽然"元轻白俗",也不至于欣赏这样的诗。

举章八元的诗来和杜甫、岑参相比,也许是"比拟不伦",我们还可再读读张戒的《岁寒堂诗话》。《岁寒堂诗话》中除了贬斥章八元的诗以外,还同时举了苏东坡、王安石的登塔诗来跟杜甫他们这一组诗比较,比较的结果也是杜甫、岑参他们这一组诗更好。王安石、苏轼可是宋代的大诗人哦,你们看了那一段文字以后,就可以体会到就写景这一点来说,杜诗、岑诗、高诗以及储光羲的诗,确实是非常杰出的。我们回顾前面提到的王渔洋说的"一时大敌,旗鼓相当",确实不错。

尽管如此,我们还是要对杜诗和岑诗作一些具体的比较,作一些文本分析。高适的诗我们就不比了,因为就艺术性来说,还是杜甫与岑参的诗最好,高适的要差一些。

杜甫和岑参的诗都从两个角度来写景,一是形容宝塔之高,二是描写登塔后格外开阔的视野。这两个方面岑参是写得很不错的,尤其是王渔洋所欣赏的那几句,如"连山若波涛,奔凑似朝东""秋色从西来,苍然满关中。五陵北原上,万古青蒙蒙",写出了一个非常辽阔的视野,以至于只见青蒙蒙的一片,这写得非常好。但其他几句写景却不够好,比如"奔凑似朝东"下面两句:"青槐夹驰道,宫馆何玲珑。"道路两旁都种着青青的槐树,宫殿啊、亭台楼阁啊,玲珑剔透,看得清清楚楚。这两句为什么不够好呢?你既然登上了一个非常高的高度,视野非常开阔,你看到远处都是青蒙蒙的一片,那么,你看地面的亭台楼阁就不应该是玲珑剔透,不应该看得如此清楚,否则你所在的高度就降低了。

我们回过头来看杜诗,杜诗就不一样。杜诗也形容这个塔非常高,当然，说实话，这个大雁塔并没有那么高，那是诗人的夸张之词。诗人都是夸张的，鲁迅先生写过一篇《文学的折扣》，说诗人总要夸张，李白说"白发三千丈，缘愁似个长"，鲁迅说，三千丈的白头发，盘在头上像一个大草囤一样，怎么可能呢？打它个一百折还差不多。但诗人就是要夸张，诗歌本来就要夸张，问题是你创设的诗歌意境是不是统一的，这才是重要的。杜诗一开始就是"高标跨苍穹"，说塔尖直越苍穹，"标"就是顶端。对这句话后人有议论，施鸿保说："塔虽高，岂可云跨过天上乎？盖亦倒字句，当云苍穹跨高标。"施鸿保认为，你不能说塔跨过天，只能说天跨过塔。这个施鸿保解诗实在是太老实了，读诗怎么能这样读呢？诗人就是要夸张，杜甫本来就是夸张说这个塔比天还高，已经高到天穹的上面去了，何必要从事实出发说天比塔高呢？"七星在北户，河汉声西流"，这两句非常值得注意，虽然从字面上看比较平易，一点都不雄奇，但实际上它是非常用力地在刻画。所谓"七星在北户"，就是从北窗里平视出去可以看到北斗七星。我们一般看星是仰头看的，朝上方看，但是杜甫不说往上看，他是平视着就看到七星了。所谓"河汉声西流"，就是银河哗啦啦的流水声从西边传过来。古人想象银河是一条河流嘛，河流当然应该有水声了。李贺在诗中说"银浦流云学水声"，想象银河的水会有水声。如果西方人读这个诗就不懂了，他们心目中的银河是"奶路"，就是 the milky way。一条奶路怎么会有水声呢？但是我们认为银河是一条河。所以，这两句的意思是说：诗人此时登上了慈恩寺塔的最高顶，他已经跟日月星辰处在同一个高度了，北斗七星就在北窗外面，银河的声音不是从头顶上传来，而是从西边传来。应该说这种形容方法在诗歌中是比较常见的，杜甫其他的诗中也有，后来韩愈、孟郊的诗都有。但值得注意的是，韩愈、孟郊要是用这种方法来写诗的话，往往是用非常奇险的句子来写，用非常奇特的字眼来写，而杜甫却是用很平常的字眼、平易的句法。这个句子自身一点都不显得奇险，但是你仔细体会，他却是用大力气在刻画宝塔之高。

杜诗也写了视野之远，这一点跟岑诗的写法比较接近。"秦山忽破碎，泾渭不可求。"秦山指终南山，终南山本来是一个山脉，非常大，但是因为塔太高了，远远望去秦山好像是支离破碎的，是不连续的一堆碎片。因为太远了,景物就显得迷茫了,泾水、渭水都分不清楚。这两句跟岑参诗的"五陵北原上,万古青蒙蒙"的境界比较接近。但在写地面建筑物的时候,岑参说"宫馆何玲珑",杜甫说"俯视但一气,焉能辨皇州"。朝下俯瞰长安城里的建筑,濛濛一片,皇州在哪里啊?京城在哪里啊?看不清楚。太高了,所以看不清楚。现在有一种说法,说在宇宙飞船上可以看到人类的建筑,其中包括长城,实际上根本看不见,太高太远,地面上的建筑物是看不清的。长城都看不见,就不要说这些宫殿、亭台楼阁了。所以,当岑参、杜甫用类似的方法来写景,写在塔顶上视野之广阔的时候,两个人形容景物的功力和艺术效果比较接近。但具体写到长安城的建筑的时候,岑参有一点破绽,与他构造的那个"万古青蒙蒙"的境界不是很统一。而杜甫是完全统一的,他既然看到了"秦山忽破碎",既然是"泾渭不可求",那么他下瞰皇州的时候,当然是"俯视但一气"了。这个写法虽然不一定是真实的,但它是一种艺术的真实,他创造的艺术境界是统一的,是完整的。或者用古人的话说,这是意境浑融的。这种地方杜甫的诗就比岑参的诗更高一层,差别虽小,但毕竟技高一筹。

刚才我们从思想情感以及写景这两个方面对这一组诗进行了一些文本分析,主要是把岑诗跟杜诗进行了对比,但实际上,当我们读诗的时候,当我们涵泳诗歌的时候,当然不能说我先从思想内容、从情感上读,再从写景、艺术方面来读,把它分开来。我们应该把它当成一个整体来读。一首好诗,它的景、它的情应该是融为一体的,这也正是古人常说的情景交融。那么我们再来看一看,从情景交融这个角度来比的话,这两首诗又如何?

先请大家看王夫之的一段话,王夫之《姜斋诗话》说:"情景名为二,而实不可离。"就是说情和景表面看来是两个东西,但实际上是不可分离的。"神于诗者,妙合无垠。"在写诗的造诣上达到了出神入化的程度的人,他写出来的情与景是融合在一起的,根本分不清楚。"无垠"就是没有界限,你不能说这是情,那是景,它们是不可分的。"巧者则有情中景,景中情。"情中有景,景中有情,这才是最好的情景交融,你不能说这首诗哪几句是抒情的,哪几句是写景的,然后生硬地把它们叠加在一起。这不是情景交融,这是情景叠加。情景交融就是情中有景,景中有情,二者已经浑然一体了。从这个角度来看,杜甫的诗也是写得最好的。我们没有时间来分析岑参的诗了,我们就读一下杜诗吧。

杜诗从第二句"烈风无时休"就带上了浓厚的感情色彩。"烈风无时休",当然是在登上高塔时才可能看到的一种景物,但这既是写实,也是抒情,是抒发他内心一种独特的感受。三、四两句就挑明了:"自非旷士怀,登兹翻百忧。"然后一路下来都是带着一种抒情的笔触在那里写景,虽然是写景,但是景中有情。当然我们不能过分强调这一点,尤其不能追究每一句诗、每一个意象中有什么隐喻或含义。假如这样追究,我们就钻牛角尖了,这不是一种好的读诗方法。

这里介绍一个反面的文本,《苕溪渔隐丛话》前集卷十二,作者胡仔引他父亲的一段话。胡仔的父亲胡舜陟没有著作,他写的《三山老人语录》没有传下来。胡仔把父亲的话引在书里,大概是想借此传世,但是他引得不好,有时把他父亲说得欠好的话也引进去了。胡舜陟是怎么说的呢?他说这首杜诗是"讥天宝时事也",他对主题的这种把握当然是对的,就说这首诗的主题不是写景,它跟时事有关。但胡舜陟认为杜诗的每一句都有微言大义,他说:"山者,人君之象。"山是皇帝的象征。"秦山忽破碎,则人君失道矣。""秦山忽破碎"这句诗暗示着唐玄宗已经失道了,杜甫是用这句诗来讽刺皇帝的。"贤不肖混淆而清浊不分。"贤能的人跟不贤的人混在一起,清浊分不清楚,所以说"泾渭不可求",因为在古代渭水清,泾水浊,泾水是渭水的支流,在泾水流入渭水的时候,在交汇的地方特别显出一清一浊。当然现在已经是一样的混浊,我去看过,已经分不清楚了,确实是"不可求"了,但在唐代渭水还是清的。所以胡舜陟就认为,"泾渭不可求"是讽刺当时朝政清浊不分,在用人方面贤愚不分。然后又说:"天下无纲纪义章,而上都亦然。"天下要大乱了,礼义纲常都没有了,不成体统了,京城也是一样,所以杜甫说"俯视但一气,焉能辨皇州",望出去蒙蒙一片,皇宫都分不清楚。这样的解读,用鲁迅先生的话说,就是"杀死诗美",把诗歌的美都杀掉了。这样读诗,诗歌就不美了。认为诗歌的每一句都有直接的政治含义附加在上面,这是汉儒解读《诗经》的方法,这是一种杀死诗歌美的解读方式,我们当然不取。

那么我们不取胡舜陟的意见,是不是说杜诗中的这些写景没有隐喻意义在里面呢?没有感情的寄托、没有政治上的讽刺吗?不是的,它有感情上的寄托和政治上的讽刺，但它是一种整体性的投射，不是具体表现为山怎么样，皇宫怎么样。它整体性地反映了一个胸怀百忧的诗人在此时此刻登上慈恩寺塔，他眼中的景色都蒙上了一层忧愁的颜色。杜诗从总体效果上做到了这一点。讲义上引了施鸿保《读杜诗说》中的话，施鸿保的话就是反驳胡舜陟的："通首皆作喻言，屑琐牵合。"施鸿保认为"前十六句，皆但写景"，前面十六句没有隐喻意义，就是写景。那么前面十六句是纯粹的写景吗？施鸿保也说得不对。我下面又引了何焯《义门读书记》中的话，顺便介绍一下，何焯，号义门，他非常会读书，所著《义门读书记》相当著名。书里评了杜诗、李商隐诗等，记录了他读书的一些感想，尽管是三言两语，但非常精到、深刻。讲义上引的这段话在现在出版的《义门读书记》里没有，但是杨伦的《杜诗镜铨》中转引了，可能是后来重编的时候没有编进去。何义门评杜甫的《登慈恩寺塔》说得特别好，他说："以下意有所托，即所谓'登兹翻百忧'也。"就是说后面这一段杜甫是有所寄托的，其中的寄托就是第四句所写的"登兹翻百忧"，诗人登上慈恩寺塔以后，胸中各种忧愁都翻滚出来，涌上心头。他又说："身世之感，无所不包。却只是说塔前所见，别无痕迹，所以为风人之旨。"杜甫把当时的形势、自己的遭遇等内容都包括在诗里面了，但是杜甫只是在说他登塔时的所见所闻，他在写景、叙事中抒发了他的情感，而不是生硬的、外加的感情投射。所谓"风人"就是诗人，所谓"风人之旨"就是像"国风"那种传统，那种通过写景来抒情的传统。

我们来看看杜诗的最后四句："黄鹄去不息，哀鸣何所投。君看随阳雁，各有稻粱谋。"我们解读的时候，大家都会这样想：黄鹄是指杜甫自己以及像杜甫一样的贤能之士，这样的人受到排斥，得不到重用，所以没有归宿；"随阳雁"是指那班趋炎附势的小人，他们追逐富贵荣华，反倒纷纷得志了。但是这一层意思不是生硬地叠加在这首诗中的。杜甫既然登上了一个非常高的塔顶，在塔顶眺望，完全可能看到很多鸟在高处飞翔。黄鹄也好，鸿雁也好，这完全是塔上可能看到的景象，当然杜甫不一定真的看到了，所以说"只是说塔前所见"。何义门这个意见之所以说得好，因为他指出了重要的一点：杜甫这首诗要从字句上来分析的话，它从头到尾每一字每一句都是写登塔的过程，都是写登塔的所见所闻，但其中包含着很深沉的感触。杜甫的感想尽管非常丰富,但是它都包含在对登塔的过程以及登塔所眺望到的景物的描写中,它们紧密地结合在一起,你没法把它们分开。像"黄鹄去不息",你说它是单纯的抒情还是单纯的写景?它既是抒情,也是写景,包括前面的整个景物描写,也都是这样子。也就是说,杜诗真正做到了情景交融。在这方面,杜诗是这一组登慈寺塔诗中最为杰出的。

可以说,无论从哪个角度来解读、比较这一组诗,杜诗都是其中最为杰出的作品。我们以前在评价作家的时候,在谈论文学史现象的时候,总是过分地强调时代背景的作用。为什么这个作家有这么大的成就?时代的原因,他处在那个时代。为什么这个作家贡献很小,写得不好?时代的原因,他处在那个时代。但是时代背景相同的情况下,不同的作家,不同的诗人,完全可能有不同的表现。时代背景固然重要,大背景、小背景、个人的遭遇都很重要,但是更重要的是这个作家的内心世界,是他的才情、他的胸怀、他的见识、他的思想,这些内在的因素也许比外在的因素更重要。

最后我们看一句清人沈德潜的话,沈德潜的《说诗晬语》中有一个判断:"有第一等襟抱,第一等学识,斯有第一等真诗。"对一个诗人来说,你一定要有最好的一等怀抱,最好的一等见解。这个"学识"不但指学问,也包括见识,也就是你对事物要有洞彻的看法。这一切都是诗人内在的因素,有了这些内在的因素,才可能写出第一等的好诗。而不是说把一个平庸的诗人,缺乏这些内在素质的诗人放到一个时代洪流中去,放到一个容易出大作品的时代去,他就能出大作品。不是的,外在的因素毕竟是次要的,最重要的还是内在的因素。我们读这一组《登慈恩寺塔诗》,主要就是想要说明这样一个问题。

以上说的内容大部分都包含在程千帆先生和我合写的那一篇文章中,那篇文章就是读杜甫等人登慈恩寺塔诗的札记,标题叫作《他们并不站在同一高度上》,虽然他们登上宝塔的时候一起登到七层,但实际上,作为诗人来说,他们站的高度不一样。杜甫站的高度比其他诗人更上一层楼,所以唯独杜甫成为那个时代最伟大的诗人。

第七讲

《自京赴奉先县咏怀五百字》:杜甫的心迹论

今天我们来读一首杜甫的长诗,就是《自京赴奉先县咏怀五百字》。杜甫集中有两首长诗,最长的是《北征》,其次就是这一首。这首诗写于天宝十四载,也就是 755 年,这一年杜甫 44 岁。我们像以往一样,先来看一下这首诗的写作背景。

杜甫写这首诗的时候已经做官了。第一句说"杜陵有布衣",这里的"布衣"两个字我们要交代一下。我们把时间往前推一年,推到天宝十三载,就是写这首诗的前一年。前一年发生了什么事情?关中地区遭受了涝灾,长安一带从八月到十月,接连下了 60 多天雨。这一次水灾是非常严重的,关中地区基本上颗粒无收,庄稼都烂掉了。这时李林甫已经死了,李林甫在天宝十一载就死了,宰相换成了独揽大权的杨国忠——杨贵妃的堂兄。杨国忠不许地方官向朝廷报灾,哪个地方官向朝廷报告说当地遭受灾难了,今年租税收不上来了,杨国忠就要治他的罪。比如后来跟杜甫关系很好的房琯,就是在这时因报灾而被治罪的。唐玄宗当然也有一点关心这个天气,他发现连续下了 60 多天雨,就问庄稼怎么样了。杨国忠就派人不知道从哪里搞来几个好的稻穗,献给唐玄宗,说雨虽然下得大,下得久,但是庄稼还没有受到损害,稻穗还好好的。于是朝廷也就下令不准减租。因此这一年的秋天,关中一带的灾情非常严重,朝廷也没有任何的救灾措施。即使是住在长安城里的杜甫,也深切地感受到了灾情。请大家看讲义上的《秋雨叹》,《秋雨叹》写在天宝十三载秋天，一共有三首，我这里引了第二首中的几句话："禾头生耳黍穗黑，农夫田妇无消息。"不管是稻穗也好，还是小米的穗也好，因为长期浸泡在雨水里，都已经发芽了或是霉烂了。同学们没有种过地可能不知道，我是个老农，我知道，稻子也好，麦子也好，成熟以后如果碰上连天大雨，留在地里收不上来的话，它吸足了雨水会提前发芽的，所谓"禾头生耳"就是长出细细的弯弯的芽，所谓"黍穗黑"就是黍穗腐烂了。杜甫非常关心乡村的人民，因为他一点都得不到他们的消息，不知道他们怎么样了而心焦。那么长安城里是什么样子呢？"城中斗米换衾裯，相许宁论两相值。"因为粮食收不上来，粮价就飞速上涨，一斗米就可以换来一床被子。这两者本来是不等价的，一斗米很便宜，一床被子很贵，但是粮价上涨，斗米就可以"换衾裯"了。而老百姓也不管它们等价不等价了，因为粮食已经很紧张了。在这种情况之下，本来经济状况就捉襟见肘的杜甫，家庭生活更是雪上加霜了。所以在天宝十三载的秋雨之后，杜甫感到长安城里没法生活了，就把妻儿都送到奉先县去了。奉先县是现在陕西省的蒲城，在渭河以北，杜甫妻子的一个远房舅舅在那里做官，所以杜甫就把妻子以及几个孩子都送到那里，本人则继续呆在长安。

天宝十四载，杜甫在长安十年求官终于有了一个结果。之前，杜甫在长安通过种种方法求官，如向朝廷献赋、参加科举考试、向达官贵人献诗请他们推荐自己等，最后也不知道是哪个因素起了作用，朝廷终于授给他一个官职。那么给他的是个什么官呢？一开始给他一个河西尉，请大家看讲义："十四载，授河西尉。"河西尉就是河西县的县尉。县尉在我们今天看来还是一个不小的官，就是县里的局长这一类的官，但是古人看来是个芝麻官，从九品下，文官的最小一品，再下面就是吏了。古代的官跟吏是分开来的。朝廷授给杜甫这个河西尉以后，他竟然"不就"，"不就"就是不接受。唐朝还是有一点民主的，朝廷给你一个官做，你可以不接受，要求改派其他的官。杜甫拒绝了这个官职，朝廷就给了他另外一个官职，就是右卫率府兵曹参军。这个"率"不读 shuài 哦，"仇注"说这个字"音帅"，"元帅"的"帅"，这个注错了，应读成"效率"的"率"。右卫率府兵曹参军这个官是从八品下，比那个河西尉稍高了一点。那么这个官的具体职能是什么呢？杜甫做了这个官应该做什么事情呢？是不是安邦定国,替朝廷出谋划策？不是的,这个官的具体职责是负责东宫卫兵的相关事宜,管理东宫的马匹、兵器等东西,说白了,就是东宫里的一个后勤官或总务官。这个官杜甫接受了,但他到底做了多久,后来怎么又不做了,我们就不清楚了,反正当时他接受了这一官职。

这里就产生了一个问题,为什么朝廷当初派杜甫做河西县的县尉他没有接受,后来派他做这个兵曹参军他就接受？这本来是一件小事情,但是在大作家身上没有小事情,这也是大事情,我们也要搞清楚。就像鲁迅先生跟哪个作家一起吃过饭,现当代文学界也要研究的,而且杜甫辞官的事情还是比较有研究价值的。那么杜甫为什么没有接受河西尉一职？今人有种种解释,最主要的有两种。

一种是萧涤非先生提出的,萧涤非先生说杜甫之所以不愿做河西县的县尉,是因为县尉是直接向老百姓征收租税的官,要直接跟老百姓打交道。我们上次提到过,高适被封为封丘县的县尉以后,他作诗说:“鞭挞黎庶令人悲。”做这个官一定要鞭打百姓,因为你要催租嘛,百姓的租收不上来,你要用种种手段逼迫百姓,所以这是一个令人痛苦的官职。萧涤非先生就说,杜甫之所以不愿做河西县的县尉,跟高适辞掉封丘县尉的理由是一样的,也是因为这个官“鞭挞黎庶令心悲”,而杜甫是关心百姓的,他不愿意“鞭挞黎庶”,所以不愿意做这个官。这个解释当然完全是出于维护杜甫的良好动机,把杜甫的一切行为都朝好的方向去解释,但这种解释不符合事实。

另一种解释是郭沫若提出的,郭沫若在他的《李白与杜甫》中也注意到了杜甫为什么不肯做河西县的县尉。郭沫若认为杜甫一心要在朝廷里做大官,不愿意到穷乡僻壤去接近百姓,所以不愿意做河西县的县尉。这个问题很有意思,同一件事情,就是杜甫不愿意做河西县县尉,在后代学者看来,其动机截然相反,一个说完全出于好的动机,另一个说完全出于不好的动机。

那么事实到底如何呢？我们要看杜甫自己怎么说。幸亏杜甫留下了一首诗《官定后戏赠》,杜甫说:“不作河西尉,凄凉为折腰。”我为什么不去做河西县的县尉呢？我是怕“折腰”。“折腰”大家都知道,马上就想到陶渊明的典故,陶渊明做县令,上级的官要来了,旁边的吏就提醒他,必须“束带见之”,并向上级行礼,“折腰”就是行礼。陶渊明不愿意为五斗米向乡里小儿折腰，上级都是一些乡里小儿，陶渊明很看不起他们，现在反要向他们行礼，这很痛苦，他不愿意，所以就辞官不做了。杜甫明确交代他就是"凄凉为折腰"，三、四两句又说："老夫怕趋走，率府且逍遥。"说我年纪已经大了——这个时候杜甫已经44岁了，古人44岁已经算比较老了，不像现在的教授五六十岁了还自称中年学者——还要"趋走"，去向上级折腰，所以情愿在率府当个闲差，比较逍遥自在一些。"趋"是小跑步，就是孔子的儿子孔鲤"趋而过庭"的"趋"字，是下级在上级面前应有的行走姿态，与"束带见之"属于同一类的动作。所以杜甫不愿意那样做。这是杜甫自己的解释，我们当然情愿相信杜甫本人的说法，而不愿意相信后代学者的解释。

　　这里还有一个问题，就是郭沫若为什么说杜甫不愿意到穷乡僻壤去接近百姓？他脑海里的这个河西县在什么地方？我们还要追问一下，这个河西到底在哪里？是不是远离长安的穷乡僻壤？恰巧在这个问题上，历代的杜诗注家都没有注，至少是现有的杜诗注本对"河西"都没有注，没有说这个县在什么地方。最早关注河西到底在什么地方的人是闻一多先生。闻一多在他的《少陵先生年谱会笺》里首次追问河西到底在哪里。闻一多说，这个河西确实很遥远，在什么地方呢？在云南，在云南的宗州，宗州相当于现在云南的姚安，就是楚雄自治州的姚安县。这确实离长安太远了，杜甫当然怕路途遥远。闻一多没有说杜甫不愿意到穷乡僻壤去接近百姓，他只说杜甫不愿意到那么远的地方去。可惜闻一多这个说法是完全错误的，在那个时候，宗州确实有一个河西县，它是属于剑南道的。唐代的省叫道，后来宋代的省叫路，元代以后才有"省"这个称呼。但是在天宝年间，准确地说是在天宝十四载，杜甫被任命为河西县县尉的时候，朝廷是不可能派地方官到宗州去的，因为那个地方已经属于南诏。当时云南一带属于南诏，南诏跟唐政府打仗，打了很多年。杜甫写"车辚辚，马萧萧"，"行人"征南，最后全军覆没，就是在那个地方。不光是云南，甚至连四川的一部分、湖南的一部分都被南诏占领了。那时双方正在打仗，朝廷怎么可能派人到那里去做地方官呢？这是匪夷所思的，所以杜甫不可能被派到那里去。

　　那么郭沫若说的穷乡僻壤的河西县又是在什么地方呢？郭沫若把闻一多的结论修正了一下，他说不在云南，在四川的宜宾附近，这里离中原近了一些，但还是相当遥远。问题是：宜宾附近有河西县吗？宜宾附近根本没有什么河西。那么郭沫若为什么说宜宾附近有一个河西县，而且那就是杜甫不愿意去的地方呢？原来郭沫若所说的河西事实上就是闻一多所说的，不过他一看到河西是属于剑南道的，剑南道的首府在宜宾那里，就模模糊糊地说河西县也在宜宾附近。实际上，河西县与宜宾相隔千里之遥，因为剑南道管辖的范围非常辽阔，一直管到云南一带，在南诏臣服于唐朝的时候，那里也属于唐朝管。事实上剑南道只有一个河西县，就是闻一多所说的在现在云南姚安的那个河西县，天宝末年朝廷根本不可能派杜甫到那里去，也就不存在什么穷乡僻壤之类的问题。

闻一多说得不对，郭沫若也说得不对，这个河西县到底在什么地方？这就牵涉古代文学研究中的一类知识，叫历史地理。我们知道有历史学科，有地理学科，但还有一个交叉学科叫历史地理。复旦大学的这个学科很强，以前有谭其骧先生，《中国历史地图集》就是他主编的。从历史地理的角度来看，古代的地名，古代的行政区划，不是一个永久不变的东西。在不同的历史阶段，某个地方叫什么地名、所管辖的范围有多大，都是会变化的。这种变化有一个专有名词，就叫地理沿革。所以我们要追问一下，在天宝十四载的时候，在什么地方有一个河西县属于唐政府管？我们一追问，结果马上就查出来了，因为就在《新唐书》《旧唐书》的"地理志"里面。《旧唐书》的《地理志一》中记载得非常清楚，天宝十四载在唐朝的疆域内有一个河西县，这个河西县并不像云南姚安那么遥远，它就在现在的陕西省，就在黄河边上，渭水北边，就是今天的合阳县。这个县当时属于同州。这个河西县是什么时候开始设的呢？是武德三年，就是唐高祖李渊统治的时候，也就是620年。这个县一共存在了140年的时间，到乾元三年，也就是760年，改叫夏阳。也就是说，从620年一直到760年的140年中，这个县就叫河西县，杜甫是755年被派到河西去做县尉的，他没有去的河西就是这个河西县。这个河西离长安不到两百里，可算是离长安较近的一个县，现代人看来它简直就是长安的一个郊县。这就是杜甫不愿意去做县尉的这个河西县。这样一来，郭沫若所谓的不愿到穷乡僻壤去接近百姓这句话就不攻自破了。

现在我们弄清楚了，杜甫不愿意去做河西尉，根本不是不愿到穷乡僻壤去接近百姓,也不是像萧涤非先生所说的那样是不愿意"鞭挞黎庶令心悲",主要是因为"凄凉为折腰",他不愿意去做地方上的小官,不愿意太委屈自己。做县尉要"束带向乡里小儿",那样太委屈,他情愿在长安做一个闲官。

杜甫已经得到官职了,那么,为什么他写这首《咏怀五百字》依然自称"布衣"?从表面上看,我们也许可以这样理解,自称"布衣"是因为这个官很小,河西尉是从九品下,兵曹参军是从八品下,都是芝麻绿豆官,跟老百姓也差不了多少,所以自称"布衣"。然而更重要的是,杜甫一生中都有一种非常鲜明的"布衣"意识,他始终认为自己是老百姓中的一员,而不是统治阶级中的一员,即使后来他的官职稍微大了一点,他还是这样认为的。这一点与杜甫一生对朝廷所持的批判态度、与他本人所采取的民间立场关系很大。可以说,杜甫是不无骄傲地自称为"布衣"的。

这首《咏怀五百字》的系年比较准确,就在天宝十四载(755)十一月的上半月。为什么这样讲?因为我们有比较明确的证据,杜甫在这首诗里表示了他对唐帝国即将发生动乱的担忧,如果说他在天宝十一载写的《登慈恩寺塔》诗中的这种担忧还比较模糊的话,那么到了这首诗里,这种担忧就非常清晰、非常急迫了,他已经清楚地感受到"山雨欲来风满楼"了。但是"安史之乱"还没有爆发,至少"安史之乱"爆发的消息还没有传开来,大家还不知道。我们看一看《资治通鉴》,看一看两《唐书》的记载,我们对"安史之乱"爆发的过程是很清楚的。就在这一年的十一月九日,安禄山在范阳造反了。古代有快马报信,还有烽火台,造反的消息很快就传到长安了,估计是两三天之后吧。但消息刚传来的时候是很秘密的,而且唐玄宗接到这个报告后还不相信,因为唐玄宗深信安禄山不会造反,认为安禄山是忠心耿耿的,所以他认为这是误传。安禄山一起兵,马上大举南下。过了几天,沦陷的地方越来越多,不断地有急报传来,到了十一月十五日那天,朝廷就正式地来讨论如何抵御叛军的问题了。那么杜甫这首诗写于什么时间呢?就是写在安禄山即将造反或者已经造反,但造反的消息还没有传开来的那个时候,所以应该是在十一月上旬。为什么说不是更早呢?因为诗中写到的天气已经非常寒冷了,而且唐玄宗、杨贵妃以及整个朝廷的高官都已经到骊山华清宫去了。根据《资治通鉴》记载,那年十月唐玄宗带领文武百官到骊山避寒。所以这首诗应该是写在十一月上旬，当时安禄山造反的消息还没有传开，如果传开了，唐玄宗就不会再呆在华清宫了。这就是这首诗的写作背景。

下面我们来逐字逐句地读一下这首诗。读杜甫的诗，我们绝对不能只读"两个黄鹂鸣翠柳，一行白鹭上青天"，我们也不能只读"三吏""三别"，你如果想好好地读一遍杜诗的话，那么请你先读《咏怀五百字》，先读《北征》，再读《秋兴八首》《诸将五首》《咏怀古迹五首》，这些都是必读的杜诗。今天我们先来读这首《咏怀五百字》。

"杜陵有布衣，老大意转拙。""杜陵"是地名，在长安南郊。春秋时候，这里有一个小国叫杜伯国。汉宣帝葬在这里，所以有一个陵墓叫杜陵。在杜陵的附近，汉宣帝的皇后也就是被霍光的夫人派人毒死的那个许皇后葬在附近，那个陵墓稍微小一点，当时称为少陵，少者小也。一个皇帝的陵，一个皇后的陵，靠得很近。杜甫在这一带有一块薄田，当然肯定不是很多田产，否则的话他在长安就不会那么穷困了。那块薄田是他的祖先遗留下来的，杜甫在诗里曾经写到过，就是《曲江三章章五句》中说的"杜曲幸有桑麻田"。杜甫经常自称为"少陵野老"，又自称为"杜陵布衣"，就是因为他祖先在这里有一点田产，虽然他小时候并没有在这里生活过。这首诗一开头就说自己是杜陵这个地方的一个百姓，如今年纪一把，却更加笨拙了。年纪老大了，照理说应该精明了，经历了很多人事嘛，应该比较有生活经验嘛，但是他为什么人到老大反而更加笨拙了呢？到底是怎样的笨拙呢？下面就开始解释。

我想，凡是一个人主动地称自己笨、称自己拙、称自己迂，实际上都是带着几分骄傲的。比如唐代的柳宗元到永州以后，把自己居住的一切地方都命名为"愚"，一座小山丘叫愚丘，一条小溪叫愚溪，都叫"愚"。宋代司马光退居洛阳后，自号"迂叟"。其实，他们的内心很自豪，他们在固守着自己的操守，在坚持着自己的理想。杜甫也是这样，他说"我很笨拙"，怎么个笨拙呢？我固守着自己的信念，固守着自己的操守，绝不随世俗而改变。

下面交代他怎么笨拙："许身一何愚，窃比稷与契。"我对自己人生的期许多么愚蠢啊，我居然把自己比作古代著名的大臣稷与契。稷与契是两位古人，《左传·昭公二十九年》："有烈山氏之子曰柱，为稷，舜时人，周之祖。"

这个稷是舜那个时候的人,是舜的大臣,是周王朝的远祖。这个稷推广农业是非常有功劳的。而契是商王朝的祖先,曾帮助大禹治水,这在《史记·殷本纪》里有记载。他推广文化教育也很有功绩。这两个人都是古代著名的大臣,是辅佐舜、禹那些圣明的君主并成就了一番事业的两个历史人物。

关于这两句诗,我要介绍一位美国人的看法,他就是赫赫有名的宇文所安,即斯蒂芬·欧文,哈佛大学的教授。这个斯蒂芬·欧文对这两句诗有一个解释,他说杜甫在这首诗里表达了一种愿望,杜甫希望自己成为一个伟大家族的始祖。因为稷与契一个是周王室的祖先,一个是商王室的祖先,子孙都是做皇帝的,建立王朝的,而且是统治时代非常长的王朝。所以斯蒂芬·欧文说杜甫也是这个意思。我觉得这种解释非常荒唐。斯蒂芬·欧文生活在美国,美国是一个没有封建传统的国家,他对封建时代的情况缺乏了解。在中国古代,在唐代,没有一个人会说我要成为一个伟大家族的始祖,我要开创一个皇族。不可能有这样的话,也不可能有这样的念头。像杜甫这样遵循儒家的道德规范、一心忠君爱国的人,更加不可能有这样的想法。

那么他为什么要"窃比稷与契"呢?虽然稷和契的后代开创了两个王朝,但他们的身份都是大臣,都是贤臣,都是辅佐圣明的君主建功立业的贤臣。所以杜甫不是要做伟大家族的始祖,而是要做杰出的大臣,这里强调的是稷和契的臣子的身份。《贞观政要》记载了魏徵的一句话,魏徵是唐太宗最有名的臣子,他说:"君为尧舜,臣为稷契。"魏徵说最理想的政治模式是什么样子的呢?就是君像尧舜一样,臣像稷契一样。《贞观政要》在唐代是每个人都知道的,大家都能读到的。魏徵是唐代非常有名的人物,这两句话是他的名言。所以在杜甫的时代,希望君主像尧舜一样,希望臣子像稷契一样,是人们普遍的政治理想,杜甫也不过是表达这样一种理想而已,根本不可能是希望做伟大家族的开创者。

可惜的是,杜甫的理想虽然高远,但在现实生活中却不可能实现。所以下面说"居然成濩落,白首甘契阔"。"濩落"出于《庄子》,就是大而无当,大而无用。庄子说有一个巨大的葫芦,长得太大了,剖开来做瓢,里面可以放五石酒,这么大的瓢有什么用呢?"濩落无所容",大而无当。所以杜甫说我这个理想太大了,实际上根本不可能实现,就像巨大的葫芦一样无用。"契阔"是勤苦、辛苦。"契阔"这个词在古汉语中有多重意义。曹操诗中"契阔谈宴,心念旧恩","契阔"是久别的意思。但杜甫在这里是用了《诗经》中的话,《诗·邶风·击鼓》:"死生契阔。"《毛传》说"契阔"是"勤苦"。杜甫是说他直到头发都白了,还心甘情愿地在追求这个理想。

下面两句是"盖棺事则已,此志常觊豁"。古人说"盖棺论定",人死了以后才论定。我现在一息尚存,我还没有死呢,我的这个理想还是不能放弃。"盖棺事则已"是反过来说的,就说我尚未"盖棺"时绝不放弃这个理想。"觊豁"是一个复合词,"觊"是希望、希冀,"豁"是通达,实现愿望。

再下面是"穷年忧黎元,叹息肠内热"。"穷年"就是终年,常年,我一年到头始终都在为百姓而担忧,这使我非常痛苦。所谓"肠内热",或者叫"内热",是古人表示内心感情非常激动的状态,好像肚子里有火在烧,这里是说非常痛苦。我的这种理想不为旁人所认可,也不为旁人所理解,所以"取笑同学翁"。这里的"翁"字带有嘲讽之意,因为那些同学都得到了高官厚禄,地位很高了,他们都取笑我,蔑视我:你这么穷困,这么没出息,却还在那里胸怀大志。可是我"浩歌弥激烈",我自己还是要用诗歌来表达我的这种志向,我的情感更加激烈,我坚决不肯放弃。

下面又转,说"非无江海志,潇洒送日月"。古人常把"江海"跟朝廷的"魏阙"对立起来,在朝廷做官是身在魏阙之上,隐居民间是退居江海之间。这两句是所谓的"十字句",要连起来读:不是没有江海之志来潇洒地度过日月。我不是没有隐居的志向,我也可以到山林中去自由自在地过日子,可惜的是"生逢尧舜君,不忍便永诀",我碰到了一个能够有所作为的君主,不忍心与他永别了,不忍心从此就告别政治了。这一句"生逢尧舜君"可以跟前面的"窃比稷与契"对照着读。对照着读就是魏徵所说的"君为尧舜,臣为稷契",这是唐代人普遍的政治愿望,杜甫也是这样想的。当然,这里把唐玄宗说成是"尧舜君",是美化了那位已经开始昏庸的皇帝了。这首诗后面有许多直接针对唐玄宗的讽刺与批判,这里我们要注意到这种矛盾的情况。凡是亲身经历了唐玄宗整个统治时期的诗人,对唐玄宗的态度都非常矛盾。后来到了中唐、晚唐,诗人们就毫不留情地讽刺他、批判他、讥笑他了。亲身经历了他的整个统治时期的诗人为什么是矛盾的呢?因为唐玄宗的一生是一分为二的,在前面的开元年间,他曾创造了"开元盛世",国家治理得相当好,强大富足。杜甫在晚年的诗歌中,比如《忆昔》,反复回顾他年轻时的安定生活以及百姓的富足,那也是唐玄宗的统治时期。不过唐玄宗到了天宝年间就不行了,所以杜甫觉得这个君主还是可以有所作为的,还是可以把政治搞好的,还是可以成为"尧舜君"的。

下面两句是"当今廊庙具,构厦岂云缺"。现在朝廷上的这些臣子难道不足以建成一座大厦吗?也就是说,当今朝廷上的衮衮诸公中难道没有栋梁之材吗?"具"就是有用的材料。杜甫认为是有的,有很多栋梁之材——当然这多半是反话。但是"葵藿倾太阳,物性固莫夺",我的本性是不可能改变的,就像"葵藿"一定要朝着太阳一样。这两句诗与上两句之间的逻辑关系是:有人说,朝廷里有才能的人很多,又不是少你一个,要你来凑什么热闹呢?杜甫就表明志向说:"葵藿倾太阳,物性固莫夺。"现代的读者可能会说"葵"是向日葵,向日葵是随着太阳转的。不是的,唐朝时中国还没有向日葵,向日葵是后来从外国引进的植物。那么这里这个"葵"是什么?"葵"是冬葵菜,"藿"是豆叶,豆类的叶子叫藿。实际上一切植物的叶子都有趋光性,太阳光在哪边,叶子就向哪边转,因为它要更多地接受光照,要进行光合作用嘛,古人早就观察到了。向日葵不过是最明显地朝着太阳转罢了。讲义上有两段引文。一个是曹植的《求通亲表》:"若葵藿之倾叶,太阳虽不为之回光,然终向之者,诚也。"这是曹植写给曹丕的一个表,表明他自己忠于朝廷、忠于皇帝,就像葵藿的叶子那样始终朝着太阳转。另一个是唐太宗的诗句:"藿叶随光转,葵心逐照倾。"可见,用"葵藿"始终朝着太阳比喻忠心是古人常用的说法,杜甫也是这样比喻的,他说忠于朝廷、忠于皇帝是他的本性,本性是不能改变的。"夺"是强行改变的意思。大家读过李密的《陈情表》,他说他四岁的时候,他的母亲就被迫改嫁了:"行年四岁,舅夺母志。"我的舅舅强迫我的母亲改嫁了,"夺"就是这个意思。"物性固莫夺"就是外在的强力没法使我改变本性,我始终是忠于朝廷、忠于皇帝的。

下面又转:"顾惟蝼蚁辈,但自求其穴。"这里"顾惟"两个字是一个词组,我要稍微讲一下这是什么意思,因为这两个字的意思影响到我们对这句话的理解。王嗣奭的《杜臆》说"顾惟蝼蚁辈"是"骂庸臣刺骨",这句话不是杜甫在说自己,而是骂那些庸臣,骂朝廷里的那些臣子。杨伦在《杜诗镜铨》中也说这句是"指琐琐事干谒者",指那些在跑官、要官的人,他们是蝼蚁。这是一种解释,认为是讽刺、批评别人的。还有一种解释,说这句话是杜甫说自己。一个是仇兆鳌,仇兆鳌说:"顾,念也。"一个是浦起龙,浦起龙说这句话是"揣分引退之词",认为这句话是杜甫对自己的描写,觉得自己应该安分守己,不要追求远大的理想。现代学者对此也有两种解释:山东大学中文系的《杜甫诗选》说是"自念",说"顾惟蝼蚁辈"这句话是说杜甫自己的,这跟仇兆鳌和浦起龙的解释一样的;北大的陈贻焮先生在《杜甫评传》中采用第一种说法,也就是王嗣奭与杨伦的说法,认为"蝼蚁辈"是指别人,是骂别人的。

那么这两种说法到底哪一种比较准确呢?如果只从这首诗来看,两种说法都可以讲通。但我们有一个原则,就是以杜解杜、以杜证杜,我们要看这个"顾惟"在杜诗的其他篇章中的意思是什么?请看《寄题江外草堂》,这是杜甫到了成都以后写的诗,诗中有这样两句:"顾惟鲁钝姿,岂识悔吝先。"这一个"顾惟"肯定是在说他自己,他说自己是一个非常愚笨的人,所以事先不能认识到事情的变化。我们再来举一个旁证,中唐诗人白居易有一首诗叫《贺雨》,其中也用了"顾惟":"顾惟眇眇德,遽有岂然功。"说天久不下雨,我去求雨,居然就下雨了,我很高兴。但这不是因为我有功德所以感动了上天,而是本来就要下雨了。"顾惟眇眇德"是谦虚,是说自己的。有了这样的两个旁证,我们就应该把"顾惟"这个词解释成是杜甫在说自己,"顾惟"就是内省,我回头来想想自己,看看自己到底怎样。所以这句话应该采取"仇注""浦注"的解释,而王嗣奭、杨伦与陈贻焮的解释是不对的。那么放在上下文中,"顾惟蝼蚁辈,但自求其穴"是什么意思呢?就是说我本来是一个微不足道的人物,是一个蝼蚁,一个小虫子,只要有一个洞穴藏在里面管好自己就行了,本来不应该有什么远大的理想。"胡为慕大鲸,辄拟偃溟渤。"为什么要羡慕鲸鱼呢?为什么要到大海中去"偃息"呢?"偃息"是休息,出没。我又不是什么杰出的人物,我本来是一个普通的人,管好自己的生活就行了,为什么要有这么远大的理想?这里又是反过来说自己,内省自己。当然,这是说反话。

下面是"以兹悟生理,独耻事干谒"。我从这些事情中悟到了人生的道理,觉得求官之类的事情非常可耻。当然,杜甫实际上还是去做了,只是做的时候内心觉得很痛苦,本来不想这样做的。"兀兀遂至今,忍为尘埃没",一直辛苦到现在,终于要淹没在尘土中了。"兀兀"是劳苦的意思。"终愧巢与由,未能易其节",想到古代那些高士,像巢父、许由,别人把皇位让给他们,他们都不愿意接受,一定要隐居,追求一种高尚的志向,面对他们我觉得很惭愧,但是我不能改变自己的志向。因为我自己一心要想做稷、契那样的臣子,要想致君尧舜,要想为朝廷出力。"沉饮聊自遣,放歌颇愁绝",因为非常痛苦,所以经常喝喝酒。为什么喝酒呢?无非是自己消遣一下,消解心中的愁闷而已。"放歌颇愁绝",我写诗也是这样子,像喝酒一样,也是为了消解心中的愁闷。

到这里为止,一共 32 句,是这首诗的第一段。这是浦起龙的分法。我上次介绍"浦注"的时候说过,仇兆鳌的分法非常琐碎,"仇注"把这一首诗分为十段,分得太细。浦起龙分三大段,这是第一段,下面第二段有 38 句,最后一段有 30 句。第一段完全符合标题中的"咏怀"二字,是在"自京赴奉先县"这个过程中的"咏怀"。那么这个咏怀有什么特点呢?我想这可能是大家不太喜欢的一段,这一段读起来有一点诘屈聱牙,特别是读到前面这些句子,有些字也许不大会念,有的词也许不知道什么意思,读起来好像不那么顺口。除了文字以外,这一段中的思绪也是千回百折,不停地在转折,一会儿这样说,一会儿那样说;一会儿从正面表达我的志向是什么,一会儿又反过来说我本来不该这样,反反复复地变化、转折。这种抒情方式就其本质而言是与屈原的《离骚》一样的。大家读《离骚》的时候肯定有这样的感觉,屈原升天入地,到处寻觅。他乘着龙周游四方,乘着凤凰求仙,一会儿碰到重华,一会儿又碰到尧之女,但是最后又关心他的故国,俯瞰着楚国的郢城,"仆夫悲余马怀兮",我的仆人、我的马都觉得悲伤了,一定要回到楚国去。四方上下地求觅一番之后,最后仍要回到家乡去。这就是反复回旋的一种抒情方式。但这段杜诗的表现方式与《离骚》不一样。《离骚》完全是一种浪漫的写法,是一种想象,大量的神话传说穿插其中;而杜诗完全是根据现实来写的,每一个字都落实到现实中,一点幻想的色彩都没有,一点神话色彩都没有。但就感情的千回百折、描写情思的委曲周全这一点来说,杜诗与

《离骚》是完全一样的。所以说,学习古代的大作家,学习古代的名篇,要继承其精神——关键在于精神,而不在于形式。正因为这样,这首诗才会给读者一种荡气回肠的感受。我们读这首诗的时候,觉得杜甫的情思真是太复杂了,正像古人形容的,是愁肠百折啊。

以上我们读完了第一段。从"岁暮百草零"开始是第二段,写杜甫这次旅行的经过。第二段实际上就写一件事,写杜甫从长安出发到奉先去,路经骊山的过程,主要是他在骊山脚下的一些见闻。"岁暮百草零,疾风高冈裂",这是交代季节。冬天到了,天气很寒冷,草木都凋枯了,大风吹得山冈都裂开来了。"天衢阴峥嵘,客子中夜发","天衢"有两解:一是指天空,古人认为天空是四通八达的,像道路一样,所以叫"天衢";一是指天街,京城的街道,也代指京城。这里还是指天空较好一些,因为"峥嵘"在杜诗中一般描写的是云层堆积的状态,云很多,重重叠叠的。在这样的情境下,杜甫半夜就出发赶路了。古人行路总是比较早,因为古代交通工具比较落后,为了多赶路,一早就得走。杜甫从长安到奉先去,路上赶得紧的话大概正好是一整天,所以他必须半夜就动身,才能在天黑以前赶到。

下面两句形容气候严寒:"霜严衣带断,指直不得结。"衣带本来是不会冻断的——物理学家可能会说,到零下一百多度,布会变硬变脆,也会断掉,但杜甫上路的的时候天没有这么冷,他是用极度的夸张,说天非常冷,衣带都冻硬了,断掉了。衣带断了本该把它重新接起来的,可惜双手又冻僵了,手指弯不过来,没法打结。读到这里,我们会联想到孟郊的一首诗《答友人赠炭》,孟郊说天气很冷,没有炭火,冻得缩成一团。友人送给他一点炭,他烤火以后,"暖得曲身成直身",身体都舒展开来了。孟郊是用"直身"来形容暖和,杜甫这里正好相反,"指直不得结",手指都冻僵了,冻得直直的。所以诗歌是没有一定的写法的,同样一个"直"字,你既可以说冷,也可以说暖。

下面两句"凌晨过骊山,御榻在嵽嵲"。"嵽嵲"是高峻之山。这里稍微介绍一下骊山,骊山离长安有 50 里。杜甫从半夜走,骑着马,天亮的时候可以赶到骊山。在唐代,尤其是在唐玄宗的时候,整座骊山就是一座宫殿,宫墙把整个骊山都包围起来了,因为骊山有温泉,有著名的华清池,是著名的避寒之地。每年十月,唐玄宗带着杨贵妃姐妹去那里,也带着所有的大臣,把整个朝廷的办公机构一起搬到骊山去。这样的一个地方,杜甫从山脚下走过,当然不可能进宫墙,因为有卫兵嘛。他只能描写他经过骊山脚下所见的一些情况,以及他听到宫墙里面隐隐约约传来的各种声响。

"蚩尤塞寒空,蹴踏崖谷滑。"蚩尤是古代神话中的人物,他能作雾,《山海经·大荒西经》上说,蚩尤跟黄帝打仗,打不过对方就"作雾",就是放烟雾弹,让黄帝看不见他,乘机逃走。所以这个"蚩尤"是用来代指雾。这里我介绍一下钱谦益的注,《钱注杜诗》注这一句,引了很多古书,引了《羽猎赋》,引了《皇览》,他说这个"蚩尤"是"喻兵象",指的是蚩尤旗。《羽猎赋》跟《皇览》中写到"蚩尤旗",是红颜色的一团气,像旗子一样地冒出来,蚩尤旗出现就表示要有战争了。我认为他是求之过深,我们解古诗的时候,不能求之过深,求之过深就穿凿了。况且"蚩尤"与"蚩尤旗"毕竟不同,后者多一个"旗"字嘛。其实这时"安史"叛乱的消息还没传开来,所以杜甫并不是说要打仗了,而是说天气阴沉,浓雾弥漫,"蚩尤"就是指雾。古人经常有这种修辞手法,曹操把酒称为"杜康":"何以解忧,惟有杜康。"你即使是吃了杜康这个人,又怎么会解忧呢?杜康发明了酒,曹操就用"杜康"来代指酒,所以"蚩尤"也可以代指雾。空中有浓雾,所以岩石上面的潮气很重,岩石很滑,杜甫就一脚高一脚低地走,"蹴踏"就是一脚高一脚低地走,不是正常地迈步,这个词很生动。

下面就想象骊山上的情况:"瑶池气郁律,羽林相摩戛。"他想象那里的温泉水气蒸腾,而高处隐隐约约地传来羽林军中军士与军士之间接触所发出来的声音。"郁律"是水气蒸腾的样子,见于郭璞的《江赋》,讲义上打印了,同学们自己看。"摩"是指衣服互相接触、身体互相接触时发出的很细的声音,"戛"是硬物摩擦发出的较响的声音,是兵器撞击的声音。这说明围墙里面密密麻麻地站着羽林军,警卫森严,以至兵士之间互相碰撞。这里还要特别解释一下"瑶池"。大家如果到骊山去看华清宫和华清池的话,可以看到有两三个温泉浴池的旧址。但是在唐玄宗时,华清池里所修的温泉浴池起码有 20 个,这在唐代的文献中有明确的记载,大家感兴趣的话可以去读晚唐诗人郑嵎的一首诗——《津阳门诗》。那是一首非常长的七言古风,诗里有详细的注解,是作者自己做注的。他把骊山华清宫的构造、宫里面有多少温泉浴池写得清清楚楚,他说给大臣用的高级浴池就有16个。因为有这样好的物质条件,所以"君臣留欢娱",皇帝和臣子都在这里寻欢作乐。"乐动殷胶葛",宫里奏乐的声音非常嘹亮,震动了整个天空,老远就能听到。声音震动叫"殷","胶葛"是旷远无边的样子。这几个词都是从司马相如的《上林赋》中借用的,请大家看讲义。司马相如《上林赋》里有"殷天动地",这个"殷"就是震;有"张乐于胶葛之宇",就是演奏音乐,整个广漠的空间都能听到乐声。读到这里,读到司马相如啊、郭璞啊,我们就能体会到宋人说的一句话"杜诗无一字无来处"。的确,杜诗里的很多字、很多词语都是从古人的经典作品中来的,都是从被选入《昭明文选》的那些作品中来的,都是有来历的。

再往下看:"赐浴皆长缨,与宴非短褐。"这两句诗互文见义,它并不是说"长缨"的只被"赐浴",而是说"赐浴"的和"与宴"的都是"长缨",而这些活动都跟"短褐"没有关系,这是互文,需要把两句联系起来读。这里的"短褐"不是指一般的老百姓了,褐是粗布衣,这里指贫贱的读书人。《老子》里有句话叫"被褐怀玉",身上穿着粗布衣服,但内心具有美好的才德。虽然杜甫不一定就是用这句话,但隐隐约约有这个意思在里面,就是许多怀抱着才德的贫寒之士都不能去参加宴会,也不可能去洗温泉浴;反过来说,那些"长缨"实际上都是些金玉其外、败絮其中的人物,是"被褐怀玉"者的对立面。

下面继续说华清宫里面的情况:"彤庭所分帛,本自寒女出。鞭挞其夫家,聚敛贡城阙。"皇帝赏赐给大臣很多的财物,这里为什么要用"帛"来代指财物呢? 一方面是为了与下文呼应,说这些财帛、这些丝织品都是贫苦的女子一丝一缕织出来的,现在却被皇帝毫无节制地胡乱地赏给大臣。这些寒女织出来的丝织品怎么会到朝廷里的呢? 是朝廷派人鞭打了她们家的男人,把那些帛抢夺来,积聚到朝廷里,供皇帝和大臣们享用。这里我们要注意"聚敛"这个词,"聚敛"表面上看好像是个中性词,把财物搜集到一起就叫"聚敛",但这个词从很早起,至少在儒家经典里,是一个贬义词,讲义上转引了《礼记·大学》中所引的孔子的话:"与其有聚敛之臣,宁有盗臣。"与其有一个聚敛的臣子,不如有一个做小偷的臣子好,因为小偷只是偷偷摸摸的,比如说贪污,他只能偷偷摸摸地去贪污,他也知道这个事是不对的,不能公开行动。而"聚敛"是明火执仗地、合法地抢夺百姓的财物。"盗"指小偷。所以在孔子的眼中,"聚敛"是最不好的,聚敛之臣、聚敛的朝廷是最不好的,最不能容忍的。杜甫毫不客气地用了"聚敛"两个字,对朝廷对贫苦百姓敲骨吸髓的剥削进行了尖锐的讽刺。

另一方面,这里用"帛"字是切合当时的社会实际的。杜甫写此诗的时候,唐代的赋税制度还是所谓的租庸调制,这种制度要到"安史之乱"以后才改为两税制,这个时候还没有改。在这种赋税制度下,百姓除了徵粮食以外,还必须向朝廷徵纺织品,甚至连这个"调"——"调"本来是指徭役,百姓必须为国家服徭役——也可以用纺织品来替代。如果你不想服徭役的话,可以交一定数量的丝织品来替代,这个有非常具体的规定,在《唐六典》中记载得一清二楚。所以杜甫所说的帛就是当时的财物,是当时朝廷收来的赋税,唐玄宗毫不吝惜地把它赏给大臣。《资治通鉴》卷二百七十六对那个时期唐政府的财政情况说得很清楚。杨国忠之所以得宠,独揽大权,除了他是杨贵妃的堂兄以外,还有一个原因,就是他确实有才能,他的才能就是聚敛,他搜刮财物特别厉害。杨国忠当了丞相以后,他搜刮、聚敛来的财物比以前任何时候都多。唐玄宗去参观国库,高兴得不得了,这么多的财物用不掉了,就拼命地滥赏给大臣。所以,杜甫的每句诗都是有针对性的,不是随便说说的。

再往下面,杜甫就发议论了:"圣人筐篚恩,实欲邦国活。""圣人"指皇帝,说皇帝赏赐给大臣财物,本来是希望他们把国家治理好,"活"就是有生气,兴旺发达。"筐篚"出于《诗·小雅·鹿鸣》的小序,专指皇帝给大臣赏赐财物所用的的筐,这种细小的地方也可看出杜诗用字的精工。下面又说:"臣如忽至理,君岂弃此物。"如果大臣们疏忽了这种至高无上的道理,皇帝为什么要把这些财物白白地赏赐给他们呢?这个道理是什么呢?就是皇帝赏赐财物给大臣是希望他们治理好国家,高薪养廉嘛,希望他们好好地执政。杜甫当然是在讽刺,实际上当时的大臣都是"忽至理"的,皇帝就是白白的"弃此物",根本没有达到"邦国活"的目的。所以下面又说:"多士盈朝廷,仁者宜战栗。"朝廷里有这么多有才能的达官,假如他们中间还有仁义之人的话,他们的内心应该非常惭愧,以至浑身颤抖。可惜那些大臣根本没有颤抖,他们正在骊山兴高采烈地享受温泉呢。

杜甫接着把矛头转向外族:"况闻内金盘,尽在卫霍室。"杜甫故意这么说:听说大内的黄金器皿都赏给了外族。"闻"就是听说,"卫霍"指卫青、霍去病,汉代最有名的两个外族。这里是说黄金器皿都赏给了杨家,杨氏姐妹和杨国忠他们。"中堂舞神仙,烟雾蒙玉质。"他们这些人正在干什么呢?堂中神仙一样的美女正在那里翩翩起舞。"舞"字有异文,有的本子里作"有无"的"有","中堂有神仙"。我们为什么取"舞"不取"有"呢?意思都讲得通,但是"舞"更好。在一句诗中间,假如某个字表达的只是一个很平常的意思,比如这里作"有",只是表示一种状态——存在,那么这个字就用得不够好;而改成"舞",是一种动作,就表达得更加具体、生动,那么这一种文本也就更好。

这里我介绍宋代诗话讨论过的两句诗作一个对照。南宋的曾几写过这样两句诗:"白玉堂中曾草诏,水晶宫里近题诗。"这首诗是赠给汪藻的,汪藻是朝廷里以写公文著称的大手笔,北宋灭亡后到江南的湖州做官。"白玉堂中曾草诏",曾在白玉堂也就是翰林院中起草诏书;"水晶宫里近题诗",现在到江南水乡写诗来了,而江南水乡就像水晶宫一样。这两句诗写得很好,曾几还把这两句诗给韩驹看。韩驹是江西诗派的诗人,是黄庭坚的亲戚。韩驹看了以后说,诗写得很好,但两句诗都可以改一个字,改成:"白玉堂深曾草诏,水晶宫冷近题诗。"曾几非常佩服,认为韩驹改得好,点铁成金了,于是称韩驹为"一字师"。那么改了以后好在哪里呢?原来的"中"字也好,"里"字也好,都是一种抽象的状态,不生动,不具体,而且两个字只是同一个意思;而改为"深"字、"冷"字以后,就具体了,生动了。再说,都是两个字嘛,"中"与"里"放在句中有点浪费,没有起到很好的作用,改成"深"和"冷"后,意象就丰富多了。

杜诗也是如此,如果说"中堂有神仙",就很一般,变成"舞神仙",就非常生动、非常具体了。所以我们情愿取"舞"字,而不取异文"有"字。"烟雾蒙玉质",这一句有两解,有人说是水气蒸腾,所以叫"烟雾";还有一种说法,"烟雾"就是非常轻、非常薄的丝织品,这些美女都穿着这样的丝绸衣服跳舞,给人如烟似雾的感觉。"玉质"是像白玉一样细腻而美丽的肌肤。

下面两句是"暖客貂鼠裘,悲管逐清瑟"。给客人穿上非常轻柔的貂皮的衣服,然后管乐器和弦乐器同时演奏十分嘹亮的音乐。这个"悲"字在古代用来形容音乐的时候一般是指嘹亮。古人听音乐以悲为美,东汉以来就这样说。"管"是管乐器,"瑟"是最代指弦乐器。继而"劝客驼蹄羹,霜橙压香橘"。劝客人吃最好的菜,享用有珍贵的水果。"驼蹄羹"是古代传说中的"八珍"之一。古代有八样最珍贵的菜,其中有一种就是用骆驼蹄子炖的肉汤。"霜橙"就是橙子非常新鲜,表皮上有一层薄薄的细小的水珠,像霜一样。橘也好,橙也好,都是江南出产的水果,但在严冬的长安居然也能吃到,可见这是非常珍贵的。

杜甫对骊山上君臣的享乐生活的描写推到极致以后,就推出了惊心动魄的警句:"朱门酒肉臭,路有冻死骨。"关于这两句,我要稍微多讲几句。首先来看一看这个"臭"字,我看到不止一个人写文章说这个字应该读 xiù,因为古代的"臭"字兼有"嗅"的意义,他们认为这句杜诗是说酒肉有香气飘出来,不应读 chòu。我觉得没有必要拐弯抹角地把这个"臭"字读作 xiù,就从它的本意来解释不是更好吗?皇宫里物质太丰富了,有驼蹄羹,有霜橙、香橘,寻常的酒肉根本吃不了,于是就变质、腐烂了。而且杜诗中本来就有这种写法的,杜甫晚年写的一首《有感》,有一句写皇家的粮食很多,说是"日闻红粟腐",就是太仓里的粮食堆得太多了,陈陈相因,已经腐烂了。杜甫是有这种写法的,我们没有必要曲解这个"臭"字,一定要把它读作 xiù。

"朱门酒肉臭,路有冻死骨"这两句话,一句极其扬,一句极其抑,先扬后抑,落差非常大。总的来说,这一段 38 句,除了前面少数句子描写寒冷的天气外,其他部分都是描写华清宫里君臣各种各样的享乐情况,杜甫把享乐的程度越推越高,推到极端,然后一下子跌落下来,说"路有冻死骨"。这就使我们联想到一种描写的手段,就是韩愈在《听颖师弹琴》中写到的:"跻攀分寸不可上,失势一落千丈强。"就是琴的声调越升越高,升到无以复加的最高点以后,突然一落千丈,跌入最低点。在音乐中,这样的变化可能产生非常好的美学效果。诗歌也是一样,杜甫在这里的描写实际上跟韩愈对琴声的描写是出于同一种艺术构思,先把它扬到极点,然后一下子抑到极点,这在文气上就是沉郁顿挫。什么叫顿挫?这就是顿挫。

此外，我们还要注意一点，就是这两句诗是整个第二大段的结尾，虽然后面还有两句"荣枯咫尺异，惆怅难再述"——咫尺之间，墙里是荣，墙外是枯，杜甫觉得心里非常痛苦，再也无话可说了，但总的来说，"朱门酒肉臭，路有冻死骨"是在这一大段的最后，是在诗意将要转折的关键地方出现的。我们来看一看它是怎么转折的。请大家看讲义，我引了杨伦的《杜诗镜铨》，杨伦评这两句说："拍到路上无痕。"就是前面说的都是华清宫里享乐的情况，非常热闹，非常富贵，下面突然说"路有冻死骨"，转而写路上穷苦人冻死后的尸体，因为下面一节杜甫要写途中的情景了，诗意自然要转到路上去。这两句诗就起到了这样的转折作用。

为了使大家更深地理解这种转折手法的巧妙，我举一个旁证的例子，就是《红楼梦》。《红楼梦》第七十八回写到贾宝玉写诗，回目叫《老学士闲征姽婳词》。有一天，贾政把贾宝玉、贾兰、贾环三个人都召去，叫他们写诗。写什么诗呢？咏姽婳将军。当时有一个女子叫林四娘，十分美貌，为衡王所宠爱，被封为姽婳将军。后来衡王战死了，林四娘为衡王复仇，也死于战场。大家还记得吧，贾兰写了一首七言绝句，最早交卷，众门客称赞一番。贾政当然一概予以贬斥了，说很幼稚啊什么的。然后贾环也写好了，写了一首五言律诗。宝玉却迟迟没有动笔，还说这样的题材要写一首七言的长歌才行。贾政就说那你来口述，我帮你记。贾政就拿着笔来记，贾宝玉就口授。贾政对于宝玉，一天到晚只有训斥，从来没有表扬过，教育方法不对头啊，（笑）无论宝玉做什么事，贾政总是要贬低他，骂他"该死的畜生"。写了一大段，贾政就觉得不对头了，因为宝玉已经用了很多句子描写林四娘多么美，身上的服饰有多华丽。但他又吟了一句："丁香结子芙蓉绦。"贾政就发表评论说：你前面已经写够了这层意思，怎么还要写身上的服饰？宝玉就说：我下面一下子把它转过来，转到武事上面就可以了。贾政就冷笑说：你有多大本领，你已经写了一句大开门的散话，"丁香结子芙蓉绦"，就是身上系着很美丽的衣带，你怎么能一句话就转到武事上去呢？结果贾宝玉就说了下一句："不系明珠系宝刀。"这根美丽的衣带上不是系着明珠，一般的美女都系着明珠，但是林四娘的衣带上系着一把宝刀，说明她是一位好武的美女。这样，宝玉用一句话就把诗意转过来了。门客们当然大肆吹捧一番，连贾政也笑了，没有再骂"小畜生"。（笑）这说明贾政也认可这句话转折得好。这就是所谓的大开大合，上面一句还是属于前一层意思的，写得非常饱满，下面一句一笔兜转，一下子转到另外一层意思上去。这是一种大本领，很难做到的。当然，贾宝玉的诗不能跟杜诗比，不过方式是相似的。"朱门酒肉臭，路有冻死骨"这两句，在章法上很自然地起了急转弯的转折作用。所以我觉得古人读书真是读得仔细。杨伦读到这里，就说这两句是"拍到路上无痕"，下面就自然而然地转折到途中所见了，不再写华清宫了。真是转得巧妙！

下面我们来读第三段，一共有 30 句，写杜甫离开骊山继续向奉先进发，以及到家后的情况。前面几句是写渡过渭水的艰难。"北辕就泾渭，官渡又改辙。"他经过的渡口正是泾水与渭水的合流之处，稍往下游一点，那里当时建有三座桥，即中渭桥、东渭桥、西渭桥，都是便桥。为什么是便桥呢？因为经常发洪水，一发洪水桥就被冲坏了，所以只能架便桥。杜甫经过的也是一座便桥。既然是便桥，洪水一到就冲走了，重建时常常会改址，杜甫走到这里，发现桥又不在原来的地方了，所以说"官渡又改辙"，重新寻找一番，才找到这座桥。"群水从西下，极目高崒兀。疑是崆峒来，恐触天柱折。"第一句中的"水"字有异文，有的本子作"冰"。我们稍微讨论一下，请大家看讲义上引的施鸿保的《读杜诗说》。施鸿保也注意到有异文，他认为应该作"冰"。他说："今按诗意，明当作冰。"为什么呢？他说："若是水，既不得言高崒兀，水亦不得言触也。"水碰到天柱不能说"触"，他认为坚硬的东西互相碰撞才能说"触"，而且水也不能说"高"，冰堆在一起才会"高"。他认为这是指冰块从上游流下来。但我觉得"水"字较好，为什么呢？第一，所谓的水"不得言触"，这是没有根据的，水是可以"言触"的。我举一个例子，李白的《公无渡河》明确地说："黄河西来决昆仑，咆哮万里触龙门。"水可以用"触"，谁说只有坚硬的东西才能用"触"呢？这个理由是不存在的。第二，从气象学上来说，十一月的时候，寒冬腊月，天气严寒，这个时候不会有凌汛，冰块从河里流下来就叫凌汛，凌汛一定出现在春天，严寒季节快要过去了，天气开始转暖，冰开始融化，这个时候才会有冰块从河里流下来，而且确实会堆积起来。但是十一月的时候不会有凌汛，这个时候冰才冻结起来，怎么会流下来呢？季节不相符合嘛。而且说河水"高崒兀"，也是完全可能的，上游和下游之间如果地势的落差很大,你站在下游的水边眺望上游,河水就是高的,所以王之涣说"黄河远上白云间"。有人说,黄河怎么会"远上白云间"呢?非要给它改成"黄沙远上白云间"。实际上王之涣写的就是"黄河","远上白云间"是他眺望黄河上游得到的真实印象。所以这里还是作"群水"好,我们不取"群冰"。

滔滔的洪水从上游冲下来,杜甫认为这水是从崆峒山流过来的,恐怕它会把天柱冲断。"恐触天柱折"这句话还有另一层意思。古代传说,不周之山是撑着天穹的天柱,共工争天下失败了,愤怒地用头撞不周之山,把天的柱子撞断了,天就塌下来了。所以,这句话含有一层意思,就是天下将要大乱,当然,诗中没有说得非常明确,是若隐若现的预感。

下面又说虽然水很大,但是便桥还在:"河梁幸未坼,枝撑声窸窣。"桥还没有断,但木头架的桥不牢固,人走上去也不稳,发出咿咿呀呀的声音。"行旅相攀援,川广不可越。"因为这座桥很危险,行人只好互相搀扶着走过桥去;而此时的渭水很宽,难以渡过。"行旅"也作"行李",两种文本都可以,《左传》中的"行李"主要是指外交官,但后来普通的行人也叫"行李"。《胡笳十八拍》中说"追思往日兮行李难","行李"就是指普通的行人。为什么说"川广"呢?北方的河都是这样的,枯水期河道只剩一点点水,涨水期河道就宽得不得了。渭水也是这样,这个时候变得很宽。

杜甫终于渡过河了,终于到家了。当他还没到家的时候,就开始思念他的家人:"老妻寄异县,十口隔风雪。"异县就是另外一个县,就是奉先县,诗人的妻子、儿女寄居在那里,而诗人在长安。"谁能久不顾,庶往共饥渴。""庶"就是希望,杜甫希望与全家人一起过饥渴的日子。这里注意杜诗的一种写法,杜甫不是说要去跟他们一起过幸福的日子,一起过温饱的生活,他是要到那里去跟他们一起过苦日子。但是连苦日子也不能让全家一起过,可见生活的痛苦到了何种程度!这种写法在杜诗中并不是偶然出现的,在《前出塞》之四里有这样两句:"哀哉两决绝,不复同苦辛。"一个人要上战场去了,他在途中想:我说不定就要战死在战场上了,从此要跟家人永诀了,连苦辛的生活都不能跟父母在一起过了。这是更进一层的描写法。

可惜的是,诗人连这个"庶往共饥渴"的希望居然也没能得到满足。下面两句是："入门闻号咷,幼子饿已卒。"进门就听到痛哭声,原来他最小的儿子已经饿死了。这个"饿"字也有异文,有的本子作"饥","幼子饥已卒"。"饥已卒"与"饿已卒",按照现代汉语来理解,两者的意思是一样的,这两个异文没有高下之分,取"饥"可以,取"饿"也可以。但如果从古汉语的角度来看,应该作"饿"为好,因为在古人看来,"饥"跟"饿"虽然都指"饥饿",但"饥"是一般的饥饿,而"饿"是程度非常严重的饥饿,这在古人那里是不一样的。《淮南子》里有这样的话:"宁一月饥,毋一旬饿。"宁愿一月都"饥",但不愿有十天的"饿",要是"饿"的话,十天也许就死掉了,而"饥"只是半饥不饱,一个月还可以忍受。所以"饿"是比"饥"更进一步的饥饿。这两个字的关系有一点像"疾"跟"病","疾"是一般的病,"病"是重病。《论语》里有一句话叫"子疾病",现在我们一般标点成"子疾病",就是孔子生病了。实际上正确的标点是:"子疾,病。"孔子生病了,进而病得很重,这是从一般的病到病重的一个过程。所以,这句杜诗的异文应该取"饿",这个文本更好。

下面杜甫又说:"吾宁舍一哀,里巷亦呜咽。"我怎么能够不悲痛呢?连邻居都在那里哭泣,我作为父亲更加不能"舍一哀"了。这里为什么要说"舍一哀"呢?俞平伯写过关于《咏怀五百字》的文章,他的解释非常好。他说,根据唐代的礼数和风俗,如果非常幼小的孩子夭折了,礼节上是不哭的。因为孩子太小了,他刚刚出生就死了,没有必要为他悲伤,不需要哭。杜甫是针对这个礼数来说的,是说尽管儿子很小就死了,他还是很悲痛。"所愧为人父,无食致夭折。"非常惭愧的是,我身为父亲,竟然没有饭给儿子吃,让儿子夭折了。"岂知秋禾登,贫窭有仓卒。""秋禾登"的"禾"也有异文,有一本作"未","秋未登",就是还没有秋收,所以"贫窭有仓卒"。但是我觉得"秋禾登"更好,第一是实际情况已经十一月了嘛,农历十一月庄稼早就收割了,秋收已经结束了;第二,杜甫的本意应该是这样的,"秋禾登"后本来不应该有这种事情发生了,庄稼已经收起来了,不应该饿死人了,可是恰恰在这个时候还是发生了意外。"仓卒"就是意外。由此可见,时世是多么的艰难!

下面是诗人的自我反省,虽然我家里发生了这样不幸的事情,但是仔细地想想,自己还是"生常免租税,名不隶征伐"的人。唐代规定,凡是家中有先人,如祖父啊、父亲啊,做过较高品级的官,下一代就会受到荫护:可以不缴税,可以不当兵。杜甫不是受他父亲的荫护,他父亲杜闲官太小了,他是受他祖父的荫护。他的祖父杜审言在武则天时代做过膳部郎中,官比较大。受祖父杜审言的荫护,杜甫从小就不需要缴租税,也不需要当兵,所以他说:我还是享受着一点特权,我还不是一个普通的老百姓。"抚迹犹酸辛,平人固骚屑。"我这样的人都很痛苦,那么平民百姓怎么办呢?"平人"就是平民,唐朝避李世民的讳,李世民的名字有一个"民"字嘛,所以唐朝人写诗文时碰到"民"字一律要改成"人"字。"骚屑"就是动荡不安,见于《楚辞》,汉人刘向的《九叹》中有"风骚屑以摇木兮",风吹得树枝动荡不安。这里是说平民百姓更加动荡不安。"默思失业徒,因念远戍卒。""失业徒"不是我们现在的下岗工人哦,现在的人丢掉工作就叫"失业徒",唐代没有这种情况。唐朝的"业"是指产业、家业。唐代初期分给百姓的地叫"永业田",就是不准买卖的地,是永久性的产业,可是这时候贫苦的百姓把自己的田都卖掉了,没有土地可耕种了。这些人就叫"失业徒"。诗人想起那些失去土地的农民,又想起那些镇守边疆的兵士,他们的痛苦又当如何呢?就在这种情况之下,杜甫说:"忧端齐终南,澒洞不可掇。"我的忧愁一层层地积压在那里,堆积得像终南山一样高。"澒洞"是广漠无边的意思,这么广漠无边的忧愁不可收拾啊!"掇"是收拾的意思。写到这里,全诗就戛然而止,因为诗人再也说不出别的话来了。

我们把这首诗逐字逐句地读了一遍,下面我们简单分析一下前人的评价。首先看仇兆鳌引的一句话,"仇注"引陈岩肖的《庚溪诗话》。这里仇兆鳌把出处搞错了,所以我们读注本时,也不能完全相信那些注家。我打印讲义的时候是从仇注上抄下来的,后来一核对,发现他张冠李戴了,这一段话不是陈岩肖的《庚溪诗话》说的,是另外一个南宋人黄彻在其《䂮溪诗话》说的。这两个书名比较接近,一个是《䂮溪诗话》,一个是《庚溪诗话》,只差一个字,仇兆鳌把它们张冠李戴了。在现存的黄彻的《䂮溪诗话》里还能找到这句话。黄彻说,这首《咏怀五百字》"乃声律中老杜心迹论一篇也"。这话是什么意思呢?就是说这是一篇用诗歌的形式写成的内心独白。"心迹论"就是一个人的心路历程的记录。诗人把内心的情志、感受、思绪都表达出来,向人倾诉,而且是用诗歌的形式来写的,文字形式上是讲究声律的。

下面一个评语是明末清初的卢世㴶说的，卢世㴶是把《咏怀五百字》跟《北征》放在一起评价的，他说这两首诗"肝肠如火，涕泪横流。读此而不感动者，其人必不忠"。卢世㴶是在封建社会说这个话的，他说读这样的诗都不感动的人，一定是不忠的人。就是说这个人没有同情心，没有正义感，所以读这样的诗都无动于衷。"其人必不忠"这样的话，今天我们可以不说它了，但我觉得，读《北征》《自京赴奉先县咏怀五百字》一类的杜诗，如果丝毫不感动，那么这个人一定是没有同情心的，一定是缺乏正义感的。这样的人，我肯定不愿意跟他交朋友。这样的杜诗，确实是"肝肠如火，涕泪横流"，字里行间包含着非常热烈、饱满的情感，诗人把满腔的情思毫无掩饰地倾吐出来，它会感动读者。

除了情感深切的特点外，这首诗还有一个特点，我也想简单提一提。这首诗是整个古典诗歌史上最早出现的长篇五言诗之一，不是唯一的，是其中的一篇。五言诗在唐以前没有很长的篇幅，一般都比较短。讲义上引了叶梦得的一句话，叶梦得在《石林诗话》中说："魏晋以前，诗无过十韵者。"十韵就是 20 句，魏晋以前的诗都不超过 20 句，都比较短。六朝以后有比较长的诗了，我找到了一首，就是刘孝绰的《酬陆倕诗六十一韵》。这首诗有 61 韵，也就是 122 句，相当长了。但它实际上是联章诗，是很多首诗串在一起的，有点像曹植的《赠白马王彪》，实际上有很多段。曹植那首诗是七段，七段之间用辘轳体串联起来，辘轳体就是前面一段最后两个字是什么，下面一段开首两个字也是什么。我们不妨把它看作分章的诗体，是在一个标题下面分成若干章。而这样一气呵成的长诗，应该说是从杜甫这个时候才开始的。当然大家会想到汉末蔡文姬的《悲愤诗》，有 108 句。但一则这首诗真伪未定，苏东坡就说它是伪的；二则那毕竟是一个例外，在它以后很长时间都没有后继者。

明人高棅的《唐诗品汇》对这一点特别重视。《唐诗品汇》是按照诗体来分类的，五言古诗、七言古诗、五言律诗、七言律诗等，但它在五言古诗中特别设了一类叫"长篇"，就是篇幅特长的五言古诗。《唐诗品汇》的长篇中一共只有六篇作品，其中有两首就是杜甫的《北征》和《自京赴奉先县咏怀五百字》。所以这种篇幅非常长的五言诗是以前很少有的，是杜甫的时代首先出现的新气象。这有什么意义呢？中国古代的诗歌基本上都是篇幅短小的抒情诗。篇幅短小有它的好处，就是精练、意在言外等。但也有它的局限，它没有办法表现重大题材，特别重大的题材，特别丰富的内容，用一首律诗或一首绝句是表现不了的，篇幅不够，容纳不下。只有扩展到这样 500 字、1000 字的长篇，才可能容纳重大的题材。所以，对于诗歌形式的发展来说，这是一个必然的步骤，而杜甫就是在这方面较早做出贡献的一位诗人。

第八讲

杜甫的咏物诗

　　今天我们讨论一个专题，就是杜甫的咏物诗。请大家先看一下讲义，我们引了刘勰《文心雕龙·物色》里的两句话。《文心雕龙·物色》的主要内容是说文学作品中关于物象的描写，即关于物体的声、色等方面的描写，在作品中起什么作用、应该如何描写以及它有什么传统。它里面有这样几句话："诗人感物，联类不穷，流连万象之际，沉吟视听之区。"就是诗人对外界物体有所感触、感动，产生了无穷无尽的联想，诗人的感受、视听就在各式各样的物体之间往返，诗人在通过视觉和听觉所感知的这个领域进行构思。《文心雕龙·物色》里所举的文学作品对物体的描写、对物象的描写的例子主要是《诗经》。那么我们可以说，关注外物的形体，就是刘勰所说的"物色"，这个传统早在《诗经》的时代就开始了，稍后呢，在《楚辞》中也有了。

　　我们分别在《诗经》和《楚辞》中找了两个例子。首先说明一下，《诗经》中我们举的例子是《豳风·鸱鸮》这一篇，这在刘勰的《文心雕龙·物色》中没有提到，刘勰提到的是"桃之夭夭""灼灼其华"之类的例子。那么我们为什么不引刘勰举的例子，而要另外找一个例子呢？因为刘勰所举的那些"物色"在《诗经》的篇章里都是局部的，都是具体的某一两句或一两节、一两章，它不是整篇的，整篇作品不是以描写或刻画外物为目的的，仅仅是在抒情叙事的过程中涉及那些物体而已，这种作品我们还不能称作咏物的作品。那么《诗经》中间有没有咏物诗呢？我觉得比较纯粹的咏物诗就是这首

《鸱鸮》。

　　《鸱鸮》这首诗在后代的分类中也称为"禽言诗"。所谓"禽言"，就是鸟的语言，它是模仿某些鸟的叫声写的诗。《鸱鸮》的抒情主人公到底是一种什么鸟？我们不知道，只知道是一种柔弱无力的小鸟，它抵抗不了鸱鸮这个恶鸟的侵扰、压迫，所以它作了一首诗向鸱鸮提出抗议。禽言诗在后代的分类中是独特的一类，唐人也好，宋人也好，都有不少例子，尤其是宋人。宋代的苏东坡、黄庭坚、陆游等人都有写得很好的禽言诗。但我们现在关注的是，《鸱鸮》是一首咏物诗，它不是诗人自抒怀抱的抒情诗，它是描写一个物体的，是以咏物为题材的。

　　与此类似的是《楚辞·九章》中的《橘颂》，它歌颂南方一种美好的树——橘树。屈原认为，橘树是有象征意义的，它象征君子的德行。但《橘颂》通篇都是对橘树的描写，是一首完整的规范的咏物作品。

　　很巧，《诗经》中的咏物诗《鸱鸮》和《楚辞》中的咏物诗《橘颂》，正好代表着后代咏物题材的两大类主体倾向，一类是谴责的，一类是赞美的，《鸱鸮》是谴责鸱鸮这个恶鸟，而《橘颂》是赞美一种美好的树木。这也许是巧合，但后代咏物诗的主题确实有这样两种传统。

　　刚才我们说到了《文心雕龙·物色》，现在我们还要把时代往前推一推，最早谈到文学作品与外物的关系的，当然还是陆机的《文赋》。请看讲义，我们引了《文赋》中两句广为传诵的话："诗缘情而绮靡，赋体物而浏亮。"陆机认为诗与赋在功能、主题上应该有所区别。赋主要是体物的，用来描写外物的；而诗主要是用来抒情的，所谓"缘情"，就是根源于情。陆机的看法基本上代表了西晋时人们的普遍看法，当时的人都认为，诗与赋在功能上有这样一个大致的区分。现在我们谈的是咏物诗，粗看好像跟这两句话是不合的，但我们把前面一种文体的形式与后一种文体的功能结合在一起了。按照陆机的说法，体物本来应该是赋的功能，而不是诗的功能，而现在我们谈的是咏物诗，是具有体物功能的诗，这又是怎么一回事呢？我们先简单地看一下前一句"诗缘情而绮靡"，这句话李善注得很好，为什么"诗缘情而绮靡"？李善说："诗以言志，故曰缘情。"他是从诗歌的最本质的意义上来说的，因为中国古代最早的诗歌纲领就是三个字"诗言志"，诗是表达人的"志"的。那么

"志"是什么？在李善看来，志与情是一回事。大家也许会联想到现代作家周作人的一个观点，周作人认为文学史上有两大派，一派是抒情，一派是言志，两者是截然不同的。但事实上在古人那里，在李善看来，情与志是一个东西，并不能严格区分开来。

比李善更早一些，唐初的孔颖达在《左传正义》中就已经提出这个观点了，他也是解释"诗言志"这句话，他认为："在己为情，情动为志，情志一也。"在孔颖达看来，情与志还是有细微区别的。一种心理状态完全蕴藏在作家内心的时候，它是情；然后外化了，有所表现了，它就变为志。但他又认为"情志一也"，情和志本来是一个东西。假如大家从文艺理论的角度仔细地去追究情到底是什么意思，志到底是什么意思，它们确实是有所区别的。

但一个人是一个整体，人的内心世界也是一个整体。20 世纪 80 年代初讨论诗歌的时候，很多人在那里谈论形象思维与抽象思维的问题，因为毛泽东说宋人不懂形象思维，只会抽象思维，所以宋人的诗写得不好，诗一定要用形象思维。事实上形象思维也好，抽象思维也好，二者是没有办法截然分开来的。一般人都知道，人的大脑是左脑管形象思维，右脑管抽象思维。现代的脑科学家则告诉我们，人的大脑分成许多脑区，分别行使不同的思维功能，但最后会整合成一个思维结果。请问哪个人在思维的时候能感到你是用左脑在思维，还是用右脑在思维呢？你不能感觉到的，分不清楚的。一个人内心的感情、思想等心理活动是浑然一体的，根本不可能清晰地区分开来。

因此，孔颖达也好，李善也好，他们把情志说成是一体的，这是一个合乎事实的解释。现在我们回到刚才说的陆机的那句"诗缘情而绮靡"，它实际上说的是诗歌的一个最本初的含义、最本初的性质，诗应该是抒情的。但是抒情的诗能不能用来体物呢？是不是体物仅仅是赋的功能，而与诗一点关系都没有呢？当然不是。事实上，在诗与赋的发展过程中，这两种当时最主要的文体早就开始交叉影响了，早就开始你中有我，我中有你了。赋吸收了诗的抒情功能，诗吸收了赋的体物功能。大家如果对这个问题感兴趣的话，可以去读一读我们系程章灿老师的博士论文《魏晋南北朝赋史》。程章灿老师通过对那个时期赋的发展的研究，非常清晰地告诉我们：赋原来是体物的,但是发展到后来,抒情的功能越来越重,甚至出现了纯抒情的赋。其实诗也是一样的,诗本来是用来抒情的,但是慢慢地也会有一些体物的成分加入进去,后来就出现了咏物诗。当然咏物诗的发展,或者说诗歌对咏物功能的吸收,比起赋体文学对抒情功能的吸收要晚一些,两者不是同步的。

我们看萧统的《文选》,萧统在对诗歌进行主题分类的时候,还没有咏物这一类,这说明当时咏物诗还不足以自成一类。《文选》中有咏物诗,但被归诸"杂诗"类。所谓"杂诗",就是没有办法归类的诗,这些诗篇目太少,主题有些模糊。在《文选》的"杂诗"中我们读到了陆机的《园葵诗》,又读到了沈约的《咏湖中雁》。这样的作品,即使用我们现在的标准来看,也可以说是咏物诗,但那个时候数量还不多,不能自成一军,萧统就把它们归类为"杂诗"了。

随着整个诗歌史的不断前进,咏物诗也日益发展壮大。那么什么时候咏物诗才真正达到我们今天作研究时值得注意的程度呢?在杜甫的时代,杜甫笔下的咏物诗已蔚为大观了。所以我们今天要来看一下杜甫的咏物诗是怎么写的,他写了些什么。

请大家先看讲义,我引了一首杜诗《病马》。这首诗里有这样两句:"物微意不浅,感动一沉吟。"他说这个物本来是微不足道的东西,但是它里面包含着非常深刻的意义,所以诗人受到感动,然后就写诗咏物。这可以说是杜甫用诗歌的语言所表述的咏物诗的性质,或者说是诗人写作咏物诗的动机。

请大家注意,杜甫所说的诗虽然是咏物的,虽然是对一个微小的物体进行吟咏,但它的基本性质并没有变,依然是抒情。诗人先是受到了外物的感动,然后来咏它,他看到了物体所包含的深刻含义。所以咏物诗是一个有意义、有意味的文本,而不是纯客观的描写。但这并不是说诗歌的功能从抒情变成咏物了,而是说在抒情的功能上加入了咏物,把这两种功能合在一起了,这是杜甫对咏物诗的理解。

杜甫一生非常热爱生活,热爱世间的各种事物,有生命的和无生命的,尤其喜爱宇宙、自然。杜甫晚年来到湖南岳麓山,游览了两个寺庙,写了一首诗,里面有这样两句:"一重一掩吾肺腑,山鸟山花吾友于。""一重一掩"指的是层层叠叠的山峦,前面的山挡住了后面的,所以说"一重一掩"。杜甫认为重重叠叠的山峦好像我的肺腑一样，都在我的内心，跟我关系非常密切。"山鸟山花"指动物与植物，与前面说的山峦不同，这本来就是有生命的。"友于"就是兄弟的意思，出于《尚书·君陈》："惟孝友于兄弟。"古人往往用"友于"来表示兄弟。这些有生命的物体，动物也好，植物也好，跟我的关系更加密切了，好像是我的同胞兄弟。杜甫热爱万物，无论有生命的还是无生命的，他都爱，他的这种思路、这种情感流动，是从儒家思想来的。

《孟子》说："亲亲而仁民，仁民而爱物。"这就说出了在儒家的思想体系里，人的感情、人对"我"以外的世界的爱，是一种有等级的、一种由近及远的情感流动过程。儒家不直接主张博爱，不主张毫无差别地爱所有的人、爱全人类，儒家认为爱是有差别的。首先是"亲亲"，爱自己的亲人，如父母、儿女、兄弟等与自己关系特别密切的人，然后由这个"亲亲"推广开去，爱其他所有的人，爱人民，爱整个的人类。这也是孟子所说的："老吾老，以及人之老；幼吾幼，以及人之幼。"我觉得周作人有一首小诗写得很好，虽然它朴实无华。此诗的大意是说：我因为爱我自己的孩子，所以爱别的小孩子。因为爱自己的妻子，所以爱别的女人。这说得很好，对最后一句可不能想入非非啊。(笑)他的感情是由近及远、逐步推广开去的，是一种自然的延伸。《孟子·尽心上》中的一句"仁民而爱物"，就表明爱从人类转移到其他的物体了，因为爱人，所以爱跟人类有密切关系的物。这里的"物"主要还是指有生命的物体。到了北宋，理学家张载在他的《西铭》中提出了一个更加著名的命题："民吾同胞，物吾与也。"后人也把它简化成四个字，就叫"民胞物与"。这是儒家或者说是宋明理学的一个核心概念，就是怀着仁爱之心对待天地万物，对待人类也好，对待非人类的物体也好，都要有仁爱之心，并与之亲近。"物吾与也"中的这个"与"，它的原始意义是同党、党羽的意思，就是跟我有密切关系的人，所以《后汉书》里说某人不好交朋友，就说"于人少所与"，不轻易相与，不爱交朋友。"民胞物与"中的"与"也是这个意思。孟子也好，张载也好，他们都是作理论的推演，用伦理学的推论，导出这样一个结论：人最亲近的是与他关系最密切的身边的人物，然后渐渐地由近及远，人们应该有这样的仁爱之心。

杜甫是用他的诗歌把儒家的这种观念形象地表达出来，他没有作过理论推演,他没有说过"亲亲仁民""民胞物与"之类的话,他是用他的作品,用他在作品中流露出来的对其他人物、其他物体的爱来表现这种理论。

杜甫的咏物诗很多,我们不能一一介绍,先来看这首《过津口》。诗中有这样两句:"白鱼困密网,黄鸟喧佳音。"杜甫在野外行走,看到一种白鱼被网眼很小的网困住了,无法逃脱,又看到黄鸟自由自在地在树枝上面鸣叫,发出很动听的叫声。"密网"的"密"字值得关注。中国古人是很注意环保的,周代对渔网眼子的大小都有具体规定的。网太密了,就会把小鱼都捕起来了,所以规定要用比较大的网眼,让小鱼都漏网。这当然是为了保证鱼可以生生不息地繁衍。舟山群岛本来盛产带鱼,但后来带鱼差点绝种,因为舟山一带的渔民用网眼很密的渔网,把两寸长的带鱼儿童都捕上来了。所以杜甫谴责"密网",它使白鱼困在网里逃脱不了。面对这两种生物的不同命运,杜甫自然就产生了感慨,他说:"物微限通塞,恻隐仁者心。"白鱼很小,说不定就是他后来写过的"白小"那一类的鱼,黄鸟当然不是很大的鸟。这些小生物有不同的命运,有的是"通",有的是"塞",有的很自由,有的不自由,这些都感动着我,我作为一个有仁爱之心的人,对它们深表关切。这是杜甫写咏物诗的一个出发点。

杜甫一生中写过很多咏物诗,我统计了一下,比较集中的有四组,我排列在讲义上了。第一组是杜甫48岁那年在秦州写的,一共有16首,就是从《天河》直到《铜瓶》,16首都是咏物诗,这可以看作一组。因为杜甫在秦州一共只呆了三个月,写作时间非常集中。然后是50岁那年在成都写的一组,是4首。这4首肯定是一组,因为它们的标题是《病柏》《病橘》《枯棕》《枯楠》,是对一组生了病的、将要枯萎的、毫无生气的植物的吟咏。第三组是51岁时也是在成都写的,叫《江头五咏》,写的是"花鸭"等五个细小的物体。最后一组是55岁时在夔州写的,从《鹦鹉》到《白小》,共8首。

这里先说一下什么是白小。白小是一种白颜色的特别小的鱼,《白小》中有这样两句:"白小群分命,天然二寸鱼。"什么叫"群分命"呢?钱锺书先生解释过,就是很多条鱼才分享一条生命,它太小了,几条鱼合起来才有一条命。钱锺书怎么会说到这一句杜诗呢?钱锺书是用来比喻南宋的"四灵派"。南宋有一个诗派叫"四灵派",四位诗人都是永嘉人。钱锺书说他们四

个人格局太小,就像白小一样,四个人才分一条命。(笑)

刚才介绍的这四组诗都是杜甫比较集中地写的咏物诗,我很少看到有专门讨论这几组咏物诗的文章,同学们有兴趣的话可以写文章来研究它们,看看每一组诗中同和异的情况。

现在我们跳出这几组咏物诗,看看杜甫咏物诗的整体情况是怎样的。我们分别从主题和艺术这两个角度来看一下。

先看主题。明代竟陵派文学家钟惺所编的《唐诗归》中,有一个地方谈到了杜甫的咏物诗。他认为,杜甫对他所咏的物体有 11 种态度。我觉得钟惺分得太琐碎,我归纳了一下,可以分为三大类:第一类是赞美,第二类是悲悯,第三类是嗔怪。嗔怪就是批评,说这个物体不好。我们分别来看一看这三大类的代表作品。

讲到第一大类的时候,我觉得南宋的黄彻说得特别好。黄彻有一本书叫《碧溪诗话》,里面谈到了杜甫的这一类咏物诗,并举了杜甫咏马的诗和咏鹰的诗,黄彻说杜甫比较喜欢咏这两种动物。咏马的诗有什么意思呢?黄彻说是"致远壮心,未甘伏枥",就是曹操说过的"老骥伏枥,志在千里"。一匹良马,即使老了,它的雄心壮志还没有消失。黄彻认为,杜甫之所以常常咏马,而且要咏骏马,主要是为了寄托"老骥伏枥,志在千里"的强烈的人生理想。那么杜甫为什么喜欢咏鹰呢?黄彻认为是因为杜甫"疾恶刚肠,尤思排击",就是杜甫非常仇恨那些丑恶的、邪恶的东西,他一看到这些东西就想打击它们。儒家有一个观点,是孔子说的:"惟仁者能好人,能恶人。"真正有仁爱之心的人必然有两个方面,一方面非常爱一类人,另一方面非常恨另外一类人。仅仅有仁爱而没有恨,那不是真正的仁者。在黄彻看来,杜甫咏马和咏鹰的诗恰恰体现了这样的人生态度。口说无凭,下面我们来看具体的作品。

先看《房兵曹胡马》,这是杜甫早期写的诗,具体写作年代不清楚,但是历代注家都认为杜甫在进长安以前就写了这首诗。看他是怎样写的。"胡马大宛名,锋棱瘦骨成。"这匹胡马是大宛的马,是产自西域的一种天马,也叫龙马,这在《汉书》中有详细的记载。汉武帝时代从大宛得到了这样的骏马。大宛是西域的一个国家。胡马非常瘦,骨头尖锐地耸着,像刀的锋棱一样,有很明显的棱角。骏马如果养成了肥马,肯定是跑不动路的,要日行千里的话肯定是比较瘦的马。杜甫看到的就是这样的一匹瘦马,骨头外露,像秦琼的黄骠马一样。"竹披双耳峻,风入四蹄轻。"这两句描写这匹马的外形。对"竹披双耳峻"一句,注家都引了《齐民要术》——这是古代的一本农业书,《齐民要术》写相马术说:什么样的马才是千里马呢?千里马有一个标志,就是"马耳欲小而锐,状如斩竹筒"。马的耳朵不能太大,不能是那种肥头大耳的马,"锐"就是尖尖的;马耳的形状就像把一个竹筒一刀斩断,当然是斜着劈的,我想大概是这样子(在黑板上画示意图)。(大笑)本来是一个竹筒,我这样斜着一刀把它斩断,这样的一双耳朵竖在那里,这种马才是千里马。胡马的耳朵不是耷拉着的,耳朵耷拉着的马肯定不是良马。"风入四蹄轻"是形容它跑得非常快,四蹄生风,简直是腾空而行。五、六两句说"所向无空阔,真堪托死生"。对于这样一匹马来说,任何遥远的距离都不存在,因为它一下子就跑过去了。而且这样的马会跟马的主人同生共死,主人的命运都可以托付给它。最后两句是"骁腾有如此,万里可横行。"这两句就不用讲了。

这首咏马的诗,后人有很多评论,仇兆鳌注本引了张綖的几句话,说:"此四十字中,其种其相,其才其德,无所不备。""其种其相"就是它的品种、外形,"其才其德"就是它的才能、品德。杜诗对这匹胡马作了全方位的描写。

我们再看一首咏鹰的诗,这不是一只真的鹰,是画中的鹰,诗题叫《画鹰》,这也是杜甫早期的诗作。限于时间,我们只看首尾两联。"素练风霜起,苍鹰画作殊。"他首先说明这是一只画在一幅白练上的鹰,鹰画得好,不同寻常。看到这只鹰,就觉得整幅白练都充满着风霜,因为鹰是用来打猎的,古人一般都在秋天草枯以后打猎。王维的《观猎》诗就说"草枯鹰眼疾",草枯了以后,猎鹰容易看见藏在草间的狐兔。最后两句是:"何当击凡鸟,毛血洒平芜。"这样的鹰有什么用处呢?就是去扑击那些凡鸟。扑击的结果是"毛血洒平芜",它在空中把那些鸟抓住了或者杀死了,毛啊、血啊,纷纷飘洒下来。班固《二京赋》描写当时皇家打猎的情形是"风毛雨血",空中禽鸟的毛和血纷纷飘洒下来,像风雨一样。哎呀,这样做很不环保,太残酷了,但古代的打猎确实很壮观。杜甫借用成语来描写鹰的本领很大,它很能扑击凡鸟。"凡鸟"到底指什么鸟呢?有的人会钻牛角尖,说"凡鸟"就是平凡的鸟,说不定是善良的小鸟,怎么能扑击它们呢?应该爱它们才是。但在杜甫眼中,"凡鸟"就是那些不值得同情的鸟,他也没说到底是什么鸟,我们就姑且把它想象是害鸟吧,是那些比较平凡的害鸟吧。

"凡鸟"这个词本来是有典故的,三国曹魏时期的吕安是嵇康的好朋友,他大老远地跑来看嵇康,结果嵇康不在。敲门后,嵇康的哥哥嵇喜出来了,吕安看不起嵇喜,就在门上写了一个"鳳"字,转身就走了,也不跟嵇喜说话。嵇喜很高兴,咦,他说我是鳳,鳳很好嘛,哈哈。后来有人说:鳳者,凡鸟也。一个"凡"下面加一个"鸟",就是"鳳"字。"凡鸟"就是一个平庸的人,所以吕安不愿与他交往。杜甫只在字面上借用这个词,典故的本来意义已经不存在了。

这样一首写画鹰的诗,或者也可以看作是咏鹰的诗,后人怎样评价的呢?我们首先看浦起龙的评价,浦起龙说:"乘风思奋之心,疾恶如仇之志,一齐揭出。"就是说此诗借鹰喻人,奋发有为的心思,疾恶如仇的志向,都通过咏鹰表达出来了。浦起龙对《房兵曹胡马》也有评论,他说:"此与《画鹰》诗,自是年少气盛时作,都为自己写照。""此"就指《房兵曹胡马》,他认为这都是杜甫年少气盛时的作品,都是杜甫抒写自己怀抱的。虽然是咏物诗,实质却是咏怀。中国古代的诗歌,凡是好的作品都是咏怀诗,写景也好,咏物也好,咏史也好,只要写得好,就必然是咏怀诗。杜甫的咏物诗也是这样。

下面我们看第二类。讲义上举了一个例子,就是《孤雁》,这是一首五言律诗。"孤雁不饮啄,飞鸣声念群。"雁本来都是群飞的,大家在小学课本上都学过:一会儿排成"人"字,一会儿排成"一"字。它都是一群一群地飞的,南来北往都是这样。而杜甫咏的恰恰是一只孤雁,一只离群的雁,它的伙伴都走了,只剩它孤零零地在空中飞,所以一边飞一边哀鸣,想念它的同伴。

下面从另外一个角度来说:"谁怜一片影,相失万重云。"谁可怜这个孤零零的雁呢?它终于消失在茫茫的云海中。"一片影"就是非常轻的一个雁影,很渺小,很单薄。这两句诗字面上很简单,但画出了一个非常优美的意象。我读这两句诗的时候经常联想到李商隐的一句诗:"万里云罗一雁飞。"

天空中的云很细、很轻，像有细纹的绮罗一样，在这样的背景下，一只孤雁在飞翔。当然李商隐这首《春雨》不是咏物诗，他说的孤雁是比喻书信的。这一句的上句说"玉珰缄札何由达"，我寄了一封书信，什么时候才能到达呢？下句是答案："万里云罗一雁飞。"但是我们把这句诗单独取出来的话，它跟"谁怜一片影，相失万重云"所构成的意境是一样的。同学们有没有看到过这种景象？我看到过，就在南京大学操场上。前年的一个秋夜，我在操场上散步，正好看到很多大雁南飞，不是孤雁，是一群一群的，在地面灯光的映照下呈银色的一群群大雁向南飞去。那天的夜空也有"万里云罗"，雁群就在这样的背景下飞过，真是美极了。

杜诗下面继续抒情："望尽似犹见，哀多如更闻。"孤雁已经飞得看不见了，但是我好像还能看到它，因为我的目光一直追随它的影子；刚才满耳都是它的哀鸣，现在也好像还能听到。诗人是用整个的心在关注孤雁，他的心随孤雁一起飞向远方了。

最后用一个野鸭来作反衬，野鸭怎么样呢？杜甫看来，孤雁是一只志向远大的鸟，它要向远方飞去。野鸭就呆在这里不动了，只要有东西吃就行了，正所谓"野鸭无意绪，鸣噪亦纷纷"。

杜甫这首《孤雁》诗，可以与崔涂的《孤雁》诗来对比。为什么要对比呢？我不是比谁写得更好，这方面古人曾经比较过，我是想说明一个问题。钱锺书在《宋诗选注》的前言中提到过一种情况，他说在选作品的时候，小家永远占便宜，小家的好诗不会被遗漏。比如选唐诗，王之涣的那两首诗——"白日依山尽"和"黄河远上白云间"——一般是不会遗漏的，不管怎么选都会选进去的。大家就吃亏了，大家写的与小家的作品一样好的诗往往会漏掉，为什么？大家的好作品太多了，不能光选大家一个人的。小家就一两首好诗，怎么选都会选进去。我读这两首《孤雁》的时候就有这种想法。

下面我们读一下崔涂的《孤雁》。崔涂的《孤雁》也写得非常好，是他的名篇。"几行归塞尽，念尔独何之。"很多排成行的大雁都飞到塞外去了，只剩这一只孤雁，你往哪边飞呢？"暮雨相呼失，寒塘欲下迟。"在暮雨苍茫的春天，孤雁怎么也呼叫不到它的同伴，它想落下来栖息在寒塘里，但又是一番迟疑。"渚云低暗渡，关月冷相随。"云层低压，只有凄冷的月亮跟随着它。

"未必逢矰缴,孤飞自可疑。"孤雁不一定会碰到猎人来射它,但是它孤零零地飞行,心里充满了恐惧和怀疑。"矰缴"是猎人用来射雁的一种弓箭,后面系着一根绳子,因为怕射中了找不到,系一根绳子就可以把射中的雁拉下来。

崔涂的这首《孤雁》的刻画、写景都非常好,而且确实是情景交融,他对孤雁的同情心很好地融入到了描写中。崔涂因这首诗而得名,得到了"崔孤雁"的美名。诗歌史上有很多这样的现象,因为某一句、某一篇写得特别好,因而得到一个外号。讲义上举了几个例子,比如"张春水"是张炎,张炎的《南浦》是咏春水的名篇,人家就叫他"张春水"。当然,"崔孤雁"也好,"张春水"也好,他们得名的句或篇写的是优美的物象,得到那样的称号还是不错的。但如果诗人描写的物体不是太优美,得到那样的外号就比较倒霉了。比如梅尧臣,梅尧臣写河豚写得好,人家就称他"梅河豚"。不知道同学们有没有看到过河豚,河豚鱼最丑了,圆鼓鼓的,非常难看。更倒霉的是金代诗人赵秉文,赵秉文有一句诗写蹇驴写得特别好,人家就称他"赵蹇驴"。(大笑)

这里有一个问题,就是崔涂因《孤雁》这首诗而得到了一个称号"崔孤雁",那么有人称杜甫为"杜孤雁"吗?没有,尽管杜甫这首《孤雁》诗也很好。这就是钱锺书说的,大家永远吃亏,因为好作品太多了。这首《孤雁》诗在杜甫的诗里不是最好的,我们要是编选一本一百首诗的《杜甫诗选》的话,都不一定会选到这首诗;它更不可能选到《唐诗三百首》里去。而"崔孤雁"这首诗就选到《唐诗三百首》里了。

关于杜甫和崔涂这两首孤雁诗,前人也注意到了,有的人还把它们作了一些比较。我这里介绍两个观点,大家看一看就行了。一个是北宋的范温,范温在《潜溪诗眼》里说:"尝爱崔涂《孤雁》诗云……公又使读老杜'孤雁不饮啄'者,然后知崔涂之无奇。"这里的"公"就是黄庭坚。黄庭坚让我去读老杜的《孤雁》诗,我读了以后就知道崔涂这首诗平淡无奇了,看来还是杜甫的好。这当然说得太过分了,即使跟杜诗相比,崔涂这首诗还是好的。宋末元初的方回评崔涂《孤雁》"渚云低暗渡,关月冷相随"两句说,这一联也有味,但是"不及老杜之万钧力也",就是说力量上还不及杜甫。我为什么要把这两句评语放在这里给大家看呢？我不知道大家读古代诗话时有没有这样一种感觉，就是当一个诗人或某一种倾向被确立为一个诗坛的典范以后，大家对它的评价有时会有过高之处。范温也好，方回也好，他们发这些言论的时候，杜甫已经被确立为诗坛的典范了，杜甫是唐诗的第一大家，是"诗圣"。在这种情况下，诗评家再来把他跟崔涂相比，往往说得不是很中肯，对杜甫的评价有时会过高。这两首诗是不是这样，同学们自己去体会一下，这可以锻炼大家的欣赏能力。

以上说的分别是杜甫咏物诗里的前面两类，一类是赞美的，一类是悲悯的，对骏马、雄鹰是赞美，而对像孤雁这样的可怜的柔弱的生物是悲悯，是同情。一般来说，杜甫的咏物诗我们都可以归类，或者归为第一类，或者归为第二类，当然也可以归为我们将会讲到的第三类。但是有时候这些类别是有所交叉的，是互相结合的。

下面我们看第三个例子，它是第一类和第二类结合在一起的一个例子，就是杜甫晚年在湖南写的《朱凤行》，"朱凤"就是一只红颜色的凤凰。这首诗很容易读。"君不见潇湘之山衡山高，山巅朱凤声嗷嗷。"潇湘附近的山以衡山最高，山顶上有一只红色的凤凰在那里痛苦地哀鸣。"侧身长顾求其曹，翅垂口噤心甚劳。"这只凤凰很孤独，它转过身来，四面眺望，"长顾"就是朝远处看，要想找一个同类，但是找不到，心里非常悲苦。它的翅膀垂下来了，嘴中也停止了鸣叫，心里很苦恼。"下愍百鸟在罗网，黄雀最小犹难逃。"凤凰往下面看，悲悯地发现百鸟都在罗网中，连最小的黄雀都不例外。前一阶段《南方周末》上登了一整版的文章，专门回顾曾经发生过的一件事情——除"四害"，全民消灭麻雀。大家不知道有没有看到，我看到报上登了郭沫若讨伐麻雀的诗，郭沫若以中国科学院院长和中国文联主席的双重身份写了一篇咒骂麻雀的诗，说"麻雀麻雀兴太豪"，等等，最后说"看你哪里逃"，一定要消灭麻雀。黄雀本来是一种很小的鸟，它的需求很少，很容易存活，就像张华所写的鹪鹩一样，它只要吃几粒粮食就吃饱了嘛。但是在非常严酷的社会环境下，即使是这样微小的需求也难以满足。所以"朱凤"看了之后非常同情它们，同情百鸟都在罗网之中。

最后"朱凤"表达了自己的愿望："愿分竹实及蝼蚁，尽使鸥鹳相怒号。"

我愿意把我的这份口粮分给所有的苍生,甚至分给蝼蚁那样的小虫子;让那些猫头鹰去怒号吧,对那些恶鸟我是坚决不理睬的,我仇视它们。"竹实"是竹子开花以后结的米,也叫竹米。竹子很难得开花的,开花结米就是竹子衰老了。传说中的凤凰"非醴泉不饮,非竹实不食",很高洁,一般的东西它是不吃的,一定要饮非常清澈的泉水,吃竹子开花结的米。

这样一首诗,从咏物诗的主题分类来看,首先可以归入第一类,是赞美的,杜甫赞美那只凤凰。也可以归入第二类,因为诗人同情百鸟、蝼蚁等弱小的生命。但还包含着第三类主题,就是"嗔怪",诗里写到了鸥鹙,杜甫对鸥鹙这类动物是排斥、仇恨的。所以《朱凤行》是一首具有综合性主题的咏物诗。

我要补充一点,杜诗中描写凤凰的作品比较多,如果我们把李白跟杜甫作一个比较研究的话,就会发现这两个人的不同思想倾向在每一个方面都有标志性的显示。同样是写鸟,杜甫最喜欢写凤凰,李白最喜欢写大鹏。凤是古代儒家认可的祥瑞,周文王要兴起了,就有"凤鸣岐山"。孔子临终时说"凤鸟不至",凤鸟为什么不来啊?而大鹏鸟是道家的象征,庄子认为它是一种绝对自由的象征,自由自在,无所依赖。所以李白喜欢写鹏,杜甫喜欢写凤,这说明他们的思想倾向是不同的。这个题目也可以写一篇小论文,同学们感兴趣的话,自己去比较一下。

我们继续看杜甫的咏物诗,请大家看讲义,下面举的例子是《初月》。这首诗是包括在刚才说的那四组诗的第一组里的,是杜甫48岁时在秦州写的。前人认为《初月》有嗔怪之意,就是有讽刺、批评的意味在里头,我们看一看是不是这样的。诗首先描写刚刚升起的一弯新月:"光细弦初上,影斜轮未安。"中国古人咏月亮的诗大多是咏满月的,咏新月、残月的比较少。当然偶尔也会有的,白居易就写过"可怜九月初三夜,露似真珠月似弓",写得很美。杜甫这首诗也是写一弯新月。刚出现的新月,细细的一弯,像一根弦;而月影是斜的,月轮不满,好像放不稳似的。"微升古塞外,已隐暮云端。"一弯新月本来就很细,光很微弱,它刚刚升到古塞上头,就已经被暮云遮住了。既然这样,月光的照耀效果就不是很好,所以"河汉不改色,关山空自寒",银河的明亮程度并没有改变。如果皓月当空的话,银河就会显得暗淡一些,星光被月光掩住了,但是现在银河并没有什么变化,关山还是有一股寒意。暗淡的事物会使人产生寒意。"庭前有白露,暗满菊花团。"地面上的景物暗淡无光,菊花上虽然满是露水,但是看不清楚。

从字面上看,这首诗完全是写初月的,古人还注意到诗人非常强调这个"初"字。"仇注"引张远的一句话说:"句句有一'初'字意,细玩自见。"每一句中都有"初"的意思。这是咏物诗在艺术上的基本要求,如果你咏初月,人家一看你咏的跟满月差不多,那么你就是不成功的,一定要突出"初"来。大家看《红楼梦》里香菱学写诗的时候,她写了一首诗咏月亮,写得不错,作为一个初学者来说已经很不错了,但是薛宝钗一看就说:不像咏月,倒像咏月色,每一句写的都是月色。宝钗批评香菱,就是说她咏物不扣题,不准确。杜甫的这首诗写的是初月,而不是满月,也不是残月,他在这方面做得很好。这一点我们就不细讲了,大家读一读讲义上的材料就行了。

值得注意的是,这首诗有什么隐喻的意义吗?我要介绍下面几个观点。

第一是北宋魏泰所记录的一种观点。魏泰在《临汉隐居诗话》中引夏竦的话,说这首诗"意在肃宗",也就是说《初月》是讽刺唐肃宗的。这个观点后来被人反复地复述,清代浦起龙也这样说,浦起龙引的是王原叔的注。大家还记得吗?我们讲注本的时候说过,所谓王原叔注,也就是王洙注,是伪注,那是北宋南宋之交的人假托王洙之名做的。"伪王注"这样解释《初月》的写作动机:"为肃宗新自外入,受蔽妇寺而作。"唐肃宗刚从外面进来入主朝廷,他被一些人蒙蔽了,被哪些人蒙蔽了呢?有两类人:一类是女人,就是他的皇后、嫔妃等;还有一类人是"寺",就是宦官,被阉割过的人。这是指张皇后和李辅国,唐肃宗就是受了他们的蒙蔽。浦起龙引了这段"伪王注"后,又加上一句说得很好的话:"存其说于言外可尔。"这句话你把它看作杜甫的言外之意就可以了,也就是说,不必过分地落实,不要把这点说得非常肯定,斩钉截铁地说这首诗就是讽刺唐肃宗,第一句说他什么,第二句说他什么,你只要体会到有一层言外之意就可以了。

我有一个博士生,她不同意这种解释,她认为这首《初月》诗没有讽刺,就是描写初月。我本人的看法是:假如后人所说的寄托,就是这首诗里的讽刺,是不违背这个文本的,假如你用它来解释文本、分析文本是合情合理的,逻辑上是讲得通的,也是符合这首诗的写作背景的,那么我们可以这样解读。因为杜甫刚刚弃官,离开肃宗朝廷到了秦州,他对于肃宗朝廷的政治完全绝望了。在这种情况下,杜甫完全有可能写诗讽刺唐肃宗。当然我们不能说一定是这样,这首《初月》一定是讽刺唐肃宗。这是没有根据的,杜甫又没有告诉你,你怎么知道?你只能根据文本来解读。我想我们最多只能说到这个程度,就是清人所说的:"作者何必然,读者何必不然?"作者不一定有这种意思,但是读者可以合情合理地有这种解读,这样读是允许的。

所以像这样一首咏物诗,作者到底有没有讽刺?我说不能肯定,但如果你认为有的话,理由还是比较充分的。原因就在于杜甫对这弯新月的描写确实有点古怪。你看他再三强调这弯月亮刚升上来,然后又再三强调月光非常微弱,初月本身的光就很微弱,偏偏又被暮云遮住了,"微升古塞外,已隐暮云端",初月刚升起来,就被暮云遮住了。在古人的心目中,那些奸邪的人,奸臣啊、宦官啊、嫔妃啊,他们对皇帝的蒙蔽,就是浮云把太阳挡住了。李白就说过"总为浮云能蔽日,长安不见使人愁"嘛。在这种背景之下,我们作出这样的解读,说这首诗暗含讽刺,应该说是比较合理的。但是,你不能说得太绝对,说得太绝对就根据不足了。这首《初月》可以被看作杜甫咏物诗中"嗔怪"这一类的代表作。应该说在杜甫的诗集里,这一类主题还有更好的代表作,其讽刺的意味是相当明确的。但我觉得从艺术上说,这一首写得更好,因为嗔怪之意如果太明显,就会影响诗歌的艺术水准,而《初月》好就好在它的讽刺似有似无,若隐若现,这是恰到好处的寄托。

第二是宋人黄庭坚的一个观点。黄庭坚被贬到四川,为大雅堂写了一篇记。大雅堂是当地的一个人建的,那个人把杜甫在夔州作的诗都刻成诗碑放在大雅堂里,他认为杜诗跟《诗经》中的《大雅》同样重要,所以建了这座堂。黄庭坚说:"子美诗妙处,乃在无意为文。"说杜诗最好的地方在于"无意为文",杜甫写诗并不是有意识地表示某种微言大义。下面黄庭坚批评一种倾向,他说:"彼喜穿凿者,弃其大旨,取其发兴于所遇林泉、人物、草木、鱼虫,以为物物皆有所托,如世间商度隐语者,则子美之诗委地矣。"那些喜欢穿凿附会的读诗人,丢弃了杜诗中重大的主题思想,专门关注杜甫对林泉、人物、草木、虫鱼的描写中的兴寄,以为杜诗中出现的每一个物体都是有所寄托的,都有某种隐喻意义。这种解读方式好像猜谜语,把杜诗的每一句都看成一个谜面,要想把那些谜底猜出来。"商度"就是商量、探讨、揣测,"隐语"就是谜语。黄庭坚认为,假如用这种方式来解读杜诗,"则子美之诗委地矣",也就是说杜诗没有任何意义了。"委地"就是倒在地上,崩塌了。黄庭坚对宋代杜诗学中曾经有过的这种倾向的批评是正确的。宋人在理解杜诗、评论杜诗的时候确实有这种倾向,认为杜诗中每一个物象都有所寄托,如果找不到,就不惜曲解诗意硬找,这样一来就歪曲了杜诗,忽略了对杜诗真正的思想意义的体认。但对黄庭坚的话我们也不能作机械的理解,不能因此而认为杜诗中的林泉、人物、草木、鱼虫都没有寄托,而仅仅是单纯的客观的描写,这样也不对。这句话应该辩证地看。

上面介绍的是杜甫咏物诗的主题倾向,也可以说是他对所咏物体的情感倾向,共有三大类。应该说,杜甫对于咏物诗主题的开拓,从逻辑上讲已经穷尽了咏物诗所有的主题倾向。后代的咏物诗没有超过杜诗,基本上就是这三大类,或者分得细一点,像明代钟惺分成十一小类,后代诗人也没有开拓出什么新的类别来,这是杜甫开创性的成就。

下面我们再从艺术的角度看一看杜甫的咏物诗写得怎么样,有这么三点内容要给大家介绍。第一点是,既然咏物诗是描写、吟咏物体的,出现在诗歌中的就是物象,是物体的外象,也就是所咏物体的形状、声音、颜色等,那么在刻画形貌的时候就必然会产生一个问题——所谓形似和神似的关系问题,你追求的是形似还是神似? 这是中国古人在绘画和诗歌等艺术中经常探讨的一个问题,你是注意刻画它的外形,还是注意写它的精神,把它的精神风貌也写出来? 让我们看看杜甫是怎么做的。

我们先看一段评语。明代的赵汸有一部书《类注杜工部五言律诗》,书里评《房兵曹胡马》,他说他通过读杜甫这首诗得出了一个结论:"咏物诗戒粘皮着骨。"什么叫"粘皮着骨"呢? 咏物诗当然不能完全离开所咏的物体,但是也不宜跟物体靠得太紧密,寸步不离,完全附着于物体,也就是说不能只注意物体自身。赵汸认为不应该这样做,这样写出来的不是很好的咏物诗。他下面说:"所谓索之于牝牡骊黄之外者。"就是说对物体的把握应该超越外形,在形貌之外追求物体的精神、意义。又说:"区区摹写体贴以为物象者,何足语此。"那些才力小的人,或者艺术水准不高的诗人,他们写咏物诗的时候,完全拘泥于所写物体的外形,一字一句都离不开物体的外形,那样的诗人是谈不上这一点的,他们与杜甫《房兵曹胡马》的水平相距很远。

"牝牡骊黄"是一个成语,《列子·说符》说,有一个人叫九方皋,善于相马,秦王就让他去找一匹千里马来。九方皋就去找,找了好久终于找到了,回来向秦王报告说:找到一匹千里马了。秦王问他那马是什么样子的呢?九方皋说是"牝而黄",是一匹黄颜色的母马。结果牵来一看,偏偏是"牡而骊",是一匹黑颜色的公马。他把马的性别搞错了,颜色也搞错了,秦王说你是怎么相马的呢?全都搞错了嘛。实际上没搞错,九方皋关心的是它是不是千里马,他只关心马的精神、马的能力,它是不是骏马。至于说它是黄的还是黑的,是公的还是母的,九方皋不关心,所以把它们搞混了。

当然寓言总是推向极端的,不推向极端就没法警戒世人。我并不是说你写咏物诗时可以完全不顾物象,你只关注物的精神,以致把它的外形完全搞错了,把一匹马说成一头牛了,这当然是不能允许的。(笑)但是古人强调一点:你一定要写出它的精神,一定要在形似的基础上进而追求神似,神似以后才能算是一首好的咏物诗。杜甫在这方面确实达到了相当高的水准。

我们再来看看纪晓岚是怎么评价这首《房兵曹胡马》的。纪晓岚经常批评杜甫,但他对这首诗很赞赏。纪晓岚说:"后四撒手游行,不拘于题,妙仍是题所应有。"说后四句完全离开了马的形貌,完全不管这匹胡马到底是什么形状,"撒手游行"就是撒开手来自由行走,不拘泥于题目,奇妙的是所写的内容仍然是题中应有之义。也就是说,后四句仍然与胡马有关,写的是马的精神,是其才其德,而不是它的外貌。他又说:"如此乃可以咏物。"

同样,古人在绘画艺术方面也有类似的认识,张彦远在《历代名画记》中说:"以气韵求其画,则形似在其间矣。"你首先要追求所画物体的气韵,气韵就是风度,是精神面貌,你达到了这个目标,形似就在其中了。关于咏物诗的神似与形似的问题,杜甫以他的创作实践表明了他的认识,而其他古人是从理论上来探讨这个问题的。

首先我们来看《诗品》,这里指的是托名司空图的《二十四诗品》,根据现代学者讨论的结果,比较多的人认为《二十四诗品》不是司空图作的,应该是元代人的作品。这我们暂且不管，反正是古代的一个文本。《二十四诗品》里有一篇叫《形容》，其中说："离形得似，庶几斯人。"就是你要形容物体，怎样才算写得好呢？要离开了"形"而得到"似"，才算写得好，也就是要超越形似。这里没有提出神似，但超越形似实际就是达到神似了。

下面举一个比较可靠的文本。苏东坡在一首诗里提出了一个非常鲜明的观点，这个观点在后代引起很多争论。他说："论画以形似，见与儿童邻。"就是你讨论绘画的时候，假如你立论的焦点是形似，追究画得像还是不像，这是小孩子的见解，不是高深的见解。写诗也一样，这个诗当然是指咏物一类的诗，他说："赋诗必此诗，定知非诗人。"假如你写诗咏一个物体，你一定要写成这个东西，那么你不是诗人。反过来说就是你可以若即若离，可以离开所咏对象稍远一点，或者着重于写它的神，而不重于写它的形，这样你才是好的诗人。

苏东坡这个话后来引起很多非议，南宋的葛立方还替苏东坡辩护说：东坡并不是主张"画牛作马"。其实，东坡的意思无非是说在绘画艺术或咏物诗的描写艺术中，神似是比形似更高层次的艺术境界。苏东坡也许说得过分了一些，有点矫枉过正了，但这种观念就是神似高于形似的观念，基本上是中国古代画论家与诗论家都承认的。杜甫是最早大量写咏物诗的人，他的出众之处在于，他从一开始就把咏物诗的艺术境界提到了非常高的高度，他实际上已经超越形似而达到神似的境界。这是我们思考杜甫咏物诗的艺术性时必须注意的一点。

我还想谈一谈杜甫咏物诗的寄托问题，这在谈到"嗔怪"这一类的时候已经有所涉及，但我还想谈谈另外两类，尤其是第一类中的寄托问题。我们读过了《房兵曹胡马》，又部分地读了《画鹰》，一首是咏马的诗，一首是咏鹰的诗。根据黄彻的意见，杜甫最喜欢咏的就是马与鹰这两种动物，在这两种动物身上，杜甫有所寄托，虽然他的寄托并不十分明显，并没有非常清楚地说出来，但是我相信读者是会有这种体认的。《房兵曹胡马》中的这匹马，这匹"老骥伏枥，志在千里"的千里马，是可以让主人把生死都寄托给它，和它同生共死的，它显然是一匹能力非常强，品德又非常高尚的马。这首诗当然是咏马，但是你说这也是杜甫的咏怀诗，杜甫在诗中展现的也是他自我的形象,恐怕也离事实不远。杜甫咏鹰的诗也是这样。寄托肯定是古代优秀咏物诗应该达到的要求,凡是优秀的咏物诗必然有所寄托,我们甚至可以说没有寄托的咏物诗必然不够好。问题是寄托到什么程度,如何寄托,这在实际写作中还是会成为问题的,因为并不是只要有了寄托就一定能够写好咏物诗。

　　作为反例,我们来看一看王安石的例子。讲义上举了两首王安石的咏物诗,这两首诗都跟我们南京有关系,写的是我们的本地风光。第一首是王安石青年时代写的《华藏院此君亭》,咏金陵的一个亭子。"此君亭"的周围肯定长满了竹子,因为"此君"这个词在古人的话语中如果指植物的话,一定是指竹子,这是王徽之说的:"不可一日无此君。"生活中不可一日无竹,竹子是高尚品格的象征。竹子后来被列入"岁寒三友"了嘛,它是古代士大夫非常喜欢的一种植物。王安石在四周长满竹子的亭子里题诗,当然也就是一首咏竹诗。诗里有这样两句:"谁怜直节生来瘦,自许高才老更刚。"这是以竹子的口气来说的,说谁爱竹子的这种品质呢,它的竿都非常直,又很瘦削,而且越老越是刚强。世上也有粗壮的竹子,但王安石没有见过,我在成都的望江亭公园里见过很多种竹子,有四十多种,其中有的相当粗壮,简直有点肥了。这两句诗当然是咏竹子的,但是字里行间有没有王安石对自己的人品、对自己的理想的期许和评价呢? 当然是有的,确实是咏物诗中有寄托。

　　应该说这是一首写得不错的咏物诗,但我们看看王安石自己对这首诗的态度。刚才说过,这首诗是他青年时代写的,宋代大诗人的作品要进行编年的话,最麻烦的就是王安石,因为王安石一生有好几次住在南京,他在南京写的诗很难弄清是哪个时期写的。这首诗肯定是早期写的。据《姜斋诗话》记载,王安石晚年又回到了南京。罢相以后,他生命的最后阶段是在南京度过的,住在半山堂,现在的海军指挥学院——那里我一直没进去过,因为是军事要地,门卫不让我进去。(笑)半山是指钟山到南京的一半路程。王安石晚年又来到此君亭,看到他早年写的咏竹诗被刻在一块木板上,挂在亭子的中央。王安石看了直皱眉头,说:"少时作此题榜,一传不可追改。大抵少年题诗,可以为戒。"说这是我年轻时候偶然写的,没想到就流传开来了,现在居然挂在这里,我感到很后悔,看来少年时候不该轻易题诗。联想到我们现在,全国的大学都规定研究生要发表论文,其实古人和前辈学者年轻时是不轻易发表作品的。古人有一个行为叫"自悔少作",就是年纪大了以后,看到自己年轻时候写的东西,觉得很惭愧。因为少作多半很浅薄,很粗率,这么粗浅的东西怎么发表出来了呢?人家现在看到你的名字,这就是你写的,赖也赖不掉,所以巴不得年轻时并没有发表才好。诗文这样,论文也是这样。我们现在的体制要求大家越早发表越好,发表得越多越好,这实在是与学术的精神不相符合的。

那么,王安石为什么认为这首咏竹诗写得不好呢?我们再看下面一个例子《北陂杏花》,这首诗也是王安石在南京写的,是他晚年写的。他咏杏花说:"纵被东风吹作雪,绝胜南陌碾成尘。"花必然是要落的,不管如何的繁花似锦,花期过后必然是落红成阵。李贺的诗里说:"桃花乱落如红雨。"杏花也是一样,到了该落的时候,东风一吹,白色的杏花像雪片一样地纷纷飘落。王安石看到这个景象,当然很同情杏花,但他又说这种景象还是胜过另外一种遭遇:"绝胜南陌碾成尘。"因为北陂杏花生长在非常幽静的钟山北麓,那里人迹罕至,杏花飘落在山坡上,不会受到行人的践踏。假如杏花生在闹市区,在新街口附近的话,那就倒霉了,它一落下来,无数的行人把它踩成尘土,杏花就被踩蹦,被糟蹋了。所以王安石认为杏花生长在钟山北麓是十分幸运的,他安慰杏花说:你虽然飘落了,但是你的结局要比另一种结局好得多。

这首诗吟咏杏花,是不是寄托着王安石对自身的遭遇、对自己的人生、对自己的品质的某种期许、某种安慰呢?我觉得这种读法是合理的。王安石晚年罢相,虽然是他自己请求的,但实际上是被人排挤的。在王安石变法过程中,一方面旧党拼命反对,另一方面新党内部矛盾重重。到了后来,王安石亲手提拔的吕惠卿等人开始排挤他,甚至造谣诽谤他。几十年的宦海风波,使王安石感到心灰意冷,但他对自己的人格品质仍然充满自信,所以他说:我这样的人即使罢官了,即使归隐了,甚至去世了,也像生长在钟山北麓的杏花,它飘落下来也是在洁净的地方,而不像那些长在红尘中的花,会被人踩成一团肮脏的泥土。所以,王安石对北陂杏花的吟咏,跟他早年的咏竹诗一样,都是在咏物中有所寄托的。

那么,王安石为什么对早年的咏竹诗感到后悔,而在晚年依然用比兴手法来咏杏花?原因在于:晚年的王安石在诗歌艺术上已经成熟了,已经达到他的最高境界了。为什么说这首咏杏花的诗是另外一种境界呢?我想关键就在于咏物诗里的寄托,这种寄托应该是似有似无、若隐若现的,不能太直截了当,不能太浅显。王安石咏竹子的诗里直接用"高才"这样的词,这个词虽然也有双关的意义,但它本来就是用于评论人物品格的一个词。虽然诗中有所寄托,但是他把对人物评价的某种标准生硬地叠加到竹子的形象上,就不够含蓄了,不是若有若无的那种寄托。而晚年写的杏花诗,表面上看全是写杏花,一个字都没有涉及人物,一个字都没有说到人的品格、人的才能等,仅仅是就花论花,但言外之意却是很清楚的。所以,这是两种不同的境界,从《华藏院此君亭》到《北陂杏花》,是诗人在不同阶段写的咏物诗,标志着王安石的诗歌艺术从青年时代的较低水准发展到晚年的较高水准。这两个例子说明了咏物诗中的寄托应该怎样处理的问题。我们回过头来看杜甫的咏物诗,就可以发现杜甫的咏物诗与王安石晚年写的《北陂杏花》是在同一个水准的,这才是好的寄托。

　　关于咏物诗,还有一个重要话题应该谈一谈,就是所谓"白战体"或"禁体"的问题。关于这一点,学界已经有一篇很好的文章,标题叫《火与雪:从体物到禁体物——论白战体及杜韩对它的先导作用》。"白战体"这个名词是北宋诗人提出来的,但是杜甫与韩愈对这种手法有先导作用,他们在写作中已经试验过了,不过没有提出这个名称来而已。这篇文章是程千帆先生跟张宏生老师师生合作的,收在我们三人合著的那本杜诗论文集《被开拓的诗世界》里,现在也收进了《程千帆文集》,很容易找到。大家可以去看看那篇文章,我今天就不讲了。

　　我把两篇很重要的相关文献印在讲义上。第一篇是欧阳修的《六一诗话》。欧阳修说,北宋初年有九个和尚合称"九僧",都是很有名的诗僧,特别喜欢写咏物诗。有一次,他们遇到一个叫许洞的进士,许洞就叫他们写诗,九僧很高兴,因为是诗僧,最喜欢写诗嘛。许洞拿出一张纸来,上面写了几个字,就是讲义上面打的这一行字:山、水、风、云、竹、石、花、草、雪、霜、禽、鸟。许洞说:你们今天写诗,这些字一个也不许用。九僧就都把笔放下了,为什么呢？这不是因为他们缺乏技巧，而是因为九僧写诗，每一首诗里都要用这些字，离开这些字，他们就没法写诗了。这是九僧写诗的常用字、必用字。许洞刁难九僧，故意禁止他们使用平时惯用的诗料。"白战体"就是禁止用平时常用作喻体的那些字眼，是要在艺术上设一个禁区。"白战"就是手无寸铁，大家赤手空拳地搏斗，不许手持兵器——经常用作比喻的字眼就是诗人的兵器嘛。你赤手空拳地打斗，更能显示你的武功，武功最高的人根本不需要兵器，武松光用两个拳头就把景阳冈的老虎打死了。所以苏东坡就把这种手法称为"白战体"。

欧阳修有一首诗叫作《雪》，前面有一篇小序，说下面这些字不准用。是哪些字呢？我们来看一看：玉、月、梨、梅、练、絮、白、舞、鹅、鹤、银。这些字大概是诗人经常用来描写雪的字，用来比喻、形容雪的字。但是欧阳修事先规定不准用这些字，然后让你来咏雪。后来苏东坡也有一首诗，标题很长：《江上值雪，效欧公体，限不以盐、玉、鹤、鹭、絮、蝶、飞、舞之类为比，仍不使皓、白、洁、素等字，次子由韵》。东坡在江上旅行，遇到一场大雪，便仿效欧阳修体来咏雪。"限不以"就是限制使用，苏东坡限制的字和欧阳修的不完全相同，东坡的禁字表中有一个"盐"字。用盐来描写雪本来是一种愚蠢的写法，是一个笨拙的比喻。《世说新语》记载说，谢安问他的侄儿侄女：纷纷飘落的雪像什么呢？侄儿谢朗说："撒盐空中差可拟。"抓一把盐往空中一撒，有点像雪。这个比喻很笨拙，因为盐粒比较重，一撒就掉下来，哪像轻飘飘的雪花。所以侄女谢道韫就说："未若柳絮因风起。"雪花像柳絮，风一吹，就会漫天飞舞。但是苏东坡规定"盐"字也不许用，就是笨的比喻也不许用，当然常用的巧妙的比喻更加不许用了，连"皓、白、洁、素"这些描写雪的颜色的字也不许用，然后让你来咏雪。这样的写法，就是在咏物诗中故意设置一些障碍，欧阳修也好，苏东坡也好，当他们这样做的时候，本身是一种文字游戏，是因难致巧，故意使诗歌写作变得很困难，从而显示他们过人的诗才。

但因祸得福，正因为设置了这些障碍，欧、苏就创立了所谓的"白战体"或"禁体"，即避开那些常用的艺术手段，避开那些常见的比喻，直接描写物体。说白一点，就是赤手空拳，凭硬功夫打仗。这当然是很有难度的，但欧、苏都写得很好。在程先生和张老师写的那篇文章里，他们从欧阳修和苏东坡的这些作品出发往前推,寻找这种手法的苗头、蛛丝马迹,一直推到韩愈、杜甫那里,所以我们阅读杜甫的咏物诗时,也可以关注一下这个问题。

第二篇是浦起龙的《读杜心解》。有一首杜诗《火》("楚山经月火"),描写的是一场山火,浦起龙说:"韩孟联句,欧苏禁体皆出于此。"浦起龙认为,韩愈跟孟郊的联句,欧阳修跟苏轼的禁体诗,都来源于杜甫的这首《火》。这个例子给我们的启发是,我们在研究古典诗歌的时候,应该看出隐含在文本内部的一种关系,这个关系本来是不明显的,因为"白战体"也好,"禁体"也好,杜甫并没有提出过,唐朝人根本没有这个概念,这完全是北宋人提出来的。但是浦起龙也好,程千帆先生也好,他们就看出了隐藏在文本与文本之间的一种潜在的关系。这是需要比较敏锐的眼光的,也是我们大家努力的一个目标。大家今后读诗的时候,应该这样深入地细读。

最后说一下韩、孟联句。韩愈跟孟郊写过很多联句,联句就是你写一句,我写一句,或你写两句,我写两句,最后构成一首诗。我最欣赏的一首联句就是韩、孟的《斗鸡联句》。《斗鸡联句》描写斗鸡,根本不用常见的比喻,它正面描写斗鸡的状态,直接刻画斗鸡的精神。我觉得韩愈的第一联就写得好,我读这两句时经常想到拳击比赛,一只大鸡与一只小鸡相斗,就像一个大个子与一个小个子拳击。"大鸡昂然来",大个子的拳击手气宇轩昂地走过来了。(大笑)小个子的拳击手怎么办呢?"小鸡竦而待",小个子的拳击手全身紧缩,全神贯注,准备迎战。写得多么生动啊!但并不用比喻之类的常见手法。所以浦起龙说,它与"白战体"的精神是相通的,这是咏物诗的一种很高的艺术境界。

第九讲

《北征》:诗史

今天我们读《北征》。

《北征》是杜甫诗集中最长的一首诗,140句,700个字,也是他最重要的代表作。这首诗的写作时间不能精确到某月某日,但是它记载的事情的经过是非常清楚的。诗的第一句就是"皇帝二载秋",这个"二载"就是至德二载,也就是757年,皇帝指的是刚刚登基不久的唐肃宗。这个事情发生的月日则是"闰八月初吉","初吉"就是初一,每个月的初一古人叫"吉",或者叫"初吉",它发生在这一年的闰八月初一。

我们再把这首诗的写作背景简单地介绍一下。在"安史之乱"爆发时,当"安史"叛军打进潼关的时候,杜甫跟他的家人一起正在奉先县。因为潼关离奉先很近,杜甫就带着家人向北逃亡,往陕北方向逃,一直逃到鄜州。杜甫把家人安置在一个叫羌村的村庄。羌村大家很熟悉,因为大家都读过《羌村三首》。杜甫第二年写的"今夜鄜州月",思念的就是那个地方。这个地方现在改名了,改为富县,地点在延安市的南边。富县现在不是个很富裕的地方,在唐代更是一个比较偏僻的地方,又贫穷,又荒凉。杜甫把家小安置在那里。

在这期间,唐帝国的形势有了很大的变化,"马嵬坡事变"发生以后,太子擅自登基称帝,就是肃宗。肃宗登基后的流亡政府驻在宁夏的灵武,在现在银川的南边一点,离长安很远。杜甫在羌村听说了这个消息,就投奔灵武而去,但是在途中遭遇了"安史"叛军,"安史"叛军跟唐政府的军队正处于犬牙交互的状态,在那一带打仗,杜甫被"安史"叛军俘虏了,并被抓回长安。

"安史之乱"爆发后,唐玄宗逃离长安是非常匆忙的,他匆匆忙忙带着杨贵妃就逃跑了,文武百官都来不及通知,很多官员都留在长安。"安史"叛军打下长安以后,很多官员被抓住了,而且大多接受了安禄山的伪职。这里当然就牵扯到一个气节的问题,你到底接受还是不接受伪职?像王维他就接受了伪职。但是王维心里面还想着唐王朝,还写了一首"万户伤心生野烟,百官何日再朝天"的诗,所以后来被减罪了。还有很多人因为投降伪政权,后来纷纷被治罪。

那么杜甫呢?我们当然没有根据说杜甫特别有气节,坚持不接受伪官。因为杜甫的官太小了,"安史"叛军虽然抓了他,但不太注意他,我们现在在杜甫的诗里找不到他受到叛军威胁利诱的蛛丝马迹。从现存的杜诗来看,他在长安沦陷区的时候还是可以自由走动的,并没有被软禁起来,他不是一个引人注目的重要人物嘛。

到了第二年,至德二载这年,唐政府已经由宁夏的灵武向南移,移到了凤翔,凤翔就是现在陕西的凤翔县,在宝鸡附近。就在这一年的四月份,杜甫冒着生命危险逃离叛军控制的长安,逃归凤翔。杜甫是冒着生命危险从长安逃出来的,又冒着生命危险穿过长安与凤翔之间唐军跟"安史"叛军对峙的战场,当时双方军队正在那里打仗。当时逃出长安,再穿过战场逃归凤翔的人非常少,除了杜甫之外,我们几乎找不到有关其他人的记录。可能就是因为这个原因,杜甫逃归凤翔以后,朝廷很重视他,因为他确实忠于国家嘛,肃宗就任命他做了左拾遗。左拾遗的官品比他原来的官要高得多,这个官是从八品上,比他原来从八品下的官要高两级。

那么拾遗这个官是为什么而设立的呢?它是封建社会里皇帝为了表明他的政治比较开明而设立的。所谓"拾遗"就是皇帝、朝廷在行政措施上有什么遗失,有什么想得不周到的地方,你可以指出来,帮朝廷拾遗补缺,其职责就是向朝廷提意见。当然,从皇帝的角度来说,设这样一个官不过是个摆设而已,装装门面的。杜甫很忠诚老实,他诚心诚意地忠于国家。他当了这个官以后,就真的"拾"起"遗"来,一"拾遗"就触怒了皇帝。他"拾"的最主要的一个"遗"就是替房琯辩护,房琯与叛军作战打了败仗,朝廷要重重地处置他。其实房琯获罪的主要原因不是打败仗,按照后代历史学家的研究,这事牵涉肃宗朝的新贵和玄宗朝留下来的老臣之间的矛盾,房琯属于玄宗朝的老臣,所以肃宗的朝廷要处置他。杜甫就挺身而出,帮房琯说话,这样就得罪了肃宗。我猜想肃宗可能是这样想的,给你个拾遗的官员做,不过是装装门面的,你还真的"拾"起"遗"来!于是肃宗就不高兴了,就疏远他了。正是在这样一种背景下,肃宗对杜甫说:你回家去探亲吧。放他长假,让他到陕北鄜州去探亲。这首《北征》就是杜甫探亲回到鄜州的家中后写的一首诗。当然,此行还留下了更有名的诗,就是现代读者更熟悉的《羌村三首》。他到家后先写《羌村三首》,稍后又写了这首《北征》。

我们先把《北征》读一遍,然后再来看这首诗的意义何在。

首先看标题《北征》,这个"征"不是军队征伐、征讨的意思,在古文中它还有另外一个意思,就是向某个方向的旅行。向哪个方向旅行,就叫"什么征"。这种命题方式最早出现在赋中,我们看看汉赋中的一些名篇,班彪有《北征赋》,班固的妹妹,也就是那个曹大家,有《东征赋》,我们还可以找到《南征赋》《西征赋》等。一个方位词加一个"征",就组成一个标题,这是赋的传统,在杜甫之前,诗歌中还没有出现过,杜甫的《北征》是第一次。

胡小石先生,原来中央大学的文学院院长,以前曾经在这里讲过杜诗,而且专门讲过这首《北征》。胡小石先生讲《北征》的讲稿后来整理成文,就叫《杜甫〈北征〉小笺》,收在作家出版社 20 世纪 50 年代编的《杜甫研究论文集》中。我们资料室有这本书,上中下三册,大家可以去看一看。在胡先生的笺语中,他一开始就说了一句很准确的话:"变赋入诗者也。"胡先生指出,这首诗把原来在赋中常见的比较重要的一种主题,或者是一种写作方式,变为诗歌了。我们从班彪的《北征赋》、班昭的《东征赋》来看,确实如此。

不仅仅是标题,甚至这首诗一开始的那种写法,就是首先把事件发生的年月日交代出来,也是这一类赋的传统写法。请大家看班昭《东征赋》的第一、二句:"惟永初之有七兮,余随子兮东征。"永初七年,班昭跟着她的儿子一起向东边旅行。班昭那时候已经是一个寡妇了,所以她跟着儿子。这是班昭交代写《东征赋》的由来。杜甫诗里说"皇帝二载秋,闰八月初吉",又说

"杜子将北征"，这完全是赋的写法。赋在传统的文体划分中是被归为"文"这一类的，所以"变赋为诗"，用我们今天的话来说，就是以文为诗的一种表现方法。所以这首诗从它的标题、从它一开始的写法，就表明它有以文为诗的倾向。

"杜子将北征"，"杜子"是杜甫对自己的称呼，说自己将要向北边旅行，向北进发。到北边去干什么呢？"苍茫问家室"。"问家室"很容易理解，要去看望我的家人，我的家人在北边，在鄜州的羌村。问题是："苍茫"两字是什么意思？"苍茫"两字，注家和评论家有的认为是写心情，有的认为是写其他的一些内容。

讲义上引了金圣叹的话，前面一句是对《北征》的总的评价："竟如古文辞，望之不复谓是韵语，开后来卢仝、韩愈无数法门。"这首诗就像一篇古文，看上去不像是一首诗，更像是文，这种以文为诗的写法，对后来中唐的卢仝、韩愈一派有非常大的影响。我们暂且不管这段语，先看下面："中间只插'苍茫'二字，便将一时胸中为在、为亡无数狐疑，一并写出。"金圣叹认为在"杜子将北征"和"问家室"中插进"苍茫"两个字，便把诗人对家属是存是亡的满腹狐疑都表达出来了。杜甫想，我的家人现在到底如何？他们还好好地健在吗？还是已经遭遇不幸了？不清楚，心情迷茫，情况迷茫。"苍茫"二字可谓栩栩如生。本来从"杜子将北征"到后面的"问家室"，都是清清楚楚的叙事，是古文写法，但中间插进"苍茫"二字，它就立刻变成诗歌了，古文不会有这样的句法。"苍茫"两字，金圣叹解得真好。那么是不是杜甫当时就这么想的呢？这个我们不知道，但是读者解读的时候有权利从文本中读出这么多的意蕴来。这是我们读古诗的时候应该努力达到的一种境界，这样读就会深入文本。金圣叹解读文本常常有他的独到之处，他之所以能成为一个大批评家，奥秘在善于点评。不管是点评小说戏曲还是点评诗歌，他对一些字句、一些细节以及一些章法脉络的分析确实有过人之处，特别细致。要说细读，金圣叹真是一个善于细读的人。

我们再看其他人的说法。仇兆鳌说："苍茫，急遽之意。"这当然也能解通。我急急忙忙地往北边去，要去寻访家人。但与金圣叹的解读相比，"仇注"显得简单化了。

我们再往下读:"维时遭艰虞,朝野少暇日。""维"是发语词,在一个句子前面加一个发语词,这也是古文常见的手法,诗歌中比较少见,《诗经》中曾经有过,但是后来的五、七言诗比较少见,杜甫这样用,也是以文为诗的一种表现。这个时候正是遭受艰难、忧虑的时代。朝廷也好,民间也好,都很忙乱,没有闲暇。在这样的时刻,我怎么可以离开朝廷?我是一个有官职的人啊,并没有被免官,我还是左拾遗啊,怎么可以离开朝廷去探亲呢?他自己解释说:"顾惭恩私被,诏许归蓬荜。"我内顾,我反省,我非常惭愧,惭愧什么呀?惭愧皇帝的恩惠加到我身上。"被"是加、及的意思。我探亲不是我自己提出请求的,是皇帝主动让我去探亲的,我得到了诏书,皇帝让我去看看蓬门荜户的家。"蓬荜"就是用茅草之类编的草门,是贫家之门。当然杜甫用的是曲笔,他不好正面说皇帝疏远我了,我提了一个意见,皇帝就恼怒了,就要把我撵出朝廷去,他不好这样说。于是他委婉地说:这是皇帝对我的恩惠,皇帝主动提出来让我去探亲,我就去了。这是交代他此行的理由。

尽管他已经感觉到朝廷对他的疏远,但是杜甫的忠君之心是不会改变的,所以他还是说:"拜辞诣阙下,怵惕久未出。"我到朝廷去拜辞,在阙下行礼。"阙"是宫殿前面的两个高高的建筑物。但我心里很害怕,很担心,久久地未能出来。也就是说,朝廷正处于多难的时候,所以我不忍心离开朝廷,我还要尽自己的责任。"虽乏谏诤姿,恐君有遗失。"左拾遗这个官的职责就是向朝廷提意见,但是杜甫自表谦虚说:我虽然缺乏当一个谏官的素质,"姿"是姿态,这里指素质,但我还要尽我的责任,我害怕皇帝有什么遗失,皇帝的遗失本来是我这个拾遗应该指出来的。

下面两句是歌颂肃宗:"君诚中兴主,经纬固密勿。"先讲后面一句,"经纬"就是治理的意思,运筹规划,治理国家。"密勿"就是"黾勉",《诗经》中有"黾勉从事",《汉书·刘向传》里引这一句的时候引的是异文,叫"密勿从事"。颜师古注《汉书》,认为它们是同一个词,颜师古说:"密勿,犹黾勉也。"那么"黾勉"又是什么意思呢?就是勤劳谨慎,一般指办理政事而言。这里歌颂肃宗,说他确实是一个中兴之主,他非常小心、非常勤劳地在那里执政。但尽管这样,形势还未得到根本的解决,"东胡反未已","安史"叛军的叛乱还没有平息。

这里要说一下"东"字。"东"是指"安史"叛军的根据地和叛军兵员的来源地主要在东边,即现在河北北部一带。从长安来说,那儿是东北,所以也可称"东"。那么"胡"呢?大家注意,杜甫在《北征》中多次提到"胡"字,即使在其他诗中,凡是讲到"安史"叛军,只要一有可能,他就用这个"胡"字。杜甫以此强调,这不仅仅是地方对于中央的一次叛乱,也是带有民族斗争性质的一场叛乱。因为"安史"叛军的主要组成部分不是汉人,大部分是胡人,所以杜甫强调说这是少数民族对于华夏民族的叛乱,带有民族斗争的性质。在古代儒家的政治学说里,华夷之辨就是一种正邪之分,杜甫始终强调这一点。皇帝如此圣明勤政,"安史"叛军反倒没有平息下来,所以"臣甫愤所切"。杜甫感到非常愤怒。"愤所切"就是说最愤怒的就在这些地方。这里之所以用"臣甫",是因为前面都在说肃宗,接下来当然应该自称"臣甫",臣子杜甫。

"挥涕恋行在,道途犹恍惚。"杜甫流着眼泪,恋恋不舍地离开了皇帝所住的地方,踏上了征途,但心情还没有平静下来,还是恍恍惚惚的。"行在"就是皇帝在京城以外住的地方,京城里的皇宫不能叫行在。"乾坤含疮痍,忧虞何时毕。"整个国家都受了创伤,发生了天翻地覆的大动乱,我的忧虑,我的担心,什么时候才能完结呢?

从开头到这个地方,是浦起龙所划分的第一段。这首诗仇兆鳌分为八段,浦起龙分为五段。我们前面说过,杜甫长诗的分段,浦起龙分得最好,比较简明。我们也遵照浦起龙的分法,把它分为五段。第一段共二十句,交代了旅行的背景,即诗人在什么情况下开始旅行,到陕北去探亲。

第二段共有三十六句,从"靡靡逾阡陌"一直到"残害为异物",写途中所见。"靡靡逾阡陌",杜甫离开凤翔,慢慢地走上了小路。"靡靡"就是"迟迟",在《诗经》中专指行走时不忍心很快走过去的一种状态。讲义上引了《诗经·王风·黍离》:"行迈靡靡。"《毛传》解释说:"犹迟迟也。""行迈靡靡"就是行迈迟迟,一个大臣经过故国的废墟,心中很感慨,不忍心很快走过去,就慢慢地走。杜甫也是这样,他看到了什么呢?"人烟眇萧瑟",人烟稀少啊。为什么人这么少呢?等会儿还会讲到,这里就是说途中很荒凉。"所遇多被伤",偶然遇到人了,却都是受伤的人。"呻吟更流血",他们一边呻吟,一边还在流着血,情况很惨。那些人可能是兵士,也可能是百姓,在战乱时候嘛。

本来已经写到上路了,杜甫突然又插进两句说:"回首凤翔县,旌旗晚明灭。"杜甫回头眺望一下凤翔县,暮色之间,凤翔城头插的旗帜忽明忽暗。古诗中写到"回首"或者"回头",我总会觉得特别有滋味。讲义上引了王粲的《七哀诗》,王粲在长安遇到战乱,他要离开长安到荆州去投靠刘表,路过霸陵,他说:"南登霸陵岸,回首望长安。"我要离开了,再回过头去最后眺望一下长安。杜甫这里是写他对凤翔、对朝廷、对肃宗恋恋不舍的感情。那么"回首凤翔县"看到了什么呢?"旌旗晚明灭"。曾有人说:什么叫"明灭"?搞不懂。我觉得很好理解,就是指晚风劲吹,旗帜在远处飘动,夕阳的余晖照着那些飘动着的旗帜,有时候它的角度正好能反光,就闪亮一下,有的角度不能反光,就暗下来。就是这种状态。实际上我们眺望远方的能反光的物体,都是这样的,只要它在动,哪怕是树叶,比如阳光下飘动的白杨。"旌旗晚明灭"是诗人在暮色中眺望凤翔县所看到的景色,其他物体都看不见了,因为旗比较高嘛。

杜甫越走越远,凤翔看不见了,诗歌开始写途中的景象了。"前登寒山重","重"是重重叠叠的意思,这时是闰八月,已经是深秋了,山间已有寒意,所以叫"寒山"。"屡得饮马窟",到处都呈现出曾经驻扎过军队的痕迹,水坑或泉眼都曾有战马饮过水。这一句说明这里曾经驻扎过军队。终于走到了邠州的郊外,"邠郊入地底,泾水中荡潏"。这两句把黄土高原的地貌写得非常生动。黄土高原沟壑纵横,梁和山很高,而被水冲刷出来的谷底则非常深。到了邠州的北边,泾水从谷底流过。"荡潏"就是冲荡,水流动的样子。

"猛虎立我前,苍崖吼时裂。"这两句历来有很多争论,当然,也不可能有结论。有的人说杜甫真的看到一只老虎,老虎的吼声很响,震得石头都裂开了。也有人说并没有老虎,比如金圣叹。那么杜甫为什么说"苍崖吼时裂"呢?金圣叹认为这是杜甫看到石头裂开来了,就想象古时候曾经有老虎在这里吼叫,把石头震得裂开来了。我没有去仔细地查资料,不知道唐代的时候在陕北是不是真的有老虎。汉代是有的,汉代黄河流域还是有老虎的,《后汉书》里记载说,有个叫刘昆的人,是个循吏,他治理弘农有德政,弘农在黄河南边,那里原有虎患,老虎经常对百姓造成灾害,刘昆来后,"虎皆负子渡河",老虎都背着小老虎北渡黄河跑掉了,从河南跑到山西去了,不在弘农危害百姓了,去危害山西的百姓了。(大笑)这说明汉代在黄河流域是有老虎的,唐代有没有就不清楚了。但是我想,杜甫之所以这样写,可能是天已经黑下来了,他听到山谷里有野兽在吼叫,又看到石头都裂开了,就这么联想了。要是真有一头猛虎站在我们的诗圣面前,那可怎么得了!这两句诗我们说不清到底说的是什么,但我们依然能感受到诗人正处于旅途的艰难中,他在暮色苍茫的山野里感到恐惧。

当然,到了深秋,山野之间还是有它美丽的地方,杜甫也看到了潇洒的秋景:"菊垂今秋花,石戴古车辙。"山里有野菊花,到了秋天纷纷地开花了。我没有在黄土高原上看过秋色,但我在太行山里看过。太行山深处,到了秋天,野菊花非常美丽,黄的白的都有,点缀在石壁上。岩石上面还留着古代车辙的痕迹,说明这个地方曾经是人烟比较稠密的地方,是交通要道,但是现在已经很荒凉了,这句中隐含着一层昔是今非的意思。"青云动高兴,幽事亦可悦。"登上山顶,看到了蓝天白云。"高兴"就是很高的兴致,这是一个词组,很高的兴致,不是我们现在说的动词"高兴",它是一个形容词和一个名词组成的词组。山间幽静的自然景色还是颇能愉悦人心的,尽管人事萧条,但自然景色还是很美丽的。"山果多琐细,罗生杂橡栗。"有很多非常细小的、不知名的山果,满山遍野地长着,跟橡树的果实、栗树的果实相互夹杂。这些山果的颜色是什么样的呢?"或红如丹砂,或黑如点漆。"有的鲜红得像丹砂一样,有的乌黑闪亮的,像漆一样。这两句话是上一、下四的句法,"或——红如丹砂,或——黑如点漆"。这也是以文为诗的比较典型的标志,和诗歌原有的节奏不一样,原来是上二下三或者上三下二,或者是二一二。大家看王力的《汉语诗律学》,五言句的节奏有好几种,但是没有上一下四的。上一下四的句法是从古文里移植过来的,韩愈的诗中比较多见,杜甫还是偶一为之。山里的野果子都是"雨露之所濡",都是接受了雨露的滋润后自然结出的果实;"甘苦齐结实",它们有的甜,有的苦,一起结成了果实。

从"山果多琐细"到"甘苦齐结实"一共六句,写在诗里有什么作用?为什么放在这首写重大主题的《北征》里面?杜甫是惜墨如金的诗人,是写诗非常精练的诗人,为什么这里要费三十个字来描写山里的这些野果子?杜甫也许摘了几颗野果尝了一下,否则怎么知道它们有的甜,有的苦?但他肯定没有用野果子充饥。这些野果跟他的这次旅行有关系吗?跟这首诗歌的主题有关系吗?没有关系。"安史"叛乱也好,不叛乱也好,山果还是照样地生长,年年如此。那么杜甫为什么在这里写这六句?让我们来看一看古人是怎么说的。杨伦的《杜诗镜铨》引清人张上若的话:"凡作极要紧极忙文字,偏向极不要紧极闲处传神,乃夕阳反照之法,惟老杜能之。"就是说如果要写非常重要的、非常紧张的内容,偏偏在这些很不重要的细节上传神,这种方法叫"夕阳反照之法"。只有杜甫会,其他人都不会。古人总结诗歌和文章中的艺术手法,称什么什么法,这在唐五代的诗格中最多,尤其是那些写诗格的和尚,最喜欢起些莫名其妙的名称,叫人摸不着头脑,很难理解。什么叫"夕阳反照之法"?我不清楚,他也没解释。但是我们如果抛开"夕阳反照之法"的名称不管,光看他对诗句的评论,我觉得还是可以理解的。张上若解释了我刚才提出的问题:为什么在一首描写重大题材的诗里,要插进一些看起来好像毫无关系的对于细节的描写?按照我的理解,细节是营造一个生动的、形象化的诗歌境界的必要组成部分,如果没有细节,诗人营造的诗歌境界是不充分、不生动、不具体的,使人读了以后不能"如在目前"。杜甫在此行途中确实看到了人烟稀少、野兽出没的很荒凉的景色,但是自然界的野果子还是照样生长、成熟,"或红如丹砂,或黑如点漆"。我们不能肯定杜甫运用了反衬的手法,杜甫是在说景物依旧,人事俱非,是用自然界的景物反衬人事的荒凉,等等。诗人也许有这样的意思在里面,也许没有,但是他把这样的一些细节插在诗里,就使整篇作品显得非常生动、真实,这确实是必要的,绝不是可有可无的文字,不能把它们删掉。

当然,杜甫写了一大段写景文字以后,应该尽快转折到社会内容上来。他怎么转到他的主题上来而不显得生硬呢?他说:"缅思桃源内,益叹身世拙。"看到眼前美丽的秋景,使我想起了桃源,缅怀那远离人世的宁静和平的环境,可惜桃源是邈不可及的,我只好叹息我的生计、我的遭遇是多么的不顺利。

下面转而描写旅途经历:"坡陀望鄜畤,岩谷互出没。"快要走近鄜州了,山坡更加起伏不平。"坡陀"就是起伏不平的样子,忽高忽低。"鄜畤"是鄜州的一个标志性的建筑物,是战国时秦国在那里建的一个祭天的祭坛,是祭西方白帝之神的。当然说不定诗人还没望到,只是觉得越来越近了,就开始眺望鄜州。可惜依然是"岩谷互出没",一会儿是高山,一会儿是山谷,忽上忽下,遮蔽了视线。

下面两句诗我们要稍微讨论一下:"我行已水滨,我仆犹木末。"杜甫此行不是一个人走的,而是带着一个仆人,因为他这时已经是从八品上的官了,有能力雇仆人了。那么为什么是"我行已水滨,我仆犹木末"呢?前代的注家都没有注,也许他们认为这是顺理成章的,没必要注。但是胡小石先生注意到这一点了。讲义上引了胡小石先生的话,胡先生说:"人非猿猴,何得行于树杪?"杜甫说"我仆犹木末",胡先生就问,他的仆人又不是一只猴子,怎么会在树梢上呢?我们看电视节目《动物世界》,可以看到猴子或者猩猩不在地上走,而是在树梢上,从这棵树跳到那棵树。杜甫的仆人不是猴子,也不是猩猩,他怎么会在树梢上呢?胡先生又说:"骤见似无理,而奇句则由此生。"初看这个句子好像是没有道理的,但是仔细一看,这是一个奇句。奇在什么地方?这两句前面写的是"岩谷互出没",一会儿是山峰,一会儿是沟壑,陕北黄土高原上沟壑纵横嘛,也就是说杜甫自己已经走到谷底去了,走到水边上了,回头一看呢,仆人还在山坡上,在他和仆人之间隔着树木,远远看去,仆人好像在树顶上。其实不是在树顶上,而是在山坡上。

胡小石先生的话到此为止,但我们还可以继续追究:为什么杜甫不跟仆人一块走?他走到谷底了,仆人还在山坡上,为什么两个人拉开了这么长的距离?金圣叹曾有一个解释,金圣叹认为:"我心急步急,仆心宽步宽。""我"就是杜甫自己,"我"去探亲,心里急着要去看家人,所以步子加快。而仆人不急,他又不去探亲,所以他在后面慢吞吞地走。(笑)这个解释当然有一点合理之处,两人的心理确实不一样。但还是不对头,仆人应该紧跟主人啊。当然,更合理的解释应该是:杜甫与仆人的旅行状态不一样,仆人挑着一个担子,挑着行李在那里步行,而杜甫骑着马。骑马当然走得快,所以他已经走到谷底了,而仆人还在山坡上。

那么我们进一步追问:为什么杜甫骑着马而仆人不骑马?他们两个人

为什么只有一匹马？我们为什么要追究这个问题呢？这本来跟解读文本没有多大关系，我只想借此介绍一下，我们现在的古代文学研究有一方面是古代的作家研究，就是研究古代作家的生平。研究作家的生平是为了更好地理解他的作品，看他的具体的写作背景是怎样的。我们的重点研究对象，像杜甫、李白这些作家，可以说在现有文献的基础上该做的都做了，我们的前辈，从古人到近人一直到现代的学者，凡是有材料可据的，能够考查出来的作家生平，都已经考查出来了，我们可以就这个例子看看这方面的工作已经进行到什么程度了。杜甫离开凤翔到鄜州去探亲，我们已经知道了，他本人骑着马，他的仆人是步行。问题是：他这匹马是哪来的？他从什么时候才开始骑马的？是一开始就骑马呢，还是途中才得到一匹马？我们来追究一下这个问题。

我先画一幅简单的地图，杜甫此行的路线大致是这样的，从西南向东北进发，起点是凤翔，中间经过麟游，再到邠州，再到鄜州，这四个地点基本上构成一条直线。讲义上引了一首《徒步归行》，"徒步"就是步行，杜甫步行回家。《徒步归行》写到他在凤翔的时候马匹很少。为什么这时候马匹很少呢？因为唐朝的军队正在那里集结，准备反攻叛军，收复长安，军队把所有的马匹都征收去了，用来补充战马的不足，所以很多大官都没有马骑。杜甫一直是步行上朝步行退朝的，上下班都没有马骑。他此行回家也没有马骑，所以这首《徒步归行》最后说："妻子山中哭向天，须公枥上追风骠。"我的妻子儿女在山中痛哭，盼我回去，我需要你马厩里的一匹快马。他写这首诗是要向一个人借马，在这首诗的标题下有杜甫的自注："赠李特进。自凤翔赴鄜州途经邠州作。"李特进是当时的一员大将，名叫李嗣业，他是"特进将军"。按照这条自注，杜甫与李嗣业在长安时就认识，他途经邠州时向李嗣业借了一匹马，然后骑着马继续前行。我们以前一直是这样认识的，以前我们对《徒步归行》以及《北征》中这两句话的理解都是这样的，就是杜甫此行一开始没有马，一直到邠州才借到了马。

后来北京大学的陈贻焮教授写了一部一百万字的《杜甫评传》，其中提出了一个新的观点，他认为杜甫此行不是在邠州借的马，他从凤翔出发时就骑马了。他考查出一个背景，这时候唐王朝正在凤翔集结军队，准备反攻长安,李嗣业原来是驻扎在邠州的,这时已经带着军队集结到凤翔来了。当然这个材料也许还不足以说明问题,陈教授就举出一个更重要的证据"以杜证杜",他用杜甫的其他作品来印证杜甫的这首《北征》,这是内证,是最有力的证据。那么陈贻焮教授找到了一个什么内证呢?请大家看讲义上的《九成宫》,这首诗是此行途中写的。《九成宫》里说:"驻马更搔首。"杜甫自己说:我路过九成宫(唐王朝的一个行宫),把马停下来踌躇了一番。"搔首"就是踌躇。九成宫在什么地方?九成宫就在麟游,而麟游的地理位置正在凤翔与邠州之间。所以陈贻焮说:杜甫此行不可能从凤翔步行走到邠州,借到一匹马以后,就骑马返回去游九成宫,然后再回头到鄜州去。因为他此行很匆忙,有职务在身,是皇帝准假去探亲的;他又急着要去探望生死未卜的家人,所以他在途中是不可能回头的。既然他在麟游路过九成宫的时候就骑着一匹马,所以他这匹马必然是在凤翔就借到手的,不可能到邠州才借。我觉得这个推理是很合理的。这确实是一个细节,非常小的一个问题,就是杜甫此行在什么地方借的马。原来说是邠州,现在被证实是凤翔,这不过是一个小问题。但我认为,这确实是杜甫研究的一个突破,以前大家都没搞清楚,陈贻焮教授把它弄得水落石出了。陈贻焮教授去世以后,北大请我写一篇悼念文章,我的那篇短文也收在陈贻焮教授的纪念文集中。我谈他的《杜甫评传》,专门提到这一点。我说这虽然是一个细节,但可见这本书的学术水准。陈贻焮教授"以杜证杜",用细密的考订把这个事实搞清楚了。

话归本题,这个问题自身的意义在什么地方呢?我为什么要在课堂上谈这一点呢?我是想告诉大家,如果你要研究像杜甫这样的作家,研究他的生平的话,你要注意学界已有的成果,学界已经研究到什么程度,如果没有什么重要的新材料发现,就不要想在重大的问题上轻而易举地推翻前人的结论,这非常难。假如你要在作家的生平研究方面做一个较大的题目,不是细节性的研究,那么我劝你不要研究杜甫,你可以研究李白,李白的生平中还有不少重大问题没有搞清楚。比如,李白一生到长安去是一次,还是两次、三次?如果是两次、三次的话,又是在什么年间?李白一生结过几次婚?这些我们还弄不清楚。当然这也是有很大难度的,不要以为李白就好研究了。这些之所以不清楚,是因为材料不够,文献不足。如果文献足的话,那些前辈的学者早就研究出来了。

刚才我们读到"我仆犹木末",下面是:"鸱鸮鸣黄桑,野鼠拱乱穴。"这又是插进来的一个细节。猫头鹰在枯黄的桑树上面鸣叫,野鼠站在洞穴外面眺望。这个"拱"字很有意思,写得很生动,野鼠都会这样,它身体矮小嘛,趴在地上看不远,当它要眺望一下,看有没有什么天敌来吃它,就要挺起身体站起来,用两个后脚站着。古人不理解,古人看到野鼠拱起两只前脚,以为它在行礼,于是称这种野鼠为"礼鼠",是有礼貌的鼠。"夜深经战场,寒月照白骨。"夜深了,杜甫还在路上走,经过一片战场,看到许多尸体已经腐烂成白骨了,零乱地抛在野外。凄冷的月光照着惨白的枯骨,真是一幅不堪入目的凄凉景象。由这些白骨杜甫联想到从前发生的一件惨痛的事情,就是潼关失守。"潼关百万师,往者散何卒!""卒"就是仓猝,非常快。"安史"叛军到达潼关以后,哥舒翰率领二十万军队(没有"百万",是二十万)镇守潼关,与叛军相持了相当长的时间。后来杨国忠不断地派人促战,哥舒翰开关迎敌,结果大败,全军覆没。这是直接威胁到长安的一仗,潼关一破,唐玄宗连夜逃跑,长安马上就沦陷了。潼关本来是长安的屏障,哥舒翰本来还可以坚守一阵的,潼关失守是杜甫特别痛心的事,这也是杜甫逃难的直接动因,所以他记忆犹新。潼关失守之后,"安史"叛军就长驱直入了,所以结果就很惨痛:"遂令半秦民,残害为异物。"秦地,就是关中一带,那儿有一半的老百姓都死了。所谓"异物"就是不再是活人,已为鬼类了。

下面是第三段,写杜甫到家以后的情景。我们先看看诗歌的转折。上面一段最后两句是:"遂令半秦民,残害为异物。"秦地的百姓遭受战乱,很多人都死了。下面就联系到自己身上来:"况我堕胡尘,及归尽华发。"况且我身陷叛军之中,等回到家里,头发都白了。为什么用"况"字?这里有两层意思:第一,潼关失守以后,老百姓遭受的战乱杜甫都亲身经受了,他也是遭难百姓中的一员;第二,这个"况"本来是推进一层的意思,也就是说,在这场战乱中,死者还算是幸运的,生者更加不幸,遭受了更多的痛苦。杜甫被"安史"叛军俘虏了,被屈辱地抓到长安去,种种经历,简直比死亡更加痛苦。有了这样一层意思,整首诗歌的思路就很顺畅地由国家形势、百姓的遭难转到诗人自己身上去了,说经过了这一年的煎熬,头发更加花白了。

下面写到家后的所见所闻:"经年至茅屋,妻子衣百结。"从杜甫把家安顿到羌村,到此时返家,差不多过了一年。过了一年才回到他的茅屋里,诗人看到妻子身上的衣服破烂不堪。"百结"就是衣服破成一缕缕的布条,再把它结起来,胡乱地挂在身上。"怵哭松声回,悲泉共幽咽。"全家抱头痛哭,哭声中夹杂着外面的松涛声。可见那时候黄土高原上还有不少树,现在连松声都没有了。"幽咽"就是声音低沉而不顺畅的一种状态,白居易的《琵琶行》里说"幽咽泉流冰下难"就是这个意思,声音压抑着,很不顺畅,像是在抽抽咽咽地哭。"平生所娇儿,颜色白胜雪。"平生最喜欢的男孩,皮肤是很白皙的。这个"白胜雪"可能是写他记忆中的孩子的肤色,但也有人说是孩子营养不良,所以面色苍白,两种读法都可以通。"见耶背面啼,垢腻脚不袜。""耶"就是爸爸,这是代用字,就是"爷爷"的"爷",口语中的父亲。孩子见到父亲以后背过脸去哭,不肯转过脸来,因为一年多没有见面,都陌生了。孩子身上肮脏不堪,脚上连袜子都没有穿。已经深秋时分了,他们还衣不蔽体,还赤着脚。"床前两小女,补绽才过膝。"所谓"床前两小女",说明这两个女孩子年龄更小。古代形容女孩子幼小,常说"扶床",就是自己还不怎么会走,只能扶着床栏杆,倚在床前。《孔雀东南飞》里就有"小姑始扶床"的句子。女孩身上的衣服打满了补丁,而且很短,刚过膝盖。当然这不是我们现代人的衣服,现在衣过膝盖就算大衣或长裙了,古代穿长袍、长裙子,如果刚到膝盖,那就是非常短的衣服了。这也是说衣不蔽体。今天人们穿的衣服就是要短,露脐装,故意要把肚脐露出来,(大笑)古人没有这种衣着。

再下面又是一个细节描写,具体写两个小女孩身上的衣服:"海图坼波涛,旧绣移曲折。天吴及紫凤,颠倒在裋褐。"她们的衣服是什么样子呢?上面有一块一块次序凌乱的、绣着图案的补丁,这些补丁本来是从一个丝织品上面剪下来的,绣着波浪,绣着"海图",还绣着《山海经》里曾经描写过的一个叫"天吴"的水神、一种叫"紫凤"的动物。这些图像本来是绣在丝织品上面的,现在都剪成了补丁,七颠八倒地补在小女孩的衣服上面。这几句描写非常生动。再说一下"补绽"的意思,"补绽"就是缝补,按现代汉语来讲,这个"绽"好像是裂开来,但古代也有"缝补"的意思,汉乐府《艳歌行》说:"故衣谁当补,新衣谁当绽。"就是在异乡漂流的游子,旧衣服破了叫谁补呢?新衣服又叫谁来缝呢？

对这几句描写，《杜臆》有一句评价，说它"写故家情状如画"。所谓"故家"，就是原来的小康之家，原来的官宦之家，以前家境还比较好的人家。这样的人家一旦转入极度贫困，服装上才会出现这样的状态。如果杜甫家原来就很穷，原来就是农民，那么他家的衣服上不会有这样的丝织品剪成的补丁。杜甫家原来是个官宦家庭，他的祖父杜审言官做得很大，曾任膳部郎中，他的父亲杜闲也做了很多年的县令，所以他家里有这些丝织品做的衣服。但到了这个时候，他的夫人穷得没办法了，就把这些东西胡乱地剪下来，缝补在小女孩的衣服上，所以出现了丝织品的图案颠倒过来的奇特现象。这个细节描写是非常生动的，体现了黑格尔所推崇的"这一个"的独特性。

再下面："老夫情怀恶，呕泄卧数日。"我的心情很不好，又吐又泻，躺了几天。杜甫途中受了风寒了，毕竟是深秋时分日夜兼程地在山里赶路嘛。然后就写到他与家人之间的关系了："那无囊中帛，救汝寒凛栗。"这个"那无"虽然只是一个虚词，但我们要稍微讲一下。先给大家介绍一本书，就是张相写的《诗词曲语辞汇释》。《诗词曲语辞汇释》是我们阅读古典诗词（包括散曲）时非常重要的一部工具书，它对一些虚词解释得尤其好。有些词与散曲中的虚词，你查这个工具书的话，就发现原来的理解是不够准确的。但恰恰在这个地方，张相解释得不清楚，或者说解释错了。张相在解释"那"的时候，作为一个书证，引了"那无囊中帛"这一句，他说这个"那"就是奈，"无可奈何"的"奈"，"那无"就是"奈无"，可惜我没有。杜甫看到小孩儿很寒冷，身上衣不蔽体的，但是拿不出"囊中帛"来为他们御寒。这显然是不符合事实的，杜甫是带了一些东西的，他下面写到了："粉黛亦解苞，衾裯稍罗列。"被子啊、褥子啊都取出来陈列在那里。他还是带了一些东西的，不是两手空空地回家的，所以张相的解释肯定不对。再看另外一个解释，已故的傅庚生先生，生前是西北大学的教授，是老一辈的杜诗专家，他在《杜诗析疑》中这样解释这一句："哪能不取出行囊中的财帛。"就是看到小儿女这么寒冷，衣不蔽体的，赶快解开行囊，把财帛取出来。这个意思虽然是对的，但是对这个句子的解释、翻译是不合原意的，因为杜诗里没有写到什么"取出"这样的动作。他把"那无囊中帛"解释为"哪能不取出行囊中的财帛",犯了古代阐释学中的一个忌讳,即"增字解经",就是在讲不通顺的时候往文本里加几个字进去,而所加的字是原文中没有的,这就歪曲了原文的意思。所以,我认为傅庚生先生的解释也是不准确的。那么这个句子怎么解?实际上很简单,我们看程千帆先生的解释,程先生认为,"那无"就是"岂无",杜甫在问:"岂无囊中帛?"难道我囊中没有帛吗?看到孩子这样寒冷,这样衣不蔽体,我囊中还是有一点帛的,赶快解开来。"岂无"是用反问的句式来表明囊中有一些帛。再回到原文上面,"那无囊中帛,救汝寒凛栗"这两句是连着读的,难道我行囊中没有帛吗?还是有一些的,赶紧拿出来救你们脱离寒冷吧。

"粉黛亦解苞,衾裯稍罗列。"带来的化妆品,什么粉黛啊、胭脂啊,也都拿出来,家里的被裯也可添置一些,原来连被裯都不周全了嘛。可见这个仆人挑的担子还是蛮沉重的,里面还是有不少东西的,怪不得他在一路上要落在杜甫后面呢。我们读到"粉黛亦解苞"的这个"亦"字,再回过去看"那无",就更可以说,那一句不是没有的意思,肯定是说有,否则这个"亦"字就没有着落了。如果行囊里面连帛都没有,什么叫"粉黛亦解苞"?这个"亦"从何而来?行囊里除了帛以外还有他物,所以说"亦解苞"。从情理上来说,也应该是这样的。杜甫在凤翔已做了从八品上的左拾遗,他的俸禄当然要比原来高了一些,他已经有一点财力了。他知道妻子带着一帮儿女在山村里生活得很艰难,他去探望他们,应该带些什么?首先要带些吃的、穿的,有余力才带一些化妆品。杜甫不会那么浪漫,吃的穿的一概不带,只带化妆品。所以从情理上说,"那无"应该作"岂无"来解。

我们再往下读。化妆品有了,被裯也有了,于是"瘦妻面复光"了,本来她面黄肌瘦的,现在脸上又有了一些光辉。怎么会有的呢?当然,她化妆了。(笑)古代的妇女化妆、美容,主要是为了丈夫,她唯一需要讨好的对象就是丈夫,我在讲义上引了《诗经·卫风·伯兮》中的一段话:"自伯之东,首如飞蓬。岂无膏沐,谁适为容。"自从丈夫到东边出征以后,我的头发就乱蓬蓬的,根本没有心思化妆、梳洗了。是家里没有化妆品吗?不是,而是化了妆以后给谁看呢?"膏沐"就是化妆品,"伯"是古代对男子、对自己丈夫的称呼。现在的妇女可不同啊,结婚以后在家里倒是头发乱蓬蓬的,出门去反而化妆得很讲究。(笑)古代的妇女在家里不出门也要化妆的,她是化妆给丈夫看的,"女为悦己者容"嘛。既然杜甫已经回家了,于是他的夫人就赶快打扮起来,所以"面复光"。"痴女头自栉",两个不懂事的女孩也拿出梳子来在那里梳头。"学母无不为",她们在模仿妈妈,妈妈在那里化妆,两个小女孩也自己化起妆来。杜甫的夫人这时候专心地化妆,她顾不上两个小女儿了。丈夫回来了,又带回了化妆品,就赶快化妆吧,(笑)两个小孩子在旁边乱搞一气,她也不管。这两个小女孩在旁边化妆,化得怎么样呢?"学母无不为"嘛,妈妈怎么样她们也怎么样,妈妈画眉毛,她们也画眉毛,妈妈点胭脂,她们也点胭脂,结果就弄成一幅怪模样了。请大家再往下读。"晓妆随手抹",早上起来随手把化妆品往脸上涂。"移时施朱铅",往脸上涂胭脂、铅粉,涂了好长一段时间,"移时"就是好长一段时间,结果是"狼藉画眉阔",乱七八糟地往脸上涂,把眉毛画得很宽,因为小女孩不会画眉嘛。

讲到这里我们要来看一下"钱注",我们以前介绍钱谦益的《钱注杜诗》时说,他善于注释唐代的背景,那么,我们来看看他这一句是怎么注的。钱谦益注"狼藉画眉阔"说:"唐时妇女画眉尚阔。"就是唐代的妇女化妆,眉毛就是要画得宽。这个"画眉尚阔"我们倒是见过的,我们看唐代流传下来的仕女图,眉毛都画得不长,但是画得很宽。但钱谦益用来注释这一句杜诗就不对了,钱谦益说的"画眉尚阔"是中晚唐的习俗,在盛唐,在"安史之乱"爆发不久的至德二载的时候,习俗还不是这样的。这个时候妇女画眉毛还是画得细细长长的,我有证据,请大家看白居易的《上阳白发人》。《上阳白发人》描写一个老宫女,她关在宫里很久了,她的化妆方式是"青黛点眉眉细长",用青黛来画眉,把眉毛画得细细长长的。白居易指出,这是"天宝末年时世妆",这是天宝末年的风尚,到白居易这个时代,妇女的眉毛已经画得很宽了。但是这个老宫女年龄大了,又一直关在深宫里与世隔绝,她还保留着天宝末年的化妆方式,即使到了白居易所处的时代,她还画得细细长长的,已经完全不入时了。这就告诉我们,在天宝年间,妇女画眉是画得细长的。那么杜甫这句"狼藉画眉阔"是什么意思呢?他就是写两个小女儿,她们自己在那里胡乱画眉。这两句写小儿情态,非常生动,而不是写唐时妇女的风尚。

　　下面进一步说他跟儿女之间的关系。杜甫仍从自己说起："生还对童稚，似欲忘饥渴。"杜甫总算回来了，看到幼小的儿女，一时高兴，把生活的艰难都忘掉了，把饥渴都忘掉了。下面转到小孩子的举动："问事竞挽须，谁能即嗔喝？"他在家里又吐又泻的，过了几天才跟小孩子交往，小孩子跟他比较熟了，认可他这个父亲了，争着来问他外面的情况。"竞挽须"，就是纷纷来拉他的胡子，因为有好几个孩子嘛，独生子女就不用"竞挽须"了。几个孩子这个也要问，那个也要问，看到爸爸不理他，就拉着爸爸的胡须把他的头牵向自己这边来。这当然很不符合封建时代的父子之礼，按照平时的正常状态，杜甫对于这样的举动是应该呵斥的，怎么可以随便拉爸爸的胡子呢？但这个时候"谁能即嗔喝"，他既不生气，也不呵斥他们。为什么呢？下面就解释了："翻思在贼愁，甘受杂乱聒。"我回想我当时沦陷在长安的时候，非常忧愁，非常想念这些孩子。现在他们真的出现在眼前了，哪怕他们吵成一片，我也心甘情愿。

　　"甘受杂乱聒"这句诗，写一位父亲与幼小的孩子久别重逢时的心态，非常真实，非常生动。在座的同学绝大部分都还没有做父亲、母亲，你们还没有这种体会，我有。我1986年到美国哈佛大学去访问，那时学校里不让我带妻子与孩子去，有人说全家去了就不回来了，要把她们当作人质扣在这里。当时我的女儿才两岁多，她还"未解忆哈佛"，但我在美国的一年中非常想念她，当然我也想念妻子。（大笑）一年以后，我回到家里，女儿整个暑假都与我呆在一起，一天到晚在我耳边聒噪。但是说实话，我真的"甘受杂乱聒"。我满耳都是她的聒噪，但觉得很愉快。所以从那以后，我读这句杜诗就有更深刻的体会了，以前体会还不够深。杜诗真可谓先得我心！

　　现在再回到杜诗上来："新归且慰意，生理焉能说？"我刚回来，姑且先愉快几天，不去考虑其他的事情，其实生计还是很艰难的，但是暂时不说它。这一段是第三段，也是三十六句，是说杜甫回家以后的情形。

　　下面是第四段，第四段共有十二八句，从"至尊尚蒙尘"到"皇纲未宜绝"，又回过头写他对国家形势的看法。"至尊尚蒙尘"，"至尊"就是皇帝，"蒙尘"就是皇帝遭难，这是一个专用的词，普通人遭难不能说"蒙尘"。皇帝还在外面蒙难，还没有返回长安。"几日休练卒"，什么时候才能够停止训练士兵呢？因为还要准备打仗，战争还没有平息。"仰观天色改，坐觉妖氛豁。"这个"坐"是即将的意思，表示时间很快。我看到天色变了，很快妖气就要散开了，"豁"是散开的意思。"阴风西北来，惨淡随回纥。"这个时候传来一个好的消息，从西北吹来一阵"阴风"。"惨淡"指一股阴冷之气。这时唐政府决定向西边的一个少数民族回纥借兵，回纥就居住在现在的新疆地区，基本上就是现在的维吾尔族。这个民族的名字经常变，杜甫那时候叫"回纥"，到了中唐改成"回鹘"，元代又改成"畏吾儿"，然后就叫"维吾尔"了，就是这个民族。这个民族英勇善战，是终日骑在马上的一个游猎民族，唐政府就向它借兵。"阴风西北来，惨淡随回纥"，如果不深究的话，这个文本很容易理解，就是回纥的兵来了，这个时候正是深秋、初冬时候，"北方吹来十月的风"嘛，他们从西北来，好像一股阴冷的西北风吹过来了。但是你仔细追究，它里面还有一层意思，所谓"惨淡随回纥"，就是回纥的军队来的时候，出现在人们眼前的是一片雪白。回纥这个民族尚白，衣服、旗帜都是白颜色的，整个军队开过来的时候一片雪白。胡小石先生也说这是"影射回纥服饰"，就是说回纥的衣服是白色的。杜甫另一首关于回纥的诗《留花门》里也有两句："连云屯左辅，百里见霜雪。"就是回纥驻扎的地区，一百里之内看上去像是一片霜雪。清末的大学者沈曾植——这个人的学问连王国维都非常钦佩——进一步解释说：回纥信摩尼教，就是古伊朗的摩尼创立的那个宗教，摩尼教是尚白色的，因为它崇尚光明嘛，所以回纥的旗帜也好，衣服也好，都是白颜色的。这样一支白衣白甲的军队开过来，好像一阵阴风吹过来了。

我们再回到杜诗的文本，下面接着说："其王愿助顺，其俗善驰突。"回纥王愿意帮助朝廷，而他们的习俗就是善于骑马打仗。造反叫"乱""逆"，愿意帮助朝廷就叫"顺"。"送兵五千人，驱马一万匹。"回纥军队的特点是每个人配两匹马，一个人骑一匹马，还带一匹马备用，这匹马累了就换乘另外一匹，所以来五千人就有一万匹马。"此辈少为贵，四方服勇决。"这批人虽然人数不算多，但是他们战斗力非常强，四方都佩服他们的勇敢坚决。"所用皆鹰腾，破敌过箭疾。"这些人动作像老鹰一样迅猛，他们打败敌军就像箭一样快。这些都好懂,下面两句要稍微讲一下:"圣心颇虚伫,时议气欲夺。"这是什么意思呢?"圣心"当然是皇帝的心了,"虚伫"就是虚心等待的意思,唐肃宗把反击"安史"叛军、收复长安的希望寄托在回纥军队上面,所以在虚心地等待他们前来。"虚伫"也含有另一层意思,肃宗觉得回纥的部队战斗力特别强,心里还是有一点害怕的,万一来了以后指挥不灵,尾大不掉,那又怎么办?当然,这层意思是出于杜甫自己的体会。"时议"就是朝廷里的议论,对于借兵回纥,朝臣们谁也不敢说什么反对的话。"气欲夺"就是夺气,原来的勇气被人家打消了,不敢再说话了。

对于向回纥借兵的事,当时的朝野都没有什么议论,但是杜甫是有看法的,他对此事是有所忧虑的。后来形势的发展证明杜甫的忧虑是有道理的,回纥兵帮助唐政府收复长安、洛阳以后,居功自傲,大肆烧杀抢掠,而且赖在长安就不肯走了。后来唐政府劝他们回去都非常困难,反而成为唐朝的一个危害,当然这都是后来才发生的事,但是杜甫心里已有隐忧。

尽管这样,唐政府借到了强有力的援兵,这对反攻是有利的,杜甫也预计到胜利在望了:"伊洛指掌收,西京不足拔。"伊水、洛水是洛阳附近的两条河流,"伊洛"就是指洛阳。"指掌"就是用手指指一下手掌,意思同于易如反掌。《论语》中说孔子"指其掌",表示非常容易。既然洛阳都很容易收复,那么在洛阳西边的长安就不用提了。"官军请深入,蓄锐伺俱发。"杜甫希望不要让回纥的军队单独作战,唐朝的官军也要再深入地往东边进攻,官军已经养精蓄锐很多年了嘛,理应与回纥一起进发。"此举开青徐,旋瞻略恒碣。"这次军事行动很快就可以打下青州、徐州一带,然后就可以直捣叛军的老巢了。恒山在山西北部,碣石在河北的北部,这一仗可以一举收复东北的失土。杜甫认为消灭叛军的时机到了:"昊天积霜露,正气有肃杀。"已经是深秋或初冬了,到了这个时候,老天要发威了。古人认为秋天是肃杀的季节,这个时候草木都凋零了,天地间有一股杀气,所以说"昊天积霜露",正气要抬头了,那些邪恶的东西要灭亡了。"祸转亡胡岁,势成擒胡月。"已经到了叛军灭亡的时候了。"胡命其能久?皇纲未宜绝。"胡命还能长久吗?国家的命运是不会断绝的。"纲"是命运,"皇纲"是国家的命运。这四句话我们需要特别关注。这四句话的前三句都有一个"胡"字,"祸转亡胡岁""势成擒胡月""胡命其能久",为什么呢？杜甫是在强调指出"安史"叛军的异民族性质。这次叛乱不是地方对中央的叛乱，不是少数野心家对皇权的夺取，它是异民族来侵略我们这个民族，所以我们的反攻战争具有更充足的正义性。

以上是全诗的第四段，写杜甫对于唐王朝形势的看法以及对战事态势的预测。

现在我们可以回过头去看看《北征》这首诗的写作时间。讲义上有一个时间表，唐军在九月初开始反攻长安，九月二十八日收复长安，而杜甫写这首诗的时候显然还没有收复长安，也还没有开始发动攻势。当然消息从凤翔或从长安传到鄜州羌村还需要两三天时间，所以我估计《北征》是八月底或九月初写的。杜甫此时已经知道唐军即将反攻的形势，回纥的部队已经来了，唐军正在那里养精蓄锐，准备反攻长安，但是还没有攻。这首诗大概是在这时候写的。

最后 20 句是第五段，写杜甫对于整个唐帝国的命运的看法。他首先回顾历史，回顾"安史之乱"以后的"马嵬坡事变"："忆昔狼狈初，事与古先别。"我回忆当初国家遭遇狼狈的时候，形势跟古代也是不一样的，"古先"就是古代，是复词单义。不一样在哪里呢？"奸臣竟菹醢，同恶随荡析。""安史"叛军打下潼关，唐政府逃到马嵬坡，事变就马上发生了。事变发生以后，奸臣杨国忠这些人当即被杀掉了，杨国忠的儿子啊、秦国夫人啊、韩国夫人啊，都在这次事变中被杀了。杨贵妃也被缢死了，跟她一起作恶的势力是整个的被消灭了。这次事变非常干净利索，把这些恶势力一扫而光，杜甫觉得这是国家走向中兴的一个标志。他进一步指出，在这次事变中，唐玄宗不是被动的，唐玄宗是同意诛杀诸奸的。当然，这是为唐玄宗回护。

现在我们来看一看关键的这两句："不闻夏殷衰，中自诛褒妲。"古代传说中有三个历史朝代，就是夏、商、西周，这三个朝代的末代君主都是因女色而亡国的，都是因为君主特别宠爱美女，然后荒淫无耻、不问朝政，最后就亡国了。这里有这样三对人物：夏桀宠爱妹喜，殷纣王宠爱妲己，周幽王宠爱褒姒。杜诗写的是"不闻夏殷衰"，君主是夏桀跟殷纣。"中自诛褒妲"，女宠是褒姒和妲己。这个搭配好像不符合事实，前人有一些议论。"仇注"就把这句"中自诛褒妲"改为"中自诛妹妲"，因为夏桀宠爱的应该是妹喜，所以他认为这样才能搭配。《全唐诗》又把上一句改了，改成"不闻殷周衰"，而不是"夏殷衰"。宋代的胡仔也说是应该作"殷周"。但是他们的改动在版本学上都是没有根据的，因为宋本《杜工部集》就是我们现在看到的这个文本。浦起龙提出一种解释，但也解释得不够好，他说是"痛快疾书，涉笔成误"，杜甫写得太痛快了，回忆"马嵬坡事变"心情激动，没有仔细思考，所以写错了。金圣叹独持异议，他说没有错，"正以参差不整为善用耳"。因为两句诗都是五言句，字数有限，他没有办法把三个朝代的三对人名都写进去，所以他在上句中举两个人名，下句中举两个人名，交叉着来。这一交叉，等于是把这三对人物全都写进去了。杨伦的《杜诗镜铨》引李因笃的话，把这层意思说得更加清楚，他说："不言周，不言妹喜，此古人互文之妙。"上句中不言周，只说"夏殷衰"而不说"周衰"，下句中"不言妹喜"，只说"褒姐"，这是互文，是诗文中常见的一种修辞手法。我完全同意金圣叹、李因笃的说法，杜诗原来的文本没有错，没有必要像"仇注"、《全唐诗》那样擅自改动杜诗的原文。

这里需要说明一下杜甫对于唐玄宗的态度，杜甫确实为唐玄宗回护了，他说这场事变是唐玄宗同意的，是出于唐玄宗本人的意思。事实当然不是这样，唐玄宗完全是被动的，被迫的。尤其是杀杨贵妃，唐玄宗是在万不得已的形势下才勉强同意的。杜甫这样说也是出于不得已，作为一个忠臣，他不得不为唐玄宗讳。

下面转而说到唐肃宗："周汉获再兴，宣光果明哲。"周朝也好，汉朝也好，一度衰落以后，很快再次中兴，造成周、汉中兴的周宣王、汉光武帝果真是明哲之君。再下面才是杜甫的真实意思，他大力歌颂陈玄礼，歌颂这个在"马嵬坡事变"中起了决定性作用的关键人物。"桓桓陈将军，仗钺奋忠烈。""桓桓"是威武的样子，幸亏有这个威武的陈将军，忠义奋发，发动了这场"马嵬坡事变"。"钺"是皇帝仪仗队用的一种非常大的斧子，实际上不能作真正的兵器用，这里说"仗钺"是暗示陈玄礼禁军首领的身份。陈玄礼是御林军的首领，他以这种身份发动"马嵬坡事变"，挽救了国家的命运，杜甫对此完全赞成，热烈歌颂。他甚至模仿《论语》中孔子表彰管仲的口气说："微尔人尽非，至今国犹活。"假如没有你的话，人都要变为异物了。幸亏有了你，现在我们的国家还没有亡。"微尔"，"微"字下面加一个人物，这是《论语》的句法,孔子说:"微管仲,吾其被发左衽矣。"要是没有管仲的话,我们都要被外民族统治了,我们汉民族的政权就不再存在了。说明管仲的功绩很大。这样模仿《论语》的口气,说明杜甫对陈玄礼的贡献是高度肯定的。当然,读到这里,我们就可以认识到,杜甫并不真认为"马嵬坡事变"是唐玄宗的主张,他还是把主要的功劳归于陈玄礼。但是他毕竟是一个封建的臣子,又非常忠君,所以他不得不回护唐玄宗。当然,他的真正的意思还是在诗中有所表示:"马嵬坡事变"是军士们发动的,不是玄宗的意思。

最后杜甫说:"凄凉大同殿,寂寞白兽闼。"大同殿是唐宫里的一个宫殿,唐玄宗经常接见外国使者的地方。白兽闼就是白兽门,原名白虎门,是唐宫里非常重要的一个宫门,因为唐高祖李渊的父亲叫李虎,所以避讳改为"白兽门"了。这时候长安还没有收复,长安还在叛军手里,所以大同殿也好,白兽门也好,现在都很凄凉,很寂寞。但是不久就要收复了,因为"都人望翠华,佳气向金阙",老百姓人心思治,人心思唐,都在那里盼望着唐军返回长安。下面说国家命运还是会有好的前途:"园陵固有神,扫洒数不缺。"唐天子列祖列宗的陵墓都在那里,有神灵守护着,洒扫的礼数不会缺少。"扫洒数不缺",胡小石先生说是想象反攻、光复以后去祭扫这些陵墓。但我觉得这句应该跟上一句联系起来,那些陵园本来有神灵守护着,即使还没有收复,守护的神灵也会在那里洒扫的,这样解读更好。"煌煌太宗业,树立甚宏达。"唐朝的政治是由唐太宗树立起来的,是由一个非常英明的君主、开创了"贞观之治"的君主树立起来的,它应该有良好的命运。因为当初的树立就非常宏大,所以唐朝的国运也应该是通达的,是有光辉前途的。"宏达"就是宏大而通达。

我们刚才逐字逐句地读了一遍《北征》,下面简单地作一些归纳,看看这首诗的意义和价值何在。我们已经提到过一点,这是一首以文为诗的诗,可以说是以文为诗这种手法在中国古代诗歌史上最早、最集中的体现,零零碎碎的、枝节性的以文为诗以前也有过,但是集中的、鲜明的表现则以《北征》为最早,具有开创意义。《北征》在后代非常受人重视,因为它确实是杜甫的代表作。我们上次说过,读杜甫你不能读了"两个黄鹂鸣翠柳,一行白鹭上青天"就完了,或者读一下"三吏""三别"就完了,"三吏""三别"当然重要,但是更重要的是《北征》《自京赴奉先县咏怀五百字》《秋兴八首》,这些诗才真正是杜甫的代表作。《北征》在后代引起了很多的评论,也引起了很多的争论。在宋代,有人把杜甫的《北征》跟韩愈的《南山诗》进行了比较,看两首诗到底哪一首写得更好,这个我们就不细说了。

我认为"以文为诗"是《北征》的意义和价值的一个重要方面,讲义上引了胡小石《杜诗〈北征〉小笺》中的一段话,我觉得他说得非常好。他说这首《北征》"结合时事,加入议论,撤去旧来藩篱,通诗与散文而一之"。就是说这首《北征》结合国家的时事,加入大段的议论,表示了杜甫对于形势的看法,对国家命运的议论。为什么说"结合时事"再"加入议论",就是"通诗与散文而一之"呢?就是"撤去旧来藩篱"呢?"藩篱"就是局限、界限。在杜甫以前,或者说在杜甫写这首《北征》诗以前,古典诗歌是很少表现这些内容的。古典诗歌不以表达时事为主要内容,更不以议论为主要内容。表现时事、叙述国家大事的经过以及发表种种的议论、看法,都是散文的功能。所以胡小石先生说《北征》把原来的篱笆拆掉了,使散文的这些功能移植到诗歌中来了。然后他又说:"波澜壮阔,前所未见,亦当时诸家所不及。为后来以笔代文者开其先声。"这样一首波澜壮阔的发表宏大议论、叙述重大事件的诗,在以前的诗歌中从未出现过。与杜甫同时代的诗人,李白也好,王维也好,高适也好,都没有这样写过。李白他们同样经历了"安史之乱",但他们都没有写过这样的作品。这是杜甫独特的创造。"以笔代文"实际上就是我们现在说的"以文为诗"。到了中唐,"古文运动"的参加者,主要是韩愈等诗人,他们才开始"以笔代文"。杜甫则为这个运动开了先声,他是一个先驱者。

关于胡小石先生这一段话,我有两点要稍微讲一下。第一,以前的人,胡先生以前的学者,在讲到以文为诗的时候,他们比较关注的是什么呢?关注的是句法、字法等枝节性的东西。他们主要关注我们刚才读到的"或红如丹砂,或黑如点漆",来讨论一番这个句法是不是上一下四啊,七字句是不是上三下四啊,是不是打乱了诗歌原有的句法,或者有没有用虚词啊等方面。而胡先生呢,他不关注这些,他也肯定看到这些内容了,但是他一字未提,他认为更主要的标志是功能的转移、功能的变化。诗歌原来没有这些功能,没有这种长篇的叙事、大段的议论,这是散文的功能。但是杜甫在《北征》中把这些功能发挥得很好,胡先生认为这才是更重要的以文为诗。我觉得这种认识是非常重要的。

第二,我还要解释一下胡先生所说的"以笔代文"。"以笔代文"照我们现在的话来讲应是以文为诗嘛。什么叫"笔"?什么叫"文"?《文心雕龙》里说得很清楚,"无韵者笔","有韵者文",押韵的就是"文",不押韵的是"笔"。这个"文"和"笔"的概念,被后代的文论家弄得非常复杂,越搞越复杂,大家感兴趣的话,可以看讲义上所引的《学海堂集》卷七中的《文笔辨》。清代的阮元在广州办学海堂的时候,组织了很多人来讨论这个"文""笔"问题,写了很多篇《文笔辨》。大家去看看那些文章,就会发现他们把这个问题搞得非常复杂。但我觉得从胡先生这段话来说,其实很简单,就是《文心雕龙·总术》篇中的认定,无韵的是"笔",有韵的是"文"。当然,用我们今天的名词术语来说,就是押韵的是诗,不押韵的是文,胡先生所说的"笔"与"文",对应于我们今天所说的文与诗。所以,胡先生说的"以笔代文"就是我们今天说的以文为诗。胡先生认为,诗歌史上的以文为诗,虽然后来韩愈他们搞得非常兴盛,但是最早运用这种手法的是杜甫。

此外,读《北征》的时候,我们应该注意另一个问题,就是"诗史"的问题。后人对杜诗有一个很高的评价,称杜诗为"诗史",就是用诗歌来写的历史。当然,后人说杜甫的诗是"诗史",都是着眼于杜诗的整体说的,一千四百多首杜诗,作为一个整体,它是唐帝国由盛转衰时期,也就是唐玄宗、唐肃宗、唐代宗这三个皇帝统治的那段历史时期的一个确切鲜明的写照,是一幅栩栩如生的历史画卷。在这个意义上,大家称杜诗为"诗史"。我觉得,在我们评价杜诗为"诗史"的时候,《北征》是一个最重要的范本。或者说杜甫本人的诗歌创作中,真正具有"诗史"意识、达到"诗史"水准的,是这首《北征》。所以在读完《北征》以后,我想顺理成章地谈谈"诗史"的问题。

为什么说杜诗是"诗史"呢?为什么杜诗是用诗歌写的历史或者是具有历史意义的诗歌呢?讲义上首先引了晚唐孟棨《本事诗》中的一段话,因为这段话是现有文献中最早提出杜诗是"诗史"的文献。《本事诗》卷三中说:"杜逢禄山之乱,流离陇蜀,毕陈于诗,推见至隐,殆无遗事,故当时号为诗史。"杜甫遭逢了"安史之乱"，颠沛流离于陇蜀，就是现在的甘肃、四川一带，于是把他遭遇的"安史之乱"这个天翻地覆的大事变和他个人"流离陇蜀"的内容都写在诗歌中。不但如此，他还观察到了最隐微、最细小的情况，几乎没有遗漏，所以当时就被号为"诗史"。这句话里的"当时"两个字，孟棨没有说清楚到底指什么时候，但是我们体会他的语气，应该是指杜甫的"当时"，就是杜甫写了这些诗歌以后。可惜，我们从杜甫同时代以及杜甫身后一直到孟棨以前的文献中找不到这种说法。但至少有一点是可以肯定的，就是孟棨提出这个概念，他说这不是他自己创造出来的，在他以前已经存在这样的评价了，他仅仅是把它追记下来而已。

"诗史"的说法到了宋代就广泛地被接受了，首先是《新唐书》中的《杜甫传》，《新唐书》大家知道是欧阳修和宋祁写的，《杜甫传》里那些列传的文字主要是宋祁的手笔，但也经过了欧阳修的统稿，可以看作他们两个人的共同意见。《新唐书》说杜甫"善陈时事，律切精深，世号'诗史'"。当然"律切精深"跟"诗史"没有关系，"世号'诗史'"的原因其实就是"善陈时事"。也就是说，欧阳修他们认为，杜甫的诗之所以称为"诗史"，就在于它善于记录时代，善于记录时代的重大事件。应该说，这个观点虽然出于欧阳修、宋祁的大手笔，但是并没有说得很充分，不是很到位。比欧、宋稍微晚一点，一个叫胡宗愈的北宋人写过一篇《成都草堂诗碑序》，序中也说杜诗是"诗史"。他说："先生以诗鸣于唐，凡出处去就、动息劳佚、悲欢忧乐、忠愤感激、好贤恶恶，一见于诗，读之可以知其世，学士大夫谓之诗史"。"先生"就是杜甫。"出"就是出来做官，"处"就是隐居，"去就"就是离开朝廷与接受官职，就是他一生的政治行为；或动或静，或劳或佚，就是他一生的人个生活状态；还有他内心的感受、他的悲欢离合、他的强烈的是非感、他的价值判断，等等；所有这些内容，杜甫全都写到诗歌中去了。人们读了杜诗，可以了解他所处的时代，所以士大夫称为"诗史"。胡宗愈的说法要比欧阳修和宋祁的说法更详细、更深入，他说出了"诗史"更丰富的含义。

更好的说法是清人浦起龙的，浦起龙的《读杜心解》的卷首，有一个《诗目谱》，就是目录，其中有三句话非常重要。我查了一下，这三句话竟然在这个《诗目谱》中重复出现了两次。这一段文字没多长，这三句话竟然出现了两次,可见浦起龙自己也非常重视,觉得这是很重要的话。那么浦起龙是怎么说的呢?他说:"少陵之诗,一人之性情,而三朝之事会寄焉者也。"中国的古诗从根本上说都是抒情诗,杜甫的诗就是写他自己的性情的,写他的喜怒哀乐,写他的"好贤恶恶",写他内心全部的情思和感触。但是"三朝之事会寄焉者也"。所谓"三朝"就是唐玄宗、唐肃宗、唐代宗,杜甫一生经历的三个皇帝的统治时期,也就是他的一生。那个时代的事情,国家、民族的大事情,都凝聚在杜诗之中,都寄托在杜诗之中。我觉得浦起龙这段话言简意赅,比前人说得更好。他首先肯定杜诗是抒情诗,是写个人内心的喜怒哀乐,写个人的悲欢离合的。但是他又肯定杜甫所经历的那个时代都凝聚、体现在杜诗中了,这正是杜诗号称"诗史"的原因。

　　"诗史"这个名称虽然从晚唐开始,但是宋人说得比较多。到了明清,虽然遭到一些人的反对,但大部分人是赞成的。反对者中最显眼的是两个人。一个是明代的杨慎。杨慎评价宋人称杜甫为"诗史"说:"鄙哉宋人之见!"好鄙浅啊,这些宋人的见解! 但是他没有作具体的解释,为什么称杜诗是"诗史"是"鄙哉宋人之见"? 杨慎在学术史上的地位不是很高,我们更应该注意的是后面一位,就是明末清初的王夫之。王夫之在他的《诗绎》中反对"诗史"的说法,而且提出了他的理由,他说诗跟史是两个东西,性质是不同的,所以它们不能交叉,不能替代。他说:"夫诗之不可以史为,若口与目之不相为代也。"就是诗是诗,史是史,这两者不能互相替代的,就像嘴巴与眼睛一样,一个用语言跟外界交流,一个通过视觉获得外界形象,是两个感官,两种感觉,它们是不能互相替代的。你不能用嘴巴来看,也不能用眼睛来说话嘛。王夫之的话当然影响更大一些,我曾经看到一些当代学者写的文章,反对"诗史"的说法,往往引王夫之的这段话。但我觉得王夫之的话是有问题的,虽然诗歌和历史是两种学问,但并不是两者之间就没有交叉的地方,并不是双方就没有互相影响、互相渗透的地方。再说,他用来比喻的两种感官也不很妥当。我们都读过钱锺书先生的名文《论通感》,不同的感觉器官产生的各种感觉之间是存在着通感的,可以互相沟通,更何况比喻并不是论证。所以我觉得王夫之的话是不正确的。应该说,诗与史是可以互相交叉、互相渗透的,尤其是我们已经有了一个很明显的范本,就是杜诗。一部杜诗就证明了"诗史"的存在。

为什么说"诗史"是完全可能的呢？首先，历史的主要功能是记录，一个时代也好，一个国家也好，一种文明也好，当它过去以后，尤其是当它距离我们的时代比较遥远以后，它留给我们的是什么呢？实际上就是一个记录。物质形态的东西已经没有了，不存在了，留存下来的就是一个记录，是一种集体的记忆。文学或诗歌，尤其是像杜诗这样的诗歌，当然具有这种功能，怎么能说没有呢？

其实，即使是王夫之本人，他也曾局部地承认过杜诗的这个功能。请大家看《读〈通鉴〉论》，这是王夫之一部有名的史论，他还有一部史论叫《宋论》，这两部书是王夫之最重要的表达其史学思想的著作。在《读〈通鉴〉论》卷二十三中，王夫之就提到了杜诗。这本来是史论，与杜诗是不相干的，照他的说法是"若口与目之不相为代"，他怎么能在史论中提到杜诗呢？他偏偏就提到杜诗了，他说："读杜甫'拟绝天骄''花门萧瑟'之诗，其乱大防而虐生民，祸亦棘矣。"这段话说的是什么呢？他评论的是唐代借兵于外族这件事情，就是唐政府为了平定"安史之乱"，向少数民族借兵，首先向回纥借兵，后来又向吐蕃借兵。没想到请客容易送客难，借来以后那些部队不走了，他们看到中原地区的富庶，看到子女玉帛的利益，就赖着不走了。外族军队后来成为唐帝国的心腹之患，他们反复地骚扰唐政府。王夫之是政治家，他对这一点有非常深刻的体会和感想。他在这里引了杜甫的诗，所谓"拟绝天骄"，出自《诸将五首》之二"韩公本意筑三城，拟绝天骄拔汉旌"。唐政府本来是提防着少数民族的，怕他们来侵略我们的地方，但是后来迫于无奈向他们借兵，把戒备之心都丢掉了。"花门萧瑟"出自《留花门》，"花门"是回纥的别称——"花门堡"，诗里说："花门既须留，原野转萧瑟。"虽然借兵对唐政府暂时有利，但是回纥乘机大肆抢掠，关中一带被他们抢掠一空，原野都萧瑟了。王夫之在《读〈通鉴〉论》中引了杜诗，说明杜诗就有历史的功能，有记录的功能，同时有对国家大事进行价值评判的功能，以至千载之后，当王夫之作为一个历史学家来评判那段历史的时候，还不得不引用它。怎么能说"诗史"说不能成立呢？

对今天的读者来说，我们说杜诗是"诗史"，最重要的意义在于杜诗是

"安史之乱"前后唐帝国的最鲜明、最生动、最深刻的记录。我们看一个例子,"安史之乱"对唐帝国的人口造成了巨大的破坏,《资治通鉴》中记载了这样两个数字:《通鉴》卷二百一十七,记载了天宝十三载,也就是 754 年,唐帝国的人口总数是 5288 万,半个亿,要是现在我们只有半个亿的人口就好办了。(笑)过了十年,也就是广德二年(764),这个时候"安史之乱"已经基本平定了,这时唐帝国的总人口是多少呢?是 1690 万,一个国家的总人口从 5288 万变成了 1690 万,三分之二的人口没有了,消失了。

假如在一个历史时期,一个国家没有重大的自然灾害,没有地震,没有海啸,那么它的人口不会有很大的波动。其实中国这么广大的地方,即使局部地区有重大的自然灾害,也不可能使总人口有重大的波动。凡是在一个并无重大自然灾害的历史时期,一个国家的总人口有这么大幅度的降低,那么它肯定发生了非常残酷的人祸。人口学家告诉我们,太平天国从金田起义到天京陷落,一共 14 年,14 年间江南的人口减少了一个亿。不说其他的,光看这一数字就知道那场动乱的损失有多大。

"安史之乱"就是这样的一场大动乱,十年之间,一个国家三分之二的人口消失了。历史学家、历史文献虽然可以给我们提供一个具体的数字,但那仅仅是一个冷冰冰的数字。你读《文献通考》也好,你读《资治通鉴》也好,你都得到了这个数字,但是它到底是怎么回事?这是怎样的一个过程?这个过程的细节是什么样子的?它在当时人们的心中留下了什么心理创伤?看不到,历史记录中没有。从哪里能看到呢?从文学,从诗歌,从杜诗。关于"安史之乱"中人民的大量死亡,我引了杜甫的一句诗,这是杜甫晚年在湖南写的一首诗,题目叫《白马》,诗中有这样一句:"丧乱死多门。"在多灾多难的时代,兵荒马乱的时代,人的死亡有多种多样的途径。太平时候,人们的死亡方式比较单一,老死了,病死了,等等,但是在不太平的时候,战乱的时候,人会以各种各样意想不到的方式死亡,这就是"丧乱死多门"。所以说,关于"安史之乱"前后人民的死亡,各式各样的非常态的死亡,记载得最详细、最生动的绝不是《资治通鉴》,也不是《新唐书》《旧唐书》,而是杜诗。我们读杜甫的"三吏""三别",读杜甫其他的诗,可以看到具体的描述。从这一点来说,诗歌不但可以弥补历史,而且有历史所不可取代的功能。

我们干吗要有历史？两千年前、一千年前的历史跟我们现在有什么关系？关键就在于历史是我们集体的记忆，它铭刻在民族的心中，它时刻影响着当代人的生活，影响着我们的价值判断，影响着我们的人生观，这是一个民族的血脉。就这个功能来说，杜诗所起的作用是历史文献不可取代的，我们可以理直气壮地称杜诗为"诗史"。

中华民族是非常重视历史、重视史学传统的一个民族，清代的章学诚有一句名言叫"六经皆史"，说我们古代的经典都是历史，都是记录我们古代先民事迹的历史。中国古代有非常发达的历史文化，今人或者称之为史官文化。历代的朝廷都设立了专门的机构，由专门的人员来负责记录历史。所以就不间断的编年史的文字记录来说，中华民族的历史大概是世界上记载得最悠久的、最详细的。有很多民族古代的历史是不清楚的，比如印度民族，你想了解印度的古代史，说不清楚，它没有如此发达的史学传统，印度的很多历史现在只能从佛教故事或印度教故事去推测，它没有不间断的编年史的记录。中华民族有，因为我们重视历史。

重视历史、重视记载历史是为了什么？我觉得孔子的一段话说得很清楚，这段话不见于《论语》，见于司马迁的《太史公自序》。孔子说："我欲载之空言，不若见之于行事之深切著明也。"这句话是什么意思呢？就是说我如果想把我的理论、我的思想，用逻辑推理或理论体系来表达的话，不如记录历史事件的过程，在叙事中予以表达，这样会更清楚，更容易理解，更容易体会。正是出于这种精神，孔子整理《春秋》，整理鲁国的历史，他认为，他的是是非非，他的政治和伦理方面的见解，可以通过修史体现出来。通过对具体事件、具体历史人物的记叙、评论和判断来体现思想，比用空洞的理论来表达更好。这正是古人重视历史的根本原因。我觉得，如果我们从这个角度来评价杜诗，评价具有强大记事功能的杜诗，就更能体会它的意义何在。

像《北征》这样的诗，确实体现了浦起龙所说的"一人之性情，而三朝之事会寄焉者也"。《北征》当然是写杜甫一个人的性情，写他个人的喜怒哀乐，写他与家人的悲欢离合，写他对那个动乱时代的各种感受，但与此同时，当时整个唐帝国的形势，对历史事件、历史人物的评论，都体现在这首诗里。"三朝之事会寄焉者也"，一个时代的历史脉络已经凝聚在诗歌里，寄托在诗歌里。我认为,只要你认真读《北征》,你心目中肯定会闪过"诗史"这个词来,它确实是杜诗在"诗史"的意义上最鲜明的体现,是最好的一个典范性文本。

当然,说到杜诗的"诗史"精神,还应该补充一句,就是它对后代的整个文学史、文化史有深远的影响。尤其是当国家、民族发生危难的时候,杜诗的"诗史"精神就得到凸现。讲义上举了几个例子,后代的许多诗人都曾被赋予"诗史"的桂冠。比如陆游,这是褚人获提出的;比如文天祥,这是黄宗羲说的;比如汪元量,这是李珏说的;比如顾炎武,这是徐嘉说的;比如吴梅村,这是郑方坤说的。除此以外还有,大家还可以找到更多的例子。这说明杜甫的"诗史"精神对后代诗歌史产生了深远的影响。

第十讲

《秋兴八首》(上)

今天我们读《秋兴八首》。

《秋兴八首》是杜诗中非常引人注目,同时引起争议比较多的一组诗。这组诗最好的参考材料就是叶嘉莹教授的《杜甫〈秋兴八首〉集说》这本书,有 40 万字。《秋兴八首》是八首七言律诗,一共是 448 个字,而关于这 448 个字的评论有 40 万字,材料非常丰富。应该说叶先生收得还不全,里面还有遗漏,但是重要的都收进去了。后人关于《秋兴八首》的材料如此之多,可见对这组诗的重视程度。

《秋兴八首》是杜甫晚年的作品,是他在夔州时写的。杜甫在夔州一共停留了 21 个月,两年不到的时间,但是一共写了 430 首诗,占杜甫现存作品总数的三分之一弱。杜甫到夔州的时候,人已经垂老,身体不好,处境又不好,心情非常郁闷,一般的人到了这个境地,就没有心情再写诗了,但是杜甫在这两年不到的时间里,居然写了 430 多首诗。杜甫不当"诗圣",谁当"诗圣"?

我们先看一看《秋兴八首》的具体写作背景。首先从题目入手。什么叫"秋兴"?我们来看一看前人的注,"钱注"注"秋兴"引了南朝诗人殷仲文的诗,他没有引标题,我把标题打在讲义上了,叫《南州桓公九井作诗》。殷仲文在诗里说:"独有清秋日,能使高兴尽。"殷仲文的意思是说,只有到了天高气爽的秋天,人的兴致才会很高。钱谦益认为这可以注"秋兴"二字。我觉得这个注不好,因为杜甫《秋兴八首》里写的这个"兴"不是高兴,不是一种很高的兴致,不是兴高采烈的"兴",而是另外一种含义。我觉得仇兆鳌注得好。"仇注"是引潘岳的《秋兴赋》,"秋兴"二字正是《秋兴赋》和《秋兴八首》的共同标题,这个注文就更加准确。我们看一看潘岳的《秋兴赋》,它写的是一种很高的兴致吗?不是的,它写的恰恰是秋天悲哀的心情。他说:"嗟秋日之可哀兮,谅无愁而不尽。"潘岳认为秋天是使人悲伤的季节,他所抒发的显然不是一种很高的兴致,不是"高兴"。那么这个"兴"是什么意思呢?就是"感兴"的意思,就是看到外界的景物以后,内心被激起的一种状态,从而要表达,要倾诉,是"感兴"的"兴"而不是"兴致"的"兴"。

我们说仇兆鳌注得对,有一个旁证,我们可以看看杜甫本人是怎么说的。我下面举了杜甫的一首诗,这是寄给高适和岑参的一首诗,诗题叫《寄彭州高三十五使君适虢州岑二十七长史参三十韵》,是 759 年写的,也就是在写《秋兴八首》的七年以前写的。杜甫在这首诗里写到了"秋"与"兴",他说:"故人何寂寞,今我独凄凉。"朋友都在远方,大家都很寂寞,我一个人更加凄凉。"老去才难尽,秋来兴甚长。"到了秋天,"兴"很长。这个"兴"是高兴、兴致吗?不是的,是感兴,是非常强烈的写诗的冲动、写诗的欲望。"以杜证杜",我觉得仇兆鳌的说法比较对。

这组诗写于大历元年,也就是 766 年,这一年杜甫 55 岁,55 岁在杜甫一生中是一个什么概念呢?他只活到 59 岁。也就是说,四年以后他就去世了,这时候他已经暮年了,已经走到生命的最后关头了。这时杜甫的处境很不好。在这以前,他在成都度过了一段还算安稳的生活,但是随着严武的去世,随着蜀中开始动乱,那一段生活也结束了。他离开成都,孤舟东下,甚至没有一个固定的方向。他一开始是想到去吴越,想到去长江下游,但到了洞庭湖后又转向湘江,沿着湘江向南走了一段,又北上,简直不知道要到哪儿去。在此期间,他在夔州就耽搁了 21 个月,在那里住了将近两年,然后再东下。这分明是居无定所,分明是漂泊四方。而且这段时间杜甫身体不好,有很多疾病。杜甫最后是病死的,他患了风痹症、消渴症等好几种病。

还有一件对他刺激很大的事情是,这个时候唐帝国的形势也不好,唐军收复长安之后,杜甫一度怀有希望,以为唐帝国可以走向中兴,但此时希望已经完全破灭了,朝廷政治动乱、黑暗,军阀割据,吐蕃入侵,回纥骚扰,他一点都看不到国家、民族有什么前途。

更重要的对杜甫更直接的刺激,可能是他的朋友、他所认识的熟人、对他有帮助的那些人这时候都去世了。讲义上列了一张表,请大家看一看,在大历元年,就是杜甫写《秋兴八首》这一年,王维已经死了五年了;李白死了四年了;房琯,杜甫非常尊敬的曾经做过宰相的一位政治人物,已经死了三年了;苏源明、郑虔,他的两个好朋友,已经死了两年了;严武、高适已经死了一年了。他所熟悉的人,他在文学界的朋友,他在政界的同道,这个时候差不多都死了。就在这个时候,杜甫写了《八哀诗》,哀悼他一生所崇敬的,他给予崇高评价的八位优秀人物,他们都离开人世了。

《秋兴八首》就是杜甫在这样一种境况中写的诗。

杜甫的夔州诗有 430 多首,一向是后人评价的一个焦点,宋代以来,有很多人评价夔州诗到底写得怎么样。比如在宋代就有两种针锋相对的意见:黄庭坚认为夔州诗是杜甫一生的创作高潮,杜诗中写得最好的就是夔州诗;朱熹恰恰相反,认为夔州诗写得不好,夔州诗与杜甫以前的诗相比是一个退步。他们的着眼点主要都在于艺术水准,他们从艺术成就上来考察夔州诗。我觉得可以暂时撇开这一点,首先从诗歌内容、诗歌题材上来作些考察。夔州诗 430 多首,一方面延续了杜甫以前所写过的所有题材,反映国家大事的、记录民生疾苦的、写个人遭遇的、写风景的都有,以前写过的这些题材在夔州诗中继续存在。另一方面,夔州诗中出现了一些非常新的题材,在杜甫以前的诗中没有或者比较少的题材,那就是回忆和怀旧。回忆和怀旧肯定是一个人年纪大了才会有也才应该有的一种行为。梁启超有一篇名文叫《少年中国说》,梁启超赞美少年中国,说那个老大中国不行了,垂老了,呼吁一个少年中国的出现。所以这篇文章处处把少年人跟老年人对比:少年人好,老年人不好;少年人朝气蓬勃,老年人暮气沉沉。我现在也老了,我最不满意他说:少年人像白兰地酒,老年人像鸦片烟。(大笑)我怎么就像鸦片烟呢?但是梁启超有一点说得非常好,他说:少年人喜欢展望未来,老年人喜欢回忆往事。为什么?因为少年人有未来,他的人生之途刚开始走,他对前途充满着希望。而老年人已经接近人生的终点,他没有什么前途了,他能做的就是回首往事,说过去怎样怎样。说老年人喜欢回忆往事,其实有一个最好的例证,可惜梁启超没有举出来,那就是杜甫,就是杜甫的夔州诗。夔州诗430多首,其中最引人注目的新出现的题材走向就是回忆。

我们来看一看杜甫是怎样回忆的。首先,他回忆自己的生平。我们在这个时期的杜诗中读到了《壮游》和《昔游》,都是杜甫回顾生平的名篇。可以说,假如没有这两首诗,我们对于杜甫青少年时代的生活状况、人生经历几乎一无所知,因为杜甫青年时代写的诗都没有流传下来。比如他少年时代曾经到过长江下游一带,到吴越这里来旅游,曾经到过浙江的天姥山,到南京参观过几个寺庙等,都是在这两首诗里回忆的。《壮游》和《昔游》中更多的是回忆他的生平,十年长安,向朝廷献赋,虽然受到重视但是没有结果;后来遭遇"安史之乱",直到晚年一事无成。这是回忆个人的生平,可以说是第一个层次的回忆。

第二个层次是回忆他的朋友,回忆他结交过的文学界的朋友、政界的同道,最好的范本是《八哀诗》等作品,诗人由个人的回忆扩展到他的整个交游圈子。

更深一层的回忆是反思整个国家的近代历史,主要是"安史之乱"前后的一段历史,这方面最好的代表作就是《忆昔行》。诗中回忆开元时期唐帝国怎么强盛,怎么富裕,而"安史之乱"以后又怎么萧瑟、国家怎么衰落,等等。类似的诗还有《诸将五首》。仅仅回忆近代史还不够,杜甫又开始回忆古代历史,最著名的就是《咏怀古迹五首》,他的思绪一直推到古代,回忆屈原、宋玉、王昭君等历史人物。

上一次说到"诗史"的时候,我说过,一个民族的历史记载,尤其是古代的历史记载,对我们有什么用呢?最大的用处不在于这个记载本身,而在于它的意义,它是富有意义的,也是活生生的。意大利的克罗齐说:"一切历史都是当代史。"为什么是当代史呢?因为历史是一个民族、一个人群的集体记忆,它存在于我们的精神血脉之间。杜甫的回忆就是这样,他不仅回忆自己的生平,还回忆别人的,甚至整个国家、民族的,一直追忆到古代,到屈原那个时代。

晚年的杜甫全方位地展开了回忆,刚才说过,《壮游》《昔游》是回忆平生的,《八哀诗》是回忆朋友的,《诸将五首》是回忆近代史的,《咏怀古迹五首》是回忆古代史的。除此之外,杜甫还有一种综合的回忆,一种没有确定目标的全面的回忆,那就是《秋兴八首》。《秋兴八首》回忆的对象不像刚才举的那些诗那么明确,但是它的内容更加广阔,思绪更加深沉。我们读《秋兴八首》之前应该注意上面所说的写作背景。

现在我们开始读《秋兴八首》。

请看第一首。"玉露凋伤枫树林,巫山巫峡气萧森。"钱谦益说:"首章,秋兴之发端也。"这个"秋兴",秋天的感兴,是从什么地方开始的呢? 是从秋天的景物开始的。对于第一句,我们看看金圣叹的分析:"露也,而曰玉露。树林也,而曰枫树林。"本来就是普普通通的露水嘛,秋天的露水,非要说是"玉露";本来只是江边普通的树林,非要说是"枫树林"。这是为什么呢? 金圣叹进而分析说:"止一凋伤之境,白便写得白之至,红便写得红之至,此秋之所以有兴也。"我觉得这个分析很有意思,金圣叹认为,第一句暗含着非常鲜艳的色彩,露不是一般的露,而是玉白色的露珠,树林也不是一般的树林,而是鲜红如火的枫树林。金圣叹的话使我想到法国巴黎的一个地名,叫枫丹白露。这一句写江边的秋景,色彩非常鲜明。

那么杜甫为什么要这样写? 为什么要写红得鲜艳的枫树林? 为什么要写白得耀眼的露珠? 我觉得这不是偶然的,他是有意识地这样写的。我们把它与其他的作品作一些对比。钱谦益看到第一句里的枫树,马上联想到宋玉的《招魂》,钱谦益说:"宋玉以枫树之茂盛伤心,此以枫树之凋丧起兴也。"《招魂》写的是春景:"湛湛江水兮上有枫,目极千里兮伤春心。魂兮归来哀江南。"江南的春天,枫树长得非常茂盛,但是宋玉恰恰在这春色中觉得非常伤心。

我们再看一些类似的写法。有一首杜诗叫《滕王亭子》,有一句是"清江锦石伤心丽",就是非常清澈的山溪,水底有五彩斑斓的石子。这个石子美丽到什么程度呢? "伤心丽",美丽得使人伤心。再看看相传是李白写的《菩萨蛮》,说"寒山一带伤心碧",到了暮色沉沉的时候,远远的一带寒山,绿得伤心。为什么锦石的"丽"与山色的"碧"要用"伤心"来形容? 我想可能是这样一种情形,就是当一个人心情不好的时候,特别触目惊心的不是灰暗的景物,而是颜色特别鲜艳的景物。李白看到寒山格外的碧绿,杜甫看到锦石格外的美丽,感到触目惊心,因为外界的鲜艳色彩与他内心的伤心欲绝正好构成反衬。当然,《秋兴八首》的第一句,并没有非常明显地把这一层意思写出来,这是含在字里行间的,杜甫仅仅说"玉露凋伤枫树林"。至于"红是红,白是白",这是金圣叹读出来的,我想,我们也不妨这样读。金圣叹的读法确是一种细读。

第二句由树木转到江山,"巫山巫峡气萧森"。不知道大家有没有在建三峡大坝以前去过三峡?我劝你们不去也罢,现在的景色已经比原来大为逊色了。我曾经于20世纪80年代路过三峡,那时候真是"巫山巫峡气萧森"。非常窄的一道江面,两边矗立着陡峭的绝壁,江水在绝壁之间奔腾而过。到了秋天,如果天气阴晦,那真叫是"气萧森"。所谓"气萧森",就是一个阴暗的、封闭的环境,它无法与外部交通,整个的自我封闭着,压抑着。作者的心境也是如此,不开朗,不能发散。

我们再读三、四两句:"江间波浪兼天涌,塞上风云接地阴。"第三句先从江面写起,从巫峡写起。三峡的江水终年奔腾不息,因为长江有很多的支流,到了这里,突然束为一个很窄的江道。杜甫有两句诗说:"众水会涪万,瞿塘争一门。"就是写瞿塘峡的形势,上游有很多的支流,到涪州、万州这里汇聚起来了,然后一齐从瞿塘峡这个很窄的江道奔腾而过。加上秋天风大,江面上涌起很大的波浪。"江间波浪兼天涌",本来在峡谷中很深的水面,波浪竟然涌到天上去了。注意,这是从下往上。那么从上往下呢?是"塞上风云接地阴"。杜甫经常把远离长安、远离京城的地方称为边塞、关塞。他在秦州的时候就喜欢用"塞"字,这里也是。"塞上"就是山上、城上。白帝山上云层压得很低,一直压到地面上,而江面的波浪一直涌到天上,这个环境完全封闭,阴晦萧瑟,这就是"气萧森"。而此时诗人的心境也完全是封闭的、阴森森的、低沉的。

下面读第五句:"丛菊两开他日泪。"先要解释一下"他日"这个词,在古汉语中,"他日"这个词有两个意思,用得比较多的就是将来的某一天。但是在杜甫这首诗里,它却不是这个意思,它指的是过去的某一天,已经发生的某一天。因为这个用法比较少见,我们先看看它的出处。《左传·宣公四年》记载，有一个郑国人叫子公，自称食指一动就有好东西吃，说："他日我如此，必尝异味。"就是他过去只要食指一动，每次都尝到异味。有一天，子公的食指又动了，原来郑灵公得到了一个很大的鼋。但郑灵公把鼋放在鼎中烹熟了，却故意不请子公吃。子公就自己动手捞了一块，结果差点招来杀身之祸，这就是"食指大动"的故事。"他日我如此，必尝异味"，这个"他日"当然不是说的将来，而是说过去，是过去的某一天。那么杜甫有没有这种用法呢？杜甫也有。我们还是"以杜证杜"，请大家看一个例子，杜甫的《赠王二十四侍御契四十韵》："粗饭依他日，穷愁怪此辰。"这个"他日"也不是说的将来的某一天，而是过去的某一天。就是我的日子依然像过去一样的穷苦，还是粗茶淡饭。《秋兴》中的这个"他日"，指的也是过去。"丛菊两开他日泪"，说的是他在夔州已经度过两个秋天了，两次看到菊花，两次都因为看到菊花而伤心流泪。也就是说我今年又看到菊花了，也像以往一样地流泪了。

第六句是"孤舟一系故园心"。杜甫在夔州是暂时栖身，他虽然也有房子住，但心里一直想着继续东下，所以他说我的孤舟一直系在江边。系在江边，最后是想到哪里去呢？当然是想回到故园去。所以系在江边的客舟实际上是系住了我对故乡的思念。"故园心"三字，钱谦益认为是《秋兴八首》的关键。我们先看一下"故园心"的指向是什么。杜甫有两处家园，一处在洛阳，一处在长安，洛阳的其实在巩县，现在改名叫巩义市——这个地名改得非常愚蠢，巩义谁知道是个什么地方，本来叫巩县多么有名，杜甫的家乡嘛。我到那里去过，在笔架山下，是一个黄土的山，下面有一个窑洞，据说杜甫就诞生在那个窑洞里，那是一个很好的古迹。这是杜甫的出生地，有他的田园。他的另外一处家园在长安，在长安的杜陵，又称少陵。杜甫一生很少提在巩县的那个家园，他自己起的号叫"少陵野老""杜陵布衣"，他始终关注的是长安杜陵的故园。所以我说这里的"故园"也就是长安，是故国，是唐帝国的首都。所以他在第一首里说的"故园"和第三首里说的"故国"其实是同一个地方，就是长安。当然，他在第一首中更强调的是他的故乡，因为他时时刻刻想念着故园，一心想回到那里去。

最后两句："寒衣处处催刀尺，白帝城高急暮砧。"在苍茫的暮色中，从高高的白帝城里传来了急促的捣衣声。这两句话，前代的注家大多没有很详细的注释,因为他们觉得这是其义自明的。可是今人来讲它的时候,就经常出问题了,我们看看问题出在哪里。

山东大学中文系的《杜诗选注》引了一种旧注,说"寒衣处处催刀尺"是指的"裁新衣","白帝城高急暮砧"指的是"捣旧衣"。这本《杜诗选注》认为这两句话是互不相干的,一句是说做新衣服,一句是说捣旧衣服,就是说只有旧衣服才需要捣。这个理解是错误的。

北大陈贻焮先生的《杜甫评传》也讲到这两句话,他的解释也不对。他说:到了深秋了,家家户户都要做寒衣,就把那个"纨素之类的衣料"拿来捣。这也是大错特错,衣料是不能捣的。做衣服的面料,不管是丝的还是麻的纺织品,你要是放在一块砧石上,再用木棒来捣,捣上几百下早就破烂不堪了,是不能用来做衣服的,用来做拖把还差不多。

那么古人捣的是什么? 是填充在棉衣里面的丝绵,古代没有棉花,植物的棉花是宋代以后才有的,所以苏东坡有一句诗叫"江东贾客木棉裘",木棉裘当时还是很新潮的服装。到了元代的黄道婆,棉花才开始在北方大量种植,这才开始纺纱织布。苏东坡穿了一件木棉的衣服,觉得很新奇,因为木棉衣服只有做生意的人才穿。唐代哪里会有? 汉代哪里会有? 所以古代的捣衣是指做寒衣的时候,捣那些往衣服里面填充的丝绵,丝绵如果不捣的话,就会结块、板结,只有把它捣得蓬松了,才能保暖,这跟弹棉花的道理一样。所以"捣衣"不管是做新衣还是旧衣,都是捣里面的填料。也正因为这样,所以只有做寒衣的时候才会捣衣,做春衣、夏衣是不需要捣的,所以砧声总是伴随着秋风传来。李白说:"长安一片月,万户捣衣声。秋风吹不尽,总是玉关情。"他没有说"春风吹不尽",春风吹的时候没有捣衣声。

杜甫这两句诗使我们联想到古代诗歌中有很多写因秋风起而添置衣服的句子。最有名的是清代黄仲则的两句:"全家都在风声里,九月衣裳未剪裁。"黄仲则说的只是他的一家人,而杜甫的过人之处在于他始终想着其他百姓,一听到从高高的白帝城传来急促的捣衣声,就想起"寒衣处处催刀尺",百姓都很寒冷,这个时候必须做寒衣了。白帝城就是现在的奉节县,江边有一座山叫作白帝山,城就建在山腰上。在三峡建坝以前,那里水位很低,从江边到城门有好几百级的台阶。

这首诗从江边的枫树林写起，一直写到暮色中的捣衣声，从色彩、声响两方面为"秋兴"的环境作了一个铺垫。他的"兴"是从什么地方感发的呢？就从这满眼的秋色、满耳的秋声中来。

下面我们读第二首。"夔府孤城落日斜"，"夔府"就是夔州，这样写实际上是为了平仄。同学们现在也学着写一点诗，我刚才在休息室里看过"六朝诗社"的同学交来的诗稿，我发现有一些是不合平仄的。七言律诗要讲究平仄，"二四六分明"嘛，第二个字一定要论的。这里第二个字应该是一个仄声字，他本来可以写夔州的，但"州"是平声字，所以改成"夔府"。那么"夔府孤城"是不是没有根据，随意地把夔州叫成"夔府"了呢？也不是的，夔州原来设过府，在贞观年间曾经设过提督府，所以可称"夔府"，"夔府"就是夔州的古地名。太阳快沉下去了，落日的余晖照着一座孤城。"每依北斗望京华"，繁星满天，诗人站在江边向北眺望京城。夔州离长安几千里路，山川阻隔，当然是望不见的，他只能朝着长安的那个方向望，那个方向当然是北方，他就朝着北斗星的方向眺望。这一句有异文，有的本子作"每依南斗望京华"，钱谦益的本子与金圣叹的《杜诗解》都作"南斗"。那么如果作"南斗"，此句又是什么意思呢？那就是说：我背靠着南斗，眺望北边的京城。

我觉得这个异文不好，我们在判断古代作品的异文的时候，当两个文本在版本上都有根据，仅凭版本无法确定孰是孰非时，我们就要看它好还是不好，要取一个较好的文本。我觉得这里用"北斗"比用"南斗"好。钱谦益他们所以把"北斗"改为"南斗"，他们大概是把这个"依"理解为依靠，杜甫正在南方嘛。我觉得这个"依"字是指目光的方向。杜甫的眼光朝哪个方向来望长安呢？他按照北斗星的方向。所以，我觉得还是"北斗"比较好。而且"北斗"隐含着这样一层意思，大家知道，北斗星有很明确的方位，把北斗七星的最后两颗星，也就是天璇和天枢，连成一条直线，就会一直指向北极星的。在茫茫的夜空中怎么找北极星？一般人是找不到的，那就先找北斗星，北斗星很容易找，大熊星座嘛，很显眼。找到以后，把最后两颗星连起来，大概是五倍距离的地方，就是北极星。而北极星是中国古代政治学说中代表皇帝、代表朝廷的星辰。孔子在《论语》中说过："譬如北辰，居其所而众星共之。"因为地球绕着地轴运转，而地轴是朝着北极星的，所以无论何时，北极星的方向永远不变。自孔子以来,古人就把北极星看作朝廷的象征、皇帝的象征。杜甫在南方眺望长安,他当然会想着朝廷,想着皇帝,象征着皇帝和朝廷的北极星当然是他的思绪中的方向,所以北斗星就会牵引他的目光。所以,这句诗中的"北斗"虽然一作"南斗",但我觉得作"北斗"更好,"北斗"在文义上更好,用古人的术语来说,就是"义胜"。

第二联:"听猿实下三声泪,奉使虚随八月槎。"这一联中最值得关注的是一个"实"跟一个"虚",是不是为了要对仗,就在上句用一个"实"字,下句用一个"虚"字呢?"听猿实下三声泪"的"实"字曾经受到过后人批评,有人理解为杜甫实实在在听到了猿声,流下了眼泪,说这个"实"字用得呆板。其实,批评的人忘记了,在杜甫写这句"听猿实下三声泪"之前,早已存在一个有关三峡的历史文本——"猿鸣三声泪沾裳",而且这个文本众所周知,见于郦道元的《水经注》,杜甫当然非常熟悉。实际上,它不是郦道元自己写的,而是引了盛弘之的《荆州记》,就是经常出现在中学语文课本上的描写三峡风景的那一段文字。课本上一般署名为北魏的郦道元,这简直是剽窃,当然不是郦道元本人想剽窃。郦道元《水经注》里全文引了盛弘之的《荆州记》,郦道元从未到过南方,《水经注》里关于长江水系的注文大多是从其他书上转抄来的,关于三峡的那段文字就是盛弘之写的。总之,三峡一带流传着这样的民谣:"猿鸣三声泪沾裳。"人们路经三峡,心中充满对旅途艰险的恐惧,再听到猿猴的哀鸣,就情不自禁地流泪了。据说猿猴的叫声非常凄厉,我们现在没有福气听到了,我路过三峡时也没有听到,它们在那里已经没有容身之处了。杜甫这句诗的意思就是:从古就传说在巫峡边会听到猿声,然后就会流泪,我现在确确实实置身在这个环境里,我真的听到了猿鸣,也真的流泪了。应该说,这个"实"字是不可缺少的,用得非常好,它把眼前的实景与古代的传说、与一个历史文本联系起来,使诗句的内涵更加深沉。

"奉使虚随八月槎"也与古代的传说有关,这个传说的文字比较复杂,我没有印在讲义上,请大家去看仇兆鳌的《杜诗详注》。晋代张华的《博物志》记载说:有一个人住在黄河边上,每年八月,总会看到一个木筏漂过去。他忽发奇想:木筏漂到哪里去了呢?来年八月,他备好干粮、行李,爬到那个木筏上,竟然漂到银河里去了。古人认为黄河的源头直通银河。说他漂到一个地方,白天黑夜都分不清楚,始终是昏昏然的。他看到河边有一个女子在那里织布,对岸有一个男人在放牛。他就向他们打听:这是什么地方啊?那个放牛郎就说:你回到成都去问严君平吧。严君平是汉代一个精通天文、卜卦的人。此人回到成都,真的去问严君平。严君平说:某年某月某日,我看到一颗客星到了牛郎星和织女星的中间,那个客星就是你。此人这才知道原来他乘着木筏漂到银河里去了。这是张华《博物志》里记载的一个美丽的传说。后来,《荆楚岁时记》又把这个传说与汉代通西域的张骞联系起来了,说那个人就是张骞。张骞奉了汉代皇帝的命令去寻找河源,结果乘着木筏走到银河里面去了,等等。杜甫是把两个典故合起来用,但他为什么要用一个"虚"字呢?

要回答这个问题,我们先从陈寅恪的一个观点说起。陈先生认为,诗歌中的典故有两种,一种叫古典,一种叫今典。古典就是历史的文本,典故的本来意义;今典就是诗人写作时所针对的现实对象。我们来看一看,这句杜诗中的今典是什么?我想,今典应该是这样的。杜甫虽然离开了朝廷,但是他毕竟有一个官职,他曾经是严武的幕府,后来严武还推荐他做了检校工部员外郎。杜甫本人不是朝廷委派的独当一面的使者,但他是使臣严武的幕僚,所以也算是奉使在外。后来情况有变,首先严武死了,然后他本人的职务也落空了,所以他说:我本来是奉使随着一个木筏漂到这遥远的江边来的,现在却不能再随着木筏漂回去,所以是"虚随八月槎"。这个"虚"字包含着深沉的人生感慨,不是为了与上句的"实"字对仗而凑合着用的。

这里牵涉典故的意义的问题。胡适之在新文化运动时写的《文学改良刍议》,提倡"八不主义"。"八不"中的"七不"我都同意,但是"不用典故"我不同意。典故何罪之有?在传统的诗词中,典故是万万不可缺少的。你要把典故完全去掉,那么古典诗词差不多有三分之一或者四分之一就无法存在了,没法写了。好的典故并不是作者要想炫耀学问,也不是要故作深沉,不是的。用了典故以后,表面上虽然还是写一件事情、一个细节,但是它负载着这个典故本身所承载的历史文化内涵。典故是一个历史文化的载体,它是经过千百年的群体接受才积淀下来的。凡是约定俗成的典故,读者一看就知道这儿有典故,这说明这个典故深入人心。如果你在诗中把这个典故用得恰到好处,你的文本除了字面上的意义以外,还有字面以外的意义。原来积淀在这个典故内部,但是并没出现在文本中的那些意义,都会渗入文本,从而使文本变得更加深沉、更加厚重。"奉使虚随八月槎"这句杜诗虽然只有七个字,但是杜甫的一段人生经历,如他与严武比较相得,得到了平生官阶最高的检校工部员外郎的职务,严武死后他孤苦无依地漂泊在江边,无法回到长安,乃至他感慨万分的情感内蕴,都淋漓尽致地体现出来了。我们很难想象,假如不用典故,他怎能在七个字中表达如此丰富的意义?所以,典故是合理的,好的典故是事半功倍的一种手段。古人哪有那么傻?竟然把一个不合理的东西奉为宝贝长达一千多年,非要等到胡适之出来为他们指点迷津?杜甫、韩愈、李商隐、苏轼、黄庭坚、辛弃疾都是灵心慧性的才士,他们的诗词中充满着典故,难道都是在犯傻不成?

　　"奉使虚随八月槎"一句把诗人的思绪引向长安。《博物志》里的那个无名氏也好,《荆楚岁时记》里的张骞也好,他们都是乘着木筏漂去又漂回的,这个木筏年年漂去,到了一定的时候又漂回来。但杜甫现在是"虚"了,他没能再随着木筏漂回出发点,所以他的思绪就指向长安了。既然想到长安,他就想起自己的官员身份来了,于是他说"画省香炉违伏枕"。"画省"指尚书省,是朝廷里的一个重要部门。唐宋时代凡是在诗文中说到政府部门,往往喜欢用汉代的典故。汉代的尚书省里画着很多壁画,画的是一些贤人和烈女的形象,所以尚书省又叫"画省"。这不是正规的称呼,而是一个约定俗成的称呼。唐代的尚书省里有没有壁画我们不知道,但是既然汉人叫"画省",唐人也就跟着叫"画省"了。这就好像宋代苏东坡遭遇的"乌台诗案"一样,"乌台"就是御史台,宋代的御史台里有没有很多乌鸦我们不知道,仅仅是因为汉代御史台里的树上有很多乌鸦,人们把御史台称为"乌台",后人也就随着叫"乌台"了。这一句写的是汉代的尚书省里应该有的景象,尚书省的官员值夜班,宫女就点了香炉给官员熏衣服。所以杜甫想象如今的尚书省里也是香烟缭绕。杜甫此时仍带着检校工部员外郎的官衔,工部是属于尚书省的,可是他正漂流在外,他这个官职也仅是一个虚衔。事实上杜甫并不能到尚书省去值夜,所以说"违"。"违"是离开的意思,远离京城。什么原因呢?我生病了。"伏枕"就是卧病,当然这是一种委婉的说法,其实并不是因为生病,而是因为他早就被朝廷疏远了,被朝廷放逐了。

"山楼粉堞隐悲笳",这一句又回到了眼前。既然是"违伏枕",远离了尚书省,诗人在一念之间又回到眼前了。眼前看到了什么景色呢?"山楼"就是建在山上的城楼,"堞"是城上的矮墙,呈齿牙状,古代士兵躲在后面放箭。"堞"涂成白色,所以叫"粉堞"。在苍茫的暮色中,悲笳阵阵,诗人隐隐看到城楼上的"粉堞"。"粉堞"与末句的"芦荻花"可以对照着读,"粉堞"是白色的,芦花也是白色的,在暮色苍茫乃至夜色浓重之后,只有白色的景物才能看得见,其他颜色的物体都已隐没在黑暗中了。诗人特地点出的两个景物都是白色的,可见观察之细,描写之精,绝不是轻易下笔的。

"请看石上藤萝月,已映洲前芦荻花。"诗人在江边久久地眺望,从夕阳西下一直看到满天星斗,再看到月上中天。"石上藤萝月"就是指山顶上的月亮。夔州地处江南,水气弥漫,石头上爬满了藤蔓,从山上露出来的月光已经照到江边的芦花了。芦荻在秋天开花,所以古人诗文中出现"芦荻花",都是形容秋意。宋代张炎有一句词叫"折芦花赠远,零落一身秋",我很喜欢。折一根芦花赠给远方的朋友,而我的遭遇也像芦花一样,已进入肃杀的秋天。这是非常萧飒的一种景象。这句杜诗也是如此,月光照到什么地方了呢?照到江边的芦荻花上了。在月光下面,芦花呈一片惨白。

请大家注意,第二首是写杜甫在江边眺望江景、思绪飞扬的过程,从黄昏一直写到深夜。

我们再看第三首。第一联很简单:"千家山郭静朝晖,日日江楼坐翠微。"时间又到了清晨——当然是到了第二天的清晨,太阳又出来了,山城一片静悄悄。诗人日日如此,坐在半山腰的江楼眺望景色。"翠微"指淡青的山色,整个白帝城都建在山腰上。

第二联比较复杂:"信宿渔人还泛泛,清秋燕子故飞飞。""信"是两夜,尤其指过两夜。请大家看讲义,《诗经·周颂·有客》:"有客宿宿,有客信信。"《毛传》说:"再宿曰信。"所以《郑笺》解释"有客宿宿,有客信信"说,第一句是过了两夜,第二句是过了四夜。因为"信信"嘛,两倍的"信",就是四夜。不管郑玄说得对不对,杜诗中的"信宿",就是指两夜。"信宿渔人还泛泛",杜甫接连两个晚上在这儿眺望,看到江上的渔人还在那里泛舟捕鱼。"清秋燕子故飞飞",深秋了,燕子还在江面上飞。"故"是"还""依旧"的意思。为什么说"燕子故飞飞"呢?就是说到了"清秋",燕子应该飞到南方去了。当然,从客观上说,夔州已经在南方了,夔州比长安、洛阳的纬度要低很多,夔州的气候要温暖一些,燕子南飞的季节也比北方晚。杜甫是北方人,看到深秋仍有燕子,觉得很奇怪。

这两句杜诗,我们读过后明显地感觉到一种不耐烦、很厌烦的感觉。诗人在江边看景,怎么看来看去老是这个景色?江面上的渔舟老在那里漂,天空中的燕子老在这里飞,一成不变,使人腻烦。这是为什么呢?这两句表达了一种特殊的心理状态,杜甫是故意这样写的。请大家看讲义,看王嗣奭《杜臆》中的一句话。《杜臆》解释这两句说:"渔舟之泛,燕子之飞,此人情物情之各适。而以愁人观之,反觉可厌。"就是渔民当然要在江上打鱼,燕子当然要在江面上飞,它要吃飞虫嘛,这是人情和物情最合适的状态,事物本该如此。那么杜甫为什么觉得烦闷乃至烦躁呢?说渔人"还泛泛",说燕子"故飞飞",这个"还"字跟"故"字为什么要用在这里呢?王嗣奭说,杜甫是因为自己心里烦闷,自己心里忧愁,所以觉得这样的景色很讨厌。

作为王嗣奭的这个解释的佐证,我们举一首杜诗来"以杜证杜"。杜甫的夔州诗中有一首叫作《闷》,请看这两句:"卷帘唯白水,隐几亦青山。"就是卷起帘子就看到一道白水,凭几坐着朝窗外眺望,就看到一座青山。"隐几"这个词要稍微解释一下。我以前搞不大清楚,几年前《读书》上有一篇文章专门研究这个几,说古代的几是什么东西,我这才清楚什么叫"隐几"。几不是用来坐的,以前我以为"几"是像椅子、凳子一样的家具,可以坐在上面,所以不懂"隐几"是什么意思。其实几是用来支撑身体的,古人席地而坐嘛。《庄子》里说:"南郭子綦隐几而坐,仰天而嘘,嗒焉似丧其耦。"这个"隐几"是什么状态呢?古人席地而坐,坐久了会累,同学们也许没有到过韩国和日本,你要是到韩国和日本去,在他们席地而坐的饭店里吃饭,一顿饭吃的时间长一些,你会累死的,两条腿不晓得怎么放才好。我在韩国过了一年,最怕跟那些韩国教授坐在地上喝酒,坐得累死了,左也不是,右也不是。(大笑)古人为了解决这个问题,就发明了几,几是一个矮桌子状的家具,放在前面,把手支在上面。所谓"隐几"就是这个姿势(作表演状),这样才能坐得长久。

"卷帘唯白水,隐几亦青山"这两句杜诗引起了宋代一个诗话家的评论。蔡絛在他的《西清诗话》里说:满眼看去,不是白水,就是青山,这么好的景色就在你的书房的窗外,要换了我,简直快活死了,怎么还闷啊。他是忘掉了,诗人当时处于一种什么心境。杜甫这首诗的标题就叫《闷》,他是在非常烦闷的时候,用同学们的话来说就是"郁闷",心里烦躁不安,所以看到一切景物都觉得讨厌。他今天也看到白水、青山,明天也看到白水、青山,怎能不烦闷呢?

《秋兴》中的两句也是一样的,渔人泛舟,燕子飞翔,本来是秋天常见的景色,也算得上是美景,可惜杜甫心里烦躁、烦闷,所以就觉得讨厌了,于是就用了"还"跟"故"这两个字。这两个字虽然是虚词,但很好地衬托了杜甫此时的心情,把他的心境写出来了。

"匡衡抗疏功名薄,刘向传经心事违。"这里用了两个汉朝人的典故。王安石写诗有一个特点,当时的人都赞赏不已。王安石写诗要是上一句用一个汉朝人的典故,下一句一定也用汉朝人的典故,不用唐朝人对汉朝人,他认为这样的对仗才算精工。现在我们看到,杜甫早就如此了,这两句中都用了汉朝人的典故。匡衡是汉朝的一个经学家,他曾经向朝廷上书言事,说得很好,受到朝廷的重视,因而升官了,所以杜甫认为匡衡是一个由于上书而得到朝廷重视的人。刘向也是汉代的著名学者。汉代有很多学者都是通一经的,只要精通一种经典就可以当博士,做官了。刘向居然通五经,五经他都能讲,学问特别大,汉朝给他的官职也比较特别,叫"内府五经秘书"。

那么杜甫用这两个典故是什么意思呢?他说"匡衡抗疏功名薄",事实上匡衡的功名不薄,他抗疏以后升官了,做了光禄大夫。杜甫是反用这个典故,他说自己虽然也像匡衡一样抗疏,向朝廷直言进谏,但并没有得到匡衡那样的结果,朝廷并没有采纳他的意见,他反而被朝廷疏远了,功名反而更薄了。杜甫出身一个有儒学传统的家庭,他的十三代祖先杜预是研究《左传》的名家,他自己也精研儒学,所以他说他本来也想像刘向一样研究、传授儒家经典,可是这个愿望没能实现。"心事违"就是没有实现像刘向那样的志向。所以说,这两个典故都是反用的。顺便说一下,匡衡这个人也是讲经讲得特别好的人,他很会讲《诗经》,当时的人说:"无说诗,匡鼎来。匡说诗,解人颐。"你不要说《诗经》了,匡衡要来了,他比你说得好得多。这个"鼎"字是"正"的意思。匡衡讲《诗经》,说得大家都开怀大笑,觉得很有趣,很有意味。杜甫诗里没有取这一点,他仅仅是取了匡衡抗疏的事迹。总之,这两句诗是回忆生平而引起的感慨,他功不成,名不就,平生的理想一个也没有实现。

最后一联:"同学少年多不贱,五陵衣马自轻肥。"自己功名未成,理想没有实现,作为对比,杜甫就想起了同学。杜甫诗中多次说到他的同学,在《自京赴奉先县咏怀五百字》中有"取笑同学翁"。可能杜甫年轻时的一些同学后来功名顺利,事业发达,当然我不知道那些人的名字,但是杜甫经常说到他们。而杜甫本人呢,却非常的不顺利。他说"同学少年多不贱",不是说他们现在还是少年,是说昔日的少年同学,他们后来在仕途上非常发达,官高必定禄厚,所以"五陵衣马自轻肥"。五陵是汉代贵族聚居的地方。汉王朝为了让豪贵们离开故土便于控制,把他们都迁徙到五陵一带,代代相传,五陵就成为贵族子弟居住的地方。那些身居高位的人当然是"乘肥马,衣轻裘"。

我们要注意"五陵衣马自轻肥"中的"自"字,它大有深意。从字面上看,当然是说"同学少年"的"衣马轻肥"是应该的,他们地位高嘛,当然应该享受优裕的物质生活。但是其中暗含的一层意思是什么呢?就是《论语》中的一段话。《论语》记载,孔子的学生子路说:"愿车马,衣轻裘,与朋友共。敝之而无憾。"就是我有很好的车马、很好的衣服,我都愿意跟朋友分享,朋友把这些衣服穿破了,把车马用坏了,我也没有遗憾。杜甫说"五陵衣马自轻肥",就是说他的那些同学虽然官高禄厚,但是一点都不照顾朋友,只管自己享受"衣马轻肥",不像子路一样跟朋友分享。所以杜甫在句中插进一个"自"字。当然这只是杜诗的言外之意,但我们阅读的时候不妨有这样的联想。"道不同不相为谋",其实杜甫已经选择了与"同学少年"完全不同的人生道路,他当然会与"衣马轻肥"的生活渐行渐远。

我们已经读完了前面三首,对于《秋兴八首》这一组诗来说,这里是一个停顿。为什么是一个停顿呢?从第一首到第三首,它们的顺序是按时间推进的,写的是一位老诗人在深秋的夔州江边眺景所经历的时间过程。从第一首的白天写到第二首的傍晚、半夜,再写到第三首的清晨,用我们现在的话来说,时间过去了整整 24 小时,完整的一天一夜过去了。杜甫一直站在江边上眺望。杜甫这个人,我怀疑他是经常失眠的,可能他满腹忧愁,所以睡眠不好。他半夜三更的总是醒在那里,还在那里写诗,在那里看星星、看月亮。不像现代人,哪个去看星斗、看月亮?所以我们都成不了诗人。(笑)杜甫在这里写了完整的一天一夜,他一直在那里眺望着江景,一直在那里思考、回忆。

从第一首到第三首,既然整个白天跟整个夜晚都包含在里面了,如果他继续写下去的话,就不可能再依照时间顺序了,否则就要重复了。所以从第四首开始,它的结构就改为空间结构。第一首到第三首在章法上是一个时间结构,是跟着时间推移的,从第四首起就改为空间结构了,就改为让思绪在夔州江边和长安两地之间不停地转换、来回,一会说夔州,一会说长安,一会儿又说夔州,完全变成了空间的次序。《秋兴八首》的内容太复杂,后面的五首留到下周再讲,今天就讲到这里。

第十一讲

《秋兴八首》(下)

　　上次我们读了《秋兴八首》的前三首,现在看第四首。第四首一开始就把思绪投向长安,诗人站在瞿塘峡边眺望长安,思念长安,这与前面三首不一样,前面三首都是立足于夔州。第四首一开始就直接从长安写起:"闻道长安似弈棋,百年世事不胜悲。"棋局是反复不定、胜败多变的,本来是胜的形势,但一着不慎满盘皆输,而败了以后也可以反败为胜的。说局势像下棋一样,表明局势极度的不安定、多变。那么这个多变的局势有什么具体表现呢?我们看王嗣奭《杜臆》中的解释:"长安一破于禄山,再乱于朱泚,三陷于吐蕃,如弈棋之迭为胜负。"长安本是唐帝国的首都,它先被安禄山攻破,沦陷了,虽然收了回来,但接着朱泚又在此作乱,后来吐蕃又把它攻陷了。王嗣奭说的史实有点错误,三个史实的次序有点乱,我稍微纠正一下。朱泚之乱在 783 年,这时杜甫已经去世了,那是杜甫身后的事。而吐蕃攻陷长安发生在 763 年,这是杜甫生前的事情,也是在他写《秋兴》以前的事情。杜甫在写《秋兴》以前,已经看到长安两次被攻陷,一次被安禄山的东胡攻陷,一次被西边的吐蕃攻陷。在杜甫看来,长安作为国家的首都,居然经常被从不同方向来的敌人攻陷,真像棋局一样多变。对于"闻道"二字,金圣叹说:"'闻道',妙! 不忍直言之也,亦不敢遽信之也。"他说这两个字用得好,为什么呢? 他推测杜甫的心理是"不忍直言之也",不忍心直截了当地说长安反复沦陷,就故意用了"闻道"二字,就是听说曾经发生过这样的事。他不愿相信也不敢相信这是真的,不敢相信如此匪夷所思的事情居然发生了。在事实前加上"闻道"两个字,诗的语气就变得非常委婉。

"百年世事不胜悲","胜"在这里念平声。有的字在古代是可以平仄两读的,有时读平声,有时读仄声,都可以。这种地方大家不要以为古人把平仄搞错了,"胜"字在这里就读平声。"不胜悲"就是经不起这个悲伤,非常悲伤。对"百年世事"我们也要细读一下。请看讲义,"仇注"说:"百年,谓开国至今。"他没有作具体的计算,我们来计算一下。唐朝 618 年开国,到杜甫写这首诗的 766 年,算下来应该是 148 年,从约数来讲也可说是百年。但是更准确地说,我认为,应该从唐太宗以后算起,因为唐太宗的贞观时期,杜甫不可能认为是"百年世事不胜悲"的。杜甫对唐太宗的"贞观之治"是非常仰慕推崇的,"贞观之治"时没有什么值得悲伤的事情。太宗以后,唐代的政治就多变、动荡了,包括武则天时代,包括唐玄宗时代。所以应该从太宗以后,也就是从 649 年算起,从 649 年到 766 年,一共是 117 年,刚好超过百年。所以,杜甫是说太宗以后的百年中,朝廷的政治使人觉得很悲伤,国家非常不稳定、非常动荡。

既然从长安写起,下面就写长安的形势:"王侯第宅皆新主,文武衣冠异昔时。"长安的多变体现在什么地方呢?除了长安反复沦陷,整个形势像弈棋一样,还有其他的体现吗?杜甫觉得,还体现在人的变化,以及附属于人的住宅的变化。身居高位的人不停地在变,一会儿是这些人当王侯将相,一会儿是那些人当王侯将相,长安城里的豪华住宅经常更换新的主人。朝廷里的文官也好,武官也好,都不再是以前的老面孔了。那么这两句的旨意是什么呢?当然,从史实来看十分明确,就是说国家的每一次动荡,朝廷政治的每一次变化,都会带来统治阶级内部人员的变化,原来身居高位的人倾覆了,甚至被杀了,原来身居低位的人升上来了,等等。问题是杜甫对之采取什么态度?他认为这是非常不好的,这是国家动乱的象征,并认为朝廷应该稳定,一个稳定的国家,它的统治阶层也应该是相对稳定的。也许从今天的价值观来看,有人会说这不是很好吗?不停地变化,穷人翻身,当家做主,原来身居高位的人被拉下马来,不是很好吗?但一个国家的政治局势不停地变化,绝对不是一件好事情,这说明国家不稳定。一个稳定的国家,各个阶层应该是各安其位的。《老子》说："治大国若烹小鲜。"煎一锅小鱼，如果不停地翻动，小鱼很快就糜烂了。一个国家的人事也不宜急遽地变化不止。

那么杜甫最不满的是什么呢？就是"安史之乱"后有一批宦官占据了高位，掌握了国家的重要权力。宦官甚至掌握了军权，像李辅国、鱼朝恩等人都亲掌军权。不但如此，就在杜甫写这首诗之前不久，宦官头子鱼朝恩，这个斗大的字不识几个的人物，居然到太学里升座讲经，让儒生坐在下面听。这可能是杜甫非常不满的事情。我也有同样的感觉，如果一个国家、一个社会，它的尊严、它的道德标准都受到扫荡，受到颠覆，那么最后保持尊严的地方就是太学，或者是我们今天的大学。这是最后的一块净土，如果连这个地方都不能保持尊严了，整个社会就都被颠覆了。太学是封建社会里最高的学术机构、教育机构，居然让一个宦官头子去讲经，在杜甫看来简直是乱了套了，斯文扫地了。国家的行政权力，包括军权，都落入了不该掌权的人的手中，国家政治文化的解释权也被不该掌握它的人掌握了，杜甫觉得这是国家动乱的象征，他对此非常不满。

这个态度在杜诗中反复表示过，不止这一处。讲义上举了几个例子，例如《洗兵马》，这是杜甫当年在长安时写的诗。在长安的时候他就说过："攀龙附凤势莫当，天下尽化为侯王。"那些原来地位低贱的人通过不正当的手段纷纷爬上了高位。他晚年写的《锦树行》里又说："五陵豪贵反颠倒，乡里小儿狐白裘。"从富贵与贫贱互相置换的角度指出社会阶层的颠倒。那么杜甫心目中正当的政治秩序是什么样的呢？就是《行次昭陵》这首诗里写的"朝廷半老儒"。他肯定的是这种状态，他觉得朝廷里应该由那些德高望重的儒生出身的老成之人占据高位，这对国家是有利的。他不满的是《送陵州路使君赴任》里写的"高官皆武臣"的政治。所以，我们读"王侯第宅皆新主，文武衣冠异昔时"，就不能认为杜甫说的仅仅是住宅、衣冠等物质层面的东西，这就误会了杜甫的意思，他表达的是对国家政治局面不稳定的焦虑感。

说过人事上的变迁以后，接下来就写长安的另一种形势，就是军事形势："直北关山金鼓振，征西车马羽书迟。""直北"就是正北，杜甫此时在夔州，正北的方向就是长安，是国家的首都地区。但这里居然"金鼓振"，充满了战声，这当然是很不正常的。"征西车马羽书迟"的"迟"字要稍微说一下。

这个"迟"有异文,另一种文本作"奔驰"的"驰"。讲义上打的是"迟缓"的"迟",根据的是钱谦益的本子,还有《全唐诗》用的也是这个字。但是仇兆鳌、浦起龙、杨伦的本子都作"奔驰"的"驰"。当时我觉得这个"迟"好,现在我又觉得这个"驰"好了,(笑)请大家把它改为这个"驰"。"驰"就是拼命地奔跑,很急。因为西征的军队在前线,实际上就是抵御吐蕃、回纥的军队,前线就在长安的西边,所以传递军事情报的羽书不停地在长安和前线之间奔跑,非常忙乱。这也是说长安局势的不稳定。本来是一个国家的核心地区,最稳定的地方,现在偏偏很不稳定,战火纷飞。

前面六句写了长安以后,最后两句就回到眼前,回到夔州了。诗人现在是处于什么情况呢?就站在深秋的长江边上,感受着"鱼龙寂寞秋江冷"。古人认为,秋天的江水变冷了,江水里的动物全都沉下去了,那些鱼啊、龙啊都不再出来游动了,变得非常寂寞。这里用外物来衬托诗人的心境的寂寞,于是"故国平居有所思"了。在寂寥的心境中,诗人非常想念自己的故国。这里的"平居"二字要解释一下,大家如果看现代人的选本,比如说山东大学中文系编的《杜甫诗选》,里面解释"平居"就是"平时居处",平常居住的地方。如果按照这种解释,这句诗是什么意思呢?就是杜甫说:我非常想念我在故国平时居住过的地方。我觉得这个解释是错的,因为"平居"在古代其实就是平时的意思,跟居住没有关系。这两个字最早的出处是《战国策·齐策》:"此夫差平居而谋王,强大而喜先天下之祸也。"不是说夫差在平时居住的地方怎样,而是说夫差平时就想取得霸权,所以"平居"就是平时。这句诗就是说诗人经常地、不时地想念自己的故国。

第四首写的是杜甫对长安形势的思考和对故国的怀念。想到长安自然会联想到皇帝,所以第五首就从皇帝写起。"蓬莱宫阙对南山","蓬莱宫"就是大明宫,是很重要的一座宫殿,是皇帝上朝接见大臣的地方,大明宫又名蓬莱宫。《唐会要》记载,龙朔二年大明宫改名蓬莱宫。"南山"就是终南山,蓬莱宫正好对着终南山。"承露金茎霄汉间","承露金茎"指的是汉武帝时在长安设立的承露铜盘。汉武帝相信方士的话,方士对他说,在从天上承接的露水里放入捣碎的玉屑,喝了可以长生不老,所以他造了两个高入云霄的铜柱,上面做一个人形,两只手各举着一个巨大的盘子,用来承接露水。汉宫里的铜人铜盘到唐代已经不存在了,李贺的《金铜仙人辞汉歌》中写到了,汉代的承露铜盘早被魏明帝派人拆下搬到洛阳去了,已经不在长安了。后来铜人铜盘还被熔化制成兵器,所以"承露金茎"到唐代已经没有了。那么为什么杜甫还说"承露金茎霄汉间"?他是用汉代的典故来形容唐代宫殿的壮丽。唐人写本朝的事情,比如本朝的宫殿、本朝的官职,最喜欢用汉代的典故。这里就是用汉代的宫殿来描写唐代宫殿的壮丽,当然,句中也隐含着对唐玄宗喜好神仙的讽刺,因为汉武帝正是以迷信著称的。

三、四两句开始写皇帝周围的情况,诗人的视野渐渐地缩小了。"西望瑶池降王母,东来紫气满函关。"上句写的是杨贵妃。古代小说《穆天子传》记载,周穆王到处漫游,一直走到西方的昆仑山,会见了西王母,西王母在瑶池为他举行酒宴。不仅是杜甫,唐朝人都非常喜欢用这个典故来指唐玄宗和杨贵妃,比如王维的诗中也出现过。诗人回想当年在长安曾目睹唐玄宗宠爱杨贵妃,到骊山上的华清池寻欢作乐,就像传说中的瑶池宴饮一样。下句是说整个京城充满了祥瑞之气。"紫气满函关"本来是道家神化老子的一种传说,司马迁在《史记》中就记载了,说老子出函谷关的时候,紫气东来,函谷关的关令尹喜一看就知道有圣人要来了,果然,第二天老子骑着青牛从东而来。唐朝尊崇道教,唐朝的王室认为道教的始祖老子是他们的祖先,老子姓李,他们也姓李。为什么要攀上一个李耳呢?因为李家的祖先在历史上找不出什么名人来,他们的祖先李暠是西凉的胡族,不是汉族血统,为了文饰自己,皇族一定要找一个在历史上有重大影响的人物做祖先,于是就攀上了老子,说这是我们的祖先。所以唐朝尊崇道教,至少官方的态度是这样,在唐朝的各种宗教间,道教第一,佛教第二,道教的地位最高。在唐玄宗统治期间,各地不断地献祥瑞,这里发现一个道教的祥瑞之物,那里也发现一个,不停地献,因为献了以后可以得到封赏。上有所好,下必甚焉。请大家看讲义,仇兆鳌就指出来"明皇好道",还有钱谦益的注:"天宝元年⋯⋯有灵宝符在函谷关尹喜宅旁。"有人报告说函谷关的尹喜故宅旁出现了一个灵宝符。这当然都是人们伪造出来的,对国家政治毫无益处,是一些乌烟瘴气的事物。所以杜甫说"东来紫气满函关",表面上是颂扬之辞,字面很壮丽,说祥瑞之气充溢着长安一带,骨子里当然是讽刺。

通过对皇帝周围的祥瑞之气、热闹场面的渲染，下面就推出皇帝本身了："云移雉尾开宫扇，日绕龙鳞识圣颜。"据《唐会要》卷二十四记载，唐玄宗开元年间重定朝仪，就是把朝廷的礼仪重新作了一番规定，增加了一条内容，就是："上将出，扇合。坐定乃去扇。"当皇帝上朝时，两个宫女各持一把用雉尾做成的大羽扇，两边交叉着挡住皇帝，使下面的大臣看不见皇帝。皇帝坐好后，羽扇向两边移开，皇帝才露出来。(笑)这不是夸张，不是形容，是实有其事，文献记载当时的朝廷礼仪就是这样规定的。这个礼仪有什么意义呢？皇帝自己走出来就行了，为什么还要演戏一样地拿两把扇子遮住，坐好了才移开扇子？所有的统治者，特别是独裁政权的统治者，他一定要把自己神秘化，神秘化才能使人产生敬畏之心，产生畏惧之感。如果他平易近人，整天和大臣嘻嘻哈哈的，谁还怕他？刘邦当年刚得天下，还没有制定上朝的礼仪。上朝时大臣一片喧哗，大呼小叫，想叫他们静下来都不行，因为那些大臣以前都是与刘邦一起打天下的，是一起杀狗的、卖酒的一帮穷哥们。后来叔孙通帮刘邦定了朝廷礼仪，操练一番以后，上朝的时候御史手持宝剑站在旁边，谁要喧哗，御史立刻把他的头砍下来，所以谁也不敢出声了，大家都战战兢兢的。刘邦大喜，说："今日乃知天子之为贵也。"我今天才知道皇帝是这么尊贵！从古至今的统治者都要把自己神秘化，"云移雉尾开宫扇"就是这种神秘化的一个生动场面。扇子一移开，唐玄宗就露出来了，于是就"日绕龙鳞识圣颜"，臣子们只觉得一片日光照着皇帝。唐玄宗的龙袍是丝织品，金光闪闪的，大家就看到唐玄宗的圣颜了。诗人在这儿有没有讽刺？我们不能肯定，但诗句的客观效果有讽刺的意思，尽管字面上写得非常庄重、典雅、华丽，符合皇家的气象。

　　再下来思绪又回到夔州："一卧沧江惊岁晚，几回青琐点朝班。"前面写了当年亲眼看到的朝廷里庄严华丽的场面，但是现在我怎样了呢？我现在是卧病在长江边上，非常吃惊地发现又是一年将尽了。当然"岁晚"也可指年老了，青春的岁月已经过去了。"青琐"是皇宫的宫门，那时候皇宫的宫门不是漆成红色，而是漆成绿色。"琐"是一种连环的花纹，铸在铜门上的花纹。"几回青琐点朝班"，当年我曾经多少次地走进宫门去点名上朝啊！言下不胜感叹。古代上朝时有专门的官员点名，又得按照一定的次序，所以叫

"点朝班"。这两句所写的思绪都是在长江边,在夔州发生的。"几回"两个字,前人的解释各有不同,钱谦益认为"几回青琐"是指"追数其近侍奉迎",就是回忆自己当年去上朝的一段经历。王嗣奭说是"惊年岁之衰晚,虽幸入青琐,而点朝班者能有几回哉",就是说我现在已经老了,即使能够再回去上朝,又能有几次呢。王嗣奭认为说的是现在的情况,现在不能再回去上朝了。山东大学的选本也是一样,说"几回"实际上是"没有一回",现在不能再回去上朝了。相比之下,我认为还是钱谦益的解释比较好,因为此诗前面六句都是写当年他在长安所见的上朝时庄严肃穆的景象,现在虽然身处江湖,但是回首过去,就想起自己曾经多次上朝的经历。这样解读,有思绪曲折、语气回环的优点,文气也很通顺。如果最后两句都是说现在处境很糟,不能再去上朝了,就很直白,没有什么回味了。遇到这种后人有多种解释的文本,如果各种解释从意思与史实上都能讲通,我们无法评判是非,只能取一种最好的解读法。当然这就会有见仁见智的问题,各人的感觉可能不一样,甚至同一个人每次读也会有不同的感觉,这无伤大雅,不一定强求一律。

第六首写皇帝出游的地方以及皇帝出游时的豪华热闹场面。第六首的写法又有变化,我也简单地讲一下。从第四首到第八首,后面五首的写法都是先回忆长安,然后把思绪拉回夔州,最后归结到自己如今在夔州怎么样。如果五首都是这样写,就可能嫌单调,而杜甫写组诗时会尽力破除单调,体现变化。关于这一点,大家可以去看程千帆先生的一篇文章《古典诗歌描写与结构中的一与多》。他举了很多例子,说明古人写组诗时总是力求有变化,杜甫表现得特别明显。杜甫的组诗如果内容相近的话,其中肯定有一首的结构是与众不同的。我们读第六首的时候就发现它的章法有变化。第六首实际也是先写长安,但是第一句却从瞿塘峡口写起,然后再写曲江头。一句中嵌进两个地名,一个是诗人身处的瞿塘峡口,一个是长安郊外的曲江。这两个相距万里的地名怎么能组合在一起,它们在逻辑上的联系是什么呢?第二句就交代其原因"万里风烟接素秋",这两个地方虽然相距万里之遥,但到了秋天,都是一片风烟,而风烟是弥漫一气的,这就把两个地方连接起来了。第二句是交代第一句的原因的,这里的句法非常巧妙。请大家看讲义,浦起龙说:"瞿塘曲江,相悬万里,次句钩锁有力。"前面一句把两个相隔万里的地名放在一句中，第二句用“万里风烟”把它们连接起来，连接得非常有力。浦起龙紧接着又说：“趁便嵌入秋字。”因为这是“秋兴”，所以诗人顺便嵌入一个“秋”字，紧紧地抓住季节的特征。王嗣奭的《杜臆》也有类似的说法，不过没有从句法上讲，王嗣奭说：“风烟相接，同一萧森也。”一个是瞿塘峡，本来就是冷清的地方，一个是曲江，本来应是热闹繁华的地方，但如今都是一派萧瑟的秋景。是相同的氛围把两个地方融入一句，构思非常巧妙。

三、四两句开始具体地描写长安，尤其是唐玄宗游览过的地方。先看第三句“花萼夹城通御气”。“花萼”指的是花萼宫，唐朝的一个宫殿。为什么叫花萼宫呢？这是用《诗经·小雅·常棣》中的诗句：“常棣之华，鄂不韡韡。”后人常用“花萼”来比喻兄弟相亲，就像花瓣总是生长在花萼上一样。唐玄宗登基后专门建了一座“花萼宫”，让他的五个兄弟一起住在里面。他还做了一张大床和一床大被子，让五个兄弟晚上睡在一张床上，同盖一条被子，表示兄弟很友爱。为什么要这样做呢？在唐玄宗以前，从来没有哪个皇帝这样做过。我猜想这大概是因为唐玄宗排行老三——唐朝人都叫他“三郎”嘛，他为了表示自己对大哥、二哥及其他兄弟很友好，他的皇位并不是抢夺来的，所以才这样做。按照封建伦理，应该是由皇长子继承皇位，然后还有老二，而唐玄宗身为老三却继承了皇位，为了掩饰这一点，所以建了花萼宫。花萼宫当然是唐玄宗经常去的地方。讲义上举了一条钱注，钱谦益说，安禄山造反的消息传来，唐玄宗“登花萼楼，四顾凄怆”。他觉得很悲哀，孤立无援。叛军打来了，没有良将带兵去抵挡，虽有兄弟却帮不上忙。所以花萼宫是与玄宗有特殊关系的宫殿，跟其他皇帝关系不大。夹城就是夹道，古代皇帝为了把自己神秘化，也为了保卫自己，从秦始皇就开始修夹道，用两面墙把道路夹在中间，只让皇帝通行，外人看不见。唐代的夹城从花萼宫一直通到郊外的曲江，因为皇帝经常要去那些地方游玩。“通御气”是针对第一句的曲江说的，是说唐玄宗在夹城里走，从花萼宫走到曲江，所以帝王之气也就通过去了。

再看第四句“芙蓉小苑入边愁”。现在西安南郊有一个假古董的芙蓉苑，我没去看过，据说里面花里胡哨的，是个游乐场所。唐代在曲江那儿确实有一个芙蓉苑，也是唐玄宗时修的，当时是游览胜地，也是玄宗经常去游玩的地方。"边愁"就是一个国家在边疆地区受到外族侵略时引起的不安和忧愁。芙蓉苑本来在"曲江头",就在长安郊外,怎么会"入边愁"呢?这说明长安局势极不稳定。

三、四两句的对仗非常工整,但这种对仗不是我们刚学写诗时那种呆板的对仗,这一联的意思是跳荡的,内在的意脉是流动的。读到这里,我就想到《文心雕龙·章句》里的两句话:"外文绮交,内义脉注。"就是一篇作品外表上看非常美丽,好像交错着的各种花纹,但是内在的意思却像脉络一样一气贯注,非常通顺。这就像人体的经脉,是贯通的,要是不通就生病了。刘勰那时还没有律诗,但如果移用这句话来评价写得好的律诗,评杜甫《秋兴八首》这样的律诗,真是太贴切了。《秋兴八首》,尤其是第六首,第二联和第三联字面上对得非常工整,真的是"外文绮交",美丽的花纹交错出现,非常匀称,非常平衡。但是你细看内在的意脉,却是一气贯注的,丝毫没有被工整的对仗截断。对仗太工整是容易截断意脉的,大家如果试着写律诗的话就会有这种感觉,对仗太工整了,意思就不通畅了。但是杜诗在对仗非常工稳的同时,意脉也非常贯通。具体到这首诗来说,意脉贯通体现在什么地方呢?我觉得就是在这么繁华的地方,这样的歌舞升平,甚至专门修了夹道通到芙蓉小苑去,结果却导致了边愁。正因为玄宗贪图享乐,骄奢淫逸,结果就导致了动乱,导致了国家的危机,导致外族军队打到长安来。这几句的意思是一气直下的,以因果关系为内核的意脉是畅通无阻的。

长安从来就是歌舞繁华之地,杜甫也曾亲眼看到过,所以末联就说:"回首可怜歌舞地,秦中自古帝王州。"长安自古就是帝王州,言下之意就是现在快要不是了,现在已经动荡不安,甚至快要被攻陷了。与前面几首相比,第六首在结构上的独特之处在于,按照前面几首的结构,瞿塘峡本应在尾联出现,但是这首诗在第一联就出现了,后面反倒全部都是写长安,诗人把自己的思绪整个的转向长安。由此可见杜甫对组诗章法的良苦用心。

第六首的内容是写长安附近皇帝游览过的地方,第七首开始写长安一般的名胜,主要是写昆明池。"昆明池水汉时功,武帝旌旗在眼中。"这又是用汉代的典故来写唐代的事情,昆明池是汉武帝时代开挖的。汉武帝要南征,要征服南方的少数民族,南方多水,一定要有水军,于是在长安附近开挖此湖,专门用来训练水军。这个大湖一直留存下来,现在当然已经完全干涸了,但是唐代还在。因为是汉武帝时开凿的,所以在杜甫看来,当年武帝的旌旗仿佛还在眼前飘扬。

接下来是具体的描写:"织女机丝虚夜月,石鲸鳞甲动秋风。"写的是昆明池岸边的一些景物,湖边用玉石雕刻的织女啊、鲸鱼啊,等等。这些东西在唐代还在不在,是诗人亲眼看到的还是从《西京杂记》之类的典籍中读到的,这就不清楚了,没有很明确的证据。反正诗里说汉朝留下来的景物依然存在,但是已经非常凄凉。你看,前一句写夜晚,后一句写秋天,非常凄凉,非常萧瑟,不再像汉武帝时代那样繁盛了。

"波漂菰米沉云黑,露冷莲房坠粉红。"写的也是深秋季节昆明池凄凉的景色。菰就是茭白,南京人叫茭瓜,是水边的一种植物,现在我们一般吃它的茎。当然到了秋天它也会结果实,它结的果实就叫菰米,形状像小米,一点不好吃,一般在灾荒时才吃。我当知青时插队的那个生产队就有很多菰米,但是没有人吃。昆明池边上长满了菰米,像云一样,黑压压的一大片。到了深秋,在冰冷的露水中,红色的荷花也凋零了,花瓣纷纷坠落下来。大家注意,这首诗的景色不像上面两首那么华美、繁盛,而是有一种凄凉的气氛,这也是一组诗内部的一、多关系的体现,不过它不是体现在结构上,而是体现在氛围上。这也是杜甫组诗章法的体现。

"关塞极天唯鸟道,江湖满地一渔翁。"末联又回到夔州江边来了,回到杜甫眼前的真实环境中来了。杜甫说:我现在身处南边,在离长安很远的地方,在这里眺望长安满眼都是崇山峻岭,根本无路可行,只有鸟儿才能飞过去;而我就是漂泊在无边无际的江湖中的一个渔翁。用广阔的水面来衬托渔翁本身的渺小和寂寞,杜甫很喜欢这样写。我们"以杜证杜",请大家看讲义上杜甫的另一首诗《天池》,诗里有"九秋惊雁序,万里狎渔翁"两句,也是这样的写法。一片很大的水面,衬托着一个渺小的渔翁,显得格外的孤苦伶仃,无依无靠。

第七首有一个特点,就是至少从字面上看,与另外几首诗所写的长安非常繁盛、非常华丽的景象不同,第七首是写一种比较萧瑟、凄凉的景象。这里顺便讲一个问题,一般都认为《秋兴八首》是一个完整的整体,所以王嗣奭在《杜臆》中说这八首诗只是一篇文章,所以很多人都认为这八首诗是不能节选的,不能在八首里单独选几首出来。八首诗是一个整体,要么就全选,要么就一首也不选。关于这一点,王夫之说得很好,王夫之在《唐诗评选》卷四中:"八首如正变七音,旋相为功,而自成一章,或为割裂,则神理尽失矣。选诗者之贼不小。"就说这八首诗是自成一章,不能把它割裂开来,否则,神气就没有了,就受到损害了。王夫之甚至骂想从《秋兴八首》中选诗的人是"贼"!当然,这个"贼"字是"害"的意思。但是就有人愿意做"贼"。我举几个例子,一个是明人高棅,他在《唐诗正声》中选了《秋兴八首》中的四首;李攀龙的《唐诗选》中也选了其中的四首;最值得注意的是明人钟惺,钟惺的《唐诗归》对《秋兴八首》只选了一首,选了哪一种呢?就是第七首。这是什么原因呢?第七首并不是八首中写得最好的,但是钟惺单独选第七首,这就体现了选家的眼光,或者体现了选家在风格上的嗜好。第七首最接近竟陵派的诗风,竟陵派喜欢这种萧飒、孤峭的风格倾向,所以钟惺对第七首情有独钟。

最后我们来读第八首。"昆吾御宿自逶迤,紫阁峰阴入渼陂。""昆吾"和"御宿"是两个地名,都是汉代上林苑中的地名,这两个地名到唐代还在。这两句写杜甫当年在长安郊外游览的过程,他沿着一条弯弯曲曲的小道走过了昆吾、御宿,一直走到渼陂。"渼陂"的"陂"在现代的辞书里都读作 bēi,意思是一个池塘、湖泊,但是在"渼陂"这个名词里,古音都念 pí,我们还是念它pí 吧,否则就不押韵了。渼陂是长安郊外的一个名胜之地,杜甫当年曾到那里游览过。"渼陂"的景色最能勾起杜甫回忆的是一片平静的水面,整座紫阁峰倒映水中。紫阁峰是终南山的一个山峰。我对杜甫的记忆深有同感,一片平静的水面,水中浸着山峰的倒影,这种美景是令人难忘的。我以为漓江的景色就是以此见长。

第二联写长安郊外丰富的物产:"香稻啄余鹦鹉粒,碧梧栖老凤凰枝。""香稻"有的本子作"红稻",我最早读到的文本作"香稻",讲义上就打成"香稻"了,并没有仔细比较它们的优劣。关于这一联我要稍微多说几句,因为这两句可能是《秋兴八首》中受到非议最多的句子。当然,对于整组《秋兴八首》也有非议,有的人不喜欢,我等会儿还会讲到。但是具体到字句,这两句受到的批评最多。我们先看一看较有代表性的两个说法。先看王世贞是怎么说的。明人王世贞在他的《艺苑卮言》中批评这两句诗，说是"藻绣太过，肌肤太肥，造语牵率而情不接"。"藻绣太过"就是修饰得太厉害了，太华丽了，太丰满了。"肌肤太肥"的具体意思说不清楚，大概就像贬低一个美女，说她长得太胖了。（笑）"造语牵率而情不接"是说这个句子也造得牵强、轻率，不合语法，句中的感情也断裂了。这是古人的说法。今人的批评中最有代表性的是新诗人臧克家的看法。臧克家有一本书叫作《学诗断想》，这本书我在当插队知青时读过的，书中又谈古诗，又谈新诗，里面有两句话我记得很牢："我是一个两面派，旧诗新诗我都爱。"我很欣赏这种观点。但是我不同意书中对这两句杜诗的批评。臧克家特别不满意这两句诗，把它们当活靶子来大加贬斥，他指责这两句诗"把字句推敲到不合常规的程度"。推敲字句是可以的，但是推敲到"香稻啄余鹦鹉粒"这样的程度，臧克家认为太过分了。

现在我们来看看这两句诗到底如何？为什么王世贞和臧克家都说不好？

首先，我们一眼就能看出这是倒装句。古人早就说过了，讲义上引了吴景旭《历代诗话》卷三八的话，说"此为倒装句法"，"重在稻与梧，不在鹦鹉、凤凰"。古人已经指出，这两句话采用的不是正常的语序，而是倒装句，之所以倒装，是为了强调前面的那个物体，就"稻"跟"梧桐"，而不是后面的"鹦鹉"跟"凤凰"，后面的是为了衬托前面的。那么我们再来看一看它倒装的效果怎么样。为了有助于理解这两句诗，我们有必要看一看杜诗中其他的倒装句。我刚才说过，"香稻啄余鹦鹉粒"，这个"香"字有异文，它的异文是"红"，按照更细致的对仗法，应该是"红"更好，因为下句是"碧梧"嘛，"红稻"对"碧梧"。那样的话，这两句诗的倒装就把两个颜色的字眼放到句首去了，突出了句首的两个写颜色的字。杜诗中还有类似的例子，比如《陪郑广文游何将军山林》中有一联："绿垂风折笋，红绽雨肥梅。"还有一首是《放船》，里面有两句："青惜峰峦过，黄知橘柚来。"都是把一个颜色字放在一个句子的开头，也都是倒装句法。倒装句法当然是允许的，问题是为什么要倒装，有这个必要吗？

我们看第一例:"绿垂风折笋,红绽雨肥梅。"如果按照正常的语序,我想这个句子应该这样写:"风折笋垂绿,雨肥梅绽红。"就是风把笋吹断了,然后垂下来一片绿色。雨水很足,梅子结得很肥大,饱满的梅子绽开成一片鲜红。所以正常的语序应该是:"风折笋垂绿,雨肥梅绽红。"那么杜甫为什么倒装?我想,倒装是为了强调、突出放到句首的那个因素,在这里就是两种颜色。杜甫强调,他到何将军山林去赏景时,一眼就看到了非常鲜艳的色彩,两个大色块映入眼帘,一个是绿的,另一个是红的,非常鲜艳,非常耀眼,所以他先要把这种感觉写出来。也就是说,杜甫先看到两个色块,仔细一看,哦,原来是折断的笋,原来是饱满的梅子。

我们再看第二例,我觉得这个例子更有说服力。这首《放船》不是在夔州写的,而是在阆州写的。杜诗中有两首《放船》,后面一首是在夔州写的,前面一首是在阆州写的,写的是阆水。四川的河流都有很大的落差,水流都很湍急,如果乘船在河里走,简直是一泻千里,就像李白说的"轻舟已过万重山"。《放船》里说:"青惜峰峦过,黄知橘柚来。"前一句的意思是相当清楚的,就是说船太快了,青青的山峰一闪就过去了,还没来得及细看,诗人觉得很惋惜。后一句写前方的视野中刚刚冒出的景象,船在飞快地朝前走,前方的视野中出现了一片金黄色的东西,远远的看不清楚是什么,但诗人知道那是一片橘林或柚林,秋天橘树和柚树都挂果了,一片金黄色直冲船头而来。所以,"青惜峰峦过,黄知橘柚来"写的是诗人在一艘飞快的船中观景所得到的观感。这种观感在他心上产生的最鲜明的印象,也是最能吸引诗人的印象,就是颜色,就是鲜明的色块,那些色块一会儿是青的,一会儿又变成黄的,从眼前一闪而过。这两句诗产生了很好的艺术效果,读者闭目一想,仿佛随着诗人一起经历了急流放船的过程。

现在我们回过头来读"香稻啄余鹦鹉粒"这一联。我觉得情况是差不多的,诗人强调的是长安郊外物产之丰美,稻是"香稻",树是碧绿的梧桐树。这个"香稻"还不是一般的"香稻",而是鹦鹉啄余的香稻,鹦鹉可是一种很珍奇的鸟啊。那个梧桐也不是一般的梧桐,而是凤凰曾经栖过的梧桐,凤凰是一种美丽的、吉祥的鸟。也就是说,杜甫要想赞美的并不是鹦鹉和凤凰,而是香稻和碧梧,鹦鹉和凤凰在句中充当定语,当然是后置的定语。既然如此,他当然要采用倒装句法了。所以我觉得后人对这两句诗的批评,比如臧克家说的"句法上推敲到不合常规的程度",又如王世贞说的"藻绣太过,肌肤太肥",好像都有点过火,其实这两句杜诗是一种相当常见的倒装句法,不过比较引人注目而已。

五、六两句回忆当年游览的经过:"佳人拾翠春相问,仙侣同舟晚更移。"当年在渼陂,杜甫看到美丽的女子在那里"拾翠",就是捡翡翠鸟掉下的漂亮羽毛,也可能是拾翠绿的香草,而他自己跟一些很有才华的人一起坐船游览,一直玩到晚上还不回家。作为参照,大家可以读一首《渼陂行》,那是杜甫当年在长安写的:"岑参兄弟皆好奇,携我远来游渼陂。"杜甫是跟岑参兄弟同游渼陂的,岑参那样的杰出诗人当然可称"仙侣"了。"仙侣同舟晚更移"这句诗是暗含着典故的,请大家看讲义。《后汉书》记载:郭泰是东汉太学生的领袖,那时的太学生有三万人之多,郭泰的才德最为杰出。郭泰一说话,立刻一呼百应,所以他曾经发动过学潮。郭泰离开洛阳的时候,有数千人去送他,大家都留在岸上。只有李膺亲自登船送他过河,李膺是当时士大夫的领袖。其他送行的人在岸上看着李膺与郭泰站在船头,船慢慢地远去,"望之若神仙焉"。李、郭两人都是当时的领袖人物,是万人仰慕的品学兼优之士。"仙侣同舟晚更移"就暗含着这层意思,我们也是非常杰出的人物,我与岑参同舟游览,也深得众人的仰慕。当然,这未免有点夸张,其实杜甫当年在长安还没有很高的声望,不会有很多人来仰慕他,他正落拓潦倒着呢。

还有,这两句的意思是与前面两句密切结合的。三、四句说渼陂一带物产丰美,五、六句说在渼陂一带游览的人都是佳人和仙侣,用我们今天的话来说就是俊男靓女,美丽的环境与靓丽的游人相得益彰。大家想想看,一个地方虽然景色很美,物产也很美,但是如果充满着一帮獐头鼠目、粗鲁无礼的游客,(大笑)大家也会觉得很扫兴的。杜甫从物产、人物两个角度来赞美渼陂,堪称全面、周到的描写。

回忆了当年的游览经历以后,诗人不禁想起自己的身世来,他说:"彩笔昔曾干气象,白头吟望苦低垂。"杜甫在长安时最得意的事就是曾以文章引起皇帝的注意。"气象"就是云霄,皇帝当然高居云端,他高高在上嘛。然而如今我又老又穷又有病,在江边上一边吟诗,一边眺望。"吟望"这个词,王嗣奭说得很对,就是"且吟且望"。此时的杜甫再没有什么话可说了,该回忆的也都回忆过了,他只能低头无语。这一首诗就结束了,整组诗也就结束了。

刚才我们把八首诗逐字逐句地读了一遍,下面再把它作为一个整体来考察一下。王夫之也好,王嗣奭也好,都认为《秋兴八首》是一组诗,是一个完整的整体,不能割裂开来,我们来看一看他们为什么要这样说。我想至少有这样两点理由。

第一,它有一个完整的主题,有一个统一的集中的主题,八首诗都围绕着这个主题。这个主题是什么呢?请大家看讲义,王嗣奭说:"'故园心'三字是八首之纲。"杜甫在第一首中就说"孤舟一系故园心","故园心"就是对故园的思念。钱谦益不同意这种说法,钱谦益说这个纲不在第一首的"故园心",而在第二首的"每依北斗望京华"。我们上一次说过,杜甫的故园和故国是重合的,他的故园在长安,他的故国当然也在长安,两者是一个地方,所以王嗣奭、钱谦益的观点其实并不矛盾,而且可以合二为一。总之,对长安的思念就是《秋兴八首》的纲,是它的核心内容,是它的主题。

第二,写法多变,而意脉贯通。上次我说过,《秋兴八首》的第一到第三首有共同的内在脉络,每一首都从夔州江边写起,然后思及长安。从第四到第八首则换了一种顺序,每首诗一开头就直接把思绪引向长安,最后才返回夔州。后面五首所思念的对象又是不一样的,第四首说长安,第五首说皇帝,第六首说皇帝游览的地方,第七首说长安一般的景物,第八首回忆自己当年游览的经历。每一首都是回忆长安,但是每一首都回忆不同的内容。八首诗的写法多变,但分明有一个统一的主题,万千思绪都围绕着思念长安这个主题。这就说明《秋兴八首》是一组完整的诗,它不像别的组诗,比如阮籍的《咏怀诗》82 首、陶渊明的《饮酒》诗 20 首,它们不是诗人作为一个整体来创作的,甚至是后人编集的时候才合在一起的,所以主题多样,甚至貌合神离。而《秋兴八首》则有一个统一的主题,整组诗的结构也经过深思熟虑,一气呵成。上次说过,前面三首写时间的推移,从白天到傍晚、深夜,再到第二天清晨。时间推移了一整天,一个完整的循环已经结束,不能再从时间着手写了,于是后面五首转以空间为序,让思绪在长安和夔州两地之间来回跳动。从时间结构变为空间结构,井然有序,一丝不乱。

无论从主题,还是从结构来看,八首诗都是经过整体构思的,是思考成熟以后才落笔的,他不是写好第一首然后构思第二首,一首接着一首,最后正巧写了八首,也完全有可能写成《秋兴七首》,不是的。他是事先就全部构思好了,动笔之前已经成竹在胸,就写八首。所以我们说《秋兴八首》是一个完整的整体,王夫之的观点也是正确的,不能把它割裂开来选录其中的某几首。编一个唐诗选本或者杜诗选本,要么就选八首,要么一首也不选,不能把它割裂开来。我们现在看到的山东大学中文系的《杜甫诗选》,聂石樵、邓魁英先生的《杜甫诗选》,都是把这八首诗全选进去的。这说明把《秋兴八首》看作一个不可割裂的整体已经成为学界的共识。

下面再说一下对《秋兴八首》的评价的问题。刚才说到"香稻啄余鹦鹉粒,碧梧栖老凤凰枝"的时候已经提到,有人不喜欢这一联,认为这一联语言太华丽了,字句太雕琢了,反而影响了它的艺术感染力。其实对于整个《秋兴八首》,也有人持这种观点,认为整组诗字面上都写得太华丽了,内在的意蕴反而不足。是哪些人呢?首先是冯至先生。冯至在他的《杜甫传》里对《秋兴八首》特别不满,认为《秋兴八首》就是杜甫后期诗不如早期诗的一个标志。冯至的《杜甫传》我还是多年以前读的,我记得他对《秋兴八首》是持否定态度的。萧涤非先生在他的《杜甫研究》中对《秋兴八首》的评价也不高,认为这组诗不是杜甫水平最高的诗。他们的着眼点都在于这一组诗字面上太华丽,跟其他杜诗不一样。关于这个问题,我觉得还应进行再思考。请大家看讲义,我举了三本书。第一本是孟元老的《东京梦华录》。孟元老是南宋人,他的《东京梦华录》是写什么的呢?写他对北宋的首都汴京的回忆。此时汴京已经沦陷了,被金人占领了,作为南宋人的孟元老就在书中反复回忆当年汴京怎么繁华,怎么富丽。第二本是周密的《武林旧事》。周密是南宋的遗民,他写书时南宋已经灭亡,已经入元了。《武林旧事》是周密对南宋的首都临安的繁盛状况的回忆。第三本书是张岱的《陶庵梦忆》。张岱是明末清初的人,入清以后,他成为明朝的遗民。他回忆的是他在明代所见的种种繁盛局面以及自己很富裕、很安定的生活。这三本书的性质是相同的,都是在一个国家灭亡以后,进入另外一个朝代以后,作为遗民的作家对故国盛况的回忆。我们读这三本书的时候,会产生一种深刻的感受,与我们读杜甫的《秋兴八首》的感受十分相似。舒芜先生最早指出这一点,我受他的启发,也去读了这三本书,我很同意他的观点。

那么原因何在呢?请大家看一看《四库全书总目提要》对《武林旧事》的评价。《四库全书总目提要》说:"湖山歌舞,靡丽纷华,著其盛,正所以著其衰。"周密之所以要反复回忆杭州当年的繁盛景象,西湖多么美丽,西湖上如何歌舞纷纷,等等,正是为了反衬宋亡以后杭州的衰落。又说:"遗老故臣,恻恻兴亡之隐,实曲寄于言外。"通过对故国首都繁华的回忆,作为一个遗民,周密对故国的思念,他的兴亡之感,就寄托在文本中了。

我们再来看王士禛对于《秋兴八首》的评价。王士禛说:"其有感于长安者,但极言其盛,而所感自寓于中。"《秋兴八首》为什么要反复描写当年长安的繁盛呢?写长安的宫殿多么富丽,气氛多么热闹,长安周围的景色多么优美,物产多么丰富,杜甫本人当年的游览经历又多么愉快,等等,为什么要反复地写这些内容呢?为什么要这样"极言其盛"呢?是因为"所感自寓于中",其中蕴含着沧桑变化在诗人心中引起的种种感触。一个国家的繁盛局面已经消失了,盛世已经过去了,唐帝国已经衰落了,杜甫本人也已经远离长安,而且衰老多病,在肃杀的秋天,独自站在冷落的江边。国家命运的由盛转衰,自身生活的巨大落差,使诗人思绪万千,百感交集。所以我觉得,当我们读《秋兴八首》的时候,不能光注意它字面上是多么华丽,字面愈是华丽,里面所蕴含着的悲凉之感就愈是深刻,字面上的华丽正是为了反衬那种深刻的悲哀。这才是《秋兴八首》真正的价值。如果我们同意这种价值判断的话,那么冯至也好,萧涤非也好,他们从字面华丽这个因素来否定《秋兴八首》的价值,显然是不可取的。

在刚开始讲《秋兴八首》的时候,我说过,杜甫在夔州的写作出现了一个新的主题倾向,就是回忆。回忆自己的生平,回忆当年的交游,回忆从前的经历,也回忆整个帝国走过的一段历史,乃至回忆整个民族的历史。这种种的回忆散见在各首诗里,《壮游》《昔游》回忆自己的平生,《八哀诗》回忆朋友,《诸将五首》回忆帝国走过的一段历史,《咏怀古迹五首》回忆古人,只有《秋兴八首》这一组诗,它是一个立体性的整体的回忆。我们很难说《秋兴八首》回忆的是什么，回忆的是个人经历吗？是，但不仅仅是。回忆的是唐帝国的一段近代史吗？是，也不完全是。《秋兴八首》里也用了很多典故，说到了很多古人，所以它也回忆了整个的历史，它是全局性的整体性的回忆。是已到迟暮之年的杜甫对于平生，对于他所经历的一切的整体性的回忆。它的边界是模糊的，也可说是没有边界的，我们很难说它究竟回忆了什么，这是《秋兴八首》最重要的特征。我一直觉得杜甫在夔州写的所有的回忆主题的诗中，《秋兴八首》的内容是最深广的。其他的诗都有很明确的回忆对象，它没有，正因为它没有，所以它是整体性的回忆，它引起的感触也是漫无边际的。

下面稍微谈一谈杜甫对七言律诗这种诗体所做的贡献。我们说杜甫这个人在五、七言诗的各种诗体上面，除了绝句稍弱以外，其他各体都写得非常好。当然杜甫的绝句历来也是有争议的，有人说他的绝句比较弱，但也有人说杜甫的绝句自成一体，成就很高。当然，说他自成一体是对的，他的绝句跟别人不一样，我们就不细说了。那么在五言古诗、七言古诗和五言律诗、七言律诗这四种诗体中，杜甫的贡献是不是同样的呢？应该说他的造诣，他达到的艺术水准是差不多的。但由于这四种诗体在杜甫登上诗坛以前，它们在诗歌史上已经达到的程度不一样，所以杜甫对某种诗体做出的贡献也不一样。具体地说，在七言律诗上杜甫做出的贡献最大，因为五言古诗和七言古诗在杜甫以前早就成熟了，早已有很多诗人写得非常好了。五言律诗在杜甫以前也已经成熟了，也已经出现了非常好的作品。只有七言律诗，它成熟得最晚，它的发展比其他的诗体都要晚一步，所以杜甫躬逢其盛，正好碰到了七言律诗走向成熟、达到成熟这样一个阶段，他在这种诗体上做出的贡献也就最大了。这个问题我们不能展开来讲，我简单地提一下其中的几个要点。

首先，七言律诗在唐代的各种主要诗体中是最晚成熟的。介绍大家看一篇文章，是赵昌平的《初唐七律的成熟及其风格溯源》，发表在《中华文史论丛》1986年第4期。现在赵昌平就是《中华文史论丛》的主编，也是上海古籍出版社的总编辑。这篇文章发表以后，大家都觉得写得很好，包括程千帆先生等老一辈学者，那个时候赵昌平刚刚研究生毕业嘛。那么这篇文章好在哪里？我们谈历史上某一种诗体的演变，怎样从成型走向成熟，对它的演变过程作年代分析，一般都是模糊的，比如说初唐、盛唐，一般都是这样的，而赵昌平的文章却具体到哪一年。初唐的七言律诗是在什么时候成熟的？赵昌平说是709年前后。他怎么会得出一个如此明确的年代呢？这是因为七言律诗这种诗体的独特性。五言古诗就找不出来，大家不要去找五言古诗是哪一年成熟的，只有七言律诗能找出来。因为在杜甫以前，唐人所写的七言律诗的数目是有限的，一共只有一百多首，非常少，七律诗成熟得晚嘛。这一百多首诗的题材是比较单一的，主要是宫廷诗，主要是在皇宫里或者公主、宰相等人的府第里的宴会上写的。这些诗都有具体的写作背景，往往是举行一个宴会，大家一起来写诗。而他们写诗的背景经常在史书中有记载，因为是发生在皇宫里的，发生在公主、宰相等人的府第里的，所以《资治通鉴》、两《唐书》里有记载：某年某月某日，哪些人在这里聚会，写了什么诗。所以赵昌平对初唐的七言律诗作了一番考索，就发现在景龙三年，也就是709年，有八个人写的一组七律在平仄上已经合律了，以前七律的平仄都不大合律的。何谓七言律诗？何谓五言律诗？它们在形式上最大的特征是平仄，而不是对仗。假如你还不会写诗，会误以为律诗最重要的格律是对仗，其实不是的，律诗最主要的格律是平仄。平仄不合就不是律诗，对仗差点倒还可以说它是律诗。赵昌平发现七言律诗是到了709年才开始合律的。这就是这篇文章的优点，他把事情搞得很清楚。年代学嘛，越准确越好。我们对某人的作品进行系年，能够系到某年某月某日，那最好。实在不行，先把日去掉，再把月去掉，最后再去掉年，再不行，那就说是前期、后期，那就比较模糊了。

那么对于我们今天要讲的内容，这篇文章有什么意义呢？意义就在于，它给我们提供了一个准确的背景，我们可以根据它来看杜甫在七言律诗发展的过程中做了什么贡献。709年是个什么概念？就是杜甫出生的前三年。杜甫生于712年。709年七言律诗定型了，过了三年，杜甫出生了，是老天派他来写七言律诗的，让他在这个历史关键时刻降生在诗坛上。假设杜甫30岁开始写七律，那么从七言律诗的定型到杜甫开始写诗，不过30来年的时间。比杜甫早的诗人还来不及把这种刚刚定型的诗体推向艺术顶峰,来不及把它提升到跟五言古诗、五言律诗同样高度的艺术水准,没有这么快的。所以,七言律诗的成熟就有待于杜甫去完成,杜甫也确实完成了这个历史赋予的任务。

我在讲义上举了几首诗。首先看比杜甫稍微早一点的诗人所写的七言律诗的名篇,我们不举写得不好的,举不好的作品来论证没有意义。我们举名篇。杜甫以前写得最好的七律有哪些呢?首先是崔颢的《黄鹤楼》。《黄鹤楼》大家都读过,明人甚至说它是唐人七言律诗之冠,这个评价是很高的。但是我们看崔颢的《黄鹤楼》,它合格律吗?它不合格律。虽然从粗糙的标准来说,它也算是七言律诗了,但是你仔细推敲,它还不是成熟的七言律诗,形式上还很不严格,不完全合律。我们不说其他的,只看第二联:"黄鹤一去不复返,白云千载空悠悠。"上句一平六仄,"黄"是平声,后面六个字全是仄声字。一句七言句的平仄竟然是平仄仄仄仄仄仄,这不是七言律诗的句子,这是古诗的句子。下面一句"白云千载空悠悠","空悠悠"三个字都是平声,这是"三平调","三平调"按格律来说只能用于七言古诗,律诗中是不应该出现的。所以仅仅从这一联来看,崔颢的《黄鹤楼》还没有合律。诗是写得很好,但格律不合。

我们再看李白的《游金陵凤凰台》,传说这是李白有意要跟崔颢的《黄鹤楼》比美的。李白路过黄鹤楼看到崔颢写的诗,要想题诗又写不过他,"眼前有景道不得,崔颢题诗在上头",于是不写了。不写了怎么办呢?他又不服,到了金陵,到了我们南京,看见了凤凰台,再写一首,拿它与《黄鹤楼》比。《登金陵凤凰台》大概比崔颢的诗晚几年,崔颢的诗是744年以前写的,李白的诗可能写于747年,大概差几年。那么这首诗合律吗?我们检查前面的三联:"凤凰台上凤凰游,凤去台空江自流。吴宫花草埋幽径,晋代衣冠成古丘。三山半落青天外,二水中分白鹭洲。"这三联的平仄格式是一样的,都是"平平仄仄平平仄,仄仄平平仄仄平",都是这样的。当然第一句是押韵的,平仄句式相应地变成了平平仄仄仄平平。总的来说,这三联的平仄调式是一样的,这当然违反近体诗格律中最重要的一条规律——粘。它"失粘"了,不对的叫"失对",不粘的叫"失粘"。李白这首诗根本不符合平仄格律中最重要的一条规律,它的第二联跟第一联没有粘,第三联跟第二联又没有粘。

他应该把第二联变成"仄仄平平平仄仄,平平仄仄仄平平"。这样才上下都粘了。也就是说,李白这首诗还是不符合格律。这种情况在王维的七言律诗中也很常见。可见在杜甫开始写七律之前,七律的格律还是很不清楚。虽然赵昌平说七律的格律在 709 年已经建立了,但是诗人们还不能很熟练地运用它。那么这个任务是谁完成的?是杜甫。

上面是从形式上面来讲的。从内容上面来讲,结论也是一样的。在杜甫以前,唐代的七言律诗主要是写宫廷生活,主要是写在宫廷或公主、宰相等人的府第里的宴会、游乐等内容,是所谓的应制诗、应教诗。应制诗就是皇帝叫你写的,应教诗就是公主、太子那些人叫你写的,那些达官贵人出一个题目,大家来写诗。那样的一种写作方式,那样写出来的作品,有一个致命伤,就是违背了诗歌应该是个人抒情的根本性质。那样写出的诗一般都是歌功颂德,写的是花园如何美丽,皇家的建筑如何宏伟,主要是这些内容。当然也可以写出比较好的作品,但不可能出现真正的好诗,真正的好诗一定是表达自己的悲欢离合、喜怒哀乐的。皇帝命令你写一首诗,而且规定你写这个宫殿,你怎么可能写出一流的好诗来呢?

这种情况在七言律诗的写作中延续了很长时间,赵昌平那篇文章中举的例子,主要就是这样的一些诗。杜甫开始较多地写七言律诗的时候,具体地说是 758 年。757 年杜甫跟着唐肃宗回到长安,长安已经收复了,杜甫在长安呆了半年多,758 年六月他就被贬到华州去了。就在这时,杜甫写了较多的七言律诗。当然杜甫的七言律诗偶尔还维持着七律原来的状态,比如贾至写了一首《早朝大明宫呈两省僚友》,王维、岑参、杜甫都来和他,岑参跟王维的两首和作都选到《唐诗三百首》里去了,杜甫的没有选进去,但四个人的诗都传下来了。后来有的诗论家帮杜甫打抱不平,说杜甫这首也很好,怎么没有选进去?说《唐诗三百首》选得不公平。我倒觉得这是很公平的,王维跟岑参的和作选到《唐诗三百首》里,而杜甫的没有选进去,不是因为杜甫的诗才不如他们,而是因为杜甫在七言律诗的写作上已经偏离这种题材,他已经转向个人抒情的题材,《奉和贾至舍人早朝大明宫》根本不能算是杜甫七律的代表作。

那么杜甫此时的七律代表作是什么?就是讲义上举的这三首:《曲江二

首》和《九日蓝田崔氏庄》。《曲江二首》是 758 年春天写的,《九日蓝田崔氏庄》是那年秋天写的。这三首诗已经是纯粹的个人抒情诗,是对个人的生平、遭遇引起的喜怒哀乐的深沉表述。宫廷诗的那种题材,应制诗、应教诗的那种主题走向,在这三首诗里已经一扫而空,一点影子都没有了,杜甫已经把七言律诗改造成跟其他诗体一样的用来抒情述志的诗体。在这方面最早尝试并取得成功的诗人就是杜甫。我们读这三首七言律诗,惊讶地发现他已经达到非常高的水准了。这是杜甫对于七言律诗的巨大贡献。当然在那以后,杜甫在七言律诗的写作上一直在向前进。一直到晚年,到了夔州,他写出了《诸将五首》《咏怀古迹五首》《秋兴八首》,标志着他的七言律诗在内容和艺术两个方面都达到了巅峰状态。

可以说,七言律诗后来成为能够与五古、五律、七古同样水平的一种诗体,最大的功绩应归于杜甫。在其他诗体上,杜甫做出的贡献并没有这么大。这是我们读《秋兴八首》时应该联想到的情况,也可说是我们读《秋兴八首》的背景知识。

第十二讲

《戏为六绝句》:杜甫的诗歌理论

今天我们讲杜甫的《戏为六绝句》。

《戏为六绝句》是杜甫表达他的诗歌思想的一组诗。这是一种特殊形式的诗歌创作,虽然它的文学样式是诗歌,但内容却是诗歌理论,也就是文学理论。这种用七言绝句表达诗学观点的形式是杜甫开创的,杜甫以前从未有过。在杜甫以后,这种形式被称为"论诗绝句",大家注意,论诗绝句一般都是七言绝句,我们很少见到五言绝句。可能因为五言绝句字数太少,不方便用来表达诗学观点吧。论诗绝句这种形式后来发展得比较充分,继承者中比较有名的首先是元好问,他有《论诗绝句三十首》,清代比较有名的是王渔洋、袁枚。不太有名的人用这种形式来表达诗歌思想的非常之多,以至现在有一本书,书名就叫《万首论诗绝句》。一万首啊,简直是波澜壮阔的一条大河了,但其源头是从杜甫开始的。所以说《戏为六绝句》在形式上有很大的开创性。

奇怪的是,杜甫当年写这组诗的时候却题作"戏为",是带着游戏的态度,以开玩笑的口吻来写的,没有把它看作严肃的作品。当然,"戏为"是否就是游戏笔墨,杜甫写诗时是不是真的不太严肃?这是可以讨论的。前人也有种种不同的说法。有人认为之所以用"戏为"两个字,是因为有人讽刺杜甫,有人低估杜甫的创作,杜甫有所感而发,有所激而发,所以就用了"戏为"两个字。也有人认为这样的议论容易引起别人的非议,所以事先把语气说得缓和一些,用开玩笑的口气。不管怎么说,标题里有"戏为"两个字,至少说明杜甫可能对这种形式没有寄予很大的希望,只是一种尝试性的,试着用七言绝句来论诗,他没有想到在后代会蔚为大观,成为古代诗学批评中的一种重要形式。

《戏为六绝句》现在有个单行的本子,就是郭绍虞先生的《杜甫戏为六绝句集解》,当然因为文本太小,六首绝句字数很少嘛,即使加上郭先生收罗的非常完备的集解,篇幅也不大,所以我们现在看到的还不是一个真正的单行本,是和元好问的《论诗绝句三十首》合成一册的。即使这样,也还是薄薄的一本书。但就著作本身来说,《杜甫戏为六绝句集解》是一本独立的著作,不过太薄了不好装帧而已。《戏为六绝句》最好的文本就是郭绍虞先生的集解。谈到郭先生的古代文学批评,我觉得有一点大家要充分注意。大家都读过郭先生写的那本《中国文学批评史》,那是比较早的一种文学批评史;也读过郭绍虞先生主编的一套《中国古代文论选》,有一卷本与四卷本两种。除了批评史以外,郭先生还有很多单篇论文,但是对后学更有用的还是郭先生作的集解、校笺这类书,比如我们现在读《沧浪诗话》,可能离不开郭先生的《沧浪诗话校释》,他收集材料非常充分,非常丰富,几乎没什么遗漏。他做学问的方式就是在资料方面竭泽而渔,把水里的鱼全都抓出来,不管它有用没用。这对后人比较方便。比如,我现在读《戏为六绝句》,基本上就不去另外收集材料,读郭先生的这本书就够了,有关材料都收在里面。我想郭先生的这一类著作更经典、更有生命力。他的文学批评史现在看来也许有些观念显得老了,有点过时了,或者有些结论已经被后学超越了。但是他对基本文献进行整理的著作,是可以传之久远的。同学们将来如果从事学术工作,如果愿意花功夫在这上面,要把它作为传之千秋万代的名山事业来做,要耐得下心来,做扎实的工作,这是很大的学术贡献。

但郭先生的这本《杜甫戏为六绝句集解》,我阅读时不是很愉快,头昏眼花,思绪混乱。因为他把所有的材料不加选择地罗列在原文后面,比如整组诗的意思是什么,一首诗的意思是什么,一句话的意思是什么,一个词的意思是什么,各种说法都堆在一起,条理很不清晰。我昨天备课,又把这本书翻出来看,还是读得头昏眼花,思路不清。所以读这本书的时候,大家要注意从中找材料,材料非常完整,但是读的时候一定要有自己的主见,不能让材料牵着鼻子走。否则,你会毫无主见,没有一个确定的观点。

《戏为六绝句》作于762年,杜甫是770年去世的,去世时59岁,去掉8年,是51岁,虽然不是他最后的作品,他还没有到夔州,是在成都写的,但已经可以看作他的晚年定论了。我们的祖师爷黄季刚先生有一句名言,说50岁开始著书。为什么50岁才开始著书?因为50岁学问成熟了,所持的见解经过了反复思考,能确定是自己的看法了。年轻时写的东西也许过了十年二十年看法就改变了,不足为凭。《戏为六绝句》是杜甫50岁以后的作品,可以看作他的晚年定论,虽说名曰“戏为”,但所表达的诗学思想、文学史观念,已经过反复思考,是相当成熟的观点了。这也是我们非常重视这组诗的原因。

我们重视这组诗的第二个原因在于,杜甫的诗歌中有很多地方表达了他的文学史思想和诗学观点,但这方面的内容是局部的,一首诗中有一部分谈到,或者偶尔有一句谈到,而不是全篇谈。即使我们非常重视的《偶题》——除了《戏为六绝句》以外,杜甫文学思想最重要的载体就是这首《偶题》,其结构也很独特,有一半谈文学思想,另一半是回顾生平。一首诗的内容全部是谈文学思想的,只有《戏为六绝句》。

下面我们逐首读一下。在我自己的阅读经验中,字句上最缠夹不清的、引起歧义最多的杜诗就是这组诗。其他的诗虽说大家也有不同的看法,但总的说来还比较一致。这组诗有很多地方大家的看法都不一样,所以我们要逐字逐句地读一下。

先读第一篇:“庾信文章老更成,凌云健笔意纵横。今人嗤点流传赋,不觉前贤畏后生。”庾信不用讲了,南朝文学的集大成者,南朝文学史中最后一位大家。“文章”兼指庾信所有的文学作品,相当于杜甫在另外一处说的“诗赋”,《咏怀古迹》中说“庾信平生最萧瑟,暮年诗赋动江关”。说“诗赋”也好,说“文章”也好,都是指庾信的各体文学作品。当然,这里重点指的是诗,因为《戏为六绝句》总体来说是谈诗的。下面看一下“老更成”是什么意思。我们知道有一个现成的词“老成”,“老成”是说一个人的为人,比如说少年老成。学问也可以说达到了“老成”境界,也就是成熟的、不幼稚的境界。杜甫这里说"老更成","老成"中间加了一个程度副词"更"字,从句子的意思上来说,是不是"老"是一个词,"成"是另一个词?是不是说庾信的文章到了晚年以后就更加成熟?假如把"老成"看作一个固定的词,那怎么能在中间插进一个字呢?这在语法上有问题。按照句法来说,似乎不能把"老更成"理解成"更"加上"老成"。但也有人认为"老成"就是一个词。请大家看讲义上所引黄生的意见,见于他的《杜工部诗说》,"仇注"中引用黄生的意见相当多。黄生说:"老成字本相连,插一更字,便见少作固佳,晚作益进。"他认为"老成"本来就是一个词,插一个"更"字就把庾信的创作一分为二,少作就已经很成熟,到了老年更加成熟。但是黄生的理解从语法上讲是有问题的。

我们读杜诗的时候,经常"以杜证杜",我们就看一下类似的句法在其他杜诗中是什么样的。我们举两个例子。一个例子是《狂夫》中"自笑狂夫老更狂"一句。这一句很有意思,说我本来就是一个狂夫,现在老了,变得更狂了。一般人可能年轻的时候比较轻狂,老了就老成了,不狂了,但是他说自己恰恰相反。第二个例子是寄给高适的一首诗《奉简高三十五使君》,其中有"交情老更亲"一句,意思是原来就跟你亲,老了更亲。按照这两个例子来看,似乎黄生的解释是对的,即"少作固佳,晚作益进"。但是"老狂"和"老亲"本来不是一个词,与老成不同。所以我对黄生的意见只取后半,我不把"老成"看作一个固定的词,而是看作"老"和"成"搭配起来的。前面是说他的年龄状态,庾信到了晚年,他的诗赋进入了更高的境界。因为杜甫在《咏怀古迹》中说庾信"暮年诗赋动江关",并没有说他早年的诗赋就"动江关"了。庾信出使西魏被扣押,后又留仕北周,不能返回故乡,后来故国也灭亡了,他在北朝写出来的作品,如《拟咏怀诗》《哀江南赋》等,在杜甫心目中已达到真正成熟的境界,这才是"凌云健笔意纵横"。第一句大致就是这个意思,"老更成"三字按语法来说有点缠夹。

第二句"凌云健笔意纵横"。"凌云健笔"当然指一种雄伟的诗风,笔力非常遒劲,风格非常雄浑。"意纵横",则有点像孔子总结自己平生修养的各个阶段时说的最后一句话,孔子说:"吾十有五而志于学,三十而立……七十而从心所欲不逾矩。"孔子认为他的道德修养到了 70 岁的时候就达到了这样的程度:率意而行,想怎么做就怎么做,根本不用考虑是否符合规范,但是自然合乎规范。到了那个境界,他对规范的掌握与他的日常行为已经融为一体,已经不需要考虑规范。这就是一种成熟的、老成的境界。我想任何事情都是这样,品德方面是这样,学一种技艺也是这样。比如大家刚开始学写律诗,会觉得平平仄仄麻烦死了,对仗麻烦死了。蛮好一个句子,偏偏这个平声字非要换成仄声字,对仗对得蛮好,平仄又不对了,非要继续调整,觉得很烦。但只要你不停地练,练到像李商隐那样的程度,练到像杜甫那样的程度,哪里还有什么麻烦?早已"从心所欲不逾矩"了,因为对那些规则已经非常纯熟了。所以闻一多先生谈到诗词格律时,说格律当然是一种阻碍,写诗词就像戴着镣铐跳舞,问题是跳得非常熟练的人戴着脚镣同样能跳好,这是特别高的一种境界。杜甫说庾信晚年诗赋"意纵横",大概就是这个意思,就是纵意所如,不管表达什么,都能水到渠成地表达出来,不再需要非常艰苦的锻炼过程。这才是老成境界,这才是成熟的境界。

三、四句前人有歧解,但是现在的看法比较一致。我不再讲那些歧解了。"今人嗤点流传赋","今人"就是现在的一般的人,"嗤点流传赋",就是随意地轻率地嘲笑、指摘庾信传下来的作品,"流传赋"当然包括《哀江南赋》这样会永远流传下去的作品。对于这种文坛现象,杜甫是不满的,所以他说"不觉前贤畏后生"。"前贤畏后生"本来是《论语》中孔子的话,孔子说"后生可畏",年轻人很可怕,因为他还会变化发展。大家看一个 50 多岁的人,像莫砺锋这样的人,现在是这个样子,十年以后大概还是这个样子,不会有多大的进步了。但是同学们才 20 多岁,哪怕你们现在可能很幼稚,但"士别三日当刮目相看",十年以后,二十年以后,说不定你们成为国学大师了。这是不可预料的,所以后生是可畏的。但杜甫说"不觉前贤畏后生",不觉得现在的年轻人已经超过庾信,已经有资格"嗤点"庾信,已经有理由让庾信害怕。显然,这是反对当时的某些人对庾信轻率批评的态度。杜甫认为庾信晚年的作品至今还没有人超越,还应该给予非常高的评价。

那么这第一首诗针对的是什么人?杜甫没有说,"今人"是一个泛指。但从文学史的史实来说,"今人"所针对的实有其人。这些人还不完全是杜甫同时代或者是后面说的比较年轻的"尔曹"这些人。实际上,从初唐后期直到盛唐前期,有很多人对庾信的作品、对庾信的文学成就给予非常低的评价。我们稍微回顾一下庾信的问题。就文学成就而言，庾信最能代表六朝文学成就，特别是艺术方面的成就。比如，在诗文写作中更好地运用汉字的不同声调进行搭配，求得一种声韵上非常和谐的音韵美；非常注意丽词，把词句写得很美丽；非常注意用典故，特别是非常密集、准确地用典故等。就这些艺术技巧来说，庾信可以说是六朝文学的集大成者。六朝的诗人、赋家在这些方面的种种努力，都在庾信晚年的作品中凝聚起来，达到了最高的水平。这样一来，当初唐后期盛唐前期的诗人提出文学上的复古主义的时候，当他们从整体上批判南朝文学的时候，庾信也就成为首当其冲的对象。这一点从唐太宗时代编的《隋书》《北周书》等史书中的庾信传论中就可以很清楚地看出。当时的人都认为庾信简直是六朝文学缺点的集中体现者。但杜甫不这样看，杜甫对整个南朝文学采取非常清醒的历史主义的态度，所以他对庾信的态度，尤其是对庾信暮年的创作的态度，必然与众不同，与写《周书》的令狐德棻等人不同。杜甫是在翻当时文学批评界的案，《戏为六绝句》就是翻案文章。

　　杜甫对庾信暮年诗赋的高度评价是否中肯呢？说到庾信的暮年诗赋，首先引起大家注意的是那精美绝伦的形式，他的《拟咏怀诗》，他的《哀江南赋》，我初读的时候觉得非常惊讶，特别是《哀江南赋》，竟能把汉字的美发挥到这么高的程度，语言文字竟然有这么强的美学功能，字句竟可以这么凝练，意象竟可以这么鲜明。《哀江南赋》大家读得比较熟的是前面用骈体写的序，后面的赋稍微难读一些，但如果认真地读下去，不管你赞成不赞成这种风格，都肯定会承认他写得精美绝伦。"水毒秦泾，山高赵陉。十里五里，长亭短亭。饥随蛰燕，暗逐流萤。秦中水黑，关上泥青……"读起来像诗歌一样琅琅上口，铿锵悦耳，而且密集地使用典故成语，把非常悠远的历史意识与苍茫的人生感受、故国之思凝聚在一起。对于庾信的文学成就，杜甫非常明确地点出"暮年诗赋动江关"和"庾信文章老更成"。在杜甫以前从未有人这样说过，以前的人要么赞成庾信，要么否定庾信，都把他看作一个整体，没有把庾信早期的诗赋跟晚期作品分开。只有杜甫非常清楚地把两者区分开来，并旗帜鲜明地高度肯定庾信的晚年创作。

　　下面看第二首："杨王卢骆当时体，轻薄为文哂未休。尔曹身与名俱灭，不废江河万古流。"谈完庾信后,就转到对本朝作家的评论,主要是"初唐四杰"。"杨王卢骆当时体"这一句有异文,钱谦益注本、仇兆鳌注本、浦起龙注本都是"杨王卢骆当时体",只有杨伦的《杜诗镜铨》是"王杨卢骆当时体"。我们平常说初唐四杰的顺序是"王杨卢骆",而且这也有文献依据。传说排名第二的杨炯发话说"耻居王后,愧在卢前"。排在王勃后面,杨炯觉得很可耻,排在卢照临前面,杨炯觉得很惭愧,后面一句是谦虚,前面一句是自豪。这说明当时就有"王杨卢骆"的排法。按理说,后面的一种文本较好,也符合现在一般人的说法。但对于杜诗文本来讲,杨伦的本子恰恰是最后的一种。在它之前,我查了各种版本,一直查到钱谦益本,我还没有查宋本,都是作"杨王卢骆"。所以在校勘学上,我们没有依据把它改过来。当然,这对我们理解杜诗没什么影响,杜甫并没有对他们四人的排名作价值判断。"当时体"从字面意义上讲,就是那个时代的文体、诗体,或者那个时代的文风、诗风。其实,对这三个字应该稍微追究一下。请大家看讲义上的《偶题》,《偶题》里有这样两句:"后贤兼旧制,历代各清规"。"历代各清规"的意思是,每个时代对文学价值的规则都有不同的标准,"清规"就是美好的标准。既然"历代各清规",所以"当时体"三个字就不应仅仅理解为当时的文体,而应包含这样一个意思:它是那个时代应该有的,符合那个时代特征的文体。言下之意是表示肯定,你们不要用现在的观念来要求它,它是那个时代的文体。存在的就是合理的,那个时代的文体就是那个样子。就像现在我们读五四以后的新诗,读胡适之、郭沫若的诗,大家觉得那些诗没有什么味道,艺术上不怎么样,但是要考虑那个时代,刚开始写白话诗,从前没有人写过,胡适之的"两个黄蝴蝶,双双飞上天"也还是可以的。现在哪个青年诗人如果写了"两个黄蝴蝶""这样的诗,就不敢拿出来示人了,因为写得太糟糕了。但是胡适之就大胆地把它收进《尝试集》里,文学史家还给它很高的评价。这就在于它是"当时体"。所以杜甫的"当时体"是带有隐性的价值判断的,带有一种为"王杨卢骆"辩护的意思。

　　第二句"轻薄为文哂未休"指的是谁呢?是谁"轻薄为文哂未休"?以前有的人按照句序一路看下来,第一句的主语是"杨王卢骆",第二句的主语也应是"杨王卢骆",那就是"杨王卢骆""轻薄为文哂未休","杨王卢骆"在笑个不停。但实际上不是，这句省略了"今人"这样的主语，是说今人把"杨王卢骆"说成是"轻薄为文"，并对他们嘲笑不休。对这句诗还有其他的误读。南宋的刘克庄说"杜子美笑王杨卢骆轻薄为文"，认为"轻薄为文哂未休"是杜甫本人的态度。我们现在都不取这种读法。宗廷辅说这首诗是论四六的，也不对，整组诗都是论诗绝句，不应该牵扯骈文。那么到底是什么意思？根据文学史实，我们来还原一下当时的文坛态势。"初唐四杰"登上文坛以后，当时社会上对他们有一系列的批评。四个人都比较年轻，写作中都很急躁地张扬自己，所以时人对他们有种种批评。《旧唐书·文苑传》中记载，当时一位叫裴行俭的大臣批评王勃他们"虽有文才而浮躁浅陋"，不深沉，不成熟。除了人品方面的批评，时人对他们的具体作品也有很多批评。我们现在还能看到一些零星的材料。唐人笔记《玉泉子》中说"杨炯好用古人姓名，谓之点鬼簿"，杨炯在诗赋中喜欢用古人姓名作典故，用得太多，被说成是"点鬼簿"，是死人的名单。就像西方人指责以往的文学史，记载的都是"死去的白男人"一样。骆宾王"好用数对，谓之算博士"，骆宾王对仗的时候喜欢用数字对数字，被说成是"算博士"，也就是数学博士。我们今天重理轻文，说某人是数学博士，恐怕要比我们文学博士值钱得多。但唐代不是这样，唐代是文学第一，诗歌第一，唐人说某人是数学博士，那是轻视。我们读一读"王杨卢骆"的作品，觉得时人的议论也有合理之处，事出有因。

我举两个例子。杨炯有一篇《庭菊赋》，序中就有 20 位古人的名字，充满典故。骆宾王也是一样，《帝京篇》是初唐比较有名的长诗，一共有 48 联，其中有 11 联用数字作对仗，如"秦地重关一百二，汉家离宫三十六"等，满眼都是数字，确实像一个数学博士写的数学论文。

对"初唐四杰"的这种批评以及对"沈宋"的类似批评，事实上一直延续到晚唐，比如李商隐在《漫成》中说："沈宋裁辞矜变律，王杨落笔得良朋。""沈宋"以写成平仄和谐的律诗而自豪，"王杨"以写作时"得良朋"而得意。安徽师大刘学锴、余恕诚这两位李商隐研究专家的补注说，"良朋"指诗文中佳对，好像两个好朋友一般，非常相称。而李商隐本人的态度是："当时自谓宗师妙，此日惟观对属能。""王杨"他们自以为是一代宗师，今天看来只是会对仗而已，实际成就不高。从初唐到晚唐，很多人对"王杨卢骆"的评价都比较低。但杜甫独持异议,他不同意这样的评价。

三、四两句就替"四杰"翻案。"尔曹"指今人,指现在的轻易嗤点前人作品的一些人,说他们"身与名俱灭",死后名声也就没了,活着的时候当然可以大放厥词。而"杨王卢骆"将永存不朽,像江河千年万代地奔流不息,他们的作品也会一直流传下去。对于"不废江河万古流"这句诗,杨伦在《杜诗镜铨》中说"未免过誉",认为杜甫对"初唐四杰"的赞誉太过分了。我觉得杨伦的话说得很中肯,这个评价确实有点过高了。从整个文学史来看,"初唐四杰"恐怕还称不上"不废江河万古流",李白、杜甫才能称得上。但杨伦同时认为这是"过激之词"。由于当时的人对"杨王卢骆"的评价太低了,说他们"轻薄为文",说得一文不值。杜甫为了做翻案文章,矫枉过正,就把他们评得过高了一些,这是我们应该注意的。

第三首继续说"初唐四杰":"纵使卢王操翰墨,劣于汉魏近风骚。龙文虎脊皆君驭,历块过都见尔曹。"由于受诗歌句法的局限,第一句中只说"卢王",其实是用"卢王"代指"杨王卢骆",代指"初唐四杰"。前面两句语法上有点缠夹。首先"纵使"是一个假设,就是纵然如此,那么"纵使"逻辑上的宾语是什么?这两个字管哪些字?从句法上说,只能说"纵使卢王操翰墨"。但是从整首诗读起来,这两个字逻辑上的宾语一直要管到第二句,"纵使"的逻辑宾语是"卢王操翰墨,劣于汉魏近风骚"。这确实不太符合我们习惯看到的句法,不但散文句法中极其少见,而且诗歌句法中也不常见。同样,单独分析第二句也是如此。"劣于汉魏近风骚","劣于"的宾语是什么?从语法上说,"劣于"的宾语应该是"汉魏",但是比较多的人认为它的宾语是下面五个字"汉魏近风骚"。虽然我经常为杜甫辩护,因为我很喜欢杜甫,但我承认这种地方在句法上确实是缠夹不清的,不大合乎常规,读起来很拗口。可是从意义上说,我只能同意这样的读法。

下面我们具体看一看到底该怎么读。汪师韩提出"'汉魏近风骚'五字相连",这五个字不能拆开来。又说"言卢王亦近风骚,但劣于汉魏之近风骚耳","初唐四杰"的写作接近风骚,但是不如汉魏诗人更近风骚。也就是说,与汉魏诗人相比,"四杰"离风骚较远一些,但总体上还是靠拢风骚的。汪是清朝人,这个意见不是他首先提出的,而是首见于杜诗的赵次公注,仇注、杨伦注都是这样。从宋代到清代,很多人都这样理解。当然,这两句诗有不同的读法。钱谦益认为"劣于"的宾语就是"汉魏",这句的意思是"四杰"比汉魏劣,但近于风骚。从句法上讲这种读法是比较通顺的。但从事实来看,我们很难理解这是什么意思。为什么"四杰"比汉魏差一点,反倒离风骚更近?难道是风骚不如汉魏?这不可能。因为风骚特别是风(也就是《诗经》),在所有时代都被认定为最高典范。所以钱谦益的读法从逻辑上讲是不能成立的。我们情愿委屈语法,也要先照顾逻辑。这两种解读中,虽然第一种解读从语法上讲不太通顺,但我们还是取第一种,把"汉魏近风骚"五个字都看作"劣于"的宾语。这样一来,杜甫的意思就应该是,虽然"杨王卢骆"的作品还比不上汉魏,因为他们不像汉魏作家那样接近风骚,但还是努力地靠拢这个目标的,仅仅是比汉魏作家稍弱一点而已。所以这两句总的意思还是肯定的。

三、四两句转入对现在批评"初唐四杰"的人的嘲笑。"龙文""虎脊"都是千里马的名字,"龙文"见于《汉书》的《西域传》,"虎脊"见于《汉书》中记载的《天马歌》,是汉武帝从西域得来的良马的名字。杜甫认为这样的好马都是供君主驾驭的。那么,君主骑着这样的千里马奔驰是什么状态呢?是"历块过都"。"历块过都"要稍微讲一讲,这虽然是简单的问题,但历代的注家都没注清楚。首先,"历块过都"肯定是用王褒的《圣主得贤臣颂》里的典故,就是"过都越国,蹶若历块"。这是描写千里马的,千里马才力过人,奔跑起来经过一个都城,经过一个国家,一个跳跃就过去了。而圣主得到贤臣,贤臣就像千里马。"蹶"是跳跃、奔跑的意思。杜诗里既有"历块",又有"过都",无疑是从王褒赋里来的。问题是:杜甫的意思是什么?"历块"怎么解?王褒的《圣主得贤臣颂》选入《昭明文选》,可惜《文选》的李善注没有注"历块"两个字,可能李善认为这不需要注,一看就懂了。但这就给我们留下麻烦,因为王褒的"历块"是什么意思,这牵涉对杜诗的理解。

我们看一看今人的注解,郭绍虞先生主编的《中国历代文论选》选了《戏为六绝句》,注释先引《文选》"五臣"注,"五臣"注里有吕延济注,说这是"行于小块之间"。郭绍虞先生等人据此而认为"小块"就是一小块土地,并进而解杜诗的"过都历块"为"历田野,过城市,指长距离的奔驰"。《中国历代文论选》是1962年出版的,我家里有的就是这个版本。我再查山东大学中文系的《杜甫诗选》,是1980年版的,《杜甫诗选》引王褒的话,也说"块"就是一片土地。可能《杜甫诗选》的解释就是从郭绍虞先生《文论选》中来的,而《文论选》又是从《文选》"五臣"注中来的。我认为这种解释是错误的。按照这种解释,则"历块过都"仅仅是说长距离的奔驰,并没有涉及速度。

我的理解是,"骕若历块"的"块"就是土块,"骕若历块"就是好像跳过一个土块,比喻速度非常快。这种说法是不是我的发明呢?我就查郭绍虞先生的《杜甫戏为六绝句集解》,结果一查即得,郭先生收的材料真是完整,原来清代的陈訏已经这样说过,陈訏在其《读杜随笔》中说:"所过都国,只如超越土块。""块"就是土块,"过都历块"就是超越一个土块,我觉得这个解释是对的。陈訏没有提出证据,我帮他补个证据。《左传·僖公二十三年》,晋公子重耳在外面流亡,路过一处田野,饿了,派人向"野人"讨饭吃,"野人与之块","野人"捡起一个土块给他,重耳非常生气,想要打"野人",大臣子犯说这是上天要赐予你国土啊!重耳马上跪下来感谢上天,因为这预兆他将要收复国土了。"野人与之块"中的"块"可能就是"块"的原始意义,就是土块。所以王褒用的"块"字,杜甫袭用王褒赋的"块"字,意思都是土块,而不是一片土地。这样一来,这句话的意思就好解了,就是"初唐四杰"都是千里马,像龙文马、虎脊马一样,它们由皇帝驾驭着奔驰,跑过国家,跑过城市,像跳过一个土块一样容易。"四杰"他们以这样的速度奔驰,所以"历块过都见尔曹",你们就原形毕露了,你们差得太远了,根本赶不上"四杰",用成语来说,就是瞠乎其后、望尘莫及。

前面三首说到了两个作家群体,一是以庾信为代表的南朝作家,二是"初唐四杰"。这两个作家群体实际上是有关系的,这个关系是什么呢?就是"初唐四杰"虽然是唐代作家,而且他们部分地改变了唐太宗以来的宫廷诗的风气,用闻一多的话来说,就是他们把文学的主题从宫廷的范围扩大到江山朔漠,扩大到整个大自然、整个社会,但不管怎样,他们还处在变革的初期,他们的作品还带有南朝文学的影响。明人陆时雍的《诗镜总论》评"初唐四杰"说:"调入初唐,时带六朝锦色。"我觉得这句话说得特别好,"初唐四杰"的作品中确实不时露出六朝文学重词采的影响。所以初唐和盛唐前期有许多人一方面否定庾信,轻视南朝作家,另一方面轻视"四杰"。杜甫认为这是不对的,他反对这样的观点。

　　杜甫是一个具有清醒的历史意识的诗人,虽然他后来的成就被后人称为"集大成",他超越了此前所有人的诗歌创作,但是在他超越前人的过程中,杜甫始终非常清醒地对曾经给他提供艺术营养的前代诗人采取实事求是的公正评价。他绝不轻易地否定前人。庾信当然是南朝作家里成就最高的一个,但是除了庾信以外,哪怕是比较次要的南朝作家,像阴铿啊、何逊啊,他们在后人眼中不是第一流的,但是杜甫都给他们以相当高的评价,至少肯定他们的创作在某一方面有其价值,在某一方面对后人有启迪作用。杜甫甚至肯定南朝作家对他、对李白有启迪作用。杜甫始终对前代作家持历史主义的态度,他对前代作家的评论,都是把他们放在特殊的时空背景中进行定位的,因为脱离了时空背景的定位和评价是没有意义的。所以我觉得上面这三首诗,尽管仅仅是举例式的评论前人,尽管受七言绝句的形式的束缚,不可能像散文那样展开议论,不可能把理由说得很充分,但杜甫的态度是非常鲜明的,他对时人轻易地否定前代作家的风气表示不满。

　　前面三首都是关于作家论的,从第四首开始就转为创作论,杜甫开始从正面表达自己关于诗歌创作的观念。

　　先看第四首。"才力应难跨数公","数公"从语气上讲,当然是指前面三首诗所提到的庾信和"初唐四杰"。杜甫说:我们现在的作家在才力上面很难超越这些作家,很难超过庾信和"初唐四杰"。"凡今谁是出群雄",现在的诗坛、文坛上,有谁是出类拔萃的英雄人物呢?谁的才力特别雄赡,可以跟庾信、"初唐四杰"相比呢?他认为还要加一个问号,要追问一下。这句话说得很有分寸,并不是说完全没有。那么他这样说的理由是什么呢?三、四两句就对当前的诗坛进行描述:"或看翡翠兰苕上,未掣鲸鱼碧海中。""翡翠"和"兰苕"这两个词用在一起,无疑是从郭璞的《游仙诗》中来的。请大家看讲义,郭璞《游仙诗》说:"翡翠戏兰苕,容色更相鲜。""翡翠"是翠鸟,颜色以青绿为主,五彩缤纷,是一种非常美丽的小鸟。"兰苕"是兰花和苕苕,是长在水边的两种美丽的花草。郭璞《游仙诗》是说美丽的动物和美丽的植物交相辉映,构成了非常艳丽的景象。杜甫是说现在有的诗人或许达到了这样一种美学境界，就像"翡翠兰苕"那样美丽。杜甫虽然没有说明"翡翠兰苕"究竟指什么，但它显然是指比较纤弱而又非常美丽、精巧的作品，指一种柔美、优美的美学境界。第四句中的"鲸鱼"是海里最大的动物，"掣"就是把它拉住。唐代好像还没有"捕鲸"这个行当，杜甫怎么会想到拉住鲸鱼？（笑）现代的捕鲸船就是用炮把一个钩子打出去，钩住鲸鱼，然后把它拉住。杜甫想象一个人能在海里把鲸鱼拉住，那当然是一种非常雄伟的力量，所以，这句诗展示了一个非常雄壮、非常开阔的意境，是比喻诗歌中壮阔、雄伟的美学境界。三、四两句是相对的。杜甫的意思就是，今人在写优美、柔美的方面，也许已经有所成就了，但还没有达到非常雄壮、非常开阔的那种境界。杜甫对当代诗人的评价是与他对前代诗人的推崇互为表里的，他认为庾信等人写诗作赋时已达到"凌云健笔意纵横"的境界，他们在美学方面也已达到"掣鲸鱼碧海中"的境界，而当代的诗人还没有达到，他们仅仅达到了次一等的"翡翠兰苕"的境界。

　　杜甫这首诗里谈到了优美与壮美这两种诗歌美学境界，这两种美学境界在后代的文学理论中成为重要的论述对象，特别是到了清代，桐城派的方苞、姚鼐在理论上使之得到了更充分的表达。但古人仅仅从对作品的欣赏中感觉到了这样两种不同的美学倾向，即使刘勰的《文心雕龙》，也仅有比较模糊的论述。我们可以联想到杜甫本人的创作。应该说，杜诗是地负海涵的，风格是多样性的，后人对此有过很多论述。但是在杜诗多样性的美学倾向中，最能代表杜诗精神的，也是杜甫着意追求的，应该说是壮美，是具有雄伟的精神力量、开阔的艺术意境的那种壮美。所以我们看到，杜甫写动物时最喜欢写的，写得最好的，是骏马和雄鹰。杜甫写景物，尽管也写过纤细的，比如"花浓春寺静，竹细野池幽"，表现的是一种纤细的美，但写得最好的无疑是蜀道上的崇山峻岭，是长江巫峡的高江急峡，都是非常雄伟壮丽的景物。在诗中表达崇高的风格，雄伟的意境，是杜甫最擅长的。所以，一方面杜甫在创作中并不否定"翡翠兰苕"，另一方面他努力追求的则是"碧海掣鲸"。他认为两者有大小之分，后者境界更大。这就是第四首的主旨，杜甫从正面提出自己的审美理想，并对当代作家进行了委婉的批评，为他们指出了继续努力的方向。

第五首阐述对文学遗产应有的态度。第一句"不薄今人爱古人",我们看看前人是怎么论说这一句的。讲义上开列了几条材料,钱谦益也好,浦起龙也好,汪师韩也好,他们对这句话的注释都在纠缠"今人"和"古人"的分界线到底在哪里,哪些人是"今人",哪些人是"古人",可谓众说纷纭。钱谦益认为,齐、梁以下都是"今人",这是对"屈宋"而言的,只有屈原、宋玉才是古人。浦起龙认为:"统言今人,则齐梁而下,四杰而外,皆是。"这个有点难解,既然齐梁以下都是今人,为什么"四杰"倒反而不是"今人"?他又说:"统言古人,则汉魏以上,风骚以还,皆是。"汉魏以上的都是"古人"。我没有引更多的材料,大家可以去看看郭绍虞先生的书。总之,哪些算是"今人"?哪些算是"古人"?"今人""古人"之间的一刀切在什么地方?历代注家有不同的说法。

我觉得,我们没法弄清楚这个问题,杜甫本人没有说,我们何从得知?我们也没有必要去追究到底哪些人是"今人",哪些人是"古人",因为杜诗表明他对"今人""古人"的态度是一样的。"不薄今人",他看重今人,尊重今人。"爱古人",他对"古人"也持同样的态度。既然他对两者的态度是一样的,我们有什么必要去区别他们呢?杜甫没有厚今薄古,或者厚古薄今,要是那样的话,我们应该弄清楚古和今的界限在哪里。他两者都喜欢,我们还有什么必要去区分?打个不恰当的比喻,有的人喜欢吃甜的,有的人喜欢吃咸的,厨师做菜就要留神,是甜一点好,还是咸一点好。如果一位食客甜的与咸的都喜欢,厨师还管它干吗?所以"不薄今人爱古人"这句话不需要去区分,杜甫的态度是:作家无所谓古今,作品也无所谓古今。

这样会不会茫无头绪、无所适从呢?不会的,杜甫接下来就为我们指点迷津:"清词丽句必为邻。"只要是清词丽句,我就愿意向它靠拢,向它学习。"清词丽句"这四个字下得非常有分寸。一般来说,在古代的风格论中,"清"有特殊的含义,往往是指比较清淡、清新、疏朗、简洁的风格倾向。它跟"丽"是有区别的,"丽"一般是指比较华丽、浓艳乃至靡丽的风格倾向。"清"跟"丽"属于不同的风格倾向。杜甫特别欣赏"清"的风格,他赞美别人的诗文时常用"清"字。但他并不排斥"丽",这里干脆把"清"跟"丽"结合在一起。我揣测杜甫的意思,他似乎想用"清"来调节"丽",作品太"丽"的话会显得秾艳,但是用"清"调节后就会比较清新,比较疏朗、简洁。

　　既然杜甫从原则上表明了他的态度,只要是"清词丽句",只要是好的作品,都要与它为邻,那么下面两句就有必要交代他对前代作家的具体的态度:"窃攀屈宋宜方驾,恐与齐梁作后尘。"杜甫私自下决心要向屈原、宋玉靠齐,而对于齐、梁呢,杜甫是唯恐步其后尘,也就是不愿与他们为伍。"方驾"就是并驾齐驱,两匹马并排驾在车上叫"方驾",两条船连在一起就叫"方舟"。在第三、第四句这个特殊的语境中,杜甫对于齐、梁诗有所批判,指出齐、梁诗的严重缺点,就是过分注重作品形式上的美丽,而忽视了思想内容,而且形式上过于华丽。

　　第五首的大意就是杜甫对古人及其作品风格的态度。

　　下面看第六首。前两句"未及前贤更勿疑,递相祖述复先谁"。杜甫首先肯定我们不如古代作家,不如古代文学史上那些杰出的、典范性的作家,这是无可怀疑的。言下之意就是我们首先要承认自己跟古代作家还有差距,要虚心地向前贤学习。但他又认为,在整个文学史的过程中,大家都要向前人学习,也就是我们向前人学习,我们的前人再向他们的前人学习,那么到底谁才是最早的一个源头呢? 这是说不清楚的。尽管如此,杜甫认为还是应该对前人有所区别。三、四两句就提出具体的措施:"别裁伪体亲风雅,转益多师是汝师。"有一种作品我们要把它去除了,另外一种作品我们要亲近它,把它作为学习的榜样。

　　首先从词义上说一下什么叫"别裁"。"别裁"实际上是一个复合词,"别"是区别,把对象区别开来;"裁"就是裁去、裁掉,我们说裁军、裁员,就是要减损,去掉一部分。这句中的"别裁"就是先把对象区别开来,然后把不好的部分去掉。但是这个词的含义后来有所改变,最明显的表现就是清人沈德潜对这个词的使用,沈德潜选《唐诗别裁集》《宋诗别裁集》,他并不是说要把什么去掉,他是说区别开来,有所选取的意思。"别裁集"并不是说他选取的都是坏作品,是唐诗、宋诗的黑名单,不要看它了,把它丢掉。相反,他认为这些都是好作品,唐诗中、宋诗中这些作品最好。但是在杜甫这句诗里,"别裁"就是区别、裁去的意思。

　　这句杜诗针对的是"伪体","别裁"的宾语是"伪体"。那么问题又来了:

什么叫"伪体"呢？关于这个问题，真是众说纷纭，讲义上举了几个例子。杨慎认为，"以无出处之言为诗"叫作"伪体"，就是这个文本是没有根据的，没有出处的，是杜撰的。今人马茂元，他是上海师大的一位老先生，据说能背诵一万首唐诗。马茂元先生背一万首唐诗是传说，我的一个朋友赵昌平是他的学生，赵昌平问他："马先生，人家都说您能背一万首唐诗，是不是这样？"马茂元先生回答说："五千首，五千首吧。"看来五千首肯定是能背的，你们也要趁着年轻多背些古诗嘛。那么马茂元先生认为什么是"伪体"呢？他说是"以模仿代创造"，就是亦步亦趋地模仿别人，缺乏独创性，就叫"伪体"。还有一个清人，叫梁运昌，他在《杜园说杜》中说，"伪体"就是"轻薄者所为文体"。这话说得比较模糊，我听了仍不知"伪体"是什么。清人林昌彝则在《射鹰楼诗话》里提出"性情不真者"是"伪体"，就是缺乏真性情的、言不由衷的作品叫"伪体"。此外还有其他歧解，最主要的是这几种。

上述各家的说法，虽然能言之成理，但都没有根据。为什么说没有根据？因为杜甫没有说，你怎么知道？杜甫说"别裁伪体"，他没有说什么是"伪体"，上述说法都是猜测的。我认为既然我们没有办法确定什么是"伪体"，最合乎逻辑的、最符合杜甫原意的解释应该是："伪体"是有别于风雅传统、与风雅传统互相对立的一种诗体。杜甫的句子很清楚嘛："别裁伪体亲风雅"，"伪体"我要去除，风雅我要亲近。所以，"伪体"就是风雅的对立面。那么什么是风雅传统呢？我觉得对于唐代诗人来说，风雅传统最主要的就是比兴、美刺，就是诗歌创作要言之有物，要刚健，要有寄托，要有充实的思想内容，要有积极的社会意义。与之对立的则是空洞无物、无病呻吟、萎靡不振的写作倾向。杜甫旗帜鲜明地肯定前者，号召诗人们以风雅为学习的典范。他又毫无隐讳地反对后者，指斥后者是"伪体"，呼吁把它从诗国中驱逐出去。是非的标准既已确立，杜甫就亮出了他对文学遗产的态度："转益多师是汝师。"最后一句也许是最重要的。杜甫认为，我们应向整个文学史学习，向所有的前代作家学习，心胸和视野都应尽量开阔，要甘当学生。凡是有一技之长的前人，我们都要向他们学习，不要认准某一位前人为师，而对其他人视若无物，应该要"转益多师"。孔子说："三人行，必有我师焉。"杜甫在诗学思想中贯彻了孔子的精神。

如果我们把杜甫本人的创作作为参照物,这句诗的意义就更加清晰了。大家都说杜甫是诗歌中的"集大成者",这个称号的一种意义就是:杜甫对于前代的文学遗产采取了兼收并蓄的态度。哪怕是成就较小的前代诗人,像何逊、阴铿,尤其是阴铿,我觉得他的成就并不高,除了字句精丽与对仗工整以外,阴铿没有多大的成就,但是杜甫曾多次说到他。"李侯有佳句,往往似阴铿",这是表彰李白的;"颇学阴何苦用心",这是杜甫自表心迹的。总之,他对阴铿相当重视,推崇阴铿的苦吟精神,推崇阴铿善于雕章琢句。而杜甫在自己的实际写作中也确实做到了兼师众家,转益多师,只要看一看李审言的《杜诗证选》,就可知道杜诗中留下了多少学习前人的蛛丝马迹。正因杜甫从转益多师中获益匪浅,他才苦口婆心地把这个经验传授给当时的年轻人。"是汝师",这个"汝"就是"你们",也就是第一首中的"今人"和第二、第三首中的"尔曹"。杜甫说:你们这些年轻人啊,要好好地学习前人,不管是古代的还是近代的,只要他们有一技之长,都应该成为你们的老师。这个时候杜甫已经 50 多岁了,他有资格以长辈的口气对年轻人进行指点了。

　　总的说来,《戏为六绝句》的前面三首是杜甫的作家论,后面三首是杜甫的创作论,是杜甫对诗歌创作的一些观点,表达了杜甫关于诗歌美学风格的态度,以及如何在创作中学习前人的方法。在总的主题倾向和价值判断上,后面三首跟前面三首是密切相关的,这同样体现了他的历史主义的眼光。所以,这组诗通过对文学史、诗歌史上的一些作家的评价,针砭了当时诗坛上的一种不良风气。这种风气在杜甫看来就是轻易地否定前人,把前人说得一无是处,只看到他们的缺点,只看到他们被后人超越的地方,而看不到他们"不废江河万古流",有长久价值的那些优点。杜甫认为这是不对的。

　　读完了这六首诗以后,我们再回过头来看一看,杜甫的这种态度、这种观点在当时或整个文学批评史或文学发展史上,它到底占有什么地位。请大家看讲义,我们先从陈子昂看起。这里引用了陈子昂《修竹篇序》中的两句,这两句是后人引用最多的话。陈子昂说:"文章道弊,五百年矣。汉魏风骨,晋宋莫传。""弊"就是衰败,陈子昂认为,文学衰败,文学不振,已经有五百年了。汉、魏文学的那种精神、那种风骨,到晋、宋之时就失传了。当然,到唐代就早已断掉了。那么晋宋以后文学的缺点是什么呢? 陈子昂认为是

"采丽竞繁,兴寄都绝",就是形式上很美丽,过分追求形式上的华美,而原来的风雅的传统,文章风格刚健,内容积极、有所寄托的那种传统都断掉了。从唐代一直到现在,陈子昂一向被看作清除了南朝诗风的不良影响,为唐诗指出了健康发展方向的一个人物,这是没有疑问的,古今都这样看。问题在于,陈子昂提出这样一种观念,提出这样一种口号,他是不是有矫枉过正之处?这使我联想到五四那一代人,那些五四先贤,鲁迅啊、陈独秀啊,他们提倡新文学、提倡新文化肯定是对的,即使现在也不应该否定他们。问题是,他们提出一连串口号的时候,胡适之提出文学的"八不主义"的时候,陈独秀把所有的古典文学都说成是"山林文学""庙堂文学"的时候,是不是有矫枉过正之处?是不是对具体的对象没有作细致的分析?我想是有的。

那么我们再来看一看陈子昂的情况。陈子昂说:"文章道弊,五百年矣。"他是从建安算起的,建安是东汉最后一个皇帝汉献帝的年号,从196年到219年,但是就文学史分期来说,建安已经算是魏代了,那时候实际政权也已在曹魏手中。当时的人也这么认为。据说有一块汉碑,我没有见到,这块汉碑上已经刻着"魏建安"三个字了。当时还是汉代,碑上居然已经刻"魏建安"了,说明政权已经在曹魏手中了。所以,陈子昂说的建安就是汉魏之际。陈子昂这篇文章的写作年代大概是在685年到688年这几年之间。从建安到这时候,差不多五百年了。陈子昂认为,从建安以来,文学整个地衰落了,应该整个地予以否定。这种说法不是陈子昂一个人的看法,至少是从陈子昂大张旗鼓地提出以后,就成为当时文坛、诗坛上的集体看法。我们看李白,李白的《古风》不能具体确定在哪一年写的,但肯定在陈子昂以后,在杜甫写《戏为六绝句》以前。李白的观点是什么呢?李白说:"自从建安来,绮丽不足珍。"建安以后的文学,外表很绮丽,但是不值得珍贵,因为文学失去了《诗经》风雅的传统。再往后,到了760年,760年距离杜甫写《戏为六绝句》已经非常近了,只差两年了。760年,元结在《箧中集序》中也这样说,当然元结否定的文学史时期更长,他说:"风雅不兴,几及千载。"一千年了,《诗经》以后的整个文学都不振作,"风雅不兴"。元结还具体指责当代的诗歌,说此时的诗坛上是"指咏时物,会谐丝竹",这种作品整个是"污惑之声",是卑污的、迷惑人的一种作品,全是不健康的。元结把它们一概否定。元结所指斥的正是方兴未艾的近体诗、格律诗,因为格律诗讲平仄嘛,特别注重音乐效果,追求声韵上的美,元结认为这不值得一提,是损害诗歌本身的。所以说在杜甫写《戏为六绝句》以前,整个文坛上占主导地位的一种声音,是对建安以后的文学从整体上予以否定的。这种态度实际上一直延续到中唐,所以我们在韩愈的诗歌中还可以看到他把整个齐梁文学说成是"齐梁及陈隋,众作等蝉噪"。说齐梁和陈隋的文学,就像知了在那里叫,很单调,没价值,整个地一笔勾销。

在整个唐代文学思想史中,从陈子昂开始,到中晚唐为止,我们只找到杜甫一个人非常清醒地对齐梁文学、对先唐文学史采取历史主义的实事求是的态度。

我们肯定,杜甫也认同陈子昂提出来的唐诗应该走的健康发展的方向,这在杜甫对陈子昂的一系列高度评价中可以看出来。讲义上引了两首杜甫的诗:一首是《陈拾遗故宅》,写于 762 年;一首是《同元使君春陵行》,写于766 年。杜甫对陈子昂也好,对元结也好,都是高度认同的,认同他们提倡风雅传统的复兴主张。杜甫与他们不同的是,在这个前提之下,杜甫对齐梁文学、对整个南朝文学、对诗歌史所走过的几百年的历程,采取历史主义的态度,认为其中有许多经验可以总结。先唐诗人在艺术形式上的种种追求、种种创造,是应该予以总结、继承的。这是杜甫不同于陈子昂、不同于李白、不同于元结的地方,也是他独特的地方。正是在这一点上,我认同清人冯班对杜甫的一个评价。冯班是常熟"二冯"之一,是钱谦益的老乡。冯班在《钝吟杂录》中说:"千古会看齐梁诗,莫如杜老。"千古以来,真正懂得齐梁诗、理解齐梁诗的,只有一个杜甫。为什么呢?冯班又说:"晓得他好处,又晓得他短处。"就是杜甫对于齐梁诗,既认清了它的优点,也认清了它的缺点。

我觉得,在初唐诗坛上,像唐太宗啊、李百药啊、上官仪啊,这些人是晓得齐梁诗的好处的,但他们不晓得它的短处,不知道应该扬弃齐梁诗萎靡不振的习气。而陈子昂这些人呢,是晓得它的短处而不晓得它的好处,借用一句西方人喜欢说的话,就是"把孩子连同洗澡水一起泼出去了"。他们在否定齐梁诗背离风雅传统的时候,连它在艺术上的成就、优点一起都否定了。所以对于齐梁诗,对于整个南朝文学,真正晓得它好处又晓得它短处的,只有杜甫一个人，至少在唐代是这样。冯班下面还说："他人都是望影架子话。"这个我不太懂，什么叫"望影架子话"，虽然我对常熟方言比较熟悉，但从未听到过这句话，看上去是否定的意思，大意可能是其他人都是道听途说的，都是胡言乱语的。言下之意，只有杜甫才说出了真谛。

通过对《戏为六绝句》的解读，我们大致上可以得出这样的结论：这一组诗除了在形式上创造了论诗绝句，开辟了诗歌批评的一种新的样式以外，它最大的意义在于杜甫比较集中、比较鲜明地表达了他的文学史的观点，也表达了他对诗歌美学的观点。而这些观点在杜甫其他的诗中，从来没有这么完整、鲜明地表达过。这是这一组诗特别值得我们注意的地方。

最后，我再补充一点。应该承认，从诗歌句法来说，从诗句含义的清晰度来说，这组诗是有缺点的，它在句法上比较缠夹，很多地方使人误解，有歧义，就是你这样解也可以，那样解也可以。这个"劣于汉魏近风骚"到底是"劣于汉魏——近风骚"，还是"劣于——汉魏近风骚"呢？从语法上讲都可以，甚至第一种更好。尽管这组诗确实有这样的缺点，但它还是一组非常重要的文献。所以在历代文论选或各种文学批评史著作中讲到盛唐的时候，总要提到这一组诗。杜甫当年自称"戏为"的一组诗，竟成为诗歌批评史、文学批评史上的重要文献，这可能是他始料不及的。像杜甫这样杰出的作家，他的开创意义和他对后代的启发是多方面的。尽管这不是他最主要的方面，但同样做到了"但开风气不为师"。他是一位开创性的历史人物。

限于时间，本学期的杜诗课今天就是最后一讲了。我在第一课上讲过一个宋人的故事，有人"怕老杜诗"，以至逃到室外，跑到走廊上去了。我看我们这个班里好像还没有多少人逃跑，说明同学们没有"怕老杜诗"。当然，同学们是不可能"怕老杜诗"的，要怕也是怕莫砺锋讲老杜诗。（大笑）老杜诗不但不可怕，而且非常吸引人，我开这门课的最大目的就是想告诉大家这一点。假如你听课以后对杜诗有了兴趣，你可以去通读杜诗。凡是正式选课的同学都要交一篇作业，就是写一篇关于杜诗的小文章。我稍微说一说选题的问题，大家千万不要写大题目，因为我要求的只是一篇短文，三四千字就行了。这样篇幅的一篇文章当然不能谈大题目，你不要来谈杜诗之现实主义什么的，谈杜甫对《诗经》传统的继承也不行，太大了。你写一个小题目,针对杜诗中的某一个问题、某一首诗或某一组诗、某一个主题、某一种诗体谈谈自己的看法。我提几个建议,假如把杜诗和李白诗作对比的话,那么诗中提到的古人的名单可以对比,李白最喜欢说鲁仲连、张良那些人,都是纵横家;杜甫最喜欢说诸葛亮这些人,都是儒家。李白最喜欢写的鸟是大鹏鸟,杜甫喜欢写的是凤凰;大鹏鸟是道家的象征,而凤凰是儒家的象征。假如你对杜甫的创作阶段感兴趣,不妨考察他的秦州阶段、夔州阶段,这些阶段都有非常鲜明的特点。杜甫的各种诗体以及它们在不同阶段的特征,也是可以进一步考察的。比如朱熹说,杜甫的夔州诗写得"郑重烦絮",写得絮絮叨叨的,这是指杜甫的五古。那么夔州时期的五古为什么会写得絮絮叨叨呢?同时所写的七律并不这样啊。诸如此类的,都是小题目,我希望大家就针对杜诗作一些小题目,千万不要作宏观的论述。南京大学古代文学学科的老师都喜欢作针对具体问题的实证研究,不喜欢"宏大叙事"。当然有的同学可能不是我们学科的,可能是来自"宏观学科"的,(笑)但是你既然来听杜诗课,我就要求你写小题目。

　　我一直认为博士生阶段没有必要开课的,博士生最好的学习就是自己读书,有问题再找老师讨论。我回想我自己当年读博士的时候,程千帆先生根本没给我开过课,程先生的课是在我读硕士的时候开的。当然他也不可能给我开课,当时全系的博士生就我一个人,犯不上让程先生一个人站在讲台上讲,我一个人坐在下面听。当年程先生对我的指导就是让我每星期到他家里去跟他聊天,向他请教问题,我觉得那比开课的收获更大。现在学校里规定要给博士生开课,我只好站到讲台上来讲杜诗。其实,你们与其来听我讲杜诗,还不如利用这些时间自己去读杜诗,那样收获会更大。所以我要向大家表示歉意,浪费大家的宝贵时间了。

　　谢谢大家!(掌声)

附录

杜甫的文化意义

听众们好！今天我演讲的题目是《杜甫的文化意义》。

大家知道"文化"这个词的含义太复杂，太容易混淆，据说有人统计过，这个词有 160 种含义。我们现在只从最普通的一种含义来说它，就是指人类的物质创造和精神创造的总和，而且偏重于后者。

杜甫这个话题，应该说是一个比较沉重的话题。我到各地去参观一些历史名人的遗迹时，非常注意观察历史名人的雕像。我觉得雕得好的，我是说在唐代诗人中雕得好的，一个是四川江油李白纪念馆的李白塑像，还有一个就是河南巩县杜甫陵园的杜甫雕像。江油的那尊李白雕像，雕的是李白青年时代将要走出四川的那种意气风发的形象。他佩着一把剑，昂首阔步，非常像我们想象中的李白。而巩县的杜甫雕像呢，也像我们所想象的那样，是一个垂暮的老人。他愁眉苦脸地充满怜悯地俯视着满目疮痍的大地。那是一尊使人看了以后心情很沉重的雕像。

杜甫一生并不都是这样的，他也有过他的青年时代，有过他的少年时代，我们在杜诗中看到过他对自己青少年时代生活的种种回忆。比如说，他在《壮游》这首诗里回忆，自己年轻时曾经在山东河南一带游玩，他说是"放荡齐赵间，裘马颇清狂。春歌丛台上，冬猎青丘旁"。那时候，春天他在丛台上唱歌，秋冬之季在野外打猎，过着一种裘马清狂的生活。他甚至有对更早年的生活的回忆，他在 50 岁时写过一首诗，叫《百忧集行》，诗中回忆他十多岁时候的情况:"忆年十五心尚孩,健如黄犊走复来。庭前八月梨枣熟,一日上树能千回。"大意是说,他 15 岁的时候还像一个孩子那样活泼,他的心灵完全是一个孩子的心灵,他像小牛犊子一样的健壮,东奔西跑,他家院子里面有梨树、枣树,秋天,这些果实成熟了,他一天要爬树一千回(当然这是夸张的说法),爬上去采果子吃。可以看出,杜甫在 35 岁以前曾是一个裘马清狂的青年;十多岁的时候,是一个活泼健壮的少年。

但是,假如现在有一位雕塑家要塑造一个青年时代裘马清狂的杜甫,像李白那个样子,或者进而塑造一个少年时代的杜甫,爬在树上摘果子,然后指给大家看,说这是诗人杜甫,即使他说明这是青年杜甫,这是少年杜甫,我想大家都不会认可。因为我们认可的杜甫,就是那样一种忧国忧民的形象。宋代的黄山谷有一首诗写杜甫画像,里面有一句写得非常好,叫作"醉里眉攒万国愁",也就是说,杜甫即使在喝醉的时候,他对天下的忧虑,或者说天下的所有忧愁都凝聚在他的眉间。后人评黄山谷这一首诗,说它"状尽子美平生矣",一句话把杜甫一生写透了。所以我认为,杜甫的形象已经被历史定格为一位忧国忧民的形象,杜甫这个话题也就必然是一个沉重的话题。

一个沉重的话题要拿来跟青年朋友们谈,或是对着电视机前的广大观众来讨论,我想这不是一件使人愉快的事情。大家听了以后,也许会觉得有几分沉重。但是正像宋代的严沧浪在他的《沧浪诗话》里说的,我们读有些作品,需要进入这样一种境界。比如说读《离骚》,怎样读才最好呢?你要读得泪如倾盆雨,衣服都打湿了,这个时候,你才真正懂《离骚》了。我本人的阅读经验也是这样的。我读我最喜欢的诗,读得肝肠如火,读得热泪盈眶,我觉得我这时才受到最大的审美感动。所以我们今天尽管是讲一个比较沉重的话题,但我还是希望大家能够耐下心来,听我从容道来。

杜甫是中国文学史也是世界文学史上的一位伟大的诗人,这一点似乎不用再讲,可以说地球人都知道。我今天要讲的是杜甫在整个文化史上的意义,因为他的影响早就逸出文学之外,逸出诗歌之外。那么,我们从哪里来切入话题呢?我们首先从后人对杜甫的评价来看。大家都知道,杜甫在文学史上的崇高地位是由宋人开始奠定的,那么我们先从宋人看起。北宋的王安石,他是我心目中人品最高尚、理想最远大的一位政治家,他真正是政治家而不是政客。王安石对杜甫就非常尊敬,他在一首题杜甫画像的诗里这样说:"惟公之心古亦少,愿起公死从之游。"您的心灵是非常高尚、非常伟大的一颗心灵,在古代都是少有的;我希望您能够起死回生,让我做您的朋友。王安石对杜甫是多么的仰慕啊!

南宋的著名爱国诗人陆游在《读杜诗》里对杜甫的文学成就给予高度的评价,同时对杜甫的思想、杜甫的道德以及杜甫在政治上的一些见解,都给予了极高的评价。陆游甚至认为,假如杜甫有机会的话,他完全可能在政治上有一番轰轰烈烈的作为。因此这首诗最后说:"后世但作诗人看,使我抚几空咨嗟!"意思就说,后人仅仅把杜甫当作一个诗人来看,我对这一点感到非常惋惜,非常不满。可见杜甫的意义远远逸出文学家、诗人之外。

我们再看一下南宋理学宗师朱熹的评价。大家知道,理学家,尤其是南宋的理学家,对历史人物的评价是非常严格的,有时甚至是苛刻的,朱熹就是这样。我们看一部《朱子语类》,里面不受到他批评的历史人物是非常少的。在他们这种非常严格的道德标准的审视之下,很多历史人物都受到无情的批评。但朱熹认为中国历史上有五位伟大的人物。这五位人物是哪五位呢?第一是汉代的诸葛亮,然后是唐代的杜甫、颜真卿、韩愈,最后是北宋的范仲淹。

诸葛亮和范仲淹这两位人物不用我多讲,大家都很熟悉,他们在政治上、道德上都有很高的建树,这是历史早有定评的。值得讨论的是唐代的三位人物。朱熹把这五个人称为"五君子",唐代就有三君子,其中第一位就是杜甫,第二位是颜真卿。大家知道颜真卿是伟大的书法家,是颜体的创始人。但颜真卿也是一位著名的忠臣烈士,他是为了坚决维护国家统一,坚决反对藩镇的叛乱而被杀害的,是被军阀李希烈杀害的。第三位韩愈,大家知道,他是儒学史上的著名人物,也是文学史上的大人物,是"文以载道"的提出者,发动了唐代的"古文运动"。韩愈在他一生的政治生活中,每当国家需要有人站出来说话的时候,他总是仗义执言,奋不顾身,多次被贬到南方荒远之地。由此可见,"五君子"中除了杜甫以外的四位人物,他们的一生中都在政治方面有很多建树,是功业彪炳的政治家,或是为国捐躯的烈士。唯独杜甫算不上一个政治人物。杜甫一生在政治上的建树,几乎没有多少值得提起的东西,因为他根本没有得到过那样的机会。他要报效祖国,他要忠于朝廷,他坚决反对叛乱,但是历史没有给他多少机会。他除了在肃宗的朝廷里偶然地仗义执言,从此受到朝廷疏远以外,其他时候始终是默默无闻,甚至很多时候是在民间。但就是这样一位人物,为什么也得到了朱熹的高度赞扬?为什么在朱熹看来,杜甫可以在从诸葛亮到范仲淹的这样一张名单中占有一席之地?朱熹说得很清楚,关键在于他们五个人有共同点,他们都有一颗伟大的心灵,他们在道德上、人格上都有伟大的建树。

朱熹的原话是这样说的:"皆所谓光明正大,疏畅洞达,磊磊落落而不可掩者也。"意思就是他们都是光明正大、磊磊落落的人,是在人格上成为楷模的人。这显然不是一种文学的评价,而是一种道德的评价、一种文化的评价。

到了近代,闻一多先生写过一篇文章,题目就叫《杜甫》。闻一多先生是诗人,他的古典文学的论文,不像我们今天的教授写的论文,写得干巴巴的,枯燥无味,他是用诗歌一样的语言来写的。在这篇《杜甫》的最后,闻一多这样说杜甫:他是我们"四千年文化中最庄严、最瑰丽、最永久的一道光彩"。请注意,闻一多不是说杜甫是我们三千年文学史上的一道光彩,而是说他是我们"四千年文化中最庄严、最瑰丽、最永久的一道光彩",这是一种极高的文化方面的评价。

到了现代,1961 年,有一个国际组织世界和平理事会,在瑞典的首都斯德哥尔摩召开了一个主席团会议,会上确定,1962 年号召全世界人民纪念四位世界文化名人,其中有一位就是我们的杜甫。由此可见,从宋代一直到现代,从中国到外国,人们都认可杜甫的意义,而且不仅仅限于文学史。杜甫确实是一个文化史上的伟大人物,他的意义属于整个中华文化,这是我要讲的第一点内容。

下面讲第二点。大家可能会问,为什么杜甫能成为中华文化的一个代表性的人物?他在哪些方面起了这种代表作用?这里我们必须稍微阐释一下中华文化的核心精神。我个人认为,中华文化虽然博大精深,内涵非常丰富,但是它最主要的一个特征就是人本精神,它始终是一种以人为本的文化,是以人为一切价值判断的出发点的一种文化。这与世界其他民族的文化是有所区别的。我们从中国远古的神话看起。在世界各民族的神话中，很多的主要人物都是天上的神灵，希腊神话中的诸神，都是住在奥林匹斯山上的，他们在天上俯视着人间，他们为人间恩赐幸福，有时也为人间带来灾难。但中国古代的神话传说就不是这样的。我们的大禹治水，我们的女娲补天，我们的后羿射日，这些神话里的主角都是凡间的人，都是人间某些具有非凡本领的、建立了丰功伟业的杰出人物，是某些氏族首领的代表。因为他们造福于民，或者为民除害，所以他们的人格就升格为神格，这样才构成了中华的神话谱系。在先秦时代，虽然诸子百家争鸣得很厉害，各种思想流派都提出了不同的观念，但我觉得他们有一个共同的精神，就是当他们思考问题的时候，不管是思考社会还是思考自然，他们的出发点在人，他们最后的落脚点也在人，这是一种人本文化、人本思想。

先秦诸子百家中对后代影响最大、后来成为我们中华文化主流的两派，可能就是儒家和道家。这两派虽然互相论争，看上去好像水火不相容，但是它们的共同点就是非常重视人。所不同的是，道家所重视的是个体的生命价值，而儒家所重视的是群体的利益，儒家是在重视个体的基础上更重视群体，重视一个家族、一个宗族乃至一个民族、一个国家的利益。所以在价值观方面，儒家与道家是互补的，是相辅相成的。因为中国的古人，我们中华民族的先民，他们所处的自然环境不是非常优越，所以他们不能像印度人那样在热带森林里简易地谋生，非常容易地维持生命。我们在黄河流域，在这个水深土厚、气候也不是很温暖的地方，而且有滔滔的大河需要治理，不治的话就会有水患。所以对中华民族来说，如果太强调个体生命而忽视群体利益的话，就不利于我们这个民族的生存、繁衍。因此，以儒家的孔孟之道为代表的这种伦理观念、道德理想，就历史地被选择为我们这个文化的核心精神。也就是说，道家只是一种补充，儒家才是核心。这不是由于儒家特别善于宣传，善于著书立说，或是某个杰出的儒者努力奋斗的结果，这是一种自然的选择。换句话说，中华民族在古代只能作这样的选择，否则的话，中华民族就难以维持下来。因此到了后代，尽管我们的中华文化不停地发展，不停地演变，出现了很多的支脉，也吸收了很多外来的新的养料，但儒家思想在这个变化过程中始终占据着核心地位，儒家思想自身的复杂演变，基本上就是中华传统文化演变的主要脉络。

　　下面我们来看一看,杜甫在这一个过程中起了什么作用,或者说他具有何种代表性。我们回顾儒学的发展史,儒学基本上可以分成这么两大流派,一派被称为汉学,另一派被称为宋学,这是清代的儒生提出来的。前一个思想流派的代表是汉代的儒生,他们所做的工作主要是对儒家经典进行阐释,从训诂意义上进行阐释;而另一派就是宋代的理学家,他们主要从义理的方面,从哲学的角度,对儒家的一些原理进行追问,进行更加哲学化的演绎、推论。这两派也形成了思想史上的两个高潮。在这两个高潮之间,唐代应该说是处于一个低潮阶段,不管看哪本思想史或哪本儒学发展史,唐代占的地位都是不高的。唐代前不能比汉代,后不能比宋代。那么请问:儒学的发展在唐代停顿了吗? 唐代有没有值得注意的儒学的代表人物? 钱穆认为唐代有两个最主要的儒学代表人物,一个是杜甫,另一个是韩愈。很有趣,两位都是文学家。我们不谈韩愈,我们看看杜甫。那么,在何种意义上,我们能够说杜甫对唐代的儒学发展起了很大的作用呢?

　　一提到儒学的发展,一提到唐代的儒学,大家马上就会想到唐初的《五经正义》。有的同学也许不同意我刚才说的观点,说唐代儒学有发展啊,我们的《五经正义》就是唐初编定的,是孔颖达他们撰写的嘛。但是我想说,《五经正义》尽管从唐代一直到现代都非常受人重视,是《十三经注疏》中最重要的读本,但是《五经正义》中的观念,它的义理,基本上是从汉儒那里来的,它在学理方面没有太多的新的阐发。我们也可以说,儒学的发展到了初唐,由于出现了《五经正义》,出现了定于一尊的权威读本,反而基本上停滞了。

　　但是杜甫不然。杜甫是用他的整个生命,用他一生的实践行为,丰富、充实了儒家的内涵。儒家学说从本体上来说,它是一种实践的哲学,它非常重视人的行为、人的实践。所以孔子也好,孟子也好,他们在青年时代,在中年时代,当他们还年富力强的时候,都不写书,不忙着从事著作。他们终年悽悽惶惶,奔走于天下,主要是从实践的角度推行他们心目中的道,等到最后觉得"道之不行 已知之矣",明确知道自己的道不行了,年纪也大了,没有精力再东奔西走了,才定下心来写著作,把他们的思想用著作的方式留给后人,扩大影响。儒家在本质上最强调的是实践,强调的是人生中的行为,追求生前的功业建树。从这个意义上说,杜甫最好地体现了儒家精神,甚至是发扬着儒家精神的一个历史人物。

我们举几个小例子。儒家重视仁政,重视仁爱思想,主张在天下推行仁政。杜甫就用他的诗歌不遗余力地鼓吹这种思想,宣扬这种理想。儒家谴责贫富不均,认为贫富不均是国家最大的危害。杜甫对于这种现象进行了非常严厉的批判,尽管历代揭露民生疾苦、揭露贫富不均的好作品相当多,但是我想,大家肯定都认可杜甫的两句诗"朱门酒肉臭,路有冻死骨"是在这方面描写得最为惊心动魄的名句,以至我们凡是听到贫富不均的事情,首先会想到这两个句子,杜甫在这方面体会得最深切。再比如儒家强调夷夏之辨,强调我们要有民族的尊严,要维护民族的利益,在与外民族的交往中既要追求和平,也要反对侵略,维持我们民族、国家的独立性。这一方面杜甫也做得非常好,"安史之乱"爆发后,由于"安史"叛军很快就占领了长安,唐朝的很多大官都投降了,都变节做了"安史"伪王朝的伪官,包括当时的宰相陈希烈、驸马张垍等人。杜甫的好朋友王维等人也这样做了。唯独杜甫,唯独这个官居从八品下的一个小官,芝麻绿豆官,他坚持了民族气节。当然杜甫因为官太小,也没有受到"安史"叛军太多的注意,仅仅是被关在长安。但是他冒着生命危险逃出长安,逃过唐军与叛军对峙的一片战场,九死一生地逃回唐朝临时政府所在地。当时其他人都没有过这样的举动,只有杜甫这样做了。在这些方面,杜甫确实是身体力行地体现着儒家的精神,用他的实践展示着儒家的道德风范。所以我完全同意钱穆的观点,在唐代的儒学发展史上,杜甫是一个不可忽略的人物,他用他的行为阐释着儒家的经义,说明儒家提倡的道德规范应该是什么样子的。

另外,儒家非常重视修身养性,这一点因为长期受批判,以致大家觉得这好像是一个应该否定的命题。其实不然,这一点是非常重要的。在一个文明高度发达的社会里,社会的基础是什么? 应该是文明的个体,是有道德自觉的无数个体。个体不应该是受到外在力量的强制才做一些符合道德的举动,道德应该发自内心,来源于内心的自律,这样才能真正实现社会的和谐。所以儒家非常重视个体的道德建树,儒家崇尚人格精神。

在这一点上，杜甫堪称典范。我们知道，孟子曾提出一种大丈夫精神：
"富贵不能淫，贫贱不能移，威武不能屈。"能体现这种大丈夫精神的人，如果
要在历史上找一个名人的话，会是谁呢？我认为是杜甫。杜甫很好地实践
了这种精神，体现了这种精神。在这里，我想特别请大家注意杜甫的身份，
中国历史上的仁人志士不算少，我们可以开出一张长长的名单来，但是这张
名单中的大部分人，都在政治上有比较重要地位，这些人物在国家危难的时
候，需要他承担起天下的责任。唯独杜甫是一个例外。杜甫一生基本上是
一个平民的身份，他经常称自己是"杜陵布衣"（"杜陵有布衣"），又自称是
"少陵野老"（"少陵野老吞声哭"）。布衣也好，野老也好，杜甫认为自己不过
是民间的一个普通人，一个平凡的百姓。他以一介布衣的身份展示了儒家
所崇尚的人格典范，我觉得有特别重要的意义。因为对我们普通人来说，学
习诸葛亮，学习范仲淹，当然有意义、有价值，但是大家会觉得很难学，他们
距离我们太远了，他们的地位太高了。而且我们一般人可能一辈子也没有
那样的机会，展示自己的政治才能或忠肝义胆。那么，一个普通人，过了平
凡的一生，他能不能实现道德人格的完善呢？完全可以，杜甫就是一个典
范。儒家本来是主张人皆可以为尧舜的，孟子说凡是人都可以成为尧，成为
舜，都可以成圣人。为什么呢？因为人性善，人的本性就是善良的嘛。明代
的王阳明甚至宣称满街都是圣人，他一眼看上去，满街都是善良的人，这些
人都可以成为圣人。假如我们对"圣人"这个名词取一个很严格的定义，树
立很高的标准，像朱熹那样高的标准，那么也许有人会问王阳明：你说满街
都是圣人，你给我拉一个出来看看，哪个是圣人？哪个是按严格的标准都能
称得上是圣人的人？我想，对于这样的问题，我们至少可以请出一位人物
来，那就是我们的杜甫。杜甫就是平民中的一位圣人，虽然他诚心诚意地站
在平民百姓中间，但是他是一位圣人。这是我要讲的第二点。这一点的要
点是，在以人本精神为核心内涵的中国传统文化中，杜甫是一个代表人物。

下面讲第三点。杜甫不仅用实践体现着儒家的道德伦理观念，而且用
他的行为丰富了这种观念的内涵，甚至使它变得更加切实可行，这也是对儒
学、对传统文化的一个重大的贡献。我们说杜甫有仁爱之心，说杜甫忧国忧
民，说他关心人民、关心民族、关心国家，这一点大家都知道。因为大家肯定

从中学课本中看到了有关的论述,在读杜诗的时候也肯定会有深切的体会。然而杜甫的仁爱之心还不止于此,他除了爱自己的家人,爱自己的朋友,爱自己的同胞之外,他的仁爱之心还推而广之,扩展到更大的范围,比如说爱其他民族的人。盛唐时期经常发生边境战争,以唐为一方,以其他少数民族建立的其他政权为另一方。这些战争的性质很难确定,但是至少有几场可以肯定是唐帝国所发动的战争,是非正义性质的。比如说与南诏的战争。南诏是云南地区的一个少数民族建立的政权。不管从《新唐书》《旧唐书》,还是从《资治通鉴》来看,那一次战争都可以肯定错在唐、曲在唐。唐帝国对南诏发动战争以后,多次失败,甚至全军覆没。在这种情况下,当时有很多人,包括很多有名的诗人,都被鼓起了一种错误的爱国热情,鼓吹要打南诏,要把它打败!这些诗歌的作者包括高适,包括储光羲,他们都写诗歌讨伐南诏。唯独杜甫清醒地看到了那场战争的非正义性质,清醒地看到了那场战争给人民的和平生活带来的巨大破坏。所以他写了《兵车行》。《兵车行》这样的诗当时其他诗人都写不出来,只有杜甫能写,原因就在于杜甫具有特别深厚的仁爱精神,他觉得外民族、异民族的人也是人,我们的仁爱之心也要施及于他们,我们应该与他们保持和平。杜甫把仁爱之心一直推广到外民族的人民去了。

爱人本来是儒家学说的精髓。仁是什么?儒家说,仁就是爱人。除了爱人以外,杜甫的同情心、仁爱之心,还推广到了人以外的其他动物,推广到了宇宙中的一切生命。这一点也是非常突出的。我们在杜甫的诗中无数次地看到他充满爱怜地描写动物、植物,不但那些外形美的,外形雄壮、坚强有力的,比如马啊、鹰啊、松树啊,这些能够引起人的审美愉悦和崇高感的对象,而且一些细小的并不那么美的东西,杜甫在写到它们的时候都充满了爱心。杜甫看到江面上横着一张密密的渔网,很多鱼都被困在那张网里,他就很同情那些鱼。他说:"物微限通塞,恻隐仁者心。"他认为生物有的大,有的小,它们的命运有的好,有的不好,但人对它们都应该有一种关爱之心。

我们知道,"恻隐之心"本来是孟子提出来的。但孟子提出"恻隐之心"的时候,他关注的对象仅仅是人。他说有一个小孩子将要掉进井里去了,我们大人看到了都会产生恻隐之心,都会去救那个小孩子。他关注的仅仅是人。而杜甫的关注却推广到所有的生命,宇宙间的一切生命,杜甫的有些作品在描写生物的时候,可能有一种隐喻或者象征意义在内。比如说他在成都的时候,他曾经写诗咏过病柏、病橘、枯棕、枯楠,就是咏那些生了病的柏树和橘树以及枯萎的棕树和楠树。关于这一组诗,后代很多注家都说这实际上是隐喻,或者说是象征,是象征遭受战乱之苦,又忍受沉重的苛捐杂税的劳动人民,劳动人民在生活的沉重的负担下奄奄一息,好像那些垂死的植物。这也许是对的,但是杜甫还有很多诗歌并没有这样一种隐喻意义,他关注的就是那些细小的生命本身。有一次他坐船从一条河上经过,看见船前有一群小鹅游过,幼年的鹅是黄色的,杜甫诗里就说“鹅儿黄似酒”,小鹅的颜色像黄酒一样,黄得可爱。他又说:“对酒爱新鹅。”他对这群小鹅非常喜爱,担心它们体小力弱,他说:“翅开遭宿雨,力小困沧波。”鹅儿很小,翅膀也很弱,在江中的波浪间能游泳吗?雨点沾湿了它们的羽毛,还能浮在水面上吗?最后,诗人喃喃地问那些鹅:“客散层城暮,狐狸奈若何?”等到黄昏来临,人们都散去了,狐狸跑出来了,你们的安全怎么办呢?会不会被狐狸抓去呢?诗中对于弱小生命的深切同情,对小鹅的那份呵护之意,令人感动。

我觉得,把仁爱之心从人推广到普通的生物,这本来是儒学的一种发展方向。大家知道,到了宋代,理学家张载提出了一个有名的命题,叫作“民胞物与”。原话是:“民吾同胞,物吾与也。”他的意思就是说,老百姓,所有的人民,都是我的同胞兄弟,而所有的生物都是我的朋友。这样一种精神在理论上要等到宋人才阐发出来,但是在文学中,唐人杜甫早就用他的美丽诗篇广泛地予以弘扬了。我觉得这是杜甫对于儒学思想的一大贡献。

此外,杜甫以他本人的行为和实践使儒学所提倡的仁爱之心变得更加切实可行。在这里,我们要把中国古代的仁爱精神与西方的博爱精神稍微作一些对比。我个人认为,西方博爱精神的最初来源是宗教。来源于宗教的博爱精神,本身当然是一种很可贵的价值观、伦理观,但是我们推到它的最初的起源,西方人最初怎么会产生这种博爱精神的呢?一是服从于神灵的指点,是神灵叫你要博爱;二是对于人类祖先所犯下的原罪的赎买,亚当、夏娃就犯了原罪嘛;当然还有一种等而下之的、境界比较低的动机,就是生前做善事,是为了死后进天堂,这样的博爱之心是一种对于将来进入天国的入场券的预付,我先买好一张入场券在这里,死了以后就可以进天国。但是中华民族的仁义之心不是这样的。儒家强调"仁义理智根于心",一切的爱心都是从内心自然流露出来,自然生发出来。孟子有一个很好的判断,他说:"老吾老以及人之老,幼吾幼以及人之幼。"就是我们的仁爱之心是哪里来的呢?首先是由于我关爱自己的家人,我敬爱自己的老人,孝顺自己的老人,推而广之,我也爱别人家里的老人;我爱自己的孩子,推而广之,我也爱普天下的儿童。这是一种由近及远、由亲及疏的自然的情感流动。我觉得这样一种情感流动,在这个意义上生发出来的仁爱之心,更自然,更符合人的本性,也更切实可行。

杜甫用他的诗篇、他的行为很好地阐释了这种伦理价值观。杜甫在诗歌中有很多地方都既写到他本人以及他的家庭所遭受到的不幸、所产生的痛苦,又延伸到普天下的百姓。当他到奉先县去探亲的时候,突然发现家里最小的儿子已经因挨饿而夭折了,他非常悲痛。一个小孩子饿死了,怎能不悲痛呢?他也感到非常惭愧,觉得自己身为父亲,居然没有为孩子提供足够的食物,让他饿死了。但与此同时,他马上又想到了普天下还有很多比他更贫困的人,那些失业之徒——他说的失业之徒就是失去田地的农民,那些在前线戍守的将士,他们遭受的痛苦比他更加厉害。所以他就把关怀之心从家庭扩展到整个民族、整个社会。在一个暴风骤雨之夜,他的茅屋被大风刮破了,雨漏下来了,床上都是潮湿的,他整夜不得安眠。这个时候他想到的是"安得广厦千万间,大庇天下寒士俱欢颜,风雨不动安如山"。他希望的不仅仅是他一个人拥有一所牢固的、安稳的茅屋,有一个容身之地,他更希望普天下的穷人都能够有一个安居乐业之所。

杜甫的仁爱之心是由近及远地逐步推广开来的。我觉得在这方面最典型的作品是杜甫乾元年间在同谷写的那一组诗,叫《乾元中寓居同谷县作歌七首》。那个时候杜甫从甘肃的天水向四川的成都逃亡,因为他生活不下去了,想逃到成都去。途经同谷——同谷就是现在甘肃的成县,在宝成铁路上,我到那里去看过。正是寒冬腊月,他在那里停留了一个月,生活陷入了绝境。他在那里写了一组诗,共有七首。我们看看这七首诗的顺序。第一首说:"有客有客字子美,白头乱发垂过耳。"就是说有一个客人,他叫杜子美。他已经白发苍苍了,但生活潦倒。第二首就写到他的家人。岁暮天寒,诗人全家都没有饭吃。为了给家人找一些东西充饥,他就拿了一个铁铲,到冰天雪地中去挖一种野生植物,挖一种叫"黄独"的东西,想挖它的块根,带回去给家人充饥。可惜大雪封山,什么也没有挖到,空着手回到家里。家里正是"男呻女吟四壁静",一家老小都饿得靠在墙壁上呻吟,话都说不出来了。第三首说:"有弟有弟在远方,三人各瘦何人强?"诗人想念他离散在各地的三个弟弟。第四首说:"有妹有妹在钟离,良人早殁诸孤痴。"诗人想到他一个已经守寡且独自拖着三个幼小孩子的妹妹远在钟离。然后第五、第六、第七首都想到的是国家的命运,想到现在战乱不止,天下动荡。他的整个的思考的过程,他的感情的流露的方向,也是由近及远,由亲及疏。这样的一种情感流程,这样一种仁爱之心的发扬,我觉得是最符合人类的本性的,也是最切实可行的,最自然的。因此在这一方面,杜甫堪称儒家仁爱精神的杰出的阐释者。

中华文化最后积淀下来的内容是什么?是对中华民族的文化性格的陶铸。传统文化有博大精深的内容,有多种多样的形式,最后都凝聚在我们的民族性格上,凝聚在中华民族的文化性格上。陶铸一个民族的文化性格,当然不是某个人的贡献,也不是一朝一夕之事,这是在很长的历史时期内,很多人物共同努力的结果。我现在要说的是,杜甫在这个过程中是做出了杰出贡献的。杜甫的行为,杜甫的言论,杜甫的诗篇,就是我们民族性格的一个组成部分。下面我作一些具体的阐述,有这样三点值得我们注意。

第一,中华民族极其重视群体利益,极其重视国家、民族的利益,崇尚一种把群体利益看得比个体利益更高的精神境界。在这个方面,我觉得杜甫是一个杰出的代表。杜甫这个人有一个很奇怪的举动,以致后人经常感到困惑,就是他虽然身居下位,很多时间还是身在民间,却始终对国家的命运、对朝廷的政治非常关心,甚至在那里出谋划策,指出很多地方应该要补救,怎么样才能补救,或者怎么预防。一句话,他对国家、民族的前途充满了忧患感,而忧患感的基础正是责任感。他虽然身在民间,但他觉得自己对国家负有不可推卸的责任。宋代的范仲淹有两句名言:"先天下之忧而忧,后天下之乐而乐。"前面的一句"先天下之忧而忧",我觉得最形象地体现这句话的就是杜甫以及他的作品。一部杜诗,有很多作品可以看作"先天下之忧而忧"的具体的表现,而这正是中华民族民族性格的一个特点。

第二,中华民族主张仁爱,同时也主张宽容,倡导宽容精神。孔子曾经对他的弟子说过:"吾道一以贯之。"我的学说可以用一根红线来贯穿它的。他的弟子曾参就很好地理解了这句话,说:"夫子之道,忠恕而已矣!"就是孔子之道的核心内容是忠和恕。恕就是宽恕。中华民族有一种宽容精神,对异族的文化、异族的风俗习惯,都用一种很宽广的胸怀去理解它们、接纳它们。中国历史上没有发生过宗教战争,不像很多别的国家,不同的宗教徒之间互相残杀。中国历史上很多宗教并行不悖,许多外国的宗教传进来了,但是没有发生过宗教战争,这与中华民族的宽容性格有很大的关系。

杜甫也是这方面的一位典型的人物。我刚才花了很多的时间讲杜甫对于儒学的依恋,对于儒学的贡献。但不可否认,杜甫对于其他的学说,对于道家、对于佛家的思想,他都是很尊敬的。他不排道,不排佛,与很多道人、僧人都有很密切的交往,跟他们结为好朋友。杜甫有一首诗,我觉得很有趣,他写他到一个寺庙中去听一位高僧讲道理,讲《止观经》——这是佛家的一个重要经典。他听得很高兴,觉得这个经讲得很好,道理很深奥,很正确,但是他后面说:"妻儿待米且归去,明日杖藜来细听。"他说他虽然崇尚佛家的道理,觉得高僧讲得很透、很好,但他首先得回去照顾一下家人的生活,家里的妻儿等待他带米回去呢。等他回去安排停当以后,明天有空再来细细地听讲经吧。杜甫对于其他宗教的态度就是这样的,他对儒家之外的各种宗教都很尊重、宽容,但又不违背他以儒家为安身立命之本的基本立场。这样一种宽容的态度,正是中华民族性格的一个特点,也是优点。

第三,中华民族讲宽容,但绝不是无原则的宽容。孔子曾经说过:"乡愿,德之贼也。"就是那些不讲是非的、不辨爱憎的、没有是非感的老好人,孔子称之为"乡愿"。"乡"是家乡的乡,"愿"是愿望的愿。孔子说这是"德之贼也"。这是一种对道德有巨大损害的行为,所以孔子坚决反对"乡愿"。我们主张仁爱,主张宽容,都是有原则的,都是建立在原则立场上的。对于那些丑恶的事物,我们应该憎恨,要批判它,要消灭它。这一点在杜甫的身上也有很好的体现。杜甫因为热爱人民,所以他对那些损害人民的势力,对不利于人民的种种丑恶现象,不遗余力地进行批判,哪怕批判的矛头要涉及君主,涉及高官,他也一概不回避。我觉得在古代诗人中,批判力度最大的当首推杜甫。强烈的批判精神是一部杜诗光芒四射的精华。在这一点上,杜甫非常突出地体现着我们的民族精神。

中华民族的文化性格当然有很多方面,但是我个人认为,这三个方面是其中最重要的部分。在这三个方面,杜甫都表现得非常好,他以他一生的行为参与这种民族性格的陶铸,又使之变得更加丰富、更加生动。我们从哲学著作、伦理学著作或者其他一些格言性的著作中,当然能得到一些道德上的训诫,得到一些道德上的启示,但是大家有时候会觉得索然寡味,觉得不那么亲切,不那么生动。但是假如我们通过阅读优美的诗篇,通过阅读杜甫的诗篇,来获得这样一种感受,那么我想会觉得很亲切,也会觉得很容易接受。这正是杜甫对我们民族性格、文化性格的一大贡献。

最后,我想从文化史的角度谈一谈杜甫对后代的影响。一位杰出的历史人物,我们为什么要评价他为杰出的历史人物呢?我们为什么评价杜甫为"诗圣"呢?我们主要是看他的影响。杜甫对诗歌史的影响,当然不用我再说,这也不是我们今天的话题。可以说,自从有了杜甫以后,中国的古典诗歌就再也不能摆脱他的影响了。至少在五四以前,不管你是什么人,不管你怎么写诗,你都无法逃避杜甫的影响,他的影响已经潜在地渗透在一部诗歌史中了。这个我们就不用再谈了。

我们来看一看在文化上面,在诗歌以外的一些文化领域中,杜甫产生了什么影响。杜甫一生漂泊江湖,走过许多地方。他的死亡、他的安葬至今都是一个谜。他到底是怎样去世的,他安葬在什么地方,现在还是学术界讨论的一个话题。现在在中国各地留下了很多杜甫的遗址,杜甫的坟墓就有八座之多。八个地方有杜甫的坟墓,其中湖南的耒阳和平江、河南的巩县和偃师,这四个地方的杜甫墓都被当地人认为是真的。大家争得很厉害,都说这里才是杜甫的坟墓。这说明什么呢?说明很多地方的人民,都非常希望这位伟大的诗人是安息在他们那个地方的,安息在他们的家乡。当然,更加著名的就是成都的杜甫草堂。我每次到成都去,一定要到杜甫草堂去朝圣,去缅怀杜甫。杜甫草堂现在是一个非常美丽的园林,里面亭台楼阁,花木扶疏,环境幽静,整个氛围都使人肃然起敬。当然杜甫生前没有住得这么好,杜甫生前住的草堂,就是他在《茅屋为秋风所破歌》里描写的那个破草房。那么,为什么现在会有这么一座园林被称为杜甫草堂呢? 我想成都草堂呈现出今天这样的面貌,这是后代的人民为杜甫落实政策。后代的人民觉得,我们的伟大诗人不应该住在一个漏雨的破草房里,他应该住在一座安静的、优雅的园林里,让他对着花木、对着亭台楼阁更好地写他的诗篇。所以,成都草堂已经成为我们中国文学史上的一块圣地。这是杜甫在文化上的一个巨大的影响。

与此同时,杜甫的影响也深入到其他的艺术领域。现在有很多的书法作品是写杜诗的,很多的绘画是以杜诗为题材的,数量非常多,我在成都草堂就看到过 50 多种历代名人的书画,都是以杜诗为题材的。

我们还可以说,杜甫诗篇的光辉照耀着祖国的大好河山。杜甫一生走过很多地方,写过很多优美的诗句吟咏我们的大好河山。当大家登上山东泰山的时候,你会看到很多地方都刻着杜甫《望岳》中的句子,"齐鲁青未了"啊、"会当凌绝顶,一览众山小"啊,泰山上到处都刻着这些诗句。其实,即使没有把杜诗刻在石壁上,任何一个稍微有点文化常识的人登上泰山,心中自然会想到"一览众山小"的句子,这些诗句已经刻在人们心上了。假如你再走到洞庭湖畔,登上岳阳楼,你马上就会看到廊柱上刻着杜甫吟咏洞庭湖的句子:"吴楚东南坼,乾坤日夜浮。"一句话,杜诗和它所吟咏过的祖国河山已经结为一体。中国人游览山水有一个习惯,总觉得有人文内涵的景点更有意思,更有趣味。我不喜欢袁子才的诗,但是袁子才有一句诗说得很好,他说"江山也要伟人扶",就是说江山也需要名人的扶持。我觉得杜甫,当然还有李白,他们所吟咏过的祖国的大好河山,就因为那些杰出的诗篇而有了一种文化意义,不再是一个纯自然的东西。这是杜甫的一大贡献。

杜甫在后代的更大、更重要的影响,是关于后人的人格塑造或者道德建树的。一部杜诗,几乎可以用一句话来概括,就是"国家不幸诗家幸,赋到沧桑句便工"。也就是说,伟大的诗篇往往不是产生在一个和平幸福的年代,而是产生在国家多灾多难的时代。这时候,文学的任务、诗歌的任务才凸现出来。杜诗的意义也是这样凸现出来的。因此在后代,特别是宋代以后,每当中华民族遭受艰难困苦的时候,杜诗就成为人们的精神食粮,无数的爱国志士都从杜诗中吸收营养,汲取力量。

北宋将要灭亡的时候,爱国名将宗泽主张坚决抗金,但是报国无门,朝廷掣肘他,他没有办法渡过黄河去杀贼。所以他在临终的时候,吟诵着杜甫的诗句:"出师未捷身先死,长使英雄泪满襟!"李纲也一样,在他担负起保家卫国的责任时,他亲笔题写杜诗,送给他的朋友,以此鼓励他的朋友。

最明显的例子当然是南宋末年的文天祥。文天祥被抓到燕京以后,在狱中关了三年,始终不屈,始终坚持民族气节,最后从容就义。他在燕京狱中熬过了一千多个日日夜夜,是什么东西支撑着他? 皇帝都已经投降了,太后都已经投降了,家人都失散了,南宋已经灭亡了,他为什么还要在那里维护民族的尊严,坚持民族的气节,就是不投降呢? 为什么呢? 是一种怎样强大的精神力量在支撑着他? 文天祥在他的《正气歌》中写道:"风檐展书读,古道照颜色。"我在一个刮着大风的屋檐下面,就是在监狱里面,展开书本来读,古人的道德光辉照亮了我。文天祥所说的古人的著作,首先就是杜诗。所以文天祥在燕京狱中写了 200 首《集杜诗》。他把杜诗的句子从原诗中抽出来,重新组合成一首新的诗,一共写了 200 首,都是五言绝句。这说明一部杜诗就是支撑文天祥的精神源泉,一部杜诗就是文天祥民族气节的核心内涵。

我觉得,杜甫在这方面的巨大影响是怎么估价都不过分的。我曾经听很多位前辈说过,当年抗日战争胜利了,日本投降了,很多流亡到重庆、成都的前辈听到这个消息,都不约而同地吟诵起一首诗,就是杜甫的那首《闻官军收河南河北》:"剑外忽传收蓟北,初闻涕泪满衣裳。"这个时候,大家觉得最能表达自己心情的就是杜诗。

刚才说的都是限于国内的影响,实际上杜甫的影响早就越出国界。从13 世纪开始,杜诗就在我们的东亚邻国,如韩国、越南、日本,得到了广泛的传播。到了 1481 年,韩国就出现了世界上首部完整地把杜诗翻译过去的全译本,叫《杜诗谚解》。所以杜甫的影响早就越出了国界,他是一个世界文化人。我甚至在我不太喜欢的一个邻国也发现了这样的现象。说实话,我对很多日本汉学家的学术成果是相当尊重的,他们确实研究得很细、很透,但是我一直觉得他们那些人不可亲。但其中有一位是例外，这个人的名字叫吉川幸次郎，不知道大家有没有听说过。吉川幸次郎是一位一辈子研究杜诗的专家，写了很多关于杜甫的著作。他在他去世的一年以前或者两年以前，专程到中国来，到河南的巩县，到杜甫的出生地去朝拜杜甫。他专门用白布做了一件长袍，他认为唐朝人所穿的礼服就是那样子的，他准备到了巩县的杜甫出生地以后，就穿上这件长袍来行礼。可惜他到了郑州以后，在那里停留了好多天，要求到巩县去，但是我方没有同意。因为那时候有规定，县级以下的地方外国人是不准去的。巩县是一个县，所以吉川没能去成，最后很失望地回去了。因为这件小事，我就觉得吉川教授这个人很可亲。

西方人对我们的古典文学比较隔膜，但有一位美国的现代诗人，名叫雷克斯罗斯，他曾经表达过这样一个判断——这是我们南京大学外文系的张子清教授告诉我的，他翻译过雷克斯罗斯的诗。这位诗人说，他读了很多杜甫的诗，认为杜甫的价值非常大，杜甫所关心的是人与人之间的爱、人与人之间的宽容和同情，他认为只有这种品格才能最后拯救我们这个世界。最后拯救世界的不是高科技，不是其他东西，而是人与人之间的爱、宽容和同情。他又认为，孕育了杜甫、给杜甫赋予这样一种品格的文化——当然是我们的传统文化——比孕育了《荷马史诗》的希腊文化更加伟大。因为《荷马史诗》中缺乏这种精神。这是外国朋友对我们杜甫的评价，我听了以后当然感到很高兴。

最后，我想用一句话作为我这次演讲的结束语，那就是刚才我引用过的闻一多先生的一句话：杜甫确实是我们"四千年文化中最庄严、最瑰丽、最永久的一道光彩"。

我的演讲完了，谢谢大家！

听众一：莫先生您好！我想向您请教的问题是：杜甫"诗圣"的称号是宋人确立的，这与宋代的理学思想之间有什么联系吗？

莫砺锋："诗圣"这个称号的意思就是诗中的圣人。这个称号的最后的确立者是明人，是明末的王嗣奭在他的《杜臆》里首次提出来的。但是这个价值判断，这个概念，确实是宋人提出来的。宋人对杜甫有很多评价，其中主要的一个评价说他是"集大成",他集诗歌之大成。"集大成"在儒家的术语中本来就是一个圣人的概念,因为这是孟子对孔子的称呼,孟子说孔子是"集大成"者。此外,南宋的杨万里说过杜甫是"圣于诗者",说杜甫在诗歌这个领域已经超凡入圣了。宋人还说过,杜甫写的诗像"周公制作,不可拟议",就是像周公在政治上的建树一样,后人不可妄加评议,因为太伟大了。这几个意思基本上已经接近"圣人"的意思了。但"诗圣"这个名称则是由明朝人提出来的。

这位同学刚才提的主要问题是这件事跟宋代的理学思想有没有什么关系。这个问题说起来有一些复杂,我简单地谈一谈。我本人对宋代理学思想研究得不多,但对宋代理学家的文学思想有一些研究,因为我研究过朱熹。我觉得宋代的理学作为一种道德伦理学说,或者作为一种哲学学说,在我们当代所受到的评价是偏低的。我们现在说杜甫的崇高地位是宋人确定的,而宋人又是受理学思想影响的,这样一种评价会不会有保守的意义在里面? 会不会有不那么崇高、不那么伟大的成分在里面? 我觉得不是这样的。大家所以会有这样的误解,可能是觉得理学思想是一种官方思想,是统治阶级的意识形态的理论表现,但事实不是这样的。理学思想在整个宋代,除了南宋的最后半个世纪以外,始终没有成为官方思想,它一直是民间思想,甚至在朱熹身后还是受到镇压的。朱熹死了以后,追悼会都不准开,他的弟子去送葬,都要受到朝廷的追查,那个时候理学完全是受镇压的,是一种民间思想。

我认为,最有生命力的思想是在民间的,民间思想才有活力,因为它能发展。而统治阶级所采纳的思想是固定的,是定于一尊的,它有权威解释,它不能再发展。宋人对于杜甫典范地位的确立,确实与理学思想有关系,我们刚才提到的朱熹的那番言论就是一个明证。但是这主要是从积极的意义上来表现的,消极的意义很少。积极意义是什么呢? 在理学家看来,在理学思想看来,要评价一个人物,不管是历史人物还是现在的人物,最主要的一个判断是道德判断。首先要看你是不是一个好人,然后才能说你是不是好的文学家,是不是好的政治家。这一切建立在你首先是一个好人这个基础上。道德判断是第一位的,审美判断是第二位的。所以宋人对杜甫那么推崇,事实上是从两个方向同时进行的,既有道德判断,也有审美判断,但是最核心的、最基本的是道德判断。也正因为如此,所以李白没有被确立为诗圣。在宋人看来,李白有很多缺点,而杜甫几乎是完美的。这样一来,如果说杜甫在宋代所受到的评价与理学思想有关的话,那么这种关系基本上是积极的,是应该肯定的。这里面并没有多少消极的东西。

听众二:金无足赤,人无完人。杜甫也写过"莫思身外无穷事,且尽生前有限杯"。我想请问的是,杜甫是不是对儒家思想有过动摇?特别是他在同谷以及后来在夔州穷困潦倒的时候,他有没有动摇过?第二个问题稍微小一点,或许与文化意义关系不是很大。我想,杜甫可以说是嗜酒如命,在家里非常穷的时候,他还那么喜欢喝酒,他的妻子会不会怪他?

莫砺锋:我们先回答第二个问题,因为比较有趣一点。说杜甫"嗜酒如命",这句话是郭沫若首先说的,郭沫若在《李白与杜甫》这本书里首先提出来的。他用的就是"嗜酒如命"这四个字。应该说,中国古代的大诗人都喜欢喝酒,宋代苏东坡是酒量不好而喜欢喝酒,其他的大诗人都是既喜欢喝酒,酒量又大,能喝很多酒。所以有人说,陶渊明的儿子智商不高,杜甫的儿子好像也未见有什么好的表现,这就是酒精中毒而影响了遗传。现在回到郭沫若的观点。郭沫若的观点是偏颇的。说古人喜欢喝酒,古代的诗人喜欢喝酒,尤其说李白和杜甫喜欢喝酒,这都符合事实,但我觉得郭沫若的态度有问题。同样喜欢喝酒,他说李白喜欢喝酒是与劳动人民打成一片,因为劳动人民都喜欢喝酒,所以李白也喜欢。他说有一个证据,现在很多小酒店的那个招子,就是挂在酒店外面的酒幌,上面都写着"太白遗风",劳动人民都认可李白喜欢喝酒。而杜甫喜欢喝酒,他说杜甫"嗜酒如命",是地主阶级的腐朽生活形式。这个态度有点问题。

我们抛开这个问题不讲,我们就讲杜甫喜欢喝酒,他有没有受到妻子的责怪。杜甫受到妻子责怪的事,我们没有看到。当然,我们也没有在杜诗中看到像苏东坡在《赤壁赋》中所写的,他的朋友来了,又逮到一条鱼,要想喝酒却没有。苏东坡的妻子就说:"我有斗酒,藏之久矣。"赶快拿出来给东坡和他的朋友喝。杜甫的妻子好像还没有这么贤惠,没有藏一些酒,等丈夫需要的时候拿出来，至少我没看到这方面的描写。但是我们也没有看到妻子怪他喝酒。杜甫跟他的妻子杨氏夫人关系是非常好的，可以说是模范夫妻。杜甫一生只结过一次婚，不像李白结过很多次婚。杜甫始终只爱他的妻子。他在任何情况下都想念他的妻子，如果生活过得稍微安定一些，他就在诗中写他与妻子之间那种相亲相爱的生活："老妻画纸为棋局，稚子敲针作钓钩。"我的老妻给我画一张棋局，跟我下围棋。这类情景写了很多。

说到杜甫的喝酒，应该承认杜诗中写酒的非常多，这当然首先是古代诗人的一个共同习性，其次可能有借酒浇愁的意思。他在长安十年，在诗中多次写到他与好朋友郑虔或者毕曜之间的交往，经常是有了三百个青铜钱，有了一点点钱，就赶快买一点酒来喝。"宜速相就饮一斗，恰有三百青铜钱。"口袋里好不容易有了几个钱，赶快邀上朋友一起到小酒店里去喝几杯。这恐怕不是什么腐朽生活，什么没落生活，确实是借酒浇愁。酒能使人暂时忘记他的忧虑，是能够宽慰人的。很多人喜欢喝酒，我想这没有什么太了不起。而且我们现在很难估计杜甫的酒量到底有多大，他的诗里没写。当然诗中写的都是夸张的，他写《饮中八仙歌》，描写李白他们喝酒，写得很有兴致，兴致勃勃。他本人喝酒也有那种情境，但应该说酒在杜甫的生活中不是最重要的内容，也不是杜诗中最重要的内容，这一点跟李白诗中的比例可能有点不一样。

下面讲一讲你的另外一个问题。就是杜甫对儒家的信念有没有怀疑过，有没有动摇过。当然有过，他有的时候动摇、怀疑，甚至感到痛苦，有的时候还为自己儒者的身份而感到困惑：我学问这么好，我是一个坚持儒家道德观念的人物，为什么现在这么穷困呢？他的理想没有办法实现。尽管如此，杜甫仍以他的儒家身份而自豪，我统计过，杜诗中用到"儒"这个字有45次，其中有一次是"侏儒"，那个不算，那是说身材矮小的人，其他44次都是在"儒家"这个意义上用的，他自称是儒，是老儒，有时候甚至称自己是"腐儒"，是一个很迂腐的儒生。他固守这样一种信念，在现实生活中怎么碰壁都不改变。但不可否认的是，杜甫有的时候，当他走投无路的时候，当他不但没有办法实现理想，甚至连生活都难以维持的时候，他有过痛苦，有过动摇。你刚才提到的"同谷七歌"，最后一首就是这样的，他有所动摇："山中儒生旧相识,但话宿昔伤怀抱。"山里面有一个老儒生,我跟他老早就认识的,现在见面了,说到我们的怀抱没有办法实现,大家都很伤心。但杜甫的可贵之处在于,即使在这个时候,他从来没有改变过他内心深处对于儒学的那种依恋,对儒学的那种理解,也没有改变过对儒学精神的实践。一直到最后,当他从四川出来,坐着一叶扁舟向东漂流,到了洞庭湖,到了湘江,在他走到生命的最后关头,彻底的穷困潦倒,人生已经没有任何希望,他依然很自豪地自称是儒:"天地一腐儒。"我是天地之间一个迂腐的儒生!"腐儒"这个词,表面上看好像是说我自己很迂腐,是谦称,实际上是带有一种自豪感的。这表现为一种道德信仰上执著、坚定的追求,是至死不渝的精神。不管世界怎么变,不管我怎么穷困,我始终坚持自己的操守,这是杜甫自称"腐儒"的最核心的内涵。所以从根本的意义上讲,杜甫对于儒学的信仰是始终如一的,从没有真正地动摇过。

听众三:老师您好。刚才您说到唐代是中国思想史上比较弱的一个朝代,但是在思想史上唐代的佛学是非常兴盛的,我想说,刚才您反复提到杜甫的仁爱之心,是否可以从佛教的思想中找到很多的依据?比如说众生有性,万物都有佛性。也就是说,在杜甫的思想当中,佛教的这种思想资源占一个什么样的地位呢?

莫砺锋:我刚才好像没有说唐代在中国思想史上是一个衰落的阶段,我说是儒学发展史,就是中国本土传统的思想,以儒学为核心内容的思想发展史,唐代是一个比较低落的阶段。当然在整个思想史上,除了儒学还有其他思想,比如你提到的佛学思想。我不信仰佛教,也不研究佛学,我觉得,如果说唐代在佛教史上有重大的意义的话,这可能主要是指禅宗的确立。因为佛教思想本来是印度传来的思想,是一种外来的思想,任何一种外来思想传到中国以后,它如果要在这里生根发芽,成为一个能够流行起来的思想,按照陈寅恪先生的看法,必然要与本土文化结合起来,必然要把根扎在本土文化这个土壤里。否则的话,纯粹是外来的思想,不容易生根发芽。

佛教思想东汉末年就传进来了,但是以前一直还是外来的思想,因为唐以前的人所做的主要是翻译工作,把印度的佛教思想翻译成汉语文本。到了唐代,佛教就发生了一个根本性的革命,尤其是六祖惠能,他发动了一次根本性的革命,就是把这种思想改造成符合中国文化精神的佛教思想。当然,这没有偏离宗教的本来意义,因为宗教本来的意义都是主张人与人之间要爱,这一点并不冲突。

佛教实现中国化的主要内容,我想可能是这样的,第一还是要主张人伦,比如说要孝顺父母,要照顾人间的种种感情。佛教本来是不主张这样的,佛教主张出家以后跟家人就没有关系,好像南北朝时候的僧人还争论过,一个人出家以后见到他的父母,是他向父母行礼呢,还是父母向他行礼呢?这是佛教原来有争论的。但是传到中国以后,经过改造以后,就变成了要讲我们的传统伦理道德,要讲忠孝节义,这就跟我们的传统文化结合起来了。还有一点,可能把原来烦琐的,当然也可能是博大精深的一种理论体系超越了,它不再纠缠于很多的经典,不需要读很多的经书,进行很多原理的探讨,而变成了单刀直入,直见心性,直接获得一个禅,获得一种超越,获得精神上的一种感悟,这一点我想可能更符合中国传统的思维方式。

中国古人不重烦琐的逻辑推理,春秋诸子百家都是这样的。逻辑推理最强的不是儒家,而是墨家。儒家主张直接提出一个原理来,用生活、用实践来证明它。我认为后来的禅宗在其修养过程中实现了这一点。所以到后来,比如说经过晚唐五代到了宋代,禅宗思想确实成为整个士大夫阶层共有的一种思想资源,不管你信不信佛,不管你是不是皈依佛教,你都可以在思想上认可它、接受它。

那么,杜甫的仁爱精神有没有从佛教中获得资源?我想,佛教资源对杜甫形成仁爱精神肯定会有辅助作用,因为杜甫与很多僧人来往,他本人对于佛学还是有一些研究的,他的很多诗歌写过他对佛教的好感、亲切感。这可能是由于两者之间在仁爱这一点上是相通的,在关心生命这一点上是相通的。但我想强调的是,杜甫最根本的精神——仁爱精神——的出发点,还是来源于儒家,来源于孔孟为代表的那个原始儒家。我愿意称它为原始儒家,孔子死后,儒分为八,后来有很多不同的流派,而且经过后人的改造,特别是经过被称为汉代大儒的董仲舒的改造,把很多阴阳五行的思想加进去,变得很混杂,不那么纯洁了。实际上,杜甫所信仰的恰恰是董仲舒改造以前的儒家,也就是在《论语》《孟子》这些书中所记载的那些原始的儒家伦理观,它是以仁爱精神为核心内容的。所以,我觉得杜甫最重要的思想资源,或者他的仁爱精神的来源,还是儒家,佛教或者其他思想可能只是一个辅助的手段。

听众四:我就想提一个问题。杜甫在一首诗中写道:"愁极本凭诗遣兴,诗成吟咏转凄凉。"就是在他的生活中,在他的人生历程中,他唯一留下来的最重要的就是他的诗歌。从这句诗来说,诗在他生命中扮演着什么角色?从我们后来如何看待杜甫来说,这首诗又扮演一个什么角色?

莫砺锋:这个"诗成吟咏转凄凉",我想大概说的是这样一种状况,就是他本来想借诗解愁,因为在生活中不顺利,遭遇不好,所以想通过诗歌写作来抒发某种忧愁,但是没想到,诗写好以后,他更加愁了,觉得心境更加凄凉了。大概是这样一种意思。那么,诗歌在杜甫的一生中到底是什么地位?他把写诗作为他一生的事业,到底有什么意义?我想,从本质上讲,杜甫是一个诗人。我们虽然刚才说了很多诗歌以外的话,说他在文化上面的贡献,但从最本质的价值上说,杜甫首先是一位诗人,是一位伟大的诗人。杜甫成为"诗圣",成为我们文学史上最伟大的诗人,这绝不是偶然的,这与他对诗歌那种全心全意的、把整个生命都融化进去的态度分不开。喜欢文学的人不少,喜欢写诗的朋友也不少,但是很多人仅仅是在某种状态之下写诗,或者在人生的某个阶段写诗,很少有人是从小到老,一以贯之。而且在任何生活状态之下,在任何心境之下,都不放弃诗歌写作,都不放弃对诗歌艺术上的追求,这样的人是很少的。要说有的话,首先就是杜甫。他这个人从很小就开始写诗,他自己回忆说:"七龄思即壮,开口咏凤凰。"他七岁的时候就写诗,写了一首咏凤凰的诗。他在长安十年期间,他向皇帝献赋的时候,他已经写了好几千篇诗了。那时候他才三十几岁。他从青少年时代就接受诗歌的熏陶,就开始写诗。这也不奇怪,他的祖父杜审言就是当时的一位大诗人。他说"诗是吾家事",诗就是我们家的事情,是我家的一个传统,一个光荣传统。所以他从小写诗。那么写到什么时候为止呢?写到他生命的终结。他在生命的最后一刻,到了湖南的耒阳,又泛舟北上,船行在湘江上将要进入洞庭湖的时候,他写下了那首绝笔诗,就是《风疾舟中伏枕书怀三十六韵奉呈湖南亲友》，这才最后划上了一个句号。他一生都在写诗，不是把写诗作为消遣、作为应酬，而是把写诗作为他最重要的事业在追求。他在诗歌艺术上孜孜不倦、千锤百炼，所以他说"语不惊人死不休"，如果句子还没写到惊人的程度，他是死也不肯罢休的。

一个人做任何事业，要想获得大成功的话，必须全心全意地去做，必须要把自己的整个生命都融入进去。杜甫就是一个把整个生命都融化到他的诗歌写作中去的诗人。在杜甫看来，诗人是一种崇高的职业，做诗人、写诗是一种崇高的追求。这当然也是唐代大多数人的共同看法，诗人在唐代的地位，不是我们当代社会的人所能想象的。我们今天说某人是诗人，有点像是调侃。我经常听到有的年轻朋友说，散文写得不通顺就去写诗。这简直是对诗歌极大的亵渎。诗歌应该是最好的最精美的文学形式，用当代诗人艾青下的定义来说，诗歌是文学中的文学，是最具有文学本质的、最具有文学功能的文学样式。

我们评价古代的作品，说这个作品写得好，凭什么？我们说古典小说中《红楼梦》第一，《红楼梦》的地位无可比拟。其实，与《红楼梦》相比，《金瓶梅》在写人生百态、写日常生活以及描写功力方面，一点也不差，《金瓶梅》也写得很好，也很生动，但大家从来没有说《金瓶梅》是最好的小说。为什么呢？原因就在于《红楼梦》有诗的光辉，《金瓶梅》完全没有。《金瓶梅》漆黑一团，污糟一团，一点诗的光辉都没有，而《红楼梦》是诗性的文学。还有剧本《西厢记》《牡丹亭》，《牡丹亭》为什么好？《西厢记》为什么好？它们是诗性的，虽然是剧本，但里面闪耀着诗的光辉。

诗是中国一切文学的极致，文学最高的境界就是诗。所以杜甫瞄准了这一点，把诗歌创作看作他一生最重要的事业、最崇高的事业。他实际上早就知道，他这一生注定在政治上不可能有所作为，他不可能实现自己的政治理想。他唯一能够留给后人的是诗，而写诗也是能够使他在历史上成为一位人物、使他的一生不致虚度的唯一事业。所以他说："千秋万岁名，寂寞身后事。"这虽然是他对朋友李白的评价，也未尝不可看作他对自己的评价。他知道自己生前冷落，身后凄凉，这一切都是注定的。但他觉得，凭借他的瑰丽的诗篇，凭借他在诗歌上的巨大贡献，他将能够千秋万代地垂名于世。

而杜甫的这个预言确实很准确,他凭借诗歌永远活在我们的文学史上,成为中华文化史上的一位重要人物。

最后,我还是想表明一下这样的观点,杜甫首先是一位诗人,他的专业、他的贡献是在诗歌创作上,但是他的意义已经逸出了诗歌,逸出了文学,最后就旁泛到文化上去了。从更广的角度来看,杜甫确实是一位具有重大文化意义的历史人物。

(2003 年 11 月 12 日讲于南京大学逸夫馆报告厅,2004 年 9 月 16 日、17 日中央电视台《百家讲坛》播出)

我与杜甫的六次结缘

朋友一进我家，就能察觉我对杜甫的热爱。客厅书架的顶端安放着一尊杜甫瓷像，那是来自诗圣故里的赠品。瓷像的造型独具匠心：愁容满面的杜甫不是俯瞰大地，而是举头望天，基座上刻着"月是故乡明"五字。客厅墙上有一幅题着"清秋燕子故飞飞"的杜甫诗意画，是老友林继中的手笔。我与继中兄结交的初因，就是双方都热爱杜诗。走进书房，便看到高文先生的墨宝，上书其诗一首："杨王卢骆当时体，稷契夔皋一辈人。自掣鲸鱼来碧海，少陵野老更无伦。"靠近书桌的书架上，整整两排都是各种杜集，其中的《杜诗详注》已是"韦编三绝"。我与杜甫须臾不离，我的一生与杜甫结下了不解之缘。

我在苏州中学读书时，便爱上了杜诗。循循善诱的马文豪老师在语文课上引导我们走进了李白、杜甫的世界，当时我对李、杜都很喜欢，更不敢妄言李杜优劣。但是下乡插队以后，李、杜在我心中的天平逐渐倾斜起来。我开始觉得天才横溢的李白固然可敬，可他常常"驾鸿凌紫冥"，虽然在云端里"俯视洛阳川"，毕竟与我相去甚远。杜甫却时时在我身边，而且以"蹇驴破帽"的潦倒模样混杂在我辈中间。1973年深秋，我正在地里用镰刀割稻，一阵狂风从天而降，刮破了那座为我遮蔽了五年风雨的茅屋。我奔回屋里一看，狂风竟然"卷我屋上全部茅"！屋顶上只剩梁、椽，蓝天白云历历在目。生产队长赶来察看一番，答应等稻子割完就帮我重铺屋顶，让我先在破屋子里坚持几天。当天夜里,我缩在被窝里仰望着满天星斗,寒气逼人,难以入睡。我们村子还没通电,定量供应的煤油早已被我点灯用完,四周漆黑一片。忽然,一个温和、苍老的声音从黑暗中传来:"安得广厦千万间,大庇天下寒士俱欢颜,风雨不动安如山!"我顿时热泪盈眶,杜甫关心天下苍生的伟大情怀穿透时空来到我身边了!从那个时刻起,杜甫在我心中的份量超过了李白。想起此前一位身居高位的名人肆意贬低《茅屋为秋风所破歌》,还追问凭什么称杜甫为"人民诗人",我激动万分。我想大声地说:杜甫是当之无愧的人民诗人!在这件事情上,千千万万像我一样住在茅屋里的普通人最有发言权!

1979 年,我考取南京大学研究生,在导师程千帆教授的指导下攻读古典文学。白发苍苍的程先生亲自登上讲坛,为我们开讲两门课程,其中一门就是杜诗。程先生的杜诗课不是作品选读,而是专题研究。他开课的目的不是介绍有关杜诗的知识,而是传授研究杜诗的方法。在程先生讲授内容的基础上,由他与我及师弟张宏生三人合作,写成了一本杜诗研究论文集——《被开拓的诗世界》。我和张宏生在该书的后记里说:"在千帆师亲自给我们讲授的课程中,杜诗是一门重点课。除了课堂上的讲授之外,平时也常与我们讨论杜诗。在讲课和讨论的过程中,我们固然常有经过点拨顿开茅塞之感,千帆师也偶有'起予者商也'之叹。渐渐地,海阔天空的漫谈变成了集中的话题,若有所会的感受变成了明晰的语言。收在这个集子中的十一篇文章,都是在这个教学过程中产生的。我们现在把它们呈献给广大读者,既作为我们师生共同研读杜诗的一份心得,也作为千帆师指导我们学习的一份教学成绩汇报。"《被开拓的诗世界》这本书对我的重要意义是,我的身份从杜诗读者逐渐成长为杜诗研究者。

1991 年,南京大学中国思想家研究中心约请我撰写《杜甫评传》。当时至少有三种同名的著作早已问世,其中陈贻焮教授所著的一种是长达百万字的皇皇巨著,其细密程度已经无以复加。那么,我为什么同意另外撰写一本《杜甫评传》呢?从表面上看,这是学校交下来的任务,作为《中国思想家评传丛书》的一种,它的写法必然会与其他杜甫评传有所不同。因为这本书在把杜甫当作一位伟大的文学家来进行评述的同时,必须着重阐明他在思想方面的建树,必须对杜甫与传统思想文化的关系予以特别的关注,这正是其他杜甫评传可能不够关注的地方。换句话说,由于这本评传的特殊性质,我仍有可能找到继续拓展的学术空间。然而从骨子里看,我所以会接受这个任务,是因为我热爱杜甫,我愿意借撰写评传的机会向诗圣献上一瓣心香。当我动笔撰写《杜甫评传》时,虽然时时提醒自己应以严谨的学术态度来叙述杜甫的生平和思想,并恰如其分地评价杜甫在思想史上的贡献,但内心的激情仍然不由自主地流淌到字里行间。我希望通过撰写此书向杜甫致敬,并把我的崇敬之情传达给广大的读者。撰写《杜甫评传》的过程将近一年,我与杜甫朝夕相对,有一夜我竟然在梦中见到了他。他清癯,憔悴,愁容满面,就像是蒋兆和所画的像,又像是黄庭坚所咏的"醉里眉攒万国愁"。他甚至还与我说了几句话,操着浓重的河南口音,可惜我没有记住他究竟说了些什么。1993 年,我的《杜甫评传》由南京大学出版社出版。此书评传结合而侧重于评,并且寓评于传。我从两个方面论述杜甫的思想:一是其哲学思想、政治思想等,也即一般意义上属于"思想史"范畴的内容;二是其文学思想和美学思想,尤其是他在诗学方面的真知灼见。正是这些内容形成了本书区别于其他杜甫评传的主要特色。

程先生退休后,我开始接他的班,为研究生讲授"杜诗研究"这门课。"薪尽火传,"这是程先生经常说起的一句话,是他对学术事业后继有人的殷切希望,也是鼓励我讲好杜诗课的座右铭。我所讲的内容中有一小部分与程先生重合,大部分内容则有所不同,倒不是我有意要标新立异,而是我觉得程先生所讲的许多内容已经写进《被开拓的诗世界》那本书,同学们可以自己阅读,不用我来重复。与程先生一样,我也希望多讲授一些研究方法。我讲到了如何运用目录学知识来选择杜集善本,如何进行杜诗的文本校勘、作品系年和杜甫生平考证,如何"以杜证杜",等等。我也与同学们一起逐字逐句地细读《北征》《自京赴奉先县咏怀五百字》《秋兴八首》等重要作品,希望引导同学通过细读来掌握文本分析的要领。我规定选修这门课的同学要写一篇杜诗研究的小论文,历年来已有 20 来篇学生作业经我推荐发表于《杜甫研究学刊》等刊物。2005 年,广西师大出版社的编辑前来约稿,请我把杜诗课的讲稿收进该社的《大学名师讲课实录》系列。盛情难却,我就请武国权同学帮我记录 2006 年春季学期所讲的内容。我讲课一向不写教案，武国权的记录完全是根据我讲课的现场录音而整理的。他整理得非常仔细，绝对忠实于录音带上的原文，结果发生了一个有趣的插曲。我在讲杜甫的咏物诗时提到王安石的《北陂杏花》，结果我发现武国权的整理稿中说王诗咏的是长在南京"中山北路"上的杏花。我大吃一惊，北宋时哪来什么中山北路呢？现在的南京倒是有一条中山北路的。经过仔细回想，我恍然大悟，原来我说的是"钟山北麓"。这当然不能怪我的普通语说得不好，因为两个名词的读音是完全一样的。由此可见，武国权整理时多么忠实于原文，这也说明本书确确实实是一本根据口授记录的讲演录。

2012 年是杜甫诞生 1300 周年，学术界准备进行一些纪念活动。但是那年春天，社会上倒抢先关注杜甫了。4 月，媒体上爆出一个事件，叫作"杜甫很忙"。原来中学某年级的《语文》课本上有一幅杜甫的肖像画，有些中学生对它进行涂鸦。事件发生后，南京《扬子晚报》的记者打电话给我，请我对此发表看法。我看了记者传来的材料，看到中学生们对杜甫画像涂鸦得很厉害，画成了杜甫飙摩托车，杜甫唱卡拉 OK，还有更加不堪的，我有点不高兴，就没有接受采访。到了 9 月，杜甫草堂博物馆在成都举办杜甫诞辰 1300 周年纪念大会，邀请我到草堂去做题为"诗圣杜甫"的演讲。我当时人在国外，没能成行。到了 12 月，国家图书馆请我去做同样题目的演讲，我就向听众解释为什么"杜甫很忙"事件使我不高兴。我知道涂鸦已成为当代西方艺术的一个流派，我在纽约的一家现代艺术博物馆亲眼看到一幅涂鸦《蒙娜丽莎》的作品。但是我们在任何现代艺术博物馆里都看不到涂鸦圣母玛利亚像的作品，因为西方人认为圣母像是神圣不可侵犯的。同理，我们不能涂鸦杜甫像。杜甫是中华民族的诗圣，诗圣就是诗国中的圣人。儒家主张个人应该修行进德，争取超凡入圣，孟子说"人皆可以为尧舜"，王阳明的弟子说"满街都是圣人"，杜甫就是从布衣中产生的一位圣贤，我们应该对他怀有敬畏之心。2016 年 9 月，我又应邀到杜甫草堂，在"仰止堂"里做"诗圣杜甫"的演讲。我当场对成都人民表示感谢，因为当年的杜甫草堂仅是几间穿风漏雨的破草房，如今却成为亭台整洁、环境幽雅的文化圣地，这是历代成都人民为杜甫"落实知识分子政策"的结果。近年来我在各地的大学或图书馆做过 20 多场关于杜甫的讲座,我愿意为弘扬杜甫精神贡献绵薄之力。

2014 年,商务印书馆约请我编写一本《杜甫诗选》,我邀请弟子童强教授与我合作。此时有多种杜诗选本早已问世,其中山东大学中文系古典文学教研室选注的《杜甫诗选》和邓魁英、聂石樵选注的《杜甫选集》,选目数量适中,注释简明扼要,对一般的读者很有帮助,也是我们常置案头的杜诗读本。既然如此,我们为何同意重新编选一本杜诗选本呢?最主要的原因是我们热爱杜甫,我们希望通过编选本书向杜甫致敬。一座庙宇可以接纳众多的香客,无论他们是先来还是后到,也无论他们贡献的香火是多是少,都有资格在神像前顶礼膜拜。同理,无论别人已经编选了多少优秀的杜诗选本,都不会妨碍我们的重新编选,况且我们对杜甫和杜诗持有自己的观点,我们的编选工作不是跟着前辈亦步亦趋。比如选目,本书与上述两种杜诗选本有较大的差异:删削率达四分之一,新增率则达十分之三。总之,本书所选的 190 题、255 首杜诗,就是我们心目中的杜诗代表作。其中有些作品因思想倾向的因素长期不被现代选家重视,例如《投赠哥舒开府翰二十韵》《哀王孙》;有些作品因诗体、风格的因素而被忽视,例如七排《题郑十八著作丈》、五古《火》,现在一并选入本书,希望它们得到读者的重视。本书的注释参酌各家旧注,择善而从,力求简洁。偶有己见,仅注出处,不作辨析。如《喜达行在所》"雾树行相引"句,旧注未及出处,本书引《国语·周语》"列树以表道"。又如《风疾舟中伏枕书怀三十六韵奉呈湖南亲友》中"鼓迎非祭鬼"句,旧注仅引《岳阳风土记》,本书增引《论语·为政》:"非其鬼而祭之,谄也。"本书中每首诗都有"评赏",文字或长或短,内容不拘一格,或串讲题旨,或分析诗艺,或介绍前人的重要评论,希望对读者理解杜诗有所帮助。这本《杜甫诗选》已于今年 4 月出版,衷心希望读者朋友喜爱它,也衷心希望大家对它的错误和缺点予以指正。

(原载《光明日报》2018 年 8 月 5 日第 5 版)

后　记

　　当我整理这部书稿时，先师程千帆先生在讲台上为我们讲授杜诗的景象时时浮现在我眼前，虽然千帆师已经离去整整六年了。

　　1979年9月，我考上了南京大学中文系的研究生，开始在千帆师的指导下学习中国古代文学。我高中毕业那年适逢"文革"爆发，两年后下乡插队，先在江南种了七年地，后来又漂流到淮北当了三年农民工（那时叫"亦工亦农"）。1978年3月，我考进安徽大学外语系，在那个充满田园诗气氛的校园里学了一年半英语。对于中文系的课程，我是素昧平生。对于古代文学研究，我更是茫无所知。我的全部学养就是在江南和淮北的两处茅檐底下背诵的一千多首诗词和几百篇古文而已。与我同时考进南京大学的徐有富、张三夕两位同窗是读过中文系的，他们的学养当然要比我强，但是对于如何做学术研究，恐怕也是尚未入门。于是，白发苍苍的千帆师就亲自为我们开课了。他老人家亲自为我们开了两门课，那可是正式的授课，每一次课他都站在讲台上，后来又改成坐在讲台上，一讲就是整整两个小时，陶芸师母还亲自动手为我们刻蜡纸、印讲义。当然，听课的并不只是我们三个人，一间可容纳40人的教室人满为患，挤满了旁听的研究生和中青年教师。千帆师开的第一门课是"校雠学"，第二门课就是"杜诗"。他说："校雠学教你们怎样收集材料，杜诗课教你们怎样分析材料，我的本领都教给你们了，接下来你们自己读书就行了。"当然，千帆师对我们的指导是多种形式的，比如我们每隔一周到他家里去谈话,就能学到许多东西。但是他正式讲授的课程就只有"校雠学"与"杜诗"两门。

千帆师的"杜诗"课绝对不是作品选读课,而是一门专题研究的课程。他开课的目的不是介绍有关杜诗的知识,而是传授研究杜诗的方法。当然,由于杜诗在古典诗歌中的典范地位,杜诗研究也具有方法论的典范意义。在千帆师授课内容的基础上,后来由他与我以及同门张宏生三人合作,写成了一本杜诗研究专著——《被开拓的诗世界》。我和张宏生在那本书的后记里说:"在千帆师亲自给我们讲授的课程中,杜诗是一门重点课。除了课堂上的讲授之外,平时也常与我们讨论杜诗。在讲课和讨论的过程中,我们固然常有经过点拨顿开茅塞之感,千帆师也偶有'起予者商也'之叹。渐渐地,海阔天空的漫谈变成了集中的话题,若有所会的感受变成了明晰的语言。收在这个集子中的十一篇文章,都是在这个教学过程中产生的。我们现在把它们呈献给广大读者,既作为我们师生共同研读杜诗的一份心得,也作为千帆师指导我们学习的一份教学成绩汇报。"虽然千帆师在杜诗课上所讲的内容并没有全部包括在这本书里,但其主要观点都已凝聚在里面了。当然,书里收的是一篇篇的论文而不是讲稿。

就在《被开拓的诗世界》出版三年之后,我开始讲授"杜诗研究"这门课程。后来,随着学校对研究生课程的管理规则的变化,这门课的名称改成"唐宋文学专题研究",当然我不再是每一年都讲杜诗了,往往是一年讲杜诗,下一年讲杜诗之外的唐宋文学。"薪尽火传",这是千帆师经常说起的一句话,是他对学术事业后继有人的殷切希望,也是鼓励我讲好杜诗这门课的座右铭。我所讲的内容中有一小部分是与千帆师的课重合的,它们分别与收进《被开拓的诗世界》中的两篇文章有关,这在这部讲演录中已有明确的说明。我讲的大部分内容则与千帆师所讲的有所不同,倒不是我有意要标新立异,而是我觉得千帆师所讲的内容已经写进书里了,同学们只要读书就可以了,不用我再来重复。我根据自己的研究,也根据近年来学术界在杜诗研究上的新成果,不断地修改我的讲课内容。例如关于杜诗"伪苏注"的问题,最初只是简单地提了一下。后来我对这个问题做了比较深入的研究,写了一篇长达两万多字的论文,我就用了整整一节课的时间来讲它。我想这样也许可以让同学们接触到最新的学术动态，并得到较好的方法论的启迪。因为我讲自己亲手作过研究的专题，总会体会得深刻一些，也会讲得生动一些。

与千帆师一样，我也希望向同学们多传授一些研究方法。在这部讲演录里，大家会看到我对如何运用目录学知识来收集材料，如何选择善本，如何进行文本校勘、作品系年和作家生平考证，如何运用避讳、地理沿革等知识，如何细读文本，如何"以杜证杜"等一系列方法的讲解。这些方法都是结合杜诗研究的具体例子来分析的，我觉得这样比抽象地讲解方法更容易领会。我所得出的结论也许是可以商榷的，但是那些方法本身则是有用的，尤其是对于刚踏上学术道路的研究生们。当然，我也与同学们一起逐字逐句地细读了《北征》《自京赴奉先县咏怀五百字》《秋兴八首》等重要的作品，因为我觉得同学们也许对这些杜诗不够重视。但是我的重点不是串讲诗意，而是尽量穿插历代注家及杜诗研究者的不同观点，分析其异同，评述其优劣，学习其方法。我希望通过这样的细读，来引导同学们掌握文本分析的要领。限于水准，我对这门课的设计目标也许远未实现，但我相信这个目标自身是有价值的。我规定选修这门课的同学要写一篇杜诗研究的小论文，历年来已有十篇以上的作业发表于《杜甫研究学刊》等学术刊物，可见同学们听了这门课还是有所收获的。

我原来从未想过要把这门课的讲稿整理出版。一来我讲得还不够深入，我还将不断地提高我的讲课质量；二来我讲的有些内容，比如关于"伪苏注"和钱、朱注杜之争的内容，已经写成论文公开发表了。但是广西师大出版社的赵明节先生一再热情地向我约稿，希望把这部讲稿收进他们规划的《大学名师讲课实录》系列中去。盛情难却，我就请我的博士生武国权同学帮我记录今年上半年所讲的内容。我讲课一向不写教案的，我只准备一份讲义，讲义上打印的是本该当堂板书的那些内容，具体地说就是我将要讲到的杜诗文本或注释、评论等材料的原文。我向同学们提供讲义的目的是省去我当堂板书的时间，也省去同学们抄写板书的时间。所以武国权同学的记录完全是根据我的讲话录音而做的，他记录得非常仔细，绝对忠实于原文，结果不但记下了我临时穿插进去的一些内容，而且记下了我说话时常有的一些"话搭头",比如"那么,那么"或"这个,这个"。当我审读他的记录稿时,才惊讶地发现自己的话中竟有那么多的"那么"。从出版社编这套书的初衷来说,保持讲课原貌的讲演录更会让读者产生身临其境的感受。但是我觉得,如果读者坐在课堂上听我讲课,听到一些"那么,那么",也许还是可以忍受的,至少我的学生们从未向我提过抗议。但是如果让读者来读这本讲演录,看到字里行间夹杂着那么多的"那么",肯定会难以卒读。所以我把记录稿中这些纯属多余的字句都删掉了,其余的一概不动。我尽量保持它作为讲课记录的原貌,绝不把它修改成论著的模样。

我和武国权同学合作整理这份讲稿的过程中有一个有趣的插曲。我在课上讲到过王安石的《北陂杏花》,结果我发现我在记录稿中说这首诗咏的是长在"中山北路"上的杏花。我大吃一惊,北宋时哪来的什么中山北路呢?现在的南京倒是有一条中山北路的。经过仔细回想,我才恍然大悟,原来我说的是"钟山北麓"。这当然不能怪我的普通话说得不好,因为这两个名词的读音是完全一样的。由此可见,武国权同学做记录是多么忠实于原文,这也可说明本书确确实实是一本根据口授记录的讲演录。

我必须对广西师大出版社的赵明节先生表示深切的谢意,没有他几次三番的热情邀请,这本书根本不会问世。我也要感谢本书的责任编辑赵运仕先生,没有他的辛勤劳动,本书的出版不会如此顺利。我还要感谢正在跟我攻读博士学位的武国权同学,他在南京的炎炎夏日里帮我整理讲稿,肯定流了许多汗水。最后,我最应该感谢的当然是我的老师程千帆先生。当年千帆师以68岁的高龄亲自登台为我们讲授杜诗,那些情景至今历历在目。千帆师的教诲永远铭刻在我心上,千帆师对杜甫的热爱将永远激励我更加努力地研究杜诗、讲授杜诗。

谨以此书献给千帆师的在天之灵。

2006年8月18日于南京大学南秀村寓所

再版补记:

　　本书有两种附录。附录一是我为中央电视台"百家讲坛"栏目所做节目的现场记录,那是针对一般听众所做的讲座,内容与深度都与研究生课程大不相同,它正好可以弥补这本形成于大学教室里的讲演录的不足。附录二是我的随笔《我与杜甫的六次结缘》,它也许有助于读者了解我对杜甫的态度,以及我长期投身杜甫研究的深层心理动机。

　　本书原版于 2007 年,书名《杜甫诗歌讲演录》,是广西师范大学出版社《大学名师讲课实录》系列的一种。今年广西师范大学出版社提议重版此书,更名为《莫砺锋讲杜甫诗》,列入该社的《中华优秀传统文化名家讲座》系列。乘此机会,我对全书重读一过,稍有补正。广西师大出版社的编辑赵艳女士为此书重版多次与我联系,责编刘洪胜先生则仔细审读书稿,发现并纠正了许多错误,谨对他们表示深切的感谢。

2018 年 12 月 29 日于南京东郊美林东苑寓所